DIE SÄUBERUNG

MARKUS FRENZEL

DIE SÄUBERUNG

Thriller

SUTTON KRiMI

Über den Autor

Markus Frenzel arbeitet als investigativer Journalist für das ARD-Magazin FAKT in Leipzig. Er hat Politikwissenschaft studiert, längere Zeit in Paris und Aix-en-Provence gelebt und ist für die »Deutsche Welle« um die Welt gereist. Viele Jahre recherchierte er zu internationalen Kriegsverbrechern, die Deutschland als Drehscheibe für ihre Schandtaten nutzen. Für seine Arbeit wurde er mit zahlreichen renommierten Journalistenpreisen ausgezeichnet. »Die Säuberung« ist sein erster Thriller.

Sutton Verlag GmbH
Hochheimer Straße 59
99094 Erfurt
www.suttonverlag.de
www.sutton-belletristik.de

Lektorat und Redaktion: Julia Ströbel
Korrektorat: Dorothée Engel, Hamburger Buchkontor
Gestaltung und Satz: Sutton Verlag
Umschlag: Sutton Verlag,
unter Verwendung einer Aufnahme von Shutterstock/Francois Loubser
Druck: CPI books GmbH, Leck

ISBN: 978-3-95400-619-9

Für Papa,

der einst den Jungen in die Welt der Ritter, Räuber und Riesen entführte,
aus der er nie mehr herausfand …

… und für Baptiste,
der hoffentlich auch bald entführt wird.

I.

Die Krähe

1

Sofort vermengte sich das Blut mit dem Speichel und durchzog ihren Rachen mit einem bitteren, eisenhaltigen Geschmack. Mit der Zunge spürte sie, dass sich ihre Backenzähne tief ins eigene Fleisch gegraben hatten.

Zrozum to w końcu!, beschwor sie sich. *Kapier endlich! Der einzige, der dir hier Leid zufügen kann, bist du selber. Reiß dich gefälligst zusammen! Weź się w garść!*

Wieder hatte sie die Augen gesehen. Funkelnde, blutunterlaufene Augen. Weit aufgerissen glotzten sie aus einem Busch. Hastig strich sie sich über die Wange und rannte weiter. Schneller als zuvor. Schneller, als ihr Körper würde durchhalten können. Warum musste sie nur hierher kommen? Regen peitschte ihr entgegen, dunkel wogten die Äste über ihr. Der Kapuzenpulli saugte sich immer weiter mit Wasser voll, von der Nase rannen Tropfen und Schweiß. *Alles nur Einbildung*, versuchte sie sich zu beruhigen. Die Gestalt, die sie bemerkt hatte. Auch die konnte nur Einbildung gewesen sein.

Szatan … Nie bądź śmieszny! Mach dich nicht lächerlich!

Doch dann kamen die Stimmen wieder. Aus den Tiefen ihrer Erinnerung drängten sie in den Vordergrund.

Und blieben noch Leute, die nicht getötet wurden von diesen Plagen, dröhnte der tiefe Bass in ihrer Stirnhöhle, *noch Buße taten für die Werke ihrer Hände.*

Sie hasste diese Stimmen. Aber sie konnte sie einfach nicht abschalten. Soweit sie zurückdenken konnte, begleiteten sie die Zeilen. Anfangs tauchten sie eher zufällig in ihrem Bewusstsein auf, in unregelmäßigen Abständen. Aber seit jenen Geschehnissen waren sie ständig da. Immer wieder schoben sie sich in ihrem Hirn in den Vordergrund. Vor ihrem inneren Auge schienen die Bibelverse wie ein Negativbild auf. Jede einzelne Silbe, jedes Komma. Die Offenbarung des Johannes, die Apokalypse.

Klar sah sie die Umrisse des Priesters vor sich, wie er von der Kanzel predigte, den Finger in den Himmel gereckt.

Zły człowiek ze złego skarbca wydobywa zło. Ein böser Mensch bringt Böses hervor aus seinem bösen Schatz, drohte er. Wie hatte sie dieser Satz ihr Leben lang verfolgt. Ein böser Mensch bringt Böses hervor. War sie böse? Böse geworden? Saß das Böse tief in ihr drinnen, schon immer, auch damals schon, als Kind in dem Bergdorf? Oder hatte es erst im Laufe der Zeit Besitz von ihr ergriffen?

Und blieben noch Leute, die auch nicht Buße taten für ihre Morde …

Welch gewaltige, überirdische Drohung schwang in den Bibelversen mit. Eine Drohung, die keine Gnade kannte. Sie war eine Mörderin. Auch wenn es hier auf Erden keiner wusste. Die himmlischen Mächte, die wussten es, und jetzt kamen sie herab, um sie zu strafen, was Menschenhand bislang nicht vollbracht hatte.

Die Frau hörte ein gewaltiges Zischen und Rumpeln. Das mussten die sieben Donner sein. Blitze zuckten hernieder auf die Erde. Johannes hatte sie beschrieben, die Engel mit Füßen aus Feuersäulen. Jetzt fehlten nur noch die vier Reiter, die Schwerter schwingenden Richter der Apokalypse.

Vater unser, der du bist im Himmel, dein Reich komme, dein Wille geschehe …

Ja, dein Wille geschehe.

Mach mich zu einem Werkzeug in deiner Hand!

Lass mich nie wieder dem Bösen dienen!

Und schicke mich nicht in die ewige Verdammnis! Bitte, bitte, bitte …

Aber sie wusste es besser. Das Böse. Es hatte längst Besitz von ihr ergriffen. Sie würde keinen Ausweg finden. Das Jüngste Gericht. Wie sollte es anders entscheiden, als sie schuldig zu sprechen und in die ewige Verdammnis zu schicken. Es konnte keine andere Möglichkeit geben. Die Hoffnung starb zuletzt. Bei ihr war sie schon sehr lange tot.

Eigentlich hatte sie das Böse ein Leben lang begleitet. Nur schaffte es erst spät, sie zu verführen. Aber als sie das Kind getötet hatte, war es geschehen. Die dunkle Hälfte ihrer Seele hatte endgültig die Oberhand gewonnen. Seitdem wich das Böse nicht mehr von ihrer Seite. Seine Fratzen wurden zu ihren ständigen Begleitern. Satan, Luzifer, der Antichrist. Egal wie man ihn nennen wollte. Sie hatte ihn gesehen. Lange Zeit nur in Träumen. Doch nun war er wahrhaftig vor ihren Augen erschienen. Immer wieder begegnete er ihr. Manchmal als Schatten, manchmal als flüchtiger Blick aus einer Menschenmenge. Jetzt war er hier, um sie endgültig zu holen. Sie hatte ihn gesehen. Wieder. Vor wenigen Minuten, als ein Blitz das Gestrüpp taghell ausleuchtete. Sie war nicht alleine hier.

Wäre sie nur nicht in dieses Reich der Dunkelheit, der Verderbtheit und des Bösen eingedrungen. Wäre sie nur auf dem Pfad der Tugend geblieben. Damals als kleines Mädchen in der Kirche, tief in der polnischen Provinz, war sie noch nicht vom Bösen befallen. Sie konnte noch nicht vom Bösen befallen gewesen sein, so rein, unschuldig und fromm wie sie gewesen war. Das Mädchen damals, es hatte noch die Wahl gehabt, nicht zur Mörderin zu werden.

Mit dem nächsten Blitz zuckten die Erinnerungen hoch. Sie sah die Neunjährige in der Kirchenbank sitzen. Sie sah sich selbst, aus der Perspektive eines Vogels. Doch da verschwamm die Silhouette auch schon wieder. Aus dem Mädchen mit geflochtenen Zöpfen wurde das Baby. Ein mickriges Geschöpf. Es hing vor ihr. Zum Greifen nahe. Es war tot. Blut tropfte von ihm herab. Über ihr Gesicht rann ein roter Blutfaden. Auf ihrem Hemdkragen waren dunkle Flecken. Irgendwo lagen Früchte. In ihrer Nase brannte der Geruch überreifer Äpfel. Niemals wieder würde sie Äpfel essen können. Seit jenem Tag. Sie war durch den engen Flur aus der dunklen Wohnung gerannt. Sie war ins Licht auf die Straße gerannt. Draußen hatte sich die Sonne in ihren Kopf gefräst und hatte doch die Dunkelheit darin nie mehr vertreiben können. Denn sie hatte genommen, was Gott geschenkt hatte.

Nie będziesz zabijał! Du darfst nicht töten!

Das fünfte Gebot.

Durch die Bäume schimmerten schwach die Buglampen eines Schiffes vom Fluss herauf. *Hier,* hämmerte es in ihrem Kopf. *Jetzt.* Welch bizarrer Ort für ein Strafgericht. Vielleicht war es aber konsequent. Monströse Verbrechen brauchen monströse Prozesse. Nun bekam sie, was ihr zustand. Wieder ein Rascheln. Inzwischen war es komplett dunkel. Sie hatte sich verlaufen. War vom Weg abgekommen. Bewegte sich immer weiter ins Ungewisse hinein. Tief in ihre Vergangenheit. Auf einmal stolperte sie und fiel. Verschreckt tastete sie den Boden um sich herum ab. Als die Wildnis für den Bruchteil einer Sekunde wieder ausgeleuchtet wurde. Da starrte sie auf das dicke, abgelöste Bein. Es musste einmal zu einem riesigen Lebewesen gehört haben, größer als ein Elefant. Johannes hatte prophezeit, ein Tier würde an jenem Tag aus dem Abgrund hinaufsteigen. Aber das hier war in der Bibel nicht vorgesehen. Dass jemand dieses Tier in Stücke schnitt. Panik presste ihr Herz zusammen. Sie rappelte sich auf, zwängte sich durch die Büsche. Zweige schnalzten ihr ins Gesicht, hinterließen blutige Schrammen. Komplette Orientierungslosigkeit.

In ihren Schläfen fühlte sie den Puls schlagen. Er begann zu rasen.

Ihr Kopf drohte zu platzen. Vor nervöser, fiebriger Gespanntheit. Da bemerkte sie auf einmal ein schwaches Licht. Ein Flackern.

Noch einmal erhöhte sie das Tempo, rannte immer weiter darauf zu. Es war eine Straßenlaterne. Sie quietschte im nassen Wind. Nicht weit von hier musste das Loch sein. Allmählich konnte sie sich wieder orientieren. Neben einem Baum stand ein Ungetüm und starrte sie an. Aus seinem

Schädel ragten Spitzen, auf der Nase blitzte ein mannshohes Horn. Sollte sie doch noch einmal Glück gehabt haben? Würde Gottes Strafe aufgeschoben werden?

Ich muss hier raus, ganz schnell!

Sie rannte immer weiter auf die Laterne zu, bis sie an den Zaun kam. Mit ihren Fingern strich sie über das Stahlgeflecht, ließ es nicht mehr los. Sie hastete in die Richtung, aus der sie gekommen sein musste. Verdammt noch mal, wo war der Ausgang? Wo war die Öffnung? Auf einmal spürte sie einen Stich im Bein. Ein abstehender Draht hatte eine weitere Wunde gerissen. Erleichtert bückte sie sich. Vielleicht hatte ihr Gott nur eine Lektion erteilen wollen. Ihr verdeutlichen, wie genau er Bescheid wusste über ihr Verbrechen. Hektisch krabbelte sie dicht an das Loch im Zaun heran. Da traf sie plötzlich ein gewaltiger Hieb auf den Hinterkopf und streckte sie nieder.

Ihr Körper war wie gelähmt. Die Finger, die Beine, kein Körperteil gehorchte mehr den Befehlen, die das Gehirn aussandte. Nur die Augen verrichteten weiter treu ihren Dienst. Aber darauf hätte sie lieber verzichtet. Ohnmächtig musste sie beobachten, wie das Wesen in ihr Blickfeld trat. Von irgendwoher zerrte es Werkzeuge heran. Einen Spaten, eine Harke. Es bereitete ihren Richtplatz vor. Jetzt war sie komplett in seiner Gewalt. Eine Schaufel drang in den Boden vor ihr ein und öffnete die nasse Kruste. Wieder und wieder fuhr das eiserne Instrument in die Erde. Dann war sie plötzlich alleine. Eine Minute? Vielleicht nur einige Sekunden. Viel zu schnell kam ihr Henker zurück und nun sah sie den Pflock.

Es war ein dickes Stück Holz. Und es war spitz. Sie wollte schreien, aber ihre Stimme versagte. Hinter der Gestalt blitzte immer wieder das Licht der Laterne auf. Sie sah, wie sich die Silhouette zu ihr herabbeugte. Eine wächserne Hand kam in ihr Blickfeld, sie hielt eine Rasierklinge. Fest packte die Gestalt sie mit beiden Armen und begann ihr den Kapuzenpulli vom Körper zu zerren, das T-Shirt, ihren BH, die Jogginghose, Schlüpfer, Socken und Schuhe. Sie sah, wie die Rasierklinge auf ihre Augen zusteuerte. Dann sah sie nichts mehr. Sie spürt nur noch den Schmerz. Sie wusste, dass dies nur ein zartes Vorspiel war. Denn die Strafe, die ihr zugedacht war, war tierisch. Aber es war die gerechte Strafe für ihre Tat. Ihr blieb nur die stumme, kalte, nasse Verzweiflung.

Und die Angst. Die Angst vor den Qualen, die ihr bevorstanden.

2

Von Südwesten kommend wütete die Gewitterfront schon seit Stunden über Berlin. Immer neue Wolkentürme tauchten über den Havelausläufern auf und hüllten die Stadt in eine unheimliche Dunkelheit. Nicht einmal die 2000-Watt-Lasershow, die vom Gelände des alten Flughafens Tempelhof heftig zuckend in den Himmel strahlte, schaffte es, die Luftschichten zu durchdringen. Blitze schossen auf die südlichen Bezirke der Metropole herab. Es war ein Spektakel wie aus einem Blockbuster, in dem Hollywood mit dramatischen Computeranimationen den Weltuntergang simulierte. Eine Olympiade der Naturgewalten. Im Minutentakt ließ der Donner die Straßen Neuköllns erzittern. Wie Billardkugeln prallte das Grollen an den Fassaden ab, vervielfachte sich und rollte als ohrenbetäubendes Dröhnen durch die Häuserfluchten.

Erst mit dem Morgengrauen verschwanden die Wolkenmassen. Sonnenstrahlen tauchten am Horizont über den östlichen Weiten Brandenburgs auf und vertrieben endgültig das promethische Schauspiel. Kurz darauf drang morgendliche Julischwüle in die Dachgeschosswohnung ein. Trotz des Unwetters hatte der Mann, der nackt auf seinem Bett lag, endlich einmal wieder einen albtraumfreien Schlaf gehabt, was sicher auch mit den Massen an Whisky zu tun hatte, mit denen er seine Sinne betäubt hatte. Er wachte auf, als er eine Hand zwischen seinen Beinen spürte.

»Hey, Fuck«, hauchte ihm eine weibliche Stimme ins Ohr. »I wanna fuck …«

Der Mann öffnete die Augen und drehte den Kopf zu der Frau neben sich auf dem Bett. »Ich heiß nicht Fuck«, sagte er ruhig, »meine Name ist Vuk.«

Dann rollte er sich zu ihr rüber, fasste mit seinen sehnigen Händen ihren Kopf und schob ihn hinunter zu seinen Lenden. Nur langsam verschwand die Müdigkeit aus seinem Kopf. Was ihm gefiel. Der Zustand zwischen Schlaf und Wachen, wenn er sich im neuen Tag orientieren musste und die alten Schatten noch nicht gänzlich wieder die Kontrolle über ihn erlangt hatten, zählte für ihn zu den Momenten, in denen er so etwas wie Sorglosigkeit erlebte. Und er hätte sich kaum eine bessere Art vorstellen können, diese Sorglosigkeit in vollen Zügen auszukosten, als mit einer hübschen jungen Frau in seinem Bett. Nach einiger Zeit zog er ihren Kopf wieder zu sich und hob den Körper über den muskulösen Bauch auf seine Lenden.

»Gotcha, kleine Tanja«, grinste der Mann.

»Ich ... heiß ... nicht ... Tanja«, stieß sie kurzatmig hervor. Nach einer Weile verlangsamte sie ihre Bewegungen. »Tonia ... nicht Tanja. Tooonia ...« Als sie auch sein befreites Stöhnen hörte, stoppte sie ganz. Einige Sekunden blieb sie noch sitzen, glitt dann langsam von seinen Hüften und legte sich neben ihn. »Von Antonia. Aber den Namen finde ich ziemlich dämlich.«

Aus den Laken fischte der Mann ein hochgeschnittenes Panty-Höschen aus weißer Seide, das an den Rändern mit schwarzer Spitze abgenäht war, und hielt es in die Höhe. »Du hast einen exklusiven Geschmack!«

Träge drehte sich Tonia zu ihm herüber und schaute kurz auf ihren Schlüpfer. »Ein French Knicker. Aus London.« Mit der linken Hand wühlte sie unter dem Kopfkissen herum. Als sie nicht gleich fand, wonach sie suchte, verzog sie genervt das Gesicht. Nach einiger Zeit kramte sie endlich einen BH hervor, der ein Vermögen gekostet haben musste. »Falls dich der auch noch interessiert. Er ist handgefertigt. Seidensatin mit schwarzer irischer Spitze. Anscheinend hattest du dafür vorhin keine Augen!« Gähnend drehte sie sich zurück in ihr Kissen. »Das mit dem Vornamen war übrigens ein Witz«, drang ihre Stimme dumpf aus der Tiefe des Stoffs hervor.

»Was meinst du?«

»Na Fuck. Natürlich hab ich verstanden, dass du Vuk heißt. Serbisch für Wolf. Der Vorname serbischer Helden. Vuk Branković zum Beispiel. Der große serbische Herrscher. Einziger Ungeschlagener bei der Schlacht auf dem Amselfeld ...«

Tolstoi schaute seine Bettgefährtin verwundert an. Von Branković hatte er vor Urzeiten im Geschichtsunterricht gehört. Aber dass der was mit der Schlacht auf dem Amselfeld zu tun gehabt hatte, wäre ihm nicht mehr eingefallen.

»Oder euer Nationaldichter Vuk Karadžić, der sich als Erster ein Großserbien erträumt hat und –«

»Ich bin Bosnier«, fiel er ihr ins Wort. »Für meinen Vornamen kann ich nichts!«

Empört über die rüde Unterbrechung drehte sich Tonia kurz um und strafte ihn mit einem hochnäsigen Blick. Dann gähnte sie erneut, blinzelte mit müden Augen und drehte sich endgültig weg. »Désolé ...«

Kurz blieb Kommissar Vuk Tolstoi noch liegen, dann stand er auf, ging über die knarzenden Dielen zu dem Holztisch am anderen Ende des Zimmers und nahm sich eine Zigarette aus der Packung. Er öffnete das Fenster, das auf den Hinterhof ging, und schnippte sein Zippo an. Nach einem tiefen Zug sah er auf seine Armbanduhr.

»Halb fünf. Und schon taghell«, murmelte er.

Dann blickte er hinab zu den dampfenden Mülltonnen. Über den Hof drangen dumpfe Bässe und Gekreische aus einer der gegenüberliegenden Wohnungen.

»Magst du einen Kaffee?«

Keine Antwort. Verwundert blickte er sich um und sah, dass Tonia, die jetzt quer über dem Bett lag, wieder eingeschlafen war. An irgendjemanden erinnerte sie ihn. Nur an wen? Eine Minute blickte er nachdenklich in das runde Gesicht des Mädchens. Dann fiel es ihm ein und ein Frösteln zog über seine Haut. Monica Lewinsky. Wie alt mochte seine Monica sein? Neunzehn? Zwanzig? Oder doch schon Mitte zwanzig? Hatte sie es ihm vorhin gesagt? Volljährig war sie auf jeden Fall. Das stand fest.

Und sie hatte ein hübsches Gesicht. Wie Monica Lewinsky. Auch die roten Locken gefielen ihm. Der Rest war eher nicht sein Ding. Viel zu barock. Eher ein Fall für amerikanische Präsidenten. Normalerweise stand er auf Dünne, Große, Durchtrainierte. Haarfarbe war ihm egal. Aber die hier war zu dick. Auch diese permanente Sattheit und Wohligkeit, die sie ausstrahlte, mochte er nicht. Ihrer Unterwäsche nach zu schließen, schien Geld keine Rolle zu spielen. In ihrer Welt gab es keine Fragezeichen. Sie nahm sich, worauf sie gerade Lust hatte. So wie sie eben Lust auf Sex mit ihm gehabt hatte. Danach schlief sie ein, bis es ein neues Bedürfnis gab. Alles lief seinen geregelten, sicheren Weg. Keine Überraschungen, keine Brüche. Mädchen, hoffentlich kracht deine Märchenwelt niemals zusammen. Ich wünsche es dir. Aber das geht manchmal schneller, als du denkst …

Ein leichtes, regelmäßiges Schnarchen drang zu ihm herüber. Tolstoi ging zum Herd, der genauso wie das Waschbecken und die Einbauregale in eine Ecke des riesigen Zimmers eingepasst war. Er nahm das türkische Arabica-Kaffeepulver und drückte es mit einem Löffel in den Filter der Espressokanne. Er würde sowieso nicht mehr einschlafen können. Behutsam öffnete er den Wasserhahn und ließ den Eisenbehälter volllaufen. Als er alles verschraubt und auf die Herdplatte gestellt hatte, setzte er sich ans Fenster und starrte auf die Straße. Erste Autos ratterten über das Kopfsteinpflaster, die Scheinwerfer noch an. Der Kommissar ging zum Fenster direkt neben dem Bett und schloss es, hastete aber sofort zurück zum Herd, als die Kanne zu zischen anfing. Er goss sich einen Kaffee ein und beobachtete die andere Straßenseite. Ein akkurat gekleideter Mann mit Anzug und Schlips schlich heran. Verstohlen schaute er in den Mülleimer, blickte sich dann nach allen Seiten um. Nachdem er niemanden sah, griff er hinein und zerrte eine leere Flasche heraus, die er schnell in einem Rollkoffer hinter sich verschwinden ließ. Die erste Schicht der Flaschensammler. Diejenigen, die noch Scham empfanden. Je heller der Tag wurde, umso dreckiger wurden die Armen. Tolstoi hatte das Trauerspiel schon zig Mal beobachtet. Einmal hatte er frühmorgens einen ehemaligen Kollegen überrascht, wie er in einen Müllbehälter griff. Sie hatten beide so getan, als würden sie sich nicht kennen. Der Mann war damals einfach zu spät dran. Er hatte auf die Dunkelheit vertraut und Tolstoi wollte ihm diese Hoffnung nicht zerstören.

Inzwischen war die Sorglosigkeit des Kommissars verschwunden. Das Ziehen in der Magengegend stellte sich wieder ein, als sein Telefon summte. Die Hand des Kommissars schnellte zum Gerät.

»Theo? Was gibt's so früh?«

»Vuk. Wir müssen ran!«

Kurz herrschte Schweigen. Theo Wolff, der Kollege vom LKA und engste Vertraute des Kommissars, schien noch nicht ganz wach zu sein.

»Wo?«

»Plänterwald.«

»Was?«

»Eine Leiche. Fahre gerade hin.«

»Ich bin in einer halben Stunde da.« Auf Zehenspitzen huschte Tolstoi in den Flur zu dem begehbaren Kleiderschrank direkt neben der Eingangstür, nahm sich Unterwäsche, grüne Seidensocken, die Brogues – seine Lieblingsschuhe. Er entschied sich für den silbrigen Designeranzug, den er vor einigen Wochen günstig bei einem Pfandleiher auf der Sonnenallee erstanden hatte. Es gehörte zur Philosophie von Vuk Tolstoi, den hässlichen Seiten seines Berufs jederzeit mit Anstand und Würde zu begegnen. Und dafür war ein tadelloses Äußeres die wichtigste Voraussetzung.

Nach einer kurzen eiskalten Dusche zog er sich schnell an. Aus der Innentasche seines Anzugs fischte er einen Kugelschreiber. Neben der Toilette lagen einige vollgeschmierte Zettel herum. Er riss eine noch unbeschriebene Hälfte ab.

»War schön, dich kennen gelernt zu haben. Aber das Leben geht weiter«, kritzelte er in seiner unbeholfenen Jungenschrift. »Im Kühlschrank gibt's Kuchen. Whisky steht im Regal. Tür kannst du einfach zuziehen. Your Fuck!«

Er musste über seinen Witz grinsen. Dann lehnte er das Blatt an den Spiegel. Leise zog er die Wohnungstür hinter sich zu. Vielleicht hätte er den

Abschiedsgruß auch etwas freundlicher schreiben können. Aber so waren eben die Spielregeln. Der Kommissar nahm gerade die letzten Stufen im Treppenhaus, als sein Telefon erneut klingelte.

»Theo, was gibt's noch?«

»Vuk, ich … äh. Ich wollte dir noch sagen, dass …« Die Stimme am anderen Ende zitterte. »Das ist pervers, Vuk. Ich wollte …«

Auf einmal war Theos Stimme weg. Er musste mit der Hand das Mikrofon des Telefons abgedeckt haben. Verzerrt hörte Tolstoi aufgeregte Stimmen durcheinanderreden.

»Theo, was ist los?«

Nach einigen Sekunden kam die Stimme zurück. »Ich, ich wollte dich nur vorwarnen. Das ist … Also, ich hab noch nie so was Ekelhaftes gesehen!«

3

Auf dem goldfarbenen Wohnzimmertisch lag eine Flasche Champagner der Marke Vranken in einer perlenden Pfütze. Quer über das Zimmer verteilt standen Gläser, einige mit rotem Lippenstift verschmiert. Der zusammengerollte Hundert-Euro-Schein war auf den sündhaft teuren Angorateppich gefallen. Brösel weißen Pulvers lagen auf dem Parkett.

»Atze, ich find es echt ätzend«, lallte ein völlig vernebelter leitender Fotoredakteur und machte eine Pause, um zu grinsen, weil er seine Worte besonders gut gewählt fand, »dass du jetzt zu den Bazis gehst.« Er kippte sich einen ordentlichen Schluck Champagner in den Rachen. »Mit wem soll ich denn in Zukunft feiern?«

»Ole, das ist doch fuckin' scheißegal«, presste Dietrich »Atze« Blomfeld unter der ukrainischen Prostituierten hervor, die über ihm eingeschlafen war und deren Arme fest um ihn geschlungen waren. »Mensch, ich bin doch nicht aus der Welt. Dann kommste mich eben öfter mal besuchen. Und gute Nutten kriegen wir auch in München. Die sollen ziemlich dralle Tschechinnen haben.«

Aus dem Badezimmer torkelte eine splitternackte Blondine und ließ sich in den Clubledersessel fallen. Hinter ihr ertönten slawische Schmonzetten aus der Kehle einer dritten Frau, die sich ein Bad eingelassen hatte und darin herumplantschte.

»Halt's Maul!«, schrie Ole von Knospe hinüber und knallte die Tür zu. Seinen Körper bedeckte lediglich ein transparentes Armani-T-Shirt, das er kurz nach oben schob, um sich den kugelrunden Bauch zu kratzen. »Aber ich kann dich verstehen«, sagte er nach einer Weile. »Ist schon enorm, was dir das verdammte Bummsblatt zahlt.« Der Bildchef des *Berliner Express* hielt den Arbeitsvertrag von der Konkurrenz mit beiden Händen in die Höhe und schnalzte mit der Zunge. »Zwölftausend Ocken. Mächtig viel Schotter.«

»Garantiesumme!«, triumphierte Blomfeld und betonte jede einzelne Silbe. »Scoops werden einzeln verhandelt. Da werden schnell mal hunderttausend Taler fällig.« Der Vertrag mit dem Klatschmagazin sollte sein Leben in geordnetere Bahnen lenken und ihm auf die alten Tage eine gewisse Sicherheit gewähren. Er stand künftig bei dem Münchner Blatt exklusiv unter Vertrag. Aber Dietrich Blomfeld wäre nicht er selbst gewesen, hätte er sich nicht eine Aussicht auf lukrative Sondergeschäfte offen gehalten. Für Blomfeld bot der Vertrag vor allem die Möglichkeit, für seine eher durchschnittlichen Alltagsarbeiten ohne viel Aufwand einen sicheren Abnehmer zu haben. Zumindest sah Blomfeld das so. Schließlich wurde auch er älter, er ging auf die Sechzig zu. Und da sollte selbst ein Top-Paparazzo vorsorgen. Für die Sahnestückchen würden die Münchner aber genauso tief in die Tasche greifen müssen wie alle anderen auch. Da sah sich Blomfeld in keinerlei Loyalität gefangen. Schließlich war er einer der meistgefürchteten Boulevardfotografen Deutschlands.

Seine Fotos hatten es bis auf die Titelseiten der nationalen Boulevardgiganten geschafft. Minister in den Armen ihrer heimlichen Geliebten, erste Aufnahmen von Babys berühmter Schauspieler direkt aus der Geburtsstation, Bischöfe beim Hitlergruß oder Pädophile auf ihren Tauschbörsen. Blomfeld war erfolgreich, weil er keinerlei Skrupel kannte. Als vor einigen Jahren auf einmal Fotoreportagen über Gossenfamilien gefragt waren, hatte er sich wochenlang auf den Berliner Arbeitsämtern rumgetrieben, um die krassesten Fälle herauszufiltern. Ihm ging es nicht um Wahrheit, ihm ging es um einen möglichst lauten Aufschrei. Denn dann bekam er viel Geld und die Kunden standen bei ihm Schlange.

»Die Fallhöhe ist wichtig«, pflegte er zu sagen, wenn er nach dem Grund seines Erfolgs gefragt wurde.

Atze Blomfeld zog die Arme der Prostituierten unter seinem Nacken hervor und schob sie von der Couch. Sie fiel auf den Boden und blieb rücklings auf dem Teppich liegen, ohne aufzuwachen. Dann quälte er sich hoch, zog sich einen seidenen Bademantel über und strich die geölten blonden Haare zurück.

»Weißt du, Ole, was der Unterschied zwischen mir und diesen langweiligen Knipsern ist?«, fragte er seinen Chef. »Ich bin ein Künstler. Ich bin wie Goya, wie Picasso, wie Dix.«

»Dix? Wer is'n das?«, blaffte der Fotochef dümmlich zurück.

»Ein Maler, ein deutscher. Ziemlich wichtige Nummer. Aber so einen kennt ein versoffener Sack wie du eben nicht …« Blomfeld öffnete die mit seinem Monogramm versehene Tabattière auf dem Tisch und schob sich eine neue Linie Kokain zurecht. Drei Gramm hatte er für die Nacht mit Knospe und den Nutten gekauft. Fünfundachtzig Euro hatte ihn das Gramm gekostet, mehr als zweihundertfünfzig Euro also für den Stoff. Das waren Münchner Preise. Eigentlich viel zu viel für Berlin. Aber dafür war das Zeug wirklich gut. Außerdem hatte Blomfeld keinen Bock, mit den Bullen Probleme zu bekommen, und musste für den Sonderservice seines Dealers eben etwas drauflegen. Sein Lieferant kam zu ihm, direkt in die Toilette in dem Café am Eingang des Weinbergsparks. Kurz nachdem sich Blomfeld dort eingeschlossen hatte, hatte er von einem rumänischen Prepaidhandy die SMS mit dem Codewort und der gewünschten Menge geschickt. Wenig später hörte Blomfeld, wie sich jemand ans Pissoir stellte und »Alle meine Entchen« pfiff.

Auf die Idee mit dem Lied war er gekommen. Eigentlich ziemlich dämlich, aber Musik war einfach nicht seine Stärke. Auf das akustische Zeichen hin schob er den zusammengefalteten *Berliner Express* mit dem Geld unter der Tür durch. Auch die Idee mit dem *Express* stammte von ihm. Natürlich nahm er nur Ausgaben, in denen er nicht vorkam. Kurz darauf kam ein Kuvert zurück, das Blomfeld sofort in einem seiner Lederstiefel verschwinden ließ.

Der Paparazzo wusste, dass ihn sein Noch-Chef für seinen Mut und seine Dreistigkeit bewunderte. Von Knospe wüsste nicht einmal, wo er Koks bekommen könnte. Umso gieriger verschlang er das Pulver bei Blomfeld. Aber jetzt war erst einmal er selbst dran. Als er den zusammengerollten Geldschein nicht sofort fand, riss er eine halbe Seite aus einem der herumliegenden Hochglanzmagazine und rollte ein neues Röhrchen. Mit einem scharfen Schniefen zog er das Pulver ein und rieb sich danach die Nase.

»Goya, Picasso und Dix, die waren eigentlich alle auch so eine Art Fotoreporter«, stellte er nach einer Weile fest. Inzwischen drang das

Kokain durch seine Nasenschleimhäute und schlug nur Sekunden später wie ein Hammer in sein Hirn ein. »Genau wie ich. Die haben auch jede Menge Schweinereien im Bild festgehalten. Das waren vor allem Kriege, was die gepinselt haben. Massaker und so Zeugs. Aber darauf hat ja eh niemand mehr Bock. Ich mach heute deren Job. Später werden sie mir noch ein Denkmal errichten, wart nur ab. Von jetzt an kannst du mich Atze Dix nennen!«

»Atze Dix? Ich glaub, du hast 'nen Schaden. Außerdem hättest du mir auch mal was von dem Zeug abgeben können. Schieb mal die Dose rüber.«

Ole von Knospe nestelte gerade an seiner Nase herum, als aus Blomfelds Handy Wagners Walküre ertönte. Der Paparazzo schnellte hoch und drehte sich von seinem Boss weg. Die aufbrausenden Streicherklänge bedeuteten Arbeit. Und sie sagten ihm, dass es um eine ziemlich heiße Geschichte gehen musste. Der Fotoreporter schnappte sich das Telefon und verschwand im Schlafzimmer. Am anderen Ende war sein Informant bei der Berliner Polizei.

»Atze, nur ganz kurz, hier geht gerade ein ziemlicher Zirkus los«, flüsterte der Mann. »Das ist richtig groß. Das Opfer ist wohl extrem übel zugerichtet. Das könnte was für dich sein. Die fahren alle in den Plänterwald. Genaues weiß ich auch noch nicht, bin gerade erst reingekommen. Aber die sind irre nervös. Alle werden gerade reingerufen.«

»Besten Dank, mein Guter«, säuselte Blomfeld zurück. »Dafür gibt's 'nen Grünen.«

»Wenn du mehr wissen willst, dann schalte dich einfach bei uns auf …«

»Können wir uns treffen?«

»Ich muss aufhören.«

Dann kam nur noch ein Tuten aus dem Hörer.

Sofort streifte Blomfeld den Bademantel ab, zog sich schnell an und nahm die Fototasche mit der Canon-Spiegelreflexkamera und dem halben Dutzend Objektiven aus dem Schrank. Zurück im Wohnzimmer beugte er sich zum Fotochef runter, der in einem Sessel zusammengesackt war, legte ihm den Arm um die Schultern und flüsterte ihm ins Ohr: »Ich glaube, ich habe ein leckeres Abschiedsgeschenk für dich. Das wird aber ziemlich teuer!«

4

Kaum hatte sich Tolstoi aus seinem angerosteten Yugo-Fiat Zastrava herausgequält, den er vor Jahren einem Landsmann abgekauft hatte, da steckten seine Füße im Matsch fest. Der Kommissar fluchte laut. Selten dämlich, sich für die Halbschuhe mit Ledersohle entschieden zu haben. Gummistiefel wären besser gewesen. Das wurde ihm umso klarer, als er die zahllosen tiefen Pfützen sah, die den ganzen Parkplatz überzogen. Während er über die Wiese zum Eingang des Parks lief, färbten sich seine Schuhe von Sekunde zu Sekunde dunkler. Bis die Sohlen schließlich bei jedem weiteren Schritt quietschten.

Immer noch auf seine durchnässten Füße konzentriert trat Tolstoi durch das Tor und stolperte sofort auf den mannshohen Triceratops zu, der sein Horn bedrohlich in die Richtung des Kommissars gereckt hatte. Erschrocken wich er zur Seite aus und sah erst jetzt das Graffiti, das auf die Flanke des Tiers gesprüht war. Mit der Faust klopfte er gegen das Plastikungetüm und bekam zur Begrüßung ein dumpfes Echo. Als Nächstes bemerkte er über sich das Gerippe eines Riesenrades, das in der Morgensonne blitzte. Einige Minuten watete der Kommissar planlos durch die matschigen Wiesen im Plänterwald. Gerade wollte er Wolff anrufen, als er hinter den Gleisen einer Geisterbahn eine Gruppe sah. Er erkannte sogar die Gesichter. Aber irgendwas stimmte nicht.

Alle wirkten wie versteinert. Keiner sprach, niemand bewegte sich. Es herrschte Totenstille. Nicht einmal seine Ankunft schienen sie zu bemerken. Die Gruppe wirkte arrangiert wie das Bild eines flämischen Meisters. Stillleben mit Leiche. Aber wo war die Leiche? Aus dem Augenwinkel sah Tolstoi, dass sich etwas bewegte. Ein Kollege in einem weißen Overall riss die Hand hoch und stützte sich an einem Baum ab. Mit einem plötzlichen Würgen entleerte er sich. Das Gesicht des Mannes war kreidebleich. Tolstoi beschlich eine innere Unruhe. Er ließ seinen Blick in alle Richtungen schweifen. Und auf einmal sah er sie. Oder besser das, was von ihr übrig geblieben war.

Die Frau war splitternackt und schwebte gut einen Meter über dem Boden. Durch ihren gesamten Körper ragte ein Pfahl. Das Holz verschwand zwischen den Beinen im Inneren der Frau und kam als Spitze in ihrem Nacken wieder heraus. Eine ganze Weile blieb Tolstoi wie angewurzelt stehen. Dann machte er mechanisch einige Schritte zurück. Theo Wolff hielt ihn auf. Tolstoi blieb ruckartig stehen, er konnte den Blick nicht von der widerlichen Installation abwenden.

»Vlad Ţepeş«, stammelte er nach einer Weile.

»Was?«, flüsterte Wolff.

»Vlad der Pfähler.«

»Wovon sprichst du?«

»Graf Drakula. Vlad brachte seine Feinde genau so um …«

Wolff blickte seinen Chef entgeistert an. »Ich dachte, das sind nur Märchen?«

Tolstoi schüttelte nur den Kopf. Er hatte keine Lust auf eine Geschichtsstunde. Nicht jetzt. »Wer hat die Tote gefunden?«

»Einer der Wachleute. Die gehen das Gelände jeden Morgen ab. So gegen fünf Uhr. Das ist ja alles Sperrgebiet hier.«

Langsam nahm Kommissar Tolstoi auch die übrigen Anwesenden wahr. Es musste sich um eine Vorhut handeln. Bald würde es hier von Tatortfotografen, Medizinern und Ermittlern nur so wimmeln. Außer Wolff waren drei Kollegen von der Spurensicherung da. Dazu fünf Streifenpolizisten, die das Areal mit Warnbändern absperren sollten, aber noch nicht weit gekommen waren. Alle schienen wie gelähmt. Und sie starrten nun allesamt auf den Kommissar. Flehentlich. Sie wollten Anweisungen von ihm hören. Er sollte sie aus ihrer Starre erlösen. Tolstoi musste den ganzen Betrieb in die Hand nehmen und die Ermittlungen organisieren.

Erst einmal nahm er sich eine Zigarette. Dann ging er näher zu der Toten hin. Wolff folgte ihm in einigem Abstand. Von unten schaute Tolstoi der Frau ins blutverschmierte Gesicht. Es war nicht mehr viel zu erkennen. Haarbüschel hingen vom Schädel. Unter den Blutkrusten schienen die Augenhöhlen durch. Der Bereich zwischen Nasenbein und Haaransatz erschien dagegen eigenartig sauber. So als ob er nachträglich abgewischt worden war.

»Die hat doch was auf der Stirn?«

»Ja, sieht aus wie 'ne Marke. Der Täter muss ihr wohl was eingeritzt haben.«

»Hast du es schon entziffert?«

»Könnte irgendeine Rune sein.«

»Ein Pentagramm?«

»Vielleicht.«

Trotz der Schwüle durchfuhr Tolstoi auf einmal ein Frösteln. Weit zurückliegende Erinnerungen stiegen in ihm auf. Wintertage auf dem Land. Seine Großmutter erzählte ihm die Sage von Vlad Ţepeş. Er, der schmächtige Junge, saß gebannt an ihrer Seite und verschlang jedes einzelne Wort.

Seit Jahrhunderten geisterte die Geschichte durch die Köpfe der Menschen auf dem Balkan. Vlad Ţepeş kämpfte aufseiten des Kaisers von Österreich gegen die Osmanen. Ţepeş hasste die Muslime. Nach gewonnenen Schlachten ließ er die Überlebenden bei lebendigem Leib auf spitze Pfähle spießen und monatelang vor sich hin verwesen. In der bosnischen Stadt, in der Vuk Tolstoi aufgewachsen war, lebten Jahrhunderte später beide Seiten zusammen. Tolstoi war Muslim wie die osmanischen Krieger damals. Viele seiner Freunde waren serbisch-orthodoxe Christen, einige auch kroatische Katholiken. Vor den blutigen Geschichten aus der Vergangenheit hatte er sich gefürchtet. Aber seine Großmutter hatte ihn immer beruhigt. Du brauchst keine Angst zu haben, hatte sie zu ihm gesagt und ihm dabei übers Haar gestreichelt, diese Geschichten sind sehr, sehr lange her. Heute würde so etwas nicht mehr passieren …

Das war vor den Balkankriegen gewesen. Aber Vuk hatte sich damals in den Armen der Großmutter sicher gefühlt und die Geschichte von Vlad dem Pfähler aus dem nahen Transsylvanien war für ihn schließlich nur noch eine Sage aus alten Zeiten. Allenfalls nachts im Bett hatte er sich vorgestellt, wie der Wald aus gepfählten Osmanen wohl gewirkt haben musste. Jetzt konnte er mit eigenen Augen sehen, wie ein Mensch aussah, der auf einen Holzpfahl aufgespießt wurde. In seinen Kindheitsvorstellungen hatte er jedoch nicht bedacht, dass es neben dem Sehsinn noch den Geruchssinn gab. Das wurde ihm nun umso drastischer bewusst.

In seiner Nase brannte der Gestank von Kot und Urin.

5

»Das Areal hier wird Millimeter für Millimeter abgesucht. Das Ganze in einem Radius von mindestens dreißig Metern. Alles wird aufgesammelt«, rief der Kommissar seinen Leuten in den Overalls zu. Seine Anweisungen waren nicht mehr als das Einmaleins der Spurensicherung. Aber in so einer Situation musste er sie an die Hand nehmen wie kleine Kinder. »Sind die aus der Gerichtsmedizin schon verständigt?«

»Ja. Die sollten längst hier sein.«

Mit der Fußspitze fuhr Tolstoi durch die verdichtete Erde rund um den Pfahl. »Hier hat jemand richtig geschuftet. So eine Inszenierung zu veranstalten, das dauert.«

Wolff wedelte mit einem Arm in der Luft herum. »Da hinten am Zaun haben wir ihre Klamotten gefunden«, sagte er. »Sportsachen. Vielleicht war sie joggen.«

»Wo sind wir hier eigentlich?«

»Kennste nicht? Das war früher mal der VEB Kulturpark Berlin, besser bekannt als Spreepark«, erklärte Wolff, der sich langsam etwas gefasst hatte. »Der größte Rummelplatz in der DDR. Kirmesbuden und Riesenrad als sozialistische Version von Brot und Spielen. Aber wirklich genützt hat es den Herren Genossen auch nichts.«

Tolstoi wandte seinen Blick von der Toten ab und schaute sich um. In der Ferne erblickte er überdimensionale weiße Plastikschwäne, in denen seinerzeit Besucher auf den verzweigten Teichanlagen durch das Areal gegondelt sein mussten.

»Nach der Wende haben das irgendwelche windigen Investoren aus dem Westen übernommen ...«

Tolstoi stellte den Kragen seines Mantels auf. Ihm war es auf einmal unangenehm, dass er sich von der Szenerie hatte beeindrucken lassen. Eigentlich nicht seine Art. In der Mordkommission genoss er den Ruf eines unterkühlten Analytikers. Seine Kaltschnäuzigkeit war geradezu legendär. Auch deshalb hatte er im Polizeidienst eine Blitzkarriere gemacht. Tolstoi war gerade mal Mitte dreißig und trotzdem schon leitender Kommissar. Er stand kurz davor, Dezernatsleiter zu werden, aber eigentlich hatte er darauf keine sonderliche Lust. Seine Vorgesetzten hatten für ihn offenbar ehrgeizige Pläne. Tolstoi galt als intelligent, weltläufig, aber auch unnahbar. Seit der Polizeischule eilte ihm ein unzweifelhafter Ruf voraus. Krähe hatten ihn seine Mitschüler getauft, weil Krähen ziemlich clevere Tiere sind. Sie lassen Nüsse auf die Straße fallen, bevorzugt vor Zebrastreifen, damit anfahrende Autos die Schalen knacken und sie den Inhalt dann fressen können. Krähen biegen sich mit dem Schnabel Drähte zurecht, um mit diesem simplen Werkzeug an versteckte Orte zu gelangen. Als Vögel bringen Krähen eine unglaubliche Intelligenz auf, die geradezu geisterhaft wirkt. Dazu passt ihre zweite Eigenschaft. Denn Krähen sind auch einsame, dunkle Tiere. Krähen scharren und kratzen, sie picken die Eier anderer Vögel auf und schlürfen die Brut heraus.

Für viele sind Krähen unangenehme, bedrohliche Tiere. Tolstoi hatte sofort verstanden, wie seine Klassenkameraden auf diesen Spitznamen gekommen waren. Er wusste, dass die meisten Abstand zu ihm hielten. Er spürte Respekt vor seinen Fähigkeiten, der kalten Analysefähigkeit und dem unbändigen Willen, zu einem Ergebnis zu kommen. Genauso fühlte er aber auch die Ablehnung, die die Polizeianwärter ihm, dem Sonderling, dem Fremden entgegenbrachten. Er hatte seine eigenen Methoden, seine eigenen Regeln. Darüber sprach er nicht groß. Vielen war er unheimlich. Die undurchschaubare Krähe, die mit Intelligenz und Andersartigkeit ans Ziel kam.

Langsam nahm der polizeiliche Betrieb Fahrt auf. Tolstoi konnte sich endlich auf seine eigenen Ermittlungen konzentrieren. Aus der Innentasche des Anzugs zog er sein Handy und begann zu fotografieren. Frontal von unten, schräg von links. Er kroch ganz nah an den Holzpfahl und blickte nach oben. Das Blut aus dem Körper der Toten war am Pfahl nach unten geflossen. Ein Rinnsal war über das linke Knie nach unten getropft. Der rechte Arm der Frau hing eigenartig herab, als sei die Schulter ausgekugelt worden. Tolstoi stand wieder auf und begutachtete den Brustkorb genauer. Er erkannte bläuliche Verfärbungen, die einmal um den Rumpf herumliefen. Allerdings handelte es sich nicht um Einschnürungen. Dafür waren die Verfärbungen zu breit und nicht dunkel genug. Es musste sich um leichtere Druckstellen handeln. Tolstoi hielt sein Telefon mit ausgestrecktem Arm so dicht wie möglich an die Körperstelle und drückte auf den Auslöser. Dann schaute er sich das Bild auf dem Bildschirm an. Er stutzte. »Das ist ja eigenartig …«

»Was denn?«, fragte Wolff sofort und drehte sich neugierig zu seinem Chef um.

Ohne zu antworten blickte der Kommissar weiter auf sein Foto. Er streckte die Handykamera noch einmal vor den Brustkorb und machte zwei weitere Bilder. Er ahnte, was der Grund für die Druckstellen war.

Stumm ging er einige Schritte von der Leiche weg zu einem Baum direkt daneben. Mit einem Sprung zog er sich an einem der Äste hoch. Er kletterte durch das Geäst, dann pfiff er triumphierend. »Hab ich's mir doch gedacht!«

»Was denn?«, rief Wolff ungeduldig hinauf. »Was gibt's denn da oben?«

»Schleifspuren.«

»Schleifspuren?«

»Hier oben wurde ein Seil drübergezogen. Auch wenn die Frau nicht sonderlich korpulent ist, es dürfte nicht leicht gewesen sein, sie auf den Pfahl zu setzen.«

»Du meinst, sie wurde hochgezogen?«

»Ja. Aber nicht mit einem einfachen Seil. Schau dir ihren Oberkörper an. Da gibt es fast keine Spuren.«

Verständnislos glotzte Wolff seinen Vorgesetzten in der Baumkrone an. »Und was sagt dir das?«

»Dass sie mit einer Art festen Schlinge, vielleicht sogar mit Auspolsterung, hochgezogen worden ist.«

»Aber das passt doch überhaupt nicht zusammen. Erst wird sie mit Samthandschuhen angepackt, um dann ekelhaft hingerichtet zu werden?«

Tolstoi sprang vom Baum herab und ging erneut auf die Leiche zu. Er stand nur wenige Zentimeter von ihr entfernt und blickte der Toten jetzt direkt in die aufgerissenen Augen. »Sie durfte nicht zu früh sterben. Sie sollte alles spüren. Wie der Pfahl in ihren Körper eindringt und langsam ihr Leben ausgelöscht wird ...«

6

Verunsichert starrte Wolff den Kommissar an. Der Polizist versuchte zu verstehen, was sein Chef da gerade gesagt hatte. Wenn die Tote nicht zu früh sterben sollte, hieß das noch etwas anderes. »Dann hat ihr der Mörder beim Sterben zugesehen?«

Tolstoi antwortete nicht. Stumm schritt er um den schaurigen Richtplatz. Immer wieder hob er den Kopf, blickte zur Leiche hoch, drehte seine Nase in alle Himmelsrichtungen. Er schien etwas zu suchen. Konzentriert musterte der Kommissar den Platz, auf dem der Pfahl errichtet war. Mit großen Schritten maß er den Abstand zu den nahen Büschen. Wieder blieb er stehen. Aus seiner Jackentasche zog er Plastikhandschuhe und streifte sie über. Die Krähe hatte begonnen, ihr geheimnisvolles Tagwerk zu verrichten. Noch einmal ging der Kommissar zur Leiche zurück. Er fuhr mit dem Finger über das geronnene Blut am Unterschenkel der Toten. »Eine Stunde.«

»Was?«

»Das Blut ist noch frisch. Die Frau ist nicht länger als eine Stunde tot.«

Wolff und die Kollegen blickten Tolstoi überrascht an.

»Wann seid ihr hier angekommen?«

Einer der Polizisten im weißen Overall schob seinen Ärmel hoch und blickte auf die Uhr. »Vor ungefähr vierzig Minuten.«

Unversehens hob Vuk Tolstoi den Arm. Er gab der Gruppe ein Zeichen, sich still zu verhalten und sich nicht zu bewegen. »Wir sind nicht alleine hier!«, flüsterte er.

Alle starrten ihn wie versteinert an.

»Der Mörder muss noch in der Nähe sein«, zischte der Kommissar. Schnell blickte er sich in alle Richtungen um. Sein Blick fixierte die hundert Meter entfernte Birkengruppe, er spähte zu der verrosteten Parkbank. Immer wieder blinzelte er hinüber zum Hang, der zur Spree hin abfiel. »Er hat es nicht geschafft, rechtzeitig hier weg zu kommen«, flüsterte er in Richtung der Kollegen.

Plötzlich sprintete der Kommissar wie ein Wilder los. Entgeistert schauten ihm die anderen nach. Dann sahen sie, was die Krähe mal wieder bemerkt hatte und was ihnen allen entgangen war. Es fiel den Polizisten auch nur auf, weil es sich auf einmal bewegte. Ein Lichtschein funkelte in einem der Büsche kurz vor dem Ufer für einen Sekundenbruchteil auf. Inzwischen war Kommissar Tolstoi gut und gerne zweihundert Meter von ihnen entfernt. Er hatte den Ort, wo das Glitzern aufgetaucht war, fast erreicht. Aus der Entfernung hörten sie ein merkwürdiges Gurgeln. Dann war Tolstoi verschwunden.

Der Kommissar schob die Büsche zur Seite und arbeitete sich durch die dornigen Zweige. Aber die Pflanzen wucherten einfach zu dicht. Nur langsam kam er durch das Blattwerk. Nach gut fünf Metern fand er sich auf einem Uferweg wieder. Hektisch blickte er in beide Richtungen. Ein Jogger lief über den knirschenden Kies. Tolstoi rannte auf ihn zu und riss ihm die Kopfhörer von den Ohren.

»Ist dir jemand entgegengekommen?«

Überrascht und verärgert starrte der junge Mann ihn an. »Was fällt Ihnen eigentlich –«

»Polizei. Ist dir gerade jemand entgegengekommen?« Tolstoi brüllte jetzt.

»Vor einer Minute. So eine Gestalt mit einem –«

»Wo?«

Völlig verwirrt gaffte ihn der Mann an.

»Wo?«

»Da vorne. Als ich gerade um die Ecke gerannt bin.« Mit dem Finger zeigte der Jogger in die Richtung, aus der er gekommen war. Der Weg machte eine Biegung und verschwand hinter einem Mauervorsprung. »Der Typ hat mich angerempelt und ich –«

Tolstoi schmiss ihm die Kopfhörer entgegen und rannte in die Richtung, die ihm der Mann gewiesen hatte. Hinter ihm fluchte der Jogger, als er seine Ohrstöpsel aus dem Dreck aufhob.

Je näher der Kommissar zur Mauer kam, umso mehr konnte er von dem Park dahinter sehen. Links floss die Spree, dann kam der Uferweg und hinter der Mauer öffnete sich eine große Wiese. Atemlos blieb der Kommissar an den Steinen stehen und versuchte sich zu orientieren.

Da!

In einem eigenartigen Hoppelgang huschte der Typ über die feuchte Wiese davon, weg vom Fluss, in Richtung Straße. Nur schwer konnte Tolstoi die Konturen erkennen. Die Gestalt war schon zu weit entfernt. Sie hatte eine schwarze Kluft an. Auf dem Kopf etwas Unförmiges, das vorhin die Lichtreflexe verursacht haben musste.

Gut dreihundert Meter lagen zwischen ihnen. Wie besessen rannte Tolstoi hinterher. Inzwischen hatte auch die Gestalt gemerkt, dass sie verfolgt wurde. Immer wieder blickte sie zurück zum Kommissar, der langsam näher kam.

Tolstoi war ein guter Sprinter. Dreihundert Meter. Wenn er sein Tempo hielt, dann würde er die Figur in ein bis zwei Minuten eingeholt haben.

Aber auf einmal war sie weg. Wahrscheinlich hatte sie schon wieder einen Haken geschlagen. Sie konnte nicht weit sein. Auf der anderen Seite der Wiese angekommen blieb Tolstoi leise keuchend stehen und versuchte, in die morgendliche Stille zu horchen.

Da hörte er das Rattern. Wie von der Tarantel gestochen spurtete er erneut los, dem Geräusch hinterher. Es wurde immer lauter und dann hatte er die Gestalt von Neuem im Blick. Sie war auf ein Motorrad gestiegen und trat mit dem Fuß wieder und wieder auf den Anlasser. Aber die Maschine schien nicht anspringen zu wollen. Tolstoi preschte über den Waldweg hin zu dem kleinen Parkplatz. Noch fünfzig Meter. Gleich würde er da sein.

Da blieb sein Fuß in einer Wurzel stecken und er fiel krachend zu Boden. Ein Schrei hallte durch den Wald. Nervös blickte die Gestalt zu ihm herüber und trat erneut auf den Anlasser. Das Rattern wurde lauter. Fluchend rappelte sich Tolstoi auf und rannte so schnell es ging auf das Motorrad zu. Auf einmal vernahm er das Geräusch, das er jetzt am wenigsten hören wollte.

Der Fahrer gab Vollgas. Wie wild drehte das Hinterrad durch und verursachte eine riesige Matschfontäne. Heftig schlingernd fuhr das Motorrad über den kleinen Parkplatz in Richtung der Schranke und der Straße. Im Bruchteil einer Sekunde ging Tolstoi seine Möglichkeiten durch. Er hatte nur noch eine Chance.

Mit einem Sprung überquerte er die Begrenzungsmauer des Parkplatzes und kam auf dem Gehsteig auf der anderen Seite wieder auf den Boden. Er befand sich jetzt direkt neben der Straße, das Motorrad würde gleich um die Kurve kommen.

Tolstoi zückte seine Pistole und wollte auf das sich schnell nähernde Motorrad zielen. Da sah er das Auto dahinter. Scheiße! Halt an, verdammt noch mal!

Aber der Wagen blieb konstant hinter der Maschine. Tolstoi konnte nicht schießen, entweder würde er verfehlen und die Autoinsassen treffen, oder das Motorrad würde stürzen und einen gefährlichen Unfall verursachen. Der Kommissar hielt die Waffe trotzdem weiter auf den schwarzen Fahrer gerichtet. Mit rasender Geschwindigkeit kam der näher.

Noch zwanzig Meter.

Die Gestalt hielt direkt auf ihn zu. Hinter dem dunklen Visier konnte Tolstoi kein Gesicht erkennen. Doch auf einmal riss der Fahrer den Lenker zur Seite. Die Maschine schoss auf den Mittelstreifen zu, sprang dort über einen Erdhügel und kam auf der Gegenfahrbahn wieder auf.

Tolstoi fluchte. Er musste warten, bis das Auto auf seiner Seite an ihm vorbeigefahren war. Die alte Frau hinter dem Steuer blinzelte verunsichert zu ihm heraus. Als er am Mittelstreifen angekommen war, konnte er nur noch das rote Rücklicht der Maschine erkennen. Gut dreihundert Meter fuhr der Geisterfahrer die verwaiste Straße hinauf, dann bog er in eine Seitenstraße ein.

Langsam wurde das sägende Geräusch leiser.

7

Sofort hatten sie eine Großfahndung nach dem Motorrad eingeleitet. Aber Fahrer und Maschine blieben wie vom Erdboden verschluckt. Missmutig fuhr Tolstoi in seinem Zastrava vom Tatort zum Präsidium. Als er auf den Parkplatz einbog, merkte er zu allem Überfluss, dass sich schon wieder jemand auf das Rechteck mit seinem Dienstkürzel gestellt hatte. Laut fluchend lenkte der Kommissar den Wagen vorbei an den Autos der Kollegen und bog schließlich in die einzige noch freie Parkbucht ein.

LKA-Präsident stand auf dem Schild. Der Boss war für ein paar Tage im Urlaub und nur aus Unterwürfigkeit oder Feigheit, wie die Kollegen, wollte Tolstoi den Platz dann doch nicht freilassen. Natürlich würden alle seine Rostlaube auf dem Stellplatz erkennen, mit seiner knallroten Lackierung war der Wagen schwer zu übersehen. Sie würden es dem Kommissar wieder als Zeichen seiner Arroganz auslegen. Aber das war ihm herzlich egal.

Als er ins Büro kam lehnte Ana Cayart an seinem Schreibtisch, den Blick in eine Akte vertieft.

»Wir zwei müssen da wohl ran …«

»Leider!«

Cayart schaute nicht auf, völlig in ihre Unterlagen vertieft. »Hab gehört, du hast ihn fast erwischt?«

»Hm …«

Noch immer würdigte die Frau den Kommissar keines Blickes. Konzentriert blätterte sie weiter die Papiere durch. »Ziemlich unappetitlicher Kram«, murmelte sie nach einer Weile.

Cayart war Psychoanalytikerin. Forensische Psychologie hatte sie eigentlich nur in einem Nebenkurs belegt. In den Augen der meisten Polizeipsychologen war sie damit eine ziemlich exotische Besetzung für den Job der Polizeipsychologin mit Ermittlungsbefugnis, immerhin einen der Schlüsselposten beim Berliner LKA. Für viele entsprach die Besetzung einem riskanten Experiment. In etwa so, wie wenn ein Regenbogenhippie zum Vorsitzenden der CSU Oberbayern gewählt würde. Psychoanalytiker, die in den Augen der meisten Ermittler nur hohl daherschwätzten, gab es so gut wie nie in den Reihen der Polizei. Ihre Arbeit wurde von vielen als zu ungenau und zu subjektiv eingestuft. Hinter vorgehaltener Hand schimpften die Kollegen gerne über den Psychohokuspokus. Dass Cayart inzwischen zumindest geduldet wurde, hing mit ihrer Erfolgsbilanz zusammen. Bei einigen der kniffligsten Fälle der vergangenen Jahre hatte die Polizeipsychologin maßgeblich zur Aufklärung beigetragen.

Die Mordserie an den tauben Mädchen vor einigen Jahren im Spreewald, der Fall mit den narkotisierten, gehäuteten und lebendig im Tiergarten begrabenen Ponys, der mumifizierte Maurer, den ein Bauherr bei Umbauarbeiten lange nach dem Einzug im Boden seiner Garage gefunden hatte. Allen Tätern war Ana Cayart auf die Spur gekommen. Sie hatte die unglaubliche Fähigkeit, sich in noch so kranke Hirne von Tätern hineinzudenken.

Und irgendwer ganz oben in der Hierarchie hatte die Tote aus dem Plänterwald zielsicher sofort in die Kategorie der Hardcorekaliber eingeordnet.

Cayart legte die Akte auf Tolstois Schreibtisch. »Lass uns hier rausgehen.«

Unten im Hof setzte sie sich zu Tolstoi ins Auto. Sofort kurbelte sie das Fenster runter. »Hast du gesoffen?«

»Hmm …«

»Kannst du fahren?«

»Klar.«

»Kopfschmerzen?«

»Und wie.«

Cayart kramte aus ihrem Rucksack ein Kabel heraus, steckte es in ihr Smartphone und gab das andere Ende an Tolstoi weiter. »Kannst du das mal anschließen?«

Der Kommissar stöpselte den Stecker in den USB-Anschluss seines frisch eingebauten Chinaimportradios. Mit dem Finger fuhr Cayart über ihr Handydisplay. Fenster ploppten auf und verschwanden. Endlich schien sie gefunden zu haben, was sie suchte. Doppelklick. Zarte Streicherklänge ertönten.

»Brahms, ein deutsches Requiem. Das ist besser als ein Aspirin.« Dann öffnete sie wieder die Tür, ging hinüber zu Tolstoi. »Los, aussteigen. Ich fahr, du schläfst die nächste Viertelstunde!«

Tolstoi krabbelte über die Handbremse, schob die Füße über Cayarts Rucksack und legte den Kopf nach hinten.

»Der Tod ist verschlungen in den Sieg«, dröhnte der Chor aus den Lautsprechern in der Tür.

»Tod, wo ist dein Stachel?«, summte Ana Cayart mit. *»Hölle, wo ist dein Sieg?«* Ihre kastanienbraunen, mit ein paar grauen Strähnen durchzogenen Haare wehten im Wind, der durch die Seitenscheibe wirbelte.

Direkt neben der Sehitlik-Moschee am Columbiadamm fand sie eine Parklücke und lenkte den Wagen mit drei Schwenkbewegungen souverän rückwärts hinein. Dann schaute sie den schlafenden Kommissar eine Weile stumm an. Schließlich strich sie ihm sanft über die Schulter und rüttelte ihn wach.

Auf dem Tempelhofer Feld war ziemlich viel los. Jugendliche nutzten die ersten Ferientage und saßen schon mittags mit Bierkästen und Joints auf der Wiese. Andere hielten Lenkdrachen in der Hand und ließen sich auf ihren

Skateboards über die einstige Landebahn ziehen. Aus der nahen Bergmannstraße in Kreuzberg waren Geschäftsleute, Anwälte und Sprechstundenhilfen in den Park gekommen, um Sandwiches zu essen oder einfach nur in der Sonne zu liegen.

Tolstoi ließ sich auf die Decke fallen, die Cayart auf der Wiese ausgebreitet hatte.

»Die Frau heißt Agnes Rottluff«, begann sie, nachdem sie ihren Tabletcomputer aus der Tasche gezogen und einige Dokumente aufgeklickt hatte. »Ihr Mann hat sie gestern Abend als vermisst gemeldet, muss so gegen dreiundzwanzig Uhr gewesen sein. Auf dem Passbild ist sie noch ziemlich jung, aber sie ist es. Agnes Rottluff hieß eigentlich Agnieszka. Agnieszka Kapuscinski. Sie wurde am dreiundzwanzigsten November 1969 in Stary Sącz geboren. In den polnischen Karpaten. Später, als sie ihren Mann geheiratet hat, ließ sie ihren Vornamen in Agnes umändern.«

Tolstoi zog einige zusammengefaltete Zettel aus seiner Anzugstasche und begann mit einem Bleistift darauf herumzukritzeln. Er notierte nur Schlüsselwörter, die ihm wichtig erschienen. *Agnieszka, Stary Sącz, Karpaten.* »Was haben wir noch?«

»Rottluff ist nach dem Fall der Mauer nach Deutschland gekommen. Sie hat hier wohl eine Art Studium gemacht und später bei der Deutschen Bischofskonferenz begonnen. Sie hat dort als Referentin in der Hauptstadtrepräsentanz gearbeitet. Muss ein ziemlich wichtiger Job gewesen sein.«

»Der Mord war eine Inszenierung«, sagte er nach einer Weile. »Es hat mich an Vlad den –«

»Pfähler erinnert.«

»Du kennst die Geschichte?«

»Ich habe auch Bram Stoker gelesen.«

»Im ersten Moment dachte ich, da will jemand einen neuen Kreuzzug gegen die Muslime starten. Aber die Frau ist ja wohl das genaue Gegenteil?«

»Stimmt. Eine gläubige Christin zu pfählen wäre schon eine ziemliche Verkehrung der Geschichte. Aber mein Eindruck ist sowieso, wir sollten die Pfählung eher als Chiffre verstehen.«

»Du meinst, eine rituelle Aufladung des Mordes?«

»Eine Pfählung! Das ist schon ein extremes Symbol. Das ist der Phallus in Reinform!« Cayart dachte kurz nach. Sie setzte an, wollte etwas sagen, zögerte. »Phallische Symbole stehen für Auferstehung, für eine

Erneuerung des Lebens. Aber hier ist der Phallus gepaart mit brutaler Gewalt. So, als müsse etwas vernichtet werden, um dann wieder neu geboren zu werden.«

»Hass, der aus enttäuschter Liebe stammt?«

Cayart schaute Tolstoi jetzt in die Augen. Sie antwortete nicht gleich. »Gut möglich.« Sie machte erneut eine kurze Pause. »Ich habe mich oberflächlich eingelesen. Pfählungen sind eine uralte Form des Strafvollzugs. Es gibt sie sogar heute noch. Im Iran wurden erst kürzlich zwei Homosexuelle gepfählt.«

»Auf der Stirn der Toten ist ein Zeichen eingeritzt. Wahrscheinlich ein Pentagramm. Das könnte deine Theorie stützen.«

»Wolff hat mir davon am Telefon erzählt. Das deutet auf jeden Fall darauf hin, dass hinter dem Mord eine verschlüsselte Botschaft steckt. Außerdem: So mordet niemand, der einfach nur jemanden aus der Welt schaffen will. Da steckt ein tiefer seelischer Antrieb dahinter.«

Tolstoi nahm sich den Tabletcomputer und fuhr mit dem Finger über die aufgeklickten Dokumente. Schnell überflog der Kommissar die LKA-Notizen und öffnete dann das Dokument mit dem Namen Agnes Rottluff. Er notierte sich wieder einige Wörter – *Waise, drei Kinder* – und stopfte die Zettel dann zurück. »Was ist mit dem Ehemann?«

Cayart antwortete nicht sogleich.

»Du kennst die Statistik!«, drang der Kommissar auf seine Kollegin ein.

»Ja, ja. Die meisten Morde werden von Angehörigen oder Personen begangen, die in einer emotionalen Bindung zum Opfer stehen.«

»Und dann die Frage der Gewalt. Bei solch extremer Gewaltanwendung *muss* es einen emotionalen Bezug geben!«

Cayart antwortete nicht mehr. Tolstoi wartete einen Augenblick.

»Willst du mit zu den Angehörigen?«, fragte er schließlich und sammelte seine Sachen zusammen.

»Wenn es dir nichts ausmacht, würde ich mir das gerne ersparen.«

Abwesend nickte der Kommissar. Er schien mit seinen Gedanken ganz woanders zu sein. »Ach ja, was ich dir noch sagen wollte …«

»Ja?«

Tolstoi stockte. »Nein, ist schon gut.« Dann drehte er sich um und ging davon.

8

Auf dem Weg zu seinem Wagen hielt Tolstoi bei einem türkischen Restaurant und holte sich einen Spinatbörek und eine Schachtel Baklava. Bis er bei seinem Auto angekommen war, hatte er den Börek bereits verdrückt. Die Box mit den honigtriefenden Teigteilchen stellte er neben sich auf den Beifahrersitz und nahm sich an jeder roten Ampel eines der klebrigen Stücke heraus. Als er im Neubaugebiet an der Rummelsburger Bucht angekommen war, war die Schachtel leer. Der Zastrava kurvte durch eine bizarre Welt der architektonischen Massenware. An jeder Ecke hatte Tolstoi ein Déjà-vu, alles sah gleich aus, auch wenn die Häuser sogar irgendwie schick wirkten. In der Hildegard-Marcusson-Straße wechselten sich weiße und schwarze Reihenhäuser ab. Tolstoi erkannte, dass die kompletten oberen zwei Etagen in jeder Einheit zum Loft ausgebaut waren. Vor der Nummer sechzehn stand ein aufblasbares Schwimmbecken im Vorgarten.

Tolstoi klingelte. Er wollte schon über das Gartentor klettern, als ein Mann in der Tür erschien. Stumm blieb er im Rahmen stehen.

»Vuk Tolstoi, Kriminalpolizei.«

Hinter der schmächtigen Person erkannte Tolstoi ein Mädchen, das sich an das Hosenbein des Vaters kuschelte. Ein Summen erklang und das Tor ließ sich öffnen.

»Magdalena, lass den Mann von der Polizei mal vorbei.«

Sie setzten sich in die offene Wohnküche im Erdgeschoss. Über der Eingangstür hing ein Kreuz.

»Herr Rottluff«, setzte der Kommissar vorsichtig an, »ich habe eine schlechte Nachricht für Sie.«

Nervös begann der Zeigefinger des Mannes auf dem Küchentisch zu zucken. Den rechten Arm hatte er um seine Tochter gelegt. »Tot?«

»Ja.«

Das Mädchen begann zu schluchzen. Tränen kullerten ihr über die Backen. Der Vater stand vom Tisch auf, zog die Kleine mit sich und drückte sie fest an sich. Er hielt sie so fest, dass sie auf einmal zu keuchen begann. Sofort lockerte er seine Umarmung. Er zitterte jetzt am ganzen Körper.

»Neeeeeeeeeeein!«

Merkwürdig dumpf hallte der Schrei von Rottluff durch die Küche. Tolstoi stützte seine Stirn auf die Hände und blickte stumm auf die Tischplatte. Er sah erst auf, als sich der Mann wieder etwas gefasst hatte.

»Wurde sie ermordet?«

»Ja.«

»Wie?«

Tolstoi blickte besorgt auf das Mädchen, das sich mit großen, verweinten Augen weiter an den Vater klammerte. Er schwieg. Rottluff verstand das Zögern. Er schloss seine Arme dicht um den Kopf seiner Tochter, ließ ihr diesmal aber genug Luft zum Atmen. Hören konnte sie nun trotzdem nichts mehr. Dann blickte er den Kommissar flehentlich an.

»Sie wurde gepfählt.«

Das Gesicht des Mannes zeigte keine Regung, war jetzt aber aschfahl. »Gepfählt?«

»Ja. Ich weiß, dass das jetzt ziemlich schwer für Sie ist. Aber …« Selbst Tolstoi versagte nun die Stimme. Er räusperte sich. »Aber wir müssen Sie trotzdem bitten, Ihre Frau zu identifizieren. Ersparen Sie das jedoch Ihren Töchtern. Auch der Ältesten!«

Auf einmal liefen Rottluff Tränen über die Wange. Er setzte das Kind ab, ließ sich auf einen Stuhl am Tisch fallen und nahm sich ein Taschentuch. »Entschuldigung.« Dann stand er abrupt wieder auf, so als ob ihm auf einmal etwas Wichtiges eingefallen sei. »Ich muss hoch zu meinen Kindern!«

»Ich kann gerne später wiederkommen.«

»Nein, bleiben Sie! Mir ist es lieber, wenn wir das hinter uns bringen. Wir brauchen danach unsere Ruhe.«

Rottluff nahm Magdalena erneut auf den Arm. Im Vorbeigehen schnappte sich das Mädchen noch einen großen Teddybären vom Sofa und drückte ihn fest an ihre Brust.

»Dann warte ich hier auf Sie. Ich brauche später auch noch Laptop, Handy und so weiter von Ihrer Frau.«

Schwerfällig schlurfte der Vater die Holztreppe hinauf. Tolstoi sah sich um. An der Wand hingen Fotos von den Mädchen. Eine lächelt mit einer Schultüte in der Hand. Magdalena mühte sich mit Schwimmflügeln in einem Becken. Alle drei blickten stolz von Pferden in einer Manege herunter. Im Wohnzimmer hing ein gerahmtes Poster vom Papstbesuch in Köln. *Wo Gott ist, da ist Zukunft,* stand unter der stilisierten Deutschlandfahne mit dem Kreuz.

Tolstoi ging zum Bücherregal, das sich in einer dunklen Ecke des Wohnzimmers befand. Dicht gedrängt reihten sich auf dem obersten Brett Romane. Thomas Manns gesammelte Werke. Einige Rosamunde-Pilcher-Schmöker. Krimis, zwei Kinderbücher von Otfried Preußler. Dann noch ein paar Historienschinken über Päpste und Kreuzritter. Eins tiefer folgten

Reiseführer. Island, Norwegen, die USA. Der *Lonely Planet* für Indien wies starke Gebrauchsspuren auf. Ein Brett war für Lexika reserviert. *Fischers Kinoenzyklopädie* von 1997. Mehrere Wörterbücher. Weitere Nachschlagewerke. Langsam verlor Tolstoi das Interesse. Oberflächlich glitt sein Finger weiter über die Buchrücken. Ein weiteres Brett mit Ratgebern. Garten, Basteln. *Wie dekoriere ich den Weihnachtstisch.*

Ganz unten schien all das reingestopft worden zu sein, was nirgends sonst passte. *Deutsch für Kenner*, eine Biografie von Oskar Lafontaine, ein Briefmarkenkatalog. Tolstoi wollte sich schon aus der Hocke erheben, als er plötzlich an einem Titel hängenblieb.

Kindsmord und Wahnsinn: Mordende Eltern in der antiken Überlieferung.

Gleich daneben weckte ein weiteres Buch sein Interesse.

Vergossen, Mutter! Kindesblut.

Er nahm beide Bände heraus, blätterte die ersten Seiten durch. Mit Kugelschreiber war der Name Agnieszka Kapuscinski eingetragen. Alle paar Seiten waren Sätze unterstrichen. Tolstoi ging weiter die Reihe der Bücher durch. Ein dritter Band sprang ihm ins Auge.

Kindsmord. Authentische Kriminalfälle aus der DDR.

Der Kommissar konnte das Kribbeln in seinen Fingerspitzen fühlen, als er das Buch aus dem Regal zog.

9

»Entschuldigen Sie, es hat doch länger gedauert.«

Tolstoi fuhr hoch. Dabei fiel ihm eines der Bücher aus der Hand. Rottluff stand direkt hinter ihm. Er schneuzte sich die Nase. In der Hand hielt der Mann einen Jutebeutel.

»Ich habe Ihnen das Handy von Agnes, einige Notizbücher, ihren Blackberry und ihre Visitenkartensammlung hier reingepackt.«

Tolstoi hob das eine Buch wieder auf. »Gibt es auch Tagebücher?«

»Agnes hat schon lange damit aufgehört. Vor unserer Zeit hat sie wohl mal welche geschrieben. Aber die müsste ich suchen.«

Tolstoi hielt Rottluff seinen Fund vor die Nase. »Hat Ihre Frau öfter so was gelesen?«

Das rechte Auge des Mannes begann auf einmal kaum merklich zu zucken. »Nicht seit wir zusammen sind. Die stammen noch aus ihrer Studienzeit. Die sind bestimmt an die zwanzig Jahre alt.«

»Kann ich die mitnehmen?«

Rottluff stockte eine Weile. Es schien ihm schwerzufallen, sich zu konzentrieren. »Ich will die nicht mehr.«

Tolstoi schob die drei Bände übereinander und hielt sie wie ein Schild vor seine Brust. »Wo waren Sie eigentlich gestern Abend?«

»Hier«, flüsterte der Ehemann. »Mit den Mädchen. Ich hatte sie von der Schule abgeholt. Die Älteste fuhren wir dann noch zum Reitunterricht. Wir drei anderen warteten in dem Restaurant in der Reithalle. Später haben wir da noch zusammen abendgegessen und sind dann nach Hause gefahren.«

»Wann war das?«

»So gegen neun.« Rottluff musste erneut mit den Tränen kämpfen. »Agnes war nicht da. Auf dem … auf dem Handy antwortete sie nicht. Ich habe es dauernd probiert. Nach einer Stunde habe ich dann bei der Polizei angerufen.«

»Warum haben Sie so schnell angerufen?«

Fragend schaute der Mann den Kommissar an. »Sie hatte gesagt, sie würde nur kurz joggen gehen und dann sofort wieder nach Hause kommen. Da musste also etwas vorgefallen sein. Aber dass sie gleich ermordet …« Rottluff begann zu heulen.

Tolstoi ging zu ihm, nahm ihn in den Arm und drückte den Kopf des Mannes fest an seine Brust. Über dessen Schulter sah er, wie eines der Mädchen einige Stufen der Treppe herunterkam, sich hinsetzte und ebenfalls bitterlich weinte.

»Wieso hatten Sie gleich damit gerechnet, dass Ihrer Frau etwas zugestoßen sein musste? Sie hätte doch auch eine Freundin treffen können.«

»So eine Ahnung«, schluchzte Rottluff. »Agnes war in letzter Zeit anders. Irgendetwas beunruhigte sie. Aber sie wollte nicht darüber sprechen. Ich habe gemerkt, wie sie versuchte, ihre Beunruhigung zu verstecken. Aber als Ehemann bekommt man so was doch mit.« Er japste nach Luft, dann blickte er schnell zur Treppe. »Sie wollte uns nicht verunsichern«, sagte er kaum hörbar. »Vor allem nicht die Mädchen. Und irgendwann gab es so einen komischen Anruf.«

»Was für ein Anruf?«

»Die Person hat nicht gesprochen. Es war nur ein schweres Atmen. Nach einiger Zeit hat sie aufgelegt. Ich habe noch gefragt, wer dran war und was er wollte. Aber keine Antwort.«

»Wieso dachten Sie, dass das etwas mit Ihrer Frau zu tun hatte?«

»Agnes stand neben mir. Sie fragte mich, wer angerufen hat. Als ich von dem schweren Atmen und Schweigen berichtete, wurde sie sehr ernst.« Rottluff überlegte eine Weile. »Sie hat den ganzen Abend lang nicht mehr viel geredet, war komplett in sich gekehrt. Irgendetwas hat sie sehr beunruhigt.«

»Wann war das?«

»Vielleicht vor zehn Tagen.« Rottluff hatte sich wieder an den Küchentisch gesetzt. Die Hand des Mannes klammerte sich um den Griff der Tasse mit dem inzwischen kalten Kaffee und begann schon wieder zu zittern. »Ich habe Agnes später darauf angesprochen. Sie hat abgewiegelt, da hätte sich bestimmt nur jemand verwählt. Aber mir war klar, dass sie das nur gesagt hat, um mich zu beruhigen. Sie hatte vor irgendetwas große Angst.«

Tolstoi hörte die Sekundenzeiger der Küchenuhr, die mechanisch vor sich hin hämmerten.

»Vergangenen Sonntag, abends. Da kam ich mit den Mädchen heim. Irgendwie hatte ich den Eindruck, dass wir beobachtet wurden. Als wir durch den Vorgarten gingen, sah ich auf einmal einen Mann im Mantel. Der stand da drüben auf der anderen Seite.« Rottluff zeigte auf das Fenster neben der Eingangstür. »Ich hatte mich noch gewundert, weil es ja ziemlich warm war.«

»Haben Sie sein Gesicht erkannt?«

»Nein, dazu war er zu weit weg. Außerdem dämmerte es schon. Als wir drinnen waren, habe ich mich noch mal ans Küchenfenster geschlichen. Aber er war weg.«

»Und dann?«

Rottluff fiel es offenbar schwer, die Erinnerung in Worte zu fassen. Etwas in ihm schien sich dagegen zu sträuben. Sein Auge zuckte wieder, schneller als zuvor. »Agnes war zu Hause. Sie hatte sich ganz hoch unters Dach verzogen, in die hinterste Ecke. Sie war in eine Decke gewickelt. Kreidebleich. Ich fragte sie, was los sei. Aber sie sagte nur, dass sie sich nicht gut fühlen würde. Sie meinte, sie hätte sich vielleicht eine Sommergrippe eingefangen …«

Abrupt griff der Kommissar nach der Tasche mit den persönlichen Gegenständen der Toten, in der auch die Bücher steckten. Dann gab er dem Familienvater die Hand, drehte sich weg und lief hinaus in die Hitze. Kein Wort des Abschieds. Er scannte die Straße, die Hecke. Vom nahen Jachthafen schallte Kindergeschrei herüber.

10

Kurz vor Mittag spuckten die Ticker die ersten Meldungen zu dem Mord im Plänterwald aus. Durch die Glasfront seines Büros beobachtete der Chefredakteur des *Berliner Express*, wie sich die Betriebstemperatur seiner Redaktion im Sekundentakt erhöhte. Bert Salomon überlegte, wie sie die Geschichte am geschicktesten angehen sollten, als Ole von Knospe zu ihm hereingeplatzt kam. Der Leiter der Fotoredaktion schien wie auf Speed. Ohne anzuklopfen hatte er die Tür einfach aufgerissen.

»Chef, wir haben den Superscoop!«, dröhnte er mit bebender Stimme. »Wir haben exklusive Bilder von der Toten. Die Story, die gerade erst über die Ticker läuft!«

Eine halbe Stunde später saßen die drei wichtigsten Köpfe des Blattes oben, in der vierzehnten Etage des Hauses am Alexanderplatz, zusammen. Eiligst hatte Salomon den Geschäftsführer und den Chefjustiziar einbestellt. Vor ihnen auf dem Tisch lagen dreizehn Computerausdrucke in Hochglanzqualität von der Leiche. Widerwärtige Aufnahmen, ein Knaller sondergleichen. Hinter den Bildern, auf der anderen Seite des Tisches, saß mit stolzgeschwellter Brust Ole von Knospe, neben ihm der angebliche Schöpfer der Fotos. Atze Blomfeld. Und der brachte den Chefredakteur in einige Verlegenheit.

125.000 Euro hatte Blomfeld soeben für das Aufmacherbild gefordert. Für jedes weitere wollte er 15.000 Euro haben. Salomon wusste, dass der Mann nicht bluffte. Er war ein Profi. Im internationalen Geschäft waren solche Summen durchaus gängig, wenn es sich um superexklusives Material handelte. Nur war das hier ja wohl nicht der Anschlag auf die Twin Towers in New York. Andererseits, die Geschichte von Jack the Ripper fesselte die Menschen bis heute. Und wenn der Berliner Fall auch eine solche Dimension bekommen sollte? Salomon war unschlüssig.

Blomfeld war dagegen völlig gelassen. Dass solche Summen locker drin waren, wusste der Fotograf seit der Geschichte mit der Concorde. Ihm sollte es auf keinen Fall so gehen wie damals dem ungarischen Studenten, der um die Jahrtausendwende den Absturz des Überschallfliegers in Paris fotografiert hatte. 500 Euro hatte der junge Mann von der Nachrichtenagentur *Reuters* für das Exklusivbild bekommen. 100.000 Dollar hätte er locker für das Bild herausschlagen können, waren sich die Paparazzi später einig. Die Agentur verdiente Unsummen mit dem Bild, das weltweit verkauft wurde. Das Katastrophenfoto prangte auf den Titelseiten von *Le Monde* bis *New York Times*.

Atze Blomfeld hatte sich damals geschworen, niemals so blauäugig wie dieser ungarische Student zu sein. Jetzt war seine große Chance da, davon war Blomfeld überzeugt. Die Tote vom Plänterwald war von internationalem Format. Seine Aufnahmen waren Boulevardfotos allererster Güte. Ware für den Weltmarkt!

Die Chefredaktion des *Berliner Express* hatte nicht viel Zeit zum Verhandeln. Blomfeld hatte eiskalt gedroht, die Bilder an die Konkurrenz zu verkaufen. Schließlich hatten sie sich auf 100.000 Euro geeinigt, für jedes weitere Foto 10.000 Euro. Blomfeld war äußerst zufrieden. Allerdings musste Chefredakteur Salomon die Summe noch von der Geschäftsleitung abnicken lassen. Eine Viertelstunde später war der Deal perfekt.

»Wir räumen die Seiten eins bis fünf komplett frei«, rief Salomon in das langgezogene Großraumbüro. Dann trommelte er seinen Chefreporter, die Polizeireporter und einige Kollegen vom Politikteil zusammen. Die Polizeireporter sollten ihre Kontakte in den Ermittlungsapparat spielen lassen und möglichst breit die Arbeit des LKA durchleuchten. Der Chefreporter sollte versuchen, mehr über die Tote herauszufinden. Er konnte dafür beliebig auf die Kollegen aus dem Ressort Gesellschaft zurückgreifen. Selbst einige Sportreporter wurden abgestellt, mehr über das Opfer herauszufinden. Aufgabe der Redakteure aus der Politik war es, das Ganze historisch aufzuarbeiten und einzuordnen. Was waren bislang die brutalsten Morde in Berlin? Wo tauchten in der Geschichte schon mal Menschen auf, die gepfählt wurden? Was sagte der Innensenator dazu, wie reagierte die Regierungskoalition? Es war ein irrer Aufwand, den die Zeitung betrieb. Aber der Chefredakteur war sich jetzt sicher, dass er am nächsten Tag einen Volltreffer landen würde. Und einen Sicherheitsanker hatte er noch eingebaut. Sollten bei den anderen Blättern ebenfalls Bilder von der Toten auftauchen, dann würde der Paparazzo nur ein Zwanzigstel der Verhandlungssumme bekommen. Darauf hatte der Chefjustiziar bestanden und einen wasserdichten Vertrag aufgesetzt.

Sie würden eine Sonderauflage drucken. Normal verkaufte der *Express* im Schnitt etwa 110.000 Exemplare. Die Ausgabe mit dem exklusiven Titel sollte 400.000 Mal gedruckt werden. Jeder zehnte Berliner würde ein Exemplar des Blattes in Händen halten. Salomon rieb sich die Hände und schaute zufrieden aus dem Fenster. Langsam legte sich die Dämmerung über die Stadt.

11

Auf dem Weg nach Hause musste Tolstoi an Tonia denken und bereute, dass er sie am Morgen so kalt abserviert hatte. Er erinnerte sich an ihre dunkle, schokoladige Stimme. An ihre anmutigen Bewegungen, die Zärtlichkeit ihrer Berührung. Und musste sich eingestehen, dass er gerne noch etwas mehr Zeit mit ihr verbracht hätte. Doch besaß er nicht einmal ihre Telefonnummer. So waren eben die Spielregeln des Lebens einer Krähe. Dieses einsamsten aller Vögel im Großstadtdschungel. Flüchtiger Augenkontakt, die Einladung auf einen Drink, oberflächliche Gespräche, enges Tanzen, gemeinsam zu ihm oder zu ihr. Besser zu ihr und dann in der Nacht noch nach Hause. Denn der Morgen danach konnte erschreckend sein, vor allem, wenn man sich die Frau schöngetrunken hatte oder sie einfach mehr erwartete. Und das hatte Tolstoi oft genug erlebt. Die unerträgliche Klebrigkeit frischer Eroberungen. Das wollte er sich ersparen. Deshalb war es schon lange nicht mehr vorgekommen, dass er eine Frau mit zu sich nach Hause genommen hatte.

Aber irgendetwas musste gestern anders gewesen sein. Vielleicht lag es am vielen Whisky. Vielleicht lag es aber auch an einer gewissen Magie, die diese junge, unbeschwerte Frau ausstrahlte. Eine Magie, die er nun nie mehr wieder erleben würde. Tolstoi lief die letzten Stufen zu seiner Wohnung hinauf und blieb auf einmal wie versteinert stehen. Blitzartig fuhr seine Hand an sein Pistolenhalfter.

Er hatte etwas gehört. Das Geräusch drang aus seiner Wohnung. Behutsam schob er den Schlüssel ins Schloss. Da war es wieder. Ein Klappern. Aus seiner Wohnung drang Musik …

Die Beatles! *Sgt. Pepper's Lonely Hearts Club Band.* Verwirrt trat er ein. In der Küchenecke stand Tonia. Sie hatte nichts an außer einer durchsichtigen Camisole aus Satin, die ihr bis knapp über die Hüften reichte und ihre üppigen Rundungen nur mäßig verdeckte.

»Ich hab das Lied auf Wiederholung gestellt«, lächelte sie. »Passt doch irgendwie, oder?«

Tolstoi hängte seine Anzugjacke auf, nahm das Halfter mit der Pistole ab und packte beides in den Kleiderschrank neben der Eingangstür. Dann trat er zu ihr und strich ihr mit der Hand übers rote, gewellte Haar.

»Du glaubst doch nicht, dass ich mich von so einer mickrigen Botschaft vertreiben lasse, Herr Kommissar!«, spielte Tonia die Empörte.

»Woher weißt du …?«

»Die da hat meine Neugier geweckt.« Sie deutete auf die Zeitung der Polizeigewerkschaft, die auf dem Küchenbuffet lag. »Hab den Artikel über dich gelesen. Mein lieber Herr Gesangsverein, Ehrenorden und so weiter. Du bist ja ein ziemlich berühmter Polizist.« Tonia zwinkerte ihm zu, drehte sich um und reckte sich auf Zehenspitzen hoch zum Buffet, um Teller und Gläser herauszunehmen. Das Satinkleid rutschte ihr über die Hüften nach oben.

»Musstest du heute nicht …«

»… arbeiten?«, vollendete Tonia den Satz des Kommissars. »Wir haben Semesterferien. Und meine Hausarbeiten habe ich schon fertig. Also alles im grünen Bereich.«

»Du studierst?«

»Yep. Kunstgeschichte, Turkologie, Religionswissenschaft und Neuere Geschichte. Und dazu noch im Nebenfach Biologie. Aber darüber sprechen wir jetzt nicht. Hier, deck mal den Tisch«, befahl sie. »Ich bring gleich die Suppe.«

Erst jetzt verstand Tolstoi, was ihm in seiner Wohnung so ungewöhnlich vorkam. Intensiver Tomatenduft stieg ihm in die Nase, dazu der Geruch von frischen Kräutern. Auf dem Tisch lagen noch einige reife, tiefrote Tomaten, in der Luft hing eine zarte Knoblauchnote, die der Kommissar erst jetzt bemerkte. Es roch köstlich. Mit gekonnten Handgriffen passierte Tonia die Suppe durch ein Sieb, schöpfte zwei Teller voll und streute vorsichtig gehackten Kerbel obendrauf. Tolstoi nahm das Besteck und die Weinkelche und trug sie um die Ecke der offenen Wohnküche zum massiven Holztisch. Darauf stand bereits eine Flasche in einem Kühler. Er zog sie heraus und las das Etikett. *Quincy* stand darauf – und *Loire*.

»Den Aperitif sparen wir uns«, sagte Tonia und balancierte die Teller zum Tisch, »ich habe nämlich einen Bärenhunger.«

Der Kommissar nahm die Flasche, entkorkte sie und goss ihnen beiden Weißwein ein. »Schön, dass du da bist«, lächelte er.

Ein ungewohntes Gefühl von Ruhe, von Geborgenheit stieg in ihm auf. Aus den Tiefen seines Hirns drangen verblasste Erinnerungen nach oben. Bilder von einem großen Garten. In der Mitte eine lange Tafel. Kinder tollten lautstark darum herum. Eine alte Frau strich ihm übers Haar. Er griff zum Löffel und begann, die Suppe zu essen. Langsam, bedächtig.

»Das schmeckt wunderbar«, sagte er nach einer Weile. »Es schmeckt so echt, wirklich nach Gemüse.«

Tonia schloss die Augen und hielt sich einen Löffel Suppe vor die Nase. »Schmeckst du das Gänsefett? Das gibt dem Ganzen die besondere Note.«

Der Kommissar nahm einen weiteren Löffel und behielt die Suppe etwas länger im Mund. Seine Großmutter hatte Gänse gehabt. Als Knirps war er einmal dabei, wie ein Knecht einem der Tiere den Hals umdrehte, es rupfte und zerlegte. Lange hatte er sich danach geweigert, Gänsefleisch zu essen. Nicht, weil es ihm um den Vogel leid getan hätte. Nein, sie hatten ihm einen treuen Spielkameraden genommen.

Nur der Beatles-Song und das Klappern der Löffel waren zu vernehmen. Mit spitzen Fingern zupfte sich Tonia den Träger ihres Dessous' zurecht.

»Einen Moment, ich muss nur kurz die Perlhühnchen in den Ofen schieben«, sagte sie, als ihr Teller leer war, und lief ans andere Ende des Lofts. Tolstoi beobachtete, wie die junge Frau gekonnt mit den wenigen Kochutensilien hantierte. Strahlend brachte sie nach einer Weile eine dampfende Tasse herüber, die sie zur Saucière umfunktioniert hatte, kurz darauf die beiden Vögelchen.

»Voilà, Pintadeau en croûte, die sind gefüllt mit fein gehackten Lammnieren, Stopfleber, Cognac und Trüffel. Eine göttliche Idee«, strahlte sie. »Weißt du, wessen Lieblingsgericht das ist?«

Vorsichtig brach Tolstoi mit seinem Messer die Blätterteighülle auf. »Na, sag schon?«

»Maigrets.«

»Der Krimiheld?«

»Genau.«

Tolstoi schaute Tonia ungläubig an. »Und du meinst also, das schmeckt so wie die in den Krimis beschriebenen Gerichte?«

»Hundertprozentig.«

»Kein geschmacklicher Irrtum möglich?«, hakte er mit ironischem Unterton nach.

Tonia schaut trotzig zu ihm herüber. Tolstoi streichelte ihr über die Schulter.

»Ach komm schon, das glaubst du doch selbst nicht, dass Maigret das genau so gegessen hat.«

»Ach nein?« Sie schob seine Hand weg und legte sie zurück auf den Tisch. »Georges Simenon war Belgier, aufgewachsen in Lüttich. Mit neunzehn Jahren ging er nach Paris. Seinen ersten Maigret-Roman hat er aber erst zehn Jahre später geschrieben. Und zwar 1929. Das sind die Fakten. Und jetzt geht es an die Rekonstruktion. Maigret beginnt seine Arbeit also in den Dreißigerjahren. Wenn wir von Lieblingsgerichten aus seiner Kindheit sprechen, dann müssen wir uns an der Küche der Jahrhundertwende orientieren. Alles andere stammt aus den roaring twenties, und die sind aus kulinarischer Sicht gut belegt.«

»Das meinst du nicht ernst?«, platzte Tolstoi überrascht heraus. Er war von den Ausführungen der Studentin völlig perplex.

»Vollkommen ernst. Genau wie du einen Mörder finden kannst, kann man auch eine kulinarische Vergangenheit rekonstruieren. Alte Gerichte und Geschmackseindrücke lassen sich genauso exakt ermitteln wie Mörder.«

»Du kochst also alte Rezepte nach?«

»Siehst du, bei kulinarischen Ermittlungen würdest du kläglich versagen. Wenn du den Fingerabdruck einer Person am Tatort findest, heißt das doch nicht automatisch, dass diese Person der Mörder ist. Das ist zwar ein Anhaltspunkt, mehr aber auch nicht. Ein Rezept gibt eine Richtung vor. Nicht mehr, nicht weniger.«

»Aber ein Rezept ist doch eine ziemlich genaue Beschreibung davon, wie eine Speise zubereitet wird?«

»Ja, und mit welchen Zutaten, bitteschön? Nehmen wir Mehl. Das hat immer anders geschmeckt. Erst Mitte des neunzehnten Jahrhunderts beginnt die industrielle Herstellung. Aber trotzdem hatte es damals eine komplett andere Konsistenz als heute.«

»Und diese ganzen Details hast du bei der Zubereitung beachtet?« Tolstoi blickte ungläubig auf die zarten Knochen des Perlhühnchens auf seinem Teller.

»Die Pintade en croûte war relativ einfach. Darauf stand die Schickeria im Paris der Dreißiger. Simenon ging in den einschlägigen Salons und Clubs ein und aus. Er dinierte mit Colette, Jean Renoir und wie sie alle hießen. Ich habe rekonstruiert, wo sie aßen, und nach alten Kochbüchern aus den Hotelküchen gesucht. Da bin ich auf das Rezept gestoßen. Und die Zutaten sind in diesem Fall relativ unabhängig von der Zeit.«

»Hast du noch andere solcher zeitintensiven Hobbys?«

»Durchaus.«

»Zum Beispiel?«

»Zum Beispiel greise Männer zu verführen.«

Tolstoi musste sich zu einem Lächeln zwingen. »Ganz so alt bin ich auch wieder nicht.«

»Ich habe nicht von dir gesprochen …«

Tolstoi wusste auf einmal nicht, was er antworten sollte, und schwieg eine Weile zu lange. Tonia zwinkerte ihm zu, woraufhin der Kommissar rot anlief. Schnell versuchte er, von seinem Ausrutscher abzulenken.

»Äh, woher kannst du eigentlich so exzellent kochen?«, stammelte er.

»Exzellent ist anders. Aber inzwischen ist es ganz passabel, da hast du schon recht. Nach dem Abi habe ich *Le Cordon Bleu* in Paris absolviert. Das ist die beste Kochschule Frankreichs. Rue Léon Delhomme Nummer acht im fünfzehnten Arrondissement. Ich hatte schon immer gerne gekocht, das habe ich von meiner Großmutter. Und ich wusste nicht, was ich machen sollte. Ich hatte einfach zu viele Interessen. Eines wusste ich aber ganz sicher, dass ich gerne besser Kochen lernen würde. So kam das.«

»Und hast du danach in einem Restaurant gearbeitet?«

»Nein, nie. Das wollte ich nicht. Viel zu stressig. Ich habe das mit der Kocherei nur gemacht, weil es mich interessiert hat. Und weil es mich intellektuell herausgefordert hat.«

»Die wenigsten werden sich das einfach so aus Spaß an der Freude leisten können.«

»Ich hatte da sicher Vorteile. Manche nehmen extra einen Kredit auf, um sich an der Kochschule einschreiben zu können. Mein Vater hat einen Scheck geschrieben. Für ihn sind das Peanuts. Und sein Geld hat er selten so sinnvoll angelegt.« Mit dem Zeigefinger schob sie sich ein Stück Blätterteig in den Mund, das am Mundwinkel hängengeblieben war.

»Sieht er das auch so?«

»Ich hab meinen Eltern später öfter für ihre Abendgesellschaften schicke Essen gekocht. Ich würde sagen: Wir sind quitt.« Tonia stand auf, schwebte erneut in die Kochecke, klapperte mit den Töpfen und kam mit einer schweren Eisenpfanne zurück. Daraus stiegen feine, würzig duftende Wölkchen. Drinnen lagen in einer dicklichen weißen Soße Fleischstücke, Karotten und Zwiebeln. »Voilà, blanquette de veau – Kalbsragout. Maigrets Lieblingsessen. Aber nur, wenn es ihm seine Ehefrau zubereitet hat!« Sie ging zurück zur Küchenzeile und brachte noch eine Flasche Champagner der Marke Krug. »Jetzt bin ich dran«, grinste sie, kratzte die Metallkappe weg und zog langsam den Korken heraus. Gekonnt goss sie ein. »Santé.«

Tolstoi lächelte sie an. »Cheers.«

Die Köchin nahm einen tiefen Schluck und verteilte den Champagner genussvoll im Mund, bevor sie ihn schluckte. »Ich habe dein Teleskop gesehen«, flüsterte sie verschwörerisch, »interessierst du dich für Sterne?«

Es traf den Kommissar wie ein Blitz. Er riss das Glas vom Mund und stellte es klirrend auf den Tisch. »Nein«, sagte er eisig. »Da, wo ich herkomme, interessieren sich die Leute schon lange nicht mehr für die Sterne.«

Er schob den Teller von sich, stand auf und ging ans Fenster. Stumm starrte er in den Hof.

Jegliche Leichtigkeit zwischen ihnen war verschwunden. Tonia spürte einen dicken Kloß im Hals. »Ich … ich wollte nicht. Es tut mir leid!«

»Schon gut.«

Tonia ging zur Couch und zog ihre Leinenhose an. Der Kommissar drehte sich wieder um zu ihr und nahm sie in den Arm.

»Willst du hier übernachten?« Er klang erschreckend emotionslos.

»Besser nicht.«

»Das konntest du nicht wissen. Ich wollte dich nicht –«

»Im Kühlschrank steht noch ein süßer Reiskuchen auf Lütticher Art. Aber den kannst du auch wegschmeißen. Maigret stand eh nicht auf Desserts …« Aus ihrer Gucci-Handtasche kramte sie einen Zettel heraus und kritzelte mit einem goldenen Füllfederhalter ihre Handynummer darauf. »Hier, du rufst an!« Tonia gab ihm einen Kuss auf die Wange und verschwand.

Als sie aus der Türe war, fühlte sich Tolstoi auf einmal sehr alleine. Er leerte die Teller, räumte die Spülmaschine ein und fegte mit einem Handbesen die Krümel vom Tisch. Die leere Flasche deponierte er in der Kiste neben der Tür, den Champagner verkorkte er und stellte ihn zurück in den Kühlschrank. Dann goss er sich einen doppelten Whisky ein. Er verfluchte sich selbst, dass er sich nicht besser im Griff hatte. Er nahm die Flasche in die eine, das Glas in die andere Hand und kletterte die Holzleiter hinauf durch die Luke in die kleine Dachkammer. Durch die offenen Fenster drang süßliche Sommerluft. Er zündete sich eine Zigarette an, kippte den Scotch in einem Zug runter und richtete sein Fernglas ein. Mit dem Ärmel wischte er sich die Tränen aus den Augen. Dann beugte er sich vor das Okular.

12

Regen peitschte gegen die Steinquader des gigantischen Denkmals am Ufer des Tejo. Immer wieder verschwanden Heinrich der Seefahrer, Vasco da Gama und Magellan unter herantreibenden Schwaden. Mit einer ungeheuren Stärke zog das Unwetter vom Atlantik kommend gegen die portugiesische Hauptstadt und drückte das Wasser des Ozeans in meterhohen Wellen unter der Hängebrücke hindurch, hinein in die Bucht von Lissabon. Mit mehr als hundert Stundenkilometern schossen die Wolken über die Stadt. Im Tower des Aeroporto International de Lisboa zeigten die Messgeräte eine Windstärke von zehn auf der Beaufortskala. Kurz vor der Orkanwarnung.

Die beiden Männer standen an der Glasfront und blickten hinaus auf das Flugzeug der portugiesischen Fluggesellschaft TAP. Einer trug einen leichten Designersommeranzug italienischer Herkunft. Seine goldenen Locken umspielten das jungenhafte Gesicht. Der andere hatte einen Pulli über die Schultern gehängt. Wenn das so weiterging, dann würden sie nicht vor dem Nachmittag hier loskommen.

»Na, mein Guter, hast du morgen Termine in Berlin?«

»Leider. Schon ziemlich früh sogar. Das erste Meeting beginnt um neun. Miserabler hätte es uns wohl kaum erwischen können!«

Stumm starrten sie auf die Fluggastbrücke, die bedenklich im Sturm wackelte.

»Und du?«

»Nein, keine Termine. Ich muss nur noch mal kurz nach Hause. Und dann geht morgen Abend mein Flieger in die Staaten.«

»Silicon Valley? Ihr habt dort einige Projekte am Start, habe ich gehört?«

»Nein, ganz privat. Ich will noch eine Woche in mein Haus auf Martha's Vineyard. Ausspannen.«

»Respekt! Du machst es richtig. Ich weiß gar nicht mehr, wann ich das letzte Mal zwei Wochen Urlaub am Stück hatte.«

»Alles eine Frage der Prioritäten«, zwinkerte der gebräunte Lockenkopf seinem Freund zu. »Aber im Ernst, ist nicht nur Urlaub. Ich werde wohl auch ein paar Leute aus dem Valley treffen. Wegen unserer neuen Amerikastrategie. Und du, siehst du deine Tochter in Berlin?«

»Wird nicht hinhauen. Gegen Mittag haben wir noch Vorstandstreffen, danach muss ich sofort zurück nach Frankfurt. Ich habe aufgehört ihr zu sagen, wann ich in Berlin bin …«

»Wenn du sie das nächste Mal triffst, sag ihr einen ganz herzlichen Gruß von ihrem Patenonkel. Sie ist jederzeit willkommen. Auf der Hacienda im Tejo oder in der Strandvilla auf dem Vineyard.« Der Mann machte eine kurze Pause. Er schien eine Idee zu haben. »Oder sie kommt einfach mal zum Abendessen in Potsdam vorbei? Mitte August müsste ich zurück sein.

Das würde prima passen. Richte ihr das bitte aus! Es wäre schön, wenn ich auch mal endlich etwas Zeit mit ihr verbringen könnte ...«

»Nimm sie doch einfach mit auf deine Insel. Sie steht auf so etwas. Aber vergiss nicht, dass du dann auch die richtigen Weine und einen guten Koch besorgst. Unter einem Chateau Pétrus macht sie's einfach nicht. Sie kommt eben ganz nach ihrem Vater ...«

»Wohl eher nach ihrem Patenonkel!«

Die beiden grinsten.

Zur gleichen Zeit saß tausendsechshundert Kilometer nordöstlich der portugiesischen Hauptstadt ein Mann vor seinem Computer und starrte nervös auf den Bildschirm. Immer wieder klickte er die Homepage des Flughafens Tegel an, ging die Liste mit den eingehenden Maschinen durch. Wo blieb nur der Flieger aus Lissabon? Eigentlich sollte er längst im Anflug sein!

Da war wieder dieses blöde Zucken. Er konnte seine Augenlider nicht kontrollieren. Warum hatte er das in all den Jahren nie abstellen können? Körperkontrolle. Das A und O. Eigentlich hatte er jede Faser seines Körpers im Griff. Bis auf die Augen. Die widersetzten sich seinen Befehlen.

Was lief in Lissabon nur schief? Er hatte alles bis ins letzte Detail geplant. Aber die Maschine musste landen! Verdammt noch mal, wo blieb sie nur?

Zum x-ten Mal klappte der Mann den Stahlkoffer vor sich auf. Alles lag feinsäuberlich an seinem Platz. Er zog noch einmal die Kanüle aus der Halterung und schüttelte sie vorsichtig. Die Flüssigkeit rann dickflüssig an den Wänden herunter. Er steckte sie wieder zurück. Müde fuhr sich der Mann mit der Hand über die Augen. Als er sie wieder öffnete, hörten die Lider auf einmal auf zu zucken. Er fokussierte die leuchtenden Zeilen vor sich.

Gebannt starrte er auf die Zahlen, die auf einmal auftauchten.

13

Kommissar Tolstoi hatte nicht wirklich gut geschlafen. Der missratene Abend mit Tonia war ihm noch lange durch den Kopf gegangen. Und die zusätzlichen Whiskys hatten seinen Schädel zum Dröhnen gebracht. Trotzdem war er einigermaßen früh ins Präsidium gefahren. Aber was er an seiner Bürotür vorfand, vermieste ihm den Sonntag vollends. Mit Tesafilm hatte ihm irgendjemand die Titelseite des *Berliner Express* hingeklebt, darauf mit Edding gekritzelt: *Glückwunsch, Superbulle!* In Großbuchstaben.

Tolstoi riss das Blatt ab, hob den Rest der Zeitung auf, die vor der Tür lag, schloss sein Büro auf und setzte sich an seinen Schreibtisch. Dann beugte er sich über das zerknitterte Papier. Über eine halbe Seite hatten die Redakteure ein Foto der Toten gezogen. Und darauf war alles zu sehen, der geschundene Torso, die Holzspitze im Nacken, die blutverkrustete Stirn. Gestochen scharf sah man direkt in die Augen der Frau.

So mordet das Blutmonster!, prangte als Titel darüber. Darunter war ein weiteres Foto zu sehen, das vor der Ankunft Tolstois aufgenommen worden sein musste. Die Polizisten darauf standen wirr um die Leiche herum, einer hatte den Oberkörper nach vorne gebeugt, ein anderer sah hilfesuchend in Richtung des Fotografen.

Entsetzen und Ekel selbst bei der Polizei, stand als Bildunterzeile darunter.

Der Kommissar schnappte sich sein Telefon und hämmerte eine Nummer hinein. »Habt ihr den Park nicht weiträumig abgeriegelt?«, schnauzte er in den Hörer.

»Du, du … hast es gesehen …!«, jammerte Theo Wolff am anderen Ende.

»Hör auf zu heulen. Habt ihr den Park abgeriegelt oder nicht?«

»Doch … Ja, schon. Aber erst kurz nachdem du angekommen warst. Wir waren alle ziemlich fertig. Wir haben da erst mal nicht dran gedacht. Das war einfach zu viel …«

Wütend griff Tolstoi erneut zur Titelseite und überflog den Text, während Wolff weiter herumstammelte. Er hörte nicht hin.

»Der Typ muss einen Informanten hier bei uns haben. Und er muss den Polizeifunk abgehört haben. Sonst wäre der nicht rechtzeitig dort gewesen.«

»Es, es … es tut mir so leid, Vuk!«, stotterte Wolff.

Tolstoi knallte den Hörer auf den Apparat. Das Bild bereitete ihm in der Tat große Sorgen. So eindeutig und unverpixelt zeigten normalerweise nicht einmal die Boulevardblätter Opfer von Gewaltverbrechen. Meist gibt es nur Fotos, auf denen zumindest das Gesicht der Leiche verfremdet war. Oder der Tatort wurde später fotografiert, wenn die Toten schon abtransportiert und nur noch Blutflecken oder Kreidezeichnungen der Ermittler zu sehen waren. Manchmal kam es auch zu kleinen Absprachen zwischen Staatsmacht und Medienmeute. Die Polizisten wussten ja auch, was die Reporter brauchten. Der Deal sah dann so aus: Die einen behinderten nicht die Arbeit der anderen, dafür bekamen die Reporter von den Polizisten was für ihre Leser. Tolstoi war auch schon so verfahren. Einmal hatte er den Fotografen sogar noch ein paar leere Patronenhülsen ins Bild gelegt, damit sie zufrieden waren. Aber das, was der *Express* hier veranstaltete, war ein direkter Schlag ins Gesicht. Jetzt würde der Druck im Kessel mächtig erhöht.

Tolstoi blätterte die Zeitung durch. Fünf Seiten nur zu dem Mord.

Wie haben die das nur geschafft? Das muss ein enormer Kraftakt gewesen sein, gestemmt in nicht viel mehr als fünfzehn Stunden.

Auf der dritten Seite sah er eine Reproduktion des berühmten Konterfeis des Voivoden Vlad Ţepeş. Darunter las Tolstoi: *Graf Drakula – der grausame Blutfürst aus Transsylvanien.* Und etwas weiter unten folgte ein Holzschnitt aus dem 16. Jahrhundert, auf dem die gepfählten Türken zu sehen waren. *So tötete Drakula seine Gegner: bei lebendigem Leib aufgespießt.* Die Reporter hatten ihren Job gut gemacht, so viel stand fest. Auch wenn das den Kommissar gehörig nervte. Tolstoi legte die Zeitung in die Ablage auf seinem Schreibtisch.

Er brauchte jetzt dringend einen Kaffee. Deshalb kramte er seine Geldbörse aus der Sakkotasche und lief durchs dunkle Treppenhaus eine Etage höher. Am Automaten zog er sich einen starken Espresso und kippte ihn in einem Zug runter. Er warf erneut Münzen ein und nahm den zweiten Becher mit ins Büro. Zurück an seinem Schreibtisch klappte der Kommissar den Laptop von Agnes Rottluff auf und fuhr ihn hoch. Das Passwort hatte ihr Mann auf einen gelben Haftnotizzettel geschrieben. Es war stets ein eigenartiges Gefühl, in einen solch intimen Bereich eines Menschen einzudringen, von dem man wusste, dass er nicht mehr lebte. Aber irgendwie faszinierte es ihn auch. Tolstoi klickte auf das Bildchen mit dem angedeuteten Computer. Ein Aktenordner tauchte auf. *Dateien von agnes69.* Darin fand Tolstoi einen weiteren Ordner *Eigene Bilder*, den er sofort anklickte. Die Tote schien unglaublich pedantisch gewesen zu sein. Alles war akribisch geordnet. Es gab weitere Unterordner zu *Urlaub, Arbeit, Volleyball, Kirche, Kinder.*

Fehlte nur noch die Küche, dachte Tolstoi zynisch.

Er begann mit dem Ordner *Volleyball*, klickte dann auf *Pfingstturnier Reinickendorf 2011.* Ein Bild zeigte eine Mannschaft, die strahlend für den Fotografen posierte. Vorne stand ein goldener Pokal. Als Nächstes gab es Bilder mit Spielszenen. Auf einem lag Agnes Rottluff am Boden, die Finger der rechten Hand zum V gereckt. Irgendwie passte die Geste aber nicht zu ihrem Blick. Sie schien sich unwohl zu fühlen in der Pose des Siegers. Tolstoi klickte weiter. Auf einem anderen Bild stand sie in der Luft, den Blick fest, und donnerte mit der rechten Hand einen Ball über das Netz. Sie war eine sehr attraktive Frau. Durchtrainiert, muskulös, hübsch.

In was war sie da nur hineingeraten?

Der Kommissar klickte sich weiter in den Ordner *Kirche*. Er fand Fotos von einem Gemeindeausflug, andere mussten bei einem Erntedankfest aufgenommen worden sein. Agnes Rottluff baute mit einigen anderen Frauen goldene Weizenkronen und Körbe voll Früchten vor einem Altar auf.

Ähnlich unspektakulär ging es im Ordner *Urlaub* weiter. *Hochzeitsreise Indien 2001.* Es gab Aufnahmen vom Taj Mahal, Agnes und Richard Rottluff unter einem orangefarbenen Sonnenschirm mit Kordeln, sie posierte scheu lächelnd neben einer Kuh. Er stand neben einem Fakir, der seine Beine hinter dem Rücken verknotet hatte. *Urlaub Sommer 2012 – Algarve* stand auf einem der nächsten. Wanderungen, Ausritte auf Eseln, Olivenernte, Strandidyll. Die Banalität des Lebens der Toten ermüdete Tolstoi.

Ziemlich gelangweilt öffnete er den Ordner *Kinder.* Es gab Unterordner *Weihnachten* geordnet nach Jahren von 1999 bis 2013, *Magdalenas Taufe, Oma Erni zu Besuch.* Tolstoi hatte sicher schon weit über fünfhundert Fotos durchgeklickt. Ihm fiel ein, dass er unbedingt Ana Cayart von seinem Gespräch mit dem Familienvater berichten musste. Vielleicht sollte er ihr auch den Computer übergeben. Als Psychologin könnte sie aus den Unmengen an Fotos eher etwas herauslesen.

Soll sie doch ihre Zeit in diese Schlüssellocharbeit stecken!

Ein letzter Ordner trug den wenig spannenden Namen *Arbeit.* Tolstoi klickte sich hinein. Eine ganze Reihe von Unterordnern tauchte auf: *AK-Treffen Andernach, Vermittlung/Kirche von unten – DBK, Koordinierung Landeskirchen, Curriculum Vitae* und andere. Enttäuscht fuhr der Kommissar den Mauspfeil auf den Ordner mit dem Lebenslauf und klickte zweimal. Doch es tat sich nichts. Tolstoi versuchte es noch einmal.

Dann stockte ihm der Atem.

Wie von Zauberhand hatte sich der Bildschirm verdunkelt. Tolstoi konnte den Computer nicht mehr beeinflussen, egal, welche Tasten er hektisch anschlug. Ein verstecktes Programm schien sich auszuführen. Auf einmal fuhr aus der Tiefe ein Schriftzug an die Oberfläche. Was dem Kommissar sofort auffiel, war die eigenartige Schriftart. Es musste sich um eine altdeutsche Fraktur handeln, eine Schrift wie sie vor Urzeiten in Deutschland verwendet wurde. Tolstoi brauchte eine Weile, um zu begreifen, dass der

Buchstabe, den er für ein kleines »f« gehalten hatte, eigentlich ein »s« war. Gebannt starrte er auf den kurzen Satz, der sich nun zur Gänze vor ihm aufgebaut hatte:

Wer vor dem Volk anderſ redet, alſ er denkt, iſt ein Schuft.

Nach einer Weile folgte ein zweiter Satz:

Waſ ſie nicht anſ Licht laſſen wollte, durfte niemalſ auſ dem Dunkel deſ Archivgewahrſamſ.

Elektrisiert fokussierte der Kommissar den Schriftzug. Was sollte das? Agnes Rottluff hatte die verdeckte Programmierung des Ordners sicher nicht selbst vorgenommen. Irgendjemand musste ihren Laptop manipuliert haben.

Tolstoi versuchte, nochmals auf das Ordnersymbol zu klicken. Aber es tat sich nichts mehr. In regelmäßigen Abständen blinkten abwechselnd die beiden Schriftzüge auf. Wie bei einem Virusbefall schien der Computer fremdgesteuert. Kein Tastendruck, kein Klick kam mehr durch.

Wenn das hier eine Anspielung auf etwas sein sollte, dann konnte dieses Geschehen nur weit in der Vergangenheit liegen. Wie sonst ließe sich die eigenartige Wortwahl erklären? Dazu die eigenartigen alten Buchstaben. Dann war da noch der Anfang der Botschaft. *Wer vor dem Volk anders redet …* Was sollte das?

Das war mehr als eine Andeutung. Das war eine Anschuldigung. Und sie musste sich auf Agnes Rottluff beziehen. Wer auch immer diesen Text programmiert hatte, er musste davon überzeugt gewesen sein, dass die Tote die Unwahrheit gesagt hatte. Aber wann und wo? Und vor allem worüber?

14

Wie ein Angriff von Wespenhorden schossen die Töne durch das lange Kirchenschiff von Sankt Kamillus. Immer neue Formationen von verknoteten Toccaten und Fugen ließ Ana Cayart erklingen. Ihre zierlichen

Füße flogen über die Pedale, ihre schlanken Finger tanzten auf den drei Manualen. Um kurz vor elf war der Morgengottesdienst beendet, bis alle Gläubigen aus der Kirche gegangen waren, hatte es noch einmal eine Viertelstunde gedauert. Der Kantor hatte Cayart den Schlüssel übergeben und ihr Gottes Segen gewünscht. Jetzt war sie ganz alleine. So oft sie nur konnte, kam sie am Sonntagmorgen hierher, um eine Stunde Orgel zu spielen. Cayart war nicht gläubig. Aber das Orgelspiel hatte für sie etwas Meditatives. Was für andere das stundenlange Joggen war, war für sie das Spiel auf den Manualen. Vor allem konnte sich die Psychoanalytikerin dabei besonders gut konzentrieren und ihren Gedanken freien Lauf lassen. Beim Orgelspielen hatte sie schon so manchen Fall gelöst. Die Musik machte sie unglaublich kreativ.

An diesem Sonntagmorgen hatte Cayart mit Bach begonnen. Eine gute halbe Stunde hatte sie geistesabwesend seine Partituren heruntergespielt. Danach hatte sie eine Weile im freien Spiel improvisiert. Jetzt versuchte sie sich an romantischer Orgelliteratur des späten 19. Jahrhunderts aus Frankreich. Ein Stück des frühen César Franck. Dabei befreiten sich ihre Gedanken tatsächlich aus der Kirche und eilten in die Ferne. Aber dummerweise flogen sie nicht zu dem aktuellen Mordfall. Sie musste an ihre Eltern denken. An ihre Kindheit. An ihre eigene Vergangenheit. Cayart hatte relativ spät begonnen, Orgel zu lernen. Auch fehlten ihr Vorkenntnisse vom Klavier. Eigentlich hatte sie sich für die Orgel nur aus einem einzigen Grund entschieden: Sie wollte gegen ihren Vater rebellieren.

Blöd nur, dass ihr Vater nie erfahren hatte, dass seine Tochter Kirchenorgel lernte. Arthur-Charles Cayart hatte seine Familie verlassen, als Ana zwölf Jahre alt gewesen war. Er hatte eine jüngere Frau kennen gelernt. Eine stramme Parteigenossin aus der Bezirksverwaltung der SED in Frankfurt an der Oder. Ihr Vater war Anas großes Idol gewesen. Ihm wollte sie nacheifern. Seinetwegen war sie so zuverlässig zu jeder FDJ-Sitzung gegangen, hatte schon mit acht begonnen, die Schriften von Marx und Engels zu lesen. Sie war noch kein Teenager, da neckten sie die Leute in der Plattenbausiedlung in Marzahn schon und nannten sie die *rote Ana*.

Bis die andere kam. Ana hatte sie nur einmal kurz gesehen. Aber ihr Gesicht hatte sich ihr eingebrannt. Wie einen alten, dreckigen Lappen hatte ihr Vater sie und ihre Mutter fallen lassen. Sie verwand es nie. Irgendwann war die absolute Vergötterung ihres Vaters in das genaue Gegenteil umgeschlagen.

Als Ana Cayart begann, heimlich beim örtlichen Kantor Orgelstunden zu nehmen, hatte sie den Höhepunkt der Rebellion erreicht. Die Tochter vom alten Cayart, Stütze der Herrschaft des Volkes, einflussreicher SED-Kader in Berlin, hatte sich mit den Feinden des Sozialismus eingelassen. In den Augen der kommunistischen Barone hätte es nur Verrat sein können, was die einst so rote Ana nun betrieb. Nur wussten sie nichts davon. Ana Cayarts Widerstand gegen ihren Vater blieb unsichtbar. Es war ein Widerstand, bei dem derjenige, dem dieser Kraftakt galt, nie etwas davon erfahren würde. Ana wusste das. Manchmal machte es sie schier verrückt, dass ihr Vater nie würde sehen müssen, wie seine eigene Tochter auf einmal alles mit Füßen trat, was er so liebte. Aber genau das gab Ana auch die Kraft. Das Gefühl, die eigentliche Siegerin zu sein. Etwas beschlossen zu haben, was er, der einst allmächtige Vater, niemals wieder würde rückgängig machen können. Es war ein starker Widerstand. Zumindest in den Augen von Cayart. Es war ein Widerstand des Herzens.

Zum Abschluss wollte Cayart noch einmal Bach spielen. Sie stellte sich die Partitur zurecht. Seit einigen Wochen arbeitete die Psychologin jetzt schon an einer Passage in der *Fuge in E-Dur*. Immer wieder verspielte sie sich, wenn sie zu der komplexen Triolenfolge kam, die wie ein rückwärts fließender Wasserfall über das Manual nach oben sprang. Heute wollte sie die Grifffolge einigermaßen beherrschen. Mechanisch wiederholte sie die Passage. Auf Pedal und linke Hand verzichtete sie. Immer wieder und wieder. Da schweiften ihre Gedanken auf einmal in die Richtung, die sie schon früher hätten einschlagen sollen. Der Mord im Plänterwald!

Was hat den Mörder nur getrieben? Warum hat er die dreifache Mutter getötet?

Kopfzerbrechen hatte ihr bislang das Pentagramm auf der Stirn bereitet. Kurz bevor sie in die Kirche gegangen war, hatte sie die SMS des Pathologen erreicht. Demnach handelte es sich nicht um ein Pentagramm, sondern um ein A. Was ihre Arbeit erheblich erleichterte. Von einem Pentagramm wäre aus psychologischer Sicht viel schwerer auf den Täter zu schließen gewesen als von einem relativ konkreten Zeichen wie dem A. Ein Pentagramm wäre ungleich schwerer einzuordnen gewesen. Es hätte von einem Besessenen genauso stammen können wie von einem eiskalten Killer oder einem irregeleiteten Teenager. Auch wenn Letzterer wohl kaum eine erwachsene Frau hätte pfählen können. Ein Pentagramm konnte alles sein. Ein A nicht. Es war ein erster Anhaltspunkt, auch wenn der Buchstabe für Cayart bislang noch keinen konkreten Sinn ergab.

Cayart versuchte, sich in den Kopf des Täters hineinzudenken. Unter welchen Zwängen litt er? Welche Ängste trieben ihn? Vor allem aber, was waren seine Begierden? Niemand tötete ohne Begierde. Sei es der Wunsch nach Vergeltung, nach Lustbefriedigung, nach Reichtum, sei es die schnöde Gier. Was auch immer. Am frühen Morgen hatte Cayart ein Buch über die Methodik von Hinrichtungen studiert. Sie hatte sich durch Fachartikel zu den rechtsphilosophischen Hintergründen der Kapitalstrafe seit dem Mittelalter gearbeitet. Jetzt tauchte das Gelesene vor ihrem inneren Auge wieder auf. All ihre Überlegungen konnten im jetzigen Stadium nur sehr pauschal ausfallen, das war ihr bewusst. Aber die Grundlagen waren wichtig.

Warum strafen Menschen?

Durch Strafe soll nonkonformes, gegen die Regeln der Gesellschaft verstoßendes Verhalten sanktioniert werden. Aber jenseits der Gesetzbücher konnten diese Regeln relativ sein. Jeder Mensch folgte auch einem ganz privaten Regelwerk. Gesetze, die nur in seinen Augen galten. Was könnte Agnes Rottluff getan haben, dass jemand anderes sie dafür bestrafen wollte?

Und vor allem, warum musste sie so bestraft werden?

Denn eines war klar: Die Pfählung war eine besonders grausame und zur Schau stellende Strafe. Dafür musste es Gründe geben. Der Mörder musste die Frau gehasst haben, oder aber er hatte sie einmal geliebt und seine tiefsten Gefühle waren missachtet worden. Oder die Tote hatte tiefe Gefühle, die nicht unbedingt mit Liebe zu tun haben mussten, gekränkt und er nahm dafür Rache. Cayart versuchte, weitere Gefühlsregungen zu finden, die zu diesem Mord befähigen konnten. Sie fand keine anderen, die in ihr Raster passten.

Hass, Liebe, Rache. Eines der drei musste es sein, vielleicht auch zwei Motive zusammen, davon war Cayart nach zwei Stunden Orgelspiel überzeugt. Am wahrscheinlichsten erschien ihr Rache. Aber wofür?

Auf einmal hörte die Psychoanalytikerin auf zu spielen. Ihre Finger blieben auf dem Manual liegen, aber ihr Blick schweifte hinunter ins Kirchenschiff. Ihre Augen blieben an dem gekreuzigten Jesus hängen. Cayart zuckte ein Gedanke durch den Kopf, der sie elektrisierte. Warum war sie nicht früher darauf gekommen?

Sie schaute auf ihre Uhr. Kurz nach zwölf Uhr mittags. Hastig zog sie den hölzernen Verschluss über die drei Manuale der Orgel, schloss ab und rannte die Stufen der Empore hinunter.

15

Einen solchen Sturm hatte noch keiner der beiden Männer erlebt. Und sie waren wirklich viel in der Welt herumgekommen. Beide waren sie Stammgäste auf den Flughäfen zwischen Seattle und Singapur. Und nun das. Sechs Stunden lungerten sie schon am Gate herum. Sie saßen nur noch stumm nebeneinander und blätterten missmutig ihre Zeitungen durch. Die gute Laune war verflogen. Daran konnte auch der Champagner nichts ändern, den eine TAP-Mitarbeiterin in regelmäßigen Abständen servierte. Immer wieder ging einer der Männer zur Glasfront und spähte in die dunklen Orkanwolken. Kurz nach achtzehn Uhr ließ der Sturm auf einmal abrupt nach. Endlich, vierzig Minuten später, Punkt neunzehn Uhr, startete die Maschine schließlich ruckelnd in den portugiesischen Abendhimmel. Die zwei Passagiere saßen nebeneinander in ihren Sitzen in der First Class und bestellten einen achtzehn Jahre alten Whisky von der schottischen Insel Islay. Sie hielten die Nase über die Schwenker und inhalierten den Geruch von Lagerfeuer, Torf und Alkohol.

»Den haben wir uns jetzt redlich verdient«, lächelte der eine müde und hob sein Glas.

Der andere prostete ihm zu. »Shit happens. Aber die letzten Stunden können die Woche nicht vermiesen. Das war wirklich eine angenehme Zeit. Mal so richtig ausspannen. Und das Haus hast du echt stilvoll hinbekommen.«

»Senhora Caeiro passt auch gut darauf auf. Bei so einer Größe brauchst du einfach jemanden, der sich permanent darum kümmert. Sie macht das perfekt, inklusive Putzen, Einkaufen und dem ganzen Kram …«

»… und Kochen. Sie ist wirklich erstklassig.«

»Und ihre Tochter erst! Aber deren Qualitäten liegen woanders …« Er zwinkerte seinem Freund zu, hob sein Glas erneut und nahm einen tiefen Schluck Whisky. »Das konntest du ja auch feststellen!« Mit dem Ellenbogen gab er seinem Sitznachbarn einen Knuff in die Seite.

»Kein Wort davon! Zu niemandem!«, zischte der sofort. Er war rot angelaufen. »Wenn Jackie nur den Hauch eines Verdachts hat, dann war das unser letzter gemeinsamer Urlaub. Und Ausziehen kann ich dann auch gleich.«

»Ehrenwort, unter Indianern!«

»Und hättest du nicht immerzu nachgeschenkt und mir die Kleine im wahrsten Sinn des Wortes auf den Schoß gesetzt, dann wäre da auch nichts gelaufen.«

»Aber es hat dir doch gefallen?«

»Denk schon. Ich kann mich nicht mehr genau erinnern. Auf jeden Fall war es mal was anderes, als immer die gleiche Frau. Fünfunddreißig Jahre lang ...«

Beide hoben ein letztes Mal ihre Gläser, tranken den Whisky aus und gaben der Stewardess ein Zeichen, dass sie nicht mehr gestört werden wollten. Dann drehte sich der eine in seinem Sitz um und döste ein. Der andere zog eine Mappe mit Unterlagen heraus und bereitete die Vorstandssitzung am kommenden Morgen vor, bis auch ihn die Müdigkeit überwältigte.

Das Flugzeug der TAP überflog gerade die Bucht von Biskaya, als die Augen des Mannes in Deutschland freudig aufblitzten. Ein letztes Mal kontrolliert er die Homepage des Flughafens Tegel. Die angegebene Zeit bis zur Landung des Fliegers nahm kontinuierlich ab. Endlich. Es würde nicht mehr lange dauern.

Der Mann ging zum stählernen Küchentisch. Er klappte ein letztes Mal den Koffer auf und überprüfte, ob auch wirklich alles an seinem Platz lag. Dann verließ er das Haus. Draußen begann es bereits zu dämmern. Er setzte sich ans Steuer des Taxis, das er in einem verdeckten Winkel, einige Meter von der Villa entfernt, geparkt hatte und startete den Motor.

16

Zwei Stockwerke unter dem Büro der Mordkommission wartete Vuk Tolstoi vor der Herrentoilette. Von drinnen ertönte ein herzzerreißendes Schluchzen. Der Mann tat ihm leid. Seine Trauer schien echt. Das war keine Show. Da war sich der Kommissar ziemlich sicher. Kurz bevor er mit Richard

Rottluff in die Pathologie gekommen war, hatte er noch einen Anruf von Ana Cayart erhalten. Tolstoi hatte kaum Zeit gehabt. Nur kurz hörte er sich die These seiner Kollegin an. Prinzipiell konnten Pfählungen als Strafen für die unterschiedlichsten Verbrechen verhängt werden. Aber eines war auffällig: Immer wieder und in jedem Kulturkreis tauchte diese Hinrichtungsform für zwei Verbrechenstypen auf: Ehebruch und Kindsmord.

Kindsmord!

Die Ausführungen seiner Kollegin klangen plausibel. Ana Cayart hatte sogar schon eine Idee, wofür das A stehen könnte. Wenige Minuten danach hatten der Kommissar und Rottluff die Leichenhalle betreten. Und da brach der Mann psychisch zusammen. Als der Gerichtsmediziner das Tuch zurückzog ... Rottluff in das blutleere Gesicht seiner Frau schaute ... und zu schreien begann, als er im Nacken den langen Riss erblickte ...

In diesen Situationen brauchte es Profis. Tolstoi war kein Profi, wenn es um die Betreuung psychisch labiler Menschen ging. Die studierte Psychologin Ana Cayart wäre dafür viel geeigneter gewesen. Aber sie hatte ja Angst vor solchen Momenten. Der Kommissar war sauer. Wozu hatte seine Kollegin so viele Jahre die Gedanken- und Gefühlswelt von Menschen studiert, wenn sie danach nicht mit schwierigen Situationen umgehen konnte? Und warum übernahm immer er die unangenehmen Dinge? Während Cayart irgendwo in einer Kirche saß, verträumt Orgel spielte und Stunden später ihre Ergebnisse präsentierte. Noch in der Leichenhalle hatte sich Richard Rottluff das erste Mal übergeben. Direkt vor der Leiche seiner Frau. Tolstoi hatte dabei geholfen, den Boden aufzuwischen. So musste er wenigstens nichts sagen.

Gut zehn Minuten war Rottluff jetzt schon in der Toilette. Tolstois Blick blieb auf der Suche nach etwas Interessantem an einem Spinnennetz an der Decke des Flurs hängen. Seine Augen suchten das Gewebe ab, fanden aber keine Spinne. Wo war sie nur? Aus dem Inneren der Toilette schwappte erneut eine Welle der abgrundtiefen Trauer heraus. Ob die Spinne ihr Netz für immer verlassen hatte? Oder war sie selbst Opfer eines anderen Tieres geworden? Die Fängerin wurde zur Gejagten?

Auf einmal zitterten die dünnen Fäden des Netzes. Da war sie! Sie hatte sich in einer Ritze versteckt. Langsam bewegte sich die Spinne von der Mauer in die Mitte des Netzes. Aus dem Schluchzen wurde ein schweres Atmen. Die Toilettenspülung wurde betätigt. Dann drehte Rottluff den Wasserhahn auf und wusch sich das Gesicht. Er schien sich langsam zu fangen. Inzwischen hatte die Spinne das Zentrum des Netzes erreicht.

Hinter sich her zog sie eine in Hunderte dünne Fäden geschnürte Wespe. Rottluff kam aus der Tür. Seine Augen waren blutunterlaufen, das Gesicht fahl.

»Entschuldigen Sie, aber –«

»Schon gut«, unterbrach ihn Tolstoi sofort. »Das wäre jedem so gegangen.«

Schweigen.

»Ich würde Ihnen gerne noch ein paar Fragen stellen …« Der Kommissar sah den Witwer zögerlich an.

»Fragen Sie!«

Tolstoi kramte in der Innentasche seines Sakkos herum und suchte nach seinem Zettel. Er wusste genau, was er fragen wollte. Aber der Zettel gab ihm Zeit, sich zu konzentrieren. »Hatte Ihre Frau jemals mit dem Tod eines Kindes zu tun?«

Der Mann blickte ihn verwirrt an. »Nein. Wir haben … Wie meinen Sie das?«

Inzwischen hielt der Kommissar seinen Zettel in der Hand und knetete ihn kräftig durch. »Vielleicht hat sie etwas beobachtet? War sie bei einer … bei einer Abtreibung dabei?«

»Eine Abtreibung? Nein, natürlich nicht.«

»Sie haben drei Kinder. Gab es weitere? Ich meine, vielleicht ungeborene …«

In das Gesicht des Mannes kam auf einmal wieder Farbe. »Sie meinen … Sie meinen, wir hätten abgetrieben? Agnes? Wie können Sie nur …«

»Hören Sie, wir müssen alle Möglichkeiten durchspielen. Und der Buchstabe auf der Stirn …«

»Für Agnes war das Leben ein Geschenk Gottes. Sie war keine …«, er schluckte. »Sie war keine Abtreiberin!«

»Vielleicht hat sie ja nicht selbst –«

»Was fällt Ihnen ein! Nie im Leben hätte sie … Wir sind gläubige Christen!« Rottluff sprach auf einmal sehr laut. Die Vorstellung, seine Frau hätte bei einer so verwerflichen Tat wie einer Abtreibung auch nur assistieren können, schien ihn emotional aufzuwühlen.

»Vielleicht wurde sie Zeugin eines Gewaltverbrechens?«, versuchte Tolstoi, seine Fragen in eine andere Richtung zu drehen.

Rottluff blickte Tolstoi verwirrt an. »Kinder waren für Agnes das größte Glück«, antwortete er mit erstaunlich fester Stimme. »Dass ihnen jemand

Unrecht zufügen könnte, war für sie eine nur schwer erträgliche Vorstellung.«

Tolstoi schwieg eine Weile. Er musste seine Gedanken ordnen. »Hatte Ihre Frau denn mit anderen Kindern zu tun?«

»Wie meinen Sie das?«

»Ich meine, gibt es bei Ihnen oder bei Ihrer Frau vielleicht noch Kinder aus vorherigen Beziehungen?«

Wieder schien Richard Rottluff die Frage zu verärgern. »Nein, keine.«

Aber die Antwort kam zu schnell. Mechanisch. Auch Rottluff schien das bemerkt zu haben. Er dachte noch einmal nach. Da war noch etwas. Tolstoi lauerte auf eine weitere Antwort. Stumm sah er den Witwer an.

»Agnes ging regelmäßig in so eine Einrichtung, um zu helfen«, beendete Rottluff schließlich das Schweigen. »Da gibt es Kinder, denen die widerlichsten Sachen widerfahren sind. Kinder, die geprügelt wurden, die fast verhungert sind, die von ihren eigenen Eltern sexuell missbraucht wurden ...«

Der Kommissar merkte, wie sein Puls höher schlug.

»Ich habe Agnes immer gesagt, sie soll sich das nicht antun. Aber sie musste immer wieder dorthin.«

»Was ist das für eine Einrichtung?«

»Ich glaube, es ist eine Art Waisenhaus, das von der Caritas geführt wird. Aber dorthin bringen sie nur die schlimmsten Fälle. Es steht irgendwo im Westen. In Wilmersdorf, glaube ich.« Abrupt öffnete Rottluff seinen Rucksack und reichte Tolstoi eine Plastiktüte. »Das sind die Tagebücher. Die wollten Sie doch. Sind wir fertig?«

Der Kommissar nickte, bedankte sich und brachte Rottluff zurück zum Eingang. Der Pförtner ließ die Sicherheitsschleuse aufklappen. Tolstoi reichte dem Witwer die Hand.

»Wenn Ihnen noch etwas einfällt, melden Sie sich bitte sofort bei mir. Ich rufe Sie gerne kurz auf Ihrem Handy an, dann haben Sie auch meine mobile Nummer.«

Der Kommissar tippte auf seinem Telefon die Zahlenfolge ein, die Rottluff ihm diktierte. Einige Sekunden später ertönte Kinderlachen. Nervös suchte Rottluff nach seinem Handy.

»Ich habe den Klingelton noch drauf.« Hastig drückte er das Signal weg. »Ich werde ihn löschen.«

Tolstoi blickte den Familienvater voller Mitleid an. »Alles Gute!«

Mit leerem Blick starrte Rottluff dem Kommissar zum Abschied in die Augen. »Das Gute gibt es nicht«, sagte er verbittert. »Nicht mehr.« Er wandte sich um und ging.

Vuk Tolstoi schaute dem Mann lange nach. Er musste noch einmal über die Ausführungen seiner Kollegin nachdenken. A wie Abtreiberin. Vielleicht war die Idee doch zu abwegig. Aber in einem Punkt musste Cayart recht haben. Das A auf der Stirn bezog sich nicht auf den Vornamen Agnes. Er ärgerte sich, dass er sich nicht eher darauf konzentriert hatte. Aber es gab noch eine zweite Sache, die er der Psychologin gegenüber nicht erwähnt hatte.

Sein Innerstes sagte ihm, dass es sich bei dem Mörder um jemanden aus seiner Heimatregion handeln musste. Vlad Ţepeş. Die augenscheinliche Verbindung in die Karpaten, die Geschichte … All das konnte doch kein Zufall sein. Es musste eine Verbindung nach Osteuropa geben. Nach Südosteuropa. Vielleicht nach Polen, vielleicht nach Rumänien. Zum Balkan. Aber welche Verbindung? Und mit Bauchgefühlen brauchte er bei so einem Fall nicht kommen. Bei Ana würde er damit vielleicht noch durchkommen. Spätestens beim Staatsanwalt wäre damit aber Schluss. Auch in einem weiteren Punkt hatte Cayart recht. Sie mussten das Umfeld von Agnes Rottluff durchleuchten. Sie mussten sich zudem tief in die Rechtsgeschichte einarbeiten. Aber nicht nur das! Die Frakturschrift und die seltsame Wortwahl der Computerbotschaft deuteten auf eine viel komplexere Verbindung hin. Um die zu entschlüsseln bräuchte er einen Historiker. Vielleicht einen Schriftsetzer, einen Linguisten, Ethnologen und Kunsthistoriker. Einen Philosophen, Balkanologen, Religionswissenschaftler. In einem Punkt hatte Cayart vollkommen recht. Sie bräuchten einen Universalgelehrten.

Nein, eine Universalgelehrte!

Aus seiner Hosentasche kramte Tolstoi den Zettel, den ihm Tonia zwei Tage zuvor gegeben hatte. Hastig griff er zum Handy und wählte die mit dem Füllfederhalter geschriebene Nummer. Der Kommissar konnte seine Nervosität Tonia gegenüber kaum verstecken.

»Ich würde dich gerne wiedersehen …«

Schweigen. Tonia war die Aufregung in seiner Stimme sofort aufgefallen. Es schmeichelte ihr, dass der um einiges ältere Mann so zittrig zu ihr sprach. Sie sah einen kleinen Jungen vor sich, der mit gebrochener Stimme ein Mädchen aufforderte, mit ihm ins Kino zu gehen.

»Meinst du das ernst?«

»Ja. Sehr ernst.«

Doch dann kamen ihr plötzlich Zweifel. »Geht es um mich oder hast du was anderes im Kopf? Was willst du wirklich?«

»Dein Wissen«, gestand er ein. »Und es ist dringend.«

17

Tolstoi sprang aus dem Doppeldeckerbus und eilte die Treppen zum Eingang des Backsteinbaus hinauf. Unter dem Arm fest an den Körper gepresst hielt er die noch überschaubare Ermittlungsakte. Für das Treffen mit Tonia löste er eine Eintrittskarte. Selbst jetzt, am späten Nachmittag, lagen die Temperaturen noch immer bei weit über dreißig Grad Celsius. Von der drückenden Hitze war in den Hallen der alten Gemäldegalerie nichts mehr zu spüren. Auch von den Touristenscharen, die sich in den Sommermonaten durch Berlin schoben, war hier nichts zu sehen. Tolstoi brauchte einige Minuten, um seinen Rhythmus der zeitlosen Ewigkeit um sich herum anzupassen. Immer noch viel zu schnell durchschritt er die Wandelhalle mit ihren meterhohen Säulen und den Bullaugen in der Decke, die den Hochsommer draußen erahnen ließen. An der Kasse hatte er sich einen Gebäudeplan mitgenommen. Zweiundsiebzig Säle und Kabinette zählte die Gemäldegalerie, verbunden durch einen zwei Kilometer langen Rundgang. Tolstoi fühlte sich von der Masse an künstlerischem Menschheitsvermächtnis eingeschüchtert. Das Ganze nahm immer skurrilere Dimensionen an, dachte er. Es hatte etwas von Dan Browns *Da Vinci Code*. Nervös blätterte er den Faltzettel auf und versuchte sich zu orientieren.

Tonia hatte ihm eine SMS geschickt: *Bin bei den alten meistern. Höhe rembrandt. Gespannt. Drück dich. T.*

Mit dem Finger auf dem Faltblatt versuchte er, die Niederländer zu finden. Dann machte er sich auf den Weg, vorbei an mittelalterlichen Altären und barocken Statuen. Bei *Deutschland 15. Jahrhundert* fragte er eine Wärterin, die ihm die Richtung wies. Endlich sah er Tonia, die dicht vor einer Wand stand, den Kopf leicht vorgebeugt, nur Zentimeter von einem Gemälde entfernt. Versunken betrachtete sie eine kleine Holztafel, die in dem Raum kaum auffiel.

Tolstoi schlich sich von hinten an die Studentin ran und hielt ihr mit einer schnellen Bewegung die Hände vor die Augen. Im gleichen Moment fiel ihm auf, wie lächerlich sein Verhalten war.

»Der Engel erscheint Josef in einem Traum«, sagte sie, ohne sich umzuwenden, als der Kommissar ihre Augen rasch wieder freigegeben hatte. »Beeindruckend, wie Rembrandt mit wenigen Pinselstrichen die Anziehungskraft des Göttlichen, seine Reinheit und Unbedingtheit eingefangen hat.«

Tolstoi schwieg und versuchte, sich in das Bild zu vertiefen. Was ihn beeindruckte, war der starke Kontrast zwischen Hell und Dunkel. Zwischen der weltlichen Düsternis und dem Strahlen der himmlischen Erscheinung. Tolstoi fühlte sich dem Künstler auf einmal sehr nahe, er spürte, was er damit aussagen wollte, und konnte geradezu körperlich die Richtigkeit der Darstellung empfinden.

»Unglaublich intensiv«, versuchte er nach einer Weile, seine Gefühle in Worte zu fassen. »Das muss seine Zeitgenossen ziemlich beeindruckt haben.«

»Hat es«, sagte Tonia ruhig, »und es hat der Nachwelt einige Rätsel aufgegeben. Es gab wenige Maler, die damals so ergreifend das Verhältnis von Mensch zu Gott dargestellt haben. Viele Forscher, bis heute, haben immer wieder spekuliert, ob Rembrandt nicht Mitglied in einer Art religiösem Geheimorden war. Aber bis heute haben wir keine klare Antwort darauf.«

»Und, was meinst du?«

»Ich denke auf jeden Fall, dass er sehr gläubig gewesen sein muss. Oder kannst du dir vorstellen, dass jemand so emotional Gläubigkeit darstellen kann, ohne an Gott zu glauben?«

»Menschen können sich verstellen …«

»Dann muss er aber ein ziemlich guter Lügner gewesen sein.«

»Sonst wäre er nicht so erfolgreich gewesen.«

Tonia kniff Tolstoi in die Hüfte und drehte sich dann zu ihm. »Lassen wir das. Sag mir lieber, was du von mir willst.«

»Ich würde gerne deine Expertise zu einem Fall haben.«

»Deswegen bist du hier?«, schnaubte die junge Frau mit gespielter Empörung. »Das ist alles?«

»Na ja, nicht nur. Ich möchte dich natürlich auch sehen …«

»Heuchler.«

Tolstoi wusste nicht, was er antworten sollte, und entschied sich fürs Schweigen. Jegliche Beteuerung des Gegenteils würde nur wieder in eine peinliche Situation abgleiten. Der Kommissar schaute sich im Ausstellungsraum um und als er merkte, dass niemand sonst da war, entschloss er sich, ihr die Hintergründe dieses Treffens jetzt gleich zu erläutern. »Sagt dir der Fall Agnes Rottluff was?«

»Ist das die Frau, die im Plänterwald umgebracht wurde? In den Zeitungen war von einer Agnes R. die Rede.«

»Genau.«

»Ich habe das ekelhafte Foto auf einer Titelseite gesehen.«

»Und was hältst du davon?«

»Am Kiosk waren fast alle Blätter vergriffen. Beschert den Redaktionen wohl eine bombastische Auflage.«

»Ich will nicht wissen, ob der Fall die Zeitungsleser interessiert …«

»Die Szenerie hat mich sofort an Vlad Ţepeş erinnert«, tastete sich Tonia vor, »aber da war ich wohl nicht die Einzige.«

»Stimmt, die Reporter haben gut recherchiert. Aber über Graf Drakula und einige Gruselgeschichten sind sie dann doch nicht hinausgekommen.«

»Und jetzt willst du wissen, was eine Historikerin von den Theorien über Vlad, Drakula und dessen Kampf mit den Türken hält?«

»Leider bin ich vor allem deswegen hier. Auch wenn es anderes gäbe, was ich mit dir jetzt viel lieber anstellen würde …«

»Kein Problem. Gleich um die Ecke ist eine Toilette. Und momentan ist nicht viel los. Wir können –«

»Tonia, bitte. Das ist kein Witz. Ich muss die Ermittlung schnell voranbringen!«

Das wilde Funkeln in den Augen der Studentin verschwand sofort wieder. Sie griff sich an die dickrandige Designerbrille und dachte nach. »Also gut. Du willst wissen, was ich über Vlad und seine Beziehung zu den Türken weiß?«

»Wir sollten wahrscheinlich nicht zu eng am historischen Vorbild kleben. Aber mein Bauch sagt mir, dass der Fall etwas mit der Region zu tun hat.«

Die Studentin drehte sich vom Kommissar weg und schaute wieder das Rembrandtgemälde an. »Ich habe mich mit der Biografie des Woiwoden nur oberflächlich beschäftigt. Auch wenn er wirklich eine spannende Person ist. Als kleiner Junge wurde er von den türkischen Eroberern als Faustpfand nach Istanbul verschleppt. Der osmanische Sultan hatte gehofft, so Druck auf den Vater ausüben zu können. Damit der ein treuer Statthalter bleiben würde. Vlad hat im Gegenzug eine exzellente Erziehung im Serail in

Istanbul erhalten. Er wurde wie ein Prinz im Topkapipalast am Goldenen Horn aufgezogen.«

»Aber dann muss doch irgendwas bei ihm schief gelaufen sein?«

»Die Gründe, warum er zum absoluten Türkenhasser wurde, sind unklar. Auf jeden Fall ging er irgendwann später in seine transsilvanische Heimat zurück. Erst als eine Art türkischer Botschafter. Doch dann lief er zur Gegenseite über. Er schloss einen Pakt mit dem deutschen Kaiser, riss die Macht an sich und erarbeitete sich einen Ruf als grausamer und blutrünstiger Warlord.«

»Warum hat er seine Gegner gepfählt?«

»Die landläufige Erklärung ist, dass er abschrecken wollte. Aber ich glaub da nicht dran. Das muss irgendeine abergläubische Aufladung gehabt haben. Da müsste ich mich aber noch einmal einlesen.«

»In die Stirn der Toten ist ein A eingeritzt.«

»Ein A?« Tonia fuhr sich mit den Fingern durch die rote Löwenmähne und dachte nach. »A wie Alpha. Steht für Anfang. Vielleicht auch im übertragenen Sinn für den Beginn einer Reise?«

Tolstoi umfasste mit der Hand sein Kinn und überlegte kurz. »Vielleicht. Die Frau wurde vorsichtig auf den Pflock gehoben, damit sie ihren Tod bewusst mitbekommt. Wir haben –«

»Das ist normal«, unterbrach ihn Tonia in professoral gelehrtem Tonfall. »Die Pfähle waren immer stumpf. Das ist das Prinzip dieser Strafe. Eine möglichst lange und schmerzhafte Leidensphase. Tut mir leid, aber so sind eure perversen Männerfantasien. Krank ist das!«

Tolstoi legte ihr einen Zeigefinger auf den Mund, damit sie wieder leiser sprach. Aber Tonia war jetzt richtig in Fahrt. Der Gedanke, dass irgend so ein kranker Psychopath aus völlig irren Gründen eine junge Mutter bestialisch umgebracht hatte, machte sie richtig wütend. »Macht euch Männer so was an? Ihr quält Frauen, damit ihr endlich wieder mal einen hochkriegt?«, fragte sie hochrot und schob ihre Hand provozierend in seinen Schritt.

»Bitte, Tonia. Es geht hier nicht darum, ob mich das anmacht. Ich versuche zu verstehen –«

»Und, macht es dich an?«, blaffte sie ihn weiter an.

Tolstoi riss der Geduldsfaden. »Natürlich nicht.«

Schweigend sahen sie sich eine Weile an.

»Wir haben noch keinerlei Vorstellung, was die Hintergründe der Tat sein könnten. Deshalb stehen wir hier. Aber Agnes Rottluff wurde auf jeden

Fall *nicht* vergewaltigt. Was bei einem durchgeknallten Sexmörder ja wohl irgendwie auf dem Programm stehen würde …«

Tonia antwortete nicht. Sie ging zur Bank in der Mitte des Raumes, packte ihren Block, ihre Bleistifte und das dicke Kunstlexikon in ihren Rucksack und deutete auf den Ausgang. »Lass uns ins Café gehen.«

»Warte noch einen Moment«, bremste Tolstoi, »hier sind wir alleine. Das ist die Akte zu dem Fall. Du kannst gerne mal reinschauen.«

»Darfst du das?«

»Sagen wir mal so: kreative Ermittlungsmethoden. Aber im Café wäre das sicher keine so gute Idee.«

Tonia schlug die Mappe auf und blätterte die Berichte der verschiedenen Ermittlungsgruppen durch. »Ich verstehe langsam, was du meinst. Die Art des Mordens, die Symbolik, die Art der Präsentation. Das ist nicht wirklich eine westeuropäische Form des Tötens, das ist fast schon asiatisch …«

Tolstoi nahm ihr die Akte wieder ab, umfasste ihre Taille und Seite an Seite schritten sie vorbei an den Rembrandts Richtung Ausgang. Während sie an den Millionen Euro teuren Gemälden vorbeiliefen, hielt Tonia ein kleines Stehgreifreferat über das Spannungsfeld zwischen christlich-abendländischer Kultur und dem muslimischen Morgenland.

»Heute betrachten wir die Muslime als barbarischen, unzivilisierten Haufen von Terroristen und Schafshirten, die nichts weiter im Kopf haben als tote Amis und Jungfrauen«, echauffierte sie sich. »Aber über viele Jahrhunderte waren es eigentlich wir, die bestialisch mordend auf die Osmanen losgegangen sind. Und Vlad Ţepeş war einer der ekelhaftesten Schlächter.« Tonia deutete auf ein Gemälde des Malers Hieronymus Bosch. »Schau dir doch mal diesen ganzen Mist an. Genau so kamen diese ganzen kranken Fantasien erst in unsere Köpfe. Am Anfang standen die Priester, danach kamen die Künstler, am Ende die Psychopathen.«

Der Kommissar war überrascht von der Meinungsfreudigkeit, vor allem aber von den profunden Kenntnissen der jungen Studentin. Fasziniert folgte er ihren Ausführungen.

»Oder denk doch mal an die Hexenverfolgungen. Das waren ekelhafte Folter- und Mordorgien. Bis weit ins achtzehnte Jahrhundert betrieb die katholische Kirche dieses perverse Spiel. Es kam zu unglaublichen Exzessen. Und warum?«

Tolstoi hatte gerade begonnen, nach einer Antwort zu suchen, als er bemerkte, dass es nur eine rhetorische Frage war.

»Weil es immer mehr Frauen gab, die sich nicht länger unterordnen wollten. Das waren die Vorläufer der Feministinnen! Und weil das den Kirchenheinis nicht passte, machten sie die armen Weiber einfach zu Hexen und ließen sie verbrennen. Das war ein Verbrechen gegen die Menschlichkeit. Heute würden solche Typen vor den Strafgerichtshof in Den Haag gebracht.«

Tolstoi hatte Tonia weiter gespannt gelauscht. Als sie sich nun so empörte und ihr Gesicht rot anlief, musste er sich eingestehen, dass sie wirklich ziemlich sexy war. »Das ist alles sehr spannend, was du da analysierst«, sagte er etwas verlegen, »aber ich fürchte, es hat nicht wirklich was mit unserem Fall zu tun.«

»Tut mir leid. Du hast recht«, gab Tonia unumwunden zu und versuchte sich etwas zu beruhigen. »Kann ich noch mal in die Akte schauen?« Sie legte die Mappe auf eine Bank und blätterte sie schnell durch. »Woher genau stammst du?«

»Aus Bosnien, das habe ich dir doch schon –«

»Ich weiß. Aus welcher Stadt in Bosnien-Herzegowina?«

» Višegrad.«

»Na, da haben wir es doch. Kein Wunder, dass du davon überzeugt bist, dass der Täter aus deiner Heimat kommt. Der gepfählte Bauer auf der Brücke …«

Es war wirklich erstaunlich, wie umfassend dieses immer wieder so mädchenhaft wirkende Geschöpf gebildet war. Zum ersten Mal fühlte sich Tolstoi tatsächlich verstanden. Seine Heimatstadt wurde mit einer der widerwärtigsten Exekutionen auf dem Balkan in Verbindung gebracht. Jeder in seinem Geburtsort kannte die Geschichte. Das Buch, in dem die mittelalterliche Pfählung beschrieben wurde, gehörte zur Pflichtlektüre eines jeden Jungen im alten Jugoslawien. Er war zwölf Jahre alt gewesen, als er die brutalen Zeilen im Serbischunterricht lesen musste. Sie hatten sich ihm ins Hirn eingebrannt, die Beschreibung des Leidens des Gepfählten …

… aber das war weder ein Schmerzensschrei noch ein Wehruf,
noch ein Todesröcheln, noch irgendein menschlicher Laut,
vielmehr gab der ganze auseinandergespannte und gefolterte Körper
ein Knarren und Knirschen von sich wie ein Zaun, den man umtritt,
oder wie Holz, das bricht.

Tolstoi konnte die Zeilen auswendig. Dieses menschliche Knarren und Knirschen. Wie oft hatte er sich als Jugendlicher vorzustellen versucht, wie es sich wohl anhörte, wenn ein Mensch auf einen Pfahl gespießt war. Dank Tonias Stimme wurde der Kommissar wieder in die Gegenwart zurückgeholt.

»In Westeuropa sind, wenn überhaupt, nur Vlads Pfählungen bekannt, was aber vor allem an dem lächerlichen Drakulamythos liegt. Dabei gab es solche Hinrichtungen in regelmäßigen Abständen. Denk nur an die Berichte über die Serbische Revolution Anfang des neunzehnten Jahrhunderts. Damals wurden zweihundert Rädelsführer gepfählt.«

Langsam war Tolstoi endgültig baff. Wie konnte Tonia nur so extrem detaillierte Kenntnisse über die Geschichte seiner Heimat haben? Die Studentin musste unglaublich belesen sein. Wie die Revolutionäre von 1804 hingerichtet worden waren, wusste nicht einmal er. Und er hatte sich mit der Geschichte des Balkans wirklich intensiv auseinandergesetzt.

»Dann gibt es noch die Überlieferungen von dem albanischen Herrscher, der Banditen und Feinde nicht nur pfählen, sondern auch noch rösten ließ.«

Tolstoi kapitulierte innerlich. Tonia war ein wandelndes Lexikon. Auf jeden Fall war sein Riecher richtig gewesen, sie in die Ermittlungen mit einzubeziehen. Davon war er jetzt überzeugt.

»Der Balkan ist voll von solch widerwärtigen Erzählungen. Es stimmt. Es muss einen geografischen Bezug geben!«

Dann hatten Tonia und Tolstoi das Café erreicht.

Nur ein Tisch war besetzt. Drei junge Spanier saßen über einen Stadtplan gebeugt und organisierten ihre weitere Tour durch die deutsche Hauptstadt. Tonia wählte einen kleinen runden Tisch am Fenster. Tolstoi schob ihr galant einen Stuhl zurecht, sie setzte sich, schlug die Beine übereinander und nahm sich dann die Getränkekarte.

»Ich brauch jetzt was Hochprozentiges, und zwar den hier.« Tonia deutete auf einen Gin und reichte die Karte an den Kommissar weiter. »Und er geht auf deine Rechnung! Da muss der Berliner Polizeipräsident eben mal was investieren …«

»Kein Problem, kleine Luxuslady. – Entschuldigung, können wir, bitte?«

Missmutig stapfte die Kellnerin zu ihrem Tisch. »Bestellen is nicht mehr. Wir schließen jetzt!«

Unbeeindruckt orderte Tolstoi ein Glas Monkey 47 und für sich einen doppelten Espresso. Seine Stimme ließ keinen Widerspruch zu.

»Fünf Minuten!«, fauchte die Bedienung. »Dann schließ ick ab!«

Sekunden später standen die Getränke vor ihnen.

»Es gibt da noch etwas«, sagte Tolstoi und legte seine Hand auf die Ermittlungsakte. »Eine eigenartige Botschaft.« Er zog einen Screenshot von dem Computerbildschirm aus der Mappe.

»Komischer Text«, sagte sie nach einer Weile. »Was auffällt: Das ist eine preußische Serifenschrifttype. Die wurde zu Beginn des Deutschen Kaiserreichs eingeführt. Also nach 1871. Wenn ich es richtig weiß, dann war die bis zum Ende der Weimarer Republik gültig. Eigenartig ist auch die Wortwahl«, fuhr Tonia fort, »zum Beispiel das Wort *Archivgewahrsam*. So spricht doch kein Mensch. Zumindest nicht mehr heutzutage. Das Zitat muss also ähnlich alt sein wie die Schrift ...«

Tolstoi behielt den letzten Schluck Espresso, den er gerade trinken wollte, im Mund und wagte kaum, ihn hinunterzuschlucken. Er fieberte den weiteren Ausführung Tonias entgegen. Aber die schob ihm den Ausdruck zurück über den Tisch und griff nach ihrer Tasche. Ende der Vorstellung. Der Kommissar verschluckte sich an seinem Espresso und begann zu husten. Hastig legte er einen Zwanzig-Euro-Schein auf den Tisch.

»Hast du heute Abend schon was vor?«, fragte er, nachdem der Hustenreiz vorüber war.

»Wieso, brauchst du noch mehr Nachhilfeunterricht?«, fragte Tonia spitz.

»Vielleicht kann ich dir ja auch was beibringen?«, grinste Tolstoi bemüht und hoffte, etwas Leichtigkeit zurück in ihr Gespräch zu bringen.

»Ich bin gespannt. Du kommst zu mir! Gib mir zwei Stunden Zeit ...«

In ein Notizbuch mit goldenem Rand schrieb Tonia mit dem Füllfederhalter ihre Adresse und riss das Blatt für den Kommissar heraus. »Bitteschön. Monsieur, le commissaire.«

18

Mit einer Verspätung von geschlagenen acht Stunden erreichte der TAP-Flug aus Lissabon endlich den Berliner Luftraum. Durch das lange Warten und die Stunden im Flugzeug waren die meisten der Passagiere extrem gerädert. In der Dunkelheit unter sich erblickten sie die rote Markierung der Landepiste. Geradezu sanft landete der Flieger auf der nördlichen Landebahn und rollte am Hangar mit dem Airbus der militärischen Flugbereitschaft vorbei zum Terminal. Obwohl der Flughafen heillos überlastet war, standen sie keine zehn Minuten nach der Landung am Gepäckband und sahen ihre Koffer durch die Luke plumpsen. Zumindest in Berlin kam es zu keinen weiteren Komplikationen. Hinter der Sicherheitsschleuse verabschiedeten sich die beiden Männer. Der eine verschwand noch einmal in dem kleinen Supermarkt, um sich ein neues Eau de Toilette und Zahnpasta zu besorgen. Der andere ging direkt zu den Taxis.

Es mussten gerade einige Flieger gelandet sein. Auf jeden Fall herrschte am Taxistand ein unglaublicher Andrang. Die Fahrer kamen kaum nach, die Lücken aufzufüllen. Der gebräunte Blonde war gerade dabei, sich auf der Warteplattform zu orientieren, als plötzlich direkt vor ihm ein Taxi abbremste. Der Fahrer stürmte heraus und nahm ihm sein Gepäck ab.

»Ist Chaos. Kollegen sind wirklich Idioten!«

»Gewagtes Manöver!«

»Sonst geht hier nichts. Scheiß Flughafen. Das wird immer schlimmer.«

Der Manager setzte sich in den Fonds des Wagens. »Nach Potsdam, Kladower Straße. Hinter dem Schloss. Sacrower See …«

Vom Rücksitz beobachtete er den Fahrer. Der hatte die Kappe tief ins Gesicht gezogen. In der Morgendämmerung hatte er nicht einmal die Augen des Mannes erkennen können. Er schaltete das Taximeter ein und fuhr los. Langsam stiegen die roten Zahlen höher und höher. Auf dem Handschuhfach war die Zulassungsnummer des Fahrers aufgeklebt. Irgendwie hatte er trotzdem ein komisches Gefühl.

»Ring ist dicht. Soll ich über Tegeler Weg und Bismarckstraße fahren? Und dann hinter Avus wieder auf Autobahn?«

Woher kam nur dieser Akzent? Die Türken ließen immer die Artikel weg. Aber ein Türke war der Mann nicht. Die harte Betonung der Konsonanten und dieses Abgehackte … Klang irgendwie osteuropäisch. Kurz überlegte der Passagier noch, dann hatte er sich entschieden.

»Machen Sie das!«

Als sie über die Autobahnbrücke fuhren, sah er einige Autos auf den drei Spuren des Rings. Aber ein Stau war das beileibe nicht. Selbst von einer gut befahrenen Straße zu sprechen, wäre übertrieben gewesen. Vielleicht hatte es Warnungen im Radio gegeben und die Leute fuhren einfach nicht mehr auf die Stadtautobahn auf? Wahrscheinlich kam der Stau erst weiter westlich. Irgendwo zwischen dem nächsten Dreieck und dem Spandauer Damm. Leicht nervös spielten die Finger des Fahrgastes mit seinen blonden Locken.

Aufmerksam beobachtete er den Fahrer vor sich. Zügig, aber trotzdem kontrolliert lenkte der sein Taxi durch den nächtlichen Stadtverkehr.

Auf einmal hielt die Hand in den Haaren inne. Er wusste nun, woher er den Akzent kannte. Der Taxifahrer musste aus dem Gebiet der alten Donaumonarchie stammen. Ein Tschusche also, wie die Wiener zu sagen pflegen. Die redeten genauso. Aber an seinem Fahrstil gab es nichts aussetzen. Hinter dem Jakob-Kaiser-Platz war der Mann im Fonds beruhigt. Er machte sich mal wieder zu viele Gedanken! Er zog seinen Tabletcomputer heraus und tippte sich in seinen Mailaccount. Konzentriert arbeitete er die Nachrichten der letzten zwei Tage durch. Derweil fuhr der Wagen zügig über fast leere Straßen. An einer Ampel vor dem Schloss Charlottenburg mussten sie halten. Von hinten blickte der Fahrgast kurz durch die Windschutzscheibe und sah das rote Licht. Gerade hatte er den Kopf wieder gesenkt, als sich der Fahrer auf einmal herumdrehte. Er sah ihm noch kurz in die Augen, dann bemerkte er den Mündungslauf. Kein Ton, nur ein Zischen. Sekundenbruchteile später fühlte er ein Stechen im Bauch. Seine Hand fuhr zu der Stelle und ertastete eine Art Spritze, die in seiner Haut steckte.

»Was soll das? Ich will sofort aussteigen! Machen Sie …«

Aber er konnte den Satz nicht mehr vollenden. Wie ein Hammerschlag traf ihn die Müdigkeit und er schlief auf der Stelle ein. Als die Ampel auf grün schaltete, fuhr der Wagen weiter, als ob nichts passiert wäre. Bei der Auffahrt Kaiserdamm bog der Fahrer ab auf den Ring. Ruhig schwebte das Taxi über die leere Autobahn Richtung Potsdam.

II.

Wissen

19

Durch die dicken Glaskacheln der Bibliothek der Philosophischen Fakultät drang nur gedämpftes Licht. Obwohl die Hitze draußen immer unerträglicher geworden war, herrschte im Inneren angenehme Kühle. Dafür sorgten Photovoltaikmotoren, die die natürliche Außenluft zirkulieren ließen. Tonia Schlesinger hatte sich einen Tisch im dritten Stock des runden Gebäudes ausgesucht. Die Lesesäle waren komplett verwaist. Ihre Kommilitonen waren fast alle im Urlaub, absolvierten irgendwo ein Praktikum oder lagen einfach an den nahen Seen in der Sonne mit einem Kasten Bier und einem Grill.

Tonia fühlte sich beschwingt. Die Nacht mit dem Kommissar war dieses Mal erstaunlich harmonisch verlaufen. So etwas konnte es mit diesem Mann also auch geben. Sie wartete auf den ersten Schub von Büchern, den sie am Tresen bestellt hatte. Sie klappte ihren Ringbuchblock auf, spitzte den Bleistift noch einmal und lehnte sich zurück. Sie liebte es, in der konzentrierten Stille in der Bibliothek hier draußen in Dahlem stundenlang ihren Studien nachzugehen. Der Bau war gerade mal ein paar Jahre alt. Mit seinen Kanälen, Waben und Zellen sollte er an ein menschliches Gehirn erinnern. Und dem Architekten aus London war das ziemlich gut gelungen, fand Tonia. Das sah nicht nur sie so. Die Studierenden der Freien Universität hatten das Gebäude sofort auf den Spitznamen *Berlin Brain* getauft. Hier, in diesem riesigen Hirn der Geisteswissenschaften, wollte Tonia nun daran gehen, Licht in das Rätsel um den mysteriösen Mörder zu bringen, der sein Opfer wie vor hunderten von Jahren getötet hatte.

Tonia ging noch einmal die Polizeiakte durch. Dafür, dass die Ermittlungen gerade mal achtundvierzig Stunden andauerten, war sie mit gut zweihundert Seiten ziemlich ausführlich. Es fanden sich Auszüge aus dem Personenregister der Toten, Hintergründe zu den über den Fall berichtenden Journalisten, LKA-Untersuchungsberichte, die den Stempel »Verschlusssache – nur für den Dienstgebrauch« trugen. Was sie hier zu sehen bekam, war für die Augen von Normalsterblichen eigentlich tabu. Tonia staunte nicht schlecht, wie umfangreich die amtlichen Informationen waren, die der Staat vor allem über seine Bürgerin Agnes Rottluff zusammengesammelt hatte. Vor ihrem inneren Auge entstand das Bild einer Frau, die versucht hatte, die perfekte Integration hinzubekommen. Dafür hatte sie sogar ihre Ursprünge geleugnet. Welch eine Überwindung musste das für einen Menschen bedeuten, seine Herkunft auszulöschen? So etwas machte man nur aus dem absoluten Bedürfnis heraus, irgendwo dazugehören zu wollen. *Oder man will etwas vergessen machen!*

Tolstoi hatte gesagt, dass er hinter dem Verbrechen einen geografischen Bezug vermutete. Tonia wollte deshalb zuerst die Herkunft der Toten rekonstruieren. Sie zog den Atlas heran, den sie sich gleich zu Beginn aus der Handbibliothek mitgenommen hatte. Stary Sącz. Südpolen. Als Tonia die Karte aufschlug, erkannte sie, dass es sich um eine Abbildung des osteuropäischen Bergmassivs der Beskiden im Maßstab 1:3.000.000 handelte. Sofort sprang ihr Sibiu ins Auge. Das alte Hermannstadt in Siebenbürgen.

Die Heimat von Vlad dem Pfähler!

Die Studentin fuhr mit dem Finger die Karte ab. Schließlich fand sie das Zeichen für eine Ruine. Hier hatte das einstige Schloss des Karpatenfürsten gelegen. Aus einer Mappe holte Tonia ein Pauspapier. Sie legte es über die Karte und zog mit ihrem Bleistift die wichtigsten topografischen Linien nach. Dann markierte sie Vlads Heimatstadt mit einem roten Kreuz.

Die kleine Agnieszka war in Südpolen aufgewachsen. Es dauerte ziemlich lange, bis sie den Weiler bei Stary Sącz fand. Zu ihrer Verwunderung befand er sich ebenfalls in den Karpaten. Akkurat zeichnete Tonia ein neues Kreuzchen ein. Sie nahm sich ein Lineal und maß den Abstand zwischen den beiden Markierungen. 7,8 Zentimeter. Tonia begann zu rechnen, dann pfiff sie durch die Zähne. Bei dem Maßstab der Karte bedeutete das, dass zwischen dem Geburtsort der Toten und dem Schloss von Vlad Ţepeş gerade einmal hundertsiebenundfünfzig Kilometer Luftlinie liegen mussten. Das konnte kaum Zufall sein.

Nach einer guten Stunde ging sie zurück zur Ausgabe und nahm die ersten Bücher und Folianten mit. Sie hatte sich einige Standardwerke zur mittelalterlichen Geschichte Osteuropas heraussuchen lassen, dazu einiges zu den Nachwehen der Kreuzzüge und die Schlachten der Westeuropäer gegen die Armeen des osmanischen Reiches, die bis kurz vor Wien gekommen waren. Der Archivliste hatte sie entnommen, dass es noch mittelalterliche Folianten und einige Chroniken zu den Karpatenherrschern im Magazin gab.

»Die kann ich Ihnen nicht geben«, knurrte der alte Mann an der Buchausgabe. »Die sind den Professoren und den Doktoranden vom Fachbereich vorbehalten.«

Nicht einmal in der Urlaubszeit kannst du geschmeidig sein, dachte Tonia. *Hauptsache Vorschriften beachten und Forschung behindern!*

Aber Tonia wusste, wie sie den Rentner, der sich in der Bibliothek ein Zugeld verdiente, gefügig machen konnte. »Die Bücher sind für meine Arbeit unglaublich wichtig. Sie könnten zu wichtigen Forschungen beitragen«, heuchelte sie und zupfte an ihrer Bluse, so dass der alte Mann einen besseren Blick auf ihr üppiges Dekolletee bekam. »Ich brauche noch ganz, ganz dringend die Originaltexte, um mich auf unsere Klausurtagung zum Thema am Wochenende ordentlich vorbereiten zu können.«

Tonia ließ den Bleistift auf das Ausgabepult fallen und tat so, als habe es sich um ein Missgeschick gehandelt. Dann beugte sie sich weit über die Ablage, so dass der Mann noch tiefere Einblicke in ihren Ausschnitt erhielt. Scheinbar unbeholfen fischte sie nach ihrem Bleistift am anderen Tischende.

»Ausnahmsweise«, grunzte der Alte und zwang sich, seine Augen wieder zu ihrem Gesicht zu heben. »Die meisten Professoren sind ja nicht da. Ich hole dann mal die Bücher ...« Er wollte schon weggehen, als er sich noch einmal umdrehte. »Oder wollen Sie vielleicht mitkommen?«

»Oh ja, gerne«, schnulzte Tonia.

Wenn du mich allerdings anfasst, bekommst du was zwischen die Beine!

Aber ihre Befürchtungen waren übertrieben. Der alte Mann begnügte sich mit Glotzen. Das jedoch recht ungeniert. Tonia ließ ihn gewähren und stellte im Gegenzug ihre Forderungen. Sie ließ sich die Inventarlisten zeigen, konnte selbst im Magazin einige Folianten durchblättern, bevor sie die richtigen für sich aussuchen konnte. Am Ende nahm sie einige sehr wertvolle und uralte Schinken mit. Sie schenkte dem Rentner noch ein kleines Highlight, immerhin wusste sie nicht, wann sie wieder seine Hilfe brauchen würde. Sie hielt die Folianten vor ihren Bauch und schob damit ihre Brüste nach oben. Push-up für Intellektuelle.

»Vielen Dank für Ihre tolle Hilfe«, schleimte sie ein letztes Mal und verschwand.

Zurück an ihrem Tisch blätterte Tonia erst einmal die alten Bücher durch. In einem der Folianten fand sie einen Holzschnitt, auf dem die gepfählten Körper abgebildet waren. Er ähnelte dem Bild, das die Zeitungen abgedruckt hatten. Tonia schaute sich die Abbildung Millimeter für Millimeter an. Oft gaben die kleinen Details auf alten Bildern Hinweise auf die Umstände, auf Bräuche oder irgendwas noch Unbekanntes. Fehlanzeige. So genau sie die Drucke auch durchforstete, sie fand einfach nichts. Drei unterschiedliche Abbildungen von den Pfählungen des Vlad Ţepeş hatte sie jetzt gefunden. Und eine war ekelhafter als die andere. Was konnten ihr diese Bilder nur verraten? Tonia nahm einen weiteren Folianten zur Hand. Es handelte sich um eine mittelalterliche Handschrift über die Besiedelung der Bergregion und die verschiedenen Herrschergeschlechter. Ein Teil befasste sich mit dem über Jahrhunderte dauernden Kampf gegen osmanische Heere. Und da war es wieder. Auch hier gab es eine Zeichnung zu den vom Grafen Drakula aufgespießten Türken. Tonia betrachtete das Bild aufmerksam.

Aber irgendetwas irritierte sie. Irgendetwas stimmte hier nicht. Einige Minuten grübelte sie darüber nach, was es sein könnte. Dann fiel es ihr wie Schuppen von den Augen.

Du Esel! Wie konntest du das nur übersehen?

20

Als der Kommissar vor dem Mietshaus angekommen war, tastete er in seiner Brusttasche die beiden Zigarren ab. Sie schienen unbeschädigt zu sein. Erleichtert klingelte er bei seinem Nachbarn. Ein einziges Mal, behutsam. Aber es meldete sich niemand durch die Sprechanlage. Eigentlich war Oskar Adler immer zu Hause. Tolstoi schloss die Türe auf und stieg die Treppe hinauf. Im zweiten Stock hörte er Schritte von oben herunterkommen. Als die Person näher kam, erblickte er seinen Nachbarn. Adler trug ein akkurat bis zum Hals geknöpftes Karohemd. Seine Haare waren in der Mitte gescheitelt. Scheu drückte sich der Mann an der Wand entlang in Richtung des Kommissars. Als er in Sichtweite war, schaute er ihn mit einem misstrauischen Blick an.

»Guten Abend, Oskar.«

»Wer sind Sie und was machen Sie hier in diesem Haus? Und woher kennen Sie meinen Namen?«

»Ich bin's, Vuk! Mensch, Oskar, erkennst du mich wirklich nicht?«

Der Mann lugte skeptisch zu Tolstoi hinüber. Er schien nicht den geringsten Schimmer zu haben, wer da vor ihm stand. Der Kommissar zog sein Jackett aus, nahm die Sonnenbrille aus dem Haar und krempelte seine Hemdsärmel hoch. Dann knöpfte er sich noch die oberen beiden Knöpfe auf, so dass sein dichtes Brusthaar zu sehen war. Wie auf Knopfdruck verschwand der Zweifel aus dem Gesicht des Mannes.

»Vuk«, stellte Oskar Adler sachlich fest. Sein Gesicht zeigte nicht die geringste Gefühlsregung. »Ich muss noch Mineralwasser und Kaffee besorgen. Für die Nacht. Es wird lang. *Dart* ist wirklich verdammt mies programmiert. Bugs ohne Ende. Ich muss heute noch ein komplettes Programm für einen Kunden durchschauen.«

Dann drückte sich Adler wieder gegen die Wand und versuchte, am Kommissar vorbeizukommen. Tolstoi knöpfte sich sein Hemd wieder zu und streifte das Jackett über. Beim ersten Vorfall dieser Art, vor anderthalb Jahren, zweifelte er noch an seinem eigenen Verstand. Aber seit er wusste, dass Oskar Adler am Aspergersyndrom litt, wobei *leiden* wohl der falsche Begriff war, freute er sich nur noch, wenn ihn sein Nachbar einmal erkannte. Adler ging in seiner Welt auf. Durch seine Krankheit fiel es ihm zwar äußerst schwer, Kontakte jeglicher Art aufzunehmen. In seiner Programmierwelt bestach er jedoch durch kalte Brillanz. Der Kommissar bewunderte seinen Nachbarn, wie konzentriert und analytisch er auf die Suche nach Fehlern ging. Er hatte einen unbestechlichen Blick für Muster und erkannte in Sekundenbruchteilen die kleinste Abweichung. Für seinen Job als Ermittler würde Tolstoi eine derartige Fähigkeit ungeahnte Möglichkeiten eröffnen. Nur das mit der sozialen Inkompetenz wäre wohl etwas hinderlich. Als Tolstoi den Mann nicht sofort durchließ, begann sich dessen Gesicht rot zu verfärben.

»Oskar, bitte nicht aufregen. Ich habe nur eine kleine Bitte …«

Adler schaute ihn konzentriert an. »Fünfunddreißig Minuten. Keine Sekunde länger. Danach brauch ich Kaffee und muss wieder an *Dart* ran. Dafür brauche ich noch hundertneununddreißig Minuten. Um sechzehn Uhr muss die Analyse raus!«

»Den Kaffee besorg ich dir. Dann hast du die fünfunddreißig Minuten wieder aufgeholt.«

Oskar Adler machte auf dem Absatz kehrt und ging voraus durch das dunkle Treppenhaus. Mit drei unterschiedlich großen Schlüsseln öffnete der Nachbar nacheinander sämtliche Schlösser seiner Tür. Als sie schließlich aufsprang, schoss den beiden Männern ein Schwall säuerlicher Luft entgegen. Eigentlich hatte Tolstoi die Zigarren eingesteckt, um dem Mann eine Freude zu machen. Als er nun den Geruch wahrnahm, der durch die Wohnung strömte, hegte er jedoch ganz andere Hoffnungen. Die Zigarren würden den Aufenthalt bei dem Nerd überhaupt erst erträglich machen.

»Lust auf eine Cohiba?«, fragte er Adler, sobald sie vor dem Computer saßen. »Ich hab zwei gute kubanische Zigarren mitgebracht und eine Frage.«

Wieder dachte der Computerexperte angestrengt nach. Seine Augenbrauen zuckten nervös. *Was überlegt der nur so lange?* Tolstoi bemerkte, dass Adler noch immer dasselbe Hemd anhatte, das er schon bei der letzten Begegnung getragen hatte. Er musste es seit Tagen nicht mehr gewechselt haben.

»Erst die Frage, dann die Zigarre! Du willst von mir wissen, wie du an spezielle Informationen auf einem Privatcomputer rankommst?«

Tolstoi war einigermaßen perplex. Deshalb zögerte er mit seiner Antwort. Er wog jedes einzelne Wort ab, um keine Fehler zu machen. »Nicht ganz. Aber fast.« Ohne eine Gefühlsregung blickte Adler ihn an. »Ich würde gerne von dir wissen, wie ich spezielle Informationen auf einem Privatcomputer unterbringen kann.«

»Verstehe!«

Ohne ein weiteres Wort stand der Mann auf und verschwand. Tolstoi blieb verwirrt allein in dem Büro zurück. An den Wänden hingen ellenlange Computerausdrucke mit Algorithmen. Auch die Regale waren mit Fachbüchern vollgestopft. Das Einzige, was nichts mit Informatik zu tun hatte, war ein Kinoposter von *Terminator II.* Tolstoi ging zum Fenster und öffnete es weit. Langsam begann er an seiner Gesprächsführung zu zweifeln. *Wo war der nur hin?* Endlich hörte der Kommissar eine Toilettenspülung. Als Adler wieder neben ihm saß, zog Tolstoi seine beiden Zigarren aus der Jackentasche und bot seinem Nachbarn eine an.

»Cohiba? Ich bevorzuge die …«

»Oh, das tut mir leid, ich wusste nicht …«, reagierte Tolstoi erschrocken und wollte die Zigarren schon wieder zurückstecken, als Adlers Hand zu der des Kommissars schnellte und sie mitsamt den Cohibas festhielt.

»Wir rauchen die trotzdem!«

Aus einer Ecke kramte Adler einen Anknipser hervor. Still drückten sich die beiden Männer eine Kerbe in die gerollten Tabakblätter. Der Computerexperte ging noch einmal in die Küche zurück und kam mit länglichen Holzstöckchen zurück. »Zedernholzspäne. Zum Anbrennen!«

Während sie ihre Zigarren behutsam anglimmen ließen, begann Tolstoi, sein Problem zu schildern. Es blieben noch siebenundzwanzig Minuten. »Wie lange braucht jemand, der nicht zu den staatlichen Ermittlungsbehörden gehört, um Zugriff auf einen Privatcomputer zu erlangen?«

»Was für einen Zugriff?«

»Zugriff auf die Festplatte und Installieren von einem Programm.«

»Kapern also!«

»Genau.«

»Das ist einfach.«

»Wie einfach?«

»Ein Mausklick. Das Programm dafür kannst du im Internet finden.« Mit flinken Händen klickte sich Adler durch die Ansicht auf seinem Bildschirm. Nach wenigen Sekunden hatte er auf einer chinesischen Hackerseite einen Link gefunden, über den sich ein Programm herunterladen ließ. Wieder vergingen nur Sekunden. »Auf welchen Computer willst du?«

»Ich will auf keinen Computer. Ich will herausfinden, wie jemand auf einen Computer kommen konnte.«

Ungelenk fuhr Adler herum. Er sah nun sehr enttäuscht aus. Fast wütend. »Warum sagst du das nicht gleich?«

»Entschuldigung. Ich wollte erst einmal generell wissen, wie leicht es ist –«

»Das habe ich bereits gesagt. Es ist einfach. Am schwierigsten ist es, die Zielperson dazu zu bringen, eine Mail zu öffnen. Aber warum habe ich jetzt dieses Programm heruntergeladen?«

Tolstoi spürte, wie die Situation kurz davor war zu kippen. »Lass uns das doch einfach einmal mit meinem Computer durchspielen. Dann kann ich das auch besser verstehen …«

»Okay. Mailadresse?«

Tolstoi buchstabierte ihm die E-Mail-Adresse für seinen Privataccount. »Das heißt, eine Mail genügt und ich kann jeden x-beliebigen Computer anzapfen?« Ungläubig starrte er auf den Bildschirm.

»Das habe ich doch schon gesagt.« Oskar Adler drückte auf den Senden-Knopf. »So, jetzt geh hoch, öffne deinen Posteingang, klick die Mail nur kurz an und komm wieder runter! Du hast noch neunzehn Minuten!«

Tolstoi tat wie ihm befohlen und spurtete in seine Wohnung, zwei Stockwerke höher. Sechseinhalb Minuten später saßen die beiden Männer wieder vor dem Bildschirm des introvertierten Nachbarn. Zahlenkolonnen flimmerten über den Computer, Quellcodes und Bootbefehle. Nach einer Weile fuhr Adler mit dem Mauszeiger in verschiedene Ordner und zog offenbar Überweisungsdaten heraus.

»Gestern hast du dir bei ePharmacy drei Packungen Aspirin, irgendein Präparat für Verdauungsprobleme und gelbe Noppenkondome bestellt.«

Tolstoi hatte es die Sprache verschlagen.

»Und dieses Bild einer …« Adler starrte auf das Foto. Panik lag in seinem Blick. Panik und Ekel. »… einer ziemlich ungenierten Dame hast du am dreiundzwanzigsten April 2012 um zweiundzwanzig Uhr siebenundvierzig aufgenommen. Widerlich, was hast du mit der gemacht?«

Geschockt nahm der Kommissar einen tiefen Lungenzug von seiner Cohiba. Hustend fauchte er: »Gut, es funktioniert. Danke, ich hab es verstanden. Aber jetzt reicht es. Kappe bitte die Verbindung zu meinem Rechner!«

Oskar Adler hörte ihm allerdings nicht mehr zu. Er schien jetzt in eine völlig andere Welt abzutauchen. Was den Kommissar beunruhigte, es war seine eigene Welt. Und da hinein wollte er eigentlich niemand anderen lassen. Nervös nahm er einen neuen Zug von seiner Cohiba und schickte eine dicke Rauchwolke durchs Zimmer.

»Das ist nicht Türkisch! Auch nicht Bosnisch ...«

Irritiert starrte der Kommissar auf eine E-Mail, die er von einem Informanten bekommen hatte. Es waren hochsensible Informationen aus einem libanesischen Drogendealerring. »Nein, Arabisch. Könntest du jetzt bitte sofort –«

»Arabisch wird anders geschrieben!«

»Er hat die Worte mit deutschen Buchstaben getippt. Mach bitte sofort –«

»Der Anfang ist klar. As-salamu alaykum. Guten Tag. Hier, das müsste irgendetwas mit weiß heißen. Was ist dieses Wort dahinter?«

Tolstoi schwitzten die Hände, nervös fuhr er sich durchs Haar. »Pulver ...«

»Ja. Und hier, das ist jemand, der etwas kaufen möchte. Eine Frau? Nein, ein Mann. Er heißt Mustafa Kalioglu und will –«

»Oskar, kappe bitte *sofort* die Verbindung zu meinem Computer!« Tolstoi merkte, dass er ziemlich laut geworden war. Aber er musste jetzt irgendwie handeln.

»So einfach geht das nicht. Die Verbindung kann jederzeit wieder aufgebaut werden.«

»Du meinst, du kannst jetzt immer, wenn du gerade Lust hast, auf meinem Laptop rumsurfen?«

»Im Prinzip ja.«

Tolstoi kochte innerlich über seine eigene Dämlichkeit. Wie konnte er nur dieser fehlgeleiteten menschlichen Cruise-Missile-Rakete Zugang zu seinem Privatrechner verschaffen? Wieder spürte er das Gefühl des Ausgeliefertseins. Er würde ab sofort von den Launen dieses psychisch gestörten Computerfreaks abhängen, oder er würde sich einen neuen Computer kaufen müssen. Aber dazu war es jetzt wahrscheinlich auch schon zu spät. *Verdammter Mist!* Warum hatte er diesen irren Vogel nur in sein Leben eindringen lassen? Tolstoi musste das Gespräch zurück auf eine weniger emotionale Ebene lenken. Vielleicht würde er ihn so vom Inhalt seines Rechners ablenken können. »Und wie gut muss man sich mit Computern auskennen, um so eine feindliche Übernahme hinzubekommen?«, versuchte er bemüht unaufgeregt, den Gesprächsfaden wieder aufzunehmen.

»Das ist kein großes Problem. Du musst nur die Adresse der Internetseite kennen und dich ein bisschen mit der Gebrauchsanleitung beschäftigen.«

»Kann ich dann auch Informationen auf dem gekaperten Rechner hinterlassen?«

»Natürlich. Vor ein paar Jahren gab es den Fall eines Bankers in New York. Seine Chefs wollten ihn loswerden und hatten ihm Kinderpornos auf seinen Privatrechner gepackt. Es fiel ihm schwer, seine Unschuld zu beweisen.«

Inzwischen durchzog dicker Zigarrennebel die Wohnung. Gierig hatte Tolstoi immer neuen Dampf aus seiner Zigarre eingesogen. Zwischen seinen Fingern hielt er nur noch einen Stumpen, der immer heißer wurde. Vom Gestank, den die Wohnung verströmte, war kaum noch etwas zu erahnen. Dafür lagen jetzt scharfe Tabakdämpfe über den Räumen. Die Wolken empfand der Kommissar auch als kleine Rache für das Eindringen in sein Privatleben. Allerdings war er sich nicht sicher, ob der würzige Dampf nicht vielmehr eine Belohnung war. Denn Oskar Adler sog selbst genüsslich immer neuen Rauch ein. Tolstoi war komplett verwirrt. Eigentlich sollte jetzt der kniffligste Teil seines Besuches kommen. Was er vorhatte, war ein absolutes No-Go. Fieberhaft überschlug er in seinem Kopf die Chancen und Risiken. Er sah das Bild der Gepfählten vor sich.

Sie hatten noch keine einzige konkrete Spur!

Aus dem Bauch heraus entschied er, dass die Chancen überwogen. Tolstoi kramte den Computer von Agnes Rottluff aus seiner Tasche. Er fuhr ihn hoch, gab das Passwort ein und zeigte Adler dann die merkwürdigen Botschaften. »Kannst du herausfinden, wer die hier auf dem Rechner installiert hat?«

»Sicher.« Stumm hackte der Nachbar minutenlang auf dem fremden Laptop herum. Zahlenkolonnen flimmerten auf. Immer wieder mussten sie warten, bis sich irgendwelche Balken geladen hatten. Dann deutete er kühl triumphierend auf einen Nummerncode. »Das ist die IP-Adresse des Rechners. Ich schau gleich mal, wo er steht.«

Immer noch angespannt verfolgte Tolstoi das Tun seines Nachbarn. Sollte der schrullige Nerd tatsächlich mit so wenigen Handgriffen dem Mörder auf die Spur gekommen sein?

Oskar Adler strahlte jetzt die Aura haushoher Überlegenheit aus. Tolstoi durchlebte hingegen ein Wechselbad der Gefühle. Einerseits hatte er Angst vor dem Erfolg des Computerfreaks, andererseits erhoffte er sich endlich einen Fortschritt für seinen Fall. Der Kommissar war gerade damit beschäftigt, sein Dilemma psychisch zu verarbeiten, als sich das Gesicht von Adler verzog.

»Mist«, seufzte der Nachbar laut auf, »das ist wohl die IP für einen Computer in einem Internetcafé. Du brauchst wahrscheinlich einen Namen?«

»Darauf hatte ich eigentlich gehofft …«

»Ich versuche, dir zumindest die Adresse zu ermitteln und herauszufinden, wann der Laptop manipuliert wurde.« Er tippte und hackte wieder einige Minuten vor sich hin. »Okay, jetzt hab ich's. Also, der Laden steht irgendwo in Köpenick. Die Botschaft wurde am siebenundzwanzigsten Juni installiert. Um siebzehn Uhr siebenunddreißig. Vielleicht hilft dir das ja.«

Tolstoi notierte sich die Uhrzeit, den Namen und Adresse des Ladens auf seine Zettel. »Besten Dank für deine Hilfe«, sagte er und drückte die Zigarre in dem Aschenbecher neben dem Computer aus. »Aber wenn du bei mir am Computer was rumspielst, dann klopfe ich dir auf die Finger!«

Entsetzt starrte ihn sein Nachbar an. »Drohst du mir Gewalt an?«

Der Kommissar merkte, wie die Situation eskalierte. Er musste sofort gegensteuern. »Schon gut, war ein Witz!«

»Mit Gewalt macht man keine Witze. Polizisten dürfen Menschen nicht bedrohen!« Adlers Stimme überschlug sich beinahe.

»Oskar, du hast wirklich unglaublich gute Arbeit –«

»Und warum willst du mich dann schlagen?«

Tolstoi spürte, wie ihm die Situation entglitt. »Ich will dich nicht schlagen. Du hast … Ach weißt du was, ich geh dann mal den Kaffee holen.«

Immer noch hochrot blickte Adler dem Kommissar nach.

»Hey, hast du auf die Uhr geschaut?«, rief der von der Wohnungstür. »Die fünfunddreißig Minuten sind um. Ich lasse dich jetzt wieder arbeiten …«

Überrascht blickte Adler zur Wanduhr. Sofort rollte er zurück vor seinen Bildschirm, schaltete sein Analyseprogramm ein und setzte seine Arbeit fort. Unbemerkt huschte der Kommissar aus der Wohnung und sprang die Treppen hinab zur Straße. Tief sog er die frische Luft ein, als sein Handy klingelte.

Auf den Kaffee würde der Nerd verzichten müssen.

21

Vor Tonia Schlesinger lag die erste Abbildung, auf der die Pfählungen des Vlad Țepeș anders dargestellt waren. Und zwar völlig anders. Jetzt war nur die Frage, was echt und was Fantasie war. Um ihre Vermutung endgültig belegen zu können, musste sie Fakten finden, die unbestritten waren. Tonia zog eine verstaubte Handschrift zu sich herüber und begann zu lesen. Es musste sich um eine Frühform des Rumänischen handeln. Mit einigen Lücken verstand die Studentin den Text. Aber um ganz sicherzugehen, schlug sie ein vergilbtes Taschenbuch auf. Es handelte sich um eine historische Abhandlung aus einem kleinen DDR-Verlag. Darin wurde der alte Text komplett übersetzt. Es dauerte bestimmt zweieinhalb Stunden, bis sie das Buch durchgearbeitet hatte. Schnell schrieb sie noch einige letzte Anmerkungen auf und klappte danach ihren Notizblock zu. Sie war mit ihrer Arbeit äußerst zufrieden. Erstens lag ihre eigene Übersetzung ganz nah bei der des Fachmannes. Und zweitens konnte sie nun einen wissenschaftlichen Beweis führen, der den Kommissar sicher sehr interessieren würde. Tonia schaltete ihren Computer auf Ruhemodus und ging hinaus in die Hitze.

»Vuk?« Sie bekam nicht gleich eine Antwort. »Passt es dir gerade?«

»Was gibt es denn?«

»Ich glaube, ich kann dir schon etwas mehr zum Mörder sagen.«

»Wie meinst du das?«

»Na ja, ich habe mir mal angeschaut, wie authentisch der Täter vorgegangen ist. Und du wirst es nicht glauben, seine Methode gleicht eins zu eins der des echten Vlad Țepeș.«

»Kann man bei einer Pfählung denn so viel falsch machen?«

»Du hast doch selbst die Bilder in der Zeitung gesehen. Ist dir da nichts aufgefallen?«

»Nur dass es sich um einen ziemlich kräftigen Täter handeln muss …«

»Ja, aber noch was. Auf fast allen Holzschnitten wurde den Gepfählten ein spitzer Holzpfahl durch den Bauch gerammt. Die sehen also so aus, als hätte ein Junge mit einer Nadel eine Biene aufgespießt.«

»Ja und?«

»Die Tote wurde völlig anders aufgespießt. Bei ihr ging der Pfahl längs durch den Körper. Und dein Kollegen aus dem Leichenkeller hat im Bericht vermerkt, dass das Holz relativ fachmännisch durch die Frau hindurchgeführt wurde.«

»Ich kann dir immer noch nicht folgen …«

»Die Frage ist doch jetzt: Wie hat Vlad Ţepeş seine Feinde wirklich umgebracht? Aufgespießt wie ein Insekt oder aber mit der Methode, die wir gesehen haben.«

Am anderen Ende war es jetzt still. Tonia konnte die Spannung spüren.

»Und was hast du rausgefunden?«

»Zweifel komplett ausgeschlossen. Der Mörder hat eins zu eins die Methode von Vlad Ţepeş umgesetzt. Die Chroniken stimmen nämlich nicht. Wahrscheinlich hat keiner der Künstler damals jemals einen von Vlad Gepfählten gesehen. Aber ich habe eine alte Handschrift gefunden, die sehr detailliert ist und von jemandem geschrieben worden sein muss, der den gruseligen Menschenwald mit eigenen Augen gesehen hat. Unser Täter muss über unglaubliches Detailwissen verfügen. Und er ist kein Dummkopf, weil er wohl auch die echten Quellen kennt und sich nicht auf die populärwissenschaftlichen Abbildungen verlässt.«

»Wie detailliert ist denn die Beschreibung, die du gefunden hast?«

»Extrem genau. Morden war damals ein Beruf. Jede Hinrichtungsart hatte genaue Regeln. Und in dem mittelalterlichen Papier, auf das sich ein Historiker aus Sibiu bezieht, wird das Pfählen Schritt für Schritt erläutert. In dem Buch gibt es eine wortgetreue Abschrift des Originaldokuments.«

In der Leitung war es jetzt still. Beide hingen ihren Gedanken nach. Erst nach einiger Zeit brach Tolstoi das Schweigen. »Wo findet man dieses Buch, von dem du sprichst?«

»Nur in Fachbibliotheken. Wenn ich das richtig sehe, dann gibt es in Berlin vielleicht noch eine Handvoll Exemplare.«

»Und Privatleute?«

»Da gibt es sicher auch noch welche. Aber das müssen dann ziemliche Geschichtsfreaks sein. Also dieses Buch haben sicher nur Mediävisten und irgendwelche Fachleute für Osteuropa.«

»Kannst du herausfinden, ob jemand das Buch kürzlich ausgeliehen hat?«

»Ich gebe mein Bestes. Aber da ist noch was …«

»Ja?«

»Wir sind die ganze Zeit davon ausgegangen, dass Vlad mit den Pfählungen seine Gegner abschrecken wollte …« Tonia machte eine Pause. Sie genoss es, den Kommissar ein wenig zappeln zu lassen. Nach einer gefühlten Ewigkeit fuhr sie schließlich fort. »Aber die Handschrift sagt noch etwas anderes aus: Vlad nutzte die Bestrafung des Pfählens auch aus einem anderen Grund.«

Tolstoi verlor nun endgültig die Geduld. Unwirsch zischte er ins Telefon: »Sag schon!«

»Vlad ließ nicht nur Türken pfählen, sondern auch sächsische Kaufleute. Sie wollten seinem Bruder auf den Thron helfen, der ihnen niedrigere Zölle versprochen hatte. Vlad kam ihrem Putsch zuvor …«

Tonia machte wieder eine theatralische Pause. Der Kommissar war jetzt ziemlich genervt.

»Und warum ließ Vlad pfählen?«, fragte er ungnädig.

»Warum? Pfählen war für ihn die Strafe für Verrat!«

22

Eine gute halbe Stunde stand die Gestalt nun schon vor der Kellertür und beobachtete den Gefangenen durch das kleine runde Fenster. Das Licht im Gang war aus. Durch die Schachtöffnung an einer Seite des Verlieses schafften es nur einige wenige Sonnenstrahlen herein. Sie reichten aber, um den nackten Mann drinnen im Raum betrachten zu können. Umgekehrt würde der Gefangene seinen Peiniger, der vor der Tür stand, jedoch nicht sehen können. Auch mit ausreichend Licht hätte seine physische Kraft wohl kaum mehr ausgereicht, um überhaupt noch etwas wahrzunehmen. So, wie sich der Gefangene verhielt, hatte er jeglichen Orientierungssinn verloren. Wahrscheinlich auch sein Zeitgefühl. Wie ein eingesperrtes Tier zerrte er von Zeit zu Zeit an seiner Kette. Die letzten kläglichen Reste von Hoffnung. Manchmal versuchte er, etwas zu laufen, aber nach zwei Schritten schnitt sich der Eisenring fest in sein Fleisch. Am Ende reichte die Kraft kaum noch aus, um aufzustehen. Inzwischen war dem Mann seine Verzweiflung anzusehen.

Den ersten Tag hatte er noch ohne große Probleme überstanden. Er hielt sich für das Opfer einer Entführung. Alles schien nur eine Frage der Zeit zu sein, bis das Lösegeld fließen würde. Entsprechend hochnäsig war sein Ton gewesen. Der Gefangene glaubte allen Ernstes, befehlen zu können!

Irritiert hatte ihn nur, dass er sich nackt ausziehen musste. Als er am zweiten Tag immer noch nichts zu essen und zu trinken bekommen hatte, begann er zu winseln. Am frühen Nachmittag war von unten ein erbärmliches Geflenne nach oben gedrungen. Die Gestalt war in den Keller gegangen und hatte dem Gefangenen dabei zugesehen, wie er flehte, bettelte, niederkniete, wie er sich erniedrigte. Und wie alles nichts half. Es hatte der Gestalt am Fenster große Befriedigung bereitet, sein Opfer so entwürdigt am Boden zu sehen.

Einen Anflug von Glück empfand er, als am nächsten Tag sämtliche Hemmungen bei dem Gefangenen gefallen waren. Mit seiner Hand hatte er eine Schale geformt und versucht hineinzupinkeln.

Du willst deine eigene Pisse trinken! Was bist du nur für ein erbärmliches Wesen.

In den Tagen darauf wurde es ruhiger. Die Schreie ließen langsam nach, auch riss der Mann nicht mehr wie verrückt an seiner Kette. Seine Kräfte hatten ihn verlassen. Apathisch kauerte er schließlich vor der Wand. Um ihn herum war alles mit Fäkalien vollgeschmiert. Es musste dort drinnen widerlich stinken! Freudig erregt nahm die Gestalt den fortschreitenden physischen und psychischen Verfall des Gefangenen wahr.

Du bist tief gefallen!

Aber verlass dich darauf, es wird noch schlimmer werden!

23

Tonia Schlesinger war ein Mensch der Bücher, der Zeitungen und Magazine, der Archive und Bibliotheken. Der Geruch von verstaubtem und altem Papier konnte in ihr geradezu sinnliche Lust wecken. Manchmal empfand sie regelrecht Glücksgefühle, wenn sie durch Periodika, Atlanten, Enzyklopädien oder Enzykliken stöberte. Wissen las sie sich am liebsten gedruckt auf Papier an. Sie vertraute auf Gespräche mit anderen Fachleuten, mit Forschern und Philosophen. Das Internet und seine großmäuligen Protagonisten stießen sie eher ab. Weltweit wurde hier viel zu viel geistiger Dünnschiss verbreitet. Unwidersprochen machten dort die wildesten Theorien und Gerüchte die Runde und selbst auf enzyklopädischen Seiten schlichen sich die gröbsten und unverzeihlichsten Fehler und Ungenauigkeiten ein. Wenn die Studentin in die Bibliothek ging, dann kam das für sie einer sakralen Geste gleich. Ihre Religion war das Wissen. Und vor dem Wissen hatte sie enormen Respekt. Für Tonia stand außer Frage, dass man sich in einer Bibliothek besonders anständig zu verhalten hatte. Genau wie in einer Kirche.

Umso widerwilliger ging sie nun zur Buchausleihe zurück. Was sie in diesen heiligen Hallen des Wissens vorhatte, war vergleichbar einem Blowjob im Beichtstuhl. Nur blieb ihr keine andere Wahl. Ihren Ausschnitt hatte Tonia schon wieder ordentlich geöffnet. In der Hand hielt sie das Werk des rumänischen Historikers. Es dauerte eine Weile, bis der alte Herr aus dem Magazin auftauchte. Als er die Studentin sah, hellte sich sein griesgrämiges Gesicht sofort wieder auf.

»Ah, die kleine Forscherin«, druckste er. Es sollte wohl lustig klingen. »Haben Ihnen die Bücher denn was gebracht?«

»Oh ja, sehr. Und das nur dank Ihrer Hilfe. Aber ich suche noch einige Referenzen. – Puh, hier vorne ist es ja ganz schön heiß«, stöhnte sie, fuhr sich mit dem Zeigefinger in den Ausschnitt und tat so, als müsste sie Schweißtropfen wegwischen. »Ganz anders als bei Ihnen im Magazin. Sie Glücklicher …«

»Brau… brauchen Sie denn für Ihre Referenzen noch weitere Bücher von hinten?«, fragte der Mann.

»Es wäre supernett, wenn Sie mir noch einen Band besorgen könnten. Ich benötige ihn für die Fußnoten. Ist ziemlich wichtig. Sie wissen ja, wie genau die Profs heutzutage auf die Fußnoten achten, seit die Politiker alle bescheißen.«

»Sie sollten mir … ich meine, Sie können gerne mitkommen. Was genau suchen Sie denn?«

»Ich bräuchte dringend eine Handschrift aus der Bibliothek des polnischen Königs Kasimir des Zweiten Jagellonicus. Die müsste aus der zweiten Hälfte des fünfzehnten Jahrhunderts stammen. Es geht darin um sein Kriegsbündnis mit den mongolischen Horden gegen den Großfürsten von Moskau.«

Tonia stellte sich dicht an den Bibliothekar heran. Der Mann nahm eine abgenutzte Kladde zur Hand und blätterte sie nervös durch. Es fiel ihm ungeheuer schwer, seine Augen auf den Blättern zu halten. Tonia wusste jedoch, dass es besonders schwierig und zeitaufwendig war, die alten Folianten aus dem Spätmittelalter aus dem slawischen Raum zu finden. Sie hatten komplizierte Kennungen und waren oft zweireihig in den Buchregalen aufgestellt. Es würde also einige Zeit dauern, das richtige Werk zu finden.

»Ich glaube, ich ha… habe sie gefunden«, stotterte er nach einiger Zeit. »Die müssten wir … wir tatsächlich hier haben. Allerdings stehen die im geschlossenen Teil des Magazins. Kom… kommen Sie mit!«

»Ich würde gleich nachkommen. Ich müsste noch mal kurz um die Ecke.«

Seine Enttäuschung konnte der Alte nicht verstecken. Aber dann siegte die Vorfreude. »Damit Sie reinkommen, müssten Sie hinten kurz klopfen. Ich öffne Ihnen dann die Tür zum geschlossenen Magazin.«

Tonia tat so, als ob sie Richtung der Toiletten gehen wollte, blieb dann jedoch hinter der nächsten Buchwand stehen. Als der Mann außer Sicht war, kam Tonia um die Ecke und ging zum Computer, der auf einem Tisch in der Ecke stand. Auf dem Bildschirm war zum Glück die Maske des internen Verleihprogramms zu sehen. Aus der Hosentasche zog sie hastig den Zettel mit der Kennung der historischen Abhandlung. 14/77/17509, schnell tippte sie die Zeichen ein. Das Werk tauchte sofort auf. In der Bibliothek hatte es offenbar einmal zwei Exemplare gegeben. Aber eines war verschwunden. In einer Randbemerkung stand: »Verbleib unbekannt; Inventur Oktober 1979.« Das zweite Buch war das Exemplar, das sich Tonia vor anderthalb Stunden ausgeliehen hatte. Aber wo war das Verzeichnis der Personen, die sich das Buch während der vergangenen Jahre ausgeliehen hatten?

Mit der Maus klickte sich die Studentin durch das Menü des Ausleihprogramms. Nichts. Sie fand es einfach nicht. Auf einmal sah sie unten in der rechten Bildschirmecke einen kleinen Knopf. »Historie«.

Sofort klickte sie darauf. Vor ihr tauchte eine Handvoll Namen auf. Hinter dem ersten war der dreizehnte Februar 1988 notiert. Das Buch war eigentlich schon lange in Besitz der Universität. Aber offenbar begann die elektronische Archivierung erst Ende der Achtzigerjahre. Drei weitere Namen folgten. Am Ende stand ein Frauenname. Tonia wollte sich gerade die Matrikelnummer herausschreiben, als plötzlich der Mann zurückkam. Sie hatte die Eisentür überhaupt nicht ins Schloss fallen hören.

»Fräulein Schlesinger«, krächzte er, »wollten Sie nicht nachkommen?«

Tonia sprang vom Stuhl auf, ihre Hände ratschten über die Tastatur. Da bog der Hilfsbibliothekar schon um die Ecke. Misstrauisch schaute er auf seinen Schreibtisch mit dem Computer. Tonia hatte es nicht geschafft, die Spuren ihrer Recherche zu verwischen. Die Eintragungen zu der Frau standen noch auf dem Bildschirm.

Jetzt gab es nur eine Chance, die Aufmerksamkeit des Rentners umzulenken. Mit der rechten Hand fuhr sie sich am Rücken unter das Hemd und öffnete den BH. Ihre Brüste quollen befreit hervor. Alles ging so schnell, dass der Mann Tonias Absicht nicht wahrgenommen hatte.

»Oops, wie peinlich«, posaunte sie ihm entgegen. »Das dumme Ding hält einfach nicht. So ein Missgeschick. Bestimmt made in China.«

Der golden schimmernde Büstenhalter hatte nun die volle Aufmerksamkeit des Mannes. Geradezu magisch klebten die Augen des Rentners an dem Kleidungsstück und dem blanken Stück Haut darunter. »Ähm, ... wir können noch nicht, ... also ich musste noch«, stotterte er wieder, »wir brauchen einen Schlüssel, um in die Abteilung mit den Handschriften zu kommen.« Er ging auf ein Schränkchen an der Wand zu, öffnete es und zog heraus, was er suchte.

»Jetzt brauche ich nur noch meine Notizen und dann kann es endlich losgehen«, erwiderte Tonia, während sie unter der Bluse ihren BH wieder zuhakte. »Ich bin in zwei Minuten da.«

Immer noch nicht vollends überzeugt, lugte der alte Mann abwechselnd zu seinem Rechner, wo die Buchstaben jedoch viel zu klein waren, als dass er sie entziffern konnte, und zum Dekolleté der Studentin. Schließlich schlurfte er achselzuckend zurück ins Magazin.

Tonia deutete an, zurück in den Saal zu gehen, nur um eine halbe Minute später sofort wieder an den Bildschirm zu huschen. Sie recherchierte über die Maske nach der Verbreitung des Buches in Berlin.

Tatsächlich. Es gab noch zwei weitere Exemplare.

Eines stand in der Staatsbibliothek am Potsdamer Platz. Das zweite gehörte zum Fachbereich Mittelalterliche Geschichte der Humboldt-Universität.

Tonia klickte auf die beiden Archivangaben. Sofort sprang ein Verzeichnis zu dem Werk in der Staatsbibliothek auf. Aber dort war das Buch seit Jahren nicht mehr herausgegeben worden. Der letzte Interessierte hatte es sich 2003 ausgeliehen. Schnell klickte sie noch auf das Verzeichnis der Humboldt-Uni. Aber der Ordner ging nicht sofort auf. Nur langsam bewegte sich der Balken, der den Ladevorgang beschrieb.

»Fräulein Schlesinger?«, hörte Tonia die alte Stimme aus dem Magazin krächzen.

»Ja, ich komme schon ...« Fiebrig starrte die Studentin auf den Bildschirm. Eine Tür wurde plötzlich abgeschlossen. Tonia hörte das Klicken des Schlüssels. Der Computer stockte immer noch. Irgendetwas schien nicht zu funktionieren. Inzwischen war der Ladebalken komplett stehen geblieben. Tonia hörte Schritte. Sie drückte noch einmal auf die Returntaste, um den Vorgang von vorne zu beginnen. Nichts. Die Schritte kamen immer näher.

Da tauchten auf einmal die Eintragungen auf. Hektisch überflog sie die Notiz. Ein Lächeln huschte über ihr Gesicht. Ein Name. Ein Mann. Er hatte das Buch vor drei Wochen ausgeliehen. Volltreffer! Hastig notierte sich Tonia den Namen. Eine Matrikelnummer gab es nicht. Also war der Mann kein Student. Die Schritte waren jetzt ganz nah. Der Rentner bog um die Ecke. In der Hand hielt er das alte Werk vom Hof des polnischen Königs. Er schien ziemlich wütend zu sein. Und er schöpfte Verdacht. Als Erstes ging er zu seinem Computer und betrachtete die Suchmaske. Alle Felder waren leer. Verärgert wandte er sich Tonia zu und gab ihr das Buch.

»Das ist das letzte Buch, das Sie von mir bekommen!«

24

Die Investition des *Berliner Express* hatte sich gelohnt. Mit der Berichterstattung über den Mordfall hatte das Blatt eine seiner denkwürdigsten Ausgaben der jüngeren Geschichte abgeliefert. Als die Zeitung exklusiv mit der Story erschienen war, hatte der oberste Boss aus Köln angerufen und zum Scoop gratuliert. Am Abend, als die Auflage restlos ausverkauft war, hatte ein Bote zehn Kisten Champagner in die Redaktion geliefert, die die Kölner geschickt hatten. In Berlin stießen sie an und klopften sich auf die Schultern. Vier Tage war das jetzt her.

Am Tag nach ihrem Scoop hatte die Redaktion des *Express* noch einmal mit einer zweiten exklusiven Bildstrecke nachgelegt. Keine andere Zeitung hatte bislang Fotos der Toten. Chefredakteur Bert Salomon und seine Leute gaben den Rhythmus der Berichterstattung vor. Jeden Morgen war das gedruckte Blatt voll mit neuen Exklusivgeschichten. Den restlichen Tag füllten die Journalisten das Internet mit immer neuen Informationen zu der Mordgeschichte. Auch mit ihrem Onlineauftritt ließ die Redaktion die anderen Zeitungen weit hinter sich. Selbst die nationalen Blätter konnten nur von den Berlinern abpinseln.

Auf dem riesigen Computerbildschirm vor sich überflog Salomon noch einmal die Ausgabe für den kommenden Tag. Sie hatten alleine drei Seiten mit gut recherchierten Geschichten zum Opfer und dessen Familie. Aus dem Polizeiapparat hatten sie erfahren, dass eine Polizeipsychologin zu dem Fall hinzugezogen worden war. Auch der ermittelnde Kommissar bekam ein kleines Porträt. Aber irgendwie war da nichts wirklich Packendes dabei. Ihnen fehlte einfach eine knackige Titelgeschichte! Salomon las sich den Text über den Ermittler noch einmal durch. Dann zog er aus seiner Schreibtischschublade das Kuvert mit den Abzügen von Atze Blomfeld. Sie hatten so gut wie alles schon gedruckt. Schnell blätterte er die Fotos ein weiteres Mal durch. Gerade wollte er sie wieder zurück in den Umschlag stecken, als sein Blick an einem der Bilder hängenblieb.

Warum war er da nicht vorher draufgekommen?

Triumphierend hielt er den Abzug in die Höhe.

Das war der Aufmacher für den kommenden Tag. Und er würde wieder so richtig einschlagen. Die Konkurrenz würde einmal mehr Augen machen. Und er, Bert Salomon, würde bald Angebote bekommen von sämtlichen Verlagen der Republik. In seinen Händen hielt der Chefredakteur den nächsten Knaller des *Berliner Express*! Davon war er hundertprozentig überzeugt.

25

Mächtig wie ein Raumschiff aus Beton und Stahl lag das Gebäude an der Hannoverschen Straße. Vuk Tolstoi suchte einige Minuten, bevor er herausfand, in welchem der überdimensionalen Steinwürfel der Eingang war. Der Kontrast hätte kaum größer sein können. Das Haus, in dem die Deutsche Bischofskonferenz ihren Sitz hatte, verkörperte in all seinen Facetten Modernität. Wild durcheinander gemischt gingen hier Glaskeile, längliche Bunkerfenster, Vorsprünge und Überhänge ineinander über. Das Gebäude war der Inbegriff von Mut, Kreativität und von Aufbruch ins Unbekannte. Aber der Mann, der Tolstoi nun die Hand gab, kam aus einer anderen Zeit. In eine dunkle Soutane gewandet, trat er auf ihn zu und drückte ihm sanft die Hand. Es war der Chef des Katholischen Büros. Einer der einflussreichsten Strippenzieher in der deutschen Hauptstadt. Der Cheflobbyist der römisch-katholischen Kirche. Rein äußerlich hätte niemand auch nur im Ansatz erahnt, über welch enorme Macht dieser Mann verfügte.

»Ich bin Domkapitular Prälat Anatol Grünsteidl. Wir haben telefoniert. Wenn Sie die Freundlichkeit hätten, mir bitte in mein Büro zu folgen. Da können wir ungestört reden ...«

Nachdem der Geistliche die Tür hinter ihnen beiden geschlossen hatte, nahm Tolstoi dankend eine Tasse grünen Tee entgegen. Sie setzten sich in eine lilafarbene Sesselecke und begannen, über Agnes Rottluff zu sprechen.

»Sie war eine unglaublich fleißige und konzentrierte Frau. Dazu hilfsbereit und loyal. Niemals geschwätzig oder eitel. Ja. Agnes war verschwiegen. Wer ihr ein Geheimnis anvertraute, der konnte sicher sein, dass es niemals über ihre Lippen kommen würde. Agnes war wirklich eine Person, wie sie sich jeder Arbeitgeber wünscht.«

Irgendetwas irritierte Tolstoi. Es musste der Unterton sein, die Art, wie der Domkapitular über seine einstige Angestellte sprach. Eine Art herablassender Wertschätzung. Und warum zielte der Geistliche nur so auf ihre Verschwiegenheit ab? Danach hatte der Kommissar überhaupt nicht gefragt! »Wie lange kannten Sie sie denn?«

»Agnes ist vor sieben oder acht Jahren zu uns gekommen. Auf Empfehlung des Bischofs von Trier. Der Kardinal ist ein guter Freund von mir. Agnes hatte bei ihm im Sekretariat gearbeitet. Sie war eine sehr fromme Person, müssen Sie wissen. Es gibt heute nur noch wenige Menschen, die so selbstlos im Glauben aufgehen. Agnes war ein wunderbares Geschöpf Gottes. Der Herr hatte sicher seine Freude an ihrem Wirken hier auf Erden ...«

Auf einmal trübte sich die Miene des Geistlichen. Um seine Augen zeichnete sich ein Anflug von Schwermut ab. Zum ersten Mal glaubte der Kommissar, bei seinem Gesprächspartner so etwas wie Gefühle zu erkennen.

»Was hatte Frau Rottluff denn gelernt? Was hat sie gemacht, bevor sie bei Ihnen anfing?«

»Genaues weiß ich auch nicht. Wir können aber gerne gemeinsam ihre Unterlagen durchsehen.« Der Pater griff zum Hörer eines Telefons, das auf einem kleinen Tisch neben seinem Sessel stand, und wählte eine vierstellige Nummer. »Fräulein Silberstein, würden Sie bitte einmal kurz zu uns heraufkommen und die Personalakte von Agnes Rottluff mitbringen?«

Wenige Minuten später stand eine zierliche schwarzhaarige Frau im Büro. Verkrampft drückte sie eine graue Mappe gegen ihren Bauch. »Bitteschön, Pater Anatol«, sagte sie mit hartem osteuropäischem Akzent.

»Kannten Sie Agnes Rottluff?«, fragte Tolstoi.

Schweigen.

»Sie können dem Kommissar ruhig Auskunft erteilen, Fräulein Silberstein.«

Zögernd nickte die Frau. »Wir waren befreundet.«

»Ich würde Sie dann gerne auch noch sprechen.«

»Fräulein Silberstein, besäßen Sie die Güte und würden vor meinem Zimmer auf den Herrn Kommissar warten? Er wird hier sicher gleich fertig sein und dann zu Ihnen kommen. Danke sehr.« Salbungsvoll öffnete er die Akte von Agnes Rottluff. Immer wieder benetzte der Geistliche seinen Finger an der Zunge, bevor er Seite um Seite weiterblätterte. »Ihre Bewertungen sind alle exzellent. Nirgends auch nur der Hauch eines Zweifels oder von Unzufriedenheit.«

»Hat sie studiert?«

»So, wie ich es dem Lebenslauf entnehme, hat sie in Polen studiert. In Toruń, an der alten Universität, an der einst der große Astronom Kopernikus gelehrt hat. Ihre Fächer waren katholische Theologie und mittelalterliche Geschichte. Eine gute Wahl.«

»Später soll sie noch eine Ausbildung oder eine Fortbildung in Deutschland gemacht haben. Wissen Sie etwas darüber?«

Der Geistliche blätterte eine Seite zurück. »Ja, das stimmt. An einem Institut in München. Es hat wohl etwas mit Publizistik zu tun gehabt. Agnes war eine ausgezeichnete Schreiberin. Wenn sie Briefe für die Bischofskonferenz aufsetzte, dann waren diese von einem erlesenen Deutsch, wie es heute nur noch sehr selten anzutreffen ist.«

»Woher konnte sie denn so gut Deutsch?«

»Ihre Großmutter stammte wohl aus Schlesien. Wir haben darüber einmal gesprochen. Aber an Einzelheiten kann ich mich beim besten Willen nicht mehr erinnern.«

»Könnten Sie mir eine Kopie der Mappe mitgeben?«

Der Geistliche schwieg eine Weile. Er blätterte die Dokumente noch einmal im Schnelldurchgang durch und hielt den Blick gesenkt. »Sie ist ja leider Gottes tot. Es wird also kaum gegen die Persönlichkeitsrechte verstoßen, wenn ich Ihnen diese Dokumente mitgebe?«

»Sie wurde widerlich ermordet!«

»Gut. Meinetwegen. Ich lasse Ihnen eine Kopie anfertigen.« Abrupt stand Anatol Grünsteidl auf. Mit einer weit ausholenden Geste wies er auf die Tür. Er schien den Kommissar geradezu aus seinem Büro schieben zu wollen. »Fräulein Silberstein wartet auf Sie. Sie kann Ihnen sicher noch einige wertvolle Angaben zur bezaubernden Persönlichkeit unserer geliebten Agnes machen. Mich müssen Sie jetzt leider entschuldigen. Ich habe noch einiges für den Besuch der päpstlichen Gesandtschaft in drei Tagen bei uns vorzubereiten. Bei weiteren Fragen können Sie mich anrufen. Aber das ist sicher nicht notwendig.« Er verschwand über den Gang ins Treppenhaus.

Vor der Tür saß, scheu in einer Ecke, die Beine verkrampft übereinandergelegt, die Sekretärin. Ihren Blick hatte Beata Silberstein starr auf den mit großen bunten Karos gemusterten Teppichboden gerichtet.

»Sie hatten also ein engeres Verhältnis zu Frau Rottluff?«

»Wir waren befreundet. Wir haben öfter gemeinsam Sonntagsausflüge gemacht. Ihre Familie, die Mädchen, Richard ...« Über die Wange der Frau floss eine Träne. Ihre Stimme stockte. »Einmal waren wir gemeinsam in Ostpolen, in Masuren, im Urlaub. Ich stamme daher.«

»Haben Sie denn in den vergangenen Monaten eine Veränderung an Ihrer Freundin festgestellt?«

Silberstein presste ihre Lippen fest aufeinander. Ihre Mundwinkel begannen leicht zu zittern. Sie schien zu versuchen, etwas zu sagen. Aber es wollte nicht aus ihrem Mund herauskommen.

»Haben Sie keine Angst. Niemand wird erfahren, was Sie mir gesagt haben.«

»Es war vor einigen Wochen. Agnes hat so eine Andeutung gemacht. Aber ich weiß nicht, ob ich das ...«

Tolstoi nahm die Hand der Frau und hielt sie fest umschlossen. »Sie müssen sogar, wenn Sie zur Aufklärung beitragen wollen.«

»Es gäbe da etwas in ihrer Vergangenheit, von dem niemand wüsste. Es sei eine schlimme Geschichte. Nicht einmal Richard habe eine Ahnung. Der Einzige, der darüber Bescheid wisse, sei unser Herr im Himmel.«

»Hat sie Ihnen mehr erzählt? Worum ging es?«

»Ich habe nachgefragt. Ich dachte, wenn Sie mir davon erzählt, dann hat sie vielleicht ein Bedürfnis, darüber zu sprechen ...« Silberstein brachte die Worte nur langsam heraus. »Aber dann wollte sie plötzlich nicht mehr darüber reden. Sie fing sogar fast an zu weinen. Da wollte ich nicht weiter in sie eindringen.«

»Hat Frau Rottluff denn einmal etwas von Bedrohungen berichtet? Dass ihr jemand nachstellte?«

»Nein. Niemals.«

Eine zweite Sekretärin kam zu ihnen und überreichte dem Kommissar die kopierte Personalakte. Er schob sie in seine Aktentasche und wartete, bis die Frau wieder gegangen war.

»Agnes Rottluff wurde von jemandem verfolgt. Hat sie niemals Ihnen gegenüber Andeutungen in diese Richtung gemacht?«

»Nicht von sich aus.« Silberstein schien in ihren Erinnerungen zu kramen. »Aber jetzt wo Sie es sagen … Das muss vor drei Wochen gewesen sein. Agnes war gerade gegangen. Ich schaute ihr zufällig durch das Fenster hinterher. Da sah ich unten diesen Mann …« Sie stockte.

»Was war mit dem Mann?«

»Er schien auf jemanden zu warten. Er stand auf der anderen Straßenseite und beobachtete unser Gebäude. Ich hatte den Eindruck, dass er sich einen Überblick verschaffen wollte. So, als ob er sich mit den Räumlichkeiten, mit der Lage vertraut machen wollte.«

Tolstoi lauschte gebannt.

»Als Agnes auf die Straße ging, verschwand er auf einmal. Ich konnte nicht sehen, wohin er gegangen ist. Ich wollte Agnes nichts davon erzählen und habe den Vorfall dann auch vergessen. Wahrscheinlich hatte ich mir nur wieder einmal etwas eingebildet.« Die Sekretärin hob ihren Blick. »Glauben Sie, der Mann hat etwas mit ihrem Tod zu tun?«

»Haben Sie den Mann später noch einmal gesehen?«

»Ich bin mir nicht sicher. Aber einmal –« Mitten im Satz brach Silberstein ab. Ihr Mund verkrampfte sich. Ihre Augen zuckten nervös zwischen Tolstoi und einem Punkt hinter ihm hin und her.

»Ja? Was haben Sie gesehen?«

Silberstein schien die Frage des Kommissars überhaupt nicht mehr wahrzunehmen.

»Wie sah er denn aus, dieser Mann? Sie können ihn doch bestimmt beschreiben?«

Silberstein reagierte nicht. Aus ihrem Blick erriet Tolstoi, dass etwas sie stark beunruhigen musste.

»Hören Sie, Ihre Angaben würden uns sehr weiterhelfen. Sie wollen doch auch, dass wir den Mörder finden!«

Die Sekretärin starrte an Tolstoi vorbei. Kein Laut kam mehr über ihre Lippen. Da hörte der Kommissar Stimmen hinter seinem Rücken. Domkapitular Grünsteidl kam scherzend und lachend die Treppen hoch. Ein Mann begleitete ihn.

»Ach, der Herr Kommissar ist immer noch da. Aber Sie brauchen mich ja nicht mehr!«, rief der Geistliche im Herankommen und lachte seinen Begleiter verschwörerisch an.

Was für ein Wichtigtuer. Das hast du doch schon gesagt!

Der Mann an seiner Seite nickte ihnen sanft lächelnd zu und folgte Grünsteidl in dessen Büro. Silberstein saß wie versteinert auf ihrem Sessel. Dann stand sie abrupt auf und verabschiedete sich. Der Kommissar wollte der Frau die Hand reichen. Aber es ging nicht. Sie konnte seine Hand nicht halten.

Tolstoi spürte, wie Beata Silberstein auf einmal am ganzen Körper zu zittern begonnen hatte.

26

Behutsam schob die Gestalt vor der Tür den linken Ärmel hoch. Schwach schimmerten die fluoreszierenden Zahlen auf dem Ziffernblatt. Die Datumsanzeige wies den siebenundzwanzigsten Juli 2014 aus. Es waren jetzt sechs Tage. Seit sechs Tagen war der Mann in seinem eigenen Keller gefangen. Der Kerkerwärter hob den Kopf und lugte durch das Fenster. Von den anderen Gefangenen wusste er, was sich im Kopf des Mannes jetzt abspielen musste. In seinen Gedanken drehte sich alles um eine einzige Frage: Wie komme ich an Wasser? Wasser und Brot. Aber vor allem Wasser. Der Prozess lief genau wie bei den anderen ab, das konnte die Gestalt beobachten. Erbrochenes auf dem Boden, wahrscheinlich noch aus den ersten achtundvierzig Stunden. Das heisere Röcheln verriet ihm, dass der Rachen des Gefangenen bereits entzündet sein musste. Durch das Aufstoßen, durch das Hochschwappen scharfer Magensäuren musste er extreme Schmerzen erleiden. Dafür sprach schon die unnatürliche Verbiegung des Körpers. Er würde es nicht mehr lange machen. So viel stand fest. Befriedigt betrachtete die Gestalt ihr Werk. Die Frage war nur noch, wann die letzte Phase beginnen würde.

Warum hilfst du dir nicht endlich selbst? Alles liegt bereit. Du musst nur zugreifen!

Ein teuflisches Grinsen huschte über das Gesicht der Gestalt. Er würde wiederkommen. Er würde die Abstände seiner Kontrollbesuche verkürzen. Denn bald würde sein Gefangener mit dem blutigen Schauspiel beginnen.

Und das wollte er sich nicht entgehen lassen.

27

Über den Gängen der Mordkommission des LKA lag eine gespannte Atmosphäre. Auf dem Weg zu seinem Büro bemerkte Tolstoi verwundert, dass ihn sämtliche Kollegen mitleidig anschauten oder – noch schlimmer – krampfhaft seinen Blicken auswichen. Was war da nur los? Der Kommissar kippte erst einmal das Fenster, fuhr den Computer hoch, legte die Füße auf den Tisch. Da flog auch schon die Tür auf. Mit knallrot angelaufenem Kopf kam Ferdinand Berghoff hereingestürmt, der LKA-Präsident. Über seinem Kopf wedelte er wild mit einer Zeitung. Durch seine Gefühlswallung war von der Urlaubsbräune nichts mehr zu sehen.

»Das hier, das geht auf Ihr Konto!«, brüllte er. »Mir reichen Ihre experimentellen Methoden! Fangen Sie endlich an, professionell zu arbeiten! Sie werden *sofort* eine Lagebesprechung im Bunker anberaumen. *Sofort!*«

Tolstoi blickte nicht einmal auf. Seine Augen glitten über die Zeilen auf dem Bildschirm. Er tippte sein Passwort ein. Dann drückte er die Returntaste und folgte den Zeilen, die vor seinen Augen herunterratterten. Verwirrt starrte der Präsident auf seinen Untergebenen.

»Tolstoi, hören Sie mir überhaupt zu?«

Eine halbe Ewigkeit herrschte Stille im Raum, bevor der Kommissar antwortete. Ruhig und sanft. »Aber natürlich, Chef!«

»Ja und?«, schnauzte der Präsident, sichtlich aus dem Konzept gebracht.

»Na, Sie wollen eine Sitzung im Bunker …« Ungerührt griff sich der Kommissar die Zeitung, die sein Chef auf den Tisch geknallt hatte. Auf der Titelseite des *Berliner Express* prangte ein großformatiges Foto von ihm höchstpersönlich. In dicken Lettern stand darüber: *Der Versager vom LKA!* Und darunter: *Wie der zuständige Kommissar die Ermittlungen im Horrormord verschlampt.* Flüchtig überflog Tolstoi den Text. Darin hieß es, dass es noch keinerlei Spur gebe. Der Grund dafür sei, dass zwei »exotische Paradiesvögel« die Ermittlungen führten, die in Kollegenkreisen vor allem durch unkonventionelle Ansätze auffielen. Die Reporter argumentierten, dass es noch nicht eine einzige Lagebesprechung in dem Fall gegeben habe. Alle Informationen gründeten sie auf eine anonyme Quelle aus dem Polizeiapparat.

»Ganz unrecht haben die nicht«, sagte der Kommissar schließlich und blickte wieder auf seinen Bildschirm.

»Wollen Sie mich verarschen?«

»Ich würde sagen: Können wir machen!«

»Was machen?«

»Chef, Sie haben Druck. Ist doch klar. Damit Sie sich besser fühlen, berufen wir eine Sitzung im Bunker ein.« Mit dem Wutausbruch der Spitze hatte der Kommissar gerechnet. Was sollten sie auch machen? Und dass sich das alles in dieser persönlichen Form abspielte, war auch ein alter Hut. Ferdinand Berghoff lebte für solche polternden Auftritte. Deshalb nannten ihn die Kollegen auch »den Fürst«. Eine Rolle für die Wahl des Spitzenamens spielte zudem der antiquierte Kleidungsstil des Präsidenten. Typ ostelbischer Junker. Berghoff bevorzugte große Karomuster, grobe englische Stoffe, Reiterstiefel. Aus seiner Westentasche lugte eine silberne Kette hervor, an der eine Taschenuhr hing. Die Schreitiraden des Fürsten hatten Tolstoi noch nie beeindruckt.

Er hatte bewusst noch keine Lagebesprechung einberufen. Zunächst einmal wollte er sich selbst ein Bild machen. Es fiel ihm schon schwer genug, sich mit Cayart zu verständigen. Erst wenn er sich selbst ausreichend munitioniert fühlte, wollte er sein gesamtes Team im Bunker um sich scharen. So nannten die Polizisten der Mordkommission ihren fensterlosen Konferenzraum unter der Erde. Tolstois Strategie lautete, zu Beginn eines Falls sämtliche Ermittler erst einmal als Einzelkämpfer rauszuschicken. Jeder sollte sich eines Details annehmen oder eine Spur verfolgen. So wollte der Kommissar vermeiden, dass sie zu schnell in eine Richtung dachten. Und er hatte den jüngeren Kollegen auch schon einige Aufgaben gegeben. Nur waren die Ermittlungen bislang alle im Sand verlaufen. »Allerdings ist mir nicht ganz klar, was Sie sich konkret davon versprechen …«

Wie bestellt und nicht abgeholt stand Ferdinand Berghoff in der Mitte des Raumes. Er glotzte den Kommissar aus eng zusammengekniffenen Augen an. »Passen Sie auf, Tolstoi. Das hier … das ist nicht so ein mickriger kleiner Mord. Das hier ist Stadtgespräch. Das ist Politik! Jeder Einwohner dieser Stadt verfolgt aufmerksam jeden einzelnen Schritt unserer Ermittlungen. Jeder hat eine Meinung, viele haben Angst –«

»Sie haben mit Leber gesprochen!«

»Klar habe ich mit Leber gesprochen. Das gehört zu meinem Job. Verdammt noch mal!«

Der Chef war jetzt wieder sauer. Zugegeben, so erregt hatte ihn Tolstoi selten erlebt. Berghoff hatte es nicht gern, wenn er auf sein Verhältnis zu Staatsanwalt Leber angesprochen wurde. Schon gar nicht von Tolstoi, mit seinem ätzenden ironischen Unterton.

»Und Leber hat seine politischen Beziehungen spielen lassen, weshalb Sie einen Anruf vom Innensenator bekommen haben.«

»Es war kein Anruf, die haben mich gleich im Senat antanzen lassen. Aber das tut alles nichts zur Sache. Anstatt Ihre Energie in Verschwörungstheorien zu verschwenden, finden Sie lieber den Mörder!«

»Und Sie finden den Maulwurf!«

Mit verengten Augen funkelte der Präsident seinen Kommissar an. Er hatte es nicht gerne, wenn man ihm Befehle erteilte. Schon gar nicht, wenn sie von einem Untergebenen kamen. Aber Tolstoi hatte recht. »Ich habe mir schon den Kopf zerbrochen, wer das sein könnte. Aber der Ermittlungsstab umfasst gut hundert Leute –«

»Arbeiten Sie wie bei einer Rasterfahndung!«, fiel Tolstoi seinem Boss ins Wort. »Alle Infos aus der Zeitung in einen Trichter schmeißen und unten kommt der Personenkreis raus, der über alle zitierten Details Bescheid wusste und sie weitergeben konnte.«

»Ich weiß schon, wie ich einen Maulwurf finde«, schnaubte der Präsident. »Und für Sie noch mal zum Mitschreiben: Konzentrieren Sie Ihre Energie auf den Fall! Das ist ein gut gemeinter Rat. Ich möchte Sie nicht verlieren.«

Dass sich die Politik so schnell und vor allem so intensiv in die Ermittlungen einschalten würde, damit hatte der Kommissar nicht gerechnet. Er überlegte kurz. Eine tote Vertreterin der katholischen Kirche, ein mächtiger Sachwalter des Papstes in Berlin, ein CDU-Innensenator, ein karrieregeiler Staatsanwalt mit besten Beziehungen zu den Konservativen. Irgendwo in dieser Gemengelage war die Ursache für die heftige Stimmungsmache zu suchen.

Natürlich hatte der Kommissar längst begriffen, dass der Druck um sie herum immer größer wurde. Dafür brauchte er keine Zeitungsartikel. Deshalb hatte er schon sehr früh am Morgen eine Konferenz für zwölf Uhr anberaumt. Auch ohne die ausdrückliche Anweisung seines Bosses. Tolstoi schaute auf die Uhr. Eine halbe Stunde blieb ihm noch. Dann würden die Kollegen alle im Keller sein.

»Okay. Wir treffen uns in dreißig Minuten im Bunker.«

»Wie, so schnell?«, glotzte ihn der LKA-Präsident verdutzt an.

»Das bekommen wir hin!«

Nachdem der Oberchef aus seinem Büro abgedampft war, legte Tolstoi die Zeigefinger an die Schläfen und dachte nach. Er musste das ermittlerische Geflecht in seinem Kopf entwirren und ordnen.

Zehn Minuten vor zwölf traf der Kommissar im Bunker ein. Er war der Erste. Am Kopfende des Tisches breitete er seine verknitterten Zettel aus. Langsam füllte sich der Raum. Drei Minuten vor zwölf drängten die letzten

Kollegen in den schalldichten Konferenzraum herein und rissen sich um die restlichen freien Plätze. Wie die Sardinen saßen sie um den langen Tisch in der Mitte des Raumes. Ana Cayart nahm etwas entfernt vom Kopfende Platz. So konnte sie von der Seite her den Kommissar beobachten und notfalls korrigieren. Gerade klappte der Minutenzeiger auf die zwölf, als Staatsanwalt Bartholomäus Leber eintrat, gefolgt vom LKA-Präsidenten. Sie setzten sich auf die beiden noch freien Plätze neben Tolstoi. Das Cheftrio war vollständig.

»Ich will nicht lange um den heißen Brei reden«, kam Kommissar Tolstoi ohne große Einführung auf den Punkt, »wir haben einen Verdächtigen.«

Völlig überrascht starrten ihn die Kollegen an. Staatsanwalt Leber ließ seinen Kugelschreiber fallen, den er zwischen den Fingern jongliert hatte. LKA-Präsident Berghoff verschluckte sich, bekam eine Hustenattacke und schaute verwirrt zu seinem Kommissar herüber.

»Das Problem ist nur: Der Mann ist kein Unbekannter!«

28

»Dr. Udo Edwards?« Staatsanwalt Bartholomäus Leber lief rot an. »Sie spinnen wohl!«, schrie er in die Runde. »Wissen Sie überhaupt, mit wem Sie es da zu tun haben?«

Kommissar Vuk Tolstoi wusste nur zu genau, wessen Namen er gerade genannt hatte. Seit er den Namen von Tonia Schlesinger bekommen hatte, war ihm klar, dass die weiteren Ermittlungen extrem schwierig verlaufen würden. Nicht, weil sie besonders kompliziert wären. Nein. Sondern weil Dr. Edwards über erheblichen Einfluss verfügte. Dr. Udo Edwards war einer der engsten Berater des Regierenden Bürgermeisters. Er war Mitglied der SPD, lange Zeit hatte er im Berliner Abgeordnetenhaus gesessen, auch als Staatssekretär hatte er schon gedient. In den letzten Jahren war es etwas ruhiger um ihn geworden. Aber niemand hatte auch nur den geringsten Zweifel daran, dass er weiter als Graue Eminenz der Stadtpolitik im Hintergrund die Fäden zog.

Natürlich war Kommissar Tolstoi klar, dass die Behördenspitze über die Entwicklung des Falles nicht amüsiert sein würde. Nicht einmal ein konservativer Hardliner wie Leber würde sich an einen solch einflussreichen Politiker der gegnerischen Seite herantrauen.

»Ein Durchsuchungsbefehl?« Aus dem Staatsanwalt schäumte es förmlich heraus. »Nur weil Dr. Edwards ein Buch über mittelalterliche Geschichte ausgeliehen hat, wollen Sie einen Durchsuchungsbefehl?«

»Und weil er einen Motorradführerschein hat!«

»Sie ticken ja nicht mehr richtig …«

Zwei jüngere Kollegen tuschelten an der anderen Seite des Tisches. Tolstoi hörte Gekicher. Mit dem Beamer warf er ein Foto von Dr. Edwards an die Wand. Es stammte von der Internetseite der Arbeiterwohlfahrt. Darauf war der Mann beim Besuch einer Kleiderkammer für Bedürftige zu sehen. Auf dem Bild hielt Edwards mit spitzen Fingern ein Hemd in die Höhe und versuchte ein Lächeln. Noch einmal beschrieb der Kommissar im Detail die einzelnen Ermittlungsschritte und wie sie auf den Namen des Mannes gekommen waren. Aber bei seinen Vorgesetzten schien er auf Granit zu stoßen. Berghoff glotzte betreten vor sich hin. Noch immer saß ihm der Schock sichtlich in den Knochen. Und Leber lief zu Höchstform auf.

»Dr. Edwards ist nicht einer von Ihren kleinen Drogendealern, bei denen Sie einfach mal so in der Wohnung vorbeischauen können. Finden Sie erst einmal echte Beweise! Und damit Ende der Diskussion. Haben Sie auch noch seriöse Ermittlungen vorzutragen?« Scharf blickte der Staatsanwalt in die Runde. Niemand gab auch nur einen Mucks von sich. Befriedigt von seinem Auftritt begann der Jurist, wieder mit seinem Kugelschreiber zu spielen.

»Richard Rottluff«, fuhr Tolstoi mit eisiger Stimme fort und tippte auf die Fernbedienung. An der Wand erschien nun ein Foto aus dem Melderegister. »Der Ehemann der Toten. Rottluff berichtete von einem Anruf vor einigen Wochen. Es soll ein anonymer Anrufer gewesen sein, der seine Frau sprechen wollte. Wir haben die Telefondaten analysiert und konnten eine Nummer herausfiltern. Sie stammt von einer ausländischen Prepaidkarte. Wir wissen nicht, ob sie noch aktiv ist, haben aber eine permanente Fangschaltung gelegt. Stimmt doch, Felix?«

Ein schmächtiger, junger Kollege blickte verschreckt von seinem Laptop auf und nickte dem Kommissar zu. »Also wenn die Nummer noch aktiv ist und Dr. Edwards –«

»Hören Sie endlich mit Ihren Spekulationen auf!«, brüllte Leber erneut los. »Ich möchte von Ihnen belastbare Beweise haben, bevor Sie noch einmal den Namen von Dr. Edwards in den Mund nehmen!«

Von den ständigen Unterbrechungen genervt sah Tolstoi zu seiner Kollegin hinüber. »Ana, kannst du noch was zum Täterprofil sagen?«

Die Kriminalpsychologin erhob sich langsam, faltete ihre Hände, schloss kurz die Augen. »Wir haben zwei Botschaften. Der Buchstabe auf der Stirn der Toten und die Nachricht auf ihrem Computer. Erst einmal zum Buchstaben. Es könnte eine Art Warnung sein für weitere Personen. Nicht unwahrscheinlich ist auch, dass mit der Art, wie die Leiche präsentiert wurde, eine Botschaft verbunden ist. Was wir noch nicht wissen ist, für wen diese Botschaften gedacht sind. Richten sie sich an mögliche weitere Opfer und stellen also eine Warnung dar? Oder will der Täter etwas mitteilen?« Cayart fasste sich kurz an die Nase und begann dann, hinter den Rücken der Kollegen um den Tisch zu gehen. »Bei der nächsten Botschaft ist es etwas komplizierter. Die Sätze, die jemand auf dem Computer der Toten hinterlassen hat, nehmen eindeutig auf etwas in der Vergangenheit Bezug. Wir vermuten, dass es sich –«

»Sie haben nichts!«, platzte Leber nun auch der Psychologin ins Wort. »Sie haben absolut nichts! Sie stochern seit einer Woche im Nebel und sind unfähig, auch nur die schwächste Spur zu finden. Ich werde dafür sorgen, dass Sie beide von dem Fall –«

Weiter kam er nicht. Denn auf einmal sprang der junge Kollege Felix Brucks von seinem Stuhl auf. Verärgert musterte ihn der Staatsanwalt.

»Kommissar Tolstoi«, brach es aus dem jungen Kollegen heraus, »ich glaube wir haben ihn!«

Elektrisiert starrte Brucks auf den Bildschirm vor sich.

»Er ruft gerade bei jemandem an …«

29

Nun sprangen auch Tolstoi, der LKA-Präsident und der Staatsanwalt von ihren Stühlen auf und drängten sich um den Bildschirm. Jetzt musste alles blitzschnell gehen. Brucks riss den Hörer von seinem Telefon und wählte die geheime, für die Ermittler reservierte Nummer des Providers. Sofort meldete sich eine Person, die genau wusste, was zu tun war. Das Einwählsignal des Handys reichte für die Ortung aus. Aber nun mussten sie warten. Mehrere Minuten würde die genaue Lokalisierung dauern. Manchmal bis zu einer Viertelstunde. In der Zwischenzeit konnte die gesuchte Person längst über alle Berge sein. Die Zeit verging quälend langsam. Tolstoi hatte die Arme verschränkt und presste sie an seinen Körper, den Blick starr auf den Bildschirm gerichtet.

Verdammt. Eine Ewigkeit!

Wieder sprang die Uhrenanzeige des Computers eine Minute weiter. Im Raum herrschte absolute Stille. Schon siebeneinhalb Minuten.

»Wir haben ihn«, schrie Brucks und seine Stimme überschlug sich dabei. Auf dem Bildschirm tauchte der Stadtplan von Berlin auf, dann ein Fadenkreuz im Ostteil der Stadt. »Hier, die Warschauer Straße, auf der Brücke muss er sein …«

Tolstoi schnappte sich sein Jackett, das er über die Stuhllehne gehängt hatte. »Rina, Felix. Ihr zieht alle Streifen um die Warschauer zusammen«, wies er zwei Kollegen an. »Die sollen den Bahnhof oben dicht machen!«

Im Hinausrennen deutete er noch auf Wolff, rief ihm zu mitzukommen und spurtete die Treppen hinauf zum Parkplatz. Jetzt musste alles extrem schnell gehen. Deshalb entschied sich der Kommissar gegen seinen Zastrava und für einen modernen Dienstwagen. Die Warschauer Straße lag bei guten Verkehrsbedingungen eine Viertelstunde entfernt. Tolstoi sprang in den Dienstwagen, Wolff hechelte hinterher und hob hustend sofort das Blaulicht auf das Dach. Dann raste die schwere Mercedes-Limousine durch den Nachmittagsverkehr. Am alten Tempelhofer Flugfeld vorbei, die Hermannstraße hoch, auf der die türkischen Anwohner ihre Autos in zweiter Reihe mitten auf der Spur parkten. Tolstoi fluchte. Aus einem Laster kletterte rückwärts ein Mann, wankend, auf seinen Armen balancierte er große Bananenkisten. Eine rutschte und fiel auf die Straße. Tolstoi musste eine Vollbremsung hinlegen. Sie kamen nicht durch.

Scheiße! Wieder zwei Minuten verloren …

Endlich ging es weiter. Kottbusser Tor, an der Hochbahn die Skalitzer Straße entlang bis zur Warschauer Straße. Tolstoi raste mit mehr als achtzig Sachen durch die Stadt. Sogar durch die Dreißigerzone. Zwei Einsatzwagen folgten ihnen anfangs. Aber schon nach drei Minuten hatten sie die abgehängt.

Wolff hielt den Kontakt zu den Technikern. »Er muss noch da sein«, informierte er Tolstoi. »Die Kollegen haben immer noch das Signal.«

Mit quietschenden Reifen fuhr Tolstoi auf den Gehsteig über der Brücke und bremste scharf. Einige Fußgänger sprangen entsetzt zur Seite. Der Kommissar zückte die Pistole und sprang aus dem Wagen. »Wo, Theo?«

Er drängte sich durch eine Gruppe von Touristen, die mit Rollkoffern über die windige Brücke Richtung Friedrichshain zogen. »Wo?«

Wolff hatte das Telefon am Ohr. »Da unten, auf dem Bahnsteig. Rechte Seite, Richtung Osten!«

Tolstoi rannte an den Kollegen vorbei, die oben den Zugang zu den Gleisen dichtgemacht hatten. Dahinter staute sich schon eine ordentliche Traube von Menschen, die alle raus wollten aber nicht durften. Er rannte die Eisentreppen hinunter. Unten blickte er schnell in beide Richtungen. Im mittleren Bereich war der Bahnsteig gerammelt voll. Nur wenige Meter entfernt sah er ein Pärchen eng umschlungen, eine ältere Frau mit einem Kinderwagen. Eine Gruppe Holländer mit orangefarbenen Schirmmützen. Der Mann musste hier irgendwo sein. Nur wo? Von oben polterten die anderen Kollegen vom LKA die Stufen herunter. Sie trugen kugelsichere Westen und hielten ihre Pistolen im Anschlag. Dahinter in Deckung tauchte Rina Delbrück auf, die Technikerin. In der Hand hielt sie einen kleinen Computer.

»Der muss hier sein. Da, wo du stehst«, schrie sie. »Genau hier, plus minus vielleicht fünf Meter. Gerade hat er sich noch bewegt.«

Tolstoi schaute sich hastig um. Vom Alexanderplatz kam eine S-Bahn angefahren. Die Menschen um ihn herum schauten alle auf den Trupp Polizisten, aber auf einmal drehten sich die Köpfe weg, hin zur anrollenden Bahn. Die Wartenden ließen die Leute nicht einmal aussteigen und drängten sofort in den Zug hinein. Mit seinen Augen suchte Tolstoi den Bahnsteig ab. Er scannte jeden Quadratzentimeter. Nach einigen Sekunden bückte er sich. Zwischen seinen Fingern hielt er einen Chip in die Höhe. »Wir sind zu spät, verdammt noch mal ...«

Mit einem Tuten schlossen sich die Türen der S-Bahn. Im Waggon sah Tolstoi die holländische Touristengruppe. Der Kommissar sprang ans Fenster des Zuges. Er lief den Wagen ab. Von drinnen glotzten die Fahrgäste neugierig zurück. Ein Punk streckte ihm den Mittelfinger entgegen. Zwischen den Touristen gab es nur zwei jüngere Frauen, dazu die Oma mit dem Kind und den dämlichen Typen mit seinem pinkfarbenen Haarkamm. Die Bahn fuhr los.

Da sah er ihn. Halb verdeckt von zwei orangefarbenen Schirmmützen lugte der Kopf eines Mannes hervor. Das musste er sein, es konnte nicht anders sein.

»Da drinnen ist er!«, brüllte Tolstoi. »Theo, ich krieg ihn. Kommt mir zum Ostkreuz nach!«

Der Kommissar spurtete den Bahnsteig zurück, die Treppe hoch, sprang in den Wagen und raste davon. Bis zum Ostkreuz war es ein gutes Stück.

Zum Glück konnten die Bahn auf der Strecke nicht sehr schnell fahren. Tolstoi riss das Auto auf die gegenüberliegende Fahrbahn, donnerte zurück Richtung Kreuzberg, bei Rot über die Ampel an der Oberbaumbrücke, links an der Spree entlang und nach fünfhundert Metern wieder links. Noch eine Kurve, dann sah er den Bahnhof Ostkreuz. Tolstoi steuerte den Wagen in eine Baustelleneinfahrt, ließ ihn dort zurück und spurtete hinauf zu den Gleisen. Der Zug war gerade angekommen. Die Passagiere strömten heraus. Hier gab es noch mehr Menschen als an der Warschauer Straße. Gerade kam noch ein zweiter Zug aus der entgegengesetzten Richtung. Dazu stand eine andere S-Bahn bereit, um weiter in den Osten zu fahren. Über die Treppe drängten die orangen Mützchen jetzt nach oben zur Ringbahn. Vom Treptower Park kam die S4 angedonnert und hielt quietschend. Der Anführer der Holländer hielt einen hellgrünen Regenschirm in die Luft und gab ein Zeichen, sich zu beeilen. Die Holländer begannen zu rennen. Sie drängte sich in die ankommende Bahn. Tolstoi lief ihnen hinterher. Er schaffte es gerade noch in den Zug. Sofort drängte er sich durch die Gruppe. Aus bleichen Gesichtern mit blonden Haaren blickten ihn auf einmal ängstliche Augen an. Die Leute fürchteten sich vor ihm. Er packte einige am Arm, riss sie an den Schultern herum, um ihre Gesichter sehen zu können. Dann schob er sie zur Seite. Aber der Mann war nicht mehr da. Als die S4 aus dem Bahnhof fuhr, sah der Kommissar, wie unten zwei Bahnen in unterschiedliche Richtungen davonfuhren.

Er hatte ihn verloren.

Vor Tolstois Augen flimmerten beschmierte Häuserfronten vorbei. In der Weite erkannte er den Fernsehturm, der hinter dem Stadion der Berliner Eisbären aufragte. *Ich war dir ganz nahe! Aber sei dir sicher, ich werde dich finden! Du entkommst mir nicht!*

Tolstoi sprang in der nächsten Station aus der Bahn heraus und ging auf das Gleis gegenüber. Ein Schrei gellte durch die Haltestelle. Tolstoi musste seinen Frust loswerden. Er rief die Nummer von Wolff an. »Vorhin, das muss er gewesen sein. Ich bin mir ganz sicher«, gurgelte er. »Wir haben ihn verloren. Der ist schon ein paar Kilometer weit weg …«

»Und war es Edwards?«

»Ich weiß es nicht.«

»Hast du sein Gesicht gesehen?«

»Nur den Hinterkopf. Verdammte Scheiße!«

30

Die Reporter des *Berliner Express* gingen in die zweite Woche ihrer Berichterstattung zu dem mysteriösen Mordfall. In der Chefetage der Zeitung waren sie mit der Arbeit der vergangenen Tage mehr als zufrieden. Sie hatten eine brillante Strategie gefunden, um die Geschichte zu fahren. Es war der *Express*, der den Takt der Berichterstattung vorgab und die Kollegen vor sich hertrieb. Mit der Berichterstattung um die Tote aus dem Spreepark stand der junge Chefredakteur Salomon vor einer goldenen Zukunft.

Auch Atze Blomfeld war mit sich zufrieden. Dachte er an seine Zukunft, tanzten Eurozeichen vor seinen Augen. Leider hatte er den jüngsten Erfolg noch nicht wirklich feiern können. Am ersten Abend hatte er nur zwei Kokslinien gezogen. Für eine Nutte war er zu müde gewesen. Aber das wollte er alles noch nachholen. Jetzt hatte erst einmal die Jagdsaison begonnen. Blomfeld saß in einem Café am Platz der Luftbrücke, schräg gegenüber dem Gebäudekomplex des LKA, und trank seinen vierten Espresso. Irgendwie musste er ja wach bleiben. Mit einem Auge behielt Blomfeld den Eingang im Blick. Dort tat sich nur nichts.

Der Paparazzo blieb trotzdem gelassen. Wider Erwarten hatten die Kollegen der anderen Blätter noch nichts Ordentliches zustande bekommen. Anscheinend hingen die meisten an den Rockzipfeln ihrer Gewährsleute bei der Polizei und hofften, dass für sie ein Häppchen aus der Asservatenkammer abfallen würde. Für so viel Arschleckerei hatte Blomfeld nur Verachtung übrig. Er arbeitete antizyklisch. Am besten fühlte er sich, wenn er den Rhythmus einer Berichterstattung kontrollierte. Normalerweise schaffte das allenfalls eine Redaktion, den Takt eines Skandals vorzugeben. Für einen einzelnen Reporter oder Fotografen war es eigentlich so gut wie ausgeschlossen. Aber irgendwie schien Blomfeld gerade auf einer Glückswelle zu reiten. Wie anders hätte es sich erklären lassen, dass er den Instinkt gehabt hatte, auch diesem geheimnisvollen Vuk Tolstoi aufzulauern und ihn schließlich zu fotografieren? Das Bild des ermittelnden Beamten … So etwas konnte doch nie schaden. Egal ob der Polizist sich später als Granate oder als Niete herausstellen sollte. Im Mordfall vom Plänterwald war eher Letzteres der Fall. Blomfeld hatte erfahren, dass sie den Mann im Kollegenkreis wegen seiner Fähigkeiten »die Krähe« nannten. »Dämlicher Gimpel« würde es wohl eher treffen. Der Fotograf musste schmunzeln.

Am Morgen hatte der *Berliner Express* die großformatige Aufnahme des Kommissars gebracht. Jetzt würden alle anderen ebenfalls nach dem Ermittler gieren. Er musste weiter dranbleiben. Sein Informant hatte ihm berichtet, dass die Berliner Polizei auch noch ihre Geheimwaffe an den Start gebracht hatte. Eine Art Voodoo-Tante. So hatte es sein Spitzel beschrieben. Eine Psychoanalytikerin, die sich in ihrer Menschenversteher-Art offenbar schon in so manch krankes Hirn hineingedacht und mit dieser eindeutig weiblichen Methode sogar schon Erfolge hatte. Blomfeld fand das ziemlich Panne. Aber als Fortsetzung der Geschichte würde es perfekt funktionieren. Darauf spekulierte er nun. Allerdings müsste er die Dame dafür vor die Linse bekommen.

Von seinem Informanten hatte er einen verwackelten Schnappschuss von einer Betriebsfeier erhalten, auf der eine Person mit einem Kreis umrandet war. Für einen Abdruck taugte das Bild nicht. Aber mit etwas Fantasie würde Blomfeld die Frau erkennen und sie selbst ablichten können. Aus dem LKA hatte er gehört, dass die Psychologin mittags zu einer Lagebesprechung angetanzt war.

In Gedanken ging der Paparazzo noch einmal durch, was ihm die vergangenen Tage so eingebracht hatten. Für ihn selbst hatte die Tote vom Plänterwald einen völlig unerwarteten Geldsegen bedeutet. Alles in allem lag er mit seinen Fotos bislang bei etwas über 200.000 Euro. Das Geld kam ihm gerade recht. Sollte die Kohle weiter so sprudeln, dann würde er sich seine künftige Wohnung in München einfach kaufen. Und zwar in Schwabing. Beste Lage. Für diese Traumwohnung würde er seine Einnahmen allerdings noch um einige Hunderttausend Euro steigern müssen. Aber darum saß er ja nun hier im Café.

Bei jeder Person, die aus dem LKA-Gebäude kam, hatte Blomfeld sein Teleobjektiv ans Auge gehoben und konzentriert durchgestarrt. Aber die Frau war einfach nicht dabei. Gegen eins bestellte sich Blomfeld bei einem Lieferservice eine Pizza Tonno. Beim Kellner hatte er weitere Espressi geordert und dem Mann einen Zehner zugesteckt, damit er keinen Aufstand wegen der Pizza machte.

Gegen vierzehn Uhr tat sich schließlich etwas. Zwar nicht in Sachen Psychologin, dafür kam der Kommissar aus der Tür gerannt. Für den Bruchteil einer Sekunde dachte Blomfeld darüber nach, ob er bleiben solle. Dann knallte er einen Zwanzig-Euro-Schein auf den Tisch und rannte dem Polizisten hinterher. Der Mann lief in die nahe U-Bahnstation. Blomfeld stieg einen Wagen hinter ihm ein und beobachtete ihn durch das Fenster zwischen den Waggons. Bei der Station Französische Straße stieg der Kommissar aus und rannte hinauf ins Tageslicht. Blomfeld folgte ihm. Aus dem Augenwinkel beobachtete er ihn weiter aufmerksam.

Was hat der Mann nur vor?

Er folgte ihm in einigem Abstand. Als sie auf den Bebelplatz kamen, hielt sich der Kommissar im Schatten der Bauten aus der Kaiserzeit an der Südseite und verschwand dann hinter einer schweren Eingangstür. Auf einmal erkannte er, welches Ziel der Kommissar hatte.

Was will der denn da?

Blomfeld folgte dem Polizisten vorsichtig. Er betrat die Halle, sah, wie der Kommissar zum Aufzug ging. Unauffällig beobachtete der Fotograf den Mann, dem er auf den Fersen war. Ein Liftboy begleitete Tolstoi nach oben. Über dem Aufzug leuchteten die Zahlen nacheinander auf und stoppten bei der Fünf. Blomfeld bestieg einen zweiten Aufzug und fuhr hinterher. Behutsam schaute er sich um, bis er den Kommissar erblickte. Wie ein Cowboy seine Hand um den Colt legte Blomfeld seine Finger um die Canon-Kamera. Er drückte ab. Wieder und wieder. *Was ist nur in den Kommissar gefahren?* Leise verzog er sich um eine Ecke, um seine Aufnahmen zu kontrollieren. Der Fotograf konnte kaum glauben, was er da sah. Alles. Blomfeld lächelte verschmitzt.

Atze, du Killerratte! Deine Glückssträhne hört wohl nie auf. Nach diesen Bildern würden sich die Bluthunde vom *Berliner Express* wieder einmal die Finger wund lecken. Blomfeld war äußerst zufrieden. Wenn es so weiterging, dann war die Wohnung in München nur noch eine Frage von Tagen.

31

Er musste geschlafen haben. Eine Stunde, vielleicht zwei? Durch das Kellerfenster drang schwach das Tageslicht aus dem Garten herunter. Es reichte für eine grobe Orientierung. Wie viel Zeit bereits vergangen war, seit er aus dem Taxi geschleppt worden war? Er wusste es nicht. Zumindest nicht genau. Im Kopf hatte er versucht, die Tage zu zählen. Fünf Nächte meinte er wahrgenommen zu haben. Oder waren es drei? Oder doch schon sechs? Er konnte sich nicht mehr konzentrieren. Er konnte keinen klaren Gedanken mehr fassen. Er dachte nur noch an eines. Wasser. Er brauchte Wasser.

Ganz dringend. In sich drinnen fühlte er, wie das Blut dickflüssiger wurde. Wie seine Organe nach und nach versagten. An seinen Lenden spürte er die Verkrustungen von seinen Fäkalien. Kotspuren und Urin.

Es ekelte ihn an, aber er dachte schon wieder an das eine. Wasser! Am Anfang hatte er noch versucht, etwas entfernt in die Ecke zu machen, als er dringend musste. Aber das funktionierte nicht wirklich. Später kam der Durchfall. Er konnte sich nicht mehr kontrollieren.

Halbnackt kauerte er am Boden, eine Hand an das Heizungsrohr gekettet. Sein Bewegungsradius war einfach zu beschränkt. Es stank widerlich. Aber das merkte er schon nicht mehr. Inzwischen hoffte er, dass er endlich einmal wieder musste. Nach zwei Tagen hatte ihn der Durst so sehr zur Verzweiflung gebracht, dass er mit der freien Hand eine Schale formte und hineinpinkelte. Vorsichtig hatte er seinen Urin zum Mund geführt und getrunken. Aber seit gestern Abend musste er nicht mal mehr pinkeln.

Er hatte geschrien und gebettelt, aber es hatte nichts geholfen. Was wollte dieser Mensch nur von ihm? Dieses Monster! Um nicht gänzlich verrückt zu werden, hatte er versucht, laut mit sich selbst zu sprechen. Aber jetzt konnte er nicht mehr sprechen. Die Worte wollten ihm nicht über die Zunge kommen. Es klang nach einem kläglichen Stammeln. Mit gierigen Augen blickte er hinüber zur anderen Seite des Raumes. Er riss mit der festgeketteten Hand am Heizungsrohr. Ein metallenes Klackern hallte durch den Raum. Er rüttelte so lange, bis die Handschelle die Haut aufriss. Er musste zu diesem verdammten Tisch kommen. Die Flasche. Er musste die Flasche erreichen. Einen Tag, allerhöchstens noch anderthalb. Danach würde es vorbei sein. Kein Mensch hält mehr als eine Woche ohne Wasser aus! Er spürte, wie er von Innen heraus vertrocknete.

Wieder sah er den glitzernden Gegenstand, der in Reichweite am Boden lag. Das war seine letzte Chance. Durch das Fenster in der Tür erkannte er auf einmal wieder die Umrisse des Kopfes. Der Mann beobachtete ihn. Drei, vier Mal am Tag tauchte die Silhouette auf. Zuletzt öfter. Er musste gerade zurückgekommen sein. Am Abend zuvor hatte er das Haus verlassen. Wie lange stand er schon da? Manchmal hatte er das Gefühl, dass er grinste. Schnell schaute er an die Decke, nur nicht auf den Boden.

Im Schloss hörte er den Schlüssel. Zum ersten Mal überhaupt. Der Mann kam herein. Er trug einen Eimer, in der anderen Hand einen Pinsel. Er sagte kein Wort. Er tauchte den Pinsel in den Eimer und malte stumm Buchstaben an die Türe. Es war keine Farbe. Es war …

Blut!

Er wollte schreien. Der Gestalt etwas sagen. Aber aus seinem Rachen kam nur ein Grunzen. Dann ging der Mann schweigend wieder hinaus und verschloss die Tür hinter sich. Erneut war da das Grinsen. Dann verschwand die Silhouette.

In der Düsternis versuchte er, die Worte zu entschlüsseln. Das dunkle Rot reflektierte das wenige Licht kaum, dafür die metallene Tür. Er musste die Schrift wie ein Negativ lesen. Aber er konnte die Buchstaben kaum erkennen. Nach einiger Zeit begriff er, warum. Das war eine Fraktur! Was sollte das? Und was sollte diese Botschaft mit ihm zu tun haben? Auch wenn es einigermaßen anstrengend war, nach einiger Zeit hatte er den Satz schließlich doch entschlüsselt. In Gedanken las er ihn sich mehrmals vor. Danach durchzuckte ihn ein Frösteln. Panik ergriff ihn.

Der Mann ist krank!

Am Boden hatte er schon zuvor den glitzernden Gegenstand aus Metall gesehen. Mit dem Fuß hatte er ihn näher gezogen. Er musste handeln, schnell. Solange er überhaupt noch denken konnte. Auch wenn es ihn das Leben kosten konnte.

Aber was hatte er für eine Wahl?

32

Tonia Schlesinger saß bereits im Dachgarten des Hotel de Rome und erwartete den Kommissar. Tolstoi starrte sie an. Er war mehr als irritiert.

»Du bist also gekommen«, grüßte sie ihn kühl. »Sind dir meine Informationen offenbar doch den weiten Weg wert.«

»Was soll das? Natürlich schätze ich dein Wissen. Aber wie siehst du denn aus?«

Tonia trug einen seidenen Bademantel.

»Ich komme hier immer zum Schwimmen her. Unten im alten Tresorraum gibt es einen sehr entspannenden Pool.« Sie hielt Tolstoi ein Löffelchen mit orangefarbenen Eiskristallen entgegen. »Das ist Mandarinensorbet mit süßem Basilikum«, dozierte sie hochnäsig. »Wirklich lecker. Willst du mal versuchen?«

Tolstoi beugte sich vor und ließ sich den Löffel in den Mund stecken.

»Magst du auch einen?«, fragte sie und zeigte auf ihr gut gefülltes Glas Gin Tonic. »Die haben hier einen unglaublich leckeren Gin aus dem Schwarzwald.«

»Tonia, ich bin im Dienst. Und ich habe echt Stress. Also, wie sicher ist die Sache mit dem Namen?«

»Dafür bekomme ich eine Fußmassage von dir!«

»Tonia, hast du die Ausdrucke?«

Zickig wandte sich die Studentin ihrem Drink zu und nahm einen tiefen Schluck. Es ging ihr gehörig auf die Nerven, dass sie der Kommissar immer nur dann anrief, wenn er wieder neue Informationen zu seinem Fall brauchte. Genau aus diesem Grund hatte sie ihm die schriftlichen Belege für die Buchausleihe nicht schon eher gegeben. Tolstoi sollte angekrochen kommen. Er sollte nach ihren Spielregeln spielen. Und er sollte ihr die Füße küssen. Oder zumindest massieren. »Ja, hab ich.«

Der Kommissar streichelte Tonia durch die rote Mähne. »Ich habe enormen Druck«, flüsterte er ihr ins Ohr. »Bitte, ich brauche was Schriftliches. Sonst kann ich das Risiko nicht eingehen!«

»Okay. Aber du bist mir was schuldig!« Tonia fuhr mit der Hand unter das Sitzpolster und zog einen Umschlag hervor. Sie schaute sich um und reichte ihn diskret an den Kommissar weiter. »Eine befreundete Bibliothekarin hat den gesamten Bestand noch einmal durchgeschaut. Sie hat mir den Eintrag ausgedruckt«, sagte sie triumphierend. »Ein Irrtum ist ausgeschlossen. Niemand sonst hat das Buch in den letzten Monaten ausgeliehen!«

Vuk Tolstoi gab der Studentin einen Kuss auf den Mund. Dann griff er sich ihr Glas und nahm einen Schluck. »Danke. Drück mir die Daumen, dass du mich nicht bald im Gefängnis besuchen musst …«

Sein Lächeln wirkte bemüht. Verdeckt schob er das Kuvert in seine Innentasche. Dann verschwand er auch schon wieder.

33

In der regulären Mordkommission des LKA arbeitete Tolstoi seit drei Jahren. Niemand von seinen Kollegen wusste, was er davor gemacht hatte. Nicht einmal Cayart und Wolff hatten eine Ahnung. Der Einzige, der über das Vorleben Tolstois Bescheid wusste, war der Präsident. Er war genau darüber informiert, woher der Mann kam. Denn Ferdinand Berghoff zog seit Langem die Fäden im Leben des Vuk Tolstoi. Nicht ganz uneigennützig. Der LKA-Präsident hatte sich den ehrgeizigen Ermittler zu einer Art persönlicher Geheimwaffe aufgebaut. Im Lebenslauf des Kommissars gab es eine Leerstelle – zwischen Polizeischule und dem ersten Arbeitstag bei der Kripo. Angefangen hatte die Sonderbehandlung, die diese Leerstelle schließlich verursachte, einige Monate vor Tolstois Ausscheiden aus der Polizeischule. Genauer an jenem Tag, an dem der Staatssekretär des Berliner Innensenators ihn dort aufgesucht hatte. Seit damals bewegte sich die Karriere des jungen Mannes mit bosnischen Wurzeln auf einem anderen Gleis. Sie wollten Tolstoi unbedingt haben.

Rückblickend war er froh, dass er sich mit siebzehn um seine Einbürgerung gekümmert hatte. Sie war die Voraussetzung für die Bewerbung an der Polizeischule ein Jahr darauf gewesen. Bis zu diesem Zeitpunkt hatte Vuk Tolstoi bei den Behörden nur Ablehnung und Häme erfahren. Aber auf einmal gelang dem ehemaligen Kriegsflüchtling alles. Als Erster der jungen Rekruten hatte er die Versicherung, nach der Ausbildung übernommen zu werden. Aber davon durfte er niemandem etwas verraten. Tolstoi sollte für die Berliner Polizei so schnell wie möglich als verdeckter Ermittler arbeiten. Auf einem besonders schwierigen Gebiet. Es ging um organisierte Kriminalität im arabischen Milieu. Prostitution, Drogenhandel, Waffenschieberei. Tolstoi hatte zugesagt. Drei Jahre später, nachdem er den Vorbereitungsdienst und das Studium »gehobener Polizeivollzugsdienst« in Rekordzeit und mit Bravour beendet hatte, fing er im Kommissariat X, Abteilung Bandenkriminalität des Berliner Landeskriminalamtes an.

Das Kommissariat X gehörte zu den bestabgeschirmten Einheiten der Berliner Polizei. Ein paar Dutzend Ermittler war die Abteilung groß, die sich fast ausschließlich um sechs arabische Großfamilien kümmerte. Und *kümmern* traf es ziemlich genau, denn die Familien beschäftigten die Polizei rund um die Uhr. Schon die Zwölfjährigen fuhren im Drogenexpress der U-Bahnlinie acht und dealten. Mit jedem Jahr, das sie älter wurden, nahm die Schwere der Straftaten zu. Schutzgelderpressungen, Diebstähle, Prostitution, Menschenhandel, bis hin zu Auftragsmorden. Kennzeichen der arabischen Clans war, dass sie besonders gewaltbereit waren. Was auch mit ihrer Herkunft zusammenhing. Die meisten von ihnen stammten aus dem Libanon. Durch den Bürgerkrieg in ihrer Heimat, der lange fünfzehn Jahre von 1975 bis 1990 wütete, waren sie abgestumpft und extrem brutal. Aber der Krieg hatte die Familien auch steinreich gemacht. Im Kommissariat X waren sie fest davon überzeugt, dass damals der Grundstein gelegt wurde für ein gigantisches Familienvermögen, das die Clans auf verbrecherische Art zusammengerafft hatten.

Selbst für die kleinsten Familienmitglieder war das Leben ein einziger Krieg. In die Schule kamen sie mit Messern, Schreckschusspistolen und Totschlägern. Knirpse von gerade mal zehn Jahren vermöbelten Lehrer. Für die Spitze der Berliner Polizei war klar, dass sie jemanden brauchten, der sich in die Denkweise der Kriegsveteranen hineinversetzten konnte. Und Vuk Tolstoi, das Flüchtlingskind aus dem Bosnienkrieg, der Muslim, der orientalische Exot, schien genau der Richtige für diesen Job zu sein. Zudem hatte er auf der Polizeischule bewiesen, dass er intelligent und fleißig war. Vor allem aber loyal. In den fünf Jahren, die Vuk Tolstoi bei der Sondereinheit war, hatten fast sämtliche Großverbrechen in Berlin ihre Wurzeln im Milieu der libanesischen Familienclans. Der Millionenraub im Kaufhaus des Westens. Der Überfall auf ein Pokerturnier am Potsdamer Platz, durchgezogen am helllichten Tag und vor laufenden Fernsehkameras. Wie Clanmitglieder da schwer bewaffnet und ohne jegliche Skrupel einmarschierten, spiegelte die Skrupellosigkeit der Familien wider. Von ihren Raubzügen kehrten die Kriminellen mit riesigen Geldsummen zurück, die sofort in den Familienkassen verschwanden. Auf dem Papier waren es arme Schlucker, die Stütze vom Staat bekamen. In Wirklichkeit fuhren sie mit teuren Mercedes-Karossen oder schweren Hummer-Jeeps vor.

Tolstoi hatte es verrückt gemacht, dass er einen Kriminellen nach dem anderen an die Staatsanwaltschaft überstellte, die dann allenfalls zu kleineren Haftstrafen verurteilt wurden. Vor vier Jahren war das Fass übergelaufen. Ein libanesischer Großgangster war nachts über eine rote Ampel gebrettert und hatte dabei einen Rentner überfahren. Der Mann starb, der sündhaft teure BMW raste weiter. Der Prozess hatte sich viel zu lange hingezogen. Schließlich die Strafe: anderthalb Jahre Knast. Für einen Toten! Tolstoi hatte damals vor Wut gekocht. Und er hatte beschlossen, das Kommissariat X zu verlassen. Vorher hatte er aber noch dafür gesorgt, dass der Gangster seine gerechte Strafe bekam. Es war nicht schwer gewesen, die Typen einzukaufen. In der Dusche im Gefängnis hatten sie dem Clanmitglied die Beine zertrümmert. Monatelang lag der Mann auf der Krankenstation. Er würde den Rollstuhl nie mehr wieder verlassen können.

Aus der Zeit im Kommissariat X hatte Vuk Tolstoi ein einziges Souvenir mitgenommen. Ahmed Omar Hashi. Der Mann war ein junger Messerstecher, der zu einem der Familienclans gehörte. Als sie sich kennen lernten, hatte Hashi einen Konkurrenten erstochen. Der Polizei gegenüber behauptete er, minderjährig zu sein. Zudem stamme er aus dem Gazastreifen. Seinen Pass habe er leider verloren. Die Standardantwort. Tolstoi war überzeugt, dass es sich um eine einzige große Lüge handelte. Denn der Mann war kein Araber. Einen kompletten Tag hatte Tolstoi damals in der Fundkammer des Kommissariats X verbracht. Dort, wo die halb vernichteten und in Kloaken oder Kanälen aufgetauchten Personaldokumente aufbewahrt wurden. Anderthalb Tausend Pässe hatte er durchgeschaut. Kurz vor Mitternacht war er fündig geworden. Der junge Mann stammte aus Somalia, war einundzwanzig Jahre alt und hieß Ahmed Omar Hashi. Damit war klar, dass es eng für ihn werden würde. Allerdings hatte Hashi Zugang zum Inner Circle eines der gefährlichsten Libanesenclans. Das hatte ihn für Tolstoi sofort interessant gemacht.

Als Ahmed Omar Hashi seinen Reisepass vorgelegt bekam, war er blass geworden. Das bedeutete die sofortige Abschiebung. Danach hatte Tolstoi leichtes Spiel gehabt. Hashi wurde Tolstois bester Informant. Er skizzierte ihm die Strukturen der Geschäfte, die Hierarchien in den Familien. Er nannte die Adressen von Drogenlagern, von Bordellen mit Sexsklavinnen, von Waffendepots. In den folgenden Jahren gelang dem Kommissariat X eine ganze Reihe spektakulärer Übergriffe auf die arabischen Clanstrukturen. Seine Quelle schützte Tolstoi dabei wie einen fünf Millionen Euro schweren Geldtransporter.

Als es zum Prozess gegen einen der Köpfe der Clans kam, wurde Tolstoi in die Mangel genommen. Er stand einem der gerissensten und teuersten Anwälte Berlins gegenüber. Tolstoi sollte seine Quelle nennen. Er weigerte sich. Die Richter ließen sich auf das Spiel der Verteidigung ein, obwohl die Polizisten erdrückendes Beweismaterial vorgelegt hatten. Die Ermittler verloren den Prozess. Am Ende ging der Clanchef grinsend aus dem Gerichtssaal heraus. Er zwinkerte Tolstoi zu. Kurz danach reichte der Kommissar seinen Antrag auf Versetzung ein.

Zu Ahmed Omar Hashi hielt er aber weiter Kontakt. Der war für ihn zu einem hocheffizienten Instrument geworden. Wenn unkonventionelle Ermittlungsmethoden notwendig waren, übertrug er sie oft dem Somali. Tolstoi band einen Kriminellen in seine Arbeit ein und hatte kein schlechtes Gewissen dabei. Wenn der Rechtsstaat zu feige war, seine größten Feinde mit der gebotenen Gewalt zu verfolgen, dann musste dies eben außerhalb des Rechtsstaates erfolgen. Für Tolstoi waren auch gesetzeswidrige Methoden kein Tabu. Auch schreckte er nicht vor Einbrüchen oder ungenehmigten

Abhöraktionen zurück, sofern er von der Schuld einer Person überzeugt war oder wenn es besonders schnell zu handeln galt. Auf seine Geheimwaffe griff er aber nur zurück, wenn er in seinem Innersten davon überzeugt war, eine riesige Schweinerei zu bekämpfen. Und das Ziel musste schon eine gewisse Bedeutung haben. Denn für seine Hilfsdienste erhielt Hashi kleine Gefälligkeiten. Im Tausch gegen Informationen bekam er kleinere Andeutungen über die Schwerpunkte der polizeilichen Ermittlungsarbeit in der kommenden Woche. Was der Somali dann daraus machte, war ihm überlassen. Aber offenbar wusste er mit den Informationen umzugehen, denn Hashi war inzwischen zu einem der einflussreichsten Zuhälter und Dealer im Kiez geworden.

Vuk Tolstoi sah den Zeitpunkt gekommen, mit ihm Kontakt aufzunehmen.

34

Für einen Profigangster war es äußert unprofessionell, was er da machte. Trotzdem musste Ahmed Omar Hashi das Risiko eingehen. Den ganzen Tag schon hatte er die luxuriöse Dachgeschosswohnung in der Alten Schönhauser Straße ausspioniert. Sieben Minuten nach acht Uhr morgens war die Zielperson aus der Tür gekommen, unter dem Arm eine Aktentasche. Der alte Mann war die Straße hinaufgelaufen bis zur Ecke, von dort dann vor bis zum Hackeschen Markt, wo er in eine Tram gestiegen war. Hashi hatte sich im Treppenhaus verschanzt. Aber den Tag über hatte sich nichts getan. Niemand war in die Wohnung gegangen, niemand herausgekommen. Die Angaben, die er vom Kommissar bekommen hatte, könnten also stimmen. Single, allein lebend.

Erst kurz nach neunzehn Uhr war der Mann zurückgekommen. Kurz darauf hatte der Concierge seine Kammer im Erdgeschoss abgeschlossen. Jetzt, zwei Stunden später, war auch die Zielperson in einem leichten Sommersakko und Slippern wieder herausgetreten. Seine Kleidung schien zu förmlich, als dass er nur kurz um die Ecke gehen wollte, um etwas zu erledigen. Aber wie lange der Mann tatsächlich wegbleiben würde, stand in den Sternen. Mit so wenigen Informationen stieg man eigentlich nicht in eine Wohnung ein.

Aber Hashi hatte keine Wahl. Eine Stunde. Länger würde er nicht bleiben. Alles andere wäre zu leichtsinnig und von seinem Springermesser, das ihm ein russischer Kleinganove aus Altbeständen der Roten Armee beschafft hatte, durfte er heute keinen Gebrauch machen. Das hatte ihm der Bulle ausdrücklich verboten.

Durch die Garageneinfahrt im Nachbarhaus schlich sich Hashi in den angrenzenden Hinterhof. Er kletterte auf die Mauer und sprang direkt in den Garten. Seine Erkundigungen während des Tages hatten ergeben, dass sämtliche Wohnungstüren im Treppenhaus doppelt gesichert waren. Da würde er nicht so ohne weiteres hindurchkommen. Zumindest nicht, ohne Spuren zu hinterlassen. Aber es gab noch eine zweite Möglichkeit. Er hatte sie im weiteren Verlauf des Tages ausgespäht. Aber dafür bräuchte es einiges Glück.

Vorsichtig spähte der Somali in die Höhe. Trotz des warmen Wetters saß niemand auf einem der fünf Balkone. Aber eine Balkontür stand offen. Hashi musste also extrem leise vorgehen. Er zog sich die professionellen Kletterhandschuhe über. Dann sprang er hoch und ergriff den Stahlbalken des unteren Balkons. Blitzschnell zog er sich hinauf und kletterte mit der Geschwindigkeit eines Eichhörnchens an den Außenseiten der Balkone empor. Er kam gut voran. Nur einmal verklemmte sich sein schmaler Sportschuh in einer Stange. Ein hartes Geräusch drang durch den Hof und schallte als Echo mehrfach zurück. Als er seinen Fuß wieder herausgezerrt hatte, verharrte Hashi wie eingefroren in einer unangenehmen Kauerstellung zwischen zwei Balkongittern. Er hörte, wie jemand durch die geöffnete Tür nur wenige Zentimeter über ihm trat. Eine Frau beugte sich über das Geländer auf der anderen Seite. Der Somali griff in seine Tasche. Ohne jegliches Geräusch zog er einen Stoffball heraus. Unbemerkt schmiss er ihn hinab zu den Büschen. Eine Katze hüpfte aus ihrem Versteck und jagte dem Ball nach. Die Frau blieb noch kurz stehen und ging dann zurück in ihre Wohnung.

Zwei Minuten später hatte Hashi den obersten Balkon erreicht. Mit einer Drahtschlinge fuhr er durch das gekippte Fenster, fädelte sie um den Griff und zog mit viel Geschick den Griff in die Waagrechte. Sekundenbruchteile später stand er in der schicken Küche des Politikers. Der Einbrecher hatte detaillierte Anweisungen, wonach er suchen sollte. Zuerst nahm er sich das Schlafzimmer und das Bad vor. Ahmed Omar Hashi durchsuchte die beiden Kleiderschränke, danach die Kommode neben dem mannshohen Spiegel. Auf der anderen Seite stand ein Wäschekorb mit dreckiger Kleidung. Auch den durchwühlte der Somali. Im Bad nahm er sich den Spiegelschrank vor. In Wandnischen standen kleine Buddhastatuen. Neben einer glomm noch immer ein Räucherstäbchen. Unter einer aus Korb geflochtenen Pyramide, deren Sinn ihm nicht gleich klar war, entdeckte er eine Sammlung von Pornoheften. Er blätterte sie oberflächlich durch. Es handelte sich ausschließlich um Fotos von fettleibigen Frauen. Hashi legte sie angewidert zurück. Neben den Heften lagen ein schwarzer Dildo und eine runde Eisenzwinge.

Über einen dunklen Flur gelangte der Somali ins Wohnzimmer, wo eine Flügeltür in ein kleineres Nebenzimmer führte. Zielstrebig ging Hashi hindurch in die Bibliothek. Am Fenster stand ein Sekretär. Die übrigen Wände waren von Bücherregalen verdeckt. Aus einer Bauchtasche zog er eine Minikamera. Quadratmeterweise fotografierte Hashi die Buchbestände ab. Als er fertig war, zog er die Bücher Meter um Meter heraus und schaute, ob sich dahinter noch etwas anderes befand. Im Eckregal, hinter einer alten Werkausgabe von Thomas Mann, wurde er fündig. Wieder waren es pornografische Werke, die dort versteckt waren. Dazu ein japanisches Mangacomic mit massenhaft üppigen Frauen. Hinter der mehrbändigen Ausgabe eines Lexikons zur Botanik fand der Somali ein offenbar benutztes Frauenhöschen. Größe XXL. Alles dokumentierte er gewissenhaft mit seiner Kamera. Allerdings war rein gar nichts von dem Material dabei, das der Kommissar so dringend suchte.

Gehetzt schaute er auf seine Uhr. Noch knapp zehn Minuten blieben, um den Schreibtisch zu durchsuchen. Er durfte keine Spuren hinterlassen. Schon eine verschobene oder falsch zurückgelegte Rechnung konnte ausreichen, um Verdacht zu wecken. Sicherheitshalber fotografierte er die Anordnung der Papiere, Bücher und Ordner auf der Tischplatte, um später alles wieder wie vorgefunden drapieren zu können. Dann begann er, weiter nach den Indizien zu suchen, die der Kommissar grob skizziert hatte. Zuerst machte er sich über die Schnellhefter her, die aufgestapelt dalagen. Einer enthielt eine Sammlung von Fotos, wohl von einer politischen Veranstaltung. Ein Parteitag oder Ähnliches. Auf einem Bild erkannte Hashi den Mann wieder, der vor einer Stunde aus dem Haus gegangen war, wie er in einer Gruppe von Personen stand und ein Sektglas in der Hand hielt. In einer zweiten Mappe fand er Hotelrechnungen und Prospekte aus dem Senegal. Ein entwertetes Billet für die Fähre auf die Sklaveninsel Gorée war auch darunter. Offenbar handelte es sich um die Erinnerungsstücke eines Urlaubs. In einer dritten Mappe lagen vor allem Rechnungen zum

Hausrat. Eine für die Waschmaschine, eine weitere für die Mikrowelle. Für jede Facette seines Lebens hatte Dr. Edwards eine Mappe angelegt. Und zwischen den Mappen gab es keine Verbindung.

Ganz unten stieß er auf eine letzte Mappe. Darin hatte der Politiker offenbar seine Verfehlungen archiviert, wie Hashi beim oberflächlichen Durchblättern erkannte. Auf einem Blatt prangte ein verschwommenes Foto von Edwards. Ein Bußgeldbescheid für zu schnelles Fahren. Mit einem Nachbarn gab es offenbar einen längeren Rechtsstreit, weil eine defekte Spülmaschine in der Küche einen Wasserschaden angerichtet hatte. Mit seiner Ex-Frau stritt sich Edwards in regelmäßigen Abständen vor Gericht um die Höhe der von ihm zu leistenden Unterhaltszahlungen. Das folgende Papier hatte Hashi schon überblättert, als er die Seite noch einmal zurückschlug. Oben stand *Der Polizeipräsident von Berlin*. Darunter eine Vorgangsnummer. Der Somali fotografierte das zweiseitige Dokument. Irgendwie hatte er den Eindruck, dass zumindest das hier wichtig sein könnte. Dann gab ihm seine Armbanduhr ein kaum hörbares Signal. Noch eine Minute. Hashi arrangierte alles wieder exakt so, wie er es vorgefunden hatte. Dann verschwand er genauso geräuschlos, wie er gekommen war.

35

Es war kurz nach sieben Uhr. Tonia hatte nach dem Treffen im Hotel de Rome noch einmal zur Universität nach Dahlem gemusst. Sie hatte sich seitdem nicht gemeldet. Auch von Hashi hatte Kommissar Tolstoi bislang keine Rückmeldung bekommen. Er zog ein mit goldenen Fäden durchwirktes Hemd an, wusch noch einmal sein Gesicht und betrachtete sich lange im Spiegel. Er war ganz schön grau geworden in den vergangenen Jahren. Es hatte mit einzelnen silbernen Haaren begonnen, die aus der pechschwarzen Masse hervorstachen und die er konsequent ausgerissen hatte. Aber inzwischen waren es zu viele, als dass er weiter dagegen anzupfen könnte. Er nahm etwas Gel und versuchte, seine Frisur in Form zu bringen. Immer wieder knetete er eine abstehende Locke und brachte sie in eine andere Position. Wirklich zufrieden war er auch nach mehreren Minuten Formarbeit nicht.

In seinem Bauch spürte er ein Kribbeln, eine Unsicherheit. Er war nervös. Es war lange her, dass er so etwas gespürt hatte. Er fieberte der Frau entgegen, die gleich kommen würde. Beim ersten Treffen nach ihrer gemeinsamen Nacht, damals in der Gemäldegalerie, hatte er seine Empfindungen versucht auszuschalten. Darin war er Profi. Wenn es um den Beruf ging, konnte er alles Emotionale mit einem Knopfdruck ausblenden. Daran hatte er lange gearbeitet, bis er sich soweit hatte. Aber jetzt merkte er, wie er sich nach Tonias Nähe sehnte. Dabei wusste er nicht einmal, warum. Was zog ihn so an, dass er nach derart kurzer Zeit schon dieses Verlangen empfand? Was war es, das sie hatte und die vielen anderen nicht? Der Kontakt zu Frauen machte ihn nicht nervös. Nur die Nähe zu dieser Frau machte ihn unruhig. Aber warum?

Tolstoi schlüpfte in eine abgetragene Jeans, dazu streifte er schwarze seidene Socken über. Dann blickte er auf seine elegante Armbanduhr. Drei vor acht.

Er verfolgte den Sekundenzeiger, wie er immer wieder über die zwölf flog und eine neue Runde zu drehen begann. Als es sieben Minuten nach acht war, ging er zu dem schwarzen chinesischen Lackschrank und goss sich einen Whisky ein. Gerne hätte er eine geraucht, versagte es sich aber. Er wollte keine Ablenkung für seine Nase. Wenn Tonia erschien, wollte er ihre Nähe, den Geruch ihrer Haut einsaugen, Zigarettenqualm im Zimmer würde ihm das verderben. Nach weiteren zehn Minuten nahm er sich schließlich doch eine Zigarette und stellte sich ans Fenster. Kurz vor halb neun klingelte es. Tonia sah bezaubernd aus. Ihre Haare hatte sie elegant zu einem Dutt getürmt, kess ringelten sich einige der roten Locken daraus hervor. Am rechten Daumen trug sie einen silbernen, mit Ornamenten gravierten Ring. Sie gab ihm einen Kuss auf die Backe. Kommissar Tolstoi schaltete sein Handy aus. Mit Ahmed Omar Hashi würde er an diesem Abend nicht mehr sprechen. Er hatte Besseres zu tun.

Eng umschlungen wachten Kommissar Tolstoi und Tonia am nächsten Morgen auf. Ihre nackten Körper hatten sich mit der Bettdecke zu einem Knäuel verknotet. Tolstoi war irritiert. Er hatte eine ganz normale Nacht verbracht. Er war im Dunkeln an der Seite einer Frau eingeschlafen und im strahlenden Sonnenschein mit ihr wieder aufgewacht. So wie Hunderttausende weitere Menschen in Berlin auch. Nur dass es für Vuk Tolstoi nicht normal war. Es fühlte sich trotzdem gut an.

Tonia blinzelte zur Decke. Sie schien in Gedanken woanders zu sein. »Das Zitat auf dem Computer …«, sinnierte sie. »Wenn die Schrifttype in einem Zusammenhang mit dem Text steht, dann stammt die Botschaft wohl aus dem letzten Jahrzehnt des deutschen Kaiserreichs.«

Tolstoi stand auf und brachte ihr einen Pott Kaffee ans Bett. »Kannst du das so genau datieren?«

»Ich habe ein Buch mit exakt der gleichen Schrifttype gefunden. Gedruckt im Jahr 1911. Unser Zitat muss dann wohl auch aus der Zeit kurz vor dem Ersten Weltkrieg stammen. Irgendwo habe ich gelesen, dass die damals verwendeten Schriftarten oft nur wenige Jahre aktuell waren.«

Tolstoi toastete einige Scheiben Weißbrot, brachte Butter und Marmelade und schmierte der Studentin eine Stulle. Nachdem sie gemeinsam gefrühstückt hatten, verabschiedete sich Tonia. Sie wollte wieder zur Uni nach Dahlem fahren, um für eine weitere Studienarbeit zu recherchieren. Im Flur gab Tolstoi ihr einen Kuss auf die Stirn, dann drückte er leise hinter ihr die Tür ins Schloss und ging unter die Dusche.

Wie ein warmer Film legte sich das Wasser um seinen Körper und schloss ihn ein. Kein äußeres Geräusch drang zu ihm durch. Er wollte sich komplett auf die Töne in seinem Körper konzentrieren. Tolstoi hielt die Augen geschlossen und hörte für eine Zeit lang nur das Trommeln auf seiner Schädeldecke. Auch seinen Herzschlag glaubte er zu vernehmen. Dann schweifte er ab.

In Gedanken ging er noch einmal seinen Besuch bei der Deutschen Bischofskonferenz durch. Irgendwas stimmte nicht. Der Kommissar war überzeugt, dass die Kollegin und Freundin von Agnes Rottluff am Ende des Gesprächs auf einmal Angst gehabt hatte. Aber wovor? Er musste sie dringend aufs Präsidium laden, um mit ihr alleine sprechen zu können. Der Mann, der kurz vor seiner Verabschiedung an der Seite des Geistlichen die Treppe heraufgelaufen kam … Müsste er ihn nicht kennen? Nur wollte ihm nicht einfallen, wo er ihn schon einmal getroffen hatte. Irgendwo aus seinem Hirn bekam er ein Signal, dass es nicht lange her sein konnte, dass er dem Mann begegnet war. *Du kennst den Mann! Aber woher?*

Tolstoi drehte den Wasserhahn zu. Er nahm sich ein Handtuch und frottierte seine Haare. Da fiel es ihm ein. Hastig schlüpfte er in seine Hose, rutschte dabei auf dem nassen Boden aus und fiel hin. Er wusste auf einmal, wovor die Sekretärin solch riesige Panik hatte.

Beata Silberstein war in großer Gefahr.

Als er vom nassen Boden aufgestanden war, klingelte es Sturm an der Wohnungstür. Vor ihm stand eine völlig aufgelöste Tonia.

»Vuk, es ist etwas Schreckliches passiert!« Sie hielt die neueste Ausgabe des *Berliner Express* hoch. Auf dem Foto auf der Titelseite war zu sehen, wie Tolstoi gebückt vor ihr kauerte, einen Löffel im Mund, neben sich das Glas Gin Tonic. Tonia im Bademantel.

Über dem Foto stand: *Liebestoller Faulpelz – so dreist drückt sich der Kommissar vor der Arbeit!*

Tonia hatte Tränen in den Augen. »Es tut mir so schrecklich leid ...«

III.

Eskalation

36

Kurz hinter den zerbröselnden Mauern des Schlosses Babelsberg machte John Bremer wie jeden Morgen seinen Rüden Victor von der Leine los und ließ ihn über die weiten Wiesen hinab zur Glienicker Lanke schießen. Mit lautem Gebell preschte der Hund über das feuchte Gras, schlug einen Bogen nach rechts Richtung Wasser und kam nur wenige Sekunden später wieder hochgeflitzt, um am Landschaftsgarten vorbei hinauf zu den Eichen zu rennen. In den frühen Morgenstunden, noch dazu während der Woche, war der Park fast völlig verwaist. Einige wenige Jogger sah Bremer aus der Ferne, die auf dem Uferweg zur Glienicker Brücke trabten, dorthin, wo vor einem Vierteljahrhundert noch in regelmäßigen Abständen die Agenten aus Ost und West gegeneinander ausgetauscht wurden. Bremer erinnerte sich, wie er als Junge einmal ein Foto von einer Übergabe im *San Francisco Chronicle* gesehen hatte. Sein Vater hatte es ihm damals gezeigt, weil er wohl dachte, dass es den Knaben interessieren könnte. Bremer hatte damals keinerlei Vorstellung, wo dieser sinistre Ort sein sollte. In Europa, weit weg. *Germany!* Von dort waren vor mehr als zweihundert Jahren die Vorfahren seines Vaters gekommen, so viel wusste er. Der Rest blieb abstrakt.

Dass er einmal nur wenige Kilometer von der Brücke entfernt wohnen würde, hätte er sich damals wohl nie denken können. Und auch nicht, dass der Ort eigentlich ein wunderschöner, sonnendurchfluteter Garten Eden sein konnte. Der Park um das Schloss Babelsberg zog Bremer magisch an, seit er ins nahe Kleinmachnow gezogen war. Von dort pendelte der Pharmamanager nach Berlin, wo er bei einem großen französischen Konzern arbeitete. Zuvor lud er aber immer Victor ins Auto und ermöglichte ihm seinen täglichen Adrenalinschub.

Von den Eichen schallte das Gebell des Hundes zu ihm herüber. Oft versteckten sich dort Rehe oder Kaninchen. Doch heute klang das Bellen anders. Victor hörte überhaupt nicht mehr auf. Etwas Ängstliches lag darin, etwas geradezu Besessenes. Bremer lief die Serpentinen zu den Bäumen hinauf. Oben bei den Eichen bemerkte er, dass Victor schon viel weiter sein musste. Das Bellen kam von dem Backsteinpavillon, der auf einer weiteren Anhöhe stand. Bremer begann zu rennen und sah schon von Weitem, wie sein Tier aufgeregt um das Gebäude herumsprang. Immer wieder blieb der Rüde stehen, duckte die Vorderläufe nach unten, knurrte, so als ob es etwas abzuwehren galt. Als Bremer auf etwa fünfzig Meter herangekommen war, sah er auf einmal, was seinen Hund schier um den Verstand zu bringen schien.

»Holy fuckin' shit ...«

Versteinert blieb Bremer stehen und starrte auf den Pavillon. Dann rannte er plötzlich los, rüber zum nahen Flatowturm, und klingelte den Wächter heraus. Als der die Türe öffnete, blickte er in das aschfahle Gesicht des Amerikaners. Immer wieder musste der neu ansetzen. Er brachte einfach keinen klaren Satz heraus.

Das Grauen, das er gerade mit eigenen Augen gesehen hatte, war nicht in Worte zu fassen.

37

Mehrmals summte das Handy vergeblich. Tonia hörte es, konnte aber nicht rangehen. Sie stand unter der Dusche und weinte schon wieder. Ihr Dickkopf war schuld daran, dass Tolstoi nun ziemlichen Ärger hatte! Das Wasser schwemmte ihre salzigen Tränen in den Ausguss. Als sie nur mit einem Handtuch um den Kopf gewickelt herauskam, erkannte sie auf ihrem Mobiltelefon, dass Tolstoi versucht hatte, sie zu erreichen. Sie rief ihn sofort zurück.

»Hallo Vuk. Wie geht es dir?«

»Geht so. Der Big Boss war wirklich nicht amused. Aber er hat mir meine Version der Geschichte wenigstens geglaubt. Anders als der Staatsanwalt.«

»Ich war so dämlich! Weil ich sauer auf dich war. Aber das war ziemlich kindisch. Vuk, ich würde das alles am liebsten ungeschehen machen ...«

»Ungeschehen wird schwierig. Aber vielleicht kannst du es wieder etwas gutmachen. Ich glaube, ich könnte deine Hilfe gebrauchen. Es gibt einen neuen Mordfall ...«

»Und was hab ich damit zu tun?«

»Wir haben es offenbar wieder mit einer ziemlich bizarren Inszenierung zu tun. Sie haben ihn im Park Babelsberg gefunden. Da gibt es wohl so ein eigenartiges Gebäude auf Stelzen –«

»Meinst du die Gerichtslaube?«

»Siehst du, genau das meine ich. Der Mörder hat eine Handschrift. Und die hängt, wenn mich nicht alles täuscht, mit der Vergangenheit zusammen. Du bist Historikerin. Ich würde dich gerne mit hinnehmen.«

»Wann?«

»Ich bin in einer Viertelstunde bei dir.«

Tolstoi zog sich sein Jackett über und ging hinunter zu seinem Zastrava. Zwanzig Minuten später saß Tonia neben ihm und sie rasten über den einigermaßen leeren Stadtring nach Potsdam.

»Weißt du vielleicht auch noch, wie wir dorthin kommen?«, fragte Tolstoi.

»Ich werde dich führen«, lächelte Tonia sanft und legte ihre Hand auf seinen Oberschenkel.

Als sich die beiden dem Hügel näherten, wirkte er von Weitem wie ein überdimensionaler Ameisenhaufen. Nur dass die Tierchen weiß waren. Forensiker, Spurensicherer, Kriminalpolizisten, Polizeifotografen, alle in Schutzanzügen, umschwirrten die Gerichtslaube und dieses Mal schien jeder genau zu wissen, was er zu tun hatte. Das Terrain war weiträumig abgesperrt. Ein Polizist wackelte mit dem Zeigefinger.

»Hier geht's nicht weiter!«

Tolstoi zeigte seinen Ausweis.

»Und die Dame?«

»Ist meine Praktikantin.«

Der Polizist hob das Plastikband hoch und ließ die beiden durch. An einem Backsteinpfeiler stand Wolff. Als er Tonia erblickte, richtete er einen fragenden Blick auf Tolstoi.

»Ich habe eine Expertin mitgebracht, Tonia Schlesinger, eine Freundin. Sie forscht an der Freien Universität.«

»Das ist aber nichts für schwache Nerven ...«, zögerte Wolff.

»Ich schaffe das schon!«, sagte Tonia bestimmt. Ohne einen Ton zu sagen, folgten sie dem älteren Ermittler zum Pavillon. Still deutete er auf die Steinsäule in der Mitte des Gebäudes. Tonia zuckte zusammen und schrie auf einmal laut auf.

»Siegbert«, stammelte sie, »oh mein Gott ...« Dann schossen ihr Tränen über die Wangen.

Tolstoi zog sie weg von dem Toten und drückte sie an seine Brust. »Du kennst ihn?«

»Ja«, schluchzte Tonia, »Siegbert Amadeus Putlitz. Er ist ein Freund der Familie. Ein Studienfreund meines Vaters.« Ihre Stimme brach ab. »Und er ist mein Taufpate«, heulte sie.

In den Armen des Kommissars, die sie gegen die neugierigen Blicke der Kollegen abschotteten, beruhigte sich Tonia nur langsam. Schließlich wagte sie einen weiteren Blick auf den Toten. Putlitz war an die Backsteinsäule gebunden. Um seinen Hals spannte sich ein Seil. Er war vollkommen nackt, wobei von seiner Haut nur wenig zu sehen war. Der ganze Körper war mit Erbrochenem, Fäkalien und verkrustetem Blut übersät. Darunter zeichneten sich scharf die Knochen ab. Er sah aus wie der Überlebende eines Konzentrationslagers der Nazis, nur in Farbe. Hohlwangig starrte sein Gesicht ins Leere.

»Was steht da auf der Stirn?«, brach Tolstoi das Schweigen.

»Das könnten Buchstaben sein«, sagte Wolff. »F E W. Könnte Englisch sein. Das heißt ›wenig‹. Oder vielleicht ein Code?«

»Wie bei der ersten Leiche«, flüsterte Tonia.

»Und schaut euch das mal an«, sagte Wolff und führte die beiden um die Säule herum. Er deutete auf die Hüfthöhe des Toten. Tonia stieß erneut einen Schrei aus. Der Mann hatte keine linke Hand mehr. Am Gelenk hingen nur Fleischfetzen. Trotzdem waren ihm die Arme festgebunden worden. Allerdings wies der Boden unterhalb des Armrumpfes keinerlei Flecken auf. Wie es überhaupt in der gesamten Gerichtslaube keine Blutspuren gab.

»Was auch immer mit dem Mann geschehen ist, es ist nicht hier passiert«, sagte Tolstoi.

»Das ist mir auch schon aufgefallen. Er muss hierhergebracht worden sein. Wir haben auch Schleifspuren auf dem Rasen gefunden. Aber warum schleppt man einen Toten Hunderte Meter in einen Park hinein? Und warum gerade hierher?«

»Weil das hier der Pranger war«, stammelte Tonia, die noch immer sichtlich verstört war. »Hier oben hängt Kaak«, erklärte sie und deutete auf ein eigenartiges Vogelvieh, das über eine der Säulen gemeißelt war. Das Wesen hatte ein menschliches Gesicht mit Eselsohren. Der Mund war zu einem Grinsen verzogen. »Kaak schaute dem Schuldigen am Pranger direkt in die Augen und machte sich grinsend über ihn lustig. Er sollte ihm zeigen, wie sehr er sich mit seiner Tat vor der gesamten Gesellschaft blamiert hatte und dass er dafür nun in aller Öffentlichkeit bloßgestellt wurde.« Tonia schritt weiter in die Gerichtslaube hinein. Nervös blickte sie immer wieder zu dem Toten in der Mitte. »Hier, die Allegorien stehen für die unterschiedlichsten Verfehlungen. Die Schweine bedeuten Schlemmerei und Unzucht, der Adler steht für Gier, hinter dem Affen steckt die Habsucht.« Dann blieb sie vor drei schwer definierbaren Wesen stehen und schaute stumm auf die Abbildung. »Das hier sollen Sirenen sein. Sie stehen für Hass und Zorn.« Sie verstummte.

»Und warum steht der Pranger bitteschön mitten in einem Landschaftspark vom ollen Wilhelm?«, brach Wolff das Schweigen. »Das alles hier sieht mir ja wohl eher nach einem schicken Teepavillon aus als nach einer Richtstätte.«

»Der Park wurde Mitte des neunzehnten Jahrhunderts angelegt«, antwortete ihm Tonia leise. »Er war ein Geschenk an den damaligen preußischen König Wilhelm den Ersten. Das Gebäude hier, das ist aber viel älter. Es stammt ...« Dann kreuzte ihr Blick wieder das Angesicht des Toten. Sie begann am ganzen Körper zu zittern. Tolstoi nahm sie erneut in den Arm.

»Komm, wir gehen. Das musst du dir nicht antun. Ich kann alleine –«

»Ich schaff das schon. Ich will euch helfen«, schluchzte sie. Dann machte sie sich mit einem Ruck los und straffte sich. »Ich muss euch helfen. Das ist die alte Gerichtslaube. Das war eine Art Eingangshalle des alten Berliner Rathauses.« Tonia fuhr mit dem Finger an einer Fuge zwischen den Backsteinen entlang. »Diese Mauern hier gehören mit zu den ältesten Bauwerken in Berlin. Es war mal ein Justizgebäude. Aber das ist sehr lange her. Wahrscheinlich spätes dreizehntes Jahrhundert. Und es ist nur ein Gebäudeteil.«

Die Studentin ging aus der luftigen Halle hinaus auf die Wiese und blickte an der Backsteinfassade hoch. Die beiden Kriminalpolizisten folgten ihr auf dem Schritt.

»Als 1860 das Rote Rathaus gebaut wurde, da wurde der mittelalterliche Vorgängerbau abgerissen. Aber eben nicht ganz. Die Gerichtslaube haben die Stadtväter in Kisten verpackt und nach Potsdam gebracht. Die Stadt hatte sie dem König geschenkt, mitsamt dem Pranger.« Tonia schniefte. Tolstoi zog ein Taschentuch heraus und sie schnäuzte sich, bevor sie weitersprach.

»So hat die alte Richtstätte überlebt. Im Mittelalter wurde vor der Säule Gericht gehalten, die Strafen oft auch direkt dort vollzogen. Der alte Wilhelm wusste wohl nicht so recht, was er mit dem komischen Geschenk machen sollte, und hat es dann in seinem Schlosspark in Babelsberg aufbauen lassen. Oben drauf ließen sich die Hofdamen einen Teesalon einrichten ...«

Stumm starrten die drei auf die obere Etage des mittelalterlichen Backsteinbaus. Dorthin, wo vor hundert Jahren die schicke Hofgesellschaft bei Tee und Keksen gesessen und gepflegt parliert hatte.

»Wieder Buchstaben auf der Stirn. Dann dieses komische Arrangement der Leiche. Wir können wohl davon ausgehen, dass wir es hier mit dem gleichen Mörder zu tun haben wie im Fall Rottluff«, brach Wolff schließlich das Schweigen, der sich in der Pflicht sah, auch endlich etwas zur allgemeinen Erkenntnis beitragen zu müssen. »Jetzt ist es ein Pranger. Zuvor war es eine Pfählung. Das ist doch kein Zufall!«

»Sie meinen, da zieht jemand auf einem ganz persönlichen Rachefeldzug herum und verteilt Todesurteile?«, mischte sich Tonia wieder ein.

»Keine Ahnung, wie persönlich der Rachefeldzug ist«, antworte Tolstoi. »Aber dass es hier um irgendeine Art von Abrechnung geht, erscheint mir auch klar.«

»Die Buchstaben –«, warf Wolff ein.

»… sind eine Art Code«, vollendete Tolstoi den Satz. »Es könnte etwas Englisches sein. Beim ersten Mal gab es ein A, jetzt FEW, macht: A few –«

»Aber das ergibt doch keinen Sinn«, widersprach Tonia, schlug sich aber gleich die Hand vor den Mund. Keiner wagte auszusprechen, was nun alle dachten. Bis sich Tolstoi dazu durchrang.

»Wenn dahinter wirklich eine Botschaft auf Englisch stecken sollte«, tastete sich der Kommissar vorsichtig vor.

»… dann müssen wir mit weiteren Morden rechnen«, sekundierte Tonia. »Denn so ist das kein Satz.«

Einige Zeit herrschte Stille. Tonia und Tolstoi spielten im Geist verschiedene grammatikalische Varianten durch. Wolff konnte dafür zu seinem Glück nicht ausreichend gut Englisch.

»Eine Möglichkeit gibt es noch.« Tolstoi war ein neuer Gedanke durch den Kopf geschossen. »Es könnte etwas *davor* stehen. So in der Art: I hated a few. Oder: Kill a few! Aber da bräuchten wir mindestens einen weiteren Mord im Vorfeld. Und ich habe von keinem Fall gehört, bei dem einem Toten ein Buchstabe auf die Stirn geschrieben war. Theo, kümmerst du dich bitte trotzdem mal um diese Möglichkeit? Check ab, ob irgendwo jemand umgebracht wurde, der eigenartige Kratzer oder Zeichen auf der Stirn hatte.«

»Hoffentlich ist es das Ende und nicht der Anfang einer Botschaft«, platzte es aus Tonia heraus.

Scheu blickte sie noch einmal zu dem toten Putlitz. Er sah so komplett anders aus. Bei ihrem letzten Zusammentreffen hatte sie sich wie immer am scharfen, brillanten Humor des sportlichen, sonnengebräunten Mannes erfreut. Jetzt stellte er nur noch eine mickrige Kreatur dar. *Wie schnell können Macht, Kraft und Einfluss vergehen,* dachte Tonia. Aber vor allem Schönheit. Alles eine Frage von Stunden, von Tagen. Welch enormen Hass musste jemand empfinden, der in der Lage war, einem Menschen so etwas anzutun. Sie hatte Siegbert gemocht, auch wenn sie sich nicht oft sahen. Aber er war ein herzensguter Mensch. Als sie noch ein kleines Mädchen war, hatte er sie mehrmals mit auf seine Hacienda in Portugal genommen. Sie hatten herumgeblödelt und Exkursionen durch die benachbarten Weinberge gemacht, abends durfte sie lange aufbleiben. Und sie durfte essen, worauf sie Lust hatte. Siegbert war damals ihr Idol gewesen. Sie hatte sich gewünscht, dass er ihr Vater wäre.

»Das hoffe ich auch«, antwortete Tolstoi und riss Tonia aus ihren Gedanken. »Aber ich fürchte, es ist nicht so. A few ... Bis da ein Sinn reinkommt, braucht es mindestens noch zwei bis drei Worte.«

»Heißt zwei bis drei weitere Morde ...«

38

Eine junge Polizistin hatte ein Tablett gebracht, auf dem Plastikbecher mit Kaffee standen, und auf einem Baumstumpf abgestellt. In der vergangenen Stunde hatten sie wie die Wilden gerackert. Forensiker hatten die Leiche und die direkte Umgebung millimetergenau durchleuchtet: Blutspurenmusteranalyse, Suche und Bestimmung von Maden, Abstriche von Bakterienkulturen. Das volle Programm. Überall standen geöffnete Koffer herum, aus denen beschriftete Döschen und Tütchen hervorlugten. Mehrere Tatortermittler saßen vor ihren Laptops und schrieben erste Protokolle.

Ana Cayart kam den Hügel hinaufgestakst. Sie steuerte schnurstracks auf Tolstoi zu, begrüßte ihn mit einem Lächeln und streichelte ihm über die Schulter. Doch als sie die Studentin an der Seite des Kommissars wahrnahm, erstarrte ihr Blick. Skeptisch musterte sie die junge Frau von oben bis unten. Tolstoi ließ seiner Kollegin keine Zeit für unnötige Kommentare und begann sofort damit, Cayart zu briefen.

»Tonia hat uns den Ort hier erklärt. Das ist der alte Pranger von Berlin und –«

»Tonia?«

»Entschuldigung, Tonia Schlesinger. Sie ist Historikerin und hilft mir schon seit einiger Zeit bei den Ermittlungen im Fall Rottluff. Wir haben zusammen –«

»Schon klar«, schnippte die Psychologin bissig zurück und provozierte einen grimmigen Gesichtsausdruck beim Kommissar. Doch er ließ sich nicht verunsichern und fuhr schließlich fort.

»Der Mörder ist mit extrem hoher Wahrscheinlichkeit derselbe wie der von Rottluff.«

Cayart schwieg jetzt und funkelte Tonia nur an. Dann ging sie zur Leiche und zog ihren Tabletcomputer heraus. Es sah ziemlich dämlich aus, wie sie da vor dem Toten stand und vor sich in der Luft den Flachcomputer hielt, um immer neue Fotos zu machen. Aber darüber machte sich Cayart gerade die wenigsten Gedanken. *Wie kann Tolstoi diese Person nur mit an einen Tatort bringen?*

»Erschreckend ist das Ausmaß der Grausamkeit«, analysierte sie kalt in der Mitte des luftigen Raumes. »Wir haben es hier mit einer besonders eindeutigen Form des Strafens zu tun. Kindheitskomplexe oder Neurosen beim Täter wahrscheinlich. Täter hat wohl emotional intensives Verhältnis zu jedem der beiden Opfer gehabt. Fraglich, ob direkter Kontakt. Auf jeden Fall negativ aufgeladene Täter-Opfer-Beziehung. Eventuell Umfeld mit einbezogen.« Sie schritt stoisch um die Leiche herum und blaffte ihre Erkenntnisse in den Raum.

Erst jetzt sah Tonia, dass sie mit ihrem Computer sprach. Wahrscheinlich hatte die Psychologin ein Diktierprogramm eingeschaltet.

»Mörder muss sich durch irgendetwas in seiner Vergangenheit extrem verletzt gefühlt haben, herabgesetzt oder erniedrigt. Starke Trauer könnte auch ein Motiv sein. Deshalb will er die Ursache dafür nun vernichten, will sie aber gleichzeitig vor aller Welt bloßstellen. Vielleicht ein Signal aussenden! Damit ihm niemand wieder Leid zufügt. Strafe als Abschreckung.« Als sie mit ihrer eigenwilligen Dokumentation des Tatorts fertig war, setzte sich die Psychologin auf eine Steinbank und tippte weitere Beobachtungen in den Computer. Aber offenbar fiel es ihr schwer, sich zu konzentrieren. Nach einer Weile ging Tolstoi zu ihr.

»Ana, wir wollten jetzt aufbrechen, um uns das Haus von Putlitz anzuschauen. Tonia weiß, wo er wohnt, und sie –«

»Tonia, Tonia …«, blaffte sie den Kollegen an. »Du scheinst ja endlich jemanden gefunden zu haben, der dir deine Arbeit abnimmt.«

»Sie hat mir bislang schon sehr weitergeholfen. Stimmt. Kommst du mit?«

Als Antwort beugte sich Cayart wieder über ihren Computer, in den sie weiter ihre Notizen hämmerte.

»Mach was du willst. Wir fahren jetzt.«

Vom Schlosspark Babelsberg zur Villa von Siegbert Amadeus Putlitz waren es nicht einmal fünf Minuten mit dem Auto. Das Anwesen lag malerisch am Sacrower See bei Potsdam. Keine Nachbarn, nur ein riesiger Landschaftspark außenherum. Cayart hatte während der gesamten Fahrt geschwiegen. Und auch jetzt stapfte sie mit einigem Abstand missmutig hinter Tolstoi und Tonia her. Routinemäßig klingelten sie an dem gusseisernen Tor. Als sich nach mehreren Minuten nichts tat, zog Tolstoi ein Taschenmesser heraus und stocherte damit im Schloss herum. Das Gartentor sprang auf.

»Siegbert wollte im August eigentlich nach Martha's Vineyard fliegen«, sagte Tonia auf dem Weg zu Haus. »Deswegen gibt es momentan kein Hauspersonal. Wenn ich mich recht erinnere, dann hatte er in den Ferienwochen immer nur eine Putzfrau und einen Gärtner, die regelmäßig vorbeischauen, um nach dem Rechten zu sehen.«

In einer kleinen Nische neben der Haustür erblickte Tolstoi ein helles Kästchen mit einem roten Licht obendrauf. Auf einem Schild war der Name einer Wachgesellschaft angegeben. Der Kommissar wählte die Nummer, die darunter stand. Kurz erläuterte er der Stimme am anderen Ende, wer und wo er war und was gleich passieren würde. Dann brach er die Tür auf und der Alarm sprang an. Alle drei traten in eine riesige marmorne Eingangshalle. Als der Lärm nach einer Minute immer noch nicht abgestellt war, blickte sich Tolstoi gezielt in der Halle um. Schließlich ging er auf ein dunkles Ölgemälde zu. Er zückte seinen Dienstausweis und hielt ihn in die Höhe. Am oberen Rahmen des Bildes glitzerte, kaum zu erkennen, eine Glaslinse. Wenig später hörte die Sirene auf. Aufatmend sahen sich die drei um.

Die Villa am Sacrower See verströmte die Aura von Geld und Macht. Auch wenn sie nicht protzig oder neureich wirkte, erkannte der Besucher sofort, dass hier nicht irgendjemand wohnte.

39

Während der kurzen Fahrt hatte Tonia Schlesinger den Polizisten grob skizziert, mit wem sie es zu tun hatten. Putlitz war einer der einflussreichsten Männer Deutschlands. Gleichzeitig war er einer der unsichtbarsten. Er gab keine Interviews. Er ging nicht auf Empfänge. Es gab sogar kaum Fotos von ihm. Putlitz war ein Schattenmann. Einer, der aus dem Hintergrund die

Fäden zog und dabei enorme Macht in Händen hielt. Dass Putlitz in der breiten Öffentlichkeit kaum eine Rolle spielte, lag nicht an den Journalisten. Gerade die Chefs der Boulevardblätter hätten liebend gern ihre Seiten mit Details aus dem Leben des Siegbert Amadeus Putlitz gefüllt. Der sechzigjährige Manager sah immer noch blendend aus. Dazu gab es allerlei schlüpfrige Gerüchte über sein Privatleben, die die Reporter abends beim Bier in der Kneipe genüsslich ausbreiteten. Als kleine Genugtuung dafür, dass sie darüber niemals würden berichten dürfen.

Denn Putlitz wollte nicht, dass etwas über ihn gedruckt wurde. Nicht einmal die bedeutungsloseste kleine Notiz. Und da ihm drei der wichtigsten Regenbogenblätter Deutschlands direkt unterstanden und ihn dazu enge Freundschaften mit sämtlichen großen Verlagschefs im Lande verbanden, fand er eben einfach nicht statt.

Aber der Medienmogul hatte nicht nur enorme Macht, sein Aufstieg in die obersten Ebenen der deutschen Gesellschaft hatte auch eine dunkle Seite. Etwas Geheimnisvolles. Geboren wurde er bei Angermünde, als Siegbert Putlitz, Sohn eines Dorflehrers. Seine Mutter arbeitete in einer LPG als Putzfrau. Nachdem sein Vater mehrfach mit der Bezirksleitung der Kommunisten aneinandergeraten war, flüchtete die Familie in den Westen.

Sie kamen nach Gießen, wo aber weder der Vater noch die Mutter schnell Arbeit fanden. Putlitz' Vater, der sich selbst für einen verkannten Schriftsteller und Intellektuellen hielt, flüchtete in den Alkohol. Nur die Mutter brachte mit Putzjobs, die sie schwarz bei wohlhabenden Ärzten und Rechtsanwälten in Gießen machte, etwas Geld nach Hause. Manchmal ließ sie sich auch für andere Dienste an ihren männlichen Kunden bezahlen, dann ging es der Familie für ein, zwei Wochen gut.

Nach zwei Jahren trennten sich die Eltern. Siegbert blieb bei der Mutter, den Vater sah er kaum noch. Mit vierzehn Jahren stand für Putlitz fest, dass er einmal Journalist werden wollte. Nur hatte er als mittelmäßig begabter Realschüler nicht gerade die besten Voraussetzungen für eine Karriere als Reporter. Eher aus Mitleid ließ ihn ein Redakteur des *Gießener Boten* einige kleinere Meldungen für die Ortsbeilagen in Linden und Fernwald verfassen. Aber Putlitz schrieb ziemlich miserabel und ihm fehlte jegliche Bildung.

»Du bist zu dämlich, die einfachste Furzmeldung zu tippen«, hatte ihn der Redakteur damals angefaucht und einen Schluck Bier aus dem Glas neben seinem schweren Linopress-Redaktionsterminal genommen, auf dem grüne Buchstaben auf schwarzem Grund flimmerten. »Das wird nix mit uns beiden …«

Diese Szene vergaß der Junge nie.

Siegbert Amadeus Putlitz war nicht dumm. Er erkannte sofort, woran es haperte. Nach seinem Entschluss, Journalist zu werden, traf er eine zweite Entscheidung. Fortan sollte ihm niemand mehr aufgrund seiner Herkunft Steine in den Weg legen können. Putlitz begann, sich auf dem Papier ein neues Leben auszudenken. In einem ersten Schritt skizzierte er, wohin er wollte und was es dafür brauchte. Für ihn bedeutete sein Entschluss vor allem enorme Anstrengungen. Aber die Erniedrigung vor dem Redakteur hatte einen unglaublich motivierenden, hasserfüllten Ehrgeiz in ihm freigesetzt.

Er schaffte seinen Abschluss an der Realschule und heuerte als Lehrling bei einem Buchhändler an. Putlitz wusste, dass er ohne breiteres Allgemeinwissen keine Chance hatte. Die Lehre sollte ihm als Basis für die Zukunft dienen. Abends, wenn seine alten Klassenkameraden auf den Fußballplatz zogen und danach in die Kneipen, fuhr er mit der Regionalbahn nach Frankfurt. Der Lehrling aus Gießen besuchte Museen und Galerien, wenn diese länger offen hatten. Die Deutsche Bibliothek in der Addickesallee wurde zu seinem zweiten Wohnzimmer. Der Vorteil war, dass sie bis spät auf hatte. Der junge wissbegierige Mann fiel einer Bibliothekarin auf, bei der er immer seine Bücher auslieh. Einmal lud sie ihn, nachdem die Bibliothek geschlossen hatte, auf ein Glas Rotwein zu sich nach Hause ein. Danach übernachtete Putlitz immer bei ihr. Sie schliff ihn wie einen rohen Diamanten, führte ihn in die Schriften der Frankfurter Schule und der modernen Schriftsteller ein. Und sie führte ihn auch noch in eine andere wichtige Kunst des Lebens ein. Ewa Plinter wurde nicht nur seine Lehrerin für Allgemeinkultur, sondern auch zu seiner ersten ernsthaften Geliebten.

Freizeit hatte Siegbert Putlitz kaum noch. Nach der Arbeit stieg er in den Zug, verbrachte einige Stunden in der Bibliothek, dazu belegte er in der Abendschule Kurse, um sein Abitur nachzumachen. Spät nachts stieg er dann zu Ewa Plinter ins Bett, wo er zumindest etwas Abwechslung bekam. Die sexuelle Beziehung zu Ewa, die siebzehn Jahre älter war als er, machte ihn stolz. Dieser Stolz ließ ihn die Entbehrungen des Alltags vergessen. Und zu den Schulkameraden und Arbeitskollegen in Gießen hatte er bald sowieso keinen Kontakt mehr. Mit einundzwanzig Jahren schrieb sich Putlitz an der Universität in Tübingen für Politikwissenschaft, Philosophie und

Germanistik ein. Inzwischen hatte Putlitz genug von der Welt verstanden, um zu wissen, dass er kein einfacher Reporter für eine Lokalzeitung werden wollte. Putlitz war fasziniert von der Macht der Medien. Davon, wie insbesondere Boulevardzeitungen Politiker machen und vernichten konnten. Wie sie die Gedanken der Menschen lenken konnten. In diesem Spiel wollte er mitspielen, ganz oben.

In Tübingen erkannte Putlitz, dass er mit Fleiß alleine nicht ans Ziel kommen würde. Eines Abends zog er das alte Papier heraus, das er Jahre zuvor in Gießen geschrieben hatte. Daneben legte er einen zweiten Bogen. Aus einer Illustrierten hatte er sich einen Artikel über einen bekannten Verlagsleiter in Hamburg herausgerissen. Alles, was ihm an dessen Biografie imponierte, hatte er unterstrichen. Nun zog er sich ein frisches Blatt Papier heran und begann mit der Planung seines eigenen Lebens. Als Erstes dachte er sich einen zweiten Vornamen aus. Amadeus. Ein Name mit Glanz, Weltläufigkeit und Eleganz. Bei seinen bisherigen Jobs hatte er niemals seinen Ausweis vorlegen müssen. In sein Abiturzeugnis konnte er einfach mit einer alten Schreibmaschine den neuen Namen einfügen. Dass der Betrug auffallen würde, war mehr als unwahrscheinlich. In unregelmäßigen Abständen besuchte er weiter Ewa in Frankfurt. Eines Nachts, als sie schon schlief, durchsuchte er ihre Unterlagen und fand ein altes Abschlusszeugnis von der Sorbonne. Ungefragt lieh er es für einige Tage aus und fertigte sich eine perfekte Kopie davon an, oben prangte nun sein Name.

Auf einer Studentenparty hatte er eine französische Austauschstudentin kennen gelernt. Er freundete sich mit ihr an, teilte nun auch mit ihr das Bett und ließ sich Französisch beibringen. Von einem Campingurlaub in der Bretagne nahm er sich einige Hochglanzmagazine mit. Aus einem Architekturheft riss er Artikel heraus und ersetzte den Namen des Autors durch seinen eigenen. Dann kopierte er das Ergebnis mehrfach. Auch einen Artikel in *Le Monde* über die heimliche Liebe des Malers Yves Tanguy zur amerikanischen Malerin Kay Sage erschlich er sich auf diese Weise für seine Unterlagen. Schließlich benötigte er noch einen Abschluss der Deutschen Journalistenschule in München. Das war die größte Herausforderung, aber auch nicht unmöglich. Auf einer Abendveranstaltung traf er eine Praktikantin, die den Verein der Ehemaligen der Journalistenschule betreute. Nach einem heftigen Flirt und einer kurzen, intensiven Liebelei war sie bereit, ihn auf die Liste der Absolventen zu setzen. Jetzt stand sein Name offiziell unter den Ehemaligen, sicherheitshalber ohne eine Jahrgangsangabe. Natürlich konnte sich niemand an Putlitz erinnern, was aber nicht weiter schlimm war. Später, als er erst einmal berühmt war, luden sie ihn als Ehrenredner zu Jubiläen ein. Und mit seinem angelesenen Wissen brillierte er als intimer Kenner der Einrichtung.

Mit Mitte zwanzig hatte sich Siegbert Amadeus Putlitz einen perfekten Lebenslauf zusammengelogen. Kaum jemand konnte ihm auf dem Papier das Wasser reichen. Da er nur wenig ausging und kaum Ausgaben hatte, konnte er sich etwas Geld zur Seite legen, um einige teure Anzüge, Hemden und Krawatten zu kaufen. Jetzt konnte es losgehen. Siegbert Amadeus Putlitz war bereit, die Macht in Deutschland zu erobern.

Der Anfang war schnell gemacht. Putlitz bewarb sich auf einen Posten als Assistent der Geschäftsleitung des *Gießener Boten*. Mit seinen Qualifikationen war die Bewerbung ein Selbstläufer. Als er fest im Sattel saß, machte er seinen Einfluss geltend, um den Redakteur aus der Lokalredaktion feuern zu lassen. Als Grund ließ sich der Alkoholkonsum während der Arbeit anbringen, auch wenn der bei allen Kollegen gang und gäbe war. Einige Jahre später, bei einem Verlegertreffen, traf Putlitz dann zum ersten Mal Leopold von Kirchner-Buckley. Er war der Grand Seigneur des deutschen Journalismus'. Von seinem Vater hatte er einen der größten Medienkonzerne im Land geerbt, in dem mehrere Boulevardzeitungen erschienen.

Leopold von Kirchner-Buckley war von dem charmanten, gebildeten jungen Mann sofort angetan. Einige Monate nach dem Treffen hatte Putlitz einen Anruf aus Hamburg bekommen. Von Kirchner-Buckley bot ihm an, als sein persönlicher Referent in die Führung seines Konzerns zu wechseln. Ab diesem Zeitpunkt war sein Aufstieg in die höchsten Kreise der deutschen Medienwelt nur noch eine Frage der Zeit. Zwei Jahre später wurde Putlitz das erste Mal Chefredakteur. Nach drei weiteren Jahren nahm er auf dem Chefsessel der einflussreichsten Boulevardzeitung des Konzerns Platz. Mit siebenunddreißig stieg er schließlich in die Konzernführung auf. Erst als Vorstand Internationales und schließlich als Vorstandsvorsitzender und schließlich in gleicher Funktion in den Aufsichtsrat des Konzerns.

Putzlitz war zur grauen Eminenz des deutschen Journalismus geworden. Zum Marionettenspieler im Hintergrund, den niemand wirklich zu Gesicht bekam, der aber sämtliche entscheidenden Fäden zog. Mit Entschlossenheit, einer gewissen Härte gegenüber sich selbst und vor allem mit

Skrupellosigkeit hatte er es bis ganz oben geschafft. Sein alles überstrahlender Ehrgeiz hatte ihn auf die höchsten Ebenen der Macht geführt.

40

»Das Haus ist so riesig. Am besten, wir teilen uns auf«, sagte Tolstoi. »Ana, übernimmst du das Erdgeschoss?«

Die Polizeipsychologin gab keine Antwort, drehte sich einfach weg und begutachtete die Türen im Eingangsbereich. Die anderen sahen die gewaltige Freitreppe hinauf, die aus der Eingangshalle in die Höhe führte.

»Tonia, kannst du in den ersten Stock gehen? Theo, du begleitest sie bitte. Ich schaue mich dann ganz oben um. Wir suchen nach allem, was anders sein könnte als sonst. Keine Ahnung, was genau. Verschobene Möbel, herausgerissene Klamotten, was auch immer. Vielleicht gibt es hier Anhaltspunkte für eine Verbindung zum Mörder.«

Ana Cayart wartete nicht ab, bis Tolstoi seine Anweisungen beendet hatte. Sie öffnete eine Tür und ging durch den dunklen Gang, der rechts von der Freitreppe wegführte. Hier schienen die praktischen Räume des Hauses untergebracht zu sein. Eine Seitentüre öffnete sich zu einem Vorratsraum. Gleich daneben lag eine Art Hauswirtschaftsraum mit Waschmaschine, Trockner, Bügelmaschine und einer Dampfanlage für das Steifen von Hemden. Alles schien in perfekter Ordnung. Cayart trat durch die Schwingtür am Ende des Ganges. Eine vergleichbare Küche hatte sie noch nie gesehen. Alles war äußerster Luxus. Die Arbeitsplatten waren aus Carraramarmor, silberne Tulpengriffe zierten die Schubladen, sämtliche Türen bestanden aus glänzend lackiertem Palisanderholz. Über dem Küchenblock in der Mitte hing eine riesige Dunstabzugshaube aus Edelstahl. Cayart machte sich nicht viel aus dem Kochen und diese protzige Küche widerte sie an. So wie die Menschen, die in derartigem Luxus lebten. Menschen wie Putlitz und diese verzogene Studentin, die Tolstoi offenbar den Kopf verdreht hatte. Es musste die magische Anziehungskraft des Geldes sein. Denn rein körperlich konnte Vuk dieses in Seide gewandete Moppelchen sicher nicht attraktiv finden.

Flüchtig überblickte Cayart die Arbeitsbereiche. Alles schien aufgeräumt und längere Zeit nicht mehr benutzt worden zu sein. Sie schritt die Küche ab. Mit einem Finger wischte sie über den Marmor. Nicht das kleinste Anzeichen von Staub. Auf einmal knirschte es unter ihrer Schuhsohle. Sie sah zu Boden. Da lagen Brösel. Direkt vor dem Herd. Sie öffnete die Backofentür und zog ein Blech heraus. Darauf erkannte sie verkrusteten Käse. Jemand musste sich eine Tiefkühlpizza gemacht haben. Wer? Putlitz? Cayart öffnete den Kühlschrank. In der Tür stand eine Flasche Jahrgangschampagner der Marke Taittinger. Im Gemüsefach lagen Obst und ein Radicciosalat, der aber schon angegammelt war. Nicht viel besser ging es ein paar Sushirollen, die in einer durchsichtigen Plastikbox aufbewahrt wurden. Ihre Aufmerksamkeit galt aber etwas anderem, unscheinbarem. Unter all den gesunden und teuren Lebensmitteln lag ein halber Fleischwurstring in Plastikpelle. Daneben stand ein Glas mit Bautzener Senf. Nur ein Vollidiot konnte annehmen, dass sich Putlitz die gekauft hatte. Unter dem Mülleimer fand Cayart eine Plastiktüte. Sie fuhr mit ihrer Hand hinein und benutzte den Beutel als eine Art Handschuh, um Wurst und Senfglas herauszunehmen. Die Technik hatte sie sich von Tolstoi abgeschaut. Anschließend fischte sie auf die gleiche Weise das scharfe Messer aus der Abtropfvorrichtung neben einem der drei Waschbecken. Im Abfalleimer fand sie noch mehr Brotkrümel, die sie ebenfalls in den Beutel kippte. Um das Backblech mit den Käseresten sollte sich die Spurensicherung kümmern.

Ihre Beweisstücke verstaute Cayart in ihrer Umhängetasche. Als sie eine letzte Runde durch die Küche drehte, bemerkte sie einen eigenartigen Geruch. Es war nicht viel mehr als ein dezenter Hauch. Deswegen nahm sie diese abgestandene säuerliche Note erst jetzt wahr. Cayart versuchte, mit ihrer Nase zu erkunden, wo der unangenehme Geruch herkam.

Da fiel ihr die Tür auf.

Eine Etage höher betraten Tonia und Wolff ein gigantisches Schlafzimmer. Die Wände waren mit hellrosa Seide bespannt. An jeder Seite des Raumes hing ein stattliches Hirschgeweih. *Ziemlich merkwürdiger Geschmack,* dachte Wolff und schaute skeptisch auf Tonia, die dem einstigen Bewohner wohl recht nahe gestanden haben musste. Durch eine Tür neben dem Bett kamen sie in einen begehbaren Kleiderschrank, der ungefähr so groß war wie Wolffs gesamtes Wohnzimmer plus Küche. Über einem Bügel hingen ordentlich gefaltet mehrere Nadelstreifenhosen. An der Innenseite der Kleiderschränke waren feine Drahtzüge befestigt, mit denen die Anzüge auf Kopfhöhe herabgezogen werden konnten. Über Wolff und Tonia tat sich eine beeindruckende Sammlung von maßgeschneiderten Hemden, Fräcken,

Zwei- und Einreihern auf. Ansonsten aber nichts Auffälliges. Zurück im Schlafzimmer zog Wolff die Decke vom Bett. Aufmerksam begutachtete er die Matratze.

»Hier, das Laken. Es gibt nur in der Mitte Knitterspuren.«

Angestrengt starrte Tonia auf den Stoff. Wolff schien recht zu haben. »Da hat sich wohl jemand im Schlaf nur begrenzt bewegt.«

»Oder er konnte sich nicht mehr bewegen?«

»Ein Schlafsack?«

»Könnte sein ...«

»Siegbert hätte sich sicher nicht mit einem Schlafsack in sein Bett gelegt. Noch dazu bei der Hitze.«

»Ich lasse das gleich mal untersuchen.«

»Auf der Bettdecke hat es aber keine Spuren gegeben, oder?«

»Wahrscheinlich wurde die später wieder drübergezogen. Aber das Kopfkissen weist ebenfalls Knitterspuren auf.«

Am Ende einer lang gezogenen Galerie öffnete Tolstoi eine Tür, die in einen kleinen Raum führte. In der Mitte schraubte sich eine Wendeltreppe in die Höhe. Als der Kommissar die Treppen hinaufstieg, ächzten die Holzbretter. Oben angelangt, erblickte er eine beeindruckende Bibliothek. Der gesamte Dachboden musste entkernt worden sein. Nur einige wenige Stützbalken standen noch. Große Fenster ließen das Licht hereinströmen, wobei die Fenster so geschickt angebracht waren, dass die Sonne nicht die Rücken der teuren Bücher ausbleichen konnte. Der Kommissar warf einen Blick hinaus. Vor seinen Augen erstreckte sich der Sacrower See. Die Villa war das einzige Gebäude am Ufer. Ringsherum wucherte die Natur. Die Trauerweiden ließen ihre schnürigen Äste ins Wasser hängen. Eine Entenfamilie zog über das Wasser. Die Idylle des Ortes stand im krassen Gegensatz zum grausamen Tod des Hausherrn. Tolstoi riss sich von der Aussicht los. Es musste eine Verbindung zu Agnes Rottluff geben.

Nur welche?

Der Kommissar schritt die Regale ab. Die Interessen des Medienmoguls mussten ziemlich breit gestreut sein. Eine komplette Seite war mit Romanen und Kurzgeschichten vollgestellt, wobei zwischen Klassikern wie Mann, Goethe, Brecht oder Grass immer wieder Autoren standen, von denen Tolstoi noch nie etwas gehört hatte. Freytag, Meyerink, Sacher-Masoch, Roda Roda. Auch bei den historischen Werken zeigte sich eine enorme Bandbreite. Neben Bismarcks Erinnerungen stand Oswald Spenglers

Weltuntergangsfantasie. Es gab Werke über die Bagdadbahn, über die Konzentrationslager der Japaner während des Zweiten Weltkriegs in Singapur, über das Reich des Mahdi in Zentralafrika, über den amerikanischen Unabhängigkeitskrieg. Eine komplette Regalreihe befasste sich mit deutscher Zeitungsgeschichte. Tolstoi zog ein Exemplar heraus. *Menschen und Mächte in der Geschichte der deutschen Presse.* Oberflächlich blätterte er das Buch durch, bevor sein Blick weiterschweifte. Es folgten der komplette Kisch, Faksimileausgaben der *Vossischen Zeitung*, Biografien der großen Verleger. An einer Stelle klaffte eine Lücke. Jemand hatte ein Buch herausgenommen, das einen gewissen Umfang haben musste.

Tolstoi blickte sich in dem Raum um. Der Schreibtisch war penibel aufgeräumt. Auch auf dem Lehnstuhl fand sich nichts. In einer schattigen Ecke stand jedoch ein Stehpult. Und darauf lag ein Buch. Der Kommissar legte einen Finger zwischen die aufgeschlagenen Seiten und betrachtete den Einband. Eine Biografie über einen gewissen Rudolf Mosse. Der Name sagte Tolstoi überhaupt nichts. Er las die Kurzzusammenfassung auf der Buchrückseite. Demnach war Mosse ein jüdischer Großverleger in der Kaiserzeit und der Weimarer Republik, damals einer der einflussreichsten Männer im Deutschen Reich. Tolstoi schlug das Buch wieder an den Seiten auf, zwischen denen sein Finger klemmte. Er musste zwei Seiten zurückblättern, um die Kapitelüberschrift zu finden. *Soziales Engagement.* Tolstoi überflog den Text. Offenbar handelte es sich bei Rudolf Mosse nicht nur um einen der einflussreichsten, sondern auch um einen der reichsten Zeitungsmagnaten seiner Zeit. Schon früh hatte der Verleger begonnen, sein Geld für wohltätige Zwecke einzusetzen, was seine Umgebung jedoch nicht daran hinderte, ihn anzufeinden. Mosse galt als »Pressejude« und wurde von der antisemitischen Hasspresse um Alfred Hugenberg auf das erbittertste bekämpft. Inzwischen war Tolstoi auf die Seiten gekommen, zwischen denen sein Finger steckte. Hier war von einer karitativen Einrichtung die Rede, die Mosse gemeinsam mit seiner Frau Emilie gegründet hatte: ein Erziehungsheim für Waisenkinder.

Ein herzzerreißender Schrei ließ Tolstoi alarmiert aufblicken. Der Schrei klang dumpf zu ihm nach oben. Er musste aus der Tiefe des Hauses kommen.

41

Ihre Augen klebten an der abgeschnittenen Hand, die vor ihr auf dem Boden lag. Nur mit Mühe konnte sich Ana Cayart von dem schrecklichen Anblick lösen. Sie war durch die Tür in der Küche in einen Gang gelangt, der steil nach unten führte. An der Decke hatte eine Neonröhre geflackert. Aus der leichten säuerlichen Note war hier bereits ein mittelgroßer Gestank geworden. Mit gerümpfter Nase und einigem Herzklopfen war sie in die Tiefe hinabgestiegen. Unten war sie auf einen langen Flur gestoßen, von dem ein halbes Dutzend Türen abgingen. Eine nach der anderen hatte die Psychoanalytikerin geöffnet. Die erste führte in einen Heizungskeller. Schwerer Ölgeruch war ihr in die Nase gestiegen und hatte für den Bruchteil eines Augenblicks den Gestank überdeckt. Dann kam ein Vorratskeller. In den Regalen türmten sich Pastapackungen, Gläser mit Pesto und Tomatensaucen, Kaviardosen. Einen Raum weiter folgte ein riesiger Weinkeller. Am Kopfende des Ganges hatte sich eine weitere Tür befunden.

In der Mitte war ein rundes Fenster eingelassen. Cayart hatte ihr Gesicht dicht an das Glas gedrückt, aber in der Dunkelheit nichts gesehen. Als sie die Türe geöffnet hatte, schoss ihr beißende Luft entgegen. Der Gestank von Fäulnis und Fäkalien trieb ihr Tränen in die Augen. Reflexhaft hatte sie die Hand vor die Nase gehalten. Als sie das Licht angeknipst hatte, sah sie im schummrigen Schein einer Glühbirne einen kahlen, ziemlich verdreckten Betonraum. Dann fiel ihr Blick auf den Boden und sie begann zu schreien.

Von einem Rohr an der Wand baumelten Handschellen. Darunter befand sich ein See von eingetrocknetem Blut. Auf der gegenüberliegenden Seite stand ein Tisch, auf dem ein angebissener Laib Brot lag. Eine Mineralwasserflasche musste umgekippt und von der Platte gerollt sein. Ihre Scherben lagen auf dem Betonboden. Das Glas neben dem Brot war ebenfalls blutverschmiert. Von weit her nahm die Polizeipsychologin polternde Schritte wahr. Hinter dem runden Fenster in der Tür erschien das Gesicht von Tolstoi. Er riss die Klinke herunter und stürmte in den Kellerraum. Cayart konnte ein nervöses Zucken ihrer rechten Hand nicht unterdrücken.

Tolstoi riss sie herum und drückte sie mit dem Gesicht an seine Brust. Durch die Kellertür führte er sie zurück in den Flur. Nur langsam beruhigte sie sich wieder und ihre Hand hörte auf zu zittern. Von oben folgten nun auch Wolff und Tonia, die den Weg in die Tiefe nicht so schnell gefunden hatten wie der Kommissar.

»Bleibt vor der Tür stehen!«, befahl Tolstoi und ging alleine zurück in den Raum.

Tonia schob ihr Gesicht an einem Türpfosten vorbei, zog dann aber sofort ein Taschentuch aus der Hose und hielt es sich vor die Nase. Beklommen lugte sie ein weiteres Mal um die Ecke in den Kellerraum. »Die wahre Richtstätte?«

»Sieht so aus«, sagte Tolstoi, der nun die Tür zuzog. »Die Frage ist nur, wie genau er gerichtet wurde.« Die letzten Worte waren nur noch leise zu hören.

Tolstoi hatte auf Mundatmung umgestellt. Trotzdem konnte er den beißenden Geruch nicht aus seinem Kopf vertreiben. Auch seine Augen tränten von den abgestandenen menschlichen Dämpfen und schweiften durch den nur schwach erleuchteten Raum. Aus der Innentasche seines Jacketts zog er eine kleine, längliche Taschenlampe, die für ihre Größe erstaunlich viel Licht machte. Er fuhr mit dem Strahl über den Boden. Einige Meter von dem Eisenrohr mit den Handschellen entfernt hielt er an.

»Was liegt da denn?«, hörte er Wolff durch das Türfenster fragen.

»Sieht aus wie ein Messer«, antwortete der Kommissar, »vielleicht ein Brotmesser.«

Er leuchtete weiter den Raum ab. Fast der ganze Boden war mit Blut, Kot, Urin und Erbrochenem verschmiert. Vom Grad ihrer Verkrustung zu schließen, mussten die Exkremente schon einige Tage alt sein. Auch das Wasser, das darüber geflossen sein musste und von der zerbrochenen Flasche zu stammen schien, war inzwischen getrocknet. Glassplitter fanden sich noch am anderen Ende des Raumes. *Wenn es hier unten nur ein Fenster gäbe!* Der Gedanke ließ sich nicht vertreiben. Die Luft war kaum auszuhalten.

Tolstoi ging in die Hocke und beugte sich über die Hand. Mit der Taschenlampe hob er sie leicht an. Den Abrisskanten nach zu schließen, musste sie mit einer Säge oder etwas Vergleichbarem abgetrennt worden sein. Denn es gab keinen klaren Schnitt. Die Haut um das Handgelenk war eigenartig aufgerissen, als ob jemand zuerst einen spitzen Gegenstand hineingestochen hatte. Anstatt eine Klinge anzusetzen, musste jemand mit Gewalt ein Instrument wie einen Nagel in die Extremität getrieben haben. Der Knochen darunter war gesplittert. Noch eigenartiger war, dass die Finger zur Faust geballt waren. Durch die Verkrampfung musste ein enormer Druck in den Venen entstanden sein, was das weit im Raum verspritzte Blut erklären würde.

Der Kommissar erhob sich wieder. Er wollte sich noch den seltsamen Tisch mit dem Essen anschauen. In dem Brot fanden sich mehrere Risse und Löcher. Wer auch immer davon gegessen hatte, er musste einem wilden Tier gleich über den Laib hergefallen sein. Den Blutspuren auf der Kruste nach zu urteilen, musste es sich bei diesem wilden Tier um Putlitz gehandelt haben. Auch an dem umgefallenen Glas klebte Blut. Ebenso wie auf einigen Glassplittern der Flasche auf dem Boden.

Fürs Erste hatte Tolstoi genug gesehen. Er brauchte dringend frische Luft. Er richtete den Strahl der Taschenlampe auf die Tür und erstarrte. An die Innenseite war etwas geschrieben worden. Wieder mit diesen eigenartigen altertümlichen Buchstaben, die schon auf dem Computer von Agnes Rottluff aufgetaucht waren. Nur schwer konnte der Kommissar die Schrift entziffern.

Weil der mit Speic   rbe
daſ   nde Gift ſeineſ Spermaſ
in   errechenbar, ſpritzt.

Irgendjemand hatte Teile des Satzes weggewischt. Aber wer sollte das getan haben? Niemand schrieb eine Botschaft an die Wand, um einen Mord zu erklären, und wischte sie danach in Teilen wieder weg. Entweder, die Botschaft war nur für das Opfer bestimmt, aber dann hätte der Mörder doch wohl den kompletten Satz wieder entfernt. Oder jemand anderes war hier am Werk gewesen. Aber wer sollte das gewesen sein?

Und vor allem warum?

42

Schuld daran war mal wieder der Wetterumschwung. Immer, wenn ein Tiefdruckgebiet über Berlin aufzog, schmerzten die Schnitte unter seinen Augen. Ahmed Omar Hashi fuhr sich mit dem Finger darüber und rieb sich die pulsierenden Narben. Als er drei Jahre alt war, hatte ihm sein Großonkel, das Oberhaupt seines Familienclans, die Wunden im Gesicht zugefügt. Wie allen anderen Jungen des Stammes, der tief in der somalischen Wüste seine Bahnen zog. Die Ritzereien funktionierten wie Brandzeichen.

Hashi gehörte zum Stamm der Hawiye. Für immer. Und die Schmerzen im zerstörten Gewebe machten ihm auch vierundzwanzig Jahre später und hier, Tausende Kilometer von seiner Heimat entfernt, stets aufs Neue klar, wohin er eigentlich gehörte. Hashi war auf die Zugehörigkeit zu seinem Stamm stolz. Sein Urgroßvater war einer der großen Anführer der Hawiye gewesen. Sein Vater hatte beim Sturz des verhassten Diktators Siad Barre an vorderster Front mitgekämpft, als die Rebellen aus der Wüste das Regime in Mogadischu stürzten. Als die Lage in Somalia jedoch immer schlimmer wurde und Rebellen auf Rebellen folgten, die immer größeres Chaos hinterließen, hatte sich Hashi nach Berlin verdrückt.

Eigentlich wollte er studieren. Stattdessen verkaufte er jetzt Drogen und schickte seine Prostituierten zum Anschaffen. Er spürte die Last seiner Familiengeschichte auf sich, bei jedem Tiefdruckgebiet, das aufzog. Und bei jedem Tiefdruckgebiet nahm er sich aufs Neue vor, mit dem kriminellen Dreck endlich aufzuhören. Vielleicht würde es diesmal endlich gelingen. Dafür könnte das Treffen, das gleich beginnen sollte, der Auftakt sein.

Auf dem Feuer köchelte eine Pfanne vor sich hin. Aus dem undefinierbaren Matsch darin stiegen intensive Düfte auf und hatten den ganzen Raum durchsetzt. Es roch nach gebratenem Fleisch, nach Curry und scharfen Peperoni. Daneben blubberte ein großer Topf mit trübem Wasser, auf dessen Boden ein halbes Kilo aufgedunsener Reiskörner lag. Im Raum brannte nur eine schwache Glühbirne, die nackt von der Wand hing. Alle Fensterläden waren noch heruntergelassen, die Restauranttür mit einem dicken Brett verrammelt. Aus einer Ecke drangen Stimmen. Ein CNN-Reporter berichtete von irgendeiner Insel im Südpazifik, um die sich Chinesen und Japaner stritten. An den Wänden hingen vergilbte Poster mit somalischen Sängern und Schauspielern. Viele von ihnen waren längst tot oder abgetaucht. Die Plakate waren gut und gerne dreißig, vierzig Jahre alt. Sie stammten noch aus der Zeit der Diktatur. Hashi saß an einem von drei Tischen in dem winzigen Gastraum und bröselte sein Marihuana in den Tabak. Es war kurz vor zwölf Uhr mittags. Er war gerade erst aufgestanden und weit davon entfernt, schon klar in der Birne zu sein. Entsprechend langsam ging es mit dem Bau seines Joints voran. Aber die Stimme am anderen Ende der Leitung hatte ihm keine Wahl gelassen. Zehn Minuten, mehr nicht. In zehn Minuten sollte er in der Kneipe seines Cousins sitzen.

Zum Glück hatte Hashi die Zweitschlüssel für das Restaurant. Er hatte Mukhtar Mohamed Hirabe, seinen Cousin zweiten Grades, gleich weggeschickt, nachdem er gekommen war. Mukhtar erledigte jetzt einige Einkäufe. Milch, Bier und noch mehr Shit. Danach wollte er noch ein, zwei Stunden bei seinem Kumpel Mustafa, drei Häuserblöcke weiter Richtung Kanal, abhängen. Ahmed sollte, bevor er ging, das Feuer unter der Pfanne ausmachen.

Gerade hatte der Zuhälter seine Tüte fertig gedreht, zugeklebt, angezündet und endlich auch den ersten Zug genommen, als es an der Tür klopfte. Der Somali seufzte enttäuscht, zog noch schnell ein zweites Mal und schlurfte gemächlich zurück zum Hintereingang. Er öffnete die drei Schlösser.

»As-salamu alaykum«, sagte Hashi und hob seine Hand zum Gruß.

»Wa-alaykumu-s-salam«, erwiderte Tolstoi, schüttelte die Hand und trat ein. Dann gingen sie zurück in den Gastraum. Für ihre geheimen Treffen hatten Hashi und Tolstoi keinen besseren Ort finden können. Weder durfte die Berliner Unterwelt Tolstoi an der Seite des Somalis sehen. Der Verdacht, dass er ein Spitzel sein könnte, würde dem Ganoven das Genick brechen. Noch durfte jemand vom Polizeiapparat die beiden zusammen erblicken. Jeder hätte sofort gemutmaßt, dass der Kommissar mit dem Organisierten Verbrechen unter einer Decke steckte. Und es gab schon genügend Kollegen, die den gebürtigen Bosnier Tolstoi für unberechenbar und nicht unbedingt gesetzestreu hielten. Gründe dafür gab es nicht wirklich, aber für eine nicht kleine Anzahl von Polizisten war jeder, der nicht ausschließlich deutsches Blut in seinen Adern fließen hatte, einer von der anderen Seite. Ein möglicher Gegner. Auf jeden Fall war die Kneipe von Hashis Cousin in der hintersten Ecke der Wiener Straße, gegenüber vom Park der perfekte Ort für die konspirativen Treffen.

»Bruder, magst du auch mal?«, fragte Hashi und hielt dem Kommissar den Joint hin.

»Heute nicht. Ich muss einen klaren Kopf behalten.«

»Ich schwör dir. Es war ganz schön schwierig, bei dem Typen reinzukommen ...«

»Ich hab's ziemlich eilig. Was hast du rausgefunden?«, machte der Kommissar Druck. Er wusste genau, wie gerne der Somali abschweifte, wenn er auf einem Trip war. »Hast du Seile, Messer, Spaten oder so was gefunden?«

»Nein Bruder, leider nicht.«

»Verdreckte Klamotten? Blutflecken?«

»Nein, da war alles ziemlich sauber.«

»Und das Buch? Hast du das wenigstens gefunden?«

»Bruder, das war nicht einfach. Da war alles ziemlich voll mit Büchern. Ich habe wirklich geschaut. Aber das Buch war nicht dabei.«

Tolstoi ärgerte sich maßlos. Vor allem war er aber ratlos. Entweder, der Somali hatte es vergeigt, oder seine heißeste Spur sollte sich nun auch schon wieder als kalt erweisen. »Aber da muss doch irgendwas anderes gewesen sein? Ein Bibliotheksausweis? Andere Bücher von der Liste, die ich dir mitgegeben habe?«

»Nein, komplett nichts. Nur soReckspornos mit fetten Weibern.«

»Wie sieht es denn mit einem Schlafsack aus?«

»Davon hast du nichts gesagt. Aber ich glaube, da war auch keiner.«

»Mist.«

Tolstoi riss den Beutel mit Tabak auf, der vor Hashi lag, und drehte sich hastig eine Zigarette. Mit nervösen Fingern zündete er sie an und nahm einen tiefen Zug. »Scheiße. Ich war mir so sicher.«

Hashi hatte seinen Joint nun fast aufgeraucht. Seine Augen leuchteten rötlich. Er ließ sich in seinen Stuhl sinken und starrte den Kommissar an. »Bruder, vielleicht hab ich doch was für dich. Da lag ein Papier rum von irgend so 'nem Amt.« Aus der Innentasche seiner Jacke fischte er ein Smartphone heraus. Wie in Zeitlupe fuhr er mit dem Finger darauf herum und zeigte Tolstoi schließlich ein Foto. »Das lag auf seinem Tisch.«

Der Kommissar nahm das Gerät und vergrößerte das Bild. Dann schob er das Foto so zurecht, dass er den Kopf des Dokuments lesen konnte. Angestrengt versuchte er, den Inhalt zu entschlüsseln. »Das gibt's doch nicht!«, entfuhr es ihm schließlich. »Bruder, du bist gut.«

Hashis Gesicht verzog sich zu einem breiten Grinsen. »Dachte ich mir doch, dass das was für dich ist.«

»Nicht das, was ich gesucht habe. Aber besser als nichts ...« Tolstoi stellte ihre beiden Handys auf Bluetooth-Modus. Dann zog er sich die Fotos auf sein eigenes Gerät. Aus seinem Jackett kramte er ein zusammengefaltetes Papier und übergab es dem Somali. »Für dich. Aber übertreib nicht!«

Zum Abschied schlug der Kommissar dem Kriminellen freundschaftlich auf die Schulter. Dann verschwand er eilig durch die Hintertür.

Hashi faltete das Papier auf. Mikroskopisch klein war auf den Falz in der Mitte geschrieben: *NUTTEN dir 2 7-9 aug*

Hashi grinste. Er zückte sein Handy und wählte eine Nummer aus dem Speicher. »Hey, Schwester«, zischelte er hinein, »ihr werdet euch in den nächsten Tagen mal verziehen. Ihr habt Urlaub!«

Am anderen Ende hörte er erfreutes Getuschel.

»Freut euch bloß nicht zu früh. Das wird nachgearbeitet. Am Samstagmorgen komm ich vorbei und prüfe, ob ihr noch in Form seid. Danach wird geschuftet. Doppelschicht bis Sonntagnacht!«

Seine Läuterung konnte auch bis zum nächsten Tiefdruckausläufer warten, sagte sich Ahmed Omar Hashi. Das hier war schließlich eine seltene Gelegenheit, ordentlich Kohle zu machen. Seine Frauen würden bei der Razzia nicht auffliegen und danach den Markt punktgenau wieder bedienen können. Mindestens für drei bis vier Tage würde er ein Monopol haben. Vielleicht sogar eine Woche. Und hatte ihm nicht ein Kommissar dabei geholfen? Ein echtes Verbrechen konnte es also gar nicht sein.

Tolstoi raste in seinem Dienstwagen zurück zum Platz der Luftbrücke. Für ein Uhr war eine erneute Lagebesprechung im Bunker angesetzt. Noch dreizehn Minuten bis dahin. Er würde zu spät kommen. Verdammter Dreck. Seine Vorgesetzten würden wieder ein Affentheater machen. Und er konnte sich auch schon ausmalen, wie der beschissene Staatsanwalt reagieren würde. Vor einer roten Ampel zückte er sein Handy. Im Internet fand er wieder das Foto von Dr. Edwards. Tolstoi vergrößerte den Ausschnitt mit dem Gesicht des Mannes. Für den Bruchteil einer Sekunde blickte er in die Augen des Politikers. Auf einmal wurde ihm alles klar. Das Foto, das Schreiben vom Amt, der heimliche Beobachter vor Rottluffs Haus und vor der Bischofskonferenz. Die Angst der Sekretärin. Hinter ihm hupte ein Auto. Stakkato. Drei Mal, ziemlich genervt. Tolstoi hielt seine linke Hand aus dem Fenster und zeigte dem Typen hinter sich den Mittelfinger. Dann legte er hastig das Telefon auf den Beifahrersitz und fuhr los. Sie mussten jetzt ganz schnell handeln.

Hoffentlich war es noch nicht zu spät.

43

Seit die Leiche von Putlitz gefunden worden war, gab es das Wort Personalmangel beim Berliner LKA nicht mehr. Ganze Geschwader von Experten hatten ihr Lager um die Gerichtslaube im Schlosspark Babelsberg aufgeschlagen und die Villa des Managers hatte sicher noch nie so viele Besucher auf einmal erlebt. Nicht einmal bei den glanzvollen Abendgesellschaften, die der Medienmogul regelmäßig abgehalten hatte. Jeder Quadratmillimeter wurde ausgeleuchtet. Im Halbstundentakt gingen die neuesten Untersuchungsergebnisse bei den Ermittlern ein. Berechtigt, sämtliche Informationen zu bekommen, waren Tolstoi, der LKA-Präsident und der Staatsanwalt. Im Prinzip hätte Cayart auch Anspruch gehabt, in der Informationskette an oberster Stelle zu stehen. Aber der Staatsanwalt hatte sich dagegen ausgesprochen und festgelegt, dass die Psychologin die für sie wichtigen Infos von Tolstoi bekommen sollte. Gefiltert, natürlich. Für den Staatsanwalt war es nicht nachvollziehbar, dass eine Psychologin auf den gleichen Informationsstand gebracht werden sollte wie der leitende Kriminalkommissar oder gar die Amtsspitze.

Tolstoi handhabte die Anweisung von Leber, die er für extrem dämlich hielt, auf seine eigene Art. Jede Mail, die er bekam, leitete er postwendend an seine Kollegin weiter. Bei SMS war ihm das zu aufwendig. Aber er berichtete ihr regelmäßig am Telefon über sämtliche neuen Entwicklungen.

So schnell wie nach der Entdeckung der Leiche des Zeitungsverlegers hatte Tolstoi noch nie Ergebnisse bekommen. Wer schon einmal erleben musste, wie langsam die Mühlen der Berliner Polizei normalerweise mahlten, der wusste, was dahinter an personellem Aufwand steckte. Putlitz hatte enormen Einfluss gehabt. Er war sogar regelmäßig im Kanzleramt gewesen, hatte sich mit der Bundeskanzlerin zu strategischen Gesprächen getroffen. Tolstoi wusste genau, dass ihm nicht viel Zeit bleiben würde. Wenn er nicht ganz schnell Ergebnisse brächte, dann tauchten hier bald viele geschniegelte Männchen aus Wiesbaden auf, die besonders wichtig tun würden, und er wäre raus. Dass vom BKA noch niemand da war, lag einzig daran, dass sie nicht für Mord zuständig waren. Aber bestimmt suchten die Juristen in der hessischen Landeshauptstadt schon nach Möglichkeiten, die Mordserie in Verbindung mit Organisierter Kriminalität, Staatsschutz oder Bedrohung für die Innere Sicherheit Deutschlands zu bringen. Und spätestens dann wäre er kaltgestellt.

Wenn ihn nicht zuvor seine direkten Vorgesetzten vom Fall abzogen. Der LKA-Präsident und der Staatsanwalt hatten ihm ziemlich klar zu verstehen gegeben, dass sie Ergebnisse erwarteten. Und zwar innerhalb von Stunden. Gerade nachdem die Jagd auf den Verdächtigen in der S-Bahn so gründlich danebengegangen war.

Alle Augen richteten sich auf ihn, als Tolstoi in den Besprechungsraum gehastet kam. Der Staatsanwalt funkelte ihn an.

»Na endlich«, fauchte auch der Fürst. »Vuk, fangen Sie gleich an! Und zwar schnell, wir haben alle nicht viel Zeit.«

Tolstoi spürte, wie angespannt jeder Einzelne war. Nervös blätterten die Chefs in ihren Mappen und fummelten sich mit den Fingern an der Nase herum. Gut zwanzig Polizisten saßen im Bunker. Der Kommissar erkannte sogar einige Kollegen von anderen Direktionen, aus anderen Fachgebieten. Sie hatten also schon damit begonnen, die Geschichte des Falles umzuschreiben. Tolstoi stellte sich vor die Gruppe und gab ein hochkonzentriertes, knappes Resümee.

»Die Spurensicherung arbeitet wie verrückt. Hier die ersten Ergebnisse: Sie haben sämtliche Türgriffe untersucht, das Blech, das Küchenmesser vom Spülbecken, oben im Bad die Wasserhähne. Es gibt massenhaft Fingerabdrücke von Putlitz. Aber nur von Putlitz. Fremdfingerabdrücke: Fehlanzeige!«

»Komplett gar nichts? Das kann doch gar nicht sein!«, polterte der Staatsanwalt dazwischen.

»Stimmt«, antworte Tolstoi gereizt. »Einige Fingerabdrücke gibt es, die von einer zweiten Person stammen, wahrscheinlich einer Frau. Die gleichen Abdrücke fanden sich auch auf sämtlichen Eimern, Besen und Schrubbern im Putzschrank. Wolff kümmert sich darum. Er besucht gerade die Putzfrau und nimmt ihre Abdrücke.«

»Warum ist die nicht schon längst festgesetzt?«, blökte der Jurist dazwischen.

»Weil sie mit der eigentlichen Tat nichts zu tun hat. Auf keinem der Gegenstände im Keller fand sich ihr Fingerabdruck.« Tolstoi machte eine kleine Pause, in der er ein überdimensionales Foto des Sägemessers aus dem Keller an die Wand über sich projizierte. »Wir wissen jetzt ganz sicher, dass hiermit die Hand von Putlitz abgetrennt wurde. Allerdings finden sich darauf …«, für einen Augenblick drehte sich der Kommissar um und fixierte die Gesichter seiner Kollegen, »es finden sich darauf nur seine eigenen Fingerabdrücke!«

Der Kommissar bemerkte, wie sich die Augen seiner Kollegen verengten. Er wusste genau, was nun in ihren Köpfen vorging. Es dauerte aber einige Sekunden, bis sich der oberste Polizist traute, das Schweigen zu brechen.

»Sie meinen, Putlitz hat selbst …«, begann Ferdinand Berghoff sich vorsichtig vorzutasten, »… also er hat sich die Hand selbst abgeschnitten?«

Tolstoi antwortete nicht sofort. Er betrachtete weiter das überdimensionale Foto an der Wand. »Davon müssen wir ausgehen.«

»Ach du Scheiße«, entfuhr es dem LKA-Präsident. »Aber woran ist er dann gestorben?«

»Er ist verblutet. Dazu war er extrem dehydriert. Sein Körper war fast komplett ausgetrocknet.«

»Das heißt, Putlitz hat sich aus Verzweiflung selbst die Hand abgeschnitten?«

»Er muss unglaublichen Hunger und Durst gehabt haben. Und der Täter hatte ihm ein Lockmittel in den Keller gelegt.« Tolstoi warf ein zweites Foto an die Wand. Darauf waren der Brotlaib und das Wasserglas zu sehen. »Die letzte ordentliche Mahlzeit muss er sechs bis sieben Tage vor seinem Tod zu sich genommen haben. In seinem Magen fand sich nichts außer ein paar Brotbrocken, die er ziemlich gierig verschlungen haben muss. Sie stammten von diesem Laib, den wir auf dem Tisch im Keller gefunden haben.«

»Welch ein Monster ist nur zu so was fähig?«, zeterte nun wieder der Staatsanwalt, von dem Tolstoi noch nie eine intelligente Aussage gehört hatte, die ihm in irgendeiner Weise weitergeholfen hätte.

»Zwar haben wir keine Fingerabdrücke gefunden, dafür aber ziemlich viel DNA-Material. Schuppen auf dem Kopfkissen, Speichel an einigen der Käsekrümel, in der Dusche Haare. Ein Schnelltest hat ergeben, dass das alles von zwei Personen stammt. Von Putlitz und von jemand anderem. Der DNA-Test sagt, es ist ein Mann.«

»Aber gibt es denn überhaupt keine anderen Fingerabdrücke von diesem Unbekannten?«, hakte der LKA-Boss nach. »Ich meine, das ist doch komplett dämlich. Warum gibt sich einer riesige Mühe, nichts mit den Fingern anzupacken, aber alles ist voll mit Partikeln seines Körpers?«

»Ich gehe davon aus, dass wir seine Fingerabdrücke in unserer Datenbank haben. Seinen DNA-Code aber nicht.«

»Gut. Dann können wir ihn nicht gleich abholen. Aber später ist doch eine Beweisführung ziemlich einfach.«

»Das ist ihm anscheinend egal. Er braucht Zeit für seine Morde. Deshalb versucht er so akribisch, seine Fingerabdrücke zu verheimlichen.«

»Das verstehe ich immer noch nicht«, fing nun wieder der Staatsanwalt an. »Wieso macht er sich die Mühe bei den Fingerabdrücken, aber nicht beim DNA-Material?«

»Es ist ihm egal, ob wir später einmal Beweise gegen ihn haben, sollten wir ihn je in die Finger kriegen. Aber er will nicht, dass wir ihm jetzt schon auf die Spur kommen. Wahrscheinlich ist er mit seinem Rachefeldzug noch nicht fertig. Wofür auch die Buchstabencodes sprechen würden.« Damit zog

Tolstoi sein Telefon aus der Jackentasche und stöpselte es mit einem Kabel an den Beamer. Es war Zeit, die Katze aus dem Sack zu lassen. »Wir kennen nicht nur seine DNA, wir wissen noch mehr«, sagte er dann und machte genüsslich eine längere Pause. »Wir wissen, wie der Täter aussieht!«

Im Raum baute sich Spannung auf. Alle Gesichter schauten ihn fragend an. Selbst Cayart blickte von ihrem Tabletcomputer auf. Mit seiner Ankündigung hatte Tolstoi auch ihre hundertprozentige Aufmerksamkeit.

Tolstoi tippte mit dem Finger auf das Display und das Bild mit Dr. Edwards erschien auf der Wand. »So sieht er aus!«

Verwirrt musterten die Kollegen das Porträt. Aus ihren Gesichtern konnte er herauslesen, dass sie ihn für total durchgeknallt hielten. Bei dem Foto handelte es sich um genau das gleiche, das er bereits beim vergangenen Treffen an die Wand projiziert hatte.

»Sind Sie jetzt völlig bescheuert!«, schrie der Staatsanwalt von hinten. »Ich habe Ihnen doch gesagt, dass Sie Dr. Edwards aus dem Spiel lassen sollen. Mit Ihren halbgaren Theorien und Spinnereien können Sie überhaupt nichts –«

»Sie sollten etwas besser zuhören, Herr Dr. h.c. Leber!«, unterbrach ihn Tolstoi harsch. Er sah, wie das Gesicht des Juristen puterrot anlief und wie es innerlich in ihm kochte.

»Was fällt Ihnen ein! Sie sollten lieber ordentlich Ihre Arbeit –«

»Das habe ich getan. Ich habe nicht gesagt, dass dieser Mann der Täter ist«, parierte Tolstoi den aggressiven Ton des Juristen. »Hören Sie bitte ordentlich zu! Das würde schon viel weiterhelfen …« Der Kommissar drehte sich zur Wand. Mit dem Laserpointer umkreiste er das Gesicht des Politikers. »Dr. Udo Edwards. Angesehener Bürger, Politiker, SPD-Mitglied«, er machte eine kurze Pause, »politisch bestens vernetzt. Genau wie Sie, verehrter Herr Staatsanwalt …« Beißender konnte er seine Verachtung für den Staatsanwalt kaum zeigen. Parteimitgliedschaften zur Karriereförderung fand er zum Kotzen. Er hörte, wie die Kollegen in seinem Rücken tuschelten. Einige kicherten. Tolstoi fuhr einfach fort mit seiner Ausführung.

»Wir müssen davon ausgehen, dass der Täter eine ziemlich große Ähnlichkeit mit diesem Herrn hier hat.« Er klickte ein weiteres Bild an, es war das Foto von dem Dokument aus der Wohnung, das ihm Ahmed Omar Hashi besorgt hatte. »Dr. Edwards hat vor knapp vier Monaten seinen Personalausweis als gestohlen gemeldet. Das hier ist die Bestätigung von der Meldestelle. Er hat angegeben, dass ihm sein Portemonnaie in der U-Bahn abhanden gekommen ist. Mitsamt Ausweis, Kreditkarten, Führerschein und so weiter. Ich habe bei den Kollegen vom Raubdezernat angerufen. Nichts von den gestohlenen Sachen ist wieder aufgetaucht. Aber es wurde auch nichts vom Konto abgehoben. Nicht einmal mit der Kreditkarte wurde bezahlt.«

»Ja und?«, fauchte der Staatsanwalt zurück. »Was wollen Sie uns mit dem ganzen Mist sagen?«

»Diese Woche war Dr. Edwards zufälligerweise beim bischöflichen Gesandten. Ich hatte mich dort mit einer Kollegin von Agnes Rottluff unterhalten. Als er kam, erstarrte sie.« Tolstoi ließ seine Worte sacken. Dann drehte er sich zur Runde seiner Kollegen um und funkelte den Staatsanwalt mit angriffslustigen Augen an. »Die Frau erstarrte, weil sie Dr. Edwards zuvor schon einmal gesehen hatte. Sie hält ihn für den Mörder!«

Jetzt fiel auch dem Staatsanwalt nichts mehr ein, womit er dagegenhalten konnte. Er starrte Tolstoi nur hilflos an und bangte, was dieser noch aufdecken würde.

»Einige Wochen vor dem Mord an Agnes Rottluff hat ihre Kollegin einen Mann beobachtet, der die Rottluff observierte. Es handelt sich dabei wahrscheinlich um den gleichen Mann, den auch Richard Rottluff gesehen hat. Wir werden ihm schnellstmöglich das Bild hier vorlegen.«

Ana Cayart klebte Tolstoi förmlich an den Lippen.

»Der Mörder und Dr. Edwards müssen sich gleichen wie ein Ei dem anderen.« In den Augen seiner Kollegen konnte Tolstoi lesen, dass sie langsam anfingen zu begreifen.

»Und woher sollte der Täter gewusst haben, dass er einen Doppelgänger hat?«, schaltete sich nun der LKA-Präsident ein, bemüht, dem Ganzen wieder einen sachlichen Ton zu geben.

»Dr. Edwards hat keinen Zwillingsbruder. Er hat überhaupt keine Geschwister. Daher ist es wahrscheinlich reiner Zufall. Vielleicht ist er ihm mal irgendwo begegnet. Vielleicht hat er sein Bild auch einfach in der Zeitung gesehen. Edwards ist Politiker. Der Mörder hat ihm aufgelauert und den Geldbeutel geklaut. So kam er an die Ausweispapiere, mit denen er seine Vorbereitungen für die Morde treffen konnte. Wir sollten eine Generalabfrage machen. Mich würde nicht wundern, wenn es mehr Vorfälle als eine Bücherausleihe auf seinen Namen in der Uni gibt, von der Dr. Edwards nichts weiß ...«

»Das können wir übernehmen«, meldete sich einer der Kollegen, die Tolstoi nur von Weitem aus der Kantine kannte. »Wir lassen das durch unsere Computermasken beim Staatsschutz laufen.«

»Das wäre wirklich eine Hilfe, Herr …«

»Tönnies, Bernd. Hauptkommissar.«

»Okay, Herr Tönnies, Bernd. Hauptkommissar. Dann würde ich mich freuen, wenn Sie schnellstmöglich Ihre Ergebnisse durchgeben könnten.«

Im Raum kam Unruhe auf. Die Ersten begannen, ihre Mappen wegzuräumen. Der Fürst stand auf und wandte sich Richtung Ausgang, was in der Runde als Zeichen zum Aufbruch gewertet wurde.

»Einen Moment noch«, rief Tolstoi. »Wir haben noch die neue Botschaft.« Er warf ein Foto von der Tür an die Wand. »Bislang haben wir noch keine Idee, was da einmal ursprünglich gestanden haben könnte. Für wen das hier einen Sinn ergibt, der soll sich bitte so rasch wie möglich bei mir melden.«

Einige Kollegen machten mit ihren Handys ein Foto der Wortfetzen an der Wand.

»Ich habe zudem eine Spezialistin auf die Botschaft angesetzt. Sie gehört zu den besten ihres Fachs.« Dabei blickte er Cayart fest in die Augen. Aber die Wut der Kollegin war offenbar verflogen. Sie dachte darüber nach, ob er mit der Einbindung der Studentin nicht doch richtig lag. Tolstoi las aus ihrer Körpersprache, dass sie seine Motive nachvollziehen konnte.

»Eine letzte Sache noch. Ziemlich wichtig ist, herauszufinden, wer die Botschaft verwischt hat. Wir müssen wohl davon ausgehen, dass es nicht der Mörder war. Wer also dann? Vielleicht gibt es einen Komplizen? Oder zumindest einen Mitwisser?«

»Vielleicht gab es einfach noch jemanden im Haus?«, schaltete sich erneut der Staatsanwalt ein.

»Dann hätte sich diese Person doch wohl gemeldet, oder?«, gab Tolstoi genervt zurück.

»Und dann hätten wir Spuren gefunden«, sekundierte ihm Cayart. »Einbruchsspuren. Aber da waren keine. Vielleicht sind es tatsächlich zwei Täter. Vielleicht gab es Meinungsverschiedenheiten? Der eine hat dann die Botschaft wieder weggewischt. Vielleicht war sie zu eindeutig?«

44

Über der abgedunkelten Bar lag sanfte Jazzmusik. Akkurat hatte der Mann vor dem meterhohen Spirituosenregal seine Schürze um die Hüfte gebunden. Aus seiner Brusttasche lugte ein Einstecktuch. Durch ein Cocktailsieb goss er den beiden Gästen vor sich den dritten White Russian in die Gläser. Beide nahmen sofort einen tiefen Schluck. Dann zog Atze Blomfeld triumphierend eine in limitierter Anzahl auf den Markt gebrachte, zwanzig Zentimeter lange Double Coronas aus seiner Sakkotasche. Mit dem Cutter knipst er eine Öffnung in das abgerundete Ende der Zigarre. Am Kerzenständer entzündet er einen Zedernholzspan und hielt ihn vor die Cohiba. Langsam glomm die Glut auf. Blomfeld hielt den brennenden Span weiter an die Zigarrenspitze. Er zog behutsam. Schließlich war er mit seinem Werk zufrieden. Er hatte die Zigarre fachmännisch zum Brennen gebracht. Genau wie den Skandal um die Tote aus dem Spreepark. Das Versagen der Berliner Polizei war inzwischen deutschlandweit Gesprächsthema. Nun saß er mit Ole von Knospe in der Bar, um auf seinen neuesten Scoop anzustoßen. Aus seinem Mund ließ Blomfeld langsam eine dicke Rauchwolke entweichen, die sich zwischen den Wodka-, Whisky- und Ginflaschen verflüchtigte.

»Sag mal Atze, du wirst mir langsam ein bisschen unheimlich«, lallte der stockbesoffene Ole von Knospe. »Wie haste denn das nun schon wieder hingekriegt mit den Bildern?«

»Willst du eigentlich auch eine?«, fragte Blomfeld und deutete auf seine Zigarre. »Zur Feier des Tages würde ich dir eine spendieren!«

»Nee, danke. Da müsste ich nur kotzen …« Von Knospe guckte tief in sein Glas hinein. Dann schien ihm seine Frage wieder einzufallen. »Also, wie biste denn da reingekommen?«

»Du behältst das jetzt für dich!« Blomfeld hob drohend den Finger.

»Ja, aber klar doch. Das weißt du doch …«

»Ich kenne jemanden bei der Schließfirma. Das ist 'ne große Bude in Berlin. Und der hat kurz die Alarmanlage ausgeschaltet und mir 'nen General gegeben.«

»Noch bevor die Polizei dort war?«

»Die haben sich ziemlich lange in dem Park aufgehalten. Und da war sowieso alles dicht.«

»Und der Typ gibt dir einfach so den Schlüssel?« Von Knospe glotzte Blomfeld ungläubig an.

»Natürlich nicht einfach so. Das kostet ordentlich Knete! Aber die Investition hat sich ja wohl gelohnt.« Ein extrem breites Grinsen zog sich über das gesamte Gesicht des Paparazzos. Tief sog er weitere Rauchwolken in seine Lunge. »Hundertfünfzigtausend Ocken!«

Der Fotochef des *Berliner Express* schüttelte den Kopf, was in seinem Zustand eher wie ein Nicken aussah. »So was gab's noch nie bei uns!«

»Mensch, Ole«, paffte nun Blomfeld zurück, »du wirkst, als hätte ich dir mit meinen Bildern den Tag versaut … Das ist doch auch dein Erfolg!«

»Für unser Blatt ist das der Hammer«, gab von Knospe immer stärker nuschelnd zu. »Aber meine Arbeit wird sicher nicht leichter in nächster Zeit …«

»Wieso denn das?«

»Du glaubst doch nicht, dass …« Es fiel von Knospe immer schwerer, sich zu konzentrieren und nur einen einzigen geraden Satz herauszubekommen, »dass die Berliner Polizei mal eben so einen klitzikleinen … also einen kleinen Einbruch am Tatort eines … eines der übelsten Verbrechen der Stadt durchgehen lässt?«

Das Grinsen von Blomfeld legte sich wieder. Aber die Sorgen seines Kollegen interessierten ihn nicht sonderlich. Stoisch rauchte er weiter seine Zigarre.

»Man, Atze …«, knuffte der Fotochef den Paparazzo in die Seite. »Du bist da … du bist da eingebrochen!« Von Knospe leerte seinen fünften White Russian in einem Zug. »Du hast deine Kohle. Die Kohle … Sicher bist du … sicher auch, weil dein Name ja nicht unter dem Foto steht.« Er wusste nicht mehr genau, was er eigentlich sagen wollte, und starrte auf die Maserung des Tresens. Dann fiel es ihm wieder ein. »Aber uns! … Uns werden die … ja, uns werden die die Hölle heiß machen! Darauf kannste einen lassen!«

Ole von Knospe hatte sich jetzt richtig in Rage geredet. Blomfeld legte einen Arm um seine Schultern, deutete dem Barkeeper an, das Glas seines Freundes noch einmal nachzufüllen, und schob seinen Mund nahe an von Knospes Ohr.

»Wenn die dich hier fertig machen, dann kommst du einfach zu mir nach München. Ich mach Druck, dass die dich dort auch einstellen. Und auf so einen wie mich müssen die hören. Sonst war's das eben. Das können die sich gar nicht leisten …« Er drückte von Knospe einen dicken Kuss auf die Backe.

»Mensch Ole, du bist mein Glücksbringer. Ohne dich wäre das alles nicht zustande gekommen. Du hast was gut bei mir!« Langsam munterte sich das Gesicht des Fotochefs wieder etwas auf. In einem Zug kippte er sein sechstes Glas. Dann sackte sein Kopf auf den Tresen, wo er schwer liegen blieb.

Stumm saß Blomfeld daneben, horchte auf das Saxophonsolo, das gerade aus dem Lautsprecher rieselte, und rauchte seine Zigarre auf. In seinem

Inneren fühlte er eine wohlige Wärme. Euphorie und Glücksgefühle. Blomfeld war jetzt einer der bekanntesten Fotografen Deutschlands. Zumindest sein Foto des toten Medienmoguls. Und in gerade einmal einer Woche hatte er sich eine Altbauwohnung in Schwabing verdient. Blomfeld zahlte und ging.

Ole von Knospe, den Fotochef, ließ er auf dem Tresen liegen.

45

»Diese verdammten Ratten«, schnaubte Tolstoi, »dass die es noch vor uns in den Keller geschafft haben!«

Auf dem Schoß des Kommissars lag ein druckfrisches Exemplar des *Berliner Express* für den kommenden Tag. Gerade hatte er die Zeitung einem Verkäufer vor einer roten Ampel abgekauft. Wütend starrte Tolstoi auf das Foto aus der Villa Putlitz. Ana Cayart bog in die Friedelstraße ein und lenkte ihren alten Golf vor das Haus, in dem Tolstois Wohnung lag.

»Wir können die für Hausfriedensbruch drankriegen. Aber die waren clever genug, keinen Namen unter das Bild zu schreiben.«

Es war keine zwölf Stunden her, dass sie die gruselige Entdeckung im Schlosspark Babelsberg gemacht hatten. Also wie waren die nur an den Tatort in der Villa gekommen? Auf dem Foto waren die Handschellen zu sehen, die von der Decke hingen. Auf einem zweiten, kleineren Bild war die abgesäbelte Hand zu erkennen. Dazu eine reißerische Überschrift: *Gruselkabinett im Keller des Medienzars – hier wurde Siegbert Amadeus Putlitz zu Tode gequält.*

Am meisten ärgerte den Kommissar jedoch, dass die Redaktion an ein Polizeifoto von dem Toten im Park gelangt war. Jetzt rückte der Maulwurf nicht nur Informationen, sondern sogar polizeiliches Beweismaterial raus. Tolstoi kochte vor Wut. »Auch wenn die keinen Namen druntergeschrieben haben. Ich finde den Typen. Und das wird ihm nicht gefallen.«

»Wahrscheinlich ist das der Gleiche, der schon im Spreepark war und dann auch dich geknipst hat. Aber das werden die Zeitungsheinis uns nicht bestätigen.«

»Das brauchen die nicht. Ich knöpf mir den morgen direkt vor.«

»Ohne dass du sicher bist, dass er das war?«

»Keine Angst. Der wird das schnell zugeben.«

Inzwischen hatte Cayart vor Tolstois Haus angehalten. »Das macht mich alles ganz schön fertig«, gab die Psychologin zu. »Wie geht es dir damit?«

»Geht so. Aber wenn bei mir der Jagdinstinkt ausgebrochen ist, dann nehme ich den ganzen Kram um mich herum sowieso nicht richtig wahr. Leber, die Scheißartikel und so. Das berührt mich nicht.« Tolstoi machte eine Pause und blickte durch die Windschutzscheibe. »Prinzip Tunnelblick. Aber manchmal hilft es eben, wenn du negative Einflüsse einfach ausblendest.«

»Was machen eigentlich deine Alpträume?«

Tolstoi schwieg eine Weile. »Willst du mit hochkommen? Ich kann dir einen Whisky anbieten.«

Cayart schien auf nichts sehnlicher gewartet zu haben, als auf eine solche Einladung. Sie stellte den Wagen in einer Parklücke ab und folgte Tolstoi die Treppe hoch. Dann standen sie eng beieinander in der Küche und schauten durch das Ofenfenster der Tiefkühlpizza zu, die langsam erste Käsebläschen produzierte. Ein paar Minuten später nahm der Kommissar sie heraus und schnitt sie in sechs handliche Stücke. Mit dem Teller und zwei gut gefüllten Whiskyschwenkern setzten sie sich auf die Couch.

»Meine Alpträume«, begann Tolstoi vorsichtig, »die hängen mit dem zusammen, was damals passiert ist. Das war der Alltag … damals in Bosnien … das war ein einziges Knochenhaus. Überall Tote. Kinder mussten mit ansehen …« Er brach ab. Es dauerte einige Zeit, bis er wieder ansetzen konnte. »… wie ihre Eltern gequält und abgeschlachtet wurden. Das kriegst du aus deinem Kopf einfach nicht mehr raus.«

Einige Minuten schwiegen beide betreten. Dann schlang Cayart ihre Arme um Tolstoi. Sie strich ihm die Haare aus der Stirn. Gab ihm einen Kuss auf den Hals. Mit ihren Händen fuhr sie unter sein Hemd und begann, es aufzuknöpfen. Gleichzeitig rieb sie ihre Brüste an seinem linken Oberarm und knöpfte schließlich auch ihre Bluse auf. Das letzte Pizzastück rutschte vom Teller. Versehentlich stützte Cayart ihre Hand darauf und leckte sie gleich ab. Tolstoi zeigte keine Regung. Er starrte auf den Dielenboden. Cayart zog den Kommissar zu sich heran. Sie war oben herum nun komplett nackt.

»Nimm mich«, flüsterte sie ihm ins Ohr, »sofort und hier.«

Tolstoi reagierte nicht. Er blickte nicht einmal auf. Er knöpfte einfach sein Hemd wieder zu und trank seinen Whisky aus. »Ana, es tut mir leid. Ich bin nicht in Stimmung …«

Die Psychologin kam sich lächerlich vor. Lächerlich und ausgenutzt, wie sie so halbnackt vor dem Kommissar kauerte, erregt, ihre Hand mit Tomatenmark verschmiert. Verärgert sammelte sie ihren BH vom Boden auf, zog sich hastig an und stürmte Richtung Wohnungstür. Auf einmal war der Zweifel wieder da. Der Zweifel, dass es dem Kommissar nicht nur um die Expertise von Tonia Schlesinger ging.

»Ich bin kein Lückenbüßer, zu dem du kommen kannst, wenn mal gerade keine Studentin willig ist …«, schrie sie im Hinausgehen und knallte die Türe hinter sich zu. Tolstoi hörte, wie sie die Treppe herunterpolterte.

Er nahm das Glas seiner Kollegin, leerte den letzten Rest, wischte die Pizzakrümel vom Sofa auf den Teller und stellte das Geschirr in die Spülmaschine. Dann kletterte er die Holzleiter hinauf in die Dachkammer. Sein Teleskop stand noch vom vergangenen Mal in Position. Tolstoi fühlte den Schmerz in seiner Brust. Er zoomte das Wohnzimmer auf der anderen Seite der Straße heran, die Eltern saßen mit einem Rotwein auf der Couch, die Gardinen im Zimmer daneben waren zugezogen. Das Neugeborene musste also schon schlafen. Durch das Okular strömte Geborgenheit in seine Seele. Das Bild der Familienidylle gab ihm Kraft. Er fühlte sich den Menschen dort drüben, die er noch nie in seinem Leben gesprochen hatte, wieder einmal ganz nahe. All das hatte er auch einmal gehabt. Aber das lag lange zurück. Als er vierzehn Jahre alt war, lag sein Leben in Trümmern vor ihm. Er wollte eigentlich nur sterben. Aber sie ließen ihn nicht. Sie brachten ihn nach Deutschland. Sie wollten ihn retten. Aber aus seiner Einsamkeit konnte ihn niemand mehr retten. Mit seinem Okular verließ der Kommissar das traute Familienidyll wieder. Auch wenn es ihn wohlig anrührte, es war nicht das, was er suchte.

Vom Wohnzimmer schwenkte Tolstoi auf den Backsteinaltbau aus der Kaiserzeit. Im vierten Stock schienen alle Bewohner ausgeflogen zu sein. Genauso im zweiten. Die Nachbarn saßen sicher in den umliegenden Biergärten, plauderten mit Freunden oder aßen in den schicken Restaurants am Kanal zu Abend. In der Wohnung auf der dritten Etage waren die Fenster weit geöffnet. Bläuliches Licht flimmerte durch einen Raum. Tolstoi stellte das Objektiv schärfer und sah das junge Pärchen eng umschlungen auf der Couch liegen. Auf einmal klang Kinderlachen herauf in seinen Turm. Er drückte das Fernglas nach unten und konnte in der Straße den metallicgrünen Peugeot erkennen. Er merkte, wie sich sein Brustkorb verkrampfte. Er hatte also Glück. Seine Hoffnung wurde erfüllt. Er würde ihn sehen … Die Familie aus dem Nachbarhaus musste gerade von einem Tagesausflug zurückkommen. Die beiden Jungen waren bereits ausgestiegen. Die Mutter ging ums Auto herum und hob das schlafende Mädchen aus dem Kindersitz. Ziemlich spät für die Kleinen, dachte Tolstoi. Da öffnete sich endlich die Fahrertür. Heraus schob sich der Vater. Er dürfte fünf, höchstens zehn Jahre älter sein als der Kommissar. Der Mann ging zum Kofferraum und ließ den Hund raus. Mit einer Schaumstoffkeule fürs Schwimmbad tippte er einem der Jungen auf den Kopf. Diese Leichtigkeit, diese absolute Liebe zu seinen Söhnen, dieses Lächeln.

»Kostja …«, flüsterte der Kommissar. »Kostja Tolstoi. Du lebst …«

Lachend ging die Familie ins Haus.

Tolstoi rannen Tränen die Wangen herunter.

46

Der Piep fuhr Ana Cayart in die Knochen. Eine Sicherheitsfrau trat an sie heran und tastete mit einem Detektor ihren Körper ab. Als sie an ihrer Brust ankam, ertönte erneut ein markzerreißendes Piepen.

»Haben Sie da was aus Metall drin?«, fragte die Frau schroff.

»Ja, eine Pistole«, gab Cayart unbeeindruckt zurück und klappte die linke Seite ihres Kostüms auf. Die Frau in der dunklen Uniform schaute verwirrt.

»Sie können hier aber keine Waffen mit hineinnehmen.«

»Ich werde sie sicher nicht bei Hobbypolizisten wie Ihnen lassen.«

Die Torwächterin machte keine Anstalten, ihre Meinung zu ändern. Jetzt erst recht nicht. Zum Glück kam nun ein Mann im Nadelstreifenanzug mit wild wedelnden Armen angerannt.

»Ist gut, ist gut!«, rief er schon von Weitem. »Lassen Sie die Dame herein!«

Sauer ließ die Frau von der Security von Cayart ab und versteckte sich hinter dem Körperscanner.

Als der Mann durch die Drehtür in den großen Eingangssaal mit der Sicherheitsschleuse gerannt gekommen war, war er sichtlich außer Atem. »Verzeihen Sie die Unannehmlichkeiten, Frau Kommissarin«, hechelte er. »Gestatten Sie, Ricker Bünting. Ich bin der Verwaltungsdirektor im Verlag.«

Cayart schnappte sich ihre Habseligkeiten. Obwohl es sie nervte, eine unaufgeräumte Tasche zu haben, schmiss sie alles einfach zurück.

Lippenstift, Handspiegel, ihre Magentabletten, ein Kondom. Sie empfand es als erniedrigend, dass der intime Inhalt ihrer Tasche vor dem Mann ausgebreitet lag. »Wenn schon, Frau Doktor«, schnippte sie dem Mann entgegen. »Warum veranstalten Sie denn hier so ein Spektakel? Ist das nicht etwas übertrieben für eine Boulevardzeitung?«, schnaubte sie verächtlich. »Hasserfüllte Studentenhorden dürften Sie heute ja wohl kaum mehr überfallen.«

»Nein, nicht die Studenten. Dafür aber Psychopathen. Vor einigen Jahren kam mal ein Verrückter mit einer Machete ins Hochhaus und wollte unseren Chefredakteur umbringen. Er konnte gerade noch im Redaktionsflur gestoppt werden. Seitdem haben wir ein paar Sicherheitsmaßnahmen getroffen. Das ist nur konsequent. Verzeihen Sie bitte die Unannehmlichkeiten. Ihr Anruf kam etwas überraschend für uns …«

»Überraschend?«

»Nun ja, sagen wir mal so: Wir dachten, Sie würden erst einmal das Hauspersonal von Dr. Putlitz einer eingehenden Untersuchung unterziehen.«

»So, dachten Sie. Da haben wir wohl anders gedacht. Können wir?«

»Aber natürlich. Hier lang, bitte.«

Die beiden schritten durch einen engen Gang und betraten den Aufzug. Mit einiger Grazie drückte der Direktor auf die Nummer zwanzig.

»Herr Professor von Kirchner-Buckley erwartet Sie schon …«

Aber die Worte des Verwaltungsdirektors nahm die Psychologin überhaupt nicht mehr wahr. In Gedanken war Cayart längst woanders. Gebannt sog sie die Bilder des Bürogebäudes in sich auf. So sahen sie also aus, die Gedärme des Boulevardturmes. Innen war die Einrichtung weit davon entfernt, ein Luxuspalast zu sein. Alles wirkte eher unterkühlt. Edelstahl und Neonröhren. Ziemlich unspektakulär. Trotzdem fühlte Cayart ein Stechen in der Magengegend. Wie oft hatte sie heimlich von drüben das Hochhaus bestaunt. Wie oft hatte ihr Vater mit all seiner Verachtung über das aufgeblasene Protzgebäude hergezogen. Für den Kaderkommunisten stellte das hoch aufragende Gebäude den Kapitalismus genau so dar, wie er war: arrogant, kalt, verabscheuenswürdig.

Und jetzt befand sie sich selbst darin und fuhr nach oben. Der Direktor erzählte ihr Anekdoten aus der Geschichte des Verlages, wie er sie wahrscheinlich schon Hunderten anderen Besuchern zuvor erzählt hatte, aber Cayart war in ihren Gedanken bei ihrem Vater. Sie war in ihrer eigenen Geschichte gefangen.

In der obersten Etage trat Cayart in eine andere Welt. Statt kalter Geschäftigkeit strahlte die Ausstattung gediegende Gelassenheit aus.

»Hier lang, bitte«, sagte der Verwaltungsdirektor ölig. »Herr Professor von Kirchner-Buckley erwartet Sie bereits.«

Cayart folgte Bünting. Der Verleger stand vor einem Gemälde und betrachtete es intensiv. Cayart stellte sich neben ihn.

»Leopold Ullstein, der große deutsche Verleger«, sagte der Hausherr, ohne sich zu seiner Besucherin umzudrehen. »Siegbert verehrte ihn. Genau wie mein Vater. Leopold Ullstein hatte die schnellsten Rotationspressen der Welt und damit beherrschte er das Deutsche Reich.« Der Verlagserbe schaute dem bärtigen Mann weiter in die Augen. »Für meinen Geschmack war er zu liberal. Seine permanenten Angriffe auf Bismarck waren einfach degoutant. Aber er hatte Witz. Das muss man ihm zugestehen.«

Abrupt drehte er sich um. In den Augen des großen Verlegers erkannte Cayart den Schmerz um den Verlust des langjährigen Weggefährten, der für ihn zu dem Sohn geworden war, den er selbst nie hatte.

»Frau Doktor, wie Sie wissen, blicken wir in diesem Haus auf eine sehr lange Tradition zurück. Zu den Stützen des Verlags gehörten seit jeher die einflussreichsten Männer Deutschlands.« Er schritt im Raum auf und ab. »Diese Männer haben deutsche Geschichte geschrieben! Und Siegbert Amadeus Putlitz steht in einer Reihe mit den Größen dieses Hauses.« Leopold von Kirchner-Buckley fixierte Cayart. »Sein Mörder hat nicht nur einen Menschen umgebracht, er hat diesem Haus den Krieg erklärt.«

Cayart durchfuhr ein Frösteln. Mit eisigen Augen starrte der Medienmogul nun die Psychologin an und aus dem Blick des alten Herrn las sie extreme Entschlossenheit.

»Wenn Sie dieses Scheusal nicht schnell finden, dann werden wir es selbst tun!«

47

Ana Cayart war davon überzeugt, dass Leopold von Kirchner-Buckley nicht bluffte. Aber sie wusste nicht, was für den Mörder besser sein würde. Hinter Gittern und angeklagt vor dem Gesetz, oder von den Bluthunden des größten Verlagsimperiums Deutschlands gehetzt und zur Strecke gebracht zu werden. In der Vergangenheit hatte es schon Berichterstattungen gegeben, die Selbstjustiz durch einen aufgebrachten Mob zur Folge hatten. So etwas passierte auch in Deutschland.

»Ich würde Ihnen gerne einige Fragen zu Herrn Putlitz stellen«, brach Cayart schließlich die aggressive Stille.

»Kommen Sie, setzen wir uns«, forderte von Kirchner-Buckley die Polizeipsychologin auf und machte seinem Direktor ein herrisches Zeichen mit dem Zeigefinger. Er hatte unauffällig neben der Tür auf seinen Einsatz gewartet. Sie nahmen in einer Sofagarnitur vor einem der Panoramafenster, die das große Büro einrahmten, Platz. Dort stand eine altmodische Porzellankanne mit frisch gebrühtem Kaffee bereit. Ricker Bünting goss den beiden ein, dann sich selbst.

»Ich habe fast nichts über die Person Siegbert Putlitz gefunden. Was für ein Mann war er?«

»Er war vor allem ein sehr gewissenhafter Mensch. Und er hatte Visionen. Nicht solche, wegen derer man zum Arzt gehen sollte. Nein, er wusste immer ganz genau, wo der Verlag in drei, fünf, zehn Jahren stehen sollte. So etwas finden Sie nicht oft.«

»Wenn ich es richtig verstanden habe, dann hat er sich von sehr weit unten hochgearbeitet?« Cayart war völlig klar, wie hinterhältig ihre Frage war.

»Das stimmt. Siegbert hatte eine ungeheure Begabung, die mir schon früh aufgefallen ist«, begann der alte Herr vorsichtig. »Schauen Sie, Anastasia, jeder hat Talente. Ihre liegen in der Analyse kranker Gehirne und der Motivation von Verbrechern. Ich denke, von mir sagen zu können, dass mir ein gewisser verlegerischer Weitblick vergönnt ist, gerade was die Zahlen angeht. Siegbert aber war ein Genie. Er beherrschte die Klaviatur des Zeitungsgeschäftes wie kein anderer …«

Die letzten Sätze des Verlegers hatte Cayart nicht mehr richtig erfasst. Sie war in Gedanken woanders. Schon lange hatte sie niemand mehr mit ihrem vollen Vornamen angesprochen. Sie bevorzugte die Abkürzung. Denn der Vorname erinnerte sie an ihren Vater. Er war es, der seiner Tochter den alten russischen Namen geben wollte. Anastasia. Die letzte Zarentochter. Der alte Cayart wollte eine neue Zarin in die Welt setzen. Eine rote Zarin. Nicht anders ließen sich die Namensgebung und seine spätere Erziehung deuten. Die Polizeipsychologin blickte abwesend zum Fenster hinaus, bis eine verärgerte Stimme sie aus ihren Gedanken zurückholte.

»Hören Sie mir überhaupt zu?«

»Ja, natürlich. Ähm, Sie sagten, er habe … also er habe die Klaviatur beherrscht«, stotterte die Psychologin. »Wie meinen Sie das, hat er die Auflage nach oben getrieben?«

»Siegbert hat nicht so schlicht gedacht. Er bewegte sich in ganz anderen Kategorien. Wissen Sie, Zeitungen sind eine leicht verderbliche Ware, was am Tag nicht verkauft wird, ist abends Makulatur. Wenn Sie das im Kopf behalten, dann begreifen Sie, wie das Geschäft funktionieren muss.«

»Und das hat Herr Putlitz also verstanden?«

»Ja, das hat Siegbert perfekt beherrscht. Er hat unsere Mannschaften in den Redaktionen orchestriert. Es ist nicht leicht, Sichtweisen in die Köpfe der Menschen zu bringen. Die Deutungshoheit über Geschehnisse zu haben. Siegbert konnte das.«

»Wer die Gedanken diktiert, der hat doch sicher auch Feinde?«

»Siegbert war ein viel zu gütiger Mensch, um sich nachhaltig unbeliebt zu machen.«

Cayart wusste, dass das eine unverfrorene Lüge war. Es war nicht viel, was sie über den Medienmanager gefunden hatte. Aber sie hatte die Artikel und Notizen aus dem Polizeiarchiv gewissenhaft studiert. In der publizistischen Flinte von Siegbert Amadeus Putlitz waren unzählige Kerben für erlegte Widersacher. Politiker, Intellektuelle, Societygrößen. So jemand war nicht beliebt. Ganz ohne Frage. Er war gefürchtet, vielleicht respektiert. Aber mit Sympathie hatte das nichts zu tun. Putlitz polarisierte, er versöhnte nicht, wenn es nur seinen Blättern nutzte.

»Aber es gab doch auch Anfeindungen gegen Herrn Putlitz?«, versuchte es Cayart noch einmal.

»Wer die Messe lesen will, braucht eine volle Kirche«, gab Leopold von Kirchner-Buckley trocken zurück. »Aber Siegbert hatte sich im Laufe der Jahre verändert. Seine wildeste Zeit erlebte er sicher, als er das erste Mal Chefredakteur bei einer unserer Boulevardzeitungen war. Wenn Sie so wollen, dann hat er sich damals nicht nur Freunde gemacht. Aber die meisten Menschen nehmen das sportlich.«

»Sportlich? Wenn sie vor einem Millionenpublikum abserviert werden?«

»Wen servieren wir denn ab? Wir zeigen den Menschen ihre Verfehlungen auf. Und jeder hat eine zweite Chance verdient. Auch bei uns. Wer sich später ordentlich verhält, der wird von uns durchaus in die Herde der braven Mitbürger zurückgeholt. Gesellschaftliches Ansehen kann man sich wieder erarbeiten. Wenn man nur will.«

Wie verhält man sich denn ordentlich? Wer nicht angekrochen kommt, der wird immer weiter in den Dreck getreten!

Cayart sah wieder ihren Vater vor sich. Auch wenn er in seiner kommunistischen Verblendung maßlos übertrieben hatte, mit seiner Beschreibung der mitleidlosen, kaltherzigen Seelen der Medienmogule hatte er schon damals hundert Prozent ins Schwarze getroffen.

»Aber in der Zeit als Boulevardchef, da gab es doch sicher einige, die es in seiner Gunst nicht wieder nach oben geschafft haben und deren Leben dank Herrn Putlitz in Scherben lag. Gab es da nie Hassbriefe, Drohungen oder Ähnliches?«

»Ach, wenn wir das alles ernst nehmen würden. Was glauben Sie, wie viele Drohbriefe und Morddrohungen unsere Mitarbeiter täglich bekommen? Das zeigt nur, wie knallhart sie recherchieren und wie gnadenlos ihre Analyse ist.« Leopold von Kirchner-Buckley war aufgestanden und hatte eine Feldherrenpose eingenommen. Er schien großen Gefallen daran zu finden, sich vor einem der Panoramafenster aufzubauen und auf die Ameisen in den Straßen herabzublicken. »Denken Sie nur …«, nahm er das Gespräch mit der Psychologin wieder auf. »Selbst diese unscheinbare und tiefreligiöse Frau … Wie hieß sie noch gleich? Die Dame mit dem unrühmlichen Ende im Plänterwald …«

»Agnes Rottluff.«

»Richtig. Na ja, auf jeden Fall hat selbst diese Person den Unmut einiger Leute auf sich gezogen, als sie noch unter Siegbert in der Redaktion –«

Cayart durchfuhr es wie ein Blitz. Und zwar so abrupt, dass sie jegliche Höflichkeit vergaß und dem alten Herrn unverblümt ins Wort fiel. »Wie bitte? Agnes Rottluff hat bei einer Ihrer Zeitungen gearbeitet?«

48

Süßlicher Ketchupgeruch und Fritteusendunst stieg Tolstoi in die Nase, als er im U-Bahnhof Eberswalder Straße ausstieg und vorbei an einer Currywurstbude Richtung Danziger lief. Der aggressive Fettgeruch drehte dem Kommissar seinen noch leeren Magen um. Trotzdem hatte sich vor dem Imbiss schon eine knapp zehn Meter lange Schlange von Touristen aufgereiht. Allein die Vorstellung, sich morgens um neun einen Pappteller mit

Fritten und Wurststückchen in Tomatentunke reinzuwürgen, ekelte ihn an. Erst als er die zweispurige Schönhauser Allee überquert hatte und sich in den Geruch von warmen Croissants und Latte Macchiato flüchten konnte, verlangsamte er seinen Schritt wieder. Hier war er aufgewachsen. Oder besser, hier war er angekommen. Als vierzehnjähriger Flüchtling aus Bosnien-Herzegowina. Ganz in der Nähe war das Kinderheim, in das sie ihn damals gesteckt hatten.

Das Viertel hatte ihn an seine Heimat erinnert. Zerschossene Häuser, abgebrochene Balkone, vom Mangel gezeichnete Läden. Der Prenzlauer Berg unterschied sich auf den ersten Blick kaum von Städten wie Belgrad, Banja Luka oder Višegrad. Sozialistischer Zerfall, der seit Jahrzehnten nicht gestoppt worden war. In den ersten Jahren zog er durch die Hinterhöfe, meist mit zwei, drei Jahre jüngeren Kumpanen. Gleichaltrige mied er. Die machten sich nur über sein Deutsch lustig. Aber bei den Jüngeren konnte er punkten, mit seinen Messerkunststückchen oder einfach nur dadurch, dass er rauchte. Für Kinder und Jugendliche war die Gegend ein Paradies. Es hatte noch Ruinen gegeben, die seit dem Zweiten Weltkrieg nicht angerührt worden waren.

Für seine kleinen Freunde war ihr Umherstreifen damals ein einziger Spaß. Vuk musste sich dazu zwingen, gute Laune zu dem Spiel zu machen. Seit den traumatischen Erlebnissen mit seinen Eltern konnte er keinen Spaß mehr empfinden. Bei ihm, dem vierzehnjährigen Flüchtling aus Bosnien, verursachte das Viertel damals vor allem Depressionen.

Vuk Tolstoi wusste von Anfang an, dass er in Berlin niemals eine neue Heimat finden würde. Und auch nirgendwo sonst. Denn Heimat war für ihn unauflöslich mit Geborgenheit verbunden. Und die würde er nie mehr wieder im Leben finden. Seine Geborgenheit war durch eine erzwungene Eisenbahnfahrt für immer zerstört worden. In den ersten Jahren in Berlin lag er viele Nächte weinend im Bett. Er schämte sich dafür und wollte nicht, dass jemand ihn so sah. Vuk Tolstoi fühlte sich unendlich einsam und verlassen. Er betete weiter zu Gott, wie sein Vater es ihm beigebracht hatte. Aber er hatte zunehmend das Gefühl, dass das alles sinnlos war.

Mit siebzehn hörte er auf zu beten und kümmerte sich um seine Einbürgerung. Mit achtzehn begann er seine Ausbildung bei der Polizei.

Seitdem hatte es der Kommissar vermieden, in den Prenzlauer Berg zurückzukehren. Soweit dies möglich war. Drei, vier Mal hatte er sich in den vergangenen Jahren für die Arbeit kurz in dem Stadtteil aufhalten müssen. Aber er versuchte, die Stippvisiten immer so kurz wie möglich zu halten.

Und auch jetzt stieg in ihm sofort wieder dieses drückende, schwere Gefühl auf. Es begann in der Magengrube und breitete sich in seinem Körper aus. Tolstoi fühlte sich unwohl. Ihm war schlecht.

Er dachte an den aktuellen Fall, zwang seine Gedanken in eine andere Richtung. So hatte er es immer gehalten. Durch Arbeit vergessen. Meistens klappte es. Auch jetzt. Der Kommissar konzentrierte sich auf das bevorstehende Treffen. Cayart hatte ihm die Telefonnummer des Reporters durchgegeben.

Der Kommissar war zehn Minuten vor dem vereinbarten Termin in der Bar und bestellte sich einen großen Milchkaffee. Als zwanzig Minuten später ein Mann mit blonden, zurückgegelten Haaren, weit aufgeknöpftem Hemd, Sakko und Cowboystiefeln an die Theke trat und ein Bier bestellte, wusste Tolstoi sofort, dass das sein Mann sein musste. Der Fotograf sah sich suchend um. Zumindest tat er so, als würde er ihn nicht erkennen.

Du weißt genau wer ich bin, Arschgesicht!

Tolstoi stierte ihm in die Augen und wies ihn mit dem Zeigefinger an, an seinem Tisch Platz zu nehmen.

»Sind Sie der Bulle?«

»Und Sie sind der Drecksack, nehme ich an?«

»Ich kann gerne gleich wieder gehen«, schnauzte der Paparazzo.

»Setzen Sie sich und halten Sie erst mal die Klappe.« Tolstoi hatte keine Lust auf große Abtastspiele.

»War ein Witz. Ich hab Sie natürlich gleich erkannt«, grinste Blomfeld. Er musste vorsichtig sein. Denn würde der Bulle herausfinden, dass er es war, den er vor zehn Tagen im Plänterwald gejagt hatte, könnte er sich einigen Ärger einfangen. Deswegen hatte der Fotoreporter das Motorrad auch sofort in der Garage seines uralten Nachbarn verschwinden lassen. Er durfte nicht den geringsten Verdacht erwecken. »Sie sind ja im Moment eine Berühmtheit, wenn auch eine traurige …«

Der Kommissar hatte große Lust, dem Typen direkt eine in die Fresse zu schlagen. Es kostete ihn einige Überwindung, mit zusammengepressten Lippen zu lächeln. »Sie waren im Keller von Putlitz!«

»Wer behauptet denn so was? Kompletter Irrtum!«

»Wir wissen es.«

»Haben Sie Beweise? Die möchte ich sehen.« Ein fettes Grinsen breitete sich auf dem Gesicht des Reporters aus.

»Wir haben Ihren Informanten hopsgenommen. Und jetzt kommen Sie dran, mit einem Verfahren auf Hausfriedensbruch und Behinderung der Polizeiarbeit in einem besonders schweren Fall.« Tolstoi haute mit der flachen Hand auf den Tisch. Nicht besonders fest, eher als Beweis für seine Entschlossenheit.

»Sie bluffen!«

Da stand der Kommissar abrupt auf. Er packte den Mann am Sakkorevers und riss ihn von seinem Sitz hoch. »Wie Sie wollen. Dann geht es eben direkt in den Knast. Ich stecke Sie zu den ganz üblen Jungs. Und ich sage denen, dass Sie ein Kinderficker sind …«

Das Grinsen verschwand aus dem Gesicht des Paparazzos.

In seinen Augen spiegelte sich auf einmal die schiere Panik.

49

Leopold von Kirchner-Buckley funkelte die Polizeipsychologin verärgert an. Er konnte es auf den Tod nicht ausstehen, wenn ihm jemand ins Wort fiel. Entsprechend lange ließ er sich Zeit, um auf die Frage der Ermittlerin einzugehen. »Ich glaube, so hieß sie«, antwortete der Verleger schließlich, komplett emotionslos. »Ja. Agnes Rottluff.«

»Und Agnes Rottluff hat bei Ihnen im Verlag gearbeitet? Wo denn?«

Überlegen beobachtete von Kirchner-Buckley, wie die Psychologin ihre Ungeduld kaum verbergen konnte. Wie ein quengeliges Kleinkind, das nach Schokolade giert und nicht gleich welche bekommt, hielt er die Ermittlerin hin. »Wussten Sie das denn nicht?«, sagte er schließlich mit gespielter Überraschung. »Die Dame hat vor vielen Jahren für unser wichtigstes Boulevardblatt geschrieben. Aber es war ein kurzes Intermezzo. Das war nichts für sie. Wissen Sie, es ist nicht leicht, im harten Alltag des Reporters zu bestehen. Sie war dafür nicht gemacht, viel zu emotional. Was ihr jetzt zugestoßen ist, hat mich aber sehr schockiert. Ein widerliches Verbrechen.«

»Aber das ist doch kein Zufall. Erst Rottluff und dann Putlitz –«

»Was sollte die beiden denn bitteschön verbinden?«, fiel jetzt der Medienmogul der Psychologin ins Wort. »Die Dame hat in der Redaktion mal für einige Monate mitgearbeitet. Das war eher eine Art Praktikum.

Unsere Journalisten haben das nach den schrecklichen Vorfällen noch einmal rekonstruiert. Aber da fand sich nichts, was für unsere Blätter verwertbar gewesen wäre. Frau Rottluff hatte sich schlicht die falsche Redaktion ausgesucht, was sich sehr schnell herausstellte.«

»Haben Agnes Rottluff und Siegbert Putlitz denn an irgendetwas zusammen gearbeitet?«

»Nicht dass ich wüsste. Ich glaube, Sie verstehen auch nicht ganz, wie so eine Redaktion aufgebaut ist. Frau Rottluff war Praktikantin, Siegbert Chefredakteur. Die haben nicht miteinander zu tun gehabt.«

Das hochnäsige Getue des Verlegers ging Ana Cayart ziemlich auf die Nerven. Eigentlich hatte sie schon alles erfahren, was sie wissen wollte. Weit mehr sogar. Aber zum Abschluss wollte sie Leopold von Kirchner-Buckley noch ein bisschen pisacken. »Können Sie sich denn vorstellen, dass die beiden eine Affäre hatten?« Sie konnte sich ein Grinsen nicht verkneifen.

»Niemals!«, schoss es aus dem Mund des alten Herrn. Abrupt drehte er sich zurück zum Fenster und blickte wieder herab auf die Stadt.

»Ich bräuchte die genauen Zeitangaben, wann Agnes Rottluff bei Ihnen in der Redaktion war. Außerdem sämtliche Artikel, die sie geschrieben hat. Ginge das?«

»Ricker. Sie kümmern sich darum! Schicken Sie die Sachen der Frau Doktor.«

»Gerne, gnädiger Herr.«

»Es ist ziemlich dringend«, schaltete sich Cayart noch einmal ein.

»Sie werden die Unterlagen schon bald genug bekommen. Ich denke, unser Gespräch ist beendet.«

»Eine Frage hätte ich noch«, fuhr Cayart unerschrocken fort. »Sagt Ihnen der Name Dietrich Blomfeld etwas?«

Kurz musste der Verleger überlegen. »Sie haben Glück. Normalerweise beschäftige ich mich nicht mit dieser Art von Menschen. Aber Herr Blomfeld hat einmal die unglaubliche Frechheit besessen, uns erpressen zu wollen.«

»Wie erpressen?«

»Er verlangte viel zu hohe Summen für ein paar Schnappschüsse. Aber das haben wir natürlich nicht gezahlt. Danach hat er aufgehört, für unser Haus zu arbeiten.«

Leopold von Kirchner-Buckley drehte sich weg und verschwand, ohne Cayart zum Abschied die Hand zu reichen. Aber diese Unhöflichkeit nahm die Polizeipsychologin überhaupt nicht wahr. In ihrem Inneren hämmerte der Puls.

Sie hatten endlich eine Verbindung!

50

Kommissar Tolstoi packte den Fotografen fest am Arm. Der Mann war ein Fliegengewicht. Große Klappe und kleine Muckis. Entsprechend brutal wirkte der Auftritt des Polizisten. Irritiert beobachtete ein Pärchen am Nebentisch die Szene.

»Warten Sie! Das können Sie nicht –«

»Klar können wir. Wir haben ja die Zeugenaussage, dass Sie in das Haus eingebrochen sind.«

»Okay, okay, wir unterhalten uns weiter«, winselte Blomfeld. »Was wollen Sie wissen?«

Tolstoi ließ den Paparazzo zurück auf seinen Sitz plumpsen. »Sie erzählen mir jetzt im Detail, was und wen Sie dort in dem Keller gesehen haben, oder ich werde Ihnen Ihr mickriges Leben zur Hölle machen.«

Der Reporter wirkte völlig überfahren. Tolstois Taktik war aufgegangen. Aber gehörigen Anteil an seinem glaubwürdigen Auftreten hatte sicher auch die Wut auf diesen Mistkerl, die sich im Magen des Kommissars aufgestaut hatte.

In Blomfelds Augen begann es zu flackern. Offenbar wägte der Paparazzo sämtliche Optionen noch einmal gegeneinander ab. Am Ende entschied er sich dafür auszupacken. Er war eben doch kein Kriegsreporter, sondern nur ein schmieriger Wegelagerer. Und dafür brauchte es keinen Mut, sondern Sitzfleisch.

»Was krieg ich denn dafür, wenn ich Ihnen helfe?«, blaffte Blomfeld, als er sich einigermaßen wieder gefangen hatte. »Kohle oder 'ne Exklusivstory?«

Der Mann konnte es einfach nicht lassen.

»Keinen Ärger, mehr ist nicht drin«, lächelte Tolstoi scheinheilig. Er hatte sich wieder hingesetzt und pflügte mit einem Löffel durch den Milchschaumberg auf seinem Kaffee. »Ein letztes Mal, was war im Keller?«

Blomfeld gab sich keine große Mühe, seine Verärgerung zu verstecken. »Nichts. Da war nicht mehr, als in der Zeitung zu sehen war …«

»Versuchen Sie nicht, mich zu verarschen!«

»Wirklich. Da lag die Hand rum, der ganze Dreck. Es stank ekelhaft. Das war's.«

»War da noch jemand anderes?«

Blomfeld überlegte eine Weile. Er konnte sich ausmalen, worauf der Kommissar hinauswollte. »Nicht, als ich da war.«

»Was heißt das?«

»Das heißt das, was ich gesagt habe.«

»Sie haben sich wohl doch für den Ärger entschieden?«

Im Hirn von Blomfeld arbeitete es jetzt wieder. »Herrgott, keine Ahnung. Vielleicht war vor uns jemand da? Vielleicht danach? Wissen Sie es?«

»An die Tür war mit roter Farbe etwas geschrieben. Haben Sie das gesehen?«

»Ja. Aber die Schrift war verwischt.«

Die Antwort kam eindeutig zu schnell. Außerdem bemerkte Tolstoi, wie der Fotoreporter nervös mit den Fußspitzen gegen das Tischbein tippte.

»Und Sie waren das nicht?«

»Nein, natürlich nicht.«

»Sicher?« Geradezu sanft blickte Tolstoi dem Fotografen in die Augen. Er sprach jetzt völlig ruhig. »Passen Sie auf. Ich schicke Ihnen ein Erkennungsteam nach Hause. Die nehmen sämtliche Klamotten von Ihnen unter die Lupe. Wenn ich da auch nur den kleinsten Partikel von der Farbe finde, dann wandern Sie als Kinderschänder in den Knast!«

Missmutig fixierte Blomfeld die Speisekarte aus Plexiglas. »Ich hab da nichts angelangt«, sagte er gepresst.

»Okay. Wie Sie wollen … Dann legen wir eben los. Sie kommen jetzt mit aufs Revier. Parallel schicke ich Ihnen meine Bluthunde in die Wohnung und die finden sicher irgendwas, egal was. Und wenn es eine Tüte Hasch oder Koks ist.«

Als der Boulevardreporter nun seinen Blick wieder hob, überlagerten Verachtung und Arroganz die Furcht. »Sie sind ein ganz ein harter Hund, was? Sie glauben doch nicht, dass Sie mich mit Ihrer lächerlichen Good-cop-bad-cop-Masche beeindrucken?«

»Wissen Sie, welches die gefährlichsten Hunde sind?« Tolstoi wartete kurz ab, bevor er selbst die Antwort gab. »Verletzte Hunde.«

»Ach ja?«

»Und besonders gefährlich sind sie für den, der sie verletzt hat.« Der Kommissar zerstörte auch die letzten Reste Milchschaum, indem er in nerviges Dauerrühren verfiel. Und sein Gegenüber schien seine unbändige Wut zu wittern.

»Sie haben es so gewollt.«

Tolstoi sprang erneut auf und riss den Fotografen am Jackenrevers hoch.

»Warten Sie …«, gurgelte der Fotoreporter. »Ja. Ich hab da aus Versehen draufgelangt.«

»Wie draufgelangt?«

»Na ja, als ich da rein bin, da hat mich das erst mal alles umgehauen. Und als ich mich an die Tür gelehnt habe, da waren meine Finger plötzlich in der Farbe.«

»Und dann?«

»Na, ist doch wohl klar. Ich lass doch nicht meine Fingerabdrücke zurück. Mann, da geht es um Mord!«

»Und dann haben Sie die Abdrücke weggewischt?«

»Ja.«

»Und was stand an der Tür?«

»Keine Ahnung.«

Bockig schaute ihm der Reporter in die Augen. Tolstoi zückte sein Handy, wählte eine Nummer. »Wir brauchen einen Durchsuchungsbefehl. Es geht um den Fotografen Dietrich Blomfeld. Das Mobile Einsatzkommando soll –«

Blitzartig ergriff Blomfeld die Hand des Kommissars und riss sie vom Ohr weg. »Legen Sie auf!«

»Ich höre?«

»Da war so ein komischer Text an der Tür gestanden. Irgendwas mit Sperma. Aber das war total wirr …«

»Wie lautete der genaue Text?«

Blomfeld kramte sein Smartphone aus der Innentasche seiner Jacke. Einige Sekunden später zeigte er dem Kommissar ein Foto der Tür. Auf der Edelstahlverkleidung spiegelte sich das Blitzlicht der Kamera. Die Aufnahme hatte Blomfeld gemacht, bevor er die Schrift verwischt hatte. Nur mit einiger Mühe konnte der Kommissar die Botschaft lesen:

Weil er mit Speichel, Tinte, Druckfarbe
daſ verſeuchende Gift ſeineſ Spermaſ
in Hirne, an Zahl unerrechenbar, ſpritzt.

Tolstoi nahm dem Reporter das Telefon aus der Hand, hielt es sich nur wenige Zentimeter vor die Augen, betrachtete das Foto noch einmal länger und steckte das Gerät dann in seine Tasche.

»He, was soll das? Geben Sie sofort mein Telefon zurück!«

»Das ist beschlagnahmt. Wichtige Indizien für eine Mordermittlung.«

»Das können Sie nicht machen. Ich –«

»Ich kann alles. Wollten Sie noch was sagen?«

Aus Blomfelds Blick funkelte inzwischen der blanke Hass. Aber offenbar hatte er langsam begriffen, dass Widerstand zwecklos war.

»Ich gehe davon aus, dass Sie mir, sobald Sie wieder an Ihrem Computer sind, sämtliche Fotos mailen, die Sie vom Tatort gemacht haben.«

»Das kann dauern. Ich hatte nicht vor, heute an meinen –«

»In einer Stunde sind alle Bilder in meinem Account!« Tolstoi schob dem Fotoreporter eine Visitenkarte hin und deutete auf die Mail-Adresse. »Und wehe, ich finde später auch nur ein einziges, das Sie mir nicht geschickt haben.«

»Wie stellen Sie sich das denn vor? Ich muss auch meiner Arbeit nach–«

»In einer Stunde! Keine Minute länger!« Tolstois Gesichtsausdruck ließ keinen Zweifel an seiner Entschlossenheit zu. »Die Kollegen dürften ziemlich enttäuscht sein, dass ich vorhin so schnell aufgelegt habe und ihnen ein großer Spaß entging. Die mögen Journalisten nicht sonderlich.«

Blomfeld schluckte. Dann steckte er die Karte ein. »Ich werde mein Bestes geben ...«

»Davon gehe ich aus!«, erwiderte der Kommissar und grinste übers ganze Gesicht. Das Gespräch begann, ihm Spaß zu machen. Nur eines fehlte noch zu seinem absoluten Hochgefühl. »Außerdem wollten Sie doch schon lange mal eine Story bringen über die unglaublich erfolgreiche Arbeit der Berliner Mordkommission!«

Entgeisterte starrte ihn Atze Blomfeld an.

»Mir scheint, dass Sie den Mordfall vom Spreepark noch einmal auf der Titelseite aufrollen möchten. Durch intensive Recherchen haben Sie nämlich herausgefunden, wie hart die Ermittler schuften. Sie haben sich geirrt mit Ihrem vorschnellen Urteil. Aber das ist ja nicht schlimm. Daher beschreiben Sie jetzt, wie unglaublich professionell und aufopfernd das LKA arbeitet. Vor allem der ermittelnde Kommissar Vuk Tolstoi und seine Kollegin Ana Cayart.«

Mit offenem Mund starrte der Reporter sein Gegenüber an. »Sie spinnen ja total! Ich bin Fotoreporter, kein Chefredakteur! Das liegt überhaupt nicht in meiner Macht.«

»Ich sag nur: Kinderschänder im Knast – aufgepasst!«

Atze Blomfeld sagte nichts mehr.

»Sehr schön, dass wir einer Meinung sind. Außerdem bekommen Sie noch ein Interview mit der Polizeipsychologin. Exklusiv natürlich! Ganz bescheiden wird sie darin von ihren revolutionären Methoden und den unglaublichen Erfolgen ihrer Arbeit sprechen.«

»Sie haben keinerlei Ahnung, wie Redaktionen funktionieren! Ich kann doch nicht einfach –«

»Der Text liegt heute Abend in meinem Mailfach. Ich werde ihn so umschreiben, dass er mir gefällt. Den Rest kläre ich mit meiner Kollegin Cayart. Danach wird an dem Interview nichts mehr geändert. Ein Foto der Dame bekommen Sie von mir natürlich auch zugeschickt. Ein vorteilhaftes, versteht sich!«

Tolstoi zwinkerte dem Paparazzo zu. Blomfeld starrte entsetzt zurück. Er überlegte fieberhaft, welche Strippen er ziehen müsste, um diese völlig absurde Forderung zu erfüllen. Die Redaktion des *Berliner Express* würde ihn eher vom Hof jagen, als ihm die Titelseite für so etwas zu überlassen.

»Damit macht sich das Blatt doch total lächerlich!«

»Lieber lächerlich als total nackig, oder? Wir haben keinerlei Probleme, auch eine Hausdurchsuchung in der Redaktion und beim Chefredakteur zu machen. Sie haben zugegeben, dass Sie in die Villa eingebrochen sind und den Tatort manipuliert haben.« Tolstoi deutete triumphierend auf seine ausgebeulte Sakkotasche, in die er das konfiszierte Handy gesteckt hatte. »Die Beweise sind erdrückend. Dafür gehen Sie in den Knast.« Er machte eine dramatische Pause. »Und Ihren Informanten finden wir auch noch. Dann wird das Ganze noch viel haariger …«

»Arschloch«, zischte Blomfeld.

»Auch noch Beamtenbeleidigung«, grinste Tolstoi, »aber da will ich mal nicht so sein. Das Wasser steht Ihnen sowieso schon bis zum Hals. Ich melde mich, wenn ich noch etwas brauche. Sie können sich entfernen!«

Blomfeld leerte sein Bier in einem Zug. »Das geht auf Sie«, maulte er und verschwand.

51

Theo Wolffs Auftrag war ziemlich eindeutig. Tolstoi hatte ihn angewiesen, nach weiteren Toten mit Markierungen oder Verletzungen auf der Stirn zu suchen. Am späten Nachmittag war dann Cayart hereingeplatzt und hatte von ihrem Gespräch mit dem Verleger berichtet. Tolstoi war während ihres Berichts in Wolffs Büro dazugestoßen. Zu dritt hatten sie danach versucht, das Suchprofil einzuengen. Ihnen war klar, dass sie nach einem weiteren toten Journalisten suchen müssten. Denn wenn die Tote aus dem Spreepark als Reporterin gearbeitet hatte, dann konnte das kein Zufall sein. Auch das neue Zitat, das Tolstoi von dem Schmierenreporter bekommen hatte, wies in diese Richtung. Zumindest konnte man es so verstehen. Das erste Zitat hatte nun endlich auch einen Sinn bekommen. Es ging um journalistische Berichte.

Um Texte, die das Volk zu lesen bekam …

Wolff war anfangs ziemlich optimistisch an die Arbeit gegangen. Die Aufgabe schien ihm überschaubar. Doch jetzt wühlte sich der ergraute Polizist schon seit Stunden durch Berge von Akten. Ohne auch nur einen einzigen Treffer zu landen. Entweder hatten die Kollegen bei ihren Ermittlungen auf andere Details Wert gelegt. Kratzer auf der Stirn spielten dann keine große Rolle. Oder aber die toten Journalisten tauchten nur in allgemeinen Statistiken auf, weil die Fälle nicht als Morde eingestuft worden waren. In Berlin hatte er zum Beispiel zwei solcher Fälle gefunden. Beide schienen glaubwürdig Autounfälle gewesen zu sein. Einer war in der Nacht auf dem vereisten Stadtring gegen einen Brückenpfeiler gerast und sofort gestorben. Eine Radiomoderatorin war mit ihrem Fahrrad unter einen Lkw geraten, wobei die Schuld wohl eindeutig bei ihr gelegen hatte. Zumindest hatten das drei Zeugen unabhängig voneinander so gesehen. Inzwischen hatte Wolff seine Suche auf das gesamte Bundesgebiet ausgeweitet.

Von den Kollegen in Nordrhein-Westfalen hatte er sofort sämtliche Akten über tote Journalisten in dem Bundesland bekommen. Dabei half ihm der gute Kontakt zu einem Hauptkommissar in Bonn, mit dem Wolff vor zig Jahren mal ein Seminar beim BKA absolviert hatte. Abends waren sie zechend durch die Kneipen der Innenstadt gezogen und nach fünf, sechs Bier hatten sie Freundschaft geschlossen. Nach drei weiteren Stunden hatte er auch diese Akten durch. Alle Todesfälle lagen mehrere Jahre zurück. Wolff notierte sich trotzdem die Details.

Während seiner Zeit mit Tolstoi hatte er vor allem eines gelernt: dass jedes noch so abwegige Informationsteilchen dem Kommissar weiterhelfen konnte. Irgendwie besaß er eine andere Logik. In seinem Hirn stellte er Verbindungen her, die sonst niemand sah. Wolff konnte mit den Fällen aus dem Ruhrgebiet nichts anfangen. Aber vielleicht Vuk. Gerade schlug der Polizist eine neue Akte auf, als er vor seiner Bürotür einen Schrei hörte.

»Schnell, Theo!«, schrillte die weibliche Stimme. »Hilf mir!«

Wolff sprang von seinem Stuhl auf und rannte ins Vorzimmer. In der Mitte stand die Assistentin. Luise Weissmann. Auf ihren Armen balancierte sie einen riesigen Stapel mit neuen Akten. Und die Spitze schwankte bedenklich.

»Nimm die obersten Mappen!«

Wolff glotzte sie nur an. Für den Moment völlig überfordert. Er war nicht groß und überlegte sich, wie er da hochkommen sollte.

»Schnell, mach schon!«

Wolff zog einen Schemel heran und kletterte drauf. Oben packte er sich die Hälfte des Stapels auf seine Unterarme. Vorsichtig balancierte er vom Stuhl herunter. Beide luden ihre Last auf den Schreibtisch im Nebenzimmer.

»Danke«, stöhnte Weissmann erleichtert. »Das wäre ein riesiges Chaos geworden, wenn die alle runtergefallen wären …«

»Und es hätte uns irrsinnig Zeit gekostet. Wo kommen die denn her?«

»Hamburg, der gesamte Norden, Hessen und ein erster Schub aus Sachsen.«

»Fehlt noch der Süden.«

»In Baden-Württemberg haben sie überhaupt nichts gefunden. Und aus München kommen morgen noch zwei Akten.«

Wolff begann, die Unterlagen nach Gebieten zu ordnen. Er machte kleine Stapel auf dem großen Tisch an der Wand. Um mehr Platz zu haben, musste er die Kaffeemaschine ausstöpseln und auf die Fensterbank stellen. »Ich fürchte, das wird eine lange Nacht. Wenn du willst, können wir uns später noch eine Pizza bestellen?«

Weissmann kam aus dem Vorzimmer zurück. Über ihr pinkfarbenes T-Shirt, auf das mit Silberpailletten ein Herz gestickt war, hatte sie einen schwarzen Leinenblazer gezogen. »Du, Theo«, säuselte sie, »es tut mir schrecklich leid, aber ich kann dir heute leider nicht helfen. Ich habe eine total wichtige Verabredung, die ich nicht platzen lassen kann.«

»Lieschen, du weißt aber schon, dass wir hier gerade in ziemlich wichtigen Ermittlungen stecken?«

»Klar weiß ich das. Aber es ist wirklich total wichtig. Weißt du, mein Ex … Wir müssen da noch einiges regeln. Ich will meinen Kram zurück.«

»Kannst du das nicht morgen machen?«

»Nee, das klappt leider nicht. Dann ist er weg. Der fliegt in die Staaten. Und außerdem hab ich keinen Schlüssel für die Wohnung.«

Wolff glaubte der Kollegin kein Wort. Warum hatte er nur immer das Gefühl, dass Weissmann ihn ausnutzte? Sie wusste genau, wen sie für ihre Karriere brauchte und wen nicht. Er, Wolff, war ihr nicht von Nutzen. Das wusste er selbst. Trotzdem ging es ihm ziemlich auf die Nerven, dass er am Ende immer der Idiot war, der mit all der Arbeit zurückblieb. Noch mehr ging ihm allerdings auf die Nerven, dass sie ihm diese dämlichen Märchen erzählte. Sie musste ihn nicht nur für einen hilfreichen Trottel halten, sondern für grenzdebil noch dazu.

»Du bist morgen früh um sieben da!«, polterte er und bereute im Moment schon, dass er etwas lauter geworden war.

Warum kannst du nicht mal ohne schlechtes Gewissen mit der Faust auf den Tisch hauen!

Wolff war sauer auf sich selbst. »Und kümmerst dich dann sofort um die Bayern!«

»Klar, mach ich«, jubilierte Weissmann. »Theo, du bist wirklich ein Schatz.« Sie warf ihm eine Kusshand zu und verschwand einen Sekundenbruchteil später.

Wolff blickte missmutig auf die kleinen Stapel auf dem Tisch. Dann ging er zum Fenster. Er prüfte, ob das Kabel der Kaffeemaschine bis zur Steckdose unter seinem Schreibtisch reichte. Zumindest damit hatte er Glück. Aus dem Nebenzimmer holte er Kaffee und Filter. Er setzte sich eine ganze Kanne auf, die würde er in den nächsten Stunden brauchen. Röchelnd pufte die Maschine das heiße Wasser in den Filter und ließ unten dickflüssig den schwarzen Saft heraustropfen. Wolff stand daneben und blickte hinaus in die Dämmerung. Im Hof parkten immer noch ziemlich viele Autos. Er war nicht der einzige, der massenhaft Überstunden schieben musste.

Drei Stockwerke unter ihm öffnete sich die Eingangstür. Luise Weissmann kam herausgesprungen. Sie eilte zur Toreinfahrt. Erst jetzt bemerkte

Wolff das Porsche Cabrio, das dort rotzfrech direkt vor der Schranke wartete. Die Assistentin eilte zu dem Wagen, gab dem Fahrer einen langen Kuss auf den Mund und stieg dann auf der anderen Seite ein.

Von wegen Exfreund ... Du verdammter Vollidiot! Warum schaffst du es nie, diese blöde Tussi endlich mal richtig einzuspannen?

Seine gute Laune vom Nachmittag war jetzt endgültig dahin. Zu allem Übel begann auch noch das Loch in seiner Schulter zu zwicken. Er strich sich über die Stelle und musste an Tolstoi denken. Die Narbe erinnerte ihn ständig daran, dass er sein Leben dem Kommissar verdankte.

Das ist wie bei den Indianern. Prinzip Blutsbrüderschaft.

Für Tolstoi machte er das alles hier. Er war es ihm schuldig. Auch wenn er in letzter Zeit starke Zweifel hatte, ob er der Abteilung wirklich von Nutzen war. Wolff war jetzt siebenundfünfzig Jahre alt. Lange würde er sowieso nicht mehr weitermachen können. Was ihn freute war, dass zumindest der Kommissar wieder Spaß an seiner Arbeit gefunden zu haben schien. Quietschvergnügt tänzelte der den halben Nachmittag durch das Büro, bevor er sich früh verabschiedete. Wahrscheinlich verdankte er seine Laune dieser Studentin.

Wolff goss sich einen Kaffee ein, nahm sich einen Stapel vom Tisch und machte sich an die Arbeit.

52

Tolstoi kam zu spät. Tonia hatte bereits in vorderster Reihe an der Fensterfront einen Stuhl ergattert. Sie blickte hinunter zu den Affen, vielleicht waren es auch die Nilpferde. So genau war das aus einhundert Metern Höhe nicht zu sagen. Hier oben war es angenehm kühl. Nicht die chemische Klimaanlagenkühle. Durch die Bar hoch über den Dächern Berlins zog ein Luftzug wie in einem Palmenhain mit Teich. Wahrscheinlich hatten sie im Waldorf Astoria sogar einen Klimabeauftragten, so geschmeidig fühlte sich die Atmosphäre an. Der Kommissar deutet dem Kellner mit einem Victoryzeichen an, dass er zwei Champagner haben wollte. Kurz wartete er noch. Dann ging er zu Tonia. Von hinten hielt er ihr die Augen zu. Diskret stellte der Kellner die beiden Champagnerflöten ab.

»Krug. Do you like it?«

»Truely yours. But why, my adorable policeman?«, fuhr sie verzückt herum. »Haben wir was zu feiern?«

»Mir war einfach danach.« Tolstoi gab Tonia einen Kuss auf die Stirn. Verschreckt blickte die sich um, blinzelte über die Schulter des Kommissars hinüber zur Sitzecke auf dem Teakdeck, wo ein paar indische Geschäftsleute beim Aperitif saßen.

»Und was, wenn uns heute schon wieder so ein mieser Typ verfolgt?«

»Keine Gefahr.«

»Keine Gefahr?«

»Keine Gefahr. Ich hab ihn ausgeschaltet.«

Tonia zog die Augenbrauen zusammen. Sie war sich nicht sicher, ob sie den Kommissar wörtlich nehmen sollte. Sie hoffte nicht, dass er Gewalt angewendet hatte. So sehr sie dem Paparazzo auch eine ordentliche Abreibung wünschte.

»Aber lass uns über Erfreulicheres reden. Wenn das hier alles vorbei ist, dann lade ich dich auf ein Wochenende an die Ostsee ein.«

Auf Tonias Gesicht breitete sich ein Lächeln aus. Damit hatte sie nicht gerechnet. Bislang schwankte sie, ob der Kommissar wirklich etwas für sie empfand oder nur ihre Dienste in Anspruch nehmen wollte. Intellektuell wie körperlich. Aber gemeinsam Urlaub am Meer?

So was macht man doch nicht mit jemandem, der nur eine Spielgefährtin und Informantin ist?

Trotzdem wollte Tonia ihren Liebhaber, der ein gutes Dutzend Jahre älter war als sie, auf die Probe stellen. Kess testete sie ihre Grenzen aus. »Warum fahren wir nicht nach Višegrad?«

Tolstois Gesicht versteinerte. Die Studentin erwischte ihn auf dem völlig falschen Fuß. An seiner zuckenden Muskulatur ließ sich erkennen, dass er angestrengt nachdachte. In Gedanken die Situation durchspielte. »Warum nicht«, sagte er nach einer Weile und sein Ausdruck hellte sich wieder auf. »Aber davor müssen wir noch fleißig arbeiten …«

Tonia nahm einen Schluck Champagner. Mit einem so schnellen Triumph hatte sie nicht gerechnet. Glücklich schaute sie dem Kommissar in die Augen. »Was hast du für mich?«

»Das zweite Zitat.«

Aus der Innentasche seines Anzugs zog Tolstoi das Smartphone des Reporters heraus. Er klickte sich auf die Bilddatei und hielt das Foto Tonia hin.

Weil er mit Speichel, Tinte, Druckfarbe
daſ verſeuchende Gift ſeineſ Spermaſ
in Hirne, an Zahl unerrechenbar, ſpritzt.

»Wow, jetzt wird es ja richtig pornographisch!«, strahlte Tonia nach einem ersten Blick darauf. »Gefällt mir!« Sie zwinkerte Tolstoi zu. Aus ihrer Handtasche zog sie ihr Notizbüchlein. Sie blätterte einige Seiten um, dann hatte sie das erste Zitat gefunden.

Wer vor dem Volk anders redet, als er denkt, ist ein Schuft.

Darunter die Fortsetzung der Botschaft:

Was sie nicht ans Licht lassen wollte, durfte niemals aus dem Dunkel des Archivgewahrsams.

»Hast du eine These?«, fragte sie.

»Ich glaube, es hat etwas mit der Arbeit der Opfer zu tun. Rottluff hat wie Putlitz als Journalistin gearbeitet.«

»Das würde auch das erste Zitat erklären. Wir haben in die falsche Richtung gedacht. Mit der Rede vor dem Volk ist nicht ein Gericht gemeint …«

»Das habe ich mir auch schon überlegt.«

»Es geht um Reporter, die vor dem Volk falsch ausgesagt haben.«

»Das ist meine Vermutung.«

»Aber was haben sie denn gesagt?«

»Wir prüfen das gerade nach.«

Tonia blickte wieder auf das Foto. In einem Zug leerte sie ihr Glas. Noch einmal las sie sich das zweite Zitat durch. Sie blickte durch das Fenster. Unter ihnen kroch eine S-Bahn in den Bahnhof Zoo. Über dem Tiergarten lag flirrende Hitze. Im Zoo waren kaum Besucher. Es war einfach zu heiß, um durch die miefigen Ausdünstungen zu flanieren. Dafür drängte sich das Publikum im Biergarten nahe des S-Bahnbogens. Wie die Ameisen huschten die Punkte zwischen den Sonnenschirmen umher. Die Schlange vor dem Ausschank war enorm.

Irgendetwas kam ihr an dem Zitat bekannt vor. Nur was? Tonia ließ ihre Augen weiter die Schnellbahntrasse hinaufwandern. Sie sah die überdimensionalen rosa Röhren des Instituts für Wasserbau- und Schifffahrtstechnik. Über den Baumwipfeln glänzte die Goldelse und streckte stolz ihren

Siegerkranz und das Eiserne Kreuz am Stock gen Westen. Einige Meter weiter lugten Dachkanten aus dem Grün hervor. Schloss Bellevue, der Sitz des Bundespräsidenten. Der Text hatte einen ungewöhnlichen Sound, so viel war klar. Aber woher kannte sie ihn?

Plötzlich wusste sie es. Sie hatte ähnliche Sätze erst kürzlich gelesen. Es war der gleiche Tonfall. Die gleiche gestelzte Sprache. Nur wo genau hatte das gestanden?

Ein nervöses Kribbeln durchfuhr ihren Körper.

53

Es war zum Mäusemelken. Die Hamburger Fälle hatte Wolff ziemlich schnell durch. Auch die niedersächsischen Akten waren eher überschaubar. Langsam begann der Polizist, an der Theorie des Kommissars zu zweifeln.

Das ist doch irre, dieser ganze Aufwand! Ein Journalistenmord verursacht immer ein enormes Medieninteresse. Wieso soll so ein Fall durchrutschen?

Wolff griff zum Hörer. Er wählte die Nummer von dem Prospekt an der Pinnwand und bestellte eine mittelgroße Pizza mit Salami, Paprika und Pilzen. Und eine große Cola. Danach ging er zur Kaffeemaschine und goss sich eine neue Tasse ein. Vielleicht die fünfte. Nach der langen Zeit auf der Warmhalteplatte schmeckte der Kaffee jetzt ziemlich bitter und ölig. Wolff verzog das Gesicht, trank die Tasse aber trotzdem aus. Es war kurz nach elf. Vom Tisch holte er sich einen weiteren Stapel. Die Fälle aus Sachsen. Er begann zu lesen.

Eine erste Mappe versammelte ungeklärte Mordfälle aus der Zeit des Mauerfalls. Auch zwei Journalisten waren darunter. Wobei »Journalist« in dem Zusammenhang ein sehr dehnbarer Begriff war. Die Kollegen hatten jemanden gefunden, der mal einen Text für ein ultralinkes Kampfblättchen geschrieben hatte. Generell ergab sich aus den Berichten ein erschreckendes Bild. Anscheinend herrschten in den ersten Jahren nach der Wiedervereinigung geradezu anarchistische Zustände in den sächsischen Metropolen. Wolff las sich fasziniert in die kriminaltechnischen Ermittlungen zu einigen Morden ein. Es gab Verbindungen zu dubiosen Immobiliendeals, russische Mafiosi tauchten in den Untersuchungen auf. Kaltblütige Hinrichtungen auf offener Straße in Leipzig. Ein Mitarbeiter des Liegenschaftsfonds musste dran glauben, wahrscheinlich spielte er eine Rolle in großen Häuserdeals. Auch ein echter Journalist wurde ermordet, der diese Geschichte zu neugierig recherchiert hatte. Aber Aufklärung? Fehlanzeige. Wolff hatte schon von der Verfilzung zwischen Staatsanwälten, Richtern, Polizisten und Kriminellen in den Nachwendejahren gehört. Aber wie dilettantisch da tatsächlich vorgegangen worden war, erschloss sich ihm erst jetzt durch die Lektüre der Akten.

Wolff war erschüttert. Aber bei seinen Ermittlungen half ihm die neue Erkenntnis auch nicht weiter. Er zurrte das Gummiband um die letzte Mappe und wollte die Akte weglegen. Da bemerkte er ein paar Computerausdrucke, die unter dem Hefter lagen. Wolff zog die wenigen Papierbögen heraus. Es handelte sich um eine Unfallmeldung. Ein Kameramann war zu Tode gestürzt. Drei Monate war das her. Durch den Aufprall war sein Gesicht entsetzlich entstellt. Wolff las die Meldung noch einmal durch. Konzentriert betrachtete er das Foto der Leiche. Dann griff er zum Hörer.

Theo Wolff wusste, dass er gefunden hatte, wonach er suchte.

54

»Du bist ein riesiges Arschloch!«, schrie der Fotochef des *Berliner Express*. »Ich hatte dir doch gesagt, dass der ganze Scheiß nach hinten losgeht!«

Blomfeld schaute seinen Boss unterwürfig an. Für den Paparazzo eine ziemlich ungewohnte Pose. Aber er steckte ziemlich tief in der Scheiße und alleine würde er da nicht wieder rauskommen. Blomfeld brauchte seinen Noch-Chef und er brauchte die Zeitung.

»Wie stellst du dir das denn vor? Wochenlang machen wir die Bullen fertig, führen sie vor aller Welt als die größten Deppen durch die Arena und jetzt kommen wir mit so einem Mist angekrochen?«

»Das weiß ich auch, dass das Ganze suboptimal gelaufen ist –«

»Suboptimal … Hör mit deinem beschissenen Geschwafel auf. Das ist der Super-Gau!«

»Okay. Das ist der Super-Gau. Aber was sollen wir denn machen?«

»Was sollst *du* machen!«

Auf Blomfelds Stirn bildeten sich Schweißperlen. Mit einem bestickten Seidentaschentuch tupfte er sie ab. »Ole, ich sag dir jetzt mal was. Wenn die mich fertig machen, dann pack ich aus! Ich erzähle denen, wie geil ihr auf die Fotos wart. Wie ihr die weltweit zu Geld gemacht habt. Wie wir zusammen mit den Juristen darüber nachgedacht haben, wie ihr das Foto aus dem Keller trotzdem bringen könnt. Obwohl es illegal ist. Mann, das war ein Einbruch. Und das wusstet ihr auch! Dann kriegt ihr auch ein Verfahren an den Hals, mit dem vollen Programm. Staatsanwaltschaft, Presserat und so weiter …«

Von Knospe ließ sich auf den Drehstuhl hinter seinem Schreibtisch fallen. Nervös wackelte er mit dem Sitz herum. Dann schnappte er sich einen Kugelschreiber und begann darauf herumzukauen. »Vielleicht können wir das Ganze ja offensiv fahren. Exklusives Interview klingt ja erst einmal nicht schlecht. Und du hast ein Foto?«

Blomfeld öffnete seine Aktentasche, zog einen Papierbogen heraus und schob den Ausdruck einer Bilddatei über den Tisch.

»Du willst mich verarschen«, entfuhr es von Knospe. »Das ist doch die reinste PR!«

»Verdammte Scheiße, das weiß ich auch!«

Die beiden blickten auf ein perfekt durchgestyltes Porträtfoto der staatlich geprüften Psychologin und promovierten Psychoanalytikerin Anastasia Gertrude Cayart. Die Frau war für die Aufnahme professionell geschminkt worden, ihr Gesicht war dezent ausgeleuchtet. Sie lächelte einnehmend. Das perfekte Bewerbungsfoto.

»Vielleicht kann man sich das alles schönkoksen. Hast du Stoff dabei?«

Der Fotograf schob sein Döschen rüber. Von Knospe ging zur Bürotür und ließ das Lamellenrollo herunter. Dann öffnete er die kleine Box.

»Da ist überhaupt nichts mehr drin!«

»Ja. Fuck, Mann. Ich hab mir das alles nach dem Abend in der Bar reingezogen.«

Von Knospe riss sich ein Stück Papier zurecht und rollte es zu einem Röhrchen. Dann versuchte er, die letzten Krümel aus dem Döschen zu saugen. »Das reicht nicht mal für den Anflug von Euphorie!«, schnauzte er.

»Kannst dir ja selber Nachschub besorgen!«

Von Knospe beugte sich erneut über das Döschen und sog laut an seinem Röhrchen. Es klang, als versuchte ein Knirps, durch einen Strohhalm auch noch den letzten Tropfen Cola aus dem Glas zu bekommen. Genervt gab er es schließlich auf und stierte Blomfeld voller Abscheu an. »Meinetwegen.

Ich spreche mit Salomon …« Dann schloss er das Döschen, warf es Blomfeld zu und entsorgte sein Papierröllchen im Abfalleimer unter dem Tisch. »Der wird aber *not amused* sein. Der Chefredakteur hat sowieso schon einen ziemlichen Brass auf dich. Er meint, du hättest viel zu viel für deine Bilder bekommen.«

»Ihr habt euch mit meinen Bildern 'ne goldene Nase verdient!« Blomfeld musste auf einmal schmunzeln, weil ihm das Bild mit der Nase gefiel. Er schaute auf das Riechorgan des Bildchefs, das momentan eher wie eine unterversorgte Hartz-IV-Nase wirkte. Aber er unterdrückte seinen Hochmut sofort wieder. Wäre jetzt wohl kontraproduktiv.

»In solchen Kategorien denkt Salomon nicht. Dem liegt am journalistischen Scoop. Und wenn er das Gefühl hat, dass er sich mit der Story blamiert, dann wird er alles tun, um sie zu verhindern.«

»Ich setz auf dich!«

»Mach dir keine zu großen Hoffnungen! Und jetzt verzieh dich. Ich kann deine Fresse nicht mehr sehen …«

55

Nach den letzten Tagen war der Morgen ungewöhnlich kühl. Tolstoi saß im Wagen direkt hinter der Lok. Er blickte aus dem Fenster und beobachtete die Funken, die von den Schleifleisten des Stromabnehmers herabfielen. An seiner Seite saß Tonia. Sie hatte sich an seine Schulter gelehnt und war kurz nach dem Bahnhof Südkreuz noch einmal eingeschlafen. Es gab genau einen Fall, der in Frage kam. Darauf hatte sich Wolff festgelegt. Und der alte Kollege war ein extrem gewissenhafter Kriminalbeamter. Leipzig also. Allerdings schienen die sächsischen Kollegen nicht sonderlich erpicht darauf, ihre Ermittlungen noch einmal aufrollen zu müssen. Wahrscheinlich hatten sie auch einfach Angst, dass sich der Unfall im Nachhinein doch als Mord herausstellen könnte. Und sie dann als Komplettversager dastünden. Tolstoi würde einiges Fingerspitzengefühl aufwenden müssen, damit sie kooperierten. Vor dem Fenster rauschten die Ruinen von Fabriken und Lagerhallen vorbei. Auf den Wänden hatten sich Graffitikünstler verewigt.

Ein Bahnangestellter bugsierte seinen Handwagen durch die Sitzreihen. Mit leicht ausländischem Akzent bot er Getränke und Croissants an. Tolstoi bestellte einen Kaffee und fischte mit einer Hand seinen Geldbeutel aus der Innentasche des Sakkos. Tonia bemerkte nichts davon. Nach einer Stunde begann der Zug bedenklich zu ruckeln. Über ein Gewirr aus Weichen und schlecht verlegten Schienen fuhren sie in den Bahnhof Leipzig ein. Erst jetzt wachte Tonia auf.

Am Bahnsteig wartete bereits Hauptkommissar Riko Zschocher. Wie ein Fels in der Brandung stand er zwischen den Menschen, die aus dem Zug drängten. Tolstoi erkannte den Kollegen sofort. Er hatte sich im Polizeinetz ein Foto besorgt.

»Kollege Zschocher?«, fragte er keuchend und stellte den riesigen Koffer ab, den er für Tonia mitschleppte.

»Nü, so einfach hätte ich mir das gar nicht vorgestellt«, sagte der Polizist sichtlich erleichtert. Irritiert schaute er auf das Gepäckstück, dann auf die Begleitung. »Und wer ist das charmante Persönchen hier?«

»Tonia Schlesinger.« Sie streckte dem Polizisten die Hand hin. »Ich berate den Kommissar in ermittlungstechnischen Dingen.«

»In ermittlungstechnischen Dingen? Ein Kommissar für einen Kommissar quasi. Ist das wieder so eine neumodische Erfindung von euch in Berlin?« Zschocher blickte Tolstoi fragend an, der schmunzeln musste.

»Sagen wir mal so, in besonders verzwickten Fällen holen wir uns gerne mal Rat von außen. Und Ihr Fall könnte zu den besonders verzwickten Fällen gehören. Trotz hochprofessioneller Arbeit haben Sie keine Hinweise auf ein Verbrechen gefunden. Dann werde ich so einfach auch keine finden.« Tolstoi merkte, wie sich bei seinem Gegenüber die Gesichtsmuskeln entspannten. Sein kritischer, distanzierter Blick wich einem herzlichen Lächeln.

»Und deswegen haben Sie sich Hilfe von außen mitgebracht? Dann haben Sie in dem Köfferchen da sicher Ihr Labor. Aus welcher Disziplin kommen Sie denn?«

»Aus der anthropologischen Historio- und Ethnokriminologie.«

Hauptkommissar Zschocher starrte Tonia verdutzt an. Man konnte ihm ansehen, wie sein Hirn ratterte. Gab es diese eigenartige Fachdisziplin wirklich oder nahmen ihn die beiden auf den Arm? Offenbar entschied sich der Polizist für Ersteres. Denn auf einmal begann sein Gesicht wieder zu strahlen. »Nü, Fräuleinchen, dann werden wir mal schauen, was Sie so herausfinden.«

Im Dienstwagen fuhr Zschocher seinen Besuch aus Berlin in die Gerichtsmedizin. Die Pathologie war in einem Backsteinbau aus der Zeit des letzten sächsischen Königs untergebracht. In einem kalten, gefliesten Raum begrüßte sie Doktor Zetkin. Auf seiner Nase saß eine Nickelbrille, sein Haar war dünn, genau wie die Lippen. Tolstoi irritierte der sanfte Händedruck des Mediziners. Vom Meister der Leipziger Leichenkeller hätte er einen kräftigen Zangendruck erwartet. Tonia durchfuhr ein Schaudern.

Herzlich willkommen im Kabinett des Doktor Caligari!

Trotz der Klimaanlage roch es in dem großen Raum ziemlich widerlich. Der Grund sprang direkt ins Auge. Auf einem Edelstahltisch lag ein im beginnenden Verwesungsprozess befindlicher Körper, der noch von Erde verdreckt war.

»Was darf ich für Sie tun?«, näselte Zetkin mit belegter Stimme.

Auch Tolstoi fühlte sich in der Gesellschaft des Pathologen unwohl. Dennoch triumphierte er innerlich. Eine Leiche exhumieren zu lassen, war in etwa so leicht wie eine in die Spree gefallene Patronenhülse wiederzufinden. Zig Formulare mussten ausgefüllt werden. Bis sämtliche verantwortlichen Stellen ihre Zustimmung gegeben hatten, konnten Wochen vergehen. Schon im eigenen Verantwortungsbereich erforderte das enorme Anstrengungen. Geschweige denn in einem anderen Abschnitt, noch schlimmer, in einer anderen Stadt, oder, am Schlimmsten, in einem anderen Bundesland. Für ihre Kooperationsfreude waren die Sachsen nicht bekannt. Umso erstaunlicher, in welcher Blitzesschnelle sie den Toten ausgegraben und bereitgestellt hatten. Und das Personal schien sogar zur Zusammenarbeit bereit zu sein.

Ganz so dämlich ist Leber doch nicht!

Wahrscheinlicher aber lag es am Fall selbst. Niemand im Freistaat hatte auch nur das geringste Bedürfnis, sich mit der Medienmacht anzulegen. Und wie schnell die Ermittler zermalmt werden konnten, hatte man in den letzten Tagen ja gesehen. Der prominenteste Sündenbock stand nun in Natura vor ihnen.

»Wir suchen nach einem Zeichen auf der Stirn.«

»Ein Brandzeichen?«

»Nein, es dürfte sich eher um eine Schnittwunde handeln.«

Der Gerichtsarzt blickte auf den Toten und begann auf einmal, japsend aufzulachen. Tonia erschrak.

»Tja, da werden wir ziemlich lange suchen müssen«, wieherte Zetkin mit seiner eigenartig hohen, fisteligen Stimme und zeigte auf das Gesicht des Toten. »Ich müsste den Kameraden erst einmal zusammennähen. Danach können wir versuchen, Schnitte zu erkennen. Aber das wird extrem schwierig. Weil, abziehen können wir die Haut ja nicht. Wie Sie sehen!« Wieder kicherte der Doktor.

Tolstoi und Tonia starrten auf den Toten. Von der Vorderseite des Kopfes war nicht viel übrig geblieben. Durch den Aufprall war der Schädel gesprungen. Teile der Hirnmasse waren ausgetreten. Der Mann musste mit dem Gesicht aufgekommen sein. Die gesamte Front war zerfetzt.

»Sehen Sie denn überhaupt eine Möglichkeit, dass Sie aus diesem Fleischhaufen noch etwas herauslesen können?«, fragte Tonia.

»Wie schon gesagt, mit viel Glück.« Endlich hörte der Arzt auf zu gackern. »Aber Schnitte teilen die Körperzellen anders als wenn sie aufplatzen. Dafür müssten wir die Stirn in Teilen wiederherstellen. Und ob das hinhaut …« Zetkin beugte sich über die Leiche. Er nahm eine Pinzette und zupfte in der Kraterwüste auf der Schädelvorderseite herum. »Das ist was für Kenner.«

Er ging zu einem silbernen Beistellwagen und holte Fäden und Skalpell. Dann begann er mit seiner Bastelarbeit. Hochkonzentriert zog er mit spitzen Fingern Hautpartikel zueinander. Prüfte die Stücke von allen Seiten. Dann legte er sie in einer nur für ihn nachvollziehbaren Logik zusammen. Alles wirkte wie ein makabres Puzzlespiel. Nach einer guten Stunde Arbeit hatte der Pathologe gerade mal ein Drittel der Hautfetzen der Stirn wieder einigermaßen zusammengesetzt. Mit einem Kapillarmikroskop durchleuchtete er immer wieder neue Partikel, um sie zuordnen zu können. Auf einem Bildschirm daneben tauchten zweihundertfach vergrößert halb zersetzte Zellhaufen auf.

Kurz nach zwölf verabschiedete sich Tonia aus der Gerichtsmedizin. Sie hatte genug von der Leichenfledderei des Pathologen. Außerdem hatte ihr Tolstoi ein dezentes Zeichen gegeben. Die Studentin hatte ihre Rolle soweit gut gespielt. Aber ihre Expertise würde erst zu einem viel späteren Zeitpunkt wieder gefragt sein.

In regelmäßigen Abständen ging der Kommissar hinaus in den Flur, wo er ein Fenster öffnete. Das Warten in den aseptischen Dämpfen der Leichenhalle verursachte ihm Kopfschmerzen. Zwei Stunden lang ordnete Dr. Zetkin nun schon Hautpartikel und Muskelstränge. Zum Kichern war dem Arzt schon lange nicht mehr zumute. Tolstoi hatte langsam die Hoffnung verlassen, der Pathologe könnte aus dem vermoderten Toten noch etwas herauslesen. Der Kommissar stand erneut im Gang, hatte sich eine

Zigarette angezündet und wählte die Nummer von Zschocher. Der hiesige Kollege war längst in sein Büro zurückgekehrt und sah keinen Grund, seine Ermittlungen erneut aufzurollen. Bis hierher handelte es sich für die Leipziger lediglich um eine Laune der Berliner Kripo. Und wie sprunghaft die Polizisten in der Hauptstadt waren, hatten sie schon mehrfach erleben müssen.

Aber zumindest einige Informationen hatte Tolstoi bekommen. Auf seinem Smartphone scrollte sich der Kommissar durch den Lebenslauf des Toten. Jonathan Seger war siebunddreißig Jahre alt geworden, er stammte aus Bautzen, hatte nach der Wende als Schreiner in Hamburg und einige Jahre darauf als Fotograf in London gearbeitet. Als Autodidakt hatte er sich offenbar das Filmen beigebracht. Auf jeden Fall hatte er in England gelegentlich als Kameramann für das Fernsehen gearbeitet. Was ihm nach seiner Rückkehr in die Heimat nutzte. Er heuerte in gleicher Funktion beim regionalen Fernsehsender an, wo er die unterschiedlichsten Sendungen bediente. Angefangen hatte er beim Sport. Später drehte er querbeet für die bunten Formate des Senders. Ein populäres Wissenschaftsmagazin, Ratgeber- und eine Tiersendung. Nur einmal hatten sie ihn für einen Spielfilm eingesetzt. Erst in den letzten zwei Jahren wurde Seger immer wieder für lange Dokus engagiert.

Tolstoi lehnte am Fensterbrett. Er ging noch einmal die Biografie des Toten durch. Irgendwie passte das alles nicht zusammen. Der Leipziger Journalist schien ein total harmloser Vertreter seiner Zunft zu sein, der mehr schlecht als recht beim Regionalfernsehen seine Brötchen verdiente. Wo sollten sich denn bitte bei ihm Verbindungen zu den Toten aus Berlin ergeben?

Sie mussten auf der falschen Fährte sein. Tolstoi war inzwischen davon überzeugt. Er ging wieder in den Seziersaal und blickte dem Leichenfledderer über die Schulter. Missmutig stocherte der Pathologe in den stinkenden Fasern herum.

Verdammte Scheiße! Der ganze Aufwand für nichts!

»Ich glaube, Sie können aufhören.«

Dr. Zetkin antwortete nicht. Auf einem Glasträger schob er eine weitere Hautprobe unter sein riesiges Mikroskop.

»Trotzdem Danke für Ihre Hilfe.«

Der Mediziner schien ihn überhaupt nicht wahrzunehmen. Mechanisch vollführte er seine Handgriffe. Wie ein Roboter, gefangen in einer dunklen Leichenwelt.

»Und sollten Sie doch noch was finden, Sie können mich jederzeit anrufen.« Tolstoi legte ihm seine Visitenkarte auf den Seziertisch. »Komischer Knilch«, murmelte er im Hinausgehen. Aber nicht mal das nahm der Pathologe wahr.

Der Kommissar ging den langen Flur Richtung Ausgang. Gerade wollte er durch die Schwingtür treten, als er auf einmal wieder das komische Kichern von Dr. Zetkin hörte. Verunsichert blieb er stehen und lauschte. Auch dem Kommissar floss nun ein leichter Schauer den Rücken herunter. Und dann ertönte es wie ein Freudengeheul.

»Dr. Zetkin, Sie sind ein Genie!«

Tolstoi rannte den Gang zurück und fand den Pathologen über das Mikroskop gebeugt.

»Schnittspuren!«

Der Kommissar drängte sich dicht neben Zetkin. »Was sehen Sie?«

»In die Stirn ist etwas eingeritzt.« Behutsam bewegte Zetkin mit der Pinzette die Hautpartikel auf dem Glasträger. »Also doch ein Mord. Sie hatten recht …«

56

Vom Taxistand kam Tonia mit dem Aufzug in den Glastunnel des Leipziger Flughafens gefahren. Der Kommissar wartete bereits am Schalter der Lufthansa. Tonia war spät dran. Ihr Flug nach Prag war schon seit sieben Minuten geschlossen. In aller Seelenruhe streichelte sie Tolstoi zur Begrüßung durch das Haar, gab ihm einen Kuss auf die Backe und ging zum Business Check-in. Die Goldkarte zeigte sofort ihre Wirkung. Nur Sekunden später hatte sie die Boardingcard. Erste Reihe, Fensterplatz. Am Körper behielt sie nur ihre Designertasche. Den riesigen Koffer, den ihr der Kommissar aus der Gerichtsmedizin mitgebracht hatte, gab sie auf.

»Was ist da eigentlich drin?«

»Meine Jagdausrüstung.«

»Das ist ein Witz, oder?«

»Nein, wir gehen auf Rotwildjagd.«

»Und ich schleppe das Zeug den ganzen Tag durch sämtliche Sicherheitsbereiche der Kriminalpolizei? Du hättest mir was sagen können. So schwer, wie das Ding ist. Ist da auch ein Gewehr drin?«

»Nein. Das steht im Waffenschrank. In der Jagdhütte meines Vaters in Marienbad.«

»Aber du schießt doch nicht selbst?«

»Natürlich. Traust du mir das nicht zu?«

»Sagen wir mal so, ich hätte nicht damit gerechnet …«

»Seit ich zehn bin, gehe ich jagen. Meinen ersten Rehbock habe ich mit elf geschossen. Ausgeweidet habe ich zum ersten Mal mit dreizehn.«

Eine Stewardess räusperte sich nervös. »Entschuldigen Sie, Frau Schlesinger. Aber Sie müssten jetzt wirklich rein. Wir würden gerne in wenigen Minuten starten.«

»Danke, ich bin sofort da.« Tonia wandte sie sich noch einmal zum Kommissar. »Was ist denn nun eigentlich bei Dr. Seltsam rausgekommen? Hat der Typ die Stirn wirklich zusammengeflickt?«

»Fast. Er hat es ziemlich weit gebracht. Und er hat die Schnitte gefunden. Wahrscheinlich auch einen Buchstaben erkannt. Aber er konnte ihn nicht zweifelsfrei bestimmen.«

»Welcher Buchstabe ist es denn?«

Wieder erklang die Stimme vom Schalter. »Frau Schlesinger, wir müssen jetzt wirklich!«

»Es könnte ein D sein. Genau konnte Zetkin das nicht mehr sagen.«

»Und gibt es eine Botschaft?«

»Noch nicht.«

Tolstoi wollte Tonia noch einen Kuss auf die Backe geben. Aber genau in diesem Moment ertönte ein Lautsprecher. Auch das Bordpersonal ließ nun ihren Namen ausrufen. Sie drehte sich abrupt um und der Kuss landete auf ihrem Mund. Tonia ergriff die Gelegenheit, zog den Kopf des Kommissars noch näher zu sich heran und küsste ihn leidenschaftlich. Wenn auch nur für den Bruchteil einer Sekunde. Dann rannte sie in die Schleuse hinein.

»Ich halte dich auf dem Laufenden!«, rief ihr der verdutzte Kommissar noch hinterher.

Aber sie gab keine Antwort mehr. Tolstoi blieb noch einige Minuten vor dem Gate stehen. Erst als die Anzeige aufleuchtete, dass der Flug nach Prag abgehoben war, ging er.

Mit der zarten Erinnerung an Tonias Zunge.

57

Seit sich herausgestellt hatte, dass der Unfall kein Unfall war, sondern höchstwahrscheinlich Mord, hatte sich der ruhige Arbeitsrhythmus der Leipziger Polizei schlagartig gewandelt. Niemand wollte auch nur im Ansatz den Eindruck vermitteln, den Fall nicht ernst zu nehmen. Tolstoi stimmte sich eng mit Hauptkommissar Zschocher ab, der die Ermittlungen übernommen hatte. Allerdings verabreichte der Berliner Kommissar seine Informationen äußerst homöopathisch. Wie immer vertraute er niemandem, wenn es um seine Arbeit ging. Allenfalls seinem engsten Umfeld, also Ana Cayart, Theo Wolff und neuerdings Tonia Schlesinger.

Auch der dritte Mord passte ins Raster. Wieder war der Tote ein Journalist. Wenn auch ein Kameramann. Dazu hatten sie die Kennung auf der Stirn gefunden. Blieb nur noch die Botschaft. Aber wo könnte die nur sein?

Tolstoi stand neben Zschocher vor der kurzen Freitreppe, die zu einem der Eingänge des Neuen Leipziger Rathauses führte. Sie blickten an der Mauer hoch, hinauf zu dem imposanten Turm mit seinem Rundgang. Das Gebäude hatte nichts von einem Rathaus. Es wirkte vielmehr wie eine Trutzburg mit zig Türmchen. Aus dem Bau sprach eine andere Zeit. Eine Zeit, in der Leipzig noch eine der wichtigsten deutschen Städte war. Als die Stadt Verlage und Intellektuelle, Großkonzerne und Geld im Überfluss anzog. Und ein solcher Repräsentationsbau die eigene Bedeutung standesgemäß abzubilden schien. Noch in der Kaiserzeit wurde das Neue Rathaus eröffnet. Niemand ahnte damals, dass die Stadt längst auf ihrem Höhepunkt angekommen war und in den Jahrzehnten danach ein jäher Absturz folgen sollte. Niemals wieder sollte Leipzig zu der Bedeutung zurückfinden, an die das Rathaus erinnerte.

»Hier stand früher eine Ritterburg«, sagte Zschocher, als ob er Gedanken lesen könnte.

»Das sieht auch aus wie eine Ritterburg.«

»Ist aber alles falsch. So was hat denen früher gefallen.« Zschocher rümpfte die Nase, so als ob der Bau stinken würde. »Hundertfünfzehn Meter ist der Turm hoch. Das hat zumindest der Gerichtsmediziner in seinen Bericht geschrieben.«

»Was steht denn da oben geschrieben?« Tolstoi deutete auf die Wanduhr, die in dreißig Metern Höhe über ihnen schwebte.

»Mors certa ...«, versuchte sich Zschocher. »Nora incerta. Nein, hora incerta.«

»Und was heißt das?«

»Keine Ahnung. Russisch ist es auf jeden Fall nicht …«

»Nein, Latein.«

Tolstoi verstand kein Latein. Auf dem Gymnasium hatte er Englisch und Französisch belegt. Aber er hatte eine Idee, wer ihm helfen konnte. Was da oben stand, war eigentlich ziemlich egal. Aber es lieferte ihm einen Vorwand, Tonia eine SMS zu schicken. Wenige Sekunden später hatte er die Übersetzung.

Der Tod ist sicher, die Stunde ungewiss. Wo treibst du dich denn bitte rum??? Kuss, DT

Tolstoi hätte Tonia jetzt gerne an seiner Seite gehabt. Sie hätte ihm sicher alles einordnen und erklären können. Die Allegorien oben am Giebel. Den Baustil. Überhaupt den Ort. Warum starb hier jemand, indem er vom Turm stürzte? Verbarg sich dahinter ein Muster oder eine Erklärung? So musste sich der Kommissar damit abfinden, eine Gruppe von steinernen Frauengestalten am Giebel zur Kenntnis zu nehmen, die unterschiedliche Gegenstände in den Händen hielten. Keine Ahnung, was das zu bedeuten hatte. »Das ist ein Riesengebäude!«

»Unser Rathaus gehört zu den größten weltweit. Platz eins in Deutschland.«

Tolstoi beschränkte sich in seinem Gespräch mit Zschocher auf belanglose Oberflächlichkeiten. Von den Botschaften hatte Tolstoi ihm nichts gesagt. Davon brauchte der Kollege nichts zu wissen, hatte er entschieden. Nur einige Details zum Profil des Opfers musste er verraten. Als Zeichen der Kooperationsbereitschaft. Denn ohne Zschochers Unterstützung würde Tolstoi nicht weiterkommen. Und das einzige, was ihn hier in Leipzig weiterbringen würde, war die Biografie des Opfers. Davon war der Kommissar überzeugt. Die beiden Polizisten blickten wieder am Turm des Neuen Rathauses hinauf.

»Er ist von da oben runtergestürzt.«

»Und wie kamen Sie zu der Überzeugung, dass er da oben alleine war?«

»Der Wachmann hat uns glaubwürdig bestätigt, dass niemand sonst zu der Zeit auf dem Turm war. Er hat das sogar eidesstattlich versichert. Ich frage mich jetzt allerdings, wie jemand unbemerkt an dem Mann vorbei und die Treppe hochkommen konnte.«

»Ich würde den Herrn gerne mal sprechen. Sie haben doch sicher die Personalien?«

»Ja. Aber ich glaube, der hatte eine Adresse in Berlin.«

»Hatte?«

»Nü, als wir ihn befragt haben. Aber das ist ja auch schon ein paar Wochen her. Und jetzt sitzt ein neuer Mann am Eingang.«

Sie stiegen die Treppe hinauf zur großen Tür.

»Warten Sie.« Zschocher klappte die Mappe unter seinem Arm auf und blätterte sich durch die Befragungsprotokolle. »Hier steht es, Dr. Udo Edwards. Berlin. Wusste ich's doch. Ich erinnere mich, weil ich es ziemlich komisch fand, dass ein Doktor hier den Sicherheitsmann macht. Aber ihr in Berlin habt ja auch nicht so dicke Jobs, wie –«

Sein Lächeln verrutschte, als ihm Tolstoi die Akte aus den Händen riss. Einigermaßen sauer starrte er den Kollegen an. Stumm überflog der Kommissar aus der Hauptstadt die Aussagen des Mannes. Dann zog er aus seiner Jackentasche ein Papier und entfaltete es. »Sah der Mann so aus?«

Zschocher glotzte mit weit aufgerissenen Augen auf das Foto. »Nü, das ist der Mann …«

Kurz darauf saßen die beiden Polizisten im Personalamt des Leipziger Rathauses. Der Dezernent zog mehrere Ordner aus dem Regal und suchte nach den Akten des Sicherheitspersonals. Die Security war outgesourct. Eine Firma aus irgend so einem Kaff bei Leipzig hatte den Job bekommen. Jeder Mitarbeiter wurde von der Stadt noch einmal oberflächlich durchgecheckt, bevor er in der Behörde anfangen konnte. Nach einigem Blättern fand er schließlich die Angaben zu dem gesuchten Mann.

»Dr. Edwards hat sich kurz nach dem Vorfall krank gemeldet«, sagte der Amtsleiter. »Er teilte mit, dass ihn der Unfalltod des Journalisten psychisch zu sehr belaste. Wir haben ihn für einige Wochen freigestellt. Seitdem haben wir nichts mehr von ihm gehört.«

»Wann hat er denn bei Ihnen begonnen?«, wollte Tolstoi wissen.

»Er hatte wirklich Pech. Er hatte noch nicht einmal eine Woche hier gearbeitet, als der Mann vom Turm stürzte.« Langsam blätterte der städtische Beamte weiter durch die Akte. Es machte Tolstoi verrückt, dass die hier alle Zeit im Überfluss zu haben schienen.

»Hier ist eine Kopie seines Ausweises«, schob der Dezernent schließlich nach. »Und hier sein Arbeitsvertrag. Aber ob der noch –«

»Haben Sie sich mal die Unterschriften auf den beiden Dokumenten angeschaut?«

Die beiden Männer an Tolstois Seite stierten auf die Papiere vor sich auf dem Tisch.

»Das ist mir noch gar nicht aufgefallen. Die sind ziemlich unterschiedlich«, bemerkte Zschocher schließlich verlegen.

»Vielleicht ging es ihm nicht so gut, als er den Vertrag unterzeichnete?«, versuchte der Dezernent eine Erklärung. »Die auf dem Vertrag ist irgendwie zittriger als die auf dem Ausweis.«

»Ihr Wachmann hat nichts mit Dr. Edwards zu tun. Die Unterschrift ist gefälscht!«

Aus den Unterlagen hatte Zschocher die Adresse des Toten herausgesucht. Scheinbar beifällig, damit der Kollege nicht argwöhnisch wurde, fragte Tolstoi nach weiteren Details. Von Angehörigen war nichts bekannt. Auf eine Durchsuchung der Wohnung des Toten hatte die Polizei bislang verzichtet. Es hatte sich ja um einen Unfall gehandelt. Auch Botschaften oder Mitteilungen hatte offenbar niemand gefunden. Nach dem Gespräch im Rathaus verabschiedete sich der Kommissar. Die Zeit drängte. Tolstoi stieg in die Straßenbahn. Einmal musste er umsteigen. Er nahm die Linie eins Richtung Mockau und stieg an der Haltestelle Friedrichshafener Straße aus.

Von der Pracht des Zentrums war hier nicht mehr viel zu sehen. Zwar ließen die Fassaden noch erkennen, dass die Stadt mal ziemlich reich gewesen war. Aber das musste Lichtjahre her sein. Von den Häusern bröckelte der Putz, Balkone hielten nur noch, weil Holzbalken sie abstützten. Ein trauriges Viertel.

Tolstoi überquerte eine breite Ausfallstraße. Auf einer Brachfläche war eine provisorische Autowerkstatt eingerichtet. Einige Meter weiter bog er in die Döringstraße ein. Die Nummer siebenunddreißig war ein Mehrfamilienhaus aus der Gründerzeit. Über den Fenstern ließen sich noch Überreste von Stuckverzierungen erkennen. Auf den Balkonen rosteten verschnörkelte Eisengitter vor sich hin. Die Haustür war nur angelehnt. Dahinter gähnte ein dunkler Flur.

Tolstoi ging hinein.

58

Tolstoi stieg die knarzenden Stufen im Treppenhaus hoch, in der zweiten Etage sah er das Klingelschild von Jonathan Seger. Die Tür war abgeschlossen.

Der Kommissar zückte sein russisches Armeemesser. Zwei Minuten später sprang das Schloss auf. Er huschte hinein und zog vorsichtig hinter sich die Türe zu.

Drinnen roch es muffig. Dazu kam abgestandener, kalter Rauch. Es musste Wochen her sein, wenn nicht Monate, dass hier jemand gelüftet hatte. Tolstoi machte erst einmal das Fenster in der Küche auf. Dann zündete er sich eine Zigarette an. Die Wohnung war einigermaßen aufgeräumt. Was nicht schwer war, da es kaum Einrichtungsgegenstände gab. Alles strahlte eher den Charakter eines Industrielofts aus. Fein säuberlich war der Putz von den Wänden geschlagen, damit die Backsteine herausschauten. Überall Halogenlampen. Im größten Raum stand ein grob gehauener, riesiger Holztisch. Darauf ein Zigarrenaschenbecher, der randvoll mit Kippen gefüllt war. An den Mauern lehnten gerahmte Filmplakate aus den Fünfziger- und Sechzigerjahren. Film noir. Regnerisches Paris. Schatten. Halb verdeckte Straßenschilder. Die Drahtseile über einem Aufzug. Es waren Werke von Jean Gabin. Louis Malle. François Truffaut.

Eine große Schwarz-Weiß-Fotografie hing am Kopfende des Raumes. Darauf Robert de Niro als Boxer Jake LaMotta in *Raging Bull.* Tolstoi musste auf einmal an seinen Vater denken. An Nachmittage mit ihm auf der Couch. Er musste damals so zehn Jahre alt gewesen sein. Auch sein Vater liebte die alten Krimis aus Frankreich. Politisch unverdächtige Streifen, die im jugoslawischen Staatsfernsehen gezeigt werden durften. Er und der kleine Vuk, sie fieberten beide mit den verschlossenen Ermittlern im regengrauen Paris mit.

Dass Tolstoi Polizist wurde, lag auch an diesen Nachmittagen mit seinem Vater auf der Couch. Die Filme waren die letzte Verbindung, die er noch zu ihm unterhielt. In einem kleinen Hinterhofkino, nicht weit von seiner Wohnung in Neukölln, ging er manchmal in die Spätvorstellung. Immer dann, wenn sie die alten Streifen zeigten. Für den Kommissar war es die einzige Nostalgie, die er zuließ.

Tolstoi zwang sich zurück in die Gegenwart. Er wollte nicht wieder schwermütig werden. Also in die Arbeit stürzen. Neben Tisch und Stühlen gab es kaum Möbel. Nur noch einige Rohrstahlregale, in denen technischer Kram lag. Objektive, Kabel, Stecker, Kamerataschen. Der Kommissar durchwühlte sie oberflächlich. Hier würde er nichts finden. In der Küche standen lediglich ein Herd und ein Kühlschrank. Im Bad ein Hängeregal und Handtücher auf einem Stapel. Blieb nur noch das Schlafzimmer. Tolstoi öffnete das Nachttischchen. Wieder Fehlanzeige. Gerade wollte er sich an den Kleiderschrank machen, als er ein Knacken hörte. Es musste von den Holzdielen im Flur stammen. Auf Zehenspitzen schlich der Kommissar zur angelehnten Tür und spähte durch den Schlitz.

Jemand lief über den Flur. Derjenige musste nach ihm in die Wohnung gekommen sein. Aber wie? Der Kommissar konnte nur den Rücken sehen. Es war eine Frau. Sie zog die Wohnungstür hinter sich zu und verschwand. Hochkonzentriert lauschte Tolstoi eine Weile. Aber er hörte nichts mehr. Keine Schritte auf der Treppe, kein Zufallen der Haustür.

Einigermaßen laut knallte er die Türe zum Schlafzimmer zu. Dann trampelte er in die Küche, riss den Wasserhahn auf, hielt kurz seine Hände darunter, nur um ihn gleich wieder zu schließen. Genauso laut schloss er das Fenster. Dann verließ er die Wohnung. Er hatte genug gesehen. Tolstoi hustete laut beim Hinausgehen. Er tat so, als ob er die Stufen nehmen wollte, als er eine abrupte Drehung machte und vor die Wohnungstür auf der gegenüberliegenden Seite sprang. Die Tür war angelehnt und ging ächzend auf. Im selben Moment drang dahinter ein schmerzerfüllter Schrei hervor. Tolstoi trat ein und blickte in das Gesicht einer alten Frau, die sich wimmernd die Nase hielt.

»Bitte, tun Sie mir nichts …«, jammerte sie.

»Ganz ruhig. Keine Angst. Ich bin von der Polizei.«

»Von der Polizei?«

Tolstoi zeigte seinen Ausweis.

»Was wollten Sie in der Wohnung?«, fragte die Frau, immer noch ängstlich. »Ich dachte, der Herr Jonathan ist zurückgekommen. Es ist lange her, dass er das letzte Mal hier war …«

Der Kommissar knipste das Licht im Flur an. Jetzt konnte er die Frau sehen. Sie stand gebeugt da, kleinwüchsig, hatte einen fleckigen Kittel an. Ihre strohweißen Haare klebten zerzaust auf dem Kopf. Ihrem zerfurchten Gesicht nach zu schließen, musste sie weit über achtzig sein.

»Frau Oswald?«

Verschüchtert hob sie den Blick und schaute dem Kommissar kurz in die Augen. »Ostwald, wie der Nobelpreisträger.« Sie schien sich langsam zu beruhigen. »Die Hausverwaltung hat sich verschrieben. Und ein neues Klingelschild möchten sie nicht drucken.«

»Was wollten Sie von Herrn Seger?«

»Na, er hatte mir immer Kartoffelsäcke eingekauft. Und mein letzter ist jetzt schon eine Woche leer. Ich dachte, er ist zurück …«

»Jonathan Seger ist tot.«

Die Frau begann erneut zu wimmern. Sie zitterte am ganzen Körper. Tolstoi nahm sie in die Arme, schob sie aber gleich wieder von sich, als ihm ein säuerlicher Geruch in die Nase schoss. Sie musste sich länger nicht gewaschen haben. Der Kommissar trat einen Schritt zurück.

»Wussten Sie das nicht?«

»Nein. Ich dachte er sei wieder einmal ...«

»Ja?«

»Na, der Herr Jonathan musste doch immer wieder so große Reisen machen. Für seine Arbeit.«

»Wohin reiste er denn?«

»Nach England, bei den Russen war er, einmal sogar in Afrika.«

»Als Kameramann?«

»Für seine Arbeit. Hat er mir gesagt.«

Tolstoi blickte die Frau stumm an. Ihr Zittern hörte nicht mehr auf. »Wann haben Sie ihn denn zuletzt gesehen?«

»Das ... das muss vielleicht drei, nein zwei«, sie setzte sich auf einen Hocker im engen Flur, »nein, vier Wochen her sein.« Die alte Nachbarin war eindeutig verwirrt. »Vielleicht auch noch länger ...«

»Kann ich Ihnen irgendwie helfen?«

»Können Sie mir Kartoffeln holen?«

Tolstoi überlegte kurz. Dann führte er die alte Dame in die Küche. Sie wollte ihm Geld geben, aber er lehnte ab. Eine Viertelstunde später kam er mit einem Sack Kartoffeln aus einem nahe gelegenen Supermarkt zurück. Die Frau strahlte vor Glück.

»So, ich muss Sie jetzt leider verlassen. Auf Wiedersehen.« Tolstoi klopfte der Frau auf die Schulter. Er wollte gerade die Türe hinter sich zuziehen, als er ihre krächzende Stimme noch einmal hörte.

»Und was mache ich jetzt mit den Briefen?«

»Welchen Briefen?«

»Na, die vom Herrn Jonathan?«

Tolstoi ging noch einmal zurück. Aus einer Schublade hatte die Nachbarin einen Stapel mit einem guten Dutzend Schreiben geholt, die sie seit Wochen dort aufbewahrt haben musste.

»Zeigen Sie mal her!« Schnell blätterte der Kommissar die Kuverts durch. Die meisten enthielten amtliche Post. Rechnungen, Anschreiben der Hausverwaltung, städtische Benachrichtigungen. Eine Postkarte war dabei, von einer Frau namens Simone. Sie schrieb ihm Urlaubsgrüße von den Malediven. Ganz unten tauchte ein eigenartiger Brief auf. Der

Umschlag war aus dickem, filzigem Pergament. Es stand kein Absender darauf. Krakelig altmodisch reihten sich die Buchstaben zu Segers Adresse aneinander. Tolstoi fischte den Brief heraus, den Rest gab er der Frau zurück.

»Die sind gut bei Ihnen aufgehoben. Nur diesen hier muss ich mitnehmen. Und Sie sollten mit niemand anderem über Herrn Seger sprechen. Verstanden?« Der Kommissar merkte, dass die Nachbarin nicht hundertprozentig von seinem Auftritt überzeugt war. »Wir wissen noch nicht, wer Jonathan Seger ermordet hat. Und ich möchte nicht, dass Sie die Nächste sind!«

Jetzt nickte die Frau gehorsam und begann erneut zu zittern. Eilig verschwand Tolstoi. Kaum war er aus der Wohnung, holte er aus seiner Jackentasche ein Paar Einweghandschuhe. Er streifte sie über und riss den Brief auf. Wie erwartet fand sich darin nur ein Bogen Papier. Mit nur wenigen, spärlichen Zeilen.

Der Kommissar überflog den Text. Kein Zweifel. Da war er, der Brief mit einer neuen mysteriösen Nachricht des Mörders. Wieder war sie in dieser eigenartigen Fraktur aus dem Kaiserreich geschrieben. Und wieder dieser gestelzte Satzbau. Aber vor allem war es der Sound, der aus den Zeilen sprach. Der Ton war mahnend, gebildet, aber trotzdem belehrend, überheblich. Tolstoi spürte den kalten Hauch des Mörders. Erneut hatte der über jemanden den Stab gebrochen. Endgültig, ohne Gnade. Es hatte etwas von Apokalypse, dem Weltgericht am Ende aller Tage:

Daſ Gefühl,
an die dümmſte aller Sachen ein Leben geſetzt zu haben,
dem, vielleicht, Edlereſ, Haltbarereſ gelungen wäre.

59

Ana Cayart hatte sich im Foyer in einen dicken Ledersessel fallen lassen. Sie hatte gerade im Hotel Intercontinental eingecheckt und wartete nun auf Tolstoi, der jede Minute ankommen musste. Aus ihrer Umhängetasche zog sie die dicke Mappe heraus, die ihr Ricker Bünting aus dem Verlagshaus in Berlin hatte zukommen lassen. Während der Zugfahrt hatte sie die Texte schon einmal überflogen. Jetzt blätterte sie die Artikel noch einmal durch. Gerade hatte sie sich an einem Absatz festgelesen, als der Kommissar durch die Drehtür hereingesprungen kam.

»Tut mir leid, ich kam nicht von der Nachbarin des Toten los. Sie hat mir –«

»War ja klar«, schnalzte ihm die Psychologin hin, verzog dabei aber den Mund zu einem Grinsen. Ein versöhnliches Zeichen, dass sie heute nicht auf Angriff eingestellt war. Aber Tolstoi fehlte die Sensorik dafür.

»Ana, deine Spitzen gehen mir langsam ziemlich auf die Nerven. Die Frau war weit über neunzig und stank. Du weißt ganz genau, dass –«

»War nur Spaß! Oder verstehst du etwa keinen Spaß mehr?«

Tolstoi hatte keine Lust auf eine Auseinandersetzung und beendete die Diskussion. »Wir haben unseren dritten Toten. Gleiches Muster. Und ich habe jetzt auch die Botschaft gefunden.«

»Und ich habe die veröffentlichten Artikel von Rottluff.«

»Und?«

»Nicht hier. Lass uns hochgehen. Ich habe Nummer siebzehn einundvierzig. In zehn Minuten?«

»Bis gleich.«

Trotz der späten Stunde war es im Zimmer immer noch extrem schwül. Cayart knöpfte sich die Bluse auf, dann schob sie den Vorhang zur Seite. Sie konnte das Fenster nur wenige Zentimeter kippen, was an der Sicherheitsvorkehrung lag. Tolstoi trat neben seine Kollegin. Wie eine Spielzeuglandschaft breitete sich Leipzig vor ihnen aus. Aus dem siebzehnten Stockwerk wirkte die Stadt seltsam entrückt. Es war kurz nach dreiundzwanzig Uhr. Unter ihnen breitete sich ein Lichtermeer aus Ampeln, Laternen und Scheinwerfern aus.

»Er war hier. Und er hat sich als Edwards ausgegeben.«

»Die Kollegen haben den Sturz als Unfall eingestuft. Bisher hat der Täter nicht davor zurückgescheut, ganz offen einen Mord zu begehen. Warum dieses Mal so heimlichtuerisch?« Tolstoi verunsicherte diese Änderung des Modus operandi.

»Wahrscheinlich hat er nicht damit gerechnet, dass sein Zeichen auf der Stirn durch den Aufprall unleserlich wird. Und dass die Kollegen hier so verpennt sind, konnte er auch nicht wissen.«

»Also sicher, dass es Mord war?«

»Sicher. Auch wenn die Spezialisten noch nicht eindeutig nachgewiesen haben, wie er es diesmal gemacht hat.« Die Psychologin ging zu ihrer Handtasche und zog einen Lippenstift heraus. Dann bog sie die Nachtischlampe nach oben und drehte den Lichtkegel auf die Glasscheibe, ein großer heller Kreis zeichnete sich gegen die Dunkelheit ab. Tolstoi fläzte sich aufs Bett und beobachtete seine Kollegin. Ana war eine äußerst attraktive Frau. Schlank, gepflegt, die Kleidung verriet Stil. Ihre Bewegungen waren anmutig, sie besaß Charme und Intelligenz. Sie war gut zehn Jahre älter als er, aber das sah man ihr kaum an. Es gab eine Zeit, da konnte Tolstoi von ihrem Körper nicht genug bekommen. Zu Beginn ihrer gemeinsamen Arbeit, Cayart war gerade geschieden, gingen sie permanent miteinander ins Bett. Nach einiger Zeit war die sexuelle Beziehung etwas eingeschlafen. Bis sie vor anderthalb Monaten wieder miteinander geschlafen hatten.

»Wir haben also ein wiederkehrendes Muster …« Mit dem Lippenstift schrieb sie ein großes D auf die Scheibe, in einigem Abstand daneben ein A, dann ein FEW. Darüber notierte sie das jeweilige Datum der Morde. Zwischen D und A lagen drei Wochen. Zwischen A und FEW gerade einmal sechs Tage.

»Wir haben es wirklich mit einem Serienmörder zu tun.« Tolstoi schaute auf die roten Buchstaben und Zahlen auf der Scheibe.

»Dafür spricht der immer gleiche Tatablauf. Das wiederkehrende Opfermuster.« Cayart zeichnete unter die Buchstaben rote Pfeile. Darunter schrieb sie die Namen der drei Toten. Seger, Rottluff, Putlitz. »Massenmörder handeln nach einem Masterplan, sie haben eine übergeordnete Idee. Sie sind besessen. Aber was ist hier die Idee?« Cayart drehte sich zu ihrem Kollegen um und schaute ihn fragend an. Tolstoi blickte ratlos auf die Kritzeleien auf der Fensterscheibe.

»Journalistenmorde?«

»Das reicht nicht als Idee. Es muss mehr dahinterstecken!« Die Psychologin setzte sich auf die Bettkante, direkt neben die Füße des Kommissars. »Zum Beispiel Adolf Seefeldt. Spitzname Sandmann. Der brachte immer Kinder in Matrosenanzügen um. Als Zwölfjähriger wurde er selbst von zwei Männern vergewaltigt. Wahrscheinlich erkannte er sich später in seinen Opfern wieder. Er wollte sie aus dieser bösen Welt herausholen …« Sie stand wieder auf, ging zum Tisch auf der anderen Seite des Zimmers und begann, in ihrer Handtasche zu kramen. »Und deshalb brachte er sie um. Er meinte es nicht böse. Aber das macht es nicht besser.«

»Du meinst, Serienkiller brauchen eine Art Rechtfertigung?«

»Meist spielt sich das alles nur in ihren Köpfen ab. Sie konstruieren sich Charaktere. Eine Art Ersatzexistenz. Sie wollen rächen, strafen, vernichten. Oder eben auch schützen. Wie Adolf Seefeldt. Oft wird da viel miteinander vermischt. Die sind extrem krank, diese Personen.«

Mit psychopathischen Mördern hatte Tolstoi bislang noch nicht zu tun gehabt. Seine Täter hatten immer ziemlich klare Motive. Kohle, Macht und Frauen. Deswegen hatte er mit Ana auch erst ein einziges Mal länger zusammengearbeitet. Gleich zu Beginn seiner Arbeit bei der Mordkommission im LKA. Ein Mann hatte seine Frau bei lebendigem Leib zerstückelt. Ohne Betäubung, bis sie vor Schmerzen das Bewusstsein verloren hatte. Der Fall war ihnen damals ganz schön an die Nieren gegangen. Wahrscheinlich war das mit ein Grund, warum sie so schnell miteinander im Bett gelandet waren.

»Morde passieren oft in persönlichen Beziehungen«, drang die Stimme von Cayart zu ihm herüber, »aber ein Serienkiller muss seine Opfer nicht kennen.«

»Also ich gehe davon aus, dass der Mörder die Opfer kannte. Zumindest indirekt.«

»Indirekt?«

»Aus der Zeitung oder aus dem Fernsehen.«

Aus ihrer Tasche zog Cayart eine dicke Mappe heraus. Konzentriert blickte sie wieder auf ihre rote Fallanordnung auf der Fensterscheibe. »Auf jeden Fall sind seriell Mordsüchtige in der Wahl ihrer Opfer nicht frei. Seefeldt musste Jungen in Matrosenanzügen töten. Andere passten nicht in sein Schema. Er hat diejenigen, die er später tötete, erst kurz vor dem Mord auf der Straße angesprochen und mit immer der gleichen Masche mitgelockt.« Sie ging zum Fenster und zeichnete zwischen den Buchstaben auf der Scheibe weitere Pfeile ein, die in beide Richtungen wiesen. Darunter schrieb sie *Medien.* »Serienmörder nehmen oft Souvenirs von ihren Opfern mit. Haben wir da was gefunden? Fehlen irgendwelche Dinge?«

»Keine Ahnung. Das ist schwer herauszufinden.«

»Bei Serienmördern stellen wir oft einen irrationalen Fetischismus fest. Die schrecken mitunter nicht einmal davor zurück, Körperteile als Andenken mitzunehmen. Denk an Haarmann. Der hat seine Opfer verarbeitet und in Konservendosen haltbar gemacht. Später hat er sie dann gegessen …«

Tolstoi stand vom Bett auf und ging zur Minibar. Cayarts Lehrstunde ging ihm langsam zu sehr ins Detail. Aus dem Kühlschrank nahm er sich eine Dose Bier, verzog sich wieder aufs Bett und riss den Verschluss auf. »So weit geht unser Mörder zum Glück nicht.«

»Sicher liegt bei ihm aber eine dissoziale Störung vor. Der Mann ist zwei Personen in einer. Einmal umgänglich, vielleicht sogar höflich und gebildet. Und dann das Monster. Es kann von jetzt auf gleich aus ihm herausbrechen. Wir alle haben ja Schattenseiten und Abgründe in uns drinnen –«

»Können Serienmörder irgendwann aufhören zu morden?«, unterbrach sie Tolstoi.

»Eigentlich nur, wenn ihr Muster beendet ist. Also wenn alle Matrosenjungen umgebracht wurden. Serienmörder sind gezwungen zu töten. Sie sind Süchtige. Das bekommst du aus dem Hirn nicht so einfach raus.«

Der Kommissar nahm einen weiteren Schluck aus seiner Dose.

»Aber das ist doch alles viel zu rational, wie unser Täter vorgeht. Er scheint eine Liste zu haben, die er abarbeitet«, grummelte Tolstoi auf seinem Bett.

Cayart drehte sich wieder zum Fenster und blickte eine Weile auf die Skizze.

»Eine Todesliste!« Abrupt drehte sie sich um und ging ebenfalls zur Minibar. Sie schaute sich die verschiedenen Fläschchen darin an, nahm dann aber auch eine Büchse Bier heraus. »Eines ist sicher: Der Typ ist von Hass getrieben.«

Ein Zischen erfüllte den Raum. Tolstoi durchfuhr ein Schauder. Typen, die von Hass getrieben waren, hatte er genug kennen gelernt. Am besten, sie richteten ihren Hass gegen sich selbst. Dann litt zumindest niemand darunter. Aber leider war das die Ausnahme. Wie er schon als Junge hatte erfahren müssen. Aus der Bierdose in Cayarts Hand schwappte Schaum nach oben. Die Psychologin trank ihn schnell ab. Aufmerksam betrachtete der Kommissar seine Kollegin.

Sie bemerkte seinen Blick, stellte ihr Bier ab und knöpfte sich die Bluse komplett auf. Sie schmiss das Kleidungsstück auf den Boden. Dann stieg sie zu Tolstoi aufs Bett. Sie öffnete seinen Gürtel, schob ihre Hand in seine Shorts und begann, ihn zu massieren. »Ich verabscheue Hass. Liebe ist viel produktiver …«

»Leider gibt es von Menschen wie dir nur wenige …«

»Eine reicht dir doch hoffentlich«, grinste sie, zog dem Kommissar die Hose aus und setzte sich auf ihn. Tolstoi umfasste die schlanke Taille seiner Kollegin und unterstützte ihre Reitbewegungen. Gerade begann Cayart rhythmisch zu stöhnen, als auf einmal Tolstois Telefon summte. Der Kommissar sah den Namen aufleuchten. Tonia.

»Geh nicht ran. Nicht jetzt. Komm schon!«

Mechanisch bewegte sich der Kommissar weiter. Aber im Kopf war er woanders. Nach einer Weile verlangsamte er und stoppte schließlich ganz. »Es tut mir leid. Bei mir wird das nichts …« Traurig blickte er auf Cayart. »Es war heute ziemlich anstrengend.«

Cayart stieg von ihm herunter. Sie zog sich die Bluse über, ging zu ihrem Koffer und nahm eine Wasserflasche heraus. »Du weißt genau, dass das nicht der Grund ist«, zischte sie, nachdem sie einen Schluck getrunken hatte. »Schade.«

Dann ging sie unter die Dusche. Tolstoi blieb auf dem Bett liegen und starrte an die Decke.

»Du kannst die Artikel mitnehmen«, rief sie nach einer Weile heraus. »Die Texte von Agnes Rottluff, meine ich.«

Der Kommissar stand auf und ging zum Bad. Er lehnte sich an den Türrahmen und schaute seiner Kollegin beim Einseifen zu. »Und worüber hat sie geschrieben?«

»Über alles Mögliche. Schau's dir selbst an!« Cayart drehte Tolstoi den Rücken zu. Ihr Gesicht hatte sie nach oben gereckt und sie ließ sich das heiße Wasser wie einen Film über den Körper laufen. »Die Mappe liegt auf dem Tisch. Und jetzt lass mich allein!«

60

»Ich hoffe, ich hab dich nicht geweckt?«

»Doch.«

»Das tut mir leid. Du hast angerufen. Ich dachte, vielleicht was Wichtiges?«

»Ja. Sehr wichtig.«

Der Kommissar lauschte in den Hörer. Aber er hörte auf einmal nichts mehr. Nur das gleichmäßige, weiche Atmen, das ihm inzwischen so vertraut war.

»Ich wollte noch einmal deine Stimme hören.«

»Noch einmal?«

»Man weiß ja nie. Vielleicht nietet mich morgen so ein durchgeknallter Forstmeister um, weil er mich für Rotwild hält.«

Tolstoi hörte ein Kichern am anderen Ende.

»Damit hätte er nicht unrecht.«

»Findest du?«

Tolstoi antwortete nicht. Er hoffte, dass Tonia einfach weitersprechen würde. Dass auch er ihre Stimme hören könnte. Ihre für eine junge Frau viel zu tiefe Stimme. Eine Stimme, die ihm in die Gedärme fuhr wie warmer Tee. Angenehm beruhigend, alles verlangsamend. Eine Stimme, die ihm Zuversicht gab.

»Na ja, ich nehme das dann mal als ein Kompliment. Und irgendwie hast du ja recht. Ich bin rot und, tja, wild auf jeden Fall«, kam es verlegen zurück. »Was machen die Ermittlungen?«

Schade. Sie würde nicht zu einem langen Vortrag ausholen, dessen Worte ihn streichelten und besänftigten. »Ich habe die Botschaft gefunden. Wieder der gleiche Tonfall und wieder die gleiche Schrifttype.« Der Kommissar las seiner informellen Assistentin und Geliebten den Satz vor. Tonia nahm die Recherchen lediglich zur Kenntnis. Etwas Geistreiches konnte oder wollte sie offenbar noch nicht zu dem Text beitragen.

»Wenn du hier dabei wärst, dann würdest du vermutlich sämtliche Hirsche und Kaninchen erlegen. Du bist doch bestimmt ein Killer mit deiner Pistole?« Wieder das Kichern.

»Ich habe noch nie auf ein Tier geschossen …« Pause. »Und nur einmal auf einen Menschen. Enttäuscht?«

»Was war mit dem Menschen?«

»Er war tot.«

Das Gespräch glitt in eine unangenehme Richtung ab. Tonia spürte das und es tat ihr weh. In der Not versuchte sie eine Medizin, die nur wenige einzusetzen verstehen. Humor. »Siehst du, das meinte ich. Wenn du schießt, dann triffst du!«

Sie hatte noch nicht fertig gesprochen, da war ihr klar, dass das völlig daneben gegangen war. Wieder einmal einer ihrer dämlichen Ausrutscher.

Hallo, ein Fettnäpfchen. Tritt doch bitte hinein, liebe Tonia! Yippie. Und schwups. Blöde Kuh!

Tolstoi schwieg.

»Na ja, dann drücke ich dich noch einmal kräftig«, druckste sie verlegen.

»Und ich drücke dir die Daumen, dass dich morgen kein Förster abknallt.«

»Danke. Schlaf schön.«

»Du auch.«

Vom Nachttisch nahm sich der Kommissar die Mappe mit den Artikeln. Sie war nicht dick. Vielleicht zwei Dutzend Blätter. Ziemlich banales Zeugs. Ein Bericht handelte von einem schwulen Flohmarkt. Ein anderer von der längsten Currywurst Berlins. Im nächsten porträtierte die junge Reporterin einen Zigarrenladen, der heute noch so eingerichtet war wie zu den Zeiten, als Berthold Brecht dort immer seine Stumpen gekauft hatte. Nichts Weltbewegendes. Vor allem nichts, wofür man umgebracht würde. Noch einmal ging Tolstoi die Artikel durch. Hatte er etwas übersehen? Vielleicht müsste er genauer lesen. Vielleicht gab es minimale Hinweise, die nur ein Betroffener verstehen konnte? Falsch verstehen konnte. Die jemand als Beleidigung, als Bloßstellung oder als Kriegserklärung interpretieren konnte. Gut eine halbe Stunde verwandte Tolstoi auf eine erneute Lektüre. Er notierte sich die Namen der Personen, über die berichtet wurde. Doppel- und Mehrfachnennungen umkringelte er. Trotzdem ergab das alles keinen Sinn. Was sollte ein schwuler Antiquitätenhändler, der uraltes Sexspielzeug verkauft, für ein Motiv haben, eine Reporterin zu töten? Welches ein Kioskbesitzer, der durch den Text kostenlose Werbung bekommen hatte? Und Brecht war auch schon ziemlich lange tot.

Tolstoi konnte verstehen, dass Ana nicht sonderlich enthusiastisch gewesen war, als sie ihm von der Mappe berichtete.

Trotzdem musste es irgendeinen Zusammenhang geben. Es konnten nur die Artikel sein. Was denn sonst? Frustriert blätterte er den Stapel ein weiteres Mal durch. Eine kleine Notiz handelte von einer Verbrechensserie in einem brandenburgischen Dorf. Es war eigentlich kein Bericht. Es waren nur einige Einschätzungen der Brandenburger Kollegen. Offenbar war Agnes Rottluff bei einer Pressekonferenz dabei gewesen und hatte von den Ausführungen der Ermittler berichtet. Nichts Spektakuläres. Aber es war der einzige Text, der überhaupt von Interesse sein konnte.

Tolstoi stieg noch einmal aus dem Bett und ging zum Beistelltisch an der gegenüberliegenden Wand. Er fuhr seinen Laptop hoch und suchte im Internet die Nummer des aktuellen Desks der Berliner

Boulevardzeitung. Der Kommissar schaute auf seine Uhr, die neben dem Computer lag. Halb zwei. Eigentlich war es viel zu spät. Trotzdem wählte er die Nummer. Drei Mal klingelte das Telefon. Tolstoi wollte gerade auflegen, als sich eine verschlafene Stimme meldete. Der Kommissar stellte sich vor.

»Sie arbeiten rund um die Uhr?«

»Das nun nicht. Aber es kann schon mal ziemlich spät werden. Was wollen Sie?«

»Von Ihrem Verwaltungsdirektor haben wir sämtliche Artikel bekommen, die eine gewisse Agnieszka Kapuscinski geschrieben hat. Sie hat vor einiger Zeit für zwei Monate bei Ihnen im Haus gearbeitet. Ich bin mir nicht sicher, ob wir wirklich alle Texte bekommen haben ...«

»Können Sie mir den Namen mal buchstabieren?«

Buchstabe für Buchstabe tippte der Redakteur den Namen in die Suchmaske der redaktionsinternen Datenbank.

»Siebzehn Treffer.«

Tolstoi blätterte kurz seine Ausdrucke durch. Die Zahl könnte hinkommen. Der Kommissar hatte sich die Zeitpunkte der Veröffentlichungen angeschaut. Was ihn besonders irritierte, die Texte brachen mitten im Monat ab. Jemand, der für zwei Monate ein Praktikum oder was Ähnliches in einer Redaktion machte, hörte doch nicht mitten im Monat auf zu schreiben. Irgendetwas musste vorgefallen sein.

»Es gab eine Pressekonferenz zu einer Verbrechensserie in Brandenburg. Das ist der letzte Artikel. Danach nichts mehr.«

Keine Reaktion. Der Redakteur hatte sich offenbar wieder seiner eigentlichen Arbeit zugewandt.

»Hallo! Sind Sie noch da? Könnten Sie bitte noch einmal nachschauen, ob Agnieszka Kapuscinski danach noch etwas geschrieben hat?«

»Wann war das noch mal genau mit der Pressekonferenz?«

»Dreizehnter März 1997.«

»Hm, keine Ahnung ...«

Tolstoi war langsam ziemlich genervt von dem Typen. Auch er war müde. Und am nächsten Tag würde er früh rausmüssen. »Wenn Sie keine Lust haben, dann klären wir das morgen über Ihren direkten –«

»Das muss die PK zur Kinderfickerstory gewesen sein.«

Tolstoi schreckte zusammen. »Kinderfickerstory?«

»Ja.«

»Was für eine Kinderfickerstory?«

»In irgend so einem Nest. Bei Neubrandenburg war das, glaube ich. Hören Sie, ich muss noch ’nen Artikel fertig schreiben und ehrlich gesagt, es ist ziemlich spät!«

»Bitte, es ist wichtig. Sehr wichtig.«

»Mal schauen«, drang die mürrische Stimme des Redakteurs aus dem Hörer. »Vielleicht später.«

Dann tutete es in der Leitung.

IV.

Vergessene Kinder

61

Es war 2:37 Uhr, als ein schneidender elektronischer Klingelton Tolstoi aufschrecken ließ. Wenn es hochkam, hatte er eine halbe Stunde geschlafen. Der Kommissar sprang aus dem Bett und ging zum Telefon.

»Die haben ihren Namen falsch geschrieben.«

»Was ist los?«

Am anderen Ende war der Redakteur.

»Na die haben das S mit dem Z vertauscht. Agniezska statt Agnieszka. Deshalb kamen keine Ergebnisse mehr nach der PK.«

»Und da ist niemand vorher draufgekommen?«

»Da hat einer vom anderen abgeschrieben. Und die kleine Agnieszka hatte ihren Kopf wohl woanders.«

»Worüber hat sie denn berichtet?«

»Jetzt wird's spannend ...«

Anscheinend hatte der Journalist in Berlin auf einmal sein Interesse für den Fall entdeckt. Er klang jetzt überhaupt nicht mehr schläfrig. Stattdessen baute er einen dramaturgischen Spannungsbogen auf und ließ den Kommissar zappeln. Tolstoi ärgerte sich. Ihm war alles andere als nach Dramaturgie zumute.

»Nun sagen Sie schon. Worüber?«

»Alle weiteren Artikel handeln nur von der Kinderfickerstory. Die hat da offenbar erstklassige Zugänge zu den Leuten in dem Kaff gehabt. Keine Ahnung, wie sie das geschafft hat. Aber sie kam auf jeden Fall sehr, sehr nah ran.«

»Was schreibt sie denn so?«

»Alle Texte nach dem dreizehnten März 1997 sind riesige Riemen. Ziemlich emotionales Zeug. Bestimmt zwei Drittel der Artikel befassen sich mit dem Leid der Eltern. Es gibt ein Porträt vom größeren Bruder eines der Opfer, der Tage nach dem Mord weiterhin regelmäßig mit seinem Fahrrad zur Schule fährt, um die kleine Schwester abzuholen. Wie er stundenlang wartet, auch als alle anderen längst gegangen sind, und nicht wahrhaben will, dass seine Schwester tot ist ...« Wieder machte der Redakteur eine theatralische Pause. »Alles erstklassiger Journalismus. Ehrlich, selbst mir sind an einigen Stellen die Emotionen hochgekommen. Und das will was heißen.«

»Wie haben Sie die Texte gefunden?«

»Ich habe noch mal über das Datum nachgedacht und diese PK, von der Sie gesprochen hatten. Das konnte nur der Kinderfickerfall gewesen sein.

Wir haben damals ziemlich viel darüber berichtet. Das war deutschlandweit Thema. Irgendwann bin ich dann auf den falsch geschriebenen Namen gestoßen.«

»Warum eigentlich Kinderfickerstory?«

Der Redakteur stutzte. »Erinnern Sie sich nicht? Der perverse Typ, der Ende der Neunziger die kleinen Mädchen in der Umgebung von Neubrandenburg aufgeschlitzt hat?«

Tolstoi entsann sich nicht. März 1997. Da war er zwar schon in Deutschland. Und die Verbrechen waren sicher landesweit Gesprächsthema Nummer eins gewesen. Aber das ging damals komplett an ihm vorbei. Kein Wunder. Er war ein traumatisierter Kriegsflüchtling gewesen, seit eineinhalb Jahren in Berlin, er konnte kaum deutsch. Und ehrlich gesagt, er hatte damals andere Probleme gehabt. Kinderfickerstorys hatte er in seiner Heimat genug gehabt. Genau davor war er geflohen.

»Wir haben hier so viele Morde. Da kann es schon mal passieren, dass –«

»Ja, aber an diese Serie müssen Sie sich doch erinnern?«

»Klar. Helfen Sie mir mit Details auf die Sprünge.«

»Groß Flotow. So hieß das Nest. Das war damals ziemlich unappetitlich. Immer wieder kleine blonde Mädchen, denen offenbar bei vollem Bewusstsein die Finger abgeschnitten und die danach vergewaltigt worden waren. Zum Schluss hat das Arschloch sie abgestochen wie die Schweine und im Wald vergraben.«

Tolstoi bat den Redakteur, ihm die Artikel zu mailen. Er gab ihm seine Mailadresse. Eine Minute später ploppte das erste Fensterchen auf seinem Bildschirm auf.

»Die Kapuscinski muss über Wochen dort gelebt haben. Die hatte sich zu so einer Art Ankerkorrespondentin in dem Nest hochgearbeitet. Für eine Praktikantin ist das enorm.«

»Wie viele Artikel kommen noch?«

»Ungefähr ein Dutzend große Exklusivstorys. Und dann noch mal etwa fünfundzwanzig kleinere Texte. Dazu zwei Interviews. Die muss wie eine Besessene gerackert haben.«

Als alles angekommen war, nahm Tolstoi seinen Laptop, legte sich aufs Bett und begann zu lesen. Chronologisch arbeitete er die Texte durch, machte sich Notizen und versuchte, Verbindungen herzustellen. Nach und nach gewann die Mordserie in seinem Kopf Konturen. Drei Mädchen waren bereits tot, als Kapuscinski in das Dorf kam. Ein viertes war spurlos verschwunden. Die ersten Morde hatten sich im Abstand von fünf bis acht Wochen ereignet. Allerdings waren die Leichen erst wenige Tage vor dem Verschwinden des vierten Mädchens gefunden worden. Als Kapuscinski in Groß Flotow eintraf, gingen alle von einem weiteren Verbrechen aus. Unter den Dorfbewohnern herrschte schiere Panik. Ein halbes Dutzend Familienväter hatte sich zu einer Art Bürgerwehr zusammengeschlossen. In Schichten patrouillierten sie durch das Dorf. Kein Kind durfte mehr alleine zur Schule kommen. Im Bus für die Gymnasiasten ins zwölf Kilometer entfernte Neubrandenburg fuhr ein Vertreter der Bürgerwehr mit.

Durch das Auftauchen der Leichen und das erneute Verschwinden eines Mädchens standen die Polizisten unter enormem Druck. Jetzt ergab der Artikel über die Pressekonferenz auch einen Sinn.

Rottluff alias Kapuscinski musste gut und gerne sechs Wochen in dem Dorf geblieben sein. Sie hatte also weit über den vereinbarten Zeitrahmen für die Redaktion gearbeitet. Der Redakteur in Berlin hatte recht. Sie verfügte über exzellente Zugänge zu den Opfern. Aber nicht nur das. Auch die Polizei schien sich ihr anvertraut zu haben. Während der ersten zehn Tage durchleuchtete die junge Reporterin fast ausschließlich das Umfeld der Opfer. Sie ging weit in die Geschichte des Dorfes zurück. Ihre Texte erweckten ganze Familiendynastien zum Leben und zeigten, wie eng alle Dorfbewohner miteinander verbunden waren. Nach den Berichten war klar, dass jeder Bewohner von Groß Flotow die Morde als einen Angriff auf die eigene Familie verstanden haben musste.

Nach zehn Tagen wechselten sich die Opferberichte immer öfter mit Artikeln über die Arbeit der Polizei ab. Anscheinend hatten die Ermittler eine Handvoll möglicher Täter eingekreist und diese unter enge Beobachtung gestellt. Rottluff nannte keine Namen. Aber sie schien zu wissen, wen die Beamten verfolgten. Nach zwei weiteren Wochen legte sich die Polizei auf einen einzelnen Verdächtigen fest. Als der Name durchgesickert war, musste eine unglaubliche Hetzjagd eingesetzt haben. Denn der Verdächtige stammte aus dem Ort. Rund um die Uhr lungerte ein Mob um das Haus des Mannes herum. Einige versuchten, sich mit Äxten und Hämmern gewaltsam Zutritt zu verschaffen. Lynchstimmung. Schließlich musste die Polizei das Gebäude Tag und Nacht bewachen.

Drei Tage später wurde der Mann festgenommen. Der letzte Artikel datierte zwei Tage nach der Verhaftung. Es war ein langes Porträt des Mannes. Das Psychogramm eines Menschen, der sein Leben lang ein Außenseiter geblieben war. Aufgewachsen ohne Vater, hatte ihn seine Mutter – offenbar überfordert – im Alter von fünf Jahren zur Adoption freigegeben. In der Gastfamilie war er nie angekommen. Immer wieder büchste er aus, beging kleinere Einbrüche, wurde wegen Diebstahls schließlich zu Jugendarrest verurteilt. Irgendwann leistete er seinen Wehrdienst in der Nationalen Volksarmee der DDR ab, versuchte, die Unteroffizierslaufbahn einzuschlagen, wurde nach nur wenigen Monaten aber wegen schlechter Führung entlassen. Daraufhin verdingte er sich als Hilfsarbeiter. Zunächst einige Jahre bei einem Bautrupp in Eberswalde, später heuerte er bei der LPG in Waren an der Müritz an. Nach der Wende, als die landwirtschaftlichen Flächen privatisiert wurden, blieb ihm nur die Stütze. Keiner der neuen Bauern wollte ihn mehr haben.

Aus den Beschreibungen der Journalistin bekam Tolstoi ein relativ genaues Bild des Mannes. Er sah ihn regelrecht vor sich, eine mickrige Kreatur, ein Verlierer, ein Ausgestoßener. Der Mann schien nicht besonders helle zu sein. Ein IQ am unteren Ende der Skala. Zumindest kamen die Polizeipsychologen damals zu dem Schluss, die Rottluff alias Kapuscinski geschickt in das Porträt mit einband. Ein Aspekt verstörte aber Tolstoi zutiefst. Er betraf die Frau des Mannes. Sie saß all die Zeit mit ihm in dem belagerten Haus. Nach seiner Verhaftung gab sie der Reporterin bereitwillig Auskunft. Aus den paar Zitaten, die in dem Text standen, sprach die schiere Verzweiflung. Verzweiflung und Angst. Aber auch ein gewisser Trotz. Die Frau schimpfte über die Mordstimmung im Ort, über die Verlogenheit vieler Dorfbewohner. Und sie ließ keinen Zweifel daran, dass sie zu ihrem Mann hielt. Was musste die Frau für unglaubliche innerliche Kämpfe durchmachen? Es war Wahnsinn, so ein Interview zu geben.

62

Polternd kam der Staatsanwalt Bartholomäus Leber in das Büro des Behördenleiters hereingestapft. Sein Gesicht war puterrot. Er war stinksauer. »Haben Sie das autorisiert?«

Nur langsam bewegte Ferdinand Berghoff seinen Kopf nach oben. »Und wenn es so wäre?«

»Haben Sie oder haben Sie nicht?«

»Was geht Sie das an? Cayart ist immer noch meine Mitarbeiterin und ich bin ihr direkter Vorgesetzter!«

»In so einer heiklen Angelegenheit. Da muss die Staatsanwaltschaft immer über alles Bescheid wissen!«

»Jetzt wissen Sie es ja.«

»Ich werde mich beschweren. Der Innensenator wird das sicher ziemlich ähnlich sehen wie –«

»Machen Sie sich nicht lächerlich. Haben Sie den Text gelesen? Der Innensenator dürfte sich heute wie ein Honigkuchenpferd freuen. Das ist die reinste Propaganda für ihn und sein Blaulichtministerium.«

Das Gesicht des Staatsanwalts wurde noch röter. Aber ihm fiel nichts mehr dazu ein. »Und was sollen wir jetzt zu dieser heißen Spur sagen? Wo ist denn bitteschön diese heiße Spur?«

»Ach, wissen Sie das noch nicht?«, gab sich der LKA-Präsident überrascht. »Es gibt einen dritten Toten.«

»Was …?«

»Ja. In Leipzig.«

Der Staatsanwalt brauchte einige Zeit, um sich von dem Schock zu erholen. Wobei es nicht darum ging, dass noch jemand umgebracht worden war. Er war zutiefst erschüttert, dass man ihn, den leitenden Juristen in diesem Fall, anscheinend über vierundzwanzig Stunden aus der Sache herausgehalten hatte. Dahinter konnte nur wieder dieser miese bosnische Kommissar stecken. Er würde es ihm heimzahlen, genauso wie diesem knorrigen Behördenleiter. Dienstrechtliche Disziplinarmaßnahmen hieß das Zauberwort. Jetzt allerdings musste er erst einmal sein Gesicht wahren. »So. Und das nennen Sie eine heiße Spur? Das ist ja wohl eher das Gegenteil davon …«

Es war offensichtlich, wie ahnungslos der Mann war. Als einzige Reaktion fiel dem Juristen ein, blindlings herumzupoltern, ohne auch nur einen einzigen klaren Gedanken zu fassen. Der LKA-Präsident lehnte sich in seinem gut gepolsterten Ledersessel zurück. Er genoss es, wenn er Oberwasser hatte. Und es gefiel ihm, den Staatsanwalt zappeln zu lassen. Diesen schleimigen, intriganten Karrieristen. »Leipzig ist nicht die heiße Spur. Aber der Tote und der Tatort.«

»Inwiefern?«

»Es ist wieder ein Journalist. Und der Mörder war wohl unser Doppelgänger. Das Ebenbild Ihres Politikerfreundes.«

Auf einmal entwich sämtliches Blut aus dem Kopf des Juristen. Was hatte dieser verdammte Kommissar Tolstoi mit seinen dämlichen Anspielungen nur angerichtet! Wenn jetzt jeder in ihm nur noch den

Parteibuchapparatschik sah und ihm das außerdem ständig vorhielt, dann könnte er bald einpacken. Auch wenn der Justizsenator und der Innensenator gerade von der CDU kamen ... In einer tendenziell roten Stadt konnte er seine Karriere bald knicken. »Er sah also aus wie Dr. Edwards?«

»Ja. Aber nicht nur das. Der Mann hat auch dessen Ausweis benutzt.«

»Aber dann müssen wir ihn doch nur zur Fahndung ausschreiben. Ein Phantombild bekommen wir ja wohl sicher schnell hin. Oder sind Ihre Leute dazu nicht in der Lage?«

»Sicher. Kann ich gerne veranlassen. Wenn Sie die Verantwortung dafür tragen wollen?«

»Kann ich gerne machen, wenn Sie nicht einmal mehr den Mumm haben, eine Fahndung herauszugeben.«

Gemächlich griff der LKA-Präsident zur Thermoskanne. Er goss sich eine Tasse ein und fügte betont langsam Milch und Zucker hinzu. Während er umrührte musterte er den Staatsanwalt gründlich. »Gut, dass Sie das auf Ihre Kappe nehmen. Weil ich werde die Verantwortung dafür nicht übernehmen«, sagte er schließlich. »Denn das wird eine üble Hetzjagd auf Dr. Edwards. Die Leute können ja nicht unterscheiden, wer der Mörder ist und wer der Politiker. Aber wenn Sie das verantworten ...« Der LKA-Präsident griff zum Hörer und wählte eine Nummer. »Ich gebe unseren Zeichnern gleich Bescheid!«

Auch das letzte Fünkchen Rot wich nun aus dem Gesicht des Staatsanwalts. Erst jetzt hatte er seinen Denkfehler begriffen. Polizeiarbeit war doch ein ziemlich komplexes Geschäft. Mit solch weitreichenden Entscheidungen hatte er im Justizdienst in Landshut und später in der Staatskanzlei in München nur selten zu tun gehabt. *Verdammte Scheiße!*

»Ich ..., Sie ...«, stammelte er. »Wir ...«

Ferdinand Berghoff drückte auf den Lautsprecher. Das Tuten am anderen Ende schallte durch den ganzen Raum. Auch die Stimme des Angerufenen, als der sich schließlich meldete.

»Arthur, ich brauche bitte einen deiner Männer, um ein Phantombild zu zeichnen. Schick doch so schnell wie möglich jemanden rauf zu den Tolstoi-Leuten.« Mit einem dicken Grinsen legte der Präsident den Hörer wieder auf. »Also, es kann gleich losgehen. In einer Stunde bekommen Sie die Zeichnung, wir lassen das dann über die Pressestelle rausgehen. Deutschlandweit am besten.«

Leber ließ sich in die Couch in der Ecke fallen.

»Wir sind eigentlich fertig, oder haben Sie noch was anderes zu klären?«

»Hören Sie, Sie haben recht. Das ist wirklich keine so tolle Idee. Wir können Dr. Edwards nicht die halbe Republik auf den Hals hetzen. Was schlagen Sie vor?«

Der LKA-Präsident nahm einen weiteren Schluck aus seiner Kaffeetasse. Jetzt war er endlich an dem Punkt angekommen, auf den er hingearbeitet hatte. Und er hatte keine Lust, seinen Triumph übereilt auszuspielen. Der Staatsanwalt durfte gerne eine Weile leiden. Er trank seinen Kaffee in aller Ruhe aus. Erst danach erbarmte er sich. »Hören Sie. Ab sofort verfolgen Sie unsere Ermittlungen aus der Distanz. Von Ihnen kommen keinerlei Holzklötzchen mehr, die Sie meinen Polizisten zwischen die Beine schmeißen. Jetzt nicht und auch später nicht. Haben wir uns verstanden?«

Der Jurist nickte stumm.

»Gut. Dann sind wir fertig.«

»Und das Fahndungsplakat?«

»Blas ich ab.«

Kaum hatte Leber das Büro des LKA-Chefs verlassen, nahm sich der Behördenleiter noch einmal das Interview aus dem *Berliner Express* vor. Er überflog den Text zum dritten Mal. Und wieder musste er lachen.

Dann wählte er die Nummer des Kommissars. Ferdinand Berghoff musste sich einigermaßen anstrengen, um sich zu verstellen. Er wollte wütend klingen. »Vuk, Sie verdammter Idiot. Was fällt Ihnen eigentlich ein!«

»Was meinen Sie, Chef?«

»Stellen Sie sich nicht dümmer, als Sie sind. Wir wissen beide, dass Sie mit dem Interview ein mittleres Gesellenstück abgeliefert haben.«

Er erhielt darauf keine Antwort.

»Hier gibt niemand ein Interview an mir vorbei! Wäre der Text nicht so unglaublich schmeichelhaft, ich würde Sie sofort –«

»Chef«, unterbrach ihn Tolstoi sanft, »das schafft Ihnen aber doch erst einmal etwas Ruhe.«

»Das weiß ich auch«, brummte der LKA-Chef. »Trotzdem machen Sie so was nicht hinter meinem Rücken. Verstanden?«

»Verstanden, Boss.«

Nach so viel Einsicht seines Untergebenen ließ der Präsident seiner guten Laune wieder freien Lauf. Obwohl er genau wusste, dass Einsicht gegenüber einem Vorgesetzten bei Kommissar Tolstoi immer nur vorgespielt war. »Gut, dass das geklärt ist. Also, was gibt es Neues bei Ihren Ermittlungen?«

»Putlitz und Rottluff hatten beide mit den Vorfällen in Neubrandenburg zu tun. Jonathan Seger arbeitete damals für ein Boulevardmagazin bei seinem Sender. Die Redaktion hat natürlich über die Morde berichtet ...«

An beiden Enden war jetzt Stille. Der Präsident knetete sich die Stirn, während er angestrengt nachdachte. »Und hat Seger in dem Nest gefilmt?«, fragte er schließlich.

»Ich habe heute mit dem Archiv beim Sender gesprochen.«

»Und, war er in Neubrandenburg?«

»Fehlanzeige. Die können nicht nachvollziehen, wer wann wo gedreht hat. Zumindest nicht so schnell.«

»Aber wenn es da keine Verbindung gibt, dann steht die These doch auf etwas wackeligen Beinen?«

»Wer sagt denn, dass es keine Verbindung gibt?«

Diesmal erhielt Tolstoi keine Antwort.

»Ich sagte nur, die können nicht zweifelsfrei sagen, dass Seger dort war. Im Redaktionsarchiv haben sie mir heute ein paar alte Scripts rausgesucht. Was das Fernsehen anbelangt, waren die damals wohl ganz vorne dabei. Es müsste mit dem Teufel zugehen, wenn dahinter nicht Seger steckt.«

»Tolstoi, berufen Sie sich nicht auf den Teufel. Nicht Sie!«

Langsam fand auch der Kommissar Gefallen an dem Telefonpingpong mit dem Chef. »Ach, kommen Sie. Mit dem stecken wir doch alle im Bund ...«

»Spaß beiseite. Wenn es wirklich eine Verbindung zu den Neubrandenburger Morden gibt, dann kann das ja nur heißen ...«

»... dass da jemand abrechnet. Knapp zwanzig Jahre später.«

63

Ana Cayart hatte sich für das kleine Schwarze entschieden. Immerhin gab es etwas zu betrauern. Sie hatte Tolstoi endgültig verloren. An diese nervige Studentin. Sie versuchte, sich einzureden, dass es nichts Ernstes gewesen war. Lediglich etwas Ablenkung vom aufreibenden Polizeialltag. Sie hob ihre Unterwäsche vom Abend zuvor, die auf dem Boden gelandet war, auf. Instinktiv hielt sie ihren Schlüpfer an die Nase. Er roch nach ihm. Nach seinem Eau de Toilette, nach seinem Schweiß, nach seiner Lust. Tränen schossen ihr in die Augen. Konnte es sein, dass sie sich in den Kommissar verliebt hatte?

Nein, Ana, das kann nicht sein!

Sie knöpfte sich den doppelten Häkchenverschluss ihres BHs zu und stieg in das Kleid. Sie zog die Rüschen über die Schultern und zupfte sie so zurecht, dass die Träger davon verdeckt wurden. Dann schaltete sie den Fernseher an. Gerade lief die Morgensendung. Die Kurznachrichten waren gerade vorbei. Entspannt ließen sich die beiden Moderatoren auf eine Couch fallen und unterhielten sich übers Wetter, über einige Projekte der Bundesregierung, die im Herbst anstanden. Über die gescheiterte Ehe eines Popsängers. Cayart verstaute ihre getragene Wäsche im Rollkoffer. Sie ordnete die Unterlagen in der Aktenmappe. Am Abend würde sie zurück nach Berlin fahren. Hier wurde sie nicht mehr gebraucht. Als sie prüfte, ob es eine neue Nachricht auf ihrem Telefon gab, durchfuhr sie ein Schreck.

Hatte sie gerade richtig gehört? Sie stellte den Ton des Fernsehers lauter und da tauchte auch schon das Foto auf. Die Person, die da großformatig hinter den beiden Journalisten auftauchte, das war sie! Das war ihr offizielles Mitarbeiterfoto für den Polizeidienst. Wie waren die nur daran gekommen? Und was sollte dieses Gefasel von einem Interview? Sie hatte niemandem ein Interview gegeben, schon gar nicht diesem Schundblatt! Jetzt präsentierte einer der Moderatoren die aktuelle Ausgabe des *Berliner Express* und blätterte darin herum. Dann zeigte er auf eine Doppelseite. Die Kamera fuhr näher heran und da war wieder ihr Foto. Cayart bekam Panik. Sie setzte sich auf die Kante des Bettes und starrte auf den Flatscreen. Was hatten diese Ratten nur wieder ausgeheckt? Nach dem hinterlistigen Abwatschen von Tolstoi auf der Titelseite war es für ihn ziemlich unangenehm geworden. Er musste sich genau rechtfertigen, musste sämtliche Details aus seinem Privatleben vor dem Chef ausbreiten. Er musste seine Beziehung zu der jungen Frau erläutern, ihre Daten preisgeben. Danach wurde die Studentin polizeilich überprüft. Die hatten sogar ihre Konten durchleuchtet, auch wenn davon nie etwas an die Öffentlichkeit dringen würde. Was, wenn jetzt sie dran war?

Erst jetzt fiel Cayart auf, was als Überschrift über ihrem Foto stand: *Endlich Erfolge!* Gebannt starrte die Polizeipsychologin auf den Moderator und lauschte seinen Ausführungen. Dann schnappte sie sich ihre Handtasche und stürmte aus dem Zimmer.

Schon von Weitem sah er seiner Kollegin, die gerade durch die Drehtür am Eingang hereindrängte, an, dass sie auf Hundertachtzig war. Im Stakkato klapperten Ana Cayarts Absätze über das Parkett im Frühstückssaal schnurstracks auf ihn zu. Tolstoi wollte ihr einen guten Morgen wünschen, aber er kam nicht dazu. Cayart knallte ihm die Zeitung, die sie gerade erworben hatte, direkt vor die Nase auf den Teller.

»Steckst du dahinter?«, fauchte sie.

»Ich?« Tolstoi senkte den Blick, hob mit spitzen Fingern die mit Butter und Eigelb beschmierte Zeitung hoch und stocherte in seinem Rührei herum. »Wie kommst du darauf?«

»Ich wundere mich einfach über den Sinneswandel bei der Zeitung ...«

»Vielleicht haben sie gemerkt, dass sie der Polizei unrecht getan haben?«

»Das glaubst du doch selbst nicht!«

»Dann haben sie eben erfahren, welch eine kompetente und hochprofessionelle Ermittlerin das LKA auf den Fall angesetzt hat.«

»Und diese Ermittlerin rühmt ganz zufällig in jedem zweiten Satz die Arbeitsweise und die Professionalität ihres Kollegen? Und der heißt auch nur ganz zufällig Vuk Tolstoi?«

»Ja. Ganz zufällig.« Ein breites Grinsen zog sich über das Gesicht des Kommissars, als er nun zu ihr aufblickte. Zwischen sechs und sieben Uhr morgens hatte Tolstoi eine Stunde geschlafen. Um seine Augen breiteten sich dunkle Ringe aus. Trotzdem strahlte er eine eigenartige Energie aus. Sein Jagdtrieb lief auf Hochtouren. Er wusste, er konnte den Mörder finden, wenn er nur all seine Sinne und Kräfte zusammennehmen würde. Zum ersten Mal in diesen Ermittlungen fühlte er sich nicht mehr vom Zufall abhängig. Von nun an würde nicht eher ruhen, bis er den Mörder zur Strecke gebracht hatte. Äußerlich nahm niemand wahr, wo er mit seinen Gedanken gerade war. Auch nicht seine Kollegin, die annahm, Tolstoi würde sich tatsächlich mit ihr unterhalten. Dabei antwortete er ganz automatisch. Sein Geist war längst in Neubrandenburg.

»So etwas machst du nie wieder! Beim nächsten Mal gibst du mir vorher Bescheid!«

»Versprochen«, grinste Tolstoi mechanisch. Er nahm eines der beiden Sektgläser, die er bereits bestellt hatte, und prostete Cayart zu. *Was konnte nur die Neubrandenburger Verbindung zu den Journalisten sein?*

Die Psychologin hielt die Arme verschränkt und funkelte Tolstoi weiter wütend an. Dann griff sie zu. Und trank das Glas in einem Zug leer.

»Na ja, der Innensenator wird sich freuen. Dann mach ich eben Karriere!« Ihre Wut war verraucht.

»Das wirst du bestimmt!«, entgegnete Tolstoi und schob ein weiteres Lächeln nach. *In Neubrandenburg muss etwas vorgefallen sein, aber was?* Er musste die Verbindung finden.

Eine Verbindung, die wahrscheinlich weit über die vier Mädchenmorde hinausreichte.

64

In aller Herrgottsfrüh hatte Tonias Wecker geklingelt. Es musste halb vier gewesen sein, als sie eine eiskalte Dusche genommen hatte. Als sie aus dem Badezimmer kam, war es draußen immer noch dunkel. Danach begann sie, die sorgfältig zusammengelegten Kleidungsstücke aus ihrer Reisetasche zu nehmen und auf der Bettdecke auszubreiten. Zärtlich strich sie über die Leggins aus Merinowolle. Tonia liebte es, wenn sich die elektrische Spannung zwischen ihren Fingern und den Fasern in einem Knistern entlud. Und noch mehr liebte sie es, wenn sich die Hose um ihren Unterkörper legte. Bei der Leggins kam sie gut mit einer Größe M zurecht. Gänzlich nackt schlüpfte sie in die Hose und zog sie behutsam nach oben. Beim Top hatte sie ein L kaufen müssen, was ihr aber keinen allzu großen Kummer bereitete. Tonia stand zu ihrer Figur, auch wenn sie weit von Modelmaßen entfernt war. Alles eine Frage des Stils! Ihre üppige Oberweite verbarg sie in einer elegant taillierten Highmoore-Jagdbluse. Als Nächstes faltete Tonia die Hose aus Walliser Loden auf und streifte sie über. Zuletzt glitten ihre Arme in eine anthrazitfarbene Microfaserjacke mit Teflonbeschichtung. Tonia blickte in den Wandspiegel gegenüber dem Bett. Ihre roten Locken fasste sie zu einem Knoten zusammen. Jetzt war sie zufrieden.

In der Küche gönnte sie sich eine kleine Stärkung, dann ging sie ins Wohnzimmer. Vor dem Bücherregal blieb sie stehen. Sie zog die lederbezogene Bibel heraus. Darunter lag der Schlüssel. Sie nahm ihn und ging zum vergitterten Schrank auf der anderen Seite des Raumes. Darin standen sieben Gewehre. Zwei Repetierbüchsen, ein tschechisches Modell mit einem 12x40-Nikon-Zielfernrohr und eine Kompaktvariante von Mercury. Eine Doppelbüchse von Borovnik Modell 63 mit feiner Arabeskengravur. Eine Mossberg-Flinte und eine Gladius-Bockdoppelflinte. Daneben noch eine Baretta-Sportflinte und eine Diva-De-Luxe-Doppelflinte, die ihr Vater speziell für sie gekauft hatte. Ihr Blick fiel auf die beiden Luftgewehre, die weiter hinten im Schrank versteckt standen. Es musste kurz nach ihrer Erstkommunion gewesen sein, als sie das erste Mal mit einer dieser Trainingswaffen auf die Zielscheiben im Garten hinter dem Haus geschossen hatte. Sie war ein Naturtalent. Ihr Vater war beeindruckt, wie konzentriert, sicher und emotionslos sie schoss. Tonia erinnerte sich genau. Von ihren ersten zehn Schuss trafen drei in die Zehn, vier in die Neun, zwei in die Sieben und ein Ausreißer ging daneben. Ihre drei Jahre ältere Schwester hatte dagegen so ziemlich alle Schüsse vermasselt. Sie wollte danach nie mehr wieder zur Waffe greifen. Tonia aber hatte Gefallen gefunden. Ihren ersten Rehbock hatte sie ein Jahr später in den Wäldern oberhalb des Hauses erlegt. Ihr Vater war verdammt stolz auf sie. Und seitdem war sie uneingeschränkt seine Lieblingstochter. Tonia entschied sich für die schwere Doppelbüchse mit den Intarsienarbeiten. Die Anmut und Schönheit der Waffe faszinierte sie immer wieder aufs Neue.

Sie legte das Gewehr ins Futteral, zog den Reißverschluss zu und steckte die Waffe in ihre Jagdtasche. An der Haustür stieg sie in ihre schwarzen Hunter-Stiefel. Die sündhaft teure Jagdausrüstung hatte sie von ihrem Vater zum Abschluss der Pariser Kochschule geschenkt bekommen. Als sie komplett angezogen war, ging sie noch einmal zurück in die Küche, nahm aus dem Kühlschrank einen silbernen Flachmann mit Becherbitter heraus und verstaute ihn in der Innentasche der Jacke. Der Kräuterschnaps gehörte zum Ritual. Gleichzeitig war er eine Art Familienandenken an die Großeltern väterlicherseits. Die waren nach dem Zweiten Weltkrieg aus einem Nest bei Marienbad nach Bayern geflohen. Durch das Fenster sah sie den Jeep die Auffahrt heraufkommen. Instinktiv griff sie zu dem Buch, das sie am Abend zuvor auf das Buffet gelegt hatte. Duktus und Wortwahl der Nachrichten des Mörders … Sie hatte etwas Ähnliches schon gelesen. Und es musste in diesem Buch gewesen sein. Aber bislang war sie noch nicht fündig geworden. Tonia schob den Band zum Gewehr in die Jagdtasche. Dann trat sie aus dem Haus.

»Dobré ránó«, rief der Förster durch das geöffnete Beifahrerfenster, »guten Morgen, junge Dame.« Antonín Bouček war ein alter Freund der Familie. Wenn sie plante, sich auf die Pirsch zu legen, dann rief sie ihn an. Er organisierte alles. Dieses Mal hatte er sich bei ihr gemeldet. Vor zwei Wochen. Bouček hatte gefragt, ob sie Interesse hätte einen Rothirsch zu schießen. Natürlich hatte sie. Zur Begrüßung gab Tonia dem Förster links und rechts einen Kuss auf die Wange.

Bouček legte den Gang ein und fuhr auf einen Waldweg, der versteckt hinter dem Haus begann. Während der gesamten Fahrt die kurvige Passstraße hinauf schwieg er. Tonia war das nicht unrecht, so konnte sie ohne schlechtes Gewissen noch einmal ans Fenster gelehnt schlafen. In ihren Träumen sah sie sich hoch auf einen Gipfel klettern. Aber auf den letzten Metern vor dem Ziel rutschte sie ab und glitt eine lange Strecke zurück. Drei Mal ging das so, dann erwachte sie.

Der Wagen hatte auf einer Lichtung angehalten. Hier waren bereits fünf in grüne Loden gekleidete Männer versammelt. Einer hatte ein Jagdhorn umhängen. Über seiner Schulter baumelten zwei Flinten. Zwei andere Jäger beugten sich über eine Landkarte und fuhren mit den Fingern die Höhenzüge ab. Die letzten beiden standen etwas abseits. Sie hielten ein halbes Dutzend Hunde an der Leine, die laut kläfften.

Tonia und Bouček grüßten in die Runde. Man kannte sich von früheren Jagdausflügen. Die Männer hielten die Hand an den Hut und verneigten sich. Ganz alte Schule, dachte Tonia und freute sich. Auch deshalb begeisterte sie das Ritual der Jagd so sehr. Mit seinen komplexen Regeln, der eigenartigen Sprache und den exotischen Riten.

»Heute wirst du eine ganz besondere Trophäe erlegen!«, versprach ihr Bouček. Tonia wusste, dass er alles dafür tun würde, damit das Versprechen wahr werden würde. Aber insgeheim hoffte sie auf eine gänzlich andere Trophäe. Sie musste das Rätsel lösen. Mit der Hand fühlte sie noch einmal über ihre Jagdtasche.

Als sie die Kanten des Buches spürte, durchfuhr ein Kribbeln ihren gesamten Körper.

65

Schon von Weitem konnte Tolstoi die Türme der Stadt erkennen. Die gotische Konzertkirche mit ihren Fialen und filigranen Ziergiebeln. Daneben die Klosterkirche St. Johannis und der kleinere Rathausturm. Alter Kaufmannsstolz sprach aus den Bauwerken. Irgendwo hinter der Silhouette musste Groß Flotow liegen. Das Dorf, das auf ewig mit der monströsen Mordserie verbunden sein würde. Akribisch hatte sich Tolstoi alle Details aus den Artikeln von Agnieszka Kapuscinski herausgeschrieben und systematisiert. Dank der

Schilderungen der jungen Reporterin entstand auf seinem Block und vor dem inneren Auge des Kommissars ein präzises Bild. Da waren die Familie Schleicher, die Jorns, beide hatten sie eine Tochter verloren, der Gasthof und sein leutseliger Wirt, die immer stärker schrumpfende Kirchengemeinde, das Schloss mit dem herrschsüchtigen Hausherrn Botho von Raven, der über die Morde zum Wortführer in der Gemeinde aufstieg. Und Edgar Wrobel.

Wrobel war schon immer ein Außenseiter. Er war mit fünf Jahren in das Dorf gekommen. Anschluss hatte er nie gefunden. Alle Interviewten bezeichneten ihn als Sonderling. Manche wollten es schon immer gewusst haben. Wrobel sei ein Menschenhasser, ein Scheusal. Gewalttätig, verroht, zu allem bereit. Nach einiger Zeit hatte er diese Frau angeschleppt. Keiner wusste, woher sie gekommen war. Auch nicht, ob die beiden verheiratet waren. Das Paar lebte in einer der verfallenen Bauernkaten, außerhalb des Dorfes, in der Nähe der Glashütte. Kontakt zu Wrobel hatten die Leute von Groß Flotow nur, wenn er für sie Handlangerdienste erledigte. Bäume beschnitt, die Entwässerungsgräben um die Felder aushob. Der Mann führte das Leben eines Tagelöhners, wie es sie seit Jahrhunderten hier gegeben hatte. Nur dass er vom modernen Sozialstaat Stütze erhielt und so nicht gänzlich vor die Hunde gehen musste. Was er für seine Hilfsarbeiten bekam, hatte er wohl nie beim Amt angegeben. Alle wussten das. Angezeigt hatte ihn niemand. Sonst hätten sie auf ihre billige Arbeitskraft verzichten müssen. Manchmal half auch die Frau im Gasthaus aus. Aber da musste schon ziemlich Not am Mann sein, wie der Wirt zugab. Denn die Frau sprach mit niemandem. Stumm brachte sie die Speisen und Getränke und knallte sie auf den Tisch. Nicht wirklich förderlich für den Umsatz. Agnieszka Kapuscinski hatte mit ihren Artikeln eine Art Fortsetzungsroman geschrieben. Sie hatte Charaktere ausgeleuchtet, Zusammenhänge hergestellt, das Dorftheater zum Leben erweckt. Sie hatte das präzise Psychogramm eines Dorfes abgeliefert, in dem ein grausames Verbrechen geschehen war. Kapuscinski hatte ohne Zweifel ein enormes journalistisches Talent.

Warum hast du nur nach der Zeit in Groß Flotow alles hingeschmissen?
Du hättest doch eine kometenhafte Karriere machen können!
Was ist passiert?

Vor dem Bahnhof standen fünf Taxen. An den Türen lehnten Männer, die Hemden hochgekrempelt, und spähten hoffnungsvoll zu den wenigen Personen herüber, die jetzt aus dem Gebäude kamen. Es passierte nicht selten, dass die Fahrer einen halben Tag auf einen neuen Fahrgast warten mussten. Trotzdem war der Bahnhof noch der aussichtsreichste Ort, in Neubrandenburg überhaupt Kundschaft zu finden. Als Tolstoi dem Fahrer seinen Zielort nannte, begann dessen Gesicht zu strahlen. Groß Flotow war mindestens zwanzig Kilometer von der Stadt entfernt. Durch das Rückfenster sah Tolstoi, wie die anderen Taxen träge eine Position aufrückten und erneut mit dem Warten begannen. Niemand sonst brauchte einen Fahrer.

Nach einer halben Stunde bog der Wagen von der Landstraße ab und ruckelte auf Betonwegen weiter, die noch aus der DDR-Zeit stammten. Groß Flotow war ein ziemlich verlassenes Nest. Die nächste Autobahn war gefühlte Lichtjahre entfernt. Nur ein Bus der Neubrandenburger Verkehrsbetriebe fuhr zweimal die Woche vorbei. Etwas außerhalb lag das Schloss der Familie von Raven. Mittelpunkt des Dorfes war ein Gasthaus. Davor stieg der Kommissar aus. Wenn die Artikel stimmten, dann würde er hier einiges über die Morde erfahren.

»Müssen Sie heute wieder zurück nach Neubrandenburg?«, fragte der Fahrer.

»Kann gut sein. Haben Sie eine Telefonnummer?«

Seine Karte hielt der Fahrer schon bereit und reichte sie dem Kommissar.

Auf dem Schild an der Eingangstür stand, dass der »Deutsche Adler« um zehn Uhr öffnete. In einer Viertelstunde. Tolstoi zündete eine Zigarette an und schlenderte die Dorfstraße entlang. An einigen Häusern hingen Schilder. *Zu verkaufen.* Darunter die Telefonnummern und Mailadressen von Immobilienmaklern in Neubrandenburg, Schwerin oder Rostock. Andere Gebäude waren bereits so weit verfallen, dass es nicht mal mehr Schilder gab. An vielen Häusern waren die Rollläden heruntergelassen. Dass hier jemand lebte, verrieten die Wäschespinnen im Vorgarten, ein Auto in der Einfahrt oder eine Tageszeitung, die aus dem Briefkasten lugte. Zu sehen war niemand. Von einem Ende des Dorfes zum anderen waren es nur einige Hundert Meter. Direkt hinter dem Ortsschild begannen die Felder. Etwas erhöht lag ein kleines Wäldchen, davor ein Weiher, gesäumt von ein paar Trauerweiden. Tolstoi steckte sich eine zweite Zigarette an. Dort oben, versteckt hinter Bäumen, unter Laub verscharrt, mussten sie zwei der Mädchen gefunden haben. Zwei Holzkreuze, die er aus der Entfernung nur mit großer Anstrengung erkennen konnte, ragten aus dem Boden.

Er schaute auf die Uhr. Noch drei Minuten bis zehn. Der Kommissar lief die Straße wieder zurück. Auf einmal tauchten zwei Gestalten auf. Wo genau sie herkamen, konnte Tolstoi nicht sagen. Sie steuerten auf den Gasthof zu. Der Kommissar folgte ihnen. Fast am Gasthof angekommen, hörte er ein Knacken. Punkt zehn steckte jemand den Schlüssel von innen ins Schloss und öffnete. Sofort drängten die Männer hinein. Tolstoi gab ihnen ein paar Minuten Vorsprung, dann trat er ebenfalls ein. Die beiden hatten sich an einen schummrigen Tisch im hinteren Bereich des Gastraums gesetzt. Gerade brachte der Wirt jedem ein Pils und einen Korn.

»Guten Morgen«, sagte der Kommissar in die Runde. Keiner reagierte. Der Wirt verzog sich stumm hinter den Tresen und trocknete Biergläser vom Vorabend ab. Tolstoi setzte sich an die Bar und bestellte einen Kaffee.

»Nicht viel los hier im Ort.«

Keine Antwort. Der Wirt blickte starr auf seine Gläser. Der unbekannte Gast schien ihn nicht zu interessieren.

»Läuft der Laden?«

Jetzt legte er das Tuch zur Seite, stellte das Glas in den Schrank und ging in die Küche. Tolstoi hörte das Gluckern einer Kaffeemaschine. Mit beiden Händen balancierte der Wirt eine Tasse mit Unterteller in den Gastraum und stellte sie vor dem Kommissar ab.

»Manchmal.«

»Wie viele Leute leben denn hier?«

»Zu wenig. Hundert und ein paar Zerquetschte.«

»Und es werden wohl immer weniger?«

Endlich schaute der Mann ihn an. »Sicher. Was sollen die auch hier? Keine Arbeit, kein Geld, keine Frauen.«

»Und Sie?«

»Ich hab Arbeit. Und auch 'ne Frau.«

»Fehlt nur das Geld.«

Wieder nahm der Wirt ein neues Glas in die Hand und fing an zu polieren. »Bald gibt es hier niemanden mehr. Dann muss es der große Herr alleine mit seinen Angestellten aushalten.«

»Sie meinen die von Ravens?«

Auf einmal blickte der Mann auf und starrte Tolstoi misstrauisch an. »Was wollen Sie?«

»Vor achtzehn Jahren. Was ist hier passiert?«

Jetzt stellte der Wirt sein Glas ab. Er schob seinen Oberkörper über den Tresen auf den Kommissar zu. Aus dem Misstrauen war offene Feindseligkeit geworden. »Sind Sie wieder so ein Reporter?«

»Und wenn es so wäre?«

»Dann können Sie sich gleich wieder zum Teufel scheren. Wir haben genug von euch. Ihr seid hergekommen, habt hier alles aufgemischt, eure Fotos gemacht, gefilmt und seid wieder abgehauen. Wie die Geier, die über

Leichen kreisen und gierig das tote Fleisch auffressen. Und wenn nichts mehr übrig ist, zieht ihr weiter …«

»Es gibt Ausnahmen.«

»Eine war hier, die war anders. Aber ansonsten …«

»Kannten Sie den Wrobel? Ich meine, hatten Sie öfter mit ihm zu tun?«

»Was soll das? Ich gebe Ihnen kein Interview.«

»Ich bin kein Journalist.«

Der Wirt musterte Tolstoi. Seine Augen glitten an ihm hinab. Unter dem Sakko lugte das Halfter heraus. »Der Fall ist geklärt. Hier gibt es nichts mehr zu ermitteln!«

»Wohnen die Schleichers noch im Ort? Und die Jorns'?«

»Die Schleichers sind weggegangen. Der alte Jorns ist gestorben. Seine Frau lebt noch hier. Vorne am Ortseingang, die Nummer siebzehn. Aber ihre zweite Tochter ist auch weg. Irgendwohin nach Süddeutschland. Augsburg oder so.«

»Langsam wird es einsam hier.«

»Wie damals, im Dreißigjährigen Krieg. Damals haben sie das Dorf dem Erdboden gleichgemacht. Alles verbrannt, die Menschen aufgespießt. Jetzt braucht es nicht mal mehr Soldaten. Die Leute gehen von alleine weg.«

»Mit wem hatte Wrobel Kontakt?«

»Mit niemandem. Mit so einem gibt sich doch niemand freiwillig ab. Vor allem nicht, seit er –« Unvermittelt drehte sich der Wirt um und beschäftigte sich wieder mit seinen Gläsern.

»Ja?«

Stoisch trocknete der Mann weiter ab.

»Seit er was …?«

Aber der Kommissar bekam keine Antwort mehr.

66

»Tonia, du gehst mit mir und Karel Nový. Wir werden oben, kurz vor dem Ende der Waldgrenze, auf dem Weg zur Nepomukkapelle warten. Markalous und Hálek, ihr könnt über den Pass hoch zum Wiesengrund gehen.« Bouček zeigte auf der Karte die verschiedenen Routen. »Die beiden Jungen warten mit den Hunden noch eine halbe Stunde, dann folgen sie uns. Waidmannsheil!«

Wie besprochen liefen Bouček, Nový und Tonia in den Wald hinein. Geplant war eine Drückjagd. Sie hatten also ausreichend Zeit, um ihre Hochsitze zu finden. Nach einer guten Stunde gab der Förster ein Zeichen anzuhalten. Er deutete auf eine Jagdkanzel.

»Hier oben kannst du dich erst einmal einrichten. Ich zeige Karel seinen Platz, dann komme ich zu dir zurück, wenn die Tiere im Anmarsch sind.«

Tonia erklomm die Leiter, Bouček reichte ihr die Flintentasche nach, sie schleppte alles nach oben. Als sie saß und alles verstaut hatte, gab sie ein Handzeichen. »Ihr könnt los, bis später.«

Sie war jetzt ganz alleine. Darauf hatte sie gewartet. Tolstoi hatte ihr das neueste Zitat durchgegeben. Sie zog den Zettel aus der Jackentasche, auf den sie die Botschaft notiert hatte.

Das Gefühl,
an die dümmste aller Sachen ein Leben gesetzt zu haben,
dem, vielleicht, Edleres, Haltbareres gelungen wäre.

Was die Studentin entsetzte, war der beißende Spott, die unglaubliche Arroganz, die aus den Zeilen sprach. Da machte sich jemand über eine andere Person lustig, die offenbar im Sterben lag oder letzte Gedanken zu Papier gebracht hatte. Das tiefe Bedauern des Dahinscheidenden auf der einen Seite. Und die Fratze des Menschen, der sich über die Irreleitung lustig macht. Ein verpfuschtes Leben wurde hier begutachtet. Und es wurde der Stab darüber gebrochen. Aber verpfuscht weshalb? Und aus wessen Augen heraus? Was war dieses *Edlere* und *Haltbarere*? Ein tugendhaftes Leben? Ein mutiges Leben? Ein Leben in Gottgefallen? Aber vor allem, wer sprach da? Ein Priester? Ein Politiker? Ein Richter?

Aus ihrem Rucksack holte sie das Buch, das sie begonnen hatte durchzuarbeiten, und schlug es an der Stelle auf, an der sie abends zuvor ihr Lesezeichen hineingesteckt hatte. Mit einer Taschenlampe leuchtete sie auf die Seite. Wie ein großes Glühwürmchen saß Tonia auf ihrem Hochsitz und las. Der Autor analysierte die Rechtsprechung in der Weimarer Republik. Offenbar schwappte nach dem Ersten Weltkrieg reihenweise menschliches Elend durch die Gerichtssäle. Physisch kaputte Menschen, psychische Wracks. Auf einem Foto sah man einen Beinamputierten, der ein Auto gestohlen hatte. Menschliche Trümmerhaufen gehörten damals plötzlich zur Standardbesetzung von Gerichtsverfahren. Veteranen, Waise, Verletzte, Psychopathen. Der Krieg hatte ein Heer von lebenden Kadavern produziert, die schlafwandlerisch durch die junge Republik irrten und ihre kriminellen Spuren hinterließen. Auffällig war die Sprache, die die Beteiligten benutzten. In Duktus und Vokabular ähnelten die Einlassungen der Angeklagten, der Richter, Verteidiger und Staatsanwälte den Zitaten, die Tolstoi bei den Toten gefunden hatte.

Es war diese eigenartige Sprache, an die sich Tonia erinnert hatte, als sie zum ersten Mal die Zitate von Tolstoi zu lesen bekam. Anfangs hatte sie nicht sofort gewusst, warum ihr die Textfetzen so vertraut vorkamen. Aber vor einigen Tagen war es ihr wieder eingefallen. Für die Uni wollte sie eigentlich eine vergleichende Studie über Gerichtsverfahren im Deutschen Kaiserreich und der Weimarer Republik schreiben. Durch die aufregende Arbeit für Kommissar Tolstoi hatte sie die Bücher längere Zeit nicht mehr zur Hand genommen. Doch als sie sich vor zwei Tagen an ihren Schreibtisch gesetzt hatte, da sprangen ihr die Bücher in die Augen. Die Nachrichten an die Opfer mussten aus genau dieser Zeit stammen. Flüchtig überflog Tonia die nächsten Seiten.

Irgendetwas irritierte sie. Aber was?

Endlich fiel es ihr auf. Sprachlich kamen die Notizen aus der Weimarer Zeit den Zitaten bei den Mordopfern ziemlich nahe. Nicht jedoch der Inhalt. In den Botschaften bei den Toten verbarg sich immer ein moralischer Zeigefinger. Jemand sprach von der Warte des Hohen Richters herab, der über Gut und Böse urteilte. Diese Haltung fehlte in den Gerichtsnotizen komplett. Nach dem Ersten Weltkrieg ging es nicht um Moral. Niemand machte sich Gedanken darüber, ob es *edlere* oder *haltbarere* Handlungen gegeben hätte. Wer kriminell geworden war, wurde abgeurteilt. Die Justiz war zu einem Maschinenraum geworden, in dem Urteile produziert wurden. Nicht mehr und nicht weniger. Vielleicht hatte sich Tonia geirrt. Sie hatte zu schnell einem Instinkt gehorcht, der sie auf eine falsche Fährte gelenkt hatte.

Enttäuscht legte sie das Buch weg und knipste die Taschenlampe aus. Sie lauschte. Weiter oben, irgendwo über dem Pass musste ein Bussard kreisen. Sein Gekreische klang bis zu ihr herab. Um sie herum ächzten die Bäume. Ein paar kleine Tiere streiften durchs Unterholz. Es war das erste Mal, dass sie so alleine im Wald saß. Schließlich zog sie ein vergilbtes Taschenbuch aus ihrem Rucksack heraus. Ganz so schnell aufgeben wollte sie doch nicht. Vielleicht musste sie einfach weiter zurückgehen. Wieder knipste sie die Taschenlampe an und begann zu lesen. *Machtkampf und Intrigen im Wilhelminischen Deutschland – Berühmte Strafprozesse.*

Sofort bemerkte sie, wie verschieden die Zeiten doch gewesen sein mussten. Nach vier Jahren Krieg war die deutsche Gesellschaft verroht. Aus den Prozessakten klang aber noch immer ein zivilisierter, manchmal sogar ein gelehrter Ton. Tonia hatte gut vierzig Minuten gelesen, als sie von weit her das erste Hundegebell hörte. Bald mussten die Führer mit den Tieren in ihre Nähe kommen. Rechts hörte sie auf einmal ein Knacken im Gebüsch. Erschrocken fuhr sie hoch. Ein Hase hoppelte blitzschnell am Hochsitz vorbei und verschwand wenige Meter weiter erneut im Gestrüpp. Das Gekläff der Hunde zeigte bereits Wirkung. Tonia zog ihre Flinte aus der Tasche, nahm die Patronen aus einer Pappschachtel und lud die Waffe. Bouček würde wohl doch nicht mehr kommen. Vielleicht hatte er sich verlaufen, oder er wurde von Nový aufgehalten. Aber sie brauchte den Förster nicht. Sie würde das Wild auch ganz alleine erlegen. Tonia spähte in die Dämmerung. Noch nichts. Sie nahm erneut das Buch zur Hand. Inzwischen war es hell genug, dass sie ohne Taschenlampe lesen konnte. Gebannt flogen ihre Augen über die Zeilen. Auf einmal verkrampfte sie innerlich. Sie fühlte ein hartes Pochen im Brustkorb.

Hier stand es! Schwarz auf weiß! Ihre Umgebung nahm sie überhaupt nicht mehr wahr. In Gedanken war Tonia in einem Gerichtssaal, hundert Jahre vor ihrer Zeit. Plötzlich schreckte sie hoch. Ein enormer Hirsch kam auf sie zugerannt. Sie schnappte sich ihr Gewehr, legte an und spähte durch das Zielfernrohr. Sekundenbruchteile später donnerte der Schuss los. Das Tier rannte weiter. Nach wenigen Metern sackte es zusammen und blieb reglos liegen. Tonia holte einen Feldstecher aus dem Rucksack. Der Rothirsch lag vielleicht zwölf Meter entfernt. Es musste sich um ein Prachtexemplar handeln. Tonia zählte die Enden auf den Geweihstangen. Neun auf jeder Seite. Ein gerader Achtzehnender!

Gütiger Gott – Papa, Antonín, das hättet ihr mir nie zugetraut!

Das Tier musste gut und gerne zweihundert Kilo wiegen. Tonias Herz schlug schneller. In ihrem Kopf wirbelten die Eindrücke der vergangenen Minuten wirr durcheinander. Sie hatte ihn erlegt, sie hatte das Rätsel gelöst.

Jetzt wusste sie, wer sich hinter den Kürzeln verbarg.

67

Durch das Fenster sah Tolstoi, wie ein Polizeiwagen vor der Kirche hielt. Der Kommissar trank seinen dünnen Filterkaffee aus, legte ein paar Münzen auf den Tresen und verließ das Lokal. Als er aus der Tür trat, kam der Kollege strahlend auf ihn zu.

»Sind Sie der Hauptkommissar?«

Tolstoi sah die beiden hellgrünen Sterne auf der Schulterklappe des Mannes. »Guten Morgen, Polizeimeister.«

»Morgen, Herr Hauptkommissar«, strahlte der nun noch stolzer. »Emil Stumpp. Wir hatten telefoniert.« Er schlug die Hacken zusammen und zerquetschte Tolstois Hand zur Begrüßung.

»Lassen Sie uns eine Runde durchs Dorf drehen. Sie waren damals von Anfang an bei den Ermittlungen dabei?«

»Ja. Das war ein ziemlich übles Gemetzel. Ich hatte damals gerade erst bei der Polizeiinspektion in Neubrandenburg begonnen. Da passiert normalerweise nicht viel. Hier ein Autodiebstahl, da ein Einbruch in einen Supermarkt. Öfter gibt es Besoffene, die sich prügeln.«

»Und Neonazis!«

»Ein paar Jungs, die über die Stränge schlagen. Aber ich würde die nicht Neonazis nennen. Die sind meist ganz okay. Die wollen ein bisschen Abenteuer, ein bisschen Bambule. Das haben wir doch alle mal gemacht, als wir jung waren. Was sollen die auch sonst hier tun?«

»Also ich hab keine Ausländer verprügelt!«

»Aber das ist bei Ihnen doch was anderes. Sie sind doch … ich meine, Sie kommen doch …«

»Aus dem Ausland, meinen Sie?«

Das Grinsen war aus dem Gesicht des Polizeimeisters verschwunden. »Der Name klingt auf jeden Fall nicht deutsch. Eher russisch.«

»Ich bin Bosnier. Aber stellen Sie sich vor, auch dort gibt es Ausländer. Trotzdem habe ich die nicht verprügelt.«

»Aber hier gibt es eben auch keine Arbeit. Die Mädchen ziehen alle fort. Die sind einfach frustriert.«

»Und aus Frust schmieren die dann Hakenkreuze an die Wände und schmeißen Brandbomben in Dönerläden.«

»Manche übertreiben natürlich. Aber das sind wirklich nur –«

»In meiner Heimat kam es vor über zwanzig Jahren zu einem Massenmorden. Aus Frust. Da war ich im Alter von diesen dämlichen Kerlen, die hier Farbige und Türken verprügeln. Und wissen Sie, warum es so weit kommen konnte? Weil niemand eingeschritten ist. Nicht die Polizei, nicht die Politik, nicht die Nachbarn. Kommen Sie mir nie mehr wieder damit, dass jemand aus Frust kriminell wird!«

Landpolizist Stumpp fummelte nervös an seiner Mütze herum und blinzelte in die Sonne. Die gute Laune war ihm gründlich vergangen.

»Erzählen Sie mir lieber von der Mordserie! Sie waren also ein junger Polizist.«

Stumpp räusperte sich. »Ähm, ja genau. Ich sehe den Tag noch vor mir. Wir hatten gerade eine Geschwindigkeitskontrolle auf der B104 bei Knorrendorf aufgebaut, als es hieß, alle nach Groß Flotow. Ich gehörte zu den Ersten am Tatort und darum habe ich alles mitbekommen.« Der Polizist schaute zu Boden. »Das war echt ein Schock. Ich komme aus der Gegend hier. Das erste Mädchen fanden wir da oben im Wäldchen. Der Kerl hatte ihr die Finger abgehackt. Und sie dann vergewaltigt. Genau in der Reihenfolge …« Er hielt weiter den Blick gesenkt, als würde er sich dafür schämen, einen derart widerwärtigen Tatort gesehen zu haben. »Das haben wir aber erst später erfahren. Die Gerichtsmedizin hat das festgestellt. Umgebracht wurde sie mit einem scharfen Messer. Er hat ihr den Hals durchgeschnitten. So wie man Schweine schlachtet. Also früher, jetzt ist das ja verboten. Es fehlten auch einige Organe. Der hatte sie regelrecht ausgenommen.«

»Wie sind Sie auf Wrobel gekommen?«

»Das war doch sofort klar.« Nun schoss der Blick nach oben. »Also ab dem Zeitpunkt, als die Mädchen aus dem Ort gefunden wurden. Wen man auch fragte, alle hatten Wrobel im Verdacht. Und nach einigen Tagen haben wir dann auch die Tatwaffe gefunden. Die lag bei ihm im Schuppen unter Brettern versteckt. Das Blut der Mädchen war noch dran.«

»Was war mit den Fingern, den Organen? Wurden die bei ihm gefunden?«

»Nein. Aber die hat er bestimmt irgendwo hingeschmissen. Vielleicht im Wald vergraben. In seiner Mülltonne oder im Garten waren die auf jeden Fall nicht.«

Eine Weile liefen die beiden Polizisten stumm nebeneinander her. Vor dem Haus mit der Nummer siebzehn hielt Tolstoi an.

»Hier wohnt die alte Jorns?«

Stumpp nickte. »Wollen Sie mit ihr sprechen? Die ist etwas daneben. Also, ich meine, die hat sehr gelitten unter der ganzen Sache.«

Tolstoi klingelte. Als sich nichts tat, versuchte er es ein zweites Mal. Endlich hörte er ein Schlurfen. Die Tür wurde einen Spaltbreit geöffnet. Tolstoi erkannte ein verrunzeltes Gesicht.

»Wer sind Sie?«

Tolstoi zeigte seinen Ausweis. Misstrauisch schaute die Alte darauf, bat sie dann aber doch herein. Sie setzten sich an den Küchentisch. Alles war ziemlich vernachlässigt. Der Müll unter der Spüle stank, er war wohl schon tagelang nicht mehr ausgeleert worden. In der Kaffeemaschine hing ein alter Filter. Auf dem Boden lagen verstreut Brotbrocken, eine vertrocknete Tomate, ein Stück Wurstpelle. Aus einer Ritze zwischen den Fußbodenleisten schaute eine Kakerlake heraus, verzog sich aber sofort wieder, als Tolstoi den Fuß nach ihr ausstreckte. Selbst das Bild neben dem Kreuz, das Foto eines hübschen, blonden Mädchens, über dessen Ecke ein schwarzer Trauerflor gezogen war, hatte Fettflecken, an denen Staub haftete.

»Wollen Sie was trinken?«, hüstelte die alte Jorns.

Tolstoi winkte ab. Er schaute zu dem Foto hinüber.

»Sie sind wegen Maggy da. Kommt der Perverse etwa schon raus?« Ihre Augen hatte sie auf einmal weit aufgerissen. Ein Pfeifen kam aus ihrer Kehle.

»Nein, keine Angst«, versuchte Tolstoi sie zu beruhigen. Aber es war zu spät. Die Jorns zitterte am ganzen Körper. Ihre Augen flackerten. Tolstoi legte seine Hand auf ihren Arm, auch wenn ihn der speckige, rotfleckige Kittel anekelte. »Der Mann sitzt im Gefängnis. Er wird sehr gut bewacht. Der kann nicht rauskommen!«

Erst nach und nach beruhigte sich die Alte.

»Maggy«, setzte er vorsichtig an, »war sie denn öfter mal bei den Wrobels draußen?«

Die alte Jorns brauchte eine Weile, um die Frage überhaupt zu verstehen. Es fiel ihr sichtlich schwer, sich zu konzentrieren. Noch schwerer fiel es ihr aber, sich zu erinnern.

»Denken Sie bitte nach! Maggy, Ihre Tochter … Hat sie mit dem Mann, mit Wrobel zu tun gehabt? Oder mit seiner Frau? In den Vernehmungsprotokollen steht davon nichts.«

»Das ist alles so dunkel.«

»Aber Sie können sich erinnern, reißen Sie sich zusammen. Bitte!«

Mit dem Mund machte die Jorns Bewegungen, als ob sie spräche, nur dass kein Ton herauskam.

»Ich verstehe Sie nicht. Bitte, sprechen Sie laut!«

»Sie … Sie war doch immer bei den Pferden. Die hatte sie so lieb. Die Maggy. Sie wollte einmal Pferdezüchterin werden. Das hat sie immer gesagt.«

»Und die Pferde standen draußen bei den Wrobels?«

Jorns überlegte. »Nein, die standen nicht bei denen.«

»Warum erzählen Sie dann die Sache mit den Pferden?«

Wieder brauchte Jorns lange, bis sie etwas sagen konnte. »Weil der doch immer das Futter zu den Pferden gebracht hat.«

»Wer, Wrobel?«

»Ja.«

»Waren das seine Pferde?«

»Nein. Die gehören dem Herrn von Raven. Aber der hat ihn dafür bezahlt, dass er sich um die Tiere kümmert.«

»Hatten die beiden miteinander zu tun? Sprachen Maggy und Wrobel miteinander?«

»Ich glaube schon. Aber das hätte sie nicht tun sollen. Die anderen haben sich doch auch nicht mit ihm eingelassen.«

Ihre Trauer hatte die Frau tief in sich hineingefressen und verkapselt. Selbstschutz. Nur so konnte sie weiterleben. Entsprechend distanziert hatte sie bis jetzt über die Vorfälle gesprochen. Über den Tod ihrer Tochter. Aber die Erinnerung an die Pferde, an die Zukunftspläne von Maggy riss ein Loch in den Kokon, in dem sie ihre Gefühle verschlossen hatte. Tränen rannen auf einmal über ihre Wangen. Die Frau drohte zusammenzubrechen.

»Frau Jorns, Ihre Tochter hat richtig gehandelt«, schaltete sich Polizeimeister Stumpp ein, der bis hierher stumm am Tisch gesessen und zugehört hatte. »Sie konnte nicht wissen, auf was für einen Menschen sie dort traf. Dass der so ein Monster ist, dass es so kommt, das hat sich doch niemand im Dorf ausgemalt.«

»Warum wollen Sie das alles überhaupt wissen?«, fragte die Frau, immer noch mit zittriger Stimme.

»Eine Journalistin wurde getötet. Sie hat damals über die Morde berichtet. Sie hat auch einen langen Artikel über Sie geschrieben.«

»Die Kleine, Zierliche. Ah, die war nett. Nicht so wie die anderen. Und die ist jetzt auch tot? Aber warum?«

»Hatte Wrobel zu jemandem hier engeren Kontakt? Oder kam regelmäßig jemand bei ihm vorbei?«

Die Frau stützte ihre Stirn auf die Hand. Sie knetete die tiefen Falten unter dem ausgedünnten Haaransatz. »Ich glaube nicht. Der war ein ziemlicher Einzelgänger. Aber ich weiß nicht … der wohnte doch so weit draußen.«

Tolstoi beschloss, das Gespräch zu beenden. Die Gefahr war zu groß, dass die Frau tatsächlich zusammenbrach. Und über Wrobel schien sie sowieso kaum etwas zu wissen.

»Ich muss nach Neubrandenburg. Soll ich Sie mitnehmen?«, fragte Stumpp, als sie wieder an der frischen Luft waren. Der Kommissar nickte.

Dann würde der Taxifahrer eben mit nur einem Lottogewinn auskommen müssen.

68

Vor einem alten Backsteingebäude ließ sich Tolstoi absetzen. In der zweiten Etage fand er das Namensschild, das er suchte. Vorsitzender Richter am Landessozialgericht. Lutz Ebert. Vor achtzehn Jahren hatte Ebert als Staatsanwalt die Ermittlungen in der Mordserie geführt. Der Kommissar klopfte. Kaum war er eingetreten, hatte der Jurist auch schon sein Sakko übergeworfen.

»Lassen Sie uns was essen gehen!«

Plätze zu bekommen, selbst zur Mittagszeit, war in der mecklenburgischen Kreisstadt kein Problem. Beim beliebtesten Italiener der Stadt wurde ihnen sogar der beste Tisch auf der Terrasse zugewiesen. Mit Blick auf die mittelalterliche Stadtmauer und das Neue Tor. Hungrig von der langen Fahrt aus Berlin und den Recherchen im Dorf, bestellte sich der Kommissar eine große Pizza Diavola und einen großen Insalata Mista. Ebert brauchte etwas länger, er konnte sich nicht entscheiden, ob er auch eine Pizza oder lieber ein Nudelgericht nehmen sollte. Tolstois Blick wanderte über das Backsteintor. Es war ein beeindruckendes Bauwerk, mit großen Rosetten, Spitzgiebeln und gotischen Fensterbögen. Aber irgendetwas irritierte den Kommissar. Es waren die Steinfiguren, die hoch oben angebracht waren. Alle sahen gleich aus. Alle hatten die Arme ausgestreckt und den Mund weit geöffnet, so als ob sie schreien wollten.

»Was sind das für Gestalten?« Tolstoi zeigte hinauf zu dem Sims, kurz unter dem Dach des Stadttores.

»Das weiß niemand«, sagte Ebert. »Die stehen hier seit vierhundert Jahren. Acht Frauenfiguren. Und keiner weiß, wo die herkommen.«

»Wie, keiner weiß wo die herkommen?«

»Es gibt keinerlei Aufzeichnungen darüber, wer die Figuren in Auftrag gegeben hat. Keine Rechnungen, keine Skizzen, keine Beschreibungen. Nichts. Die stehen hier einfach, seit Jahrhunderten, und schreien über die Stadt hinweg …«

Jetzt schauten beide auf die Steinskulpturen.

»Nachts, wenn Sie hier vorbeilaufen und das Licht der Straßenlaternen scheint schwach zu denen hoch, da wirken die richtig unheimlich.« Ebert goss sich aus der Mineralwasserflasche ein und nahm einen großen Schluck. »Als ich damals in der Mordserie ermittelte, da haben mich die Figuren angeschrien. Immer wieder haben sie mich angeschrien, dass ich nicht aufgeben darf. Dass ich den Mörder finden muss, der den Mädchen all das Schreckliche angetan hat.«

»Es hat einige Zeit gedauert, bis Sie Wrobel auf die Spur kamen. Im Dorf waren alle gleich von seiner Schuld überzeugt …«

»Die ersten beiden Opfer wurden sechzig und achtzig Kilometer von Neubrandenburg entfernt gefunden. Ein halbes Jahr vor den Morden in Groß Flotow. Wir hatten keinerlei Anhaltspunkte. Wir wussten einfach nicht, wo wir anfangen sollten.«

»Immer wieder das gleiche Muster?«

»Teils. Auch den ersten beiden Mädchen hat er die Finger abgehackt. Allerdings erst, nachdem er sie vergewaltigt und umgebracht hatte. Bei den beiden Fällen in Groß Flotow haute er ihnen erst die Finger ab, dann vergewaltigte er sie.«

»Die müssen doch enorm geschrien haben?«

»Er hat sie wahrscheinlich in seinem Auto einige Kilometer vom Dorf entfernt zu einer abgelegenen Hütte gebracht. Dort konnte niemand sie hören.«

»Wie haben Sie sich das mit den Fingern erklärt?«

»Ein Andenken, wahrscheinlich eine Art perverse Trophäe … Das gibt es oft bei psychisch gestörten Tätern wie –« Richter Ebert brach ab. Er legte die Gabel mit dem aufgespießten Stück Pizza weg und nahm einen Schluck Wasser.

»Aber was ich nicht verstehe, warum haben Sie nicht sofort nachdem die ersten beiden Mädchen verschwunden waren die ganze Gegend abgesucht?«

»Guste Schleicher, so hieß, wenn ich mich recht erinnere, das erste Mädchen, war schon mehrfach von zu Hause ausgebüchst, dann aber immer einige Tage später wieder aufgetaucht. Auch das zweite Mädchen … Svenja hieß die. Der Nachname fing mit J an …«

»Jorns.«

»Genau. Die war auch keine Heilige. Außerdem hatten die beiden Morde wo ganz anders stattgefunden. Einer oben auf Usedom. Der andere bei Rostock.«

»Die Verbindung zum Ort hatten Sie also erst mit dem dritten Mord.«

Ebert blickte Tolstoi eine Weile stumm in die Augen, ehe er darauf einging. »Ich habe mich selbst immer wieder gefragt, ob wir nicht früher hätten handeln müssen. Im Nachhinein mache ich mir da auch große Vorwürfe. Aber Guste Schleicher galt drei Wochen lang einfach als vermisst. Bis dahin hatte niemand Wrobel auf dem Schirm. Auch nicht die Eltern. Die Mutter ging selbst davon aus, dass ihre Tochter mal wieder weggerannt war …«

Tolstoi holte die Akte zu den Morden aus seiner Tasche. Er blätterte darin herum, bis er das Vernehmungsprotokoll von Wrobel gefunden hatte. »Nach dem dritten Mord kamen Sie sehr schnell auf den Täter. Warum?«

»Wir standen unter enormem Druck. Aber wir hatten eine Handvoll Männer ins Auge gefasst. Wir haben die alle überwacht, ihre Alibis abgeglichen und mehrere Hausdurchsuchungen gemacht. Bei Wrobel wurden wir sofort fündig. Wir konnten die Tatwaffe und Haare von den Mädchen an einer Jacke sicherstellen. In den Vernehmungen zeigte er dann auch sofort sein wahres Gesicht. Ich habe so etwas noch niemals erlebt. Und ich hoffe, dass ich so etwas nie wieder mit ansehen muss!« Trotz der Hitze schien dem Richter auf einmal kalt zu sein. Er nahm sein Jackett von der Stuhllehne und hängte es sich über die Schultern. »Der Typ ist ein sadistischer Soziopath. Es macht ihm Spaß, wenn er anderen Menschen Schmerz zufügen kann. Er wollte seine Opfer kontrollieren, sie besitzen. Sogar über ihren Tod hinaus …«

»Wie meinen Sie das?«

»Wenn er ein Mädchen umgebracht hatte, dann verscharrte er es im Wald. Aber er kam immer wieder zurück. Die Pathologen haben damals festgestellt, dass er die Leichen später noch mehrmals missbraucht hat. Manche haben sich in einem fortgeschrittenen Verwesungsprozess befunden. Sie waren von Tieren angefressen worden. Aber selbst das störte ihn nicht …«

Tolstoi blätterte eilig weiter durch die Mappe. Ganz hinten waren die Aufnahmen aus der Gerichtsmedizin. Die Mädchenkörper waren entsetzlich entstellt. Durch die Hitze, die Leichen wurden im Frühsommer verscharrt, hatten die Körper noch schneller begonnen, sich zu zersetzen. Aasende Füchse und Wildschweine hatten Teile des Kopfes und der Gliedmaßen gefressen. Auf einmal hatte der Kommissar keinen Hunger mehr. Er schob seine halbe Pizza zur Seite und klappte die Mappe zu. »Woran ist eigentlich seine Frau gestorben? In unseren Akten habe ich dazu nichts gefunden.«

Richter Ebert starrte wieder zu den Frauenfiguren auf dem Stadttor hinüber. »Einige Tage nachdem wir Wrobel festgenommen hatten, fuhr ich noch einmal nach Groß Flotow. Am Morgen war in einer Boulevardzeitung ein Interview mit der Frau des Mörders erschienen. Danach war mir klar, dass ihr Leben dort von nun an die Hölle sein musste. Ich klingelte mehrmals bei ihr, aber es machte niemand auf. Ich bin dann ums Haus herum. Die Tür zum Garten war angelehnt. Ich ging hinein, rief mehrfach ihren

Namen. Nichts. Als ich ins Treppenhaus gehen wollte, sah ich schon die Füße. Sie hatte sich am oberen Treppengeländer erhängt …«

Über den Tisch legte sich beklommenes Schweigen. Der Kellner kam vorbei und deutete die versteinerten Blicke so, dass die Männer mit dem Essen unzufrieden gewesen sein mussten. Mit betretener Miene nahm er die halbvollen Teller und trug sie davon.

»Kann sich ein Mann so verstellen? Ich meine, die musste doch irgendetwas davon mitbekommen haben, wie pervers ihr Mann war?«

»Elsa Wrobel war selbst ziemlich schwierig. Zerrüttetes Elternhaus, der Vater ein Säufer. Sie war zuvor schon einmal verheiratet. Der damalige Mann hat sie einmal sogar krankenhausreif geschlagen. Wrobel war für sie so eine Art Rettungsanker. Zumindest für eine Zeit. Aber es kam eben noch schlimmer.«

»Serienmörder haben meistens eine Gewaltbiografie. Sie steigern sich in ihren Verbrechen. Bei Wrobel finden sich vor den Morden aber nur Einbrüche und Körperverletzung.«

»Wir hatten den Verdacht, dass es mindestens ein weiteres Mordopfer gibt. Ein achtjähriges Mädchen, das er fünfzehn Jahre zuvor erdrosselt hatte. Wrobel war damals vierzehn Jahre alt. Wir sind darauf gekommen, als wir seinen Lebenslauf rekonstruiert haben. In Penzlin, nicht weit von Groß Flotow, ist damals ein kleines Mädchen verschwunden. Es konnte nie gefunden werden. Aber die Polizei ging schließlich von einem Verbrechen aus.«

Tolstoi legte das Foto von Dr. Edwards auf den Tisch und schob es zu Ebert. »Kennen Sie diesen Mann?«

Der Richter nahm das Bild in die Hand und musterte es eine Weile. »Nein, wer soll das sein?«

Tolstoi blickte den Richter verwundert an. »Der Mörder der Journalistin könnte so ähnlich aussehen.«

»Mir sagt der nichts.« Ebert nahm sein Jackett von den Schultern und schlüpfte hinein. Er gab dem Kellner ein Zeichen, die Rechnung zu bringen. »Glauben Sie an Gott?«

Tolstoi überlegte eine Weile. Die Frage hatte ihn überrascht. »Ja.«

»Gut. Das ist gut«, flüsterte Richter Ebert. »Auch ich gehe seit einigen Jahren wieder in die Kirche. Dann können Sie vielleicht verstehen, was ich meine …« Er musste auf einmal nach Worten suchen. Der souveräne Jurist wirkte auf einmal unsicher. »Bei uns traut sich kaum jemand zu sagen … also, das ist irgendwie … niemand spricht aus, was ist … die Gesellschaft will einfach die Augen davor verschließen. Wissen Sie?«

Der Kommissar verstand nicht, was der Richter meinte. Verwirrt schüttelte er den Kopf.

»Das Böse! Es gibt das Böse tatsächlich! Es gibt durch und durch böse Menschen. Ich bin einem begegnet. Wrobel ist abgrundtief böse!«

69

Um zu dem Mann zu kommen, brauchten sie eine gefühlte Ewigkeit. Nicht einmal Polizisten ließen sie ohne Weiteres zu einem sicherheitsverwahrten Kindermörder vor. Tolstoi und Cayart mussten drei Schleusen durchlaufen. Sie wurden durchleuchtet, abgetastet, sogar der Mundraum wurde ausgeleuchtet.

»Übertreibt ihr nicht ein bisschen, Kollegen?«, fragte der Kommissar irgendwann genervt.

»Vorschrift ist Vorschrift. Und die gelten hier auch für Kommissare vom Berliner LKA«, blaffte der Gefängniswärter zurück.

Als Cayart schließlich mit einer Wärterin hinter einen Paravent gehen sollte, damit auch noch ihr Intimbereich untersucht werden konnte, platzte der Psychologin endgültig der Kragen. »So, jetzt reicht es mit Ihren Kinderspielchen. Entweder, Sie lassen uns da jetzt sofort rein, oder wir bringen das Affentheater hier ganz oben zur Sprache. Und dann können Sie sich auf ziemlich viel Ärger einstellen!«

»Das sind keine Kinderspielchen, das ist unser tägliches Geschäft und da –«, entgegnete die Gefängnisfrau patzig.

»Das ist mir ziemlich egal. Wir ermitteln in einer der übelsten Mordserien, die diese Republik jemals gesehen hat, und da lassen wir uns nicht von Paragrafenheinis wie Ihnen aufhalten!«

»Paragrafenheinis, soso.« Jetzt grinste der Wärter neben Tolstoi überlegen. »Das ist eine Beleidigung. Ich glaube, dass eher Sie die Probleme bekommen. Ich werde –«

»… jetzt sofort sämtliche Türen aufschließen und die lieben Kollegen aus Berlin zu dem Häftling bringen«, vollendet Tolstoi den Satz. Er stand direkt vor dem Mann. Seine Augen funkelten auf den dicklichen Zwerg herunter. Auf einmal nahm seine Stimme eine bedrohliche Färbung an. »Sie müssen nämlich eines wissen. Ich komme aus Bosnien. Und in Bosnien, da gibt es noch ganz archaische Bräuche. Blutrache zum Beispiel oder bizarre Bestrafungsrituale. Wenn sich jemand gegen uns stellt, dann haben wir uns einfach nicht mehr im Griff. Da können noch so viele Richter und Staatsanwälte drohen. Und Sie stellen sich gerade gegen mich!« Seine Hand fuhr seitlich am Kopf des Mannes hoch, ohne ihn zu berühren. »Wissen Sie, dann können ganz schnell die Ohren ab sein. Ich kenne jemanden, der macht das ziemlich professionell. Abends, da lauert er Ihnen auf. Sein Messer ist so scharf, sie bekommen das anfangs gar nicht mit ...« Mit dem Finger deutete er einen Schnitt an.

Der Gefängniswärter zuckte nervös mit dem Augenlid.

»Sie werden dann natürlich zur Polizei gehen und mich beschuldigen, ich hätte Ihnen das angetan.« Tolstoi wandte den Blick nicht von dem Mann ab. In seinen Augen lag das Glitzern eines Irren, die Mundwinkel umspielte ein verzerrtes Grinsen und seine Stimme vibrierte, offenbar in Vorfreude auf die blutige Rache. »Das Blöde ist nur, ich werde ein Alibi haben. Und eine Zeugin habe ich auch. Ich habe niemals so etwas zu Ihnen gesagt. Das ist alles aus dem Neid und Missmut eines frustrierten Gefängniswärters und seiner ebenso übellaunigen Kollegin geboren ...« Der Kommissar starrte jetzt zu der Frau hinüber. »Vielleicht sollte ich meinen Freund auch mal bei Ihnen vorbeischicken ...«

Nachdem Tolstoi geendet hatte, herrschte vollkommene Stille im Raum. In den Augen der Wärter stand das pure Entsetzen.

»Sehr schön, ich sehe, wir verstehen uns. Darum werden Sie uns jetzt freundlicherweise sämtliche Türen bis zu dem Mann aufschließen, den wir treffen wollen, und wir vergessen das alles ...«

Ohne auch nur ein einziges Mal aufzumucken, führten die beiden Wärter sie ins oberste Stockwerk. Die letzte Tür öffneten sie mit ihren Chipkarten. Den Kommissaren bedeuteten sie, seitlich an der Sicherheitsschleuse vorbeizugehen. Cayart zwinkerte Tolstoi heimlich zu.

Jenseits der Schleuse war es auf einmal komplett still. Kein Geräusch drang von unten herauf. Nicht einmal die Basketball spielenden Häftlinge, die Tolstoi durch ein Fenster unten im Hof sah, waren zu hören. Durch das Panzerglas konnte kein Geräusch hindurch. Sie waren jetzt im Hochsicherheitstrakt der JVA Bützow. Tolstoi und Cayart wurden durch ein Käfiggeflecht geführt. Dann standen sie vor einer einzelnen Tür.

»Hier drinnen sitzt er«, nuschelte der Wärter in Richtung des Linoleumfußbodens. Er wagte es nicht mehr, Tolstoi ins Gesicht zu sehen. »Ich würde Ihnen aber raten, dass Sie ihn nicht in seiner Zelle sprechen. Das ist sein Gebiet. Da kennt er jeden Quadratzentimeter. Und man weiß nie, was der vorhat. Es gibt hier daneben einen kleinen Raum, nur mit einem Tisch drin.«

»Danke für den Hinweis«, antwortete Tolstoi und klopfte dem Wärter anerkennend auf die Schulter. »Sehr guter Plan. Vielleicht könnten Sie den Mann dann holen und Ihre Kollegin zeigt uns schon einmal den Raum.«

Zehn Minuten später saßen Cayart und Tolstoi in einem Kabuff von vielleicht zehn Quadratmetern Größe. Das Zimmer war hellrosa gestrichen und vollkommen kahl. Mit der Farbe sollte der sinnlose Versuch unternommen werden, diesem Besuchsraum etwas Heiteres einzuhauchen. Außer einem Tisch mit abgerundeten Kanten und vier Plastikstühlen gab es hier nichts. Ihre Waffen hatten die beiden Polizisten schon am Eingang abgeben müssen, was Cayart wie immer überhaupt nicht gefiel. Sie hatte ihren Stuhl etwas vom Tisch weggerückt. Bei diesem Gespräch würde sie dem Kommissar gerne den Vortritt lassen.

Mit einigem Unbehagen blickten die beiden zur Tür.

70

Noch auf dem Hochsitz hatte Tonia über das Internet zwei Bücher bestellt, die ihr am Abend ins Ferienhaus geliefert werden sollten. Für die Hirschjagd hatte sie keinen Gedanken mehr übrig. Sie war jetzt auf einer anderen Jagd, der nach dem Mörder. Oben, zwischen den Baumwipfeln, im Schein ihrer Taschenlampe, hatte sie gefunden, wonach sie die ganze Zeit gesucht hatte. Sie war sich immer sicher gewesen, dass die Botschaften historische Zitate waren. Auch wenn sie dafür zunächst keinen Beweis hatte. Aber den hatte sie jetzt. Schwarz auf weiß. In dem Buch, das sie während der vergangenen Stunde gelesen hatte, tauchten Versatzstücke des Zitats auf, das mit Blut an die Wand bei Siegbert geschrieben worden war. Es stammte aus der Zeit des deutschen Kaiserreichs. Von demjenigen, der es gesagt hatte, hatte Tonia bereits gehört, aber nur in Fußnoten. Warum eigentlich? Er musste in der damaligen Zeit eine der wichtigsten Persönlichkeiten in Deutschland gewesen sein. Wenn sie das richtig verstanden hatte, dann stammte das Zitat aus einem Prozess oder einem ähnlichen Verfahren. Über eine Textrecherche-App hatte sie die Zeilen mit ihrem Smartphone sofort nachgeprüft und ein Buch gefunden, in dem es in voller Länge abgedruckt war. Auch die Zitate von Agnes Rottluffs Laptop stammten von ihm. Dazu hatte sie eine Biografie über den Urheber der Sätze geordert.

Vor Tonia lagen geschätzte tausendsiebenhundert Kilo bestes Wildfleisch. Ihre Beute hatten die Jäger in Reihen ausgelegt. Der Sechzehnender thronte in der Mitte. Darum herum gruppierten sich fünf Wildschweine, drei weitere Hirsche, alle aber weit kleiner als ihrer, einige Rehe, zwei Hasen und eine Handvoll Auerhähne. Ihre Jagdgefährten hatten ganze Arbeit geleistet. Sie mussten geballert haben, was das Zeug hielt. Antonín Bouček stand stolz neben Tonia. Sie hatte im Angesicht dieses großen Tieres die Ruhe bewahrt. Sie hatte nur ein einziges Mal geschossen. Und sie hatte erstklassig getroffen. Zwischen den Augen des Hirsches war ein kleines Loch zu erkennen. Dunkelrot war Blut daraus gelaufen. Nicht viel. Per Kopfschuss hatte sie das Tier erlegt! Niemand schoss auf diese Weise einen Hirsch. Ehrfürchtig standen die Männer um die pummelige Studentin aus Berlin herum und staunten immer noch. Bouček war als Erster bei Tonia am Hochsitz angekommen. Er war einerseits enttäuscht, dass er nicht mit eigenen Augen sehen konnte, wie Tonia dieses Prachtexemplar erlegt hatte. Andererseits war der Jäger stolz darauf, dass er derjenige war, der Tonia zu dieser beeindruckenden Trophäe verholfen hatte. Er hatte recht gehabt. Diese Frau war nicht wie die anderen.

Tonia zog den Flachmann aus ihrer Jacke. Sie reichte ihn zuerst Bouček. Reihum tranken sie, bis das Fläschchen leer war. Dann schoss der Förster ein paar Fotos von Tonia mit ihrem Hirsch.

»Die werden wir gleich deinem Vater schicken«, freute er sich. »Er wird mächtig stolz auf dich sein!«

»Kannst du mir das Geweih präparieren? Ich würde es gerne bei uns im Berghaus aufhängen.«

»Selbstverständlich. Davon wirst du noch deinen Enkelkindern erzählen können. Wie du den Sechzehnender kaltschnäuzig erlegt hast!« Bouček lachte.

Als Oma! Erst einmal muss ich dafür einen Mann finden. Aber vielleicht habe ich das ja schon. Sie lächelte ebenfalls.

Dann besiegelte der Klang der Hörner das offizielle Ende der Jagd. Helfer verluden die Tiere und Tonia bedankte sich bei allen für das einmalige Jagderlebnis. Auf dem Rückweg war sie mit ihren Gedanken jedoch schon wieder woanders. Was wollte der Mörder mit den Zitaten sagen, die von einem Mann stammten, der schon so lange tot war? Wenn sie sich recht erinnerte, dann war er einem Anschlag der geheimen rechtsextremistischen

Organisation Consul zum Opfer gefallen. Nationalisten hatten ihn fast totgeschlagen. An den Folgen dieses brutalen Übergriffes starb er später. Aber das war vor fast hundert Jahren passiert …

Bei den aktuellen Morden übernahm jemand die Sprache des Opfers von einst. Wortwörtlich, bis hin zu Kommasetzung und Schreibweise. Wieso? Tonia brannte darauf, das Rätsel endlich zu lösen.

Drei Stunden noch. In drei Stunden würde die Lieferung bei ihr im Waldhaus sein.

71

Als sich die schwere Eisentür öffnete, waren Kommissar Tolstoi und seine Kollegin Cayart erst einmal überrascht. Herein kam ein mickriges Kerlchen. Der Kinderschänder war keine eins siebzig groß und eher schmalbrüstig. Wenn er mal Haare auf dem Kopf gehabt hatte, dann war davon nicht mehr viel übrig. Um die Augen hatte er tiefschwarze Ränder. Die Haft hatte ihm offensichtlich extrem zugesetzt. Edgar Wrobel saß seit siebzehn Jahren. Immer im Hochsicherheitstrakt.

Mit der ausgestreckten Hand wies Tolstoi auf den Stuhl gegenüber. Der Wärter nahm Wrobel die Handschellen ab und ging vor die Tür. Geschickt, dachte Cayart. So bekam der Häftling den Eindruck, es handle sich um ein einigermaßen normales Gespräch.

»Sie wissen, warum wir hier sind?«, begann der Kommissar.

Wrobel antwortete nicht. Er blinzelte schüchtern und schaute die beiden Polizisten prüfend an.

»Hat man Ihnen gesagt, weshalb wir Sie sprechen wollen?«

»Wegen der Morde.«

»Ja. Aber hat man Ihnen auch gesagt, wegen welcher Morde?«

Der Mann schien nicht zu verstehen. In seine Mimik kam Bewegung. Geradezu hilflos blickte er jetzt zwischen den beiden hin und her.

Linkisch. Er wittert eine Falle, vielleicht Gefahr.

Cayart spürte eine gewisse Faszination in sich aufkommen. Eine Faszination für ihre Arbeit, Feldarbeit. Sie hatte hier ein exzellentes Studienobjekt für ihre Theorien.

»Na, wegen der Morde von den Mädchen?«

Tolstoi fixierte die Augen des Mannes. Das nervöse Zucken, die Unsicherheit. Der Mann hatte tatsächlich Angst. Der Kommissar beschloss, die aktuellen Morde vorerst nicht zu thematisieren. »Ja, das stimmt.« Er bemühte sich, seiner Stimme eine gewisse Zutraulichkeit zu geben. »Wir interessieren uns für die Vorfälle von damals. Wir wollen einigen Ungereimtheiten noch einmal nachgehen.«

»Wir würden Sie gerne besser verstehen. Ihre Gefühle, Ihre Ängste, Ihre Zwänge. Warum haben Sie vor achtzehn Jahren die Mädchen getötet?«, schaltete sich nun Cayart ein. Als sie keine Antwort bekam, unternahm sie einen zweiten Versuch. »Sie waren zuvor bereits mehrfach wegen Straftaten verurteilt worden. Schlägereien, Drohungen, sexuelle Nötigung. Aber Mord?«

»Ich, ich ...«, stammelte der Mann. Seine Pupillen verengten sich. Dann wurde er pampig. »Ich weiß nicht. Keine Ahnung.«

»Wie, keine Ahnung? Sie bringen vier Mädchen auf bestialische Art um und haben keine Ahnung, warum?«, verschärfte Tolstoi den Ton, überließ die Gesprächsführung aber sofort wieder seiner Kollegin. Das alte Spiel: good cop, bad cop ...

»In den Akten steht, Sie hätten die Mädchen im Vollrausch erst missbraucht und dann getötet. Hatten Sie zuvor schon solche Fantasien? Gewaltfantasien?«

»Ich weiß nicht ... Vielleicht. Keine Ahnung.«

»Vielleicht schon als Kind?«

»Ich sag doch, keine Ahnung.«

Cayart war entsetzt von der Emotionslosigkeit des Mannes. Von seiner Kaltschnäuzigkeit. »Sie hatten nicht viel Glück im Leben. Ihre Mutter war eine Prostituierte, sie gab Sie schon als Baby ins Waisenhaus. Ihren Vater haben Sie nie kennengelernt. Und Ihre Pflegeeltern, die haben sich auch nicht wirklich um Sie gekümmert ...«

»Nicht einmal ein Küsschen, wenn es am Abend ins Bett ging«, ätzte Tolstoi. »Diese Leute haben Sie bekommen, auch wenn sie Sie eigentlich gar nicht wollten.«

Wrobel starrte Cayart in die Augen. Es war ein Blick aus Eis. Sie fröstelte.

»Erzählen Sie mir doch noch einmal die Geschichte mit den Zuckerstückchen.«

»Die geht Sie nichts an!«, fauchte der Häftling sofort zurück.

»Sie haben als Kind Zuckerstückchen auf die Fensterbank vor Ihrem Zimmer gelegt. Stimmt das?«

»Halten Sie die Fresse!« Aus den Augen von Edgar Wrobel blitzte der blanke Hass zu Cayart herüber.

»Sie hofften, dass der Storch die Stückchen aufpicken würde und Ihnen …«

»Halten Sie endlich die Fresse!« Wrobel wollte sich über den Tisch beugen, aber Tolstoi baute sich vor ihm auf.

»Sie hofften, dass Sie im Tausch für die Zuckerstückchen ein kleines Brüderlein bekommen würden. Endlich jemand, mit dem Sie kuscheln könnten. Das ist wirklich traurig.«

»Fotze!«

»Noch so ein Wort und ich breche Ihnen alle Knochen!«

»Irgendwann waren die Zuckerwürfel weg. Aber es kam kein Brüderlein. Wahrscheinlich hatte der Wind die einfach fortgeweht …«

Die Augenlider des Häftlings zuckten nervös. Seine Hand hatte er nicht unter Kontrolle, sie zitterte. Um sich überhaupt noch beherrschen zu können, verkrallte er sich in die Tischplatte.

»Niemand hat Sie geliebt. Niemals! Wahrscheinlich nicht einmal Ihre Frau.«

Blitzschnell fuhren die Hände des Mannes hoch. Tolstoi war schon wieder aufgesprungen, aber Wrobel hielt sich nur die Ohren zu.

»Halten Sie endlich die Klappe!«

Cayart hatte es geschafft, an sein Inneres ranzukommen. Aber wie sollte sich daraus ein konstruktives Gespräch entwickeln?

»Nachdem Sie die Mädchen umgebracht hatten …« Ana Cayart ließ die Worte einige Sekunden im Raum stehen. »Ihrer Frau, wie konnten Sie ihr danach noch gegenübertreten?«

»Sie hat mich immer … also noch im Gefängnis, als das alles dann …« Auf einmal versagte dem Mann die Stimme.

Bist du nur ein guter Schauspieler, oder ist das jetzt ein echtes Gefühl?

»Sie hat zu Ihnen gehalten, meinen Sie?«

»Ja«, drückte er krächzend heraus. Aber die Polizisten merkten nun, dass in seiner Stimme immer noch keine Emotion lag. Eher war er wütend. Vielleicht sogar auf seine Frau.

»Und Ihre Frau hat sich dann umgebracht, als Sie schuldig gesprochen wurden.«

Plötzlich passierte etwas Unerwartetes. Der Mann schloss die Augen. Er machte sie einfach zu. Die Lider schoben sich über die Pupille. Dieses Gespräch, das ihn schmerzte und vor allem nervte, er wollte damit nichts mehr zu tun haben. Er versuchte, sich zu verstecken. Aber es klappte nicht.

Und auf einmal passierte es. Aus seinen Augen flossen Tränen. Dicke, langsame Tränen. Sie tropften auf das karierte Hemd und die braune Cordhose.

»Sie hat immer gesagt ...« Er wischte sich mit der Hand über das Gesicht. Zog laut schniefend den Rotz hoch. »Sie hat immer gesagt: Du warst das nicht! Du warst das nicht! Bitte sag, dass du das nicht warst!«

»Aber das konnten Sie ihr nicht sagen. Stimmt's?«

»Es gab doch das Blut ...«

»Erinnern Sie sich an das, was Sie getan haben?«

Wrobel überlegte eine Weile. »Ich weiß nicht ...«

»Sie haben die Leichen noch missbraucht! Später. Immer wieder. Auch Tage danach.«

»Ich hab manchmal zu viel getrunken. Keine Ahnung.«

»Immer wieder zu viel getrunken?«

»Das kam schon mal vor.«

»Wen haben Sie später für den Tod Ihrer Frau verantwortlich gemacht?«, schaltete sich nun Tolstoi wieder ein.

Verwirrt starrte der Mann den Kommissar an. Der abrupte Themenwechsel irritiert ihn. Auch Cayart sah Tolstoi mit hochgezogenen Augenbrauen an. Sie hätte gerne mehr über die Motivation des Mörders erfahren.

»Ich meine, haben Sie Wut auf jemanden empfunden? Auf die Polizei? Auf den Richter?«

»Nein.« Der Mann schniefte noch einmal heftig. Es ähnelte einem gurgelnden Zimmerbrunnen.

»Vielleicht auf die Journalisten?« Tolstoi holte aus seiner Tasche ein Stofftaschentuch und schob es dem Mann rüber. Wrobel nahm es, wischte sich über das Gesicht und schnäuzte sich.

»Aber sie hätte das nicht ... Ich meine, das mit dem Kind ...«

»Was für ein Kind?«, hakte Cayart nach. »Für Sie waren die Mädchen noch Kinder? Aber die waren doch alle schon Teenager?«

»Nein, nicht die Mädchen. Unser Kind ... Sie war doch ...«

Cayart drehte ihren Kopf zu Tolstoi und blickte ihn fragend an.

»Sie hatten ein Kind?«

»Elisabeth war ... Sie war ...« Die Stimme drohte dem Mann vollends zu versagen.

»Ja?«

»Elisabeth war schwanger. Ich hab mich so gefreut auf unser ... auf unser Kind.«

»Und?«

»Und Elisabeth hat es einfach getötet.«

72

Aus Tolstois Augen konnte die Psychologin lesen, dass er ebenso überrascht war wie sie. Von einem Baby im Bauch der Frau stand nichts in den Akten. Sie war nicht obduziert worden. Suizid. Daran hatte es keinen Zweifel gegeben. Und von der Schwangerschaft hatte im Ort offenbar niemand etwas gewusst. Keiner der Befragten hatte darüber auch nur eine Silbe verloren.

»Der Storch hatte also doch noch an Sie gedacht!«

Aus Wrobel brach es jetzt heraus. Er weinte bitterlich.

»Haben Sie denn irgendwelche Verwandte? Also aus Ihrer Pflegefamilie? Oder Freunde?« Cayart wechselte das Thema.

»Nein.«

»Niemand, der Sie hier besuchen kommt?«

»Es ist nicht so leicht, hier Besuch zu empfangen. Aber mich will eh niemand sehen. Einmal kam ein Cousin vorbei. Also, ich musste den immer Cousin nennen. Keine Ahnung, was der mit uns zu tun hat. Das war vor sieben Jahren.«

»Was wollte er von Ihnen?«

»Wissen, wer unser Grundstück erbt. Ich sitz ja hier fest. Und da dachte er, ich könnte vielleicht …«

»Den Boden auf ihn überschreiben?«

»Ja.«

»Und haben Sie?«

»Ja. Er hatte ja recht. Ich komme aus der scheiß Sicherheitsverwahrung eh nicht mehr raus.«

»Warum haben Sie die Morde damals sofort zugegeben? Wenn ich Sie richtig verstanden habe, dann erinnern Sie sich gar nicht daran?«

Der Mann schien angestrengt nachzudenken. Niemand hatte ihm bisher diese Frage gestellt. Es war doch für alle klar. Er war ein Monster. Jemand, der aus Lust tötet. Der kleine Kinder missbraucht und ihnen die Eingeweide aus dem Leib schneidet. »Ja, aber das Blut. Und dann hatte ich doch zu viel getrunken …«

»Aber es gab keinen DNA-Test, oder?«

»Was für ein Test?«

»Spermaspuren. Aus Ihrem Pimmelchen«, krachte Tolstoi in das Gespräch und erntete sofort einen entsetzten Blick von Cayart. Eduard Wrobel schien die Frage peinlich zu sein.

»Nee, haben die nicht gemacht«, flüsterte er.

»Die Mordwerkzeuge. Wussten die Leute, dass Ihnen das Beil und die Gartenschere gehörten?«

»Na, die lagen doch immer in meiner Garage. Oder bei den Nachbarn, wenn ich zum Schneiden kam. In meiner Tasche ...«

»Und das wussten Ihre Nachbarn?«

»Ja. Die haben alle gesagt, dass ich das war. Die standen draußen vor dem Haus. Und wir konnten nicht mehr einkaufen. Ein Polizist hat uns was gebracht. Hat eine Tüte mit Toastbrot, Milch und so gefrorenen Sachen reingeschmissen ...« Wrobel wischte sich erneut Tränen aus dem Gesicht. »Und er hat gesagt, er muss das machen. Aber eigentlich bin ich die Luft zum Atmen nicht wert und ich sollte mich am besten selbst mit der Gartenschere ...« Wrobel wischte sich die Tränen von der Backe. Dann verhärtete sich sein Gesichtsausdruck wieder. »Das Arschloch!«

Im Bruchteil einer Sekunde hatte sich in seinem Kopf ein Schalter umgelegt. Seine Augen blitzten auf einmal vor Hass.

Dr. Jekyll und Mr. Hyde! So etwas in Wirklichkeit zu erleben!

Cayart war fasziniert. Tolstoi hatte es auf einmal eilig. Er hatte Angst, dass sich der Mann wieder verschließen könnte. Schnell zog er aus seiner Innentasche das Foto von Dr. Edwards und schob es zu Wrobel hinüber.

»Kennen Sie diesen Mann? Oder jemanden, der so ähnlich aussieht?«

Mit flackernden Augen schaute der Gefangene auf das Bild. Er nahm es in die Hand, hielt es sich näher vor die Augen. Ein eigenartiges Brummen kam aus seiner Kehle. »Ich hab nicht oft mit Menschen ... ich meine, das ist lange her ...«

»Vielleicht erinnern Sie sich?«

Aber der Mann zeigte keinerlei Regung.

»Sagt Ihnen das Bild etwas?«

Nichts. Das Foto provozierte bei Wrobel keinerlei Erinnerungen.

Wie auch? Wir kommen da mit dem Bild eines Berliner Politikers. Absoluter Schwachsinn!

Tolstoi gab seine Hoffnung auf. Er nahm dem Mann das Bild aus der Hand, wandte sich zu Cayart und deutete mit einer kleinen Kopfbewegung an, dass sie gehen sollten.

»Er ist alt geworden«, flüsterte Wrobel auf einmal.
»Was haben Sie gesagt?«, fuhr der Kommissar herum.

73

Noch um halb acht abends herrschte im Großen Tropenhaus eine ungeheure Hitze. In den Sommermonaten kamen kaum Besucher hierher. Für alte Menschen und Kinder waren die Temperaturen kaum auszuhalten, für alle anderen äußerst unangenehm. Deshalb hatte Atze Blomfeld den Ort für das Treffen gewählt. Niemand durfte sie sehen. Der Fotoreporter war zehn Minuten früher in den Botanischen Garten gekommen. Er hatte das Gewächshaus durchschritten. Keine Menschenseele. Gut so. Blomfeld wartete beim Riesenbambus, als er jemanden kommen hörte. Ein Mann trat auf ihn zu, im Gesicht eine große Sonnenbrille. Den Kopf verdeckte eine Baseballkappe. Er blickte sich mehrfach um.

»Keine Sorge, außer uns ist niemand da.«

»Ich kann nicht lange bleiben. Das ist totaler Wahnsinn!«

Blomfeld gab ihm ein Kuvert. »Hier. Für gute Arbeit.«

Der Mann öffnete den Umschlag und blätterte die Scheine durch. »Das reicht nicht.«

»Fünfhundert Ocken. Das ist 'ne Menge Schotter.«

»Mein Job steht auf dem Spiel. Die haben eine interne Sonderermittlungseinheit eingerichtet. Die wollen den Maulwurf unbedingt finden.«

»Machen wir das Doppelte!«

»Zweitausend Euro. Sonst erfährst du nichts mehr …«

Blomfeld überlegte. »Was hast du?«

»Der Fall wird langsam richtig heiß. Es gibt eine neue Spur. Und die hat es in sich. Dein Geld ist gut angelegt!«

Blomfeld überlegte. Zweitausend Euro. Für diesen kleinen Polizeibeamten war das ziemlich übertrieben. Dem stieg seine exklusive Rolle wohl etwas zu Kopf. Andererseits war er eine Eins-A-Quelle. Und was er da andeutete, das klang nach einem neuen Scoop. Und den hatte er mehr als nötig. Die Sache mit dem Schleiminterview hatte ihm nicht gut getan. Denn dass dahinter irgendein peinlicher Deal mit der Polizei stehen musste, das war den Kollegen gleich klar gewesen. Längst wurde sein Name damit in Verbindung gebracht. Blomfeld brauchte also einen neuen Knaller. Und zwar einen richtigen! »Tausendfünfhundert!«

Kaum war er in die Honorarverhandlungen eingestiegen, schrak er auf. Ein Geräusch. Hinter ihnen hatte es geknackt. Jemand musste auf einen Zweig getreten sein. Auch der Mann mit der Kappe blickte sich nervös um, dann lief er ein paar Schritte von Blomfeld weg. Aus seinem Gesicht konnte der Fotoreporter lesen, dass er die Hosen ziemlich voll hatte.

Aber da musst du jetzt durch, Bürschchen, wenn du den Deal deines kleinen mickrigen Beamtenlebens machen willst!

Neben dem Weg verbot ein Schild das Betreten der Grünanlage. Den Paparazzo störte das nicht, er trat in das Beet mit den exotischen Pflanzen, trampelte über die sündhaft teuren Gewächse hinweg auf den Busch zu. Mit beiden Händen riss er die Blätter auseinander. Dann lachte er kehlig auf.

»Komm zurück. Da ist nur so ein komisches Viech. Ne Riesenspringmaus oder irgend so was. Wusste gar nicht, dass es hier auch Tiere gibt.«

Als sie wieder auf dem Weg standen, blickte sich der Polizist nochmals um. Etwas entfernt kam eine Familie auf das gläserne Tropenhaus zu. Das Kind zeigte mit dem Finger auf die Kuppel und begann zu rennen.

»Okay. Aber das ist das letzte Mal, dass ich dir was sagen kann«, zischte der Informant nervös. »Es wird ziemlich eng für mich. Ich hoffe, dass ich da noch irgendwie rauskomme.«

»Mach dir keine Sorgen. Über meine Quelle schweige ich wie ein Grab.«

»Anscheinend gibt es einen Zusammenhang zwischen den Morden und einem Serienkiller …«

Der Polizist sah Blomfeld auffordernd an. Der verstand sofort. Aus seiner Jackentasche holte ein zweites Kuvert. Er blätterte die Scheine darin durch und zog schließlich ein Bündel heraus, das er dem Mann gab. Zweimal musste sein Gegenüber neu ansetzen, da er sich verzählt hatte.

»Stimmt«, sagte er schließlich. »Also. Der Mörder sitzt in Meck-Pomm im Hochsicherheitstrakt. Er hat vor achtzehn Jahren in Neubrandenburg einige Mädchen –«

»Du meinst die Kinderfickerstory?«

»Kinderfickerstory?«

»Unter Kollegen haben wir die damals so genannt. Aber egal … Erzähl weiter!«

»Eigenartiger Arbeitstitel … na ja, auf jeden Fall weißt du, dass das damals ein Riesending war. Beim LKA sind die alle ganz aufgeregt.«

Blomfeld musterte seinen Informanten. Er hatte sich bislang noch keine Gedanken gemacht, wie alt er wohl sein mochte. Auf jeden Fall über fünfzig. Wahrscheinlich war der Bulle damals selbst an den Ermittlungen beteiligt gewesen. Die hatten seinerzeit einen extrem aufgeblähten Stab zu der Kinderfickerstory gebildet. »Kann ich verstehen, dass die aufgeregt sind. So eine Mordserie kommt in Deutschland nicht alle Tage vor. Wie kommen die denn darauf, dass es einen Zusammenhang mit den Morden von damals geben könnte?«

»Alle Toten waren früher Journalisten. Und alle haben sie damals aus dem Ort berichtet.«

Blomfeld hatte auf einmal das Gefühl, dass ihm das stickige Klima im Tropenhaus nicht besonders bekam. *Scheiße, du wirst ein alter Sack!*, versuchte er sich einzureden. Aber eigentlich wusste er genau, warum ihm auf einmal Schweißperlen auf der Stirn standen. Die Information war gut, sehr gut sogar! Damit würde er seinen Ruf wiederherstellen können. Und er würde sich das alles erneut ordentlich bezahlen lassen. Mit etwas Glück würde er der Redaktion zwischen zehn und fünfzehn Bilder verkaufen können. Aber dafür müsste er so schnell wie möglich in das Nest.

»Wenn das ein Scoop wird, dann gebe ich dir noch mal fünfhundert obendrauf. Als Zeichen unserer Freundschaft.« Der Reporter gab seinem Informanten die Hand. Er wusste, dass er ihn nie mehr wiedersehen würde.

»Danke.«

Blomfeld hatte es auf einmal sehr eilig.

74

Mit weit aufgerissenen Augen starrten Tolstoi und Cayart den Gefangenen an. Sie brauchten eine Weile, um ihre Gedanken wieder in geordnete Bahnen lenken zu können.

»Wer … wer ist der Mann?«, stotterte die Psychologin schließlich.

»Zlatan.«

»Wer ist Zlatan?«, fragte der Kommissar sofort nach.

»Der hat damals bei uns im Ort gewohnt. Er hat mir manchmal geholfen. Wenn ich eine Arbeit hatte, dann hab ich ihn mitgenommen. Wir haben die Bäume am Weiher geschnitten.«

»Wie hieß Zlatan noch?«

Wrobel stützte den Kopf mit der Hand ab. Er blickte zur Decke. »Irgendwas mit itsch. Aber ich kann mich nicht mehr genau erinnern.«

»Woher kam Zlatan denn?«

»Der war ein Flüchtling. Aus dem Krieg da unten.«

»Vom Balkan meinen Sie?«

»Von den Jugos. Das hat er mir mal erzählt.«

»Wo ist Zlatan jetzt? Immer noch im Dorf?«

»Ich weiß nicht ... Das ist schon so lange her.«

»Was war Zlatan für ein Mensch?«

»Der war ein Freund. Aber die im Dorf mochten ihn nicht. Das sind alles Fotzen. Zlatan war gut. Wir haben viel zusammen gequatscht. Und getrunken. Abends nach der Arbeit. Wir waren oft zusammen in der Kneipe.«

»Hat Zlatan Sie hier besucht?«

»Nein. Seit wir aus dem Haus nicht mehr raus konnten, hat er sich nicht mehr bei uns blicken lassen. War auch besser so. Die hätten den gelyncht. Wir waren Müll. Wer will schon was mit einem Kindermörder zu tun haben?«

Mein Mitleid hält sich in Grenzen, dachte Cayart, verkniff sich aber einen Kommentar.

»Warum war Zlatan ein Freund?«

Wrobel schien die Frage nicht sofort zu begreifen. Verwirrt stierte er den Kommissar an.

»Ich meine, hat er Sie auch als Freund betrachtet? War das eine Freundschaft auf Gegenseitigkeit?«

Im Kopf des Gefangenen schien es zu arbeiten. Zumindest die Frage hatte er nun aber offensichtlich verstanden. »Ja. Ich glaub schon. Zumindest hat er das gesagt: Edgar, du bist ein echter Freund.«

»Wann hat er das gesagt?«

Wieder wurde es für eine Weile still. Wrobel kratzte sich am Kopf. »Das war nach der Geschichte im Adler ...«

»Was ist damals im Gasthaus passiert?«

»Da waren einige von den alten Bauern im Ort. Die hatten zu viel getrunken. Zlatan auch ...«

Es fiel dem Gefangenen sichtlich schwer, sich zu konzentrieren. Kaum einen Gedanken brachte er am Stück aus seinem Kopf heraus. Ungeduldig tippte Tolstoi mit den Fingern auf der Tischplatte.

»... und dann sind die auf Zlatan losgegangen. Vier, fünf Mann. Die haben ihn festgehalten und immer wieder draufgehauen.« Wrobel ballte die Hände zu Fäusten vor seinem Gesicht und imitierte einen Boxer, der auf Kopf und Bauch seines Gegners eindrischt. »Immer wieder draufgehauen. Bis Blut kam. Ja, Blut. Viel Blut ...«

»Und Sie?«, unterbrach ihn Cayart.

»Ich hab denen mein Messer gezeigt! Da haben sie ihn losgelassen.«

»Das Schlachtermesser?«

»Davor hatten die richtig Angst. Ich hab den Zlatan dann rausgezogen.«

»Und weiter?«

»Zlatan hat gesagt, dass die ihn umgebracht hätten, wenn ich nicht da gewesen wäre.«

»Und was hat Zlatan noch gesagt?«

»Da hat er das gesagt, dass ich sein Freund bin. Und dass er mir auch helfen wird, wenn ich mal seine Hilfe brauche.«

Der Kommissar griff über den Tisch und nahm Wrobel das Taschentuch ab. Unter der Tischplatte stopfte er es unauffällig in ein Plastiktütchen. Erst jetzt wurde Cayart klar, was ihr Kollege vorhatte.

»Unsere Zeit ist um«, sagte Tolstoi. »Ich hoffe, dass wir uns nicht wiedersehen müssen!« Er ging zur Tür und gab dem Wärter, der die ganze Zeit vor dem Guckfenster gestanden hatte, ein Zeichen. Der Beamte kam sofort herein, hielt drohend seinen Schlagstock in die Höhe und befahl Wrobel, sich zur Wand zu drehen. Dann legte er ihm Handschellen an und führte ihn zurück in seine Zelle.

75

Es hatte lange gedauert. Vor dem Hintergrund der aktuellen Ereignisse viel zu lange. Aber sie hatten einfach keine Übersetzer für Polnisch im LKA. Ein Freiberufler hatte sich schließlich der Tagebücher von Agnes Rottluff alias Agnieszka Kapuscinski angenommen. Zuvor musste er noch einen Sicherheitscheck durchlaufen. Das hatte nochmals einige Tage gedauert. Jetzt, zwei Wochen später, lagen die Aufzeichnungen der Toten endlich auf Deutsch vor. Es war ein Konvolut von gut und gerne dreihundert Seiten. Ana Cayart und eine Auswerterin aus dem Bereich »Organisierte Kriminalität«, Rina Delbrück, hatten sich sofort darüber her gemacht. Die OK-Leute waren für die aktuellen Ermittlungen zur Mordkommission abgeordnet worden. Auf dem Tisch vor den beiden Frauen lagen das auf Polnisch geschriebene Original und daneben die ausgedruckten Seiten des Übersetzers. Sie hatten die Notizen grob überflogen und geordnet. In den ersten Jahren berichtete Rottluff akribisch darüber, wie sie in Deutschland angekommen war, wie schwer es ihr gefallen war, als junge Polin in die akademische Welt der deutschen Universitäten vorzustoßen. Sie hatte sich schließlich für eine Ausbildung entschieden, die eine kirchliche Journalistenakademie in München anbot. Mit Fleiß und Begabung hatte sie einen guten Abschluss gemacht. Seitenlang notierte sie die extremen Anstrengungen, die dafür notwendig waren. Die nächtlichen Schreibstunden, das anstrengende Studium der Textwerkstätten und journalistischen Leitfäden.

Aber was Cayart und Delbrück vor allem interessierte, war die Zeit in der Redaktion der Boulevardzeitug. Anfangs hatte Agnes Rottluff alles ganz genau aufgeschrieben. Sie musste sich abends immer noch einmal über ihr Tagebuch gesetzt und sämtliche Geschehnisse des Tages festgehalten haben. Bei der Arbeitsbelastung in einer Boulevardredaktion sicher ein ziemlich großer Kraftakt. Aus den Zeilen sprach der Stolz einer Einwanderin, die es geschafft hatte. Aber auch die Irritation über die schonungslose, oft schadenfrohe Berichterstattung. Offenbar hatte sie ihren Platz in der Redaktion nicht wirklich gefunden. Als Rottluff nach Groß Flotow geschickt wurde, führte sie auch darüber detailliert Buch. Ihr Aufenthalt in dem Dorf begann mit einer Pressekonferenz, auf der die ermittelnden Polizisten grob ihre bisherigen Ermittlungen skizziert hatten. Einen Tag später war das vierte Mädchen aus dem Ort verschwunden und eine gigantische Suche im Ort und in den umliegenden Wäldern hatte begonnen. Als am Abend schließlich die beiden Mädchenleichen gefunden worden waren, brach der Ausnahmezustand über Groß Flotow herein.

Aus der ganzen Republik waren die Übertragungswagen der Fernsehstationen angerückt. Mehrere Dutzend Journalisten hatten das Dorf geflutet, die jeden Quadratzentimeter ausleuchteten. Und doch hatte Rottluff den Eindruck, dass sich niemand für die wahren Hintergründe der Mordserie interessierte. In mühseliger Fleißarbeit spann die junge Reporterin ein Band des Vertrauens zu den Einwohnern. Dafür musste sie in Kauf nehmen, dass sie nicht auf jede neue Kuh, die durchs Dorf getrieben wurde, aufsprang. Offenbar standen ihre Chefs kurz davor, sie aus Groß Flotow abzuziehen. Doch dann kam sie mit der ersten großen Geschichte aus dem geheimen Innenleben des Ortes heraus.

Nach diesem ersten Artikel brachen die Aufzeichnungen ab. Offenbar hatte Rottluff nun so viel zu tun, dass sie entweder keine Zeit mehr hatte oder schlicht zu kaputt war, um abends noch ihre eigenen Notizen fortzuführen. Während fünf Wochen gab es nur drei knappe Einträge. Alle waren an einem Sonntag entstanden. Darin beschrieb Rottluff, wie sehr sie ihre Recherchen emotional mitnahmen. Sie hatte offenbar noch keine professionelle Distanz zu ihrem Berichtsgegenstand aufzubauen gelernt.

Aus den letzten beiden Wochen ihres Aufenthaltes gab es keinerlei Aufzeichnungen mehr. Cayart blätterte das echte Tagebuch von Agnes Rottluff durch. Sie fuhr mit dem Finger über die Fadenbindung. Aber es fehlten offenbar keine Seiten. Agnes Rottluff musste wirklich am Ende ihres Aufenthaltes mit dem Schreiben komplett aufgehört haben. Erst am fünften April 1997 tauchte wieder eine knappe Notiz auf. Cayart und Delbrück beugten sich beide über das Original. Der Psychologin fiel sofort die veränderte Schrift auf. Eigenartig zittrig. Die schnörkelige Eleganz vorheriger Einträge war völlig verschwunden. Die gerade noch so fein säuberlich gesetzte Schrift war kaum noch lesbar.

»Hat der Übersetzer das entschlüsseln können?«, fragte Cayart die zehn Jahre jüngere Kollegin. Delbrück blätterte die Computerausdrucke durch.

»Er hat einen Text für den fünften April 1997 aufgeschrieben.«

»Und, was heißt das hier?«

Delbrück fuhr mit dem Finger Zeile für Zeile ab. »War bei Wrobels. Das letzte Mal. Bin durch den Garten rein. Tür stand offen. Drinnen ekelhafter süßer Geruch von Äpfeln. Überall dieser Apfelgeruch. Es hörte nicht auf. Sah zuerst die Füße. Elisabeth Wrobel ist tot. Hängt vom Geländer im Treppenhaus. Ihr Gesicht so lila wie der Flieder im Garten …« Rina Delbrück blickte erschrocken auf und sah Ana Cayart in die Augen. »Agnes Rottluff hat die Frau von Wrobel gefunden!«

Cayart fuhr mit dem Finger wild über ihren Tabletcomputer. Mehrere PDF-Files klickte sie auf und ließ sie wieder verschwinden, bevor sie gefunden hatte, wonach sie suchte. »Fünfter April 1997!« Sie deutete mit dem Finger auf den Kopf des Zeitungsausschnitts auf dem Bildschirm. »Hier, das Erscheinungsdatum! Elisabeth Wrobel hat sich an dem Tag umgebracht, als das Interview mit ihr in der Zeitung erschienen ist. Es war das Interview, das Agnes Rottluff mit ihr geführt hat.«

Delbrück las weiter den übersetzten Text vor. »Bin ich schuld, dass sie jetzt tot ist? Ja. Ich habe mich versündigt gegen das Leben. Meine Arbeit hat den Tod gebracht.«

»Das Interview mit Elisabeth Wrobel war der letzte Artikel, den Rottluff aus Groß Flotow geliefert hat. Es war überhaupt ihr letzter Artikel. Danach hat sie nie mehr wieder als Journalistin gearbeitet«, sagte Cayart leise. »Wie geht die Übersetzung weiter?«

Delbrück zögerte. Sie starrte auf das Blatt Papier. Dann las sie flüsternd vor, was die letzten Wörter im Tagebuch der Agnes Rottluff waren. »Ich bin eine Mörderin. Aber noch schlimmer. Ich sah den kleinen Bauch unter dem Kleid der Toten. Ich fühle den Schmerz noch immer in mir, den ich in diesem Moment unter der Treppe empfand. Der Herr im Himmel wird mich strafen dafür. Und ich erwarte diese Strafe in aller Demut. Denn ich habe die schlimmste Strafe auf Erden verdient. Ich bin eine Kindsmörderin!«

76

Tolstoi saß vor seinem Schreibtisch und trommelte mit den Fingern auf die Oberfläche. Warum braucht der nur so lange? Der Kommissar hatte das Foto von Dr. Edwards gescannt und an Richter Ebert gemailt. Er sollte es sich noch einmal genau anschauen. Und er sollte nachprüfen, ob er in seinen Unterlagen irgendeinen Hinweis auf einen gewissen Zlatan fand. Die Mail hatte er vor zwanzig Minuten abgeschickt. Er hatte danach extra in Neubrandenburg angerufen, um sicherzugehen, dass sie auch angekommen war. Und seitdem nichts mehr …

Endlich klingelte das Telefon. Tolstoi riss den Hörer ans Ohr.

»Und?«

»Mit viel Fantasie könnte er es sein. Damals trug er aber einen Vollbart. Und auch das Haupthaar war dichter und dunkelbraun. Aber ehrlich, ich hätte ihn ohne Ihren Hinweis nicht wiedererkannt.«

»Wer ist dieser Zlatan?«

»Ein Mann, den wir damals ein, zwei Mal verhört haben. Aber nicht als Verdächtigen. Als Belastungszeugen.«

»Kennen Sie seinen vollen Namen?«

»Zlatan Brogic. Ein Kriegsflüchtling aus Bosnien. Er hat damals erst einige Monate im Ort gewohnt. Wir haben ihn befragt, weil er Wrobel kannte. Nicht besonders gut. Aber sie hatten wohl öfter einmal zusammen gearbeitet.«

»Was wissen Sie über diesen Brogic?«

»Eigentlich nichts. Wir haben ihn dann schnell aus den Augen verloren. Wir hatten den Mörder ja. Und die Beweislage war so eindeutig, dass wir Brogic nicht für den Prozess brauchten.«

»Haben Sie die alten Vernehmungsprotokolle noch?«

»Ich kann sie Ihnen per Kurier zukommen lassen.«

»Bitte sofort. Es ist extrem dringend!«

77

Im Bunker herrschte absolute Stille. Kein Hüsteln, kein über Papier kratzender Stift, kein Kaugummigeschmatze. Nichts war zu hören. Alle lauschten hochkonzentriert dem Vortrag von Kommissar Tolstoi. Und alle starrten jetzt auf das Foto, das er an die Wand projizierte hatte.

»Das ist unser Mann: Zlatan Brogic.«

Am hinteren Ende des Konferenztisches räusperte sich nun doch einer. Zwei junge Kollegen tuschelten. Einer konnte sein Lachen nicht mehr unterdrücken und prustete lauthals heraus.

»Wollen Sie uns verarschen?«, dröhnte LKA-Präsident Berghoff.

Über den Köpfen der versammelten Polizisten flimmerte ein eigenartiges Bild. Irgendwas zwischen Andy Warhol und Tim und Struppi. In den Akten aus Neubrandenburg hatte es kaum Hinweise zur Person Zlatan Brogic gegeben. Gerade einmal Geburtsdatum, Geburtsort und aktuelle Meldeadresse in Neubrandenburg waren verzeichnet. Weiter nichts. Auch kein Foto. Tolstoi hatte darum das Bild von Dr. Edwards genommen, mit Edding die Haare dunkelbraun eingefärbt und einen Vollbart um das Kinn gepinselt.

»Das ist ein Dummy! Wir haben aber jetzt einen Namen.« Tolstoi drückte erneut auf den Knopf der Fernbedienung und über sein eigenwilliges Kunstwerk legte sich der Namenszug des bosnischen Hilfsarbeiters. Das Gelächter der Kollegen verstummte. Nur der LKA-Präsident funkelte seinen Kommissar weiter irritiert an.

»Wir wissen nicht, in welcher Beziehung Brogic zu dem Mädchenmörder Wrobel tatsächlich stand. Aber wir haben starke Gründe anzunehmen, dass zumindest von Brogic die Freundschaft zwischen den beiden Männern als sehr eng wahrgenommen wurde.«

»Bei den Kinderfickermorden …« Ana Cayart machte eine Pause. Es war ihr unangenehm, die derbe Wortwahl der Boulevardjournalisten zu übernehmen. »Also bei den Morden in Groß Flotow handelt es sich um eines der kaltschnäuzigsten und widerwärtigsten Verbrechen der letzten Jahrzehnte.« Wieder stockte die Psychologin. Nur langsam entwich das Rot aus ihrem Gesicht. So peinlich es ihr auch war, sie musste jetzt souverän weitersprechen. Professionell arbeiten. »Wrobel ging stets nach dem gleichen Muster vor. Es handelte sich immer um das gleiche Opferprofil. Die Tötungsart war in allen Fällen identisch. Allerdings lässt sich feststellen, dass sein Handeln im Laufe der Zeit immer brutaler und abartiger wurde. Grund für die Morde dürfte die fanatische Suche nach Liebe sein. Wrobel hat schon in seiner Kindheit darunter gelitten, dass er keinerlei Emotionen erfuhr. Mit den Morden wollte er die Mädchen besitzen, sie an sich binden. Wrobel weist die eindeutigen Charakteristika eines Psychopathen auf. Die Beziehung zu seiner Frau war wahrscheinlich eine permanente emotionale Achterbahnfahrt. Aber sie hatten Sex miteinander.«

Cayart merkte, dass die Kollegen sie fragend ansahen. Und sie lief erneut puterrot an. Die anderen hatten dem Gespräch im Gefängnis nicht beigewohnt. Sie räusperte sich und fuhr fort. »Also, Wrobel ging fest davon aus, dass das Kind, das sie erwartete, von ihm war. Und das konnte er nur, wenn es zu Geschlechtsverkehr zwischen den beiden gekommen war, und …«

Dem Kommissar wurde klar, dass seine Kollegin kurz davor stand, sich komplett zu verheddern. »Und hier kommen wir zu einem interessanten Punkt«, übernahm er die Ausführungen. »Die Brutalität und Kaltschnäuzigkeit, mit der die Journalisten umgebracht werden, steht den Morden in Groß Flotow in nichts nach. Der Mörder von damals sitzt aber seit siebzehn Jahren im Hochsicherheitstrakt!«

»Die Frage ist also, warum mordet jemand noch einmal auf solch bestialische Art?« Cayart hatte sich wieder gefangen.

In der Runde begannen die Kollegen, sich eifrig an die Stirn zu greifen. Jeder versuchte für sich, Antworten auf die Frage zu finden.

»Die beiden Männer standen sich vielleicht noch näher als bisher gedacht und Zlatan möchte seinen alten Freund rächen?«, schaltete sich Theo Wolff ein.

»Ich habe mir noch einmal sämtliche Artikel zu den Kinderfickermorden durchgelesen«, sagte Luise Weissmann, die Tolstoi während der vergangenen Wochen durch ihren Ehrgeiz, vor allem aber durch ihre Anbiederung aufgefallen war. »Die sind schon sehr detailliert. Wahrscheinlich wussten die Reporter noch mehr? Vielleicht hatte Brogic doch auch etwas mit den Morden zu tun. Und jetzt hat er Angst, dass das rauskommt?«

Inmitten der Polizisten saß der LKA-Präsident und machte sich eifrig Notizen. Bei den Ausführungen der jungen Kollegin hatte er auf einmal begonnen, ununterbrochen zu nicken. »Das scheint mir ziemlich plausibel!«, fuhr er nun dazwischen. »Der Mörder will etwas vertuschen, was auf ihn zurückführt.«

Luise Weissmann strahlte. Erwartungsvoll schauten alle auf Tolstoi und Cayart. Beide schienen angestrengt nachzudenken.

»Im Prinzip klingt das logisch. Aber es passt nicht zu den Morden«, antwortete Cayart schließlich. Das Strahlen auf dem Gesicht der jungen Polizistin verschwand wie von Geisterhand. »Wer etwas vertuschen will, der bringt die Opfer einfach um. Aber er inszeniert sie nicht. Angesicht der ungeheuren Brutalität, die sich in jedem Mordfall über mehrere Stunden, ja Tage hinzieht, muss es persönliche Gründe geben. So tötet nur jemand, der aus tiefer innerer Motivation handelt.«

»Ich glaube auch, dass das mit der Mordbeteiligung eher Quatsch ist!«, pflichtete Tolstoi ihr bei.

»Aber es ist schon komisch«, versuchte Weissmann ihre These zu verteidigen, »dass ausgerechnet die Journalistin umgebracht wird, die am meisten zu den Morden weiß und die –«

»Sorry, Grünschnabel. Deine These in allen Ehren. Aber ich glaube da nicht dran. Ganz einfach, weil es noch einen dritten Grund geben könnte.«

Damit hatte Tolstoi wieder die volle Aufmerksamkeit der Kollegen. Gekränkt kaute Weissmann auf ihrem Kugelschreiber herum. Offenbar traute der Kommissar Anfängern nicht zu, professionell arbeiten zu können.

»Vielleicht liegt Ana mit ihrer These nicht so falsch. Die Frau von Wrobel war schwanger. Es könnte doch sein, dass das Kind nicht von Wrobel stammte, sondern von Brogic. Und dann hätte er ein sehr persönliches Motiv!«

Absolutes Schweigen.

»Die Trauer um ein eigenes Kind könnte die Brutalität durchaus erklären«, dachte Cayart laut weiter. »Wenn Brogic wirklich davon überzeugt ist, dass die Journalisten für den Tod seines Babys verantwortlich waren, dann könnte das erklären, warum er einen anderen Menschen pfählen oder verdursten lassen kann.«

»Wir müssen die Leiche der Frau obduzieren lassen. Auch wenn es nach achtzehn Jahren schwierig ist, aber das können wir rekonstruieren«, ordnete der oberste Boss an. »Dazu brauchen wir noch DNA-Material von Wrobel.«

»Schon geschehen!«, triumphierte Tolstoi und hielt das Tütchen mit dem benutzten Taschentuch in die Höhe.

78

Nervös hatte Tonia nach der Jagd das Türchen zum Briefkasten vor dem Ferienhaus ihrer Eltern aufgerissen. Nichts! Die Bücher waren noch nicht geliefert worden. Sie platzte vor Anspannung.

Verdammte Internetbuchhandlung! Wozu gibt es euch denn bitteschön, wenn nicht für solche Situationen!

Enttäuscht lief sie zum Haus, schloss die Tür auf und verstaute ihre Jagdausrüstung. Es war inzwischen kurz nach zwanzig Uhr. Heute würde niemand mehr die Lieferung ausfahren. Frustriert ließ sie sich auf den Holzschemel neben dem Eingang fallen und hatte sich gerade die Stiefel ausgezogen, als es klingelte. Tonia schoss hoch und riss die Tür auf. Draußen im Dämmerlicht stand ein junger Mann, er hielt zwei Päckchen hoch.

»Dobrý večer. Slečna Tonia Schlesinger?«

»Oh yes, that's for me!« Tonia rannte in Strümpfen zum Tor und nahm dem Mann die Bücher ab. »You are late!«

»Sorry, Lady«, stammelte der Mann, »I not find adress. It is very small street …«

Tonia war so erleichtert, dass sie dem Postmann trotz der Verspätung einen Zehn-Euro-Schein reichte. »Thanks a lot anyway! And believe me, you did a very good job!«

Der Bote lächelte verlegen, steckte schnell das Geld ein und verabschiedete sich.

In der Küche riss Tonia die Päckchen auf. Das erste enthielt eine Biografie über den Mann, geschrieben von einem amerikanischen Historiker. Das zweite eine wissenschaftliche Untersuchung des Prozesses, in dem er eine zentrale Rolle gespielt hatte. Tonia zügelte ihre Neugier und kochte sich noch einen Tee. Mit den Büchern und einer großen Tasse ging sie die Treppe hoch und legte sich ins Bett.

Nach nur wenigen Seiten stieg Verwunderung in ihr auf. Wie konnte es sein, dass sie von diesem Mann so gut wie nichts wusste? Er gehörte zu den einflussreichsten und bekanntesten Deutschen seiner Zeit, korrespondierte mit dem amerikanischen Präsidenten Woodrow Wilson. Georges Clemenceau, der französische Staatschef, verehrte ihn. Zwar wurde er in Deutschland mehrfach ins Gefängnis geworfen, aber seine Macht konnte so nicht gebrochen werden. Kaum jemand wurde Wilhelm II. so gefährlich wie er. In einer der spektakulärsten Gerichtsverhandlungen der Kaiserzeit wurde der komplette Führungszirkel um den deutschen Monarchen auseinandergesprengt. Einige der einflussreichsten Politiker Deutschlands verschwanden danach in der Bedeutungslosigkeit. Er aber stieg zu immer neuen Höhen empor.

Es waren gefährliche, dunkle Höhen. Der Mann hatte Gefallen gefunden an seiner Macht. Er spielte mit den Menschen. Alle sollten nach seinen Regeln tanzen. Und wer dazu nicht bereit war, den erledigte er. Gnadenlos. Begierig verschlang Tonia Seite um Seite. Auch sie hatte er in seinen Bann gezogen. Der Mann hatte etwas Bedrohliches, etwas Teuflisches. In der Mitte des Buches fand sie eine vergilbte Fotografie. Aus schwarz geränderten Augen starrte er in die Kamera. Es war ein Blick, der alles um sich herum zerschmettern wollte. Gierig. Gefräßig. Fasziniert hatte Tonia ihren Kopf über das Bild gesenkt.

Langsam begann sie zu begreifen, warum der Mann vergessen war. Oder besser, warum die Menschen ihn vergessen wollten. Er war eine Bestie, ein Monster, besessen davon zu richten und zu strafen. Wortgewaltig verkündete er seine Urteile in zahllosen Pamphleten. Es waren Abrechnungen, Zerfleischungen, öffentliche Hinrichtungen. Diesem Menschen wollte niemand ausgeliefert sein, ihn wollte niemand in seiner Nähe wissen. Denn das konnte nur eines bedeuten, das Todesurteil. Als er schließlich gestorben war, waren alle froh. Froh, dass es ihn nicht mehr gab.

Doch jetzt holte ihn jemand wieder zurück …

79

Nach dem extrem heißen Aufguss um zweiundzwanzig Uhr hatte sich so gut wie niemand mehr in die letzte Runde um dreiundzwanzig Uhr gewagt. Tolstoi saß daher ganz alleine auf der zweiten Ebene und wartete auf den Bademeister. Ein älterer Herr schwitzte schon jetzt wie ein Ochse, obwohl er ganz unten nahe an der Tür saß. Drei türkische Jugendliche kamen hereingestolpert und setzten sich in die oberste Reihe.

Nach dem ungeheuren Stress der vergangenen Tage brauchte Kommissar Vuk Tolstoi ein paar Stunden Zeit, um runterzukommen, um innezuhalten, um die Entwicklungen mit etwas Abstand zu analysieren. Dabei half im die Sauna hoch über den Dächern Berlins. Es war für ihn inzwischen zur Tradition geworden, in der Hochphase einer Ermittlung zum Schwitzen zu gehen und alle Aspekte des Falles noch einmal zu ordnen. Bislang war er damit immer gut gefahren. Tolstoi wischte sich den Schweiß von der Stirn. Eine Minute später kam ein Mann herein, der über der Schulter ein Handtuch hängen hatte und in der Hand einen Holzeimer hielt. Von den Stammgästen hatte er einen Spitznamen bekommen. Hansi, der Schreckliche. Hansi war klein mit einem vorstehenden Kugelbauch. Von seinem Kopf hingen einige wenige lange graue Locken herab.

»Hey, Bademeister, schwing dein Tuch!«, feuerte einer der Jungs von oben ihn an. »Mach endlich los!«

Die anderen kicherten und klatschten sich gegenseitig auf die Oberschenkel.

»Guten Abend, die Herren«, begrüßte Hansi seine Gäste, schloss die Tür und begann sein Handwerk. Tolstoi merkte sofort, dass der Ehrgeiz des Saunakönigs geweckt war. Zwei große Schöpfkellen goss er über die heißen Steine. Mit seinem Handtuch wedelte er den Dampf vor allem zu den Halbstarken hinauf. Die waren auf einmal ziemlich leise. Keine Kommentare mehr, nur noch leises Stöhnen. Bei der zweiten Runde legte er zwei weitere Kellen nach. Wieder wedelte er den Hauptteil des Dampfes hoch zu den Jungs. Geduckt kauerten die drei auf ihrer Bank und husteten. Als Hansi die dritte Ladung auf die Steine verteilen wollte, schrien die Teenager auf und rutschten von oben runter. Den Kopf gesenkt gingen sie zur Tür und verschwanden nach draußen. Durch das Fenster konnte Tolstoi sehen, wie peinlich ihnen ihr Abgang war. Als Tolstoi fünf Minuten später hinaus zu den Eisduschen trat, war von den dreien nichts mehr zu sehen.

Immer noch mit knallrotem Kopf wankte er auf die Terrasse und sprang direkt in den Pool. Auf dem Rücken liegend ließ er sich treiben und betrachtete die Wölkchen, die rot glitzernd durch den Abendhimmel zogen. Als er aus dem Becken stieg, ging er erst zu seinem Spind und prüfte zur Sicherheit das Handy. Ein Anruf von Tonia. Nein, drei Anrufe von Tonia! Sofort versuchte er, sie zu erreichen.

»Bist du zurück?«

»Ja, seit heute Nachmittag.« Ihre Stimme klang gehetzt, als ob sie kaum Zeit zum Sprechen hätte.

»Dann können wir uns doch –«

»… treffen? Deswegen habe ich dich schon mehrfach angerufen.«

»Vielleicht morgen Aben–«

»Sofort! Du musst unbedingt hierher kommen. Ich bin auf dem Friedhof Heerstraße.«

Aus ihrer Stimme hörte der Kommissar, wie aufgeregt die Studentin war.

»Jetzt? Ich stehe gerade nackt über den Dächern von Berlin.« Tolstoi blickte von der Terrasse auf die Kräne und die emporwachsenden Gebäude am Bahnhof Zoo.

»Dann komm nackt!«

»Ich sehe aus wie ein Hummer.«

»Macht nix. Ich warte hier auf dich, beeil dich. Und übrigens, du musst über den Zaun klettern. Pass auf deine Kronjuwelen auf. Es gibt da ziemlich scharfe Spitzen.«

»Aber was ist denn so dringend? Und warum soll ich auf den Friedhof kommen?«

»Ich habe unseren Mörder gefunden. Ich stehe an seinem Grab …«

Tolstoi rutschte das Handtuch aus den Fingern. »Wie bitte?«

80

Schon vor dem Treffen im Bunker hatte Ana Cayart die wenigen bislang vorliegenden Informationen über Zlatan Brogic überflogen. Aber ihr war auf den ersten Blick nichts Besonderes aufgefallen. Danach hatte sich Tolstoi in die Sauna verabschiedet. Er hatte sie sogar gefragt, ob sie nicht mitwollte.

Der Typ hat echt 'ne Vollmeise!

Deshalb musste sie sich nun alleine der Akte Brogic widmen. Seufzend ging sie in ihr Büro. Eigentlich wäre sie lieber nach Hause gefahren, wo es angenehmer war, sich mit einer anderen Person zu beschäftigen, zumal heute mindestens die Hälfte der SOKO Zeitungsmord noch im Haus war und es ihr schwerfiel, sich bei dem ständigen Fußgetrappel auf dem Gang zu konzentrieren. Aber sie musste auf vertrauliche Dokumente zurückgreifen und das ging nun mal nur hier. Sie würde Personenabfragen benötigen, Handydaten einsehen müssen, Konten scannen.

Zum Glück hatte sie ihr Büro für solche Fälle einigermaßen wohnlich ausgestattet. An die Stirnseite des Zimmers hatte sie eine alte Chaiselongue gestellt, die sie auf einem Flohmarkt erstanden hatte. Ein golden eingerahmtes Porträt von Sigmund Freud hing hinter dem Schreibtisch. Und im Regal standen allerlei antike Statuen, Nachbildungen von Figuren der Etrusker, aus dem alten Rom und aus Athen. Der Vater der Psychoanalyse hätte daran sicher seine Freude gehabt. Dazu gab es noch eine ansehnliche Sammlung mit Werken des großen Wieners. Cayart nahm eines der Figürchen aus dem Regal. Es war ein Krieger mit einem Schwert und einem Schild, die Hand hielt er verkrampft um den Griff gepresst. Langsam ließ sie das Männchen durch ihre Hände gleiten.

Was treibt dich an? Warum tötest du so widerwärtig Menschen? Wo kommst du her? Wer bist du wirklich?

Nachdem ihr der Krieger keine zufriedenstellende Antwort geben konnte, ging Cayart zum Computer auf dem Schreibtisch. Die Statue stellte sie neben den Bildschirm. Über das zentrale Personenregister hatte sie Zugriff auf sämtliche Eintragungen über Zlatan Brogic. Sie begann mit den Akten über seine Ankunft in Deutschland. Aber schnell musste sie feststellen, dass es dazu kaum etwas gab. Lediglich einige Fragebögen des Bundesamtes für Migration und Flüchtlinge in Nürnberg sowie eine Handvoll Eintragungen zu Brogics Historie in den Mühlen der deutschen Bürokratie. Aus den spärlichen Angaben ergab sich ein eigenartiges Bild, das Cayart nicht weiterbrachte.

Brogic war im November 1995 nach Deutschland gekommen. Einen Monat, bevor der Friedensvertrag von Dayton geschlossen wurde, der den Krieg in seiner Heimat zumindest offiziell beendete. Direkt nach seiner Ankunft hatten die Beamten ein Gespräch mit dem Mann geführt. Er sollte genau erklären, wo er herkam, was ihm geschehen war und warum er nicht mehr in seine Heimat zurückkonnte. Cayart las den Bericht der amtsärztlichen Untersuchung. Brogic hatte angegeben, Moslem zu sein. Angeblich war sein Vater muslimischer Bosniake und seine Mutter Serbin. Allerdings stand im Bericht des Arztes nichts von einer Beschneidung. Eigenartig, führten die Behörden damals doch extrem sorgfältige Untersuchungen durch. Schon der kleinste Verdacht auf falsche Angaben hatte die sofortige Abschiebung zur Folge. Und die Beamten waren nicht zimperlich. Für Einreisende aus Bosnien-Herzegowina galt damals die Visumspflicht. Selbst Kriegsflüchtlinge mussten eine Einreiseerlaubnis vorweisen, was schiere Schikane war. Cayart erinnerte sich, wie sie sich als junge Psychologin über den Umgang mit den Flüchtlingen aufgeregt hatte. Sie hatte sich in dieser Zeit für ihr Vaterland, den deutschen Staat, geschämt. Einzige Alternative zu einem Visum war die schriftliche Einladung eines Landsmannes, der einen gesicherten Aufenthaltsstatus in Deutschland hatte. Brogic hatte offenbar so ein Schreiben vorgelegt.

Wer als Asylberechtigter anerkannt wurde, erhielt in den meisten Fällen zuerst eine Duldung. Auch Brogic hatte kurz nach seiner Einreise eine Duldung bekommen. Nach zwei Jahren konnte sie in eine Aufenthaltsbefugnis umgewandelt werden. Nach der Genfer Flüchtlingskonvention war auch Deutschland gezwungen, den Flüchtlingen zumindest theoretisch diese Möglichkeit in Aussicht zu stellen. Allerdings gelang dieser Schritt den wenigsten. Ende 1997 wurde die Lage noch schwieriger. Die Bundesregierung hatte beschlossen, Bosnier ohne Kinder und andere Angehörige in Deutschland abzuschieben. Nach den Unterlagen hatte Brogic weder Kinder noch Angehörige in Deutschland. Trotzdem wurde er nicht abgeschoben.

Ana Cayart klickte sich weiter durch den Personeneintrag. Sie fand ein eingescanntes Gutachten. Mit der Lupenfunktion vergrößerte sie das Dokument. Es handelte sich um ein medizinisches Gutachten. Offenbar hatte eine Psychologin in München Brogic attestiert, dass er durch den Krieg traumatisiert worden sei. Ganz unten auf dem Blatt war ein Stempel zu sehen, darüber eine Unterschrift. Die Handschrift konnte Cayart nicht entziffern. Sie zoomte sich noch näher heran. Jetzt konnte sie die einzelnen Buchstaben des Stempels erkennen. Wenn sie nicht alles täuschte, stand da der Name der Psychologin. Nevanka Nikolic. Sie hatte Brogic also eine Posttraumatische Belastungsstörung attestiert. Das war ein Freifahrtschein. Denn obwohl die Bundesregierung bei Abschiebungen nicht zimperlich war, an psychisch belastete Flüchtlinge traute sie sich in den frühen Jahren trotzdem nicht ran.

Ein halbes Jahr später mussten auch Familien mit Kindern in ihre Heimat zurück. Einige Monate später dann sogar Alte und Kranke. Bleiben durfte nur, wer älter als fünfundsechzig Jahre war. Wenn seine Angaben stimmten, dann war Zlatan Brogic damals einundvierzig. Aber das psychologische Gutachten schien ihn unantastbar zu machen. Zumindest wurde der Flüchtling trotz der verschärften Aufenthaltsbedingungen nicht abgeschoben.

Cayart nahm den kleinen Terrakottakrieger wieder in die Hand. Seine Waden steckten in Beinschonern, die Arme waren ungeschützt, auf dem Kopf trug er einen Helm mit einem mächtigen Helmbusch. Typ Irokese. Aus den

Öffnungen des Helms funkelten weiße Augäpfel heraus. Ana Cayart erinnerte sich an die Flüchtlinge aus dem Bosnienkrieg. Sie war damals gerade mit ihrem Studium fertig und hatte bei der Polizei angeheuert. Als junge Psychologin war sie sofort zum polizeiärztlichen Dienst gekommen. Die suchten händeringend Personal. Denn die frisch gewählte rot-grüne Bundesregierung hatte die Asylgesetze noch einmal verschärft. Auch Flüchtlinge, denen eine Posttraumatische Belastungsstörung attestiert worden war, waren auf einmal nicht mehr sicher in Deutschland. Es sollten Wege gefunden werden, auch sie loszuwerden. Nur wollten das die regierenden Salonlinken damals nicht so direkt sagen. Es wurde eine bürokratische Lösung gefunden. Die Kranken mussten sich einer Zweituntersuchung unterziehen. Verantwortlich dafür war der polizeiärztliche Dienst. Ein gutes halbes Jahr war Cayart damals als Assistentin für die Begutachtung abgestellt. Ihr fiel schnell auf, dass kaum eine Diagnose vor den Augen der Polizeiärzte Bestand hatte. Erst viel später hatte sie erfahren, dass die Ärzte eine geheime Vorgabe hatten. Neunzig Prozent der Flüchtlinge sollten abgeschoben werden. Und das ging nur ohne psychische Erkrankung. Entsprechend durfte diese auch nicht existieren.

Zlatan Brogic hatte offensichtlich auch diesen Spießrutenlauf durchgestanden. Er bekam eine unbefristete Aufenthaltserlaubnis.

Ein Detail war Cayart ins Auge gefallen. Anfang 1996, also bald nach seiner Ankunft in Deutschland und lange bevor er endgültig hierbleiben durfte, hatte er in Neubrandenburg bei der Sparkasse ein Konto eröffnet. Es gab dazu eine Notiz über eine neue Adresse. Brogic war nach Groß Flotow gezogen. Ein Jahr später hatten sich dort die Morde ereignet. Irritiert scrollte Cayart noch einmal sämtliche Dokumente durch. Aber sie fand nichts. In der Akte gab es außer dem Ergebnis der psychologischen Zweituntersuchung 1999 keine Eintragungen nach den Vorfällen in Groß Flotow. Keine neue Adresse, keine Bankdaten, kein Mobilfunkvertrag, keine Versicherung. Nichts.

Was hatte Zlatan Brogic seither getrieben? Wo lebte er heute?

81

Fünf Minuten brauchte Tolstoi, um aus dem Saunabereich herauszukommen, am Eingang seinen Spintschlüssel abzugeben, zu bezahlen und mit dem Aufzug ins Erdgeschoss zu fahren. Sein Auto parkte eine Straße weiter, genau gegenüber dem Eingang zum Zoologischen Garten. Wie von der Tarantel gestochen rannte der Kommissar die zweihundert Meter dorthin. Grimmig blickten die beiden steinernen Elefanten am Zootor hinüber zu ihm, als er nervös mit seinem Schlüssel an der Wagentür herumfummelte. Kaum saß er, setzte Tolstoi das Blaulicht aufs Dach. Er machte einen U-Turn, raste am Wolkenkratzer des neuen Waldorf Astoria vorbei in die Kantstraße, um den Theodor-Heuss-Platz herum und die Heerstraße hinauf. In der absoluten Rekordzeit von elf Minuten erreichte er den Waldfriedhof Heerstraße in Westend.

Sein Auto ließ er auf dem kleinen Platz vor dem Eingang stehen. Auf dem Backsteinhaus stand in altdeutschen Buchstaben Friedhofsverwaltung. Er rüttelte am gusseisernen Tor, aber Tonia hatte recht, es war schon abgeschlossen. Der Zaun hatte ziemlich scharfe Spitzen. Mit einem seitlichen Bocksprung wuchtete er sich über einen der Pfeiler und rutschte mit dem Hinterteil haarscharf an den Eisenspitzen vorbei. Doch wohin nun? Im Dämmerlicht konnte er sich nur schwer orientieren. Über den ganzen Friedhof verteilt standen haushohe Nadelbäume, durch die so gut wie überhaupt kein Licht mehr drang. Von Tonia hatte er eine SMS erhalten. Sie klang ziemlich kryptisch. »ich bin 8 c-10-reg. 335, bis gleich, kuss t«

Hinter dem Tor stand auf der linken Seite eine Tafel. Mit der kleinen Taschenlampe, die er immer dabei hatte, leuchtete Tolstoi die Karte aus. Darauf waren die Gräberreihen nummeriert. Der C-Bereich schien ziemlich weit vorne sein, kurz hinter dem Eingang. Er musste nur um eine Kurve gehen. *Ein Kinderspiel,* dachte er. Durch den dichten Baumbestand konnte er sich zwischen den Grabreihen allerdings kaum orientieren. Immer wieder geriet er in Sackgassen, wenn ein Weg auf einmal vor einer Hecke endete. Er hätte Tonia anrufen können, aber was hätte sie ihm sagen sollen? *Verdammtes Labyrinth!* Tolstoi suchte Holzkreuze oder Blumenschmuck, frische Gräber eben. Aber die waren Mangelware. Der Friedhof musste zu den ganz alten in Berlin gehören. Und zu den nobelsten. Überall standen Mausoleen oder monströse Marmorsteine. Nach einer Biegung wurde er fündig. Das erste frische Grab. Mit der Taschenlampe leuchtete er das Holzkreuz ab. Aber Tonia war weit und breit nicht zu sehen.

Verdammt noch mal, was meinte die nur mit ihren mysteriösen Andeutungen?

Langsam wurde es ihm zu bunt. Er zog sein Telefon heraus. »Wo steckst du?«

»Immer noch am Grab unseres Mörders.«

»Ja, und wo ist das? Ich stehe wahrscheinlich ziemlich nahe bei dir. Aber es ist einfach zu dunkel.« Tolstoi leuchtete mit seiner Taschenlampe in die Luft, er machte wilde Kreisel, dann hielt er die Lampe auf Augenhöhe, richtete den Leuchtkegel in die Ferne und drehte sich. Wie ein menschlicher Leuchtturm.

»Ich sehe dich. Okay, dreh dich noch einmal und halt an, wenn ich stopp sage. In dieser Richtung bin ich.«

Der Kommissar drehte sich noch einmal mit seiner Lampe um die eigene Achse und hielt auf Tonias Zeichen an.

»Warte, ich hab ein Feuerzeug. Knips jetzt dein Licht aus.«

Tolstoi musste sich ziemlich anstrengen, um etwas zu erkennen. Endlich sah er das Flämmchen. Tonia musste gut hundert Meter entfernt stehen. Hinter Büschen, in einem vom Hauptweg abgehenden Pfad. Er stolperte ihr entgegen.

»Endlich! Ich bin gespannt, leg los!«, sprudelte er hervor, als er bei der Studentin angekommen war. Tonia nickte nur mit dem Kopf zu einem dunklen Quader. Irritiert glotzte der Kommissar auf den uralten Steinsarkophag, der im Lichtkegel seiner Taschenlampe auftauchte. Tonia hatte erneut ihr Feuerzeug angeknipst und schaute im flackernden Schein des Feuers in das Gesicht des Kommissars.

»Du bist wirklich rot wie ein Hummer!«

»Aber nicht mehr wegen der Sauna. Ich habe mir hier einen Wolf gesucht.« Tolstoi blickte weiter auf das Grab. Es war schlicht. Keinerlei Verzierungen, Engelchen oder Blumenschnitzereien. Einfach eine graue Grabplatte und darunter ein ebenso steinerner Sarg. Auffällig war nur der Name des Toten, der in großen Lettern eingemeißelt war. »Maximilian Harden.« Er las die Grabinschrift laut vor. »Und wer soll das sein?«

»Das ist unser Mörder«, jubilierte die Studentin. Ihrer Stimme überschlug sich vor Ungeduld und Stolz. Wie ein Kind, das gerade eine Eins für seine Mathearbeit nach Hause gebracht hatte, tänzelte sie vor Tolstoi herum.

Der Kommissar blickte zu ihr und dann wieder auf die Grabplatte. Wer auch immer darunter lag, er war schon ziemlich lange tot. An der Frontseite des Steinsargs waren zwei Löcher zu erkennen. Anscheinend war dort einmal ein Schild festgeschraubt. Dem Witterungsgrad der Löcher nach zu schließen, musste aber auch das schon ziemlich lange verschwunden sein. Mit dem Finger fuhr er die in den Stein gehauenen Zahlen nach. Geboren am 20. Oktober 1861, gestorben am 30. Oktober 1927. »Soll das ein Witz sein?«

Tonias Euphorie war wie weggeblasen. Verstimmt funkelte sie den Kommissar an, was der wegen der Dunkelheit aber nicht sehen konnte. Entsprechend harsch fuhr er fort.

»Wir jagen einem Typen aus Kroatien, Serbien oder Bosnien nach und du zitierst mich an das Grab von irgend so einem Kerl, der vor hundert Jahren gestorben ist?«

»Er ist vor achtundachtzig Jahren gestorben, bitteschön! Auch mit dem Rechnen scheint es bei dir nicht mehr so ganz zu klappen.« Über ihnen knarzten die Fichten. Tonia war jetzt richtig sauer. »Natürlich weiß ich, dass nicht er unser Mörder ist. Aber auf jeden Fall einer, der sich in der Tradition von Harden sieht. Vielleicht hatte die Zeitung doch recht und du bist einfach unfähig!« Sie schlug ihren Kragen hoch, drehte sich um und ging davon. Konsterniert blieb Tolstoi vor dem Grab des Unbekannten stehen. Er hatte überreagiert. Warum hatte er sich nicht erst angehört, was Tonia zu sagen hatte? Der Ermittlungsdruck schlug langsam auf seine Geduld durch. Da half offenbar nicht einmal mehr die Sauna.

Verdammt, Vuk, du verhältst dich ganz schön unprofessionell!

Er rannte Tonia hinterher, die kurz vor dem Hauptweg war. »Warte doch! Hey, warte!«

Tonia ging einfach weiter. Tolstoi packte sie an den Schultern und riss sie zu sich herum.

»So, jetzt sag mir, warum du sauer auf mich bist!«

Tonia hatte Tränen in den Augen. Aber die sah Tolstoi in der Dämmerung immer noch nicht. Allerdings hörte er ihrer Stimme an, dass sie angekratzt war.

»Erstens hab ich von dir immer noch keinen Kuss bekommen«, beschwerte sie sich. »Und zweitens: Du hast mir doch diese Zitate geschickt!«

Tolstoi dachte kurz nach, dann gab er Tonia als Erstes einen Kuss auf die Backe. Aber damit gab sie sich nicht zufrieden. Sie packte seinen Kopf und drehte ihn so, dass ihre beiden Münder zueinanderfanden.

»So weit waren wir doch wohl schon!«, sagte sie, nachdem sie wieder Luft bekam.

Tolstoi streichelte ihr über die Haare und gab ihr einen weiteren Kuss auf die Stirn. »Ja. Es tut mir leid.« Er sog ihren Geruch tief in sich ein. »Und jetzt erzähl mir bitte, was ich nicht kapiert habe.«

Tonia griff nach der Hand des Kommissars und zog ihn mit sich zurück zum Grab. Dort nahm sie ihm die Taschenlampe ab und leuchtete auf das steinerne Ungetüm. »Seid ihr immer noch auf der Suche nach den Zitaten?«

»Im Prinzip schon. Aber wir haben in den letzten Tagen unsere Prioritäten etwas verschoben. Wir haben einen Verdächtigen der –«

»Die stammen alle von ein und derselben Person!« Die Erklärungen von Tolstoi interessierten Tonia nicht. Sie war keine Kommissarin. Aber sie war verdammt stolz darauf, dass sie ihr Rätsel gelöst hatte. Ganz im Gegensatz zu den Ermittlern, die offenbar immer noch nichts Handfestes hatten. »Hier drinnen liegt Maximilian Harden. Aber das siehst du selbst. Harden war Journalist und Schriftsteller, einer der besten seiner Zeit. Und er schrieb unter verschiedenen Pseudonymen …« Sie machte eine Pause. »Dreimal darfst du raten, unter welchen.«

Erwartungsvoll blickte sie Tolstoi an. Aber der schien nicht so schnell zu begreifen.

»Apostata … Felix Ernst Witkowski … Proteus.«

Tolstoi sagte immer noch keinen Ton. Er schien schwer nachzudenken.

»A, FEW, P. Klingelt's langsam?«

»Warum P?«

»Der Buchstabe auf der Stirn von dem Toten in Leipzig war kein D, sondern ein P. Ihr habt nicht richtig hingeschaut!«

»Wir haben schon richtig hingeschaut, aber in diesem verwesten Hautsalat hättest du auch nicht mehr gesehen.«

»Vielleicht. Auf jeden Fall passen sämtliche Kennzeichnungen der Leichen mit den Anfangsbuchstaben seiner Pseudonyme zusammen. Und die Zitate stammen alle von Harden. Ich hab das bereits überprüft. Sie stimmen hundertprozentig überein. Rechtschreibung, Zeichensetzung, Satzbau und so weiter.«

»Und wer war dieser Typ? Ich meine, ein Journalist, ja und weiter?«

»Harden war hochgradig umstritten. Er war so eine Art investigativer Journalist der Kaiserzeit, später auch der Weimarer Republik. Harden war selbst in New York ein Begriff. Zeitweilig war er der zweitbekannteste Deutsche in der Welt. Bekannter war nur der durchgeknallte Kaiser. Also eine Art Mischung aus Günther Jauch und Franz Beckenbauer, was sein Starpotential anbelangt. Das hing vor allem mit einer Kampagne zusammen, die er gegen Wilhelm und seine Hofschranzen fuhr …« Für einen kurzen Moment stockte Tonia. In der Dunkelheit hatte sie etwas die Orientierung verloren. Sie suchte Augenkontakt zu Tolstoi und begann erst wieder zu sprechen, als sie glaubte, die Umrisse seines Gesichts ausgemacht zu haben. »Harden hatte aufgedeckt, dass es ein homosexuelles Netzwerk um Wilhelm zwo gab. Er nannte Namen, Graf von Eulenburg, General von

Moltke, den Kronprinzen und andere. Er sprach von einer verweichlichten Kamarilla, die es auszumerzen gelte. Danach war er ziemlich verhasst.«

»Kann ich verstehen. Wer will das schon!«

»Hättest du damit ein Problem?«

»Na ja, ein homosexuelles Netzwerk würde ich mir ungern andichten lassen.«

»Das war nicht angedichtet. Harden hatte exzellente Quellen. Und er hatte Beweise. Er leitete eine Zeitung, *Die Zukunft*. Die war so eine Art *Spiegel* der Kaiserzeit. Und er legte seinen Finger wirklich in alle Wunden, die er ans Tageslicht befördert hatte.«

Gespannt hatte Tolstoi ihr zugehört. Jetzt nahm er sie in seine Arme und drückte sie an sich. Er hatte ein ziemlich schlechtes Gewissen. »Du hast unglaublich gute Arbeit geleistet!«

Schweigend standen sie eine ganze Weile vor dem Grab des Journalisten. Tolstoi begann erneut, sie zu küssen. Dieses Mal begann er erst gar nicht auf der Backe. Doch auf einmal drehte sich Tonia weg. Sie ging auf das Grab zu.

»Es gibt da etwas, das mir Angst macht.«

»Was?«

»Bislang hat der Mörder nur die Anfangsbuchstaben der Pseudonyme verwendet ...«

Tolstoi starrte auf den Steinsarkophag. Er begriff nicht, worauf sie hinauswollte.

»Den Großteil seiner Artikel hat Harden unter seinem wahren Namen veröffentlicht.«

Ein Blitz der Erkenntnis fuhr durch den Körper des Kommissars. Jetzt wusste er genau, was Tonia sagen wollte. »Es fehlt noch etwas. Das wichtigste Kürzel!«

»MH. Für Maximilian Harden!«

82

Keine Stunde später saß die gesamte SOKO Zeitungsmord wieder im Bunker. Noch auf dem Friedhof hatte Tolstoi den LKA-Präsidenten benachrichtigt, der Order zum sofortigen Krisengipfel gegeben hatte. Tonia hatte der Kommissar nicht mitgenommen. Für ärgerliche Nachfragen und Hickhack war schlicht keine Zeit. Im Stakkatostil unterrichtete Tolstoi die Kollegen von den Rechercheergebnissen der Studentin. Ohne die Quelle zu nennen. Für Verdienstorden würde später noch genug Zeit sein. Hochkonzentriert lauschten die Kollegen dem Vortrag. Cayart ahnte schon, woher Tolstoi sein Wissen hatte. Missmutig suchte sie auf ihrem Tabletcomputer in den Suchmaschinen nach Informationen zu Maximilian Harden. Es gab kaum Eintragungen zu der historischen Figur. Aber nach einigen Klicks konnte sie feststellen, dass die Sache mit den Pseudonymen tatsächlich stimmte. Bei den Zitaten wurde sie nicht fündig. Keine der Botschaften ergab einen Treffer. Verärgert schob sie ihren Computer zur Seite, versuchte Tolstoi nicht anzuschauen und kritzelte Galgenmännchen auf ihren Notizblock.

»Das kann nur eines heißen«, beendete der Kommissar seinen Kurzvortrag. »Es gibt da draußen jemanden, der in akuter Lebensgefahr schwebt!«

»Es heißt aber noch etwas«, klinkte sich die Polizeipsychologin ein. Alle schauten mit fragenden Blicken zu ihr hinüber, Tolstoi inbegriffen. »Wenn wir uns anschauen, wie der Mörder bislang seine Opfer umgebracht hat, dann war das extrem widerlich.«

Eine junge Kollegin begann mechanisch mit dem Kopf zu nicken.

»Aber wir müssen uns wohl auf noch Schlimmeres einstellen!«

»Wie kommst du darauf?«, wollte Tolstoi wissen.

»Nach allem, was wir bislang von dem Mörder wissen, müssen wir von einem Soziopathen ausgehen. Soziopathen sind sozial gestörte Menschen. Sie kennen kein Mitgefühl, reflektieren die Folgen ihrer Tat nicht. Gründe für soziopathisches Verhalten können kaputte Familien sein, zu wenig körperliche Nähe, Drogenprobleme, fehlende Väter, sexuelle Projektionen der Mütter und so weiter.«

»Ana, was soll das? Komm bitte auf den Punkt!«

Wütend funkelte die Psychologin ihren Kollegen an. Wenn es um historische Fakten ging, da konnte er doch auch nicht genug bekommen. Aber das war wohl was anderes. Schmallippig fuhr sie fort. »Wahrscheinlich ist der Mann mordsüchtig. Mordsüchtige gehen nicht rational vor, sie denken nicht daran, dass sie Spuren hinterlassen. Sie sind in der Wahl ihrer Opfer nicht frei. Unser Mörder hinterlässt Kürzel für Pseudonyme oder Namen. Aber ein entscheidendes Kürzel fehlt, wie ihr richtig herausgefunden habt …«

Cayart ließ ihre Mutmaßung frech im Raum stehen. Alle in der Runde dachten angestrengt nach. Nur Tolstoi sah sie grimmig an. Genervt von der erneuten Spitze seiner Kollegin, die mit dem »ihr« versuchte hatte, Tonia ins Spiel zu bringen.

»Worauf willst du hinaus?«

»MH. Die wahren Anfangsbuchstaben von Maximilian Harden. So etwas hebt man sich für das Finale auf. Wenn jemand in eine andere Person quasi hineinschlüpft, dann ist davon auszugehen, dass er sich die wichtigsten Initialen für etwas Besonderes aufhebt. Für den Höhepunkt seiner Abrechnung!«

Im Bunker war es jetzt mucksmäuschenstill. Selbst die junge Kollegin hatte mit ihrem Dauernicken aufgehört. Sie schien auf einmal viel bleicher als zuvor.

»Wir müssen zweigleisig vorgehen«, dröhnte auf einmal der LKA-Präsident in die Stille. »Stumpp und Wolff, Sie verschaffen sich …« Berghoff stockte. Er musterte die Runde und merkte, dass der Kollege Wolff überhaupt nicht anwesend war. Dann fuhr er fort. »Also, Stumpp. Sie und Wolff verschaffen sich schnellstmöglich eine Liste sämtlicher Journalisten, die damals in Groß Flotow waren und über die Morde berichtet haben. Sagen Sie Ihrem Kollegen Bescheid!«

Der Polizist nickte und notierte eifrig Halbsätze in seinen Block.

»Cayart und Tolstoi, Sie gehen mit Hochdruck der Spur von diesem Brogic nach. Das kann doch verdammt noch mal nicht sein, dass der seit über fünfzehn Jahren wie vom Erdboden verschluckt ist! Wolff wird Sie beide parallel zu der Sache mit den Journalisten auch bei Ihrer Recherche unterstützen. Wenn er denn endlich mal hier auftaucht …«

Konzentriert verfolgte Tolstoi die Anweisungen seines Chefs. Er kannte ihn jetzt seit knapp fünfzehn Jahren. Wie oft hatte er sich im Stillen über den Mann lustig gemacht. Mit seinen lächerlichen Wutanfällen, seiner Gestelztheit und der Sprödigkeit. Aber eines musste er ihm lassen, in Situationen wie diesen gab es wenige, die so überlegt und professionell handeln konnten. Bei den meisten LKA-Bossen handelte es sich um biegsame Karrieristen, die im richtigen Moment auf einen Zug auf- oder von einem fahrenden absprangen. Aber dieser Präsident wollte Ergebnisse. Das verströmte er aus jeder Pore seines Körpers. Dafür übernahm er auch die Verantwortung.

»Cayart, was haben Sie zu Brogic herausgefunden?«

Erschrocken blickte die Psychologin von ihren Kritzeleien auf. »Ich gehe davon aus, dass Zlatan Brogic ein Tarnname ist. Erstmals taucht er 1995 in unseren Unterlagen auf. Der Mann kommt damit nach Deutschland. Unter dem Namen bekommt er auch seine Aufenthaltsgenehmigung. Aber vier Jahre später verschwindet er auf einmal von der Bildfläche. Ich bin mir ziemlich sicher, dass da was nicht stimmt …«

»Wie kommst du darauf?«, fragte Tolstoi.

»Ich habe mir die Protokolle vom Bundesamt für Migration und Flüchtlinge angeschaut. Jeder, der als Asylsuchender nach Deutschland kommt, muss lange Interviews bestehen. Es gibt grobe Raster, wonach die Beamten fragen müssen. Und sie werden gebrieft, was als Asylgrund akzeptiert wird.«

Die Sache mit der Beschneidung wollte sie nicht vor der großen Runde ansprechen. Es musste ja schließlich nicht immer sie sein, die über die pikanten Details berichtete. Außerdem wollte sie davor auf jeden Fall noch einmal mit Tolstoi reden, der sich mit diesen religiösen Details einfach besser auskannte. Immerhin war er Moslem. Und selbst beschnitten.

»Ja und? Kommen Sie zum Punkt!«, drängte Ferdinand Berghoff ungeduldig.

Cayart funkelte ihn beleidigt an. »Alles, was Brogic in den Befragungen damals angegeben hat, ist einfach zu perfekt! Er gibt Orte an, von denen er geflohen sein will, er nennt Routen, über die er angeblich nach Deutschland gekommen ist. Er kennt auch die Namen von Anführern, von Organisationen, von Freischärlergruppen, von Todesschwadronen. Und diese Namen –«

Die Tür wurde aufgerissen. Herein kam Theo Wolff, entschuldigte sich knapp für die Verspätung und setzte sich in die hintere Reihe. Cayart fuhr fort.

»Also, diese Namen und Gruppen tauchen alle in den Leitfäden für die Beamten auf. Es ist so, als ob Brogic genau gewusst hätte, welche Informationen als glaubwürdig eingestuft wurden und welche nicht. Die Antworten wirken wie gestanzt. Das ist nicht echt. Das sind die Musterantworten, die man geben musste, um Asyl in Deutschland zu bekommen.«

»Was sagt er denn so?«, schaltete sich Tolstoi wieder ein.

»Was auffällt, er kennt detailliert die Kommandostrukturen der einzelnen Gruppierungen. Er nennt bis auf die Stunde genau Artillerieangriffe, Massaker und Vertreibungen. Ein normaler Flüchtling merkt sich so was eher nicht.«

»Was wissen wir von ihm in Deutschland?«

»Brogic war hier offenbar gut vernetzt. Und das ist ziemlich ungewöhnlich für einen Kriegsflüchtling. Wenige Tage nach seiner Ankunft hat ihm eine serbische Psychologin mit einem Gutachten bescheinigt, dass er traumatisiert ist. Wahrscheinlich hatte er auch gute Drähte in die Ausländerbehörde. Ich kann mir nicht vorstellen, dass da alles mit rechten Dingen zugegangen ist. Der hat nie Schwierigkeiten bekommen. Nie!« Cayart bemerkte, dass Tolstoi sie konzentriert beobachtete. »Auffällig ist auch, dass er nur ein paar Monate nach seiner Ankunft hier ein Konto bei der Stadtsparkasse Neubrandenburg eröffnete. Bis eine Woche vor dem zweiten Mord in Rostock gehen darauf regelmäßig Zahlungen ein. Keine unerheblichen Summen. Einmal fünftausend Mark, einmal siebzehntausend, dann wieder dreitausend Mark oder auch fünfundzwanzigtausend. Aber am dreiundzwanzigsten Oktober 1998, also zwei Tage nach der Festnahme von Wrobel, räumt er das Konto komplett leer. Danach gibt es von ihm fast keine Spur mehr. Wir suchen ein Phantom!«

»Und dieses Mistfoto von dem Politiker hilft uns auch nicht weiter!«, polterte nun der LKA-Präsident und erntete für seinen Wutausbruch ein Lächeln vom Staatsanwalt, der während der gesamten Sitzung noch kein einziges Wort gesagt hatte.

»Der eine will da Ähnlichkeiten mit dem Typen erkennen, der andere – immerhin ein geschulter Ermittler und erfahrener Jurist – erkennt darauf überhaupt nichts. Wir jagen wirklich ein Phantom, verdammte Scheiße! Und das, obwohl Sie alle jetzt seit mehr als drei Wochen an dem Fall sitzen!«

Betreten schauten die Polizisten auf ihre Notizzettel herunter. Alle spielten nervös mit Kugelschreibern oder kritzelten auf einmal unleserliche Wörter vor sich hin.

»Vielleicht bald nicht mehr!«, brach Tolstoi die unangenehme Stille. »Bei einem der Morde hat Brogic ein Zitat verwendet, das er nur aus einem einzigen Buch haben konnte. Zwar wird es in der Sekundärliteratur öfter verwendet, aber nur die eine Hälfte. Da er es komplett verwendet hat, musste er das Original lesen. Und davon gibt es nur noch ein einziges Exemplar, und zwar in der historischen Fakultätsbibliothek der Humboldt-Universität.«

Der Kommissar blickte in die überraschten Gesichter seiner Kollegen. Er hatte mal wieder zu schnell gedacht. Sie konnten ihm nicht folgen.

»Das Buch kann man sich nicht schicken lassen. Also wenn er das Zitat vollständig haben wollte, dann musste er dort hingehen und es sich persönlich besorgen …«

Noch immer nichts.

»Die Bibliothek der Historiker liegt direkt am Bahnhof Friedrichstraße. Und der wird von zig Kameras überwacht. Im direkten Umfeld der Humboldt-Bibliothek stehen schon einmal drei Kameras. Wir müssen prüfen, wann das Buch ausgeliehen wurde. Dann haben wir einen Ansatzpunkt.«

Die Gesichter in der Runde hellten sich langsam auf. Der LKA-Präsident deutete auf Luise Weissmann, die ehrgeizige junge Kollegin, und gab ihr Order, sofort in der Universitätsbibliothek anzurufen. Die Kollegin zückte ihr Smartphone, suchte die Nummer heraus und wählte. Es war kurz vor Mitternacht. Sie stellte das Telefon auf Lautsprecher.

»Ja?«, huschte eine müde Stimme durch den Bunker.

»LKA Berlin, wir bräuchten eine Auskunft.«

»Wir machen gerade dicht. Reicht das nicht auch morgen?«

»Nein.«

»Das System ist schon runtergefahren.«

»Dann fahren Sie es wieder rauf!« Luise Weissmann schien an ihrer Rolle sichtlich Gefallen zu finden. Vor allem genoss sie aber, dass der gesamte Bunker nur auf sie achtete.

»Meine Kollegin hat ihren Rechner noch auf. Worum geht es?«

»Ich müsste dringend wissen, ob ein bestimmtes Buch kürzlich bei Ihnen ausgeliehen wurde. Und wenn ja, wer das war.«

»Das ist leider Datenschutz.«

»Aber Sie können mir doch zumindest sagen, ob das Buch ausgeliehen wurde?« Zögern am anderen Ende. »Ich meine, nur den Zeitpunkt, so exakt wie möglich. Und die Abgabe.«

»Von wo kommen Sie noch mal? Vom LKA?«

»Genau. Sie können mich gerne zurückrufen, wenn Ihnen das lieber ist. Ich gebe Ihnen die Nummer.«

»Das dauert ja noch länger. Ach, was soll's. Ich vertraue Ihnen jetzt einfach mal.«

Tolstoi schob Weissmann einen Zettel zu. Darauf Kennung und Titel des Buches. Sie gab die Informationen durch. Nach einer Weile meldete sich die Frau wieder und teilte ihr die Ausleihzeiten mit.

»Hieß der Ausleiher zufällig Dr. Udo Edwards?«

Auf einmal kam Leben in die Stimme am anderen Ende. »Wenn Sie schon alles wissen, warum rufen Sie dann bei mir an und stellen sich dumm! Ihre Spielchen können Sie echt woanders machen! Ich hab jetzt Feierabend.« Die Frau knallte den Hörer auf den Apparat. Dann kam nur noch ein Tuten.

»Okay. Rina Delbrück kümmert sich um die Überwachungskameras rund um den Bahnhof Friedrichstraße«, reagierte Berghoff schon wieder am schnellsten. »Quidde, Sie schaffen die Aufzeichnungen aus der Unibibliothek her. Das Material wird bis morgen Mittag ausgewertet! Neue Lagebesprechung Punkt zwölf Uhr. Zack, zack!«

Tolstoi scharte Rina Delbrück, Ludwig Quidde sowie die beiden Frischlinge von der Polizeischule, Lily Braun und Felix Brucks, um sich. Um die ehrgeizige Weissmann kümmerte sich auf einmal niemand mehr. Verärgert schlich die Kriminalassistentin, die gerne auch an den Kernermittlungen beteiligt worden wäre, aus dem Bunker. Tolstoi bat um eine detaillierte Sequenzauswertung der Videokameras. Und zwar von so vielen Kameras wie möglich. Mit etwas Glück wurde der Mann aus verschiedenen Positionen gefilmt. Delbrück sollte die Auswertung koordinieren.

»Morgen früh geben wir das Material zur Fahndung raus. Bundesweit und auch über Interpol.«

Delbrück nickte stumm.

Tolstoi ging zum Ausgang. Er sah, dass Theo Wolff noch immer an seinem Platz saß. Er schien irgendwie abwesend. »Alles klar, Theo?«

»Alles okay. Stumpp hat mir schon gesagt, was ich machen soll.«

»Schaffst du das beides? Ich meine, die Suche nach den anderen Journalisten in Groß Flotow und dann noch uns zu unterstützen?«

»Das wird schon …«

Tolstoi schaute seinen Freund besorgt an. Er hatte den Eindruck, dass den alten Polizisten etwas bedrückte. Warum wollte er nicht mit ihm darüber sprechen? In Wolff loderte im Moment nicht das kleinste Flämmchen. Sicher, er war kein Machertyp. Kein Irrwisch wie Tolstoi, der besessen war von seinen Ermittlungen. Doch zumindest ging das Flämmchen in Wolff normalerweise niemals aus. Aber jetzt war da überhaupt nichts. Auch wenn Wolff vorgab, keine Probleme zu haben, seine Augen sprachen eine andere Sprache. Die verengten Pupillen, das Flackern, die dunkle Tiefe. Wolff verschwieg ihm etwas, dessen war sich Tolstoi ganz sicher. Der Kollege stand auf und ging.

Die Letzten im Raum waren Tolstoi und Cayart. Für den Kommissar war nun der schwierigste Teil der nächtlichen Sitzung gekommen. Eigentlich war es ein aussichtsloses Unterfangen. Aber er musste es trotzdem versuchen. Auch wenn er davon überzeugt war, dass die Psychologin das, was er von ihr wollte, niemals mitmachen würde.

83

Nach dem Treffen im Botanischen Garten war Blomfeld sofort in seine Wohnung im Prenzlauer Berg gerast. Er konnte es kaum erwarten. Die Verbindung zu der Mordserie in den Neunzigerjahren hatte ihn elektrisiert. Völlig außer Atem rannte er in sein Schlafzimmer, holte den Rollkoffer aus der Ecke, riss die Türen des Kleiderschranks auf und packte Sachen für einige Tage ein. Danach wählte er eine Nummer in Groß Flotow.

»Abend, Botho, hier ist Atze.«

Am anderen Ende herrschte Stille. Der Angerufene schien zu überlegen, mit wem er da sprach.

»Atze Blomfeld.«

»Oh, das ist lange her …«

»Ich wollte euch mal besuchen kommen. Hast du morgen ein Zimmer für mich frei? Vielleicht bleibe ich einige Tage.«

Groß Flotow war gut drei Stunden von Berlin entfernt. Sicher waren die Ermittler vom LKA schon auf dem Weg dorthin, wenn sie nicht schon längst vor Ort waren. Blomfeld würde sehr vorsichtig vorgehen müssen. Er ging in sein Arbeitszimmer. An den Wänden hingen Kontaktabzüge von Fotoserien, die er von bekannten Models geschossen hatte. Auf einem Bild war eine italienische Schönheit zu sehen, die sich nackt nach unten beugte und mit den Fußspitzen in eine Strumpfhose schlüpfte. Blomfeld hatte sie heimlich aufgenommen und das Foto auf DIN A2 vergrößert. Es hing über dem Schreibtisch. Das Bild erregte ihn, immer wenn er es anschaute.

Nur nicht heute. Aus einem Sideboard zog er einige Fotomappen heraus. Sie waren chronologisch geordnet. Hastig blätterte er die Seiten durch. Blomfeld steckte sich das Okular ans Auge. Er zog zwei Negativstreifen heraus und hielt sie vor die Halogenlampe auf seinem Schreibtisch. Schnell sah er die Streifen durch. Nichts. Er blätterte zwei, drei Seiten weiter. Diesmal zog er alle Negative heraus und begutachtete sie. Beim sechsten Streifen schrie er auf.

»Atze, du bist ein gemachter Mann. Du arschgeiles Luder!«

Er fuhr seinen Computer hoch und scannte die Negative ein. Dann zog er sie auf einen USB-Stick. Inzwischen war es stockfinster draußen. Blomfeld machte das Licht in seinem Büro aus, ging ins Wohnzimmer, goss sich einen doppelten Wodka ein und flätzte sich auf die Couch. Mit den Füßen zog er sich die Schuhe und Socken aus und schleuderte sie auf den weißen Fusselteppich. Dann leerte er sein Glas. Er stellte seinen Handywecker auf sechs Uhr und ließ sich nach hinten fallen. Mit der Fernbedienung löschte er die Lampen.

Der Wodka leistete gute Arbeit. Blomfelds Hirn schaltete ab und er war auf dem besten Weg einzuschlafen. Doch plötzlich schreckte der Fotograf von der Couch hoch. Die Türglocke hatte angeschlagen. Er schaute auf seine Uhr. Wenn das wieder einer der verdammten Nachbarsjungen war, dann setzte es jetzt eine Tracht Prügel. Benommen schlurfte er zur Tür. Durch den Spion sah er niemanden. Dann ging das Licht im Treppenhaus aus. Aber die Jungs würden auch nicht so dumm sein, vor der Tür zu warten. Er riss die Türe auf und knipste erneut das Licht an. Niemand. Er trat ans Geländer und lauschte konzentriert. Aber im Treppenhaus schien niemand mehr zu sein.

Verdammtes Pack! Ihr seid genauso beschissen wie eure kleinbürgerlichen, beschränkten Eltern. Zeit, dass ich hier endlich wegkomme!

Blomfeld drehte sich um, um zurück zu seiner Couch zu gehen, als er ein Knistern hörte. Es kam von unten. Mit dem Fuß war er auf etwas Papiernes getreten. Es war ein Umschlag. Er nahm ihn mit in die Wohnung. Gleich nachdem er die Tür geschlossen hatte, öffnete er ihn. Darin befand sich ein gefaltetes, weißes DIN-A4-Blatt. Darauf stand ein Satz. Ein einziger, ellenlanger, eigenartiger Satz:

Irgendeine geheime, unſaubere Abſicht muß der Mann ja doch wohl haben und kein Teufel glaubt ihm, daß er etwa nach beſtem Gewiſſen nur der Wahrheit dienen will.

V.

Abrechnung

84

»Ich möchte, dass wir beide uns mit Tonia Schlesinger treffen.«

Cayart schluckte. Sie lief weiß an. »Du willst mich zu deiner Geliebten mitschleppen? Tickst du noch richtig?«

»Stell dich nicht so an. Du weißt genau, worum es hier geht!«

»Ja, das weiß ich. Du fickst ihr das Hirn raus und dafür macht sie deine Arbeit. Du bist ein riesiges Arschloch!« Schon während sie sie aussprach, bereute die Psychologin ihre Worte. Wenn sie eines nicht wollte, dann dem Kommissar ihre wahren Gefühle zu zeigen.

»Ana, es tut mir leid, was zwischen uns vorgefallen ist ...«

Wie meinte er das denn jetzt? Wollte er sagen, dass er die Zeit mit ihr bereute? Dass er bereute, auch mit ihr ins Bett gegangen zu sein?

Du bist ein noch größeres Arschloch, als ich bislang gedacht habe!

Cayart fühlte einen bitteren Geschmack in sich aufsteigen.

»Aber jetzt musst du professionell handeln. Bitte vergiss deine Gefühle für ein paar Stunden. Tonia kann uns ein detailliertes Profil von diesem Maximilian Harden liefern. Aber nur du kannst daraus eine psychologische Analyse erstellen!«

»Wann?«, knurrte die Psychologin.

»Jetzt sofort!«

Eine halbe Stunde später klingelten sie an dem protzigen Messingschild. Wenige Meter von ihnen entfernt gluckerte die Spree. Schräg gegenüber erkannte Cayart im Mondschein die Schatten des Pergamonmuseums. Ihr steckte ein dicker Kloß im Hals und sie hatte überhaupt keine Lust, dieses Mädchen zu treffen. Missmutig stapfte sie hinter Tolstoi in den Aufzug. Alles in diesem Haus verströmte den aufdringlichen Charme von Luxus.

Wer kann es sich schon leisten, am Kupfergraben zu wohnen? Außer der Kanzlerin!

Man konnte das Geld förmlich riechen. In der Eisenkabine lag der herbe Duft eines teuren Pariser Herrenparfums. Tolstoi zog die Gittertür hinter ihnen zu und drückte auf den Knopf für den vierten Stock. Oben wartete schon die Studentin. Um ihren Körper hatte sie ein durchsichtiges Seidenkleid gewickelt. Allerdings war es so raffiniert geschnitten, dass es nicht viel preisgab. Cayart musste neidvoll anerkennen, dass die Kleine ihre dickliche Figur gekonnt zu präsentieren wusste. Was sie aber vor allem irritierte, war der intensive Essensgeruch, der aus der Wohnungstür drang.

Tonia stolzierte auf Tolstoi zu und gab ihm einen Kuss auf den Mund. Cayart schaute verlegen auf ihre Armbanduhr und ärgerte sich im selben Moment über die dämliche Reaktion. Aber da drehte sich die Studentin auch schon zu ihr um und streckte ihr die Hand hin.

»Schön, dass Sie mitgekommen sind, Ana«, zwitscherte sie und Cayart fühlte Wut in sich hochsteigen.

»Ja, ja. Schon gut. Lassen Sie uns anfangen.«

Die drei gingen in die Wohnung. Als die Psychologin ihre Jacke an die Designergarderobe hängte, nahm sie das Poster wahr. In einem Goldrahmen neben der Tür prangte ein Spruch von Oscar Wilde:

ICH HABE EINEN GANZ EINFACHEN GESCHMACK, ICH BIN IMMER MIT DEM BESTEN ZUFRIEDEN.

Cayart fühlte, wie die tiefe Ablehnung dieser Wohnung und ihrer Bewohnerin ihr geradezu physische Schmerzen bereitete. Warum hatte sie nur dem Druck von Tolstoi nachgegeben? Tonia führte die beiden Polizisten durch den breiten, türkisfarben gestrichenen Flur ins Wohnzimmer. Als Cayart den Raum betrat, war sie nur noch baff. All ihre negativen Gedanken waren wie weggewischt. Sie gingen auf in einem einzigen kindlichen Staunen.

Auf einem lackierten Mahagonitisch standen barocke, fünfarmige Kerzenleuchter. Es gab kein anderes Licht. Trotzdem leuchteten die Kerzen den Raum ausreichend aus. Es war für drei Personen eingedeckt. Den Bestecken nach zu schließen, gab es mindestens fünf Gänge. Aus Lautsprechern, die aber nirgends zu sehen waren, klang dezente Klaviermusik. Beethoven. Klaviersonate Nummer vierzehn, Adagio Sostenuto in cis-Moll. Die Mondscheinsonate. Und wenn Cayart nicht alles täuschte, dann handelte es sich um die legendäre Einspielung von Vladimir Horowitz, die er 1956 in New York aufgenommen hatte. Vielleicht hatte diese Frau doch mehr Geschmack, als sie ihr zugetraut hatte. Tonia wies den beiden Polizisten ihre Plätze am Tisch zu. Sie hatte so gedeckt, dass der Kommissar am Kopfende saß. Und die beiden Frauen einander gegenüber Platz nahmen. Auge in Auge. Cayart wusste nicht, was sie von der Sitzordnung halten sollte. Entweder, die Kleine hatte überhaupt keinen Schimmer, dass zwischen ihr und Tolstoi mal etwas gewesen war. Oder sie war einfach unglaublich dreist! Ihr Staunen war schnell wieder dem alten Misstrauen gewichen. Sie ärgerte sich, wie leicht sie mal wieder zu beeindrucken gewesen war.

Auf dem Tisch stand eine silberne Punchbowl, randvoll gefüllt mit gecrushtem Eis. Tonia zog eine Flasche Champagner daraus hervor und reichte sie Tolstoi. Dom Pérignon – Charme d'Irène. Wenn Ana Cayart den Preis der Flasche gekannt hätte, wäre sie wohl direkt wieder umgedreht und hätte die Wohnung verlassen. Liebhaber gaben für die Flasche aus dem Jahr 1979 gut und gerne zweitausend Euro aus. Tonia hatte sie vor einigen Monaten einfach aus dem Weinkeller ihres Vaters stibitzt.

Der Kommissar legte eine Serviette über den Flaschenkopf. Darunter gab es einen dezenten Plop. Dann füllte er den perlenden Wein in die Kristallgläser. Als er der Psychoanalytikerin einschenken wollte, hielt die ihre Hand über das Glas.

»Danke, ich bin im Dienst.«

Tonia schenkte der Psychologin ein Glas Mineralwasser ein. Danach stieß sie mit Tolstoi an. Nachdem sie einen großen Schluck genommen hatte, verschwand sie in der Küche. Es war lange her, dass sie nach einem Rezept von Auguste Escoffier gekocht hatte. In Paris hatten sie seine Kochbücher, seine Erläuterungen zur Geschichte der Küche und die Beschreibungen der Zutaten wie heilige Bücher verehrt. Einige Mitschüler konnten ganze Passagen aus Escoffiers Autobiografie auswendig. Tonia gehörte zu ihnen. Der Mann hatte die französische Küche revolutioniert. Kaum einer vor oder nach ihm hatte einen ähnlich großen Einfluss. Es war Escoffier, der den *service à la russe* eingeführt hatte. Hätte er das nicht getan, würden die Franzosen – und damit sicher auch die Deutschen – noch immer alle Gänge eines Menüs auf einmal auf den Tisch bekommen. Escoffier hatte zudem der kulinarischen Ästhetik zu ihrem Rang verholfen. Um höchsten Genuss zu garantieren, musste ein Gericht ansprechend angerichtet und präsentiert werden. Was heute selbstverständlich klang, war vor Escoffier schlicht unbekannt. Vor allem aber war der Franzose ein göttlicher Koch. Da der Mann schon seit achtzig Jahren tot war, hatte Tonia leider nie in einem seiner Restaurants essen können. Was hätte sie darum gegeben! Aber zum Glück hatte er alle seine Rezepte akribisch gesammelt. Und die sprachen seine Sprache. Auguste Escoffier war für Tonia immer der Größte geblieben. Umso erfreuter war sie, dass er so unverhofft wieder in ihr Leben getreten war.

Aus einem großen Topf schöpfte Tonia die extrem klare Hühnerbouillon mit Tomaten in die Teller. Das Besondere an der Suppe war, dass sie kalt serviert wurde. Zu der fortgeschrittenen Stunde und da über Berlin immer noch eine Hitzeglocke hing, war das genau das Richtige. Vorsichtig jonglierte Tonia ihr Tablett in den Salon. »Voilà, eine Consommé froid Madrilène.«

Tolstoi legte sich die Serviette auf den Schoß. Den ersten Teller stellte Tonia aber vor Cayart, die irritiert auf die Suppe äugte.

»Ich habe ein Menü vorbereitet, das Auguste Escoffier 1913 für Kaiser Wilhelm den Zweiten an Bord der SS Imperator zusammengestellt hat. Wahrscheinlich hat Willi zwo das Ganze gut dreihundert Seemeilen vor Cuxhaven verspeist, am Abend des –«

Cayart blickte nun von ihrem Teller auf. »Das ist nicht Ihr Ernst!«, brach es aus ihr heraus. »Sie wollen tatsächlich, dass wir mitten in der Nacht bei Ihnen ein Galadinner essen? Noch dazu während einer irre anstrengenden Mörderjagd?«

Das Lächeln in Tonias Gesicht verschwand. Sie setzte sich, nahm sich ebenfalls die Serviette und breitete sie über ihren Oberschenkeln aus. Dann sah sie Cayart fest in die Augen. »Jetzt haben Sie sich mal nicht so. Sie brauchen ja nichts zu essen. An Ihrer Stelle würde ich das aber nicht tun. Sie würden nämlich was verpassen …«

Die Arroganz und die Selbstüberschätzung der verwöhnten Göre gingen der Polizeipsychologin gehörig auf die Nerven. Sie stand auf und wandte sich zum Gehen, doch Tolstoi sprang ebenfalls auf und hielt sie am Arm fest.

»Ana, bitte bleib. Tonia hat bestimmt ihre Gründe, warum sie uns das alles hier gekocht hat. Stimmt doch, oder?«

Hilfesuchend blickte er zu der Studentin hinüber. Tonia hatte sofort bemerkt, dass in der o etwas brodelte. Aber ihr geziertes Getue ging ihr nicht weniger auf die Nerven.

Wenn du die superprofessionelle Ermittlerin geben willst, dann gebe ich eben die ultrakultivierte grande dame! Und an savoir vivre kann ich es mit dir ausgetrocknetem Pfläumchen mindestens hundert Mal aufnehmen!

Doch nun sah sie das Flehentliche in Tolstois Augen. Sie gab klein bei.

Aber nur für diesen Abend!

»Liebe Ana«, säuselte sie, »entschuldigen Sie, wenn ich Sie mit meinem Vorhaben überrumpelt habe. Aber ich wollte nur –«

»Hör endlich mit diesem dämlichen *liebe Ana* und *Sie* auf. Entweder du duzt mich jetzt oder wir halten es wirklich förmlich. Dann bin ich aber Frau Doktor Cayart!« Die Psychologin setzte sich wieder hin. »Also, warum essen wir jetzt ein Menü, das schon der olle Kaiser vor hundert Jahren verputzt hat?«

Gemächlich nahm Tonia ihren Löffel. Sie senkte ihn in den Teller und führte ihn dicht an die Nase. Mit geschlossenen Augen inhalierte sie den feinen Geruch der Consommé. Samtig glitt die Flüssigkeit ihren Rachen hinab. »Meine These ist, dass man etwas am besten versteht, wenn man es mit allen Sinnen begreift. Wir machen jetzt eine Zeitreise. Maximilian Harden war der Erzfeind von Wilhelm dem Zweiten. Wenn unser Mörder sich als Erbe von Maximilian Harden sieht, dann könnte es sicher nicht schaden, wenn wir ihn aus der Sicht des letzten deutschen Kaisers betrachten. Seines größten Widersachers. Immerhin sind wir dem Herrn auch nicht gerade wohlgesonnen.«

»Okay. Ich höre dir zu. Aber davor schenkst du mir von deinem Champagner ein.«

Aus psychologischer Sicht war der Ansatz wirklich nicht dumm. Aber ob so ein Experiment auch über hundert Jahre zurück funktionieren konnte, daran hatte Cayart dann doch ihre Zweifel. Und etwas anderes ärgerte die Psychologin immer noch: Mit ihrer Sturheit und Gelehrtheit hatte diese Studentin, diese stinkreiche Tochter der Bourgeoisie, durchaus etwas Faszinierendes. Nur durfte sie, das Kommunistenkind, sich das jetzt nicht eingestehen, dafür war sie viel zu stolz. Vielleicht würde es mit exzellentem Essen und Trinken leichter fallen, darüber hinwegzusehen.

Erste Grundregel des Kapitalismus: Nichts wird so heiß gegessen, wie es gekocht wird. Erste Grundregel des Kommunismus: Wir haben nichts gegen einen Porsche, wenn ihn nur jeder bekommt. Dann fahr mal deine teuren Speisen auf!

Tonia goss Cayarts Glas randvoll mit Champagner. Die Psychologin hielt ihre Nase über das Glas und schwenkte es leicht. Unglaublich, wie feinperlig der Schaumwein prickelte. Bitzelnd glitt das Getränk ihren Rachen hinunter. Im Magen angekommen hinterließ er ein angenehmes, warmes Gefühl.

Ana Cayart musste sich eingestehen, dass sie den Ausführungen der Studentin entgegenfieberte.

85

»Maximilian Harden war ein unglaublich einflussreicher Mann«, begann Tonia ihren Vortrag. »Er konnte über das Schicksal von Menschen entscheiden. Wen Harden mochte, für den ging es bergauf. Wen er nicht mochte, der fiel tief.« Zur Verdeutlichung reckte sie ihren Daumen erst in die Höhe und drehte ihn dann nach unten. »Aber die Launen Maximilian Hardens konnten schnell umschlagen. Selbst beste Freunde ließ er plötzlich fallen.«

Andächtig saßen die beiden Polizisten am Tisch und lauschten Tonias Ausführungen. Keiner von ihnen hatte jemals zuvor den Namen des mächtigen Journalisten auch nur gehört.

»Hardens Einfluss hing nicht mit seiner Massenzeitung zusammen. Er diktierte nicht die Meinungen von Millionen. Stattdessen beeinflusste er die Ansichten einer Elite. Und diese Elite entschied über die Zukunft des Deutschen Reiches.«

Im Zimmer war es jetzt mucksmäuschenstill. Tonia nahm ihr Champagnerglas und trank einen großen Schluck.

»Harden hatte sich ein feines, scharfes Instrumentarium geschaffen, mit dem er gezielt Themen setzen, Skandale aufdecken, Politiker vor sich hertreiben konnte. Und das tat er zur Genüge. Vierzigtausend Manuskriptseiten umfasst sein Nachlass.«

Tolstoi pfiff durch die Zähne.

»Auf dem Höhepunkt ging seine Macht so weit, dass hohe Offiziere aus der Armee entlassen wurden, weil der Journalist über ihr ausschweifendes Leben hätte berichten können. *Hätte berichten können,* wohlgemerkt! Vorauseilender Gehorsam für einen Journalisten … Wo gibt es so was?«

»Bei mir bestimmt nicht«, zwinkerte der Kommissar seinen beiden Tischnachbarinnen zu, aber keine der Frauen erwiderte sein Grinsen.

»Wahrscheinlich hat kein Journalist vor und nach ihm in Deutschland mehr Macht besessen. Er wurde von vielen gefürchtet, von manchen gehasst und von einigen wenigen bewundert. Nur kalt ließ er niemanden.«

»Wo saßen denn seine größten Bewunderer? War er ein Mann der Linken oder der Rechten? Der bürgerlich-liberalen oder der konservativen Kreise?«, fragte Cayart.

»Sowohl als auch. Im Lauf der Zeit hatte sich Otto von Bismarck zu einem Fan Hardens entwickelt. In seinen letzten Jahren empfing er den Journalisten mehrmals privat auf seinem Gut in Friedrichsruh. Auch Baron von Holstein, die Graue Eminenz der kaiserlichen Außenpolitik, baute eine gewisse Vertrautheit zu ihm auf. Und das, obwohl er selbst zuvor im Fadenkreuz des Journalisten gestanden hatte. Aber am Ende wollte eben auch der Baron lieber auf der Seite des Gewinners stehen …«

Irritiert bemerkte die Psychologin, wie ihr Kollege geradezu hypnotisiert an den Lippen von Tonia Schlesinger hing. Wie stellte sie das nur an? Aber noch irritierter musste Cayart sich eingestehen, dass sie selbst ebenfalls dem Vortrag der Studentin erlegen war. Sie brannte darauf, mehr über diesen geheimnisvollen Mann zu erfahren.

»Enge Beziehungen unterhielt Harden auch zur politischen Linken. Mit Franz Mehring, dem sozialdemokratischen Journalisten und Politiker, war er befreundet. Wirklich schwer tat er sich nur mit der antisemitischen Rechten. Es scheint ihm eine besondere Freude gewesen zu sein, Judenhasser nach allen Regeln der Kunst vorzuführen und publizistisch zu vernichten. Da schwang natürlich viel Persönliches mit, denn Harden stammte selbst aus einer assimilierten jüdischen Familie.«

Tolstoi wollte gerade einen Löffel Consommé zum Mund heben, ließ ihn aber wieder sinken. Erinnerungen schossen ihm durch den Kopf. Er wusste, was es hieß, als Angehöriger einer religiösen Minderheit verhöhnt und verachtet zu werden. Als Teenager war das für ihn bitterer Alltag gewesen. Er zwang seine Gedanken zurück zu Tonia.

»Vor allem hasste er Heuchelei und Falschheit. 1901 fand in Deutschland ein Ritualmordprozess statt. Die Zeitungen taten das Ganze als exotischen Vorfall ab und gaben die Schuld einigen wenigen Durchgeknallten. Nicht so Harden. Er zerpflückte den Aberglauben, der damals überall im Reich hochkochte, und machte die gesamte Gesellschaft für die Morde verantwortlich. Auch seine eigenen Leser. So was kam nicht immer gut an.«

Unversehens stand Tonia auf, stellte die Teller aufeinander und trug sie in die Küche. Tolstoi folgte ihr mit der leeren Champagnerflasche. Neugierig hielt er seine Nase über die Töpfe. Aber er hatte keine Zeit, seine Geruchseindrücke zu verarbeiten. Tonia drängt sich an ihn und gab ihm einen wonnigen Kuss. Mit der Hand fuhr sie ihm zwischen die Beine.

»Du bleibst doch später bei mir, oder?«

Sanft ergriff er Tonias Hand und führte sie in ungefährlichere Regionen. »Würde ich gerne. Wird heute aber nichts …«

»Schade.« Enttäuscht drückte Tonia ihm eine Flasche Riesling und einen Korkenzieher in die Hand. Aus dem Ofen holte sie ein Soufflé, das einen betörenden Fischgeruch verströmte. Vorsichtig zerteilte sie den Auflauf und drapierte die Scheiben auf den Tellern. Aus dem Teig lugte weißes, saftiges Krebsfleisch hervor. Gemeinsam gingen sie zurück zu Cayart, die immer noch an ihrem Champagner nippte.

»Timbale de homard Impérator«, proklamierte Tonia den nächsten Gang, »eine Hummerpastete für den Kaiser.«

In den nächsten Minuten war nur das dezente Klappern des Silberbestecks auf den Tellern zu hören. Als die Teller leer waren, nahm Tonia noch einen ordentlichen Schluck von dem Riesling, dann fuhr sie in ihrem Vortrag fort.

»Ein Zeitgenosse meinte einmal, man hätte lange suchen müssen, um jemanden von der nimmersatten Zerstörungslust und der diabolischen Schlagkraft zu finden, die Maximilian Harden kennzeichneten.«

Ana Cayart hatte ihr Champagnerglas endlich leer. Sie gab Tolstoi ein Zeichen, ihr auch von dem Weißwein einzuschenken. »Was mich die ganze Zeit irritiert ist, dass jemand von dem Format und der Bekanntheit eines Maximilian Harden so schnell und so gründlich aus der Erinnerung eines Volkes verschwinden kann …«, sinnierte sie.

»Das geht auf die Nazis zurück. Sie waren Harden nie gewachsen. Im Feuer seines Worthagels standen die Braunen wie geistige Zwerge da, die kaum einen geraden Satz herausbrachten.«

»Sehr sympathisch.« Cayart reckte ihr Glas in die Höhe und skandierte bereits leicht angetrunken: »Auf Maximilian Harden!«

Tolstoi schaute sie irritiert an. Sie bemerkte es und stellte ihr Glas schnell wieder hin. Reflexhaft hatte auch Tonia ihr Glas gehoben, stellte es aber erst ab, nachdem sie einen Schluck genommen hatte.

»Woher stammt eigentlich sein Name? Der klingt nicht gerade jüdisch«, fragte der Kommissar schnell, um die Situation zu überspielen.

»Maximilian Harden war ein Künstlername. Eigentlich hieß er Felix Ernst Witkowski. Seine ersten Artikel hatte er sogar noch so gezeichnet. Den Nachnamen Harden hat er sich dann von dem englischen Wort to harden, also härten, abgeleitet. Der Vornamen Maximilian ist eine Referenz an Maximilien de Robespierre. Daran zeigt sich, wie kompromisslos Harden dachte. Immerhin war Robespierre der Massenmörder der Französischen Revolution.«

Cayart und Tolstoi sahen sich über den Tisch hinweg an. Beide ahnten, was der andere gerade dachte. Wenn sie jetzt mit einem Maximilian Harden des 21. Jahrhunderts zu tun hatten, der seinen Federkiel gegen Messer, Beil und sonstiges Mordwerkzeug eingetauscht hatte, dann mussten sie sich auf das Schlimmste einstellen.

Über dem Tisch lag auf einmal ein unbehagliches Schweigen.

86

Natürlich wusste Theo Wolff ganz genau, welcher Journalist noch in Groß Flotow gearbeitet hatte. Er hatte ihn vor nicht wenigen Stunden erst im Botanischen Garten getroffen. Auch wenn Blomfeld nicht explizit erwähnt hatte, dass er vor achtzehn Jahren in dem Dorf recherchiert hatte. Wolff war kein Vollidiot. Als er die Sache mit den Kindsmorden erwähnt hatte, und dass der Mörder offenbar Jagd auf Journalisten machte, die damals darüber berichtet hatten, da war Blomfelds Gesicht auf einmal versteinert wie das Metall beim Bleigießen an Silvester. Die eingefrorene Fratze sagte dem Polizisten mehr als tausend Worte. Der Mann hatte Angst. Verdammte Angst.

Jetzt, da Wolff in den alten Zeitungsbeständen wühlte, konnte er die Angst bestens nachvollziehen. Der Reporter musste sich auf das Schlimmste einstellen. Denn Blomfeld hatte keine Grenzen gekannt. Er hatte die Gesichter der weinenden Eltern auf die Titelseite gehievt, genauso wie Bilder aus dem Haus des Mörders. Wie hatte er das nur gemacht? Er musste eingebrochen sein. Freiwillig hätte ihm Wrobel damals sicher nicht die Tür geöffnet.

Den Zeitungsbestand von zwei Wochen hatte Theo Wolff jetzt schon gesichtet. Blomfeld musste damals wie ein Besessener gerackert haben. Zwei, drei neue Fotos täglich lieferte er mindestens aus Groß Flotow. Wolff blätterte weiter durch die alten Ausgaben des *Berliner Express*. In den ersten Wochen dominierte die klassische Berichterstattung. Breit wurde über die Trauer der Familien berichtet. Immer neue Schauergeschichten aus der Vergangenheit des Mörders tauchten auf. Ab Woche drei schlugen die Berichte der Reporter aus Groß Flotow dann um. Zuerst bemerkte Wolff nur, dass sich der Tonfall geändert hatte. Die Trauer der Angehörigen wurde nicht mehr so einfach hingenommen. Es wurden Fragen gestellt. Trugen die Eltern eine Mitverantwortung? Hatten sie sich genug um ihre Töchter gekümmert? Warum hatte keiner der Dorfbewohner bemerkt, dass ein Psychopath in ihren Reihen wohnte?

Wie immer ging Blomfeld noch einen Schritt weiter. Offenbar lieferte er zu seinen Bildern gleich noch die Geschichten mit. Vor seiner Kamera tauchten auf einmal junge Leute auf, angeblich Freunde der Opfer, die unglaubliche Behauptungen aufstellten. Die Mädchen hätten einen leichten Lebensstil gepflegt. Manchmal seien sie ganze Wochenenden nicht nach Hause gekommen. In Rostock hätten zwei von ihnen in einer Art Wohngemeinschaft gewohnt. Mit viel älteren Männern. Immer mal wieder, ohne dass die Eltern etwas davon mitbekommen hätten. Zwei der Mädels seien dort auf einen Kinderstrich gegangen. Wolff wusste genau, wie der Reporter arbeitete. Deshalb zweifelte er keine Sekunde daran, dass er seine Gesprächspartner damals ordentlich geschmiert haben musste, damit sie solche Lügengeschichten erzählten. Denn Lügen mussten es sein. Kein anderer Journalist hatte die These mit dem Kinderstrich weiterverfolgt. Auch in den Polizeiakten hatte Wolff nichts darüber gefunden.

Er hatte genug gelesen. Zwar hatten auch andere Journalisten mächtig Staub aufgewirbelt. Aber der Schlimmste von allen war eindeutig Blomfeld gewesen. Wenn der Mörder noch einen Reporter auf seiner Liste hatte, dann konnte es nur der Paparazzo sein. Der Polizist schlug die Aktenbände zu und stellte sie zurück ins Polizeiarchiv. Aus seiner Mappe fischte er ein Plastiktütchen mit einer Sim-Karte darin heraus. Er öffnete sein Telefon und tauschte die Karten aus. Von der Prepaidnummer wählte er erneut die Nummer, die er seit drei Stunden schon mehrfach gewählt hatte. Wieder ging nur die Mailbox dran.

Verdammt noch mal, Blomfeld, geh endlich ran!

Der Reporter war ein Riesen-Arschloch. Keine Frage. Aber abgeschlachtet werden sollte er dann doch nicht. Wolff musste ihn irgendwie warnen. Erneut tauschte er die Sim-Karten. Dann wählte er von seinem Diensthandy noch einmal die Nummer des Reporters. Wieder piepte es vier Mal, bevor die kratzige Stimme von Blomfeld zu hören war.

»Guten Tag, Herr Blomfeld. Mein Name ist Theo Wolff vom LKA Berlin. Wir müssten Sie dringend sprechen. Bitte rufen Sie mich unter dieser Nummer zurück, sobald Sie dies abgehört haben. Bitte, es ist sehr wichtig. Es geht um Leben und Tod!«

Danach rief Wolff in der Redaktion des *Berliner Express* an. Aber auch die Kollegen dort hatten keine Ahnung, wo sich der Fotoreporter aufhielt. Schon seit zwei Tagen hatten sie nichts mehr von ihm gehört. Wolff hinterließ eine zweite Nachricht. Nur diesmal weniger alarmistisch. Er musste extrem behutsam vorgehen. Das Schlimmste, was jetzt passieren konnte, war, dass die Redaktionen Wind von der Entwicklung der Ermittlungen bekommen könnten. Dann würde die Suche nach Blomfeld und etwaigen anderen bedrohten Journalisten komplett aus dem Ruder laufen.

Der Redakteur versprach, die Nummer des Polizisten weiterzugeben, sobald der Reporter zurück sei. Die Frage des Mannes am anderen Ende traf Wolff wie ein Blitz.

»Sind Sie der Informant von Atze?« Ein Hüsteln. »Ich meine natürlich von Herrn Blomfeld?«

Theo Wolff spürte, wie sich im Bruchteil einer Sekunde Schweißperlen auf seiner Stirn bildeten. Ihm wurde auf einmal sehr heiß und im nächsten Moment kalt. »Ich? … Äh … wie kommen Sie, ich meine … woher kommt … Sie! … Wie kommen Sie denn auf so was?«

Verdammt noch mal, Theo, reiß dich zusammen! Die Frage liegt auf der Hand. Du machst deinen Job, nichts anderes. Und das musst du dem Typen nur sagen! Bleib ruhig! Bleib ruhig!

»Na, warum rufen Sie sonst hier an? Normalerweise ruft niemand von der anderen Seite bei Blomfeld an. Nur seine Quellen. Die anderen sind froh, wenn sie mit ihm nicht sprechen müssen.«

»Ich gehöre zum Ermittlerteam. Und Herr Blomfeld war am Tatort. Damit ist er ein Zeuge. Wir können das Ganze auch umdrehen und ihn einbestellen!« Wolff hörte ein Kichern am anderen Ende. Panisch schrie er in den Hörer: »Ich kenne Herrn Blomfeld nicht! Sonst hätte ich ihn ja wohl auf seinem Handy angerufen!« Ein Reißen im Magen durchfuhr ihn.

Du verdammter Esel!

Schreibt der Journalist mit?

Nimmt er das Gespräch sogar auf?

Was, wenn alle morgen mein Gestammel in der Zeitung lesen können? Nein, die machen das nicht. Ich werde nicht auffliegen. Auch wenn die Kollegen bald die Handyverbindungen von Blomfeld auswerten. Mit der Prepaidnummer werden sie nichts anfangen können. Bleib bei deiner Linie. Ganz stur. Dann kann dir keiner was. Und lass diese elendige Handykarte verschwinden!

»Blomfeld wird sich sicher freuen, wenn er Ihre Nummer bekommt. Er wird Sie zurückrufen …« Der Redakteur machte eine Pause. Wieder kicherte er. »Oder auch nicht.«

»Bitte, es ist wichtig!«

»Ihr kommt wohl nicht weiter, wie? Und dann sollen wir für euch mal wieder die Kohlen aus dem Feuer holen! Macht gefälligst euren Job. Wir machen unseren!« Der Mann am anderen Ende legte auf.

Wolff lehnte sich in seinem Stuhl zurück. Zittrig öffnete er seinen Krawattenknoten, dann wischte er sich mit einem Taschentuch die Stirn ab. Er musste es ihm sagen. Tolstoi würde ausflippen. Und er, Wolff, würde seinen Job verlieren. Wahrscheinlich würde auch ihre Freundschaft zerbrechen. Aber er musste es ihm sagen. Beides.

87

Inzwischen waren sie bei der dritten Flasche Wein angekommen. Ein Château Pétrus von 2009. Ein Jahrhundertjahrgang. Tolstoi schälte die Metallkappe von der Flasche. Tonia räumte die Teller weg. Die Pointes d'asperges au beurre, filigran geschnittene Spargelspitzen in aufgeschäumter Butter, waren bis zum letzten Soßenpartikel in den Mündern verschwunden. Das größte Lob für die Köchin. Aus dem Salon hörte sie den Plop der Rotweinflasche, als sie den nächsten Gang zum Tisch jonglierte. Sie war längst noch nicht am Ende ihrer Kunst angelangt!

Dodine de canard en gelée. Tolstoi schenkte allen Rotwein ein. Auch Cayart hatte ihren anfänglichen Widerstand längst aufgegeben. Die junge Studentin hatte recht gehabt, warum sollte sie sich diesen Köstlichkeiten verweigern? Außerdem hatte sie wirklich langsam den Eindruck, der historischen Figur Maximilian Harden näherzukommen. Andächtig saßen die drei schließlich um den Tisch und schauten erwartungsfroh auf ihre Ente.

»Was kannst du uns über den Menschen Maximilian Harden sagen?«, fragte Cayart, während sie die eingelegten Entenröllchen von den glibberigen Sülzeteilen trennte. »Ich meine, was waren seine Vorlieben? Lieblingsessen, Lieblingsorte und so was?«

»Eigentlich war er eher ein asketischer Mensch. Bei gesellschaftlichen Anlässen wurde er selten gesehen. Er war auch kein übermäßiger Genussmensch. Was ihn wirklich faszinierte, war das Spiel mit der Macht.«

»Was meinst du damit?«

»Er sehnte sich nach der Nähe der Mächtigen, selbst wenn er sich gegen sie wandte. Ich habe mir die Artikel zu seinen Besuchen bei Bismarck durchgelesen. Aus jeder Zeile darin spricht der Stolz, dass er es geschafft hatte, das Vertrauen des Fürsten zu gewinnen. Bismarck hat damals so gut wie keine Interviews mehr gegeben. Nur Harden hat er empfangen. Über die Texte zu diesen Treffen war Bismarck dann aber nicht mehr so erfreut.« Gekonnt zerteilte Tonia ein Stück Ente und führte es zum Mund. »Beim Eulenburg-Skandal ist er nicht anders vorgegangen. Harden hatte sich das Vertrauen der Exfrau von General von Moltke erschlichen. Sie lieferte ihm Details aus dem Privatleben und war so seine Hauptquelle gegen die Spitze des preußischen Militärs.«

»Journalisten sind eben ein ziemlich widerliches Pack«, rutschte es Tolstoi heraus.

»Nein, das war ein ganz schön mutiger Coup«, entgegnete Tonia unbeeindruckt. »Ein einzelner Journalist legte sich mit der Militärspitze des auf der ganzen Welt gefürchteten, hochgerüsteten Deutschen Reiches an und … gewinnt. Wilhelm hat sich danach von seinen alten Freunden abgewandt.« Sie schenkte sich Rotwein nach.

Tolstoi fühlte langsam, wie sich sein Magen kaum noch dehnen ließ. Als Tonia schon wieder in der Küche verschwand, hatte er die schlimmsten Befürchtungen. Und war umso erstaunter, als sie netzförmige Glasschälchen in einem Silberaufsatz brachte. Darin glänzten pastellfarbene Früchte. Salade de fruits à la Japonaise. Ein asiatischer Fruchtsalat. Sie waren also beim Dessert angekommen. Der Kommissar war erleichtert.

»Es gibt da noch eine interessante Eigenheit Hardens. Er hat sich einen ganz eigenen Schreibstil zugelegt. Er schrieb oft ein h hinten an die Worte …« Tonia ging zum Sekretär, nahm ein weißes Blatt Papier und schrieb etwas darauf. Sie legte den Zettel in die Mitte des Tisches. »Zum Beispiel Rath, Muth, Heirath. Das Wort Waren schrieb er immer mit zwei a, Erlebnis mit zwei s. Auch bei Redewendungen entwickelte er eigene Schreibweisen. So schrieb er etwa Tag *vor* Tag – nicht Tag *für* Tag, oder Schritt *vor* Schritt und nicht Schritt *für* Schritt.«

»So bist du ihm auf die Spur gekommen?« Cayart legte mehr Schärfe in ihre Frage, als sie eigentlich wollte. Aber nach dem vielen Alkohol hatte sie ihre Artikulation nicht mehr wirklich im Griff.

»Ja. Bei den Zitaten des Mörders fiel mir die eigenartige Satzbauweise und Wortwahl auf. *Archivgewahrsam* zum Beispiel. Irgendwo hatte ich ähnliche Sätze schon einmal gelesen. Aber es hat einige Zeit gedauert, bis ich auf Harden kam.«

Tolstoi löffelte die letzten Stücke Grapefruit aus seinem Schälchen, wischte sich den Mund ab, faltete die Serviette und lehnte sich in seinem Stuhl zurück. Tonia sammelte die Teller ein. Warum hatte sie es denn nun so eilig? Aus der Küche hörte er Klappern. Fing sie jetzt etwa an, den Abwasch zu machen? Als die Studentin mit drei neuen dampfenden Tellern hereinkam, blieb dem Kommissar der Mund offen stehen.

»Aber wir hatten doch gerade schon das Dessert?«

»Das war ein Zwischengericht, eine leichte Pause, um den Magen etwas verschnaufen zu lassen.« Tonia zwinkerte dem Kommissar zu. »Das hier ist ein kulinarischer Meisterstreich. Voilà, Aubergines à l'Orientale!«

Panisch starrte Tolstoi auf den neuen Teller vor sich. Cayart hatte dafür keinen Sinn, sie nahm das schmerzverzerrte Gesicht ihres Kollegen nicht einmal wahr. Während sie begann, die exotisch gewürzten Auberginen in sich hineinzuschaufeln, waren ihre Gedanken ganz woanders.

»Wenn jemand Maximilian Harden imitieren will, was fasziniert ihn dann am meisten?«

Tonia versuchte einen Bissen von ihrem Gericht und verdrehte wohlig die Augen. Escoffier wäre zufrieden mit ihr. Erst jetzt registrierte sie das fragende Gesicht von Cayart. »Entschuldigung, was sagtest du?«

»Harden als Vorbild ... Was könnte jemand an ihm nachahmen wollen?«

»Sein Einzelgängertum. Harden, der einsame Wolf. Dann noch sein Leben ohne Limits. Er akzeptierte keinerlei Schranken, nicht in der Rechtschreibung und auch nicht in der gesellschaftlichen Ordnung. Nur er traute sich, den Kaiser persönlich vor aller Welt fertig zu machen.«

»Würdest du sagen, dass Harden einfach eine rebellische Natur war? Oder widersetzte er sich Regeln, die er für schlecht oder falsch hielt? Also eher der Typ Überzeugungstäter?«

»Harden stand in Briefkontakt mit Sigmund Freud.«

Jetzt wurde Cayart hellhörig. »Worüber haben sie sich denn ausgetauscht?«

»Zum Beispiel über Schreibverbote.« Tonia stützte ihr Kinn auf die Hand. »Freud verehrte Harden. Für ihn war er das Idealbild eines Journalisten. Er sah in ihm eine Art Kämpfer, der es unerschrocken mit den dunklen Mächten aufnahm. Was er dabei außer Acht ließ: Harden war selbst eine Art dunkle Macht.«

»Die Kämpfer gegen das Böse sind oft sehr einsame Menschen. Viele haben zwei Seiten. Und die dunkle kennt niemand ...« Cayart musste sich eingestehen, dass ihr der kämpferische Journalist trotz allem sympathisch war.

Tonia stand ein letztes Mal auf. Sie kam mit drei kleinen Auflaufformen zurück. »Das sind ein Soufflé glacé framboisé und ein Biscuit au Kirsch. Eigentlich wird das nacheinander serviert. Aber es ist ja schon so spät.«

Cayart blickte entsetzt auf ihre Uhr. Halb drei. Die Psychologin merkte plötzlich, wie sehr ihr der Alkohol zu Kopf gestiegen war. In einem Zug trank sie ihr Wasserglas leer und goss sich erneut ein. Denn eine Frage hatte sie noch. »Was trieb Maximilian Harden an?«

»Sicher eine gewisse Selbstüberhöhung. Er sah sich als Retter Deutschlands. Er registrierte sehr genau, wie die Gesellschaft um ihn herum immer weiter verkam. Die Korruption der Gründerjahre, das Kleinbürgerliche, das Provinzielle hinter dem Imperialismus, die Kriegsbegeisterung. All dem wollte er die absolute Tugend und Weltläufigkeit entgegenstellen. Er suchte die Einzigartigkeit. Auch bei sich selbst. Und er hatte eine Mission …«

Cayart hatte sich das Blatt Papier herangezogen und begonnen, eifrig mitzuschreiben. »Was für eine Mission war das?«

»Die Suche nach Vollendung!«

Die Psychologin ließ ihren Stift fallen.

88

Den Kollegen im LKA kam es wie Hexerei vor. Der Kommissar hatte komplett richtig gelegen. Gleich drei Überwachungskameras waren in unmittelbarer Nähe des Eingangs zur Bibliothek angebracht. Die erste überblickte den südöstlichen Ausgang der U-Bahnhaltestelle Friedrichsstraße. Eine weitere deckte den schmalen Korridor zwischen Bahndamm und den paar Hotels für Rucksacktouristen ab. Zuletzt gab es noch eine Kamera im direkten Eingangsbereich der Bibliothek. Entweder Tolstoi hatte das zuvor schon recherchiert und dann vor der versammelten Mannschaft eine große Show abgezogen. Oder aber er besaß wirklich eine unglaubliche Intuition! Im hinteren Bereich des Gebäudekomplexes gab es sogar noch eine vierte Kamera. Für alle Fälle hatten sich die Ermittler auch deren Aufnahmen schicken lassen. Falls der Verdächtige einen anderen Weg gewählt hatte. Das Filmmaterial hatten sie aufgeteilt. Felix Brucks und Lily Braun, die beiden Frischlinge von der Polizeischule, wollten zusammen schauen. Das passte gut, sie waren sowieso zu viele. Die erfahrene Auswerterin Rina Delbrück übernahm die Sequenz vom U-Bahnausgang. Ludwig Quidde kümmerte sich um den Platz vor der Bibliothek.

Laut Auskunft der Bibliothekarin wurde das Buch am 24. Juni 2014 um 11:37 Uhr ausgeliehen. Wenn sie davor und danach gut eine Stunde addierten, dann kamen sie auf ein Zeitfenster von halb elf bis dreizehn Uhr. Delbrück schaute genervt auf den Bildschirm vor sich. Mittagszeit, Hauptverkehrszeit. Das würde ganz schön anstrengend werden. Was sich sofort bestätigte, als sie den ersten Film abspielten. Aus dem U-Bahnschacht drängten die Menschenmassen nur so heraus. Es schien fast unmöglich, in diesem Ameisenhaufen jemanden zu finden, von dem man noch nicht einmal genau wusste, wie er aussah. Delbrück stellte den beiden jungen

Kollegen die Filmsequenz auf halb elf ein. Sie zeigte ihnen, wie die Software funktionierte, dann ging sie zu ihrem eigenen Rechner.

Einträchtig saßen Braun und Brucks nebeneinander und begannen ihr Video durchzuscrollen. Neben den Bildschirm hatten sie eine große Flasche Cola gestellt. Braun riss eine Packung Studentenfutter auf. Brucks stoppte kurz, nahm eine Nuss und klickte erneut auf den Playbutton. Es war ziemlich schwierig, sich auf einzelne Gesichter zu konzentrieren. Mindestens zwanzig Personen strömten gleichzeitig durch den engen Gang. Dazu waren die Lichtverhältnisse nicht die besten. Von einem der benachbarten Häuser fiel ein langer, breiter Schatten über den Weg. Hier würden sie nie im Leben was finden.

Auch bei sich setzte Delbrück den Cursor auf der Zeitleiste auf 10:30 Uhr. Die Geschwindigkeit reduzierte sie auf fünfzig Prozent. Dann ließ sie die Menschen aus der U-Bahn strömen. In ihrem Kopf hatte sie sich ein Raster angelegt, mit dem sie auf die vielen Köpfe schaute. Bei jedem neuen Bild spulte sie das Raster durch. A1, A2, A3 bis D4. Rina Delbrück blendete ihr Umfeld komplett aus. Sie hatte einen Tunnelblick. Nach einer Stunde hochkonzentrierten Schauens war sie bei elf Uhr angekommen. Aber nichts. Die Polizistin stoppte die Aufzeichnung, ging hinaus in den Flur und holte sich einen Kaffee am Automaten.

Als sie zurückkam, schaute sie kurz den jungen Kollegen über die Schultern. Die beiden ließen den Film in Echtzeit ablaufen, mussten aber auch alle paar Minuten zurückspulen, um die Aufzeichnung noch einmal anzuschauen. Immer wieder froren sie Bilder ein und gingen mit dem Finger die Köpfe durch. Die beiden Nachwuchsermittler waren gerade bei 10:49 Uhr.

Delbrück setzte sich wieder vor ihren Bildschirm. Offenbar waren die meisten Passanten, die aus dem Ausgang West strömten, einige Sekunden später in den schmalen Korridor neben dem Bahndamm eingebogen. Sie waren auf dem Weg zur Bibliothek. Und damit zur Kamera der beiden Grünschnäbel. Wahrscheinlich würde sie später auch noch einmal das Material der jungen Kollegen durchsehen müssen. Sie seufzte tief.

Der einzige, der keinerlei Regung zeigte, war Quidde. Er saß still in seiner Ecke und starrte auf seinen Bildschirm. Auf dem aktuellen Ausschnitt standen einige Studenten in kleineren Grüppchen herum und rauchten. Andere drängten in das Innere des Gebäudes. Delbrück fragte sich, ob Quidde nicht heimlich schlief. Mit offenen Augen. Er sah komplett teilnahmslos aus. Nur sein gleichmäßiges Atmen war zu hören. Von den beiden

Jungen schallt gedämpftes Kichern zu ihr herüber. Brucks knabberte auf seinem Studentenfutter herum. Regelmäßig knackten die Paranüsse.

Verdammt noch mal, bin ich hier die Einzige, die arbeitet?

»Treffer!«

Wie ein Donnerschlag schoss der Schrei durch den Raum. Das Echo hallte in Delbrücks Ohren. Die Polizistin fuhr von ihrem Sitz hoch. Auch Brucks war aufgesprungen. Lily Braun blinzelte nervös. Ihre türkisfarbenen Augen schossen gespannt zu Quidde herüber. Alle drei stellten sich hinter dem Stuhl des Kollegen auf. Mit dem Zeigefinger fuhr er die Silhouette eines Mannes nach, der gerade durch die Tür in die Bibliothek trat. Sie sahen ihn von hinten. Er hatte eine Baseballmütze auf dem Kopf. Trotz der Hitze trug er einen Trenchcoat und hatte den Kragen hochgeschlagen. Quidde fuhr den Film zurück. Die Figur lief nun rückwärts über den Platz. Als der Mann fast am anderen Ende angekommen war, konnten sie für einen kurzen Augenblick die untere Hälfte seines Gesichts erkennen.

»Seht ihr das Kinn? Das ist er!«, jubilierte Quidde.

»Der Typ hat einen Vollbart«, merkte Delbrück skeptisch an.

»Sei mal ein bisschen kreativ. Die Proportionen. Das passt!«

»Vielleicht.«

»Dann schau dir doch bitte mal die Nase an!«

Delbrück holte das Foto von Dr. Edwards von ihrem Tisch und hielt es daneben. Quidde hatte recht. Was diese Gesichtshälfte anbelangte, gab es wirklich eine gewisse Ähnlichkeit.

»Wann genau läuft er über den Platz?«

»Zehn Uhr siebundfünfzig.«

»Okay, wir synchronisieren die Sequenzen und sehen mal, wo wir den Mann wiederfinden.«

Delbrück ließ ihr Video auf das neue Zeitfenster zurückfahren. Und dann noch mal eine Minute weiter Richtung Beginn der Aufzeichnung. Aber sie sah ihn nicht. Komisch. Wo war er nur? Sie fuhr noch ein Stück weiter zurück. Da tauchte er plötzlich auf. Drei Minuten dauerte die Strecke von der U-Bahn zur Bibliothek also. Delbrück hätte geschätzt, dass es schneller ging. Mehrmals fuhr sie die Aufzeichnung ab, in beide Richtungen. Aber wie sie es auch anstellte, sie konnte nichts erkennen. Sie sah nur die Kappe, die der Mann tief ins Gesicht gezogen hatte. Vom unteren Teil des Kopfes tauchten nur zentimeterweise Ausschnitte auf. Die Kamera war einfach zu hoch angebracht.

So ein Mist. Der Typ wusste, wo die Kameras hängen!

Zitternd vor Anspannung ging sie zu den beiden jungen Kollegen. Sie hatten den Cursor ebenfalls zurückgefahren und warteten darauf, dass der Mann mit der Kappe auftauchte. Da erschien er plötzlich. Unmittelbar vor der Kamera blieb er stehen und steckte sich eine Zigarette an. Aber auch hier war die Kamera zu hoch angebracht. Sie konnten nicht unter den Mützenschirm sehen. Mit einem verärgerten Schnauben hielt Brucks den Film an. Den Mann weiter zurücklaufen zu lassen, war zwecklos. Bei den Passanten am Ende des Korridors waren die Gesichter zwar voll zu sehen, aber sie waren viel zu weit weg, als dass es etwas bringen würde. Brucks stopfte sich eine Handvoll Nüsse in den Mund und kaute wild drauf rum.

»Scheiße, so was.« Delbrück legte ihre Hände auf die Schultern der jungen Kollegen. Sie spürte, wie niedergeschlagen die beiden waren. Ihr ging es ja kaum anders. Sie waren so knapp davor!

Lily Braun packte ihre Tasche zusammen. »Ich bin weg. Wenn noch was ist, ihr erreicht mich auf dem Handy.«

Brucks nickte abwesend. Er fuhr genervt mit der Maus herum. Das aggressive Klicken hallte durch den Raum. Braun war schon auf den Flur getreten, als sie den Schrei hörte.

»Stopp! Halt! Wartet noch!«

Felix Brucks' Gesicht stand nur Zentimeter vom Bildschirm entfernt. Er starrte mit aufgerissenen Augen auf etwas, das seine Aufmerksamkeit erregt hatte. »Schaut mal, der Typ läuft gar nicht direkt zur Uni. Er geht erst hier rein.«

Gebannt verfolgten sie zu viert die Sequenz. Dann sahen auch die anderen drei, was Brucks meinte. Der Mann mit der Kappe kam aus der U-Bahn. Er lief erst geradeaus, machte dann aber abrupt einen Schlenker nach links und verschwand in einer Drehtür. Anderthalb Minuten später kam er wieder heraus. In der Hand hielt er ein Päckchen Streichhölzer. Er riss eines an und steckte sich die Zigarette an. Dann lief er weiter.

In der Videoaufzeichnung konnte Brucks den Namen des Hotels über der Tür erkennen. Er suchte sofort die Nummer heraus. Am anderen Ende bestätigten sie, dass es in der Hotellobby zwei weitere Kameras gab. Der Sicherheitschef versprach, die Aufzeichnung schnellstmöglich per Mail zu schicken. Eine halbe Stunde später hatten sie sie. Gebannt saßen sie vor dem Bildschirm. Die Kamera war viel tiefer angebracht als draußen in der Passage. Bei Minute 10:55 trat der Mann ein. Er ging direkt zum Tresen. An der Rezeption stand eine blonde, junge Frau. Sie hielt den Kopf gesenkt und trug Daten in ein Formular ein. Aus der Vogelperspektive konnten sie gut beobachten, wie sie dem Mann einen enormen Ausschnitt präsentierte. Der Mund des Mannes bewegte sich. Die Polizisten bemerkten ein Lächeln. Die Frau blickte auf, griff in eine Schale und reichte dem Mann ein Streichholzbriefchen. Sie lächelte jetzt auch. Und da passierte es. Die Hand des Mannes fuhr zur Kappe. Er schob sie nach oben. Und sie sahen sein gesamtes Gesicht.

Der Aufschrei der Kollegen war so laut, dass er sogar noch eine Etage höher in der Kantine zu hören war.

89

Viel fehlte Atze Blomfeld nicht mehr. Von einem Makler hatte er sich bereits einige Angebote schicken lassen. Mit dem Geld, das er in den vergangenen zwei Wochen verdient hatte, konnte er sich längst eine Wohnung in Schwabing leisten. Die Frage war nur noch, ob es für etwas richtig Großes reichen würde. An diesem Gedanken fand er zunehmend Gefallen. Ein Penthouse sollte es sein. Eine Luxusbleibe.

Für einen angemessenen Lebensstil würde er mindestens hundertzwanzig Quadratmeter brauchen. Besser mehr als weniger. 10.000 Euro würden locker für den Quadratmeter draufgehen. Er würde also mindestens eine Million Euro zusammenbekommen müssen. Blöderweise musste er auf seine Einnahmen noch Steuern zahlen. Dreißig, vierzig Prozent gingen da ab. Machte also gut und gerne 1,4 Millionen Euro, die er brauchen würde. Mit einem neuen Scoop wären seine Immobilienträume in greifbarer Nähe. Und wenn ihn nicht alles täuschte, dann war der neue Knaller tatsächlich zum Greifen nahe. Alleine für die Fotos, die er noch in seinem Archiv gefunden hatte, konnte er locker einige Tausender abgreifen. Und wenn er dazu sogar neues Material aus Groß Flotow brachte, dann würde noch mal ein kleiner Geldregen auf ihn niedergehen. Aber für die Aktion würde er sein ganzes Geschick aufbieten müssen. Nur wenn er seine Informationen clever ausspielte, die Fotos im richtigen Moment parat hatte und aktuelle Aufnahmen schoss, die sonst niemand so bekommen konnte, nur dann würde er ordentlich Kohle machen. Wahrscheinlich musste er in Groß Flotow erst einmal einige Scheine verteilen, um die Leute daran zu erinnern, dass nur er ihr Draht zum Rest der Welt war. Aber das sollte kein Problem sein. Damals hatte das ja auch geklappt.

Beim Autobahndreieck Pankow fuhr Blomfeld auf den Berliner Ring. Eine Ausfahrt später bog er auf die A11 Richtung Stettin ab. Auf der Rückbank seines Alfa Romeo Giulietta lagen vier Fototaschen. Dazu ein Atlas, ein Schlafsack und ein Sixpack Mineralwasser in Plastikflaschen. Nach siebzig Kilometern fuhr er auf einen Parkplatz. Er ging ins Rasthaus, bestellte sich einen doppelten Espresso an der Kaffeebar und setzte sich an eines der großen Fenster. Hinter ein paar Bäumen auf dem Parkplatz schossen die Autos vorbei Richtung Norden. Es war Donnerstag. Wahrscheinlich trieb es die letzten Berliner, die nicht in den Sommerferien waren und arbeiten mussten, für ein verlängertes Wochenende an die Ostsee. Nach Rügen, Usedom oder auf den Darß. Auf dem Weg vor der Raststätte stand ein Mann. Blomfeld war, als ob er zu ihm herüberschaute. Aber dann drehte sich der Typ auf einmal weg. Blomfeld beobachtete ihn noch eine Weile misstrauisch. Er blieb starr auf dem Weg stehen und schaute in den nächsten Minuten hinüber zu den Autos. Der Fotograf konnte sein Gesicht nicht erkennen. Erstens war er ziemlich weit weg. Und dann trug er noch diese dämliche blaue Baseballmütze. Was machte der Mann nur dort vor der Gaststätte? Und warum stand er da so rum? Wartete der auf jemanden? Von den Autos kam eine Frau mit einem Jungen den Weg hochgelaufen. Der Mann trat auf sie zu. Sie unterhielten sich kurz. Blomfeld legte seine Spiegelreflex auf den Tisch und richtete sie unauffällig aus. Er zoomte die drei Personen heran und drückte auf den Auslöser. Immer wieder. Wie ein Maschinengewehr schoss seine Kamera los. Was machten die da nur?

Offenbar drückte der Mann der Frau etwas in die Hand. Vielleicht einen Geldschein? Oder Münzen? Genau konnte Blomfeld das nicht erkennen. Wahrscheinlich, um etwas im Restaurant zu kaufen. Oder damit die Frau und der Junge auf Toilette gehen konnten. Wie konnte er nur so paranoid sein. Blomfeld steckte seine Kamera schnell zurück in die Tasche. Es war ihm auf einmal ziemlich peinlich, was er da tat. Da draußen stand ein Familienvater, der auf seine Frau und den Sohn wartete, um ihnen Kohle für die Raststätte zu geben.

Aus seiner Umhängetasche zog Blomfeld eine Landkarte heraus. Er breitete sie auf dem Tisch vor sich aus. Es war einige Zeit her, dass er die Strecke gefahren war. Fast zwanzig Jahre. Damals hatte es noch keine Autobahn nach Neubrandenburg gegeben. Blomfeld erinnerte sich genau.

Es war ein ziemlicher Höllenritt gewesen. Auf endlosen Alleen war er durch Brandenburg gezockelt. Immer darauf bedacht, nicht im nächsten Schlagloch hängenzubleiben. Wenn ihn nicht alles täuschte, hatte die Fahrt damals einige Stunden gedauert. DDR-Standard. Jahre nach dem Fall der Mauer.

Heute brauchte er vielleicht ein Drittel der Zeit. Mit dem Finger fuhr er die Strecke nach. Gleich hinter Gramzow sollte ein Autobahnkreuz kommen. Das durfte er nicht verpassen. Dort würde er auf die A20 wechseln und scharf nach Norden fahren. Es waren vielleicht noch vierzig, fünfzig Kilometer. In einer guten Stunde würde er in Groß Flotow sein. Blomfeld trank seinen Kaffee aus. In der Tankstelle holte er sich noch einen Schokoriegel und eine Packung Gummibärchen. Als er in sein Auto eingestiegen war und gerade den Gurt anlegte, sah er die Mutter mit ihrem Sohn den Weg von der Raststätte zurück zum Parkplatz kommen. Sie ging zu ihrem Mann, der im Auto auf sie wartete. Blomfeld startete den Motor und fuhr los.

Er sah nicht mehr, wie die Frau einen roten Golf aufschloss, den Jungen in den Kindersitz setzte, ihn anschnallte und dann die paar Zloty zählte, die sie gerade geschenkt bekommen hatte.

Er sah auch nicht, wie der Mann in seinem alten schwarzen Audi Kombi die Kappe hochschob, den Schlüssel im Zündschloss drehte und dreihundert Meter hinter ihm auf die Autobahn fuhr.

90

Fast hätte er die schwarze Frau umgerannt. Tolstoi war ohne rechts und links zu gucken aus der Haustür gesprungen und konnte erst im letzten Moment einen Bogen um die vollverschleierte Frau machen. Dabei streifte er sie leicht. Vor Schreck ließ sie ihren Einkauf fallen. Der Kommissar bückte sich und wollte ihr helfen, das Paket aufzuheben. Es war ein Sack mit Grillkohle. Aber die Frau schnappte schnell selbst danach. Tolstoi entschuldigte sich. Aber unter der Burka hörte er nur einen Schwall wüster Beschimpfungen.

Dann eben nicht! Verzieh dich, du alberner Pinguin!

Tolstoi marschierte über die Straße zu seinem Auto, das er im Halteverbot vor dem Handyladen geparkt hatte. Er hatte sich nur kurz geduscht und ein neues Hemd angezogen. In letzter Zeit liefen ihm häufiger komplett verhängte Frauen über den Weg. Tolstoi konnte es nicht verstehen, dass sich jemand so etwas freiwillig antat. In seiner Kindheit, damals in Bosnien, hatte er niemals eine verschleierte Frau gesehen. Seine Oma, die Mütter seiner Freunde, die trugen höchstens einmal ein Kopftuch. Und trotzdem waren viele von ihnen gläubige Musliminnen.

Um fünfzehn Uhr hatte er einen Termin in der Gerichtsmedizin. Dann sollten die DNA-Auswertung von Wrobel und die Sektion seiner Frau fertig sein. Es war jetzt zwanzig vor drei. Tolstoi gab Gas. Obwohl es ein Wochentag war und nachmittags, war die Stadt wie ausgestorben. Zwar gab es massenhaft Touristen, die gerade Berlin überschwemmten, aber die konzentrierten sich auf die zentralen Bereiche. Brandenburger Tor. Kudamm. Friedrichstraße. Unter den Linden. In Neukölln bekam er von den Fremden nichts mit. Tolstoi arbeitete gerne, wenn die anderen Urlaub machten. Dann hatte er seine Ruhe. Zehn Minuten später lief der Kommissar die Treppen zum Landeskriminalamt hoch. Etwas Gutes hatten die dicken Wände des alten Nazibaus: Selbst wenn draußen auf dem Flugfeld die Luft flimmerte, in den Büros der Polizei herrschte immer die gleiche angenehme Temperatur.

Als Tolstoi nun die Tür zur Gerichtsmedizin aufstieß, prallte er gegen eine Eisfront. Instinktiv knöpfte er sich die obersten Hemdknöpfe zu und schlüpfte in sein Jackett, das er vorausschauend über die Schulter gehängt hatte. Der Obduktionssaal war verwaist. Trotzdem war Tolstoi nicht alleine. Der Kommissar spürte, dass in dem Raum noch jemand sein musste. Sein Blick blieb am Seziertisch hängen, auf dem ein zerfleddertes Bündel aus Fasern, Erde und Knochen lag. Erst jetzt bemerkte er den eigenartigen Geruch. Es roch wie in einem Bergwald. Oder eher wie in einem Moor. Nach säuerlicher Erde. Tolstoi ging auf den Stahltisch zu. Vom Kopf war fast nur noch der Schädelknochen übrig. Durch die Augenhöhlen sah er einige faserige Reste, die vom Gehirn stammen konnten. Wie sollten sie in diesem menschlichen Trauerspiel noch irgendetwas Verwertbares für ihre Ermittlungen finden? Wahrscheinlich waren sie viel zu spät dran. Er beugte sich über den Bauchbereich der Toten.

»Fünfter Monat!«

Der Kommissar fuhr herum. Er hatte den Pathologen überhaupt nicht bemerkt. Für einige Sekunden starrte er Fritz Knake nur an. »Wie bitte?«, brachte er schließlich hervor.

»Fünfter Monat. Die Butze da war wirklich schwanger. Aber wahrscheinlich hatte sie keen Bauch. Darum ist det niemandem aufgefallen.«

»Konntest du noch was Verwertbares finden?«

»Klaro, sonst hätt' ick ja wohl nicht das Alter von dem Baby herausfinden können. Was denkste denn, wie so was sonst geht?«

»Und?«

»Na, ick hab die DNA isoliert. Von der Frau und von dem Knirps.«

»Das heißt, obwohl die schon fast Erde ist, hast du noch was finden können?«

»Det hab ick dir doch gerade gesagt! Mensch, bist du 'n bisschen schwerhörig?«

Tolstoi ging auf die Spitze des Mediziners nicht ein. »Ja und?«

»Wat und?«

»Na, was hat der DNA-Abgleich ergeben? Du hast doch auch das Taschentuch untersucht?«

Knake ging um den Seziertisch herum. Auf einer großen Arbeitsfläche vor dem Fenster lag ein Plastikbeutel. Darin befand sich das Taschentuch, das Wrobel in der JVA benutzt hatte. Der Gerichtsmediziner hielt es in die Höhe. »Ja, allet bestens.«

»Was ist bestens?«

»Na ja, die Familie. Vater, Mutter, Kind.«

»Du meinst, der Urheber des Rotzes ist der Kindsvater?«

»Ja, sag ick doch ...«

»Kein Zweifel?«

»Sag ma', hast du dir einen anjedudelt oder hörst du mir einfach nicht zu? Det Material in dem Schnieftuch stammt vom Vater von dem Piepels da.« Fritz Knake deutete auf das faserige Knäuel. »Hundertprozentich. Keen Zweifel!«

Tolstoi merkte, wie Enttäuschung in ihm hochstieg. Insgeheim war er davon ausgegangen, dass Zlatan Brogic alias Keine-Ahnung-wie-der-Typ-in-echt-hieß der Vater des Kindes war. Dann hätte er ein Motiv gehabt, selbst Jahre später noch einen Rachefeldzug zu starten. Aber so? Alles zurück auf Anfang. *Verdammte Scheiße!*

»Hast du auch die anderen beiden Proben noch einmal abgecheckt?« Tolstoi klang jetzt ziemlich genervt. Er prüfte das Display seines Handys und machte sich auf zum Ausgang. Eigentlich interessierte ihn die Antwort auf seine Frage nicht mehr.

»Ja. Hab ick. Ooch negativ.«

Der Kommissar drückte die Tür auf und ging grußlos hinaus. Fritz Knake schlug die Folie über den sterblichen Überresten der Frau wieder zusammen. Er würde seinem Assistenten die Aufgabe überlassen, diesen ganzen Mist zurück zum Friedhof zu schaffen. Gerade legte er seine Instrumente in die Spüle, um sie zu reinigen, als die Türe aufgerissen wurde und noch einmal der Kopf von Tolstoi hereinlugte.

»Wie meinst du das, auch negativ?«

»Na so, wie ick es gesagt hab. Det kannste dir ja wohl ausklamüsern. Det Material, wat du mir gegeben hast, det taucht da nicht auf.«

»Stopp. Was heißt denn bitteschön, das taucht da nicht auf? Das geht doch gar nicht. Das muss da auftauchen! Irgendeine kleine Spur, was auch immer!«

»Glaubst wohl, ick hab 'n ruhigen Bucker geschoben, wa?« Fritze Knake war jetzt sichtlich ungehalten.

»Weißt du überhaupt, was ich dir gegeben habe?«

Der Gerichtsmediziner starrte Tolstoi mit verengten Augen an. Ihm ging das ganze Theater gehörig auf die Nerven. Und wenn der Kommissar ihn ständig im Dunkeln ließ, dann stellte er sich eben extra bockig an. »Nee, Fatzke. Aber det sagste mir jetzt bestimmt?«

»Das Material stammte aus der Asservatenkammer von einem der toten Mädchen. Wrobel, der Typ von dem Taschentuch, wurde für den Mord an der Kleinen eingesperrt. Von dem muss da doch irgendwas drankleben!«

»Klebt aber nicht. Es gibt DNA, die auch von einem Mann stammt, aber nicht von dem Taschentuchfritzen. Janz sicher.«

»Ja, aber das heißt …« Tolstoi war verwirrt. Er versuchte, seine Gedanken zu ordnen, was ihm aber nicht sofort gelang. »Das heißt …«

»Det heißt, dat der Mörder keen Mörder ist. Der Macher von's Janze ist ein anderer.«

»Wrobel ist unschuldig …?«

»Zumindest hat er die eene Kleene nicht anjelangt.«

Tolstoi ging um den Seziertisch und kniff Fritz Knake in die Seite. »Mensch, du bist besser als ich dachte!«

»Nu werd ma nich gleich pampich. Verzieh dich in deine Nuckelpinne und lass dich hier nich so schnell wieder sehn!«

»Nuckelpinne?«

»Na, deine olle Kiste. Det Wort ham se dir wohl nich beigebracht in deinem Deutschkurs, wa?«

Tolstoi kniff den Amtsarzt ein zweites Mal in die Hüfte. Dann rannte er aus der Pathologie. Er spürte, wie sein Puls schneller schlug. Das Genmaterial, das der Gerichtsmediziner gefunden hatte, konnte nur von einer Person stammen. Von Brogic. Aber was hieß das nun? Die neuen

Erkenntnisse musste Tolstois Hirn erst noch verarbeiten. Sie standen vor einer ganz neuen Ausgangssituation. Wenn die Analyse des Pathologen wirklich stimmte, und davon war auszugehen, dann jagten sie hier einen monströsen Massenmörder.

Tolstoi fuhr es kalt den Rücken herunter.

91

Blomfeld hatte sich verfahren. Er war eine Abfahrt zu früh von der Autobahn heruntergefahren und hatte sich mit seinem Sportwagen auf einmal mitten in einem Acker wiedergefunden. Nur mit einem irre komplizierten Wendemanöver auf dem engen Feldweg war er wieder rausgekommen. Fluchend lenkte er den Alfa Romeo zurück auf die Straße. Nach einem knappen Kilometer sah er einen schwarzen Kombi, der in einer Parkbucht am Seitenrand stand. Blomfeld fuhr daran vorbei und bog ein paar hundert Meter später in den richtigen Weg nach Groß Flotow. Seit seinem letzten Besuch hatte sich hier so gut wie nichts verändert. Den »Deutschen Adler« gab es immer noch. Wahrscheinlich noch mit dem gleichen Wirt wie damals. Auch die Backsteinkirche war immer noch im gleichen verkommenen Zustand. Blomfeld lenkte seinen Wagen über die Hauptstraße etwas außerhalb des Dorfes. Den Weg zum Schloss würde er für den Rest seines Lebens im Schlaf finden. Vor dem Anwesen angekommen sah er, dass die Durchfahrt zum Haupttrakt offenstand. Dahinter lag das schmucke Herrenhaus. Blomfeld lenkte seinen Sportwagen durch das Tor hindurch und parkte direkt neben dem Eingang. Vom Lärm angelockt, erschien der Hausherr in der Tür.

»Atze Blomfeld. Der Schrecken aller Politiker und Halunken. Das ist ja eine Ewigkeit her …«

»Botho, wie schön, dich mal wieder zu sehen!«

»Die Geschäfte in Berlin scheinen gut zu gehen. Schicker Wagen!«

»Man tut sein Bestes …«

Die beiden Männer schlugen sich kräftig auf die Schultern. Dann führte Botho von Raven seinen Gast hinein. Im Salon ließen sie sich in die mit chinesischer Seide bezogenen Rokokosessel fallen. Eine Hausangestellte brachte ein Tablett mit einem silbernen Service darauf. Sie goss den beiden

Tee ein. Von Raven kippte sich dazu einen ordentlichen Schuss Rum in die Tasse.

»Du auch?«

»Danke, ich probiere lieber nachher einen von deinen Whiskys.«

»Immer wieder gerne. Also, was führt dich her?«

»Die Geschichte von damals.«

»Dachte ich mir fast. Und, was gibt es da Neues?«

»Hast du von den Morden in Berlin gehört?«

»Klar. Auch hier sind die Zeitungen voll davon.«

»Anscheinend gibt es einen Zusammenhang zu den Morden von damals.«

Botho von Raven ging zum Fenster. Er schaute hinaus in den Hof. In der Hand hielt er seine Tasse. Nahm einen Schluck. »Dachte mir schon, dass da irgendwas im Busch ist. Ein paar Polizisten waren hier im Ort.«

»So ein großer südländischer Typ?«

»Auch.«

»Das ist der leitende Kommissar. Was wollten die?«

»Die haben mit Heribert gesprochen. Du erinnerst dich, der Wirt vom Adler. Sie waren auch bei der Mutter von der toten Jorns.«

Durch den Hof sprang eine schwarze Katze. Sie hatte sich hinter dem Alfa Romeo versteckt, kreuzte nun quer über das Pflaster und verschwand links im Stall.

»Was könnte die Verbindung sein? Ich meine, die sind doch alle tot oder weg.«

»Wrobel ist im Knast. Was mit seiner Frau passiert ist, weißt du am besten!«

Blomfeld schluckte. Er musste an den Zettel denken, der im Umschlag vor seiner Türe gelegen hatte. Bruchstückhaft fiel ihm der Satz ein: *… kein Teufel glaubt ihm, dass er etwa nach bestem Gewissen nur der Wahrheit dienen will.* Er schüttelte den Gedanken ab. »Die Toten in Berlin, das waren alles Journalisten, die etwas mit der Berichterstattung damals zu tun hatten. Auch die Schmächtige war dabei. Du erinnerst dich bestimmt an die. So ein junges Ding. Die hat niemand für voll genommen. Aber dann hat sie die unglaublichsten Sachen hier rausgefunden.«

»Die hatte einen polnischen Namen.«

»Hm. Heute heißt sie anders. Rottluff. Hat wohl geheiratet. Und sie hat auch ganz anders ausgesehen. Ich hab sie erst gar nicht erkannt. Erst als ich von der Verbindung zu Groß Flotow erfahren habe, da ist mir ein Licht aufgegangen.«

»Interessante Verbindung auf jeden Fall.« Von Raven nahm noch einen Schluck von seinem Rumtee. »Aber dann müsste es doch auch dich treffen!« Abrupt drehte er sich um und grinste den Paparazzo finster an.

Blomfeld sackte das Blut aus dem Kopf. Er begann zu stottern. »Wie, wie … wie kommst du darauf?«

»Du warst damals einer der Eifrigsten hier!«

Der Fotograf fuhr sich mit der Hand durch die Haare. Nervös wickelte er einige Strähnen um seinen Finger.

»Und du hast dir damit nicht nur Freunde gemacht.«

»Aber das ist mein Job. So wie dein Job ist, für deine nicht vorhandenen Sumpfwiesen EU-Subventionen abzugreifen. Außerdem, wer ist denn bitte so durchgeknallt und bringt Journalisten um?«

Von Raven grinste nun nicht mehr. Er blickte seinen Gast durchdringend an. Es war nicht gut, dass er ihm damals von seinem Trick mit den Subventionen erzählt hatte. Vor allem aber, dass der sich achtzehn Jahre später noch immer daran erinnerte.

»Jetzt sag schon, hast du irgendeine Idee?«, drängte Blomfeld.

»Na ja, die Wrobels wohl nicht …« Botho von Raven überlegte. »Ihr habt damals einige der Opfer ganz schön tief in den Dreck gezogen. Darüber sind Familien auseinandergebrochen. Selbst mich haben sie damals angemacht, weil ich mich mit dir eingelassen hatte.«

»Du hast davon gut profitiert!« Blomfeld ging zum Biedermeierschrank. Er öffnete die polierte Kirschholztür, nahm eine Flasche heraus und schaute fragend zum Freiherrn. Von Raven nickte. Daraufhin nahm sich Blomfeld ein Whiskyglas und füllte es etwa zu einem Drittel. In einem Zug kippte er den Single Malt hinunter.

»Das habe ich auch nicht bestritten.« Von Raven goss sich noch einmal Tee und Rum nach.

»Wer?«, setzte Blomfeld noch einmal nach.

»Na ja, ich denke an die Jorns. Auch die Schleichers. Aber von denen wohnt niemand mehr hier. Nur die alte Jorns. Und die bringt bestimmt niemanden um.«

»Kann ich bei dir übernachten?«

Von Raven nickte wieder. Er klingelte nach der Haushälterin und gab ihr Anweisung, das Gästezimmer zu richten. Dann wandte er sich an seinen Gast. »Du isst doch sicher mit uns zu Abend?«

Jetzt nickte Blomfeld.

»Okay. Dann bis sieben. Ich muss noch einmal raus zu den Tieren. Auf die Sumpfwiese!«

Blomfeld holte seinen Koffer und die Fototaschen aus dem Auto und schleppte sie hoch in den ersten Stock. Von seinem Zimmer hatte er eine herrliche Aussicht über die Gegend. In der Mitte lag das Dorf. Er sah die Häuser, den Kirchturm, das Wäldchen oben am Hügel. Rechts daneben, über den flachen Hütten bei der alten Glasbrennerei, stand glutrot die Nachmittagssonne. In Zeitlupe bewegte sich der Feuerball auf die Erde zu. Immer weiter hinab auf das Dach eines einsamen Hauses. Des Hauses, in dem Edgar Wrobel und seine Frau gewohnt hatten. Blomfeld nahm seine Kamera und schoss einige Bilder von dem beeindruckenden Licht-Schatten-Spiel. Da bemerkte er auf einmal das schwarze Auto. Es hatte am Tor des Anwesens gestanden. Anfangs hatte er es überhaupt nicht bemerkt. Aber als er die Kamera gehoben und mit dem Fotografieren begonnen hatte, war der Wagen auf einmal losgefahren. Blomfeld sah, wie er in einer Staubwolke auf dem Feldweg zum Dorf verschwand. Wer war das? Und hatte er den Wagen nicht schon einmal irgendwo gesehen?

Blomfeld rief die Aufnahmen auf, die er bislang geschossen hatte. Auf einem der ersten Bilder wurde er tatsächlich fündig. Da war der Wagen. Aufgenommen auf dem Rastplatz an der A11. Der Typ, der ihn vermeintlich beobachtet hatte, stand nicht weit davon entfernt. Mehr war nicht zu erkennen. Aus seinem Koffer zerrte er den Laptop und fuhr ihn hoch. Dann schloss er mit dem USB-Kabel seine Kamera an den Computer an. Wenige Minuten später hatte er das Bild großformatig vor sich auf dem Bildschirm. Und plötzlich erinnerte er sich, wo er den Wagen noch einmal gesehen hatte. Am Straßenrand auf dem Weg hierher. Als er sich verfahren hatte. Am Steuer hatte ein Mann gesessen. Das hatte er aus dem Augenwinkel registriert. Wer war nur dieser Typ? Und was wollte er von ihm?

Blomfeld spürte, wie sich die Härchen auf seinem Arm aufstellten.

92

Erstmalig seit Wochen herrschte im Bunker so etwas wie Optimismus. Mit geschwellter Brust saßen Delbrück, Quidde, Braun und Brucks vorne neben dem Kommissar. Sie hatten exzellente Arbeit geleistet. Das wussten sie und das hatte ihnen der LKA-Chef persönlich auch noch einmal bestätigt. Aus dem halben Dutzend Aufnahmen der Überwachungskameras hatten sie ein Best-of gezogen. Und das Ergebnis konnte sich sehen lassen. Über den Köpfen der Ermittler lief gerade das Filmkonzentrat ab, das sie isoliert hatten. Zu sehen war ein stämmiger, muskulöser Mann, Mitte vierzig. Er hatte dunkle, kurze Haare. Sein Unterkiefer und die Mundpartie waren von einem üppigen Vollbart bedeckt. Auffällig waren die tiefliegenden, stechenden Augen. Auch die Nase fiel auf. Sie war viel zu filigran für das eigentlich recht grobschlächtige Gesicht.

Delbrück hatte einige Standbilder von den Aufnahmen aus der Hotellobby angefertigt. Andächtig saßen die Kollegen vor den Bildern an der Wand. Endlich wussten sie, wer ihr Mörder war. Sie hatten ein Fahndungsbild! Nein, mehrere sogar! Insgesamt drei Aufnahmen hatte das Team um Rina Delbrück dafür ausgewählt. Ein Frontalbild, eines von der Seite. Und beim Hinausgehen hatte der Mann offenbar noch einmal über die Schulter zurück zu der Rezeptionistin geschaut. So hatten sie ein drittes Foto, auf dem das Gesicht schräg von der Seite zu sehen war. Dazu kam noch die kleine Filmsequenz. Damit ließ sich arbeiten.

Rina Delbrück, die vor drei Jahren in Los Angeles eine Sonderausbildung zur Profilerin durchlaufen hatte, konnte aus den Bildern aber noch viel mehr herauslesen. Vor allem dank des Films hatte sie eine gute Vorstellung von der Konstitution des Gesuchten, seinem Gesundheitszustand und seiner Geistesverfassung. Sie blickte ein letztes Mal auf den Zettel vor sich und überschlug ihre Einschätzung. Dann legte sie los. »Der Mann ist eins fünfundachtzig groß, er wiegt dreiundachtzig Kilo. Er trägt Kontaktlinsen. Sein rechtes Bein zieht er minimal nach. Wahrscheinlich hat er einen Unfall gehabt und sich das Knie verletzt. Dafür spricht die eigenartige Drehung, die er bei jedem Schritt macht. Außerdem hat er einen Sprachfehler. Er lispelt. Und er ist Veganer.«

Tolstoi blickte in die Gesichter der Kollegen, die perplex auf die Profilerin starrten. Wie hatte sie das nur herausfinden können? Der Kommissar lächelte verschmitzt. Er war immer wieder fasziniert von der Arbeitsweise der Kollegin. Sie las von den Lippen ab, registrierte Körperdrehungen und Ticks und versetzte ihr Umfeld mit ihren Erkenntnissen regelmäßig in Staunen. Aber das mit dem Veganer hatte auch ihn überrascht. Woher wusste Delbrück das? Alle im Raum notierten sich das Gesagte eifrig auf.

»Wir haben das Bild noch einmal kräftig gefiltert. Eigenartig ist eine Sache. Es sieht so aus, als habe er irgendetwas dick auf sein Gesicht aufgetragen. In einigen Situationen reflektiert seine Haut ungewöhnlich stark. Wir haben noch keine Ahnung, was das sein könnte.«

»Eine Maske?«, schoss der junge Brucks spontan in die Stille. Er sah sich nach seinem Erfolg bereits auf dem Weg zum Superkommissar.

»Möglich. Vielleicht finden wir aber noch was anderes. Wir bleiben dran. So weit.«

Als Nächstes kam Ana Cayart von ihrem Platz ganz hinten an der Wand nach vorne und begann ihren Vortrag. Aus den Angaben von Tonia hatte sie ein Psychogramm des Mannes erstellt. Tolstoi und die Studentin hatten recht gehabt. Maximilian Harden war eine extrem eigenwillige und extrovertierte Person. Wenn jemand eine gewisse Seelenverwandtschaft mit dem Toten empfand, dann sagte das sehr viel über ihn aus. Und das konnte ihnen helfen. Womit die beiden aber sicher nicht recht gehabt hatten, war der viele Alkohol. In Cayarts Schädel dröhnte das pulsierende Blut und verursachte ihr heftige Kopfschmerzen. Sie hätte nicht so viel und so lange trinken sollen. Noch dazu mitten in hochkomplexen Ermittlungen. Vor allem auf Tolstoi war Cayart wütend, seit gerade mal vier Stunden nach dem Gelage ihr Wecker geklingelt hatte.

Der Kommissar warf ihr einen aufmunternden Blick zu.

»Wir haben es mit einem klassischen Soziopathen zu tun«, begann Cayart. »Der Mann hat eine ausgeprägte dissoziale Persönlichkeitsstörung. Zwei Gründe gibt es für meine Schlussfolgerung. Einmal die Art seines Mordens. Er ist offenbar unfähig, Mitgefühl zu empfinden. Anders ließe es sich nicht erklären, dass er Menschen auf solch widerwärtige Art umbringt und dabei noch zusieht. Denn zumindest in den beiden Berliner Fällen wissen wir, dass sich der Prozess bis zum Tod über mehrere Stunden hingezogen hat, wenn nicht Tage. Die Opfer dürften geheult und geschrien haben.«

Sie sah, wie zwei jüngere Kolleginnen verschämt den Blick senkten und auf ihre Notizen starrten.

»Zum Zweiten hat sich der Verdächtige einen klassischen Soziopathen zum Vorbild genommen. Wir müssen davon ausgehen, dass er eine fast schon religiöse Verehrung für Maximilian Harden empfindet. Unser Mann eifert dem Journalisten nach, was die Botschaften an die Opfer zeigen. Wahrscheinlich sind sich die beiden Psychen sehr nahe. Auch wenn Harden kein Mörder war, so hatte er doch ein ziemlich gestörtes Verhältnis zur

Gesellschaft, zu Menschen generell. Harden teilte die Welt in Gut und Böse ein. Graustufen kannte er so gut wie keine …«

Cayart gab Tolstoi ein Zeichen. Der drückte auf die Fernbedienung des Projektors und über den Köpfen der Kollegen tauchte noch einmal die Aufnahme des Mannes aus der Hotellobby auf.

»Wir müssen davon ausgehen, dass es genau diese Absolutheit in der Persönlichkeit Maximilian Hardens ist, die unseren Täter fasziniert. Die Überzeugung, für die einzig wahre Sache zu kämpfen. In gewissem Sinne also zu den Auserwählten zu gehören. Und dabei keinerlei Kompromisse einzugehen. Eine äußerst gefährliche Mixtur. Daher mache ich es kurz: Wir haben es mit einem hochintelligenten Monster zu tun, das sich in einer heiligen Mission wähnt!«

»Aber was ist denn diese gerechte Sache, für die er in seinen Augen kämpft?« Die Frage war von ganz hinten gekommen.

Tolstoi trat an die Seite von Ana Cayart. »Unsere erste These war auf jeden Fall falsch. Brogic, oder wie auch immer der Typ heißt, ist nicht der Vater des Babys im Bauch der Selbstmörderin. Allerdings haben wir in diesem Zusammenhang eine neue Information erhalten, die mir einiges Kopfzerbrechen bereitet …«

Absolute Stille im Raum.

»Brogic war an den Mädchenmorden beteiligt. Wir haben sehr wahrscheinlich DNA-Spuren von ihm an den Kleidern eines der Mädchen gefunden. Eigenartigerweise hat der Pathologe an diesem einen Kleidungsstück keinerlei Spur von Wrobel gefunden. Wir gehen jetzt die Asservaten noch einmal komplett durch. Vermutlich kommen wir um eine erneute Obduktion der toten Mädchen nicht herum.«

Schweigen.

»Das heißt, Brogic ist eventuell auch der Mörder der Mädchen? Mensch, Tolstoi, und das sagen Sie erst jetzt?«, platzte der LKA-Präsident dazwischen.

»Das ist nicht ausgeschlossen«, antwortete der Kommissar. »Ich habe es selbst erst vor einer halben Stunde erfahren.«

»Auf jeden Fall müssen wir uns beeilen«, schaltete sich Cayart wieder ein. »Wir gehen davon aus, dass er gerade auf den Höhepunkt seines grausigen Feldzuges zusteuert!«

Betretene Stille.

»Das letzte Kürzel, das er verwendet hat, war FEW. Felix Ernst Witkowski. Den Geburtsnamen von Maximilian Harden. Es hätte also eine gewisse

Logik, wenn er jetzt zu dem Namen greift, der den Journalisten bekannt gemacht hat.«

»Er plant noch einen Mord, da bin ich mir ganz sicher«, sagte Tolstoi. »Einen letzten Mord. Auf eine Stirn will er MH ritzen. Für Maximilian Harden.«

»Wir müssen davon ausgehen, dass er für diesen Fall etwas sehr Spezielles im Kopf hat«, ergänzte Cayart. »Seine Morde wurden immer ekelhafter. Auch wenn das kaum möglich erscheint. Wahrscheinlich ist es eine Frage von Stunden. Der Typ plant etwas extrem Unappetitliches!«

93

Seit fünf Stunden liefen die Fotos weltweit über das Interpol-Netz. Inzwischen sollten sämtliche Polizeidienststellen rund um den Erdball den Mann bei sich auf dem Bildschirm haben. Allerdings schätzte Tolstoi die Wahrscheinlichkeit, dass sich der Verdächtige ins Ausland abgesetzt hatte, als nicht sonderlich hoch ein.

MH!

Er ist noch nicht fertig!

Es gibt noch eine Stirn, auf die er ein Kürzel setzen will!

Tolstoi lief vom LKA über das Tempelhofer Feld Richtung Süden. Es machte ihn verrückt, dass er im Moment nichts tun konnte. Sie mussten abwarten. Abwarten und hoffen. Am Ende des riesigen Parks kletterte er auf einen Erdwall. Hundert Meter vor ihm verlief der S-Bahnring. Tolstoi zog seine Zigarettenpackung aus der Bruttasche des Hemdes und steckte sich eine an. Von Westen ratterte ein Zug auf ihn zu. *Woher kannte Brogic den Journalisten Maximilian Harden?* Nicht einmal in Deutschland war der Name noch ein Begriff. Wie sollte da ein Bosnier etwas mit der Person anfangen können?

Aber auf einmal erinnerte er sich an eine Geschichte, die ihm seine Großmutter erzählt hatte. Sie handelte von einem Hufschmied in Višegrad. Der Mann war ein komischer Kauz. Er sprach kaum und wenn, dann in einer eigenartigen, altertümlichen Sprache. Im Ort hatte er kaum Kontakte. Er lebte ein abgeschiedenes Leben, redete nur mit anderen Menschen, wenn sie ihre Tiere brachten oder abholten.

Eines Abends saß Vuk bei seiner Großmutter in der Küche, die noch Reste von Gänsefett ablassen musste. Der Geruch der Vögel durchzog den ganzen Raum. Er wusste nicht mehr, warum sie über den Mann gesprochen hatten. Aber eines hatte er nicht vergessen. Auf einmal hatte sich seine Großmutter zu ihm herübergebeugt und ihm fest in die Augen geschaut.

»Der Hufschmied, Vuk, der stammt aus einer anderen Zeit«, hatte die alte Frau gesagt und ihm zärtlich über die Haare gestrichen. »Er ist eigentlich schon vor vielen hundert Jahren gestorben. Der Mann lebte hier in der Gegend. Er war ein Bauer, hatte eine Frau und vier Söhne. Als die osmanischen Krieger kamen, da fielen sie über die Bevölkerung her, raubten und mordeten. Auch die Frau des Mannes haben sie damals umgebracht. Genau wie alle seine Söhne. Da schwor der Mann Rache. Er trat in das Heer des serbischen Königs ein und kämpfte gegen die Ottomanen, wo er nur konnte. Im Jahr 1489 kam es zur entscheidenden Schlacht. Zur Schlacht auf dem Amselfeld. Der Mann kämpfte besonders mutig. Er stand immer in der ersten Reihe. Und er hieb mit seinem Schwert viele Schädel in zwei Hälften. Aber dann wurde er in einen Hinterhalt gelockt. Soldaten des Sultans nahmen ihn gefangen und brachten ihn ins Feldlager. Dort taten sie ihm sehr weh. Sie schnitten ihm zwei Finger ab und brannten ihm mit einem heißen Eisen die Augen aus. Er sollte ihnen sagen, wo der serbische König untergeschlüpft war. Aber der Mann sagte nichts. Irgendwann töteten sie ihn. Aber er war nicht tot …«

»Wie meinst du das, Großmutter?«

»Seine Seele lebte weiter. Sie kroch einfach in eine andere Person. Und als die gestorben war, wieder in eine andere Person. Ich spreche von dem Hufschmied. Hast du schon einmal seine Hände gesehen?«

Ja, das hatte er. Vuk erinnerte sich genau daran. Als Knirps hatte er zugeschaut, wie der Schmied die Pferde beschlug. Der Mann hatte sich tief über die Hufe gebeugt. Auf einmal schaute er zu ihm hinauf. Da hatte Vuk das Flackern in seinen Augen gesehen. Seine Pupillen schimmerten rötlich. Und tief darunter loderte etwas. Wie eine Flamme, die niemals ausgeht. Der Mann hatte damals nach einer Stemme oder eine Ritze gefragt. Genau wusste es Tolstoi nicht mehr. Er hatte das Werkzeug geholt und dem Mann gereicht. Da hatte er die Hand gesehen.

Er hatte nur noch drei Finger an seiner linken Hand gehabt.

Das Rattern eines Zuges riss Tolstoi aus seinen Erinnerungen. Diesmal kam er aus der anderen Richtung. Der Kommissar stand so nahe an den Gleisen, dass er das Klingeln seines Handys nicht hörte. Er griff in die Tasche, als er merkte, dass das Gerät vibrierte. Vom Display las er eine Vorwahlnummer ab, die er schon lange nicht mehr gesehen hatte. +387. Bosnien.

»Tolstoi.«

»Hello, Mr. Tolstoi, this is Gavrilo Slavko from Sarajewo Police Department. I call you for your Interpol warrant.«

»*Dobar dan!* Guten Tag, Kommissar Slavko. Sie sind doch Kommissar, nicht wahr? Wir können auch Bosnisch sprechen …« Tolstoi merkte, wie überrascht, aber auch wie erleichtert der Mann am anderen Ende war, dass er das Telefonat in seiner Muttersprache führen konnte.

»Kommissar Tolstoi, ich wusste nicht, dass Sie …«

»Ich stamme aus Višegrad. Sie haben also unsere Interpol-Fahndung bekommen. Kennen Sie den Mann?«

»Wahrscheinlich ja. Er hat sich stark verändert. Aber es könnte sich um Milan Nedic handeln.«

»Milan Nedic? Wer ist das?«

»Es würde zu lange dauern, Ihnen das am Telefon zu erklären. Aber Sie müssen extrem vorsichtig sein! Nedic ist eine menschliche Bestie …«

94

Wenn sie daran zurückdachte, überzog sich ihr Gesicht noch immer mit Schamesröte. »Quatsch« hatte der Kommissar Vuk Tolstoi ihren Vorschlag genannt. Sie vor der gesamten Mannschaft als »Grünschnabel« bezeichnet. Aber sie würde es ihm zeigen. Und am Ende würden alle zu ihr kommen und ihr zu den hochprofessionellen Ermittlungsergebnissen gratulieren. Luise Weissmann klingelte ein zweites Mal. In ihren Gesichtszügen zeichnete sich die Entschlossenheit ab, den Erfolg zu erzwingen.

Jetzt endlich schien sich etwas zu tun. Durch die Gegensprechanlage hörte Weissmann eine kratzige Stimme. Die Polizistin stellte sich kurz vor. Wenige Sekunden später summte der Türöffner und sie konnte hoch.

»Was wollen Sie denn noch? Ihre Kollegen waren schon da und haben mich zu dem Ausweis befragt. Ich kann mich beim besten Willen nicht mehr erinn–«

»Nur zwei kurze Fragen noch!«

Dr. Udo Edwards musterte die zierliche Person, die da vor ihm stand. Ihr war anzumerken, dass sie unbedingt zu ihm in die Wohnung wollte. Den Polizeiausweis hatte sie ihm nicht gezeigt, aber an ihrer Identität hatte der Politiker keinen Zweifel. So, wie sie sprach, musste sie von der Polizei sein. Wahrscheinlich frisch von der Akademie und noch viel zu übereifrig.

Widerwillig ließ Edwards sie hinein. Als Weissmann forsch in den Flur stürmte, hielt er sie an der Schulter fest. Die Polizistin erschrak und fuhr herum.

»Nicht so schnell, junge Dame. Wir gehen in die Küche. Gleich hier entlang. Ich habe aber wirklich nicht viel Zeit …«

Sie setzten sich. Edwards zog eine Kanne aus der Kaffeemaschine, schenkte sich eine Tasse voll. »Sie auch?«

Weissmann schüttelte den Kopf. »Dr. Edwards, was ich nicht verstehe: Wie kann jemand ein halbes Jahr die Identität eines anderen Menschen annehmen und niemand bekommt etwas mit?«

»Das fragen Sie mich? Das ist doch wohl Ihr Job, das herauszufinden!«, knurrte Edwards sie unvermittelt an.

Der Stimmungsumschwung kam für Luise Weissmann unvermittelt. Sie fühlte sich plötzlich ziemlich unwohl in der Gegenwart des Politikers.

»Dass ich meinen Pass verloren hatte, wissen Sie schon längst. So, ich glaube, wir sind fertig …« Edwards wedelte ungehalten mit seiner Hand als Zeichen, dass sie gehen sollte.

Weissmann blieb sitzen. »Ich hätte trotzdem noch eine Frage.«

»Was wollen Sie denn noch?«, schnaubte Dr. Edwards. »Ich habe Ihnen doch schon gesagt, dass ich eigentlich keine Zeit habe.«

»Denken Sie bitte noch einmal nach! Der Mann hat mindestens ein halbes Jahr lang Ihre Identität benutzt. Da ist doch bestimmt irgendwann mal –«

»Da war nichts! Das habe ich Ihnen jetzt schon drei Mal gesagt!«, schimpfte der Politiker und stand auf.

»Bitte, versuchen Sie nur noch einmal kurz –«

»Nein! Und jetzt gehen Sie endlich!«

Edwards stellte sich an die Küchentür und wies die Polizisten noch einmal mit einer Handbewegung an hinauszugehen. Genervt stand sie auf und ging in den Flur. Am Ende des Gangs war in der Zwischenzeit eine Tür geöffnet worden. Von dort hallte das Geschrei von Stimmen heraus. Mehrere Personen beschimpften sich. Offenbar lief der Fernseher. Im Hinausgehen erhaschte Weissmann einen Blick auf einen Spiegel. Darin sah sie eine dicke, nur spärlich bekleidete Frau, die auf einer Couch lag und etwas in sich hineinschaufelte. Als sie schon in der Wohnungstür stand, wollte die Polizistin einen letzten Versuch starten.

»Gab es nie irgendwelche Telefonanrufe, die Sie überrascht haben? Oder haben Sie vielleicht irgendwelche Rechnungen bekommen, die Sie nicht zuordnen konnten?«

Dr. Edwards würdigte sie keiner Antwort mehr. Er drückte ihr einfach die Tür vor der Nase zu. Die Polizistin trat mit dem Fuß dazwischen.

»Keine eigenartigen Pakete? Keine Briefe, mit denen Sie nichts anfangen konnten?«

Durch den Türspalt sah sie das Gesicht von Edwards. Er schien jetzt kurz vor einem gigantischen Wutausbruch zu stehen. Weissmann stellte sich schon darauf ein, dass er womöglich handgreiflich werden würde. Dann geschah etwas, womit sie nicht mehr gerechnet hatte. Der Zorn verschwand aus seinem Gesicht. Der Mann schien auf einmal ernsthaft nachzudenken und ließ dabei die Tür wieder aufschwingen.

»Einmal kam ein Brief. Eine Lohnbescheinigung …«

Weissmann war elektrisiert. »Eine Lohnbescheinigung?«

»Ja. Von einem Amt, oder so. Nein, von einem Museum. Die haben behauptet, ich hätte bei ihnen gearbeitet, und wollten mir eine Lohnabrechnung schicken. Ich hatte von denen noch nie etwas gehört. Ich habe dort angerufen und gesagt, dass das ein Irrtum sein musste.«

Weissmann fühlte, wie ihr Puls zu rasen begann. Sie hatte etwas herausgefunden, was all ihre erfahreneren Kollegen nicht geschafft hatten. Sie war extrem stolz auf sich, durfte jetzt aber nicht nachgeben. »Woher kam der Brief?«, drängte sie. »Wissen Sie noch, welches Museum das war?«

»Keine Ahnung, wie es hieß. Irgendwas mit Rittern und Mittelalter …«

95

Es war wie ein Stich mitten ins Herz. Tolstoi hatte eigentlich gehofft, dass er zwischen sich und die Vergangenheit einen ausreichend großen Sicherheitsabstand gebracht hatte. Doch als er jetzt im Taxi saß und vom Flughafen kommend die alte Ulica Zmaja od Bosne, die Straße des bosnischen Drachens, entlangfuhr, da überkam es ihn. Die Ausfallstraße hatte während des Krieges den Spitznamen »Sniper Alley« bekommen, weil serbische Scharfschützen aus den Häusern auf alles feuerten, was sich auf der Straße bewegte. An den Häusern, die an ihm vorbeirauschten, sah Tolstoi abgebröckelten Putz, zerrieselnden Stein. Einschusslöcher, die noch nicht wieder geschlossen waren. Diese Stadt, dieses Land hatten noch nichts verarbeitet. Und auch der Kommissar begriff nun, dass er nichts anderes versucht hatte als zu verdrängen, statt sich mit dem Geschehenen auseinanderzusetzen. Erfolglos, wie er jetzt merkte.

Die Erinnerungen drängten mit Macht zurück in sein Bewusstsein. Da war der Vierzehnjährige. Serbische Soldaten. Ein Gewehrkolben, den er ins Kreuz bekam. Tritte. Die Flucht im Kofferraum. Gott weiß, wie er da reingekommen war. Sarajewo. Gehetzte Blicke. Panik in den Augen. Was war mit Papa? Immer wieder Granatbeschuss. Alle paar Minuten Einschläge. Eine Nacht in einem Keller, ein paar Stunden Schlaf. Er war todmüde, als sie ihn weckten.

Aber sie mussten los. Es durfte noch nicht hell sein. Kein Licht. Zu gefährlich. In völliger Dunkelheit fuhren sie über die Sniper Alley, den einzigen Weg hinaus aus der Stadt. Er hinten, geduckt unter dem Sitz. Aber das Blech würde keine Schüsse abhalten können. Er hatte sich in die Hose gemacht. Daran erinnerte er sich später immer wieder. Ein Vierzehnjähriger, der sich vollpinkelt. Selbst jetzt war jedes Detail noch präsent. Der Geruch. Die Scham. Tolstoi merkte, wie in ihm erneut dieses panische Gefühl aufstieg. Zwanzig Jahre später. Todesangst. Sie kehrte zurück. Sie schnürte ihm den Hals zu, ließ sein Herz schneller schlagen. Es war hier, auf der Sniper Alley. Sie hatten es fast geschafft, nur noch zweihundert, vielleicht dreihundert Meter. Da brachen die Schüsse los. Die Serben mussten sie mit Nachtsichtgeräten geortet haben. Da sie ohne Licht nicht schnell fahren konnten, waren sie ein leichtes Ziel. Auf einmal sackte der Wagen ab. Sie wurden langsamer. Der Schleuser rüttelte an der Schulter des Fahrers. Tot. Eine Salve hatte den Reifen und den Mann getroffen. Sie sprangen raus. Schnell. Die Tasche! Beeilung. Die Fotos! Lass das Zeug zurück. Komm endlich! Es geht nur noch um dein Leben. Nichts anderes. Sie rannten, der Junge an der Hand des Mannes. Sie rannten, bis sie nicht mehr konnten und auf den Boden sackten. Lange lagen sie im Dunkeln. Schließlich hörten sie Stimmen. Bosnische Stimmen. Sie waren gerettet. Wo war Papa? Dann der Tunnel, der Flughafen. Zwei Tage später Deutschland.

Durch den Spalt des Seitenfensters strömte Luft herein. Es war eine Mischung aus würzigen Noten und dem stickigen Geruch der Kohleheizungen. Tolstoi sog den vertrauten Duft tief in sich ein. Beim Ausatmen überkam ihn Melancholie.

Das Taxi fuhr am Kanal entlang. Wie so oft führte der Miljacka fast kein Wasser. Vom Auto aus konnte Tolstoi die Steine im Flussbett erkennen. Kurz vor der Stelle, an der Gavrilo Princip den österreichischen Thronfolger erschossen hatte, bogen sie in die Innenstadt ein. Vor der Gazi-Husrev-Beg-Moschee standen die Leute an. Sie wollten zum Freitagsgebet. Offenbar war der Innenraum bereits voll. Deshalb breiteten die ersten Gläubigen ihre Teppiche nun im Innenhof aus. In der Benevolencija stoppte der Fahrer das Auto abrupt und parkte im absoluten Halteverbot. Er kam um den Wagen herumgelaufen und öffnete Tolstoi den Schlag. Dann geleitete er den Kommissar aus Berlin ins Gebäude, die Treppen hinauf zu Hauptkommissar Slavko. An der schlichten Bürotür hing ein Schild. Tolstoi blieb davor stehen und las.

Dann lief es ihm eiskalt den Rücken herunter: *Sonderermittlungsstelle Kriegsverbrechen und Verbrechen gegen die Menschlichkeit.*

Bei ihrem Telefonat hatte der bosnische Kollege nicht gesagt, für welche Abteilung er arbeitete. Tolstoi war von einer Einheit zur Bekämpfung der OK, der Organisierten Kriminalität, ausgegangen. Beklommenen Herzens betrat er nun das Büro des Mannes, dessentwegen er nach Sarajewo gereist war.

Slavko war ein herzlicher, rundlicher Mann. Er schien sich zu freuen, Tolstoi endlich persönlich kennenzulernen. Fest drückte er ihm die Hand und bat ihn, es sich auf der Couch in der Ecke bequem zu machen. Kurz gab er noch einige Anweisungen per Telefon, dann kam er zu Tolstoi und ließ sich ihm gegenüber in einen Ledersessel fallen.

»Wann waren Sie zuletzt in Ihrer Heimat, Kommissar?«

»November 1995.«

Slavko stutzte. »Kurz vor Kriegsende. Sie sind geflohen?«

Tolstoi nickte.

»Mit Ihrer Familie?«

»Allein.«

Slavko blickte besorgt. »Und Ihre Familie? Hat sie überlebt?«

»Meine Mutter.«

»Ist sie auch in Deutschland?«

»Nein. In Belgrad.«

Die Türe wurde aufgerissen. Eine hübsche junge Frau kam herein. Vor sich balancierte sie ein Tablett, das sie auf dem Couchtisch abstellte. Aus einer mit verschnörkelten Ornamenten übersäten Silberkanne goss sie den beiden Männern Tee in die Glastassen. Zuletzt schob sie einen Teller mit honigtriefendem Baklava von ihrem Tablett und verschwand leise.

»Haben Sie noch Kontakt zu Ihrer –«

»Entschuldigen Sie, Hauptkommissar. Ich bin wegen Milan Nedic da.«

»Es tut mir leid. Ich wollte Ihnen nicht zu nahe treten. Selbstverständlich sprechen wir über Milan Nedic.«

»Warum wollten Sie nichts über ihn am Telefon sagen?«

Slavko ging zu seinem Schreibtisch und holte eine dicke Aktenmappe. Er legte sie auf den Tisch und klappte sie auf. Schnell blätterte er die Dokumente durch und zog schließlich ein Foto heraus. Er schob die Aufnahme zu Tolstoi herüber. Darauf war ein grinsender junger Mann in Uniform zu sehen. Er war großgewachsen und hatte ein hübsches, sympathisches Gesicht. Die Mädchen wären ihm sicher scharenweise hinterhergelaufen, wäre da nicht die Narbe gewesen. Sie begann etwa einen Zentimeter über der linken Augenbraue und zog sich quer über die Nase bis zur rechten Backe. Tolstoi zog das Bild noch etwas näher heran und betrachtete es genau. Nedic war glattrasiert und hatte seine Haare sorgfältig gescheitelt. Der Kommissar erkannte sofort, weshalb ihn Augenzeugen mit Dr. Edwards verwechselt hatten. Es waren die Augen. Beide hatten besonders tiefliegende, blaue Augen, um die sich schwarze Schatten legten. Dazu kamen bei beiden ein äußerst markanter Kieferknochen und eine fliehende Stirn. Tolstoi war überrascht, wie ähnlich sich die Männer sahen. Einzig die Narbe unterschied sie. Aber mit Theaterschminke konnte die leicht verdeckt werden. Slavko tippte auf das Foto.

»Das ist Milan Nedic zu Beginn des Bosnienkrieges, wahrscheinlich im Mai 1992.«

»Wo hat er sich denn das eingefangen?« Tolstoi fuhr mit dem Finger die Narbe nach.

»Eine Wirtshausrauferei als Teenager. Der andere hat im Vollrausch irgendwann ein Messer gezückt und ihm durchs Gesicht gezogen. Er war Moslem.«

Warum grinste der Mann in der Uniform nur so? Hoffte er, sich nun endlich rächen zu können? Ungestraft in den Wirren des beginnenden Krieges?

»Wir suchen Milan Nedic seit zwanzig Jahren. Eigentlich dachten wir, dass er in Serbien untergetaucht sei. Genau wie früher Karadzic und Mladic. Sie können sich gar nicht vorstellen, wie erfreut wir waren, als wir Ihren Fahndungsaufruf bekommen haben.«

»Warum wollten Sie darüber nicht am Telefon sprechen?«

»Was glauben Sie, wie leicht es ist, zwanzig Jahre abzutauchen, ohne auch nur die geringste Spur zu hinterlassen?« Kurz wartete Slavko, dann gab er selbst die Antwort. »Genau. Eigentlich unmöglich. Dafür braucht es ein professionelles Netz von Unterstützern. Bei Ihnen in Deutschland gibt es ein solches Netz. Wir gehen von ungefähr einhundertfünfzig serbischen Kriegsverbrechern aus, die nach dem Krieg in Deutschland untergetaucht sind. Sie haben Strukturen aufgebaut, mit denen sie sich gegenseitig unterstützen. Wer einen neuen Pass braucht, bekommt einen. Wer eine neue Wohnung braucht, bekommt eine. Geld spielt keine Rolle. Und wer für einige Zeit verschwinden oder in ein anderes Land gebracht werden muss, der schafft über das Netzwerk auch das. Auch hier in Bosnien ist es uns noch nicht gelungen, sämtliche Strukturen zu zerschlagen. Immer wieder dringen vertrauliche Informationen aus unseren Ermittlungen nach draußen und –«

»Das Problem kenne ich«, fiel ihm Tolstoi ins Wort.

»Wir gehen davon aus, dass die serbischen Kriegsverbrecher heute mit der Organisierten Kriminalität zusammenarbeiten. Hier in Sarajewo beherrscht die Mafia weite Teile des Wirtschaftslebens. Sie hat beste Kontakte bis hoch in die Politik. Wir gehen auch davon aus, dass sie unsere Telefone abhören, dass sie unsere E-Mails anzapfen und so weiter. Nedic ist zu wichtig, als dass ich seine Ergreifung durch unvorsichtige Aussagen am Telefon aufs Spiel setzen würde. Ich hoffe, dass Sie mir das nachsehen, Kommissar. Wir wollen, dass er nach Den Haag ausgeliefert wird und dort vor das Kriegsverbrechertribunal kommt!«

Tolstoi schluckte. Er schüttete sich viel zu viel Zucker in seinen Tee und kippte das Glas in einem Zug halb leer. »So schlimm?«

»Milan Nedic gehörte zu den Gründungsmitgliedern von Osvetnici. Bereits vor 1991 stand er in Kontakt mit den Anführern Dragoslav Bogan und Mirko Jovic.«

Tolstoi lief es kalt den Rücken herunter, als er den Namen der Einheit hörte. Osvetnici – die Rächer – war eine paramilitärische, neofaschistische Einheit der Serben im Bosnienkrieg. Sich selbst bezeichneten die Kämpfer als Tschetniks. Die Osvetnici gehörten zu den brutalsten Truppen während des Krieges.

Um die Einheit rankte sich ein ganzes Knäuel von Schauermärchen. So gab es Berichte von angeblichen Augenzeugen, die beobachtet haben wollten, dass die Osvetnici Muslime bei lebendigem Leib an einem Spieß über dem Lagerfeuer gegrillt hätten. Andere berichteten von ausgeschälten Augen und abgehackten Händen, von Babys, die mit Handgranaten in die Luft gesprengt worden waren.

»Nedic lieferte den Paramilitärs den geistigen Hintergrund für ihre Morde. Er schürte den Hass auf die Muslime, stellte sie als Verräter dar, als Statthalter der Osmanen. Er beschrieb die Muslime in Bosnien als Ratten, als unwertes Leben. Als Nachfahren derjenigen, die vor Jahrhunderten im Schutze des Sultans serbische Familien abgeschlachtet und beraubt hätten. Nedic war das Hirn der Einheit, ihr Propagandist. Er ist nicht dumm, im Gegenteil, er ist belesen und wortgewandt. Er kann sogar charmant sein. Als junger Mann hat er in Sarajewo Geschichte und Literatur studiert. Anfangs hat er als Journalist für das jugoslawische Staatsfernsehen gearbeitet. Ende der Achtzigerjahre hat er dann bei einem nationalistischen serbischen Radiosender angeheuert. Dort hatte er vor dem Krieg eine Sendung, in der er gegen die bosnischen Muslime hetzte und ein Großserbien forderte. Nedic stieg zu einem der gefürchtetsten und kompromisslosesten Einpeitscher auf. Als der Krieg ausbrach, zog er mit den Tschetniks von Osvetnici durch Ostbosnien und hinterließ eine widerliche Blutspur. Wo sie auch hinkamen …«, Kommissar Slavko nahm sein Glas und schlürfte laut an seinem Tee, »… zurück blieben Ermordete und Vergewaltigte. Nedic selbst hat ein gutes Dutzend muslimischer Mädchen in seine Gewalt gebracht, die er als Sexsklavinnen hielt. Er hatte die Frauen, die Jüngste war gerade zwölf, in eine Turnhalle eingesperrt. Mehrfach am Tag kamen seine Kämpfer zu ihnen und vergewaltigten sie.«

»Sie wollen Nedic wegen der Vergewaltigungen drankriegen?«

»Von den Frauen hat nur eine einzige überlebt. Wir haben sie in einem Kronzeugenprogramm. Alle anderen wurden umgebracht. Die Osvetnici haben den Mädchen bei vollem Bewusstsein Körperteile abgeschnitten. Sie haben ihnen Organe aus dem Körper gerissen und sie den Hunden zum Fraß vorgeworfen.«

»Wie belastbar sind Ihre Beweise?«

»Es geht so. Wir haben Probleme, Nedic nachzuweisen, dass er seinen Leuten den Befehl zur Ermordung der Mädchen gegeben hat. Wir könnten da höchstens was mit Vorgesetztenverantwortung konstruieren, aber Sie wissen ja selbst, wie die Gerichte darauf reagieren.«

Tolstoi nahm das Foto des Mannes in die Hand und blickte es an. Wie konnte ein Mensch zu so einer Bestie werden? Was trieb ihn an? Hass, der aus seiner Jugend stammte? Oder hatte er Freude daran, Menschen zu quälen?

»Aber wir haben auch Zeugenaussagen, die ihn mit einem der schlimmsten Massaker in der Geschichte des Krieges in Verbindung bringen. Und dafür können wir ihn drankriegen. Die Tschetniks hatten eine Gruppe von ungefähr siebzig Frauen, Kindern und alten Männern zusammengetrieben. Sie brachten sie in ein Haus und befahlen ihnen, sich auszuziehen. Die Soldaten suchten aus den Kleidern Geld und Schmuck heraus. Dann trieben sie die Gruppe in ein Zimmer und schlossen sie dort ein. Nur noch einmal öffnete einer der Soldaten kurz die Türe und warf einen Brandsatz hinein. Der Boden war mit Benzin getränkt. Nedic hat den Befehl dazu gegeben.«

Vuk Tolstoi legte das Foto zurück auf den Tisch. Der Mann ekelte ihn nur noch an. »Wo war das?«

»In Višegrad.«

Dem Kommissar aus Deutschland wurde plötzlich übel. Schweißperlen traten auf seine Stirn. Zitternd lief er zum Fenster und riss es auf.

Er rang nach Luft.

96

Durch das lange Schiff hallten die Schritte. Angenehme Kühle herrschte im großen Saal im Erdgeschoss. In der Mitte thronte eine enorme Glocke aus Bronze. Übermannsgroß wachte Theodor Fontane über die wenigen Besucher, die vor den steinernen Grabplatten mit den herausgemeißelten Rittern standen. Direktor Ruppert Recking führte Luise Weissmann hinauf in den zweiten Stock, wo sein Büro lag. In Berlin gab es genau zwei Museen, in denen Ritter und mittelalterliche Geschichte ausgestellt wurden. Der Personalchef des Deutschen Historischen Museums hatte die Beschreibung von Dr. Edwards nicht mit einem der Mitarbeiter zusammengebracht. Blieb Weissmann nur noch das Märkische Museum. Die Polizistin hatte ein

Glücksgefühl durchzuckt, als der Direktor sich an den Namen erinnern konnte.

»Ich hatte mich damals ziemlich gewundert. Es gab mal einen Senator oder Staatssekretär, der genauso hieß.«

Weissmann wusste nicht, was sie antworten sollte, und schwieg.

»Aber als ich unseren Dr. Edwards dann sah, da wusste ich, dass es sich nur um eine Namensübereinstimmung handelte.«

Mit einem massiven Schlüssel öffnete Recking die Tür zu seinem Büro. Weissmann musste sich bücken, damit sie sich nicht den Kopf anstieß. Drinnen setzten sie sich vor und hinter den Schreibtisch des Direktors.

»Warum suchen Sie denn Dr. Edwards? Hat er was verbrochen?« Recking zog aus seinem Jackett ein schmales Etui aus poliertem Chrom und schüttelte eine Zigarette heraus. »Stört es Sie, wenn ich rauche?«

»Nein, ist okay.«

»Also, Dr. Edwards. Warum suchen Sie ihn?«

»Reine Formsache. Wir würden ihn gerne als Zeugen zu einem Einbruch hören.«

»Arbeitet er immer noch für diese Sicherheitsfirma? Wie hieß die gleich noch mal ... Irgendwas mit einem Tier ...« Recking bückte sich an seinem riesigen antiken Eichenholztisch herunter und zog eine Schublade auf. Er holte einen Aschenbecher hervor, den er in eine Aushöhlung auf der Tischplatte stellte. Dann zündete er seine Zigarette an. Süßlicher Vanillegeruch erfüllte das getäfelte Zimmer. »Nein, ich komme gerade nicht auf den Namen. Es war irgendein Vogel. Weiße Geier oder so.«

»Ist über diese Firma der Kontakt zu Dr. Edwards zustandegekommen?«

»Ja. Wenn ich mich recht daran erinnere ... Ich glaube schon.«

»Wie haben Sie Dr. Edwards erlebt? Ich meine, wir klären gerne die Verlässlichkeit und Glaubwürdigkeit unserer Zeugen, bevor wir sie befragen.«

»Ich war einigermaßen überrascht, als ich ihn das erste Mal getroffen habe. Es passiert nicht oft, dass sich ein promovierter Historiker auf die Stelle eines Wachmannes bewirbt ...« Museumschef Recking pustete eine Rauchwolke ins Zimmer. »Auch das Gespräch war anders als sonst. Keine Ahnung, wie wir darauf gekommen sind, auf jeden Fall haben wir uns über Papst Urban den Zweiten unterhalten. Wie er den ersten Kreuzzug vorbereitete und die Christen von der Fremdherrschaft der Türken befreite. Damals war es in Jerusalem zu einigen Massakern an Muslimen gekommen. Erstaunlich war wirklich, was für eine breite historische Bildung der Mann besitzt. Das hat mich beeindruckt. Ich habe noch überlegt, ob ich nicht was anderes für ihn habe. Aber er hat sofort abgewunken. Der Job wäre genau, was er suchte. Er wollte etwas abschalten, meinte er.«

»War irgendetwas auffällig an ihm?«

»Klar. Der Akzent natürlich. Aber ich habe nicht nachgefragt. Er hat wahrscheinlich einen englischen oder schottischen Vater. Daher wohl auch der Familienname. Seine Aussprache hat auf jeden Fall etwas holprig und hart geklungen.«

»Wissen Sie, wo er wohnt?«

»Wir haben eine Adresse. Aber die stimmt scheinbar nicht mehr. Von da kam Post zurück. Aber einer der Wärter hier im Haus hatte sich etwas mit ihm angefreundet. Vielleicht kann er Ihnen weiterhelfen.«

Eine Viertelstunde später stand Luise Weissmann im Gewölbekeller des Museums. Wolfsgeheul tönte durch den Gang. Die Polizistin fand sich Auge in Auge mit einem ausgestopften Tier wieder. Durch die Wolfslaute drangen Männerstimmen. Aus einem Seitengang kamen der Direktor und ein in einen grauen Kittel gekleideter älterer Mann. Recking verabschiedete sich und ließ Weissmann mit dem Wachmann alleine.

Wilhelm Blos zupfte an seinem Revers herum und räusperte sich. Es kam nicht oft vor, dass ihn der Chef vorschickte, um Amtspersonen Auskunft zu geben. Mit der Hand fuhr er sich durchs schüttere Haar. »Was wollen Sie denn wissen, Fräulein?«

Weissmann ärgerte sich über die Anrede. Irgendwie hatte sie das Gefühl, dass die Leute sie einfach nicht ernstnahmen. »Sie kannten Dr. Edwards?«

»Den Udo? Klar doch. Wir haben hier oft zusammen gesessen. In den Mittagspausen. Er hat meistens die Frühgeschichte und die Fauna Berlin gemacht. Also hier unten. Ich bin ja eigentlich im Raum der Zünfte oben. Aber zur Pause bin ich dann zu ihm runtergekommen. Er war wirklich ein guter Kerl. Schade, dass er weg ist.«

»Warum ging er denn?«

»Er hat gesagt, dass es Ärger in der Familie gibt und dass er da was regeln muss. Er hat deshalb nicht mehr genug Zeit, um hier zu stehen.«

»Haben Sie ihn denn auch außerhalb der Arbeit getroffen?«

»Ein, zwei Mal waren wir ein Bier trinken. Direkt nach dem Dienst. In einer Kneipe um die Ecke. Der konnte wirklich was wegtrinken.«

»Hat er denn was von sich erzählt? Wo er herkommt, wo er wohnt, wo seine Familie lebt?«

»Nee. Aber ich bin da auch niemand, der nachhakt. Wenn einer nichts sagen will, dann soll er auch nicht …«

»Was war das denn für einer, der Dr. Edwards? Er kannte sich wohl ziemlich gut mit Geschichte aus?«

Die Augen des Wachmannes begannen zu leuchten. »Oh ja, das können Sie wohl sagen. Der konnte einem in dreißig Sekunden die Entwicklung der Inquisition erklären. Oder die Reconquista in Spanien, den Kampf gegen die Sarazenen. Wenn Udo dir was erklärt hat, dann hast du es wirklich begriffen. Er hat immer anschaulich erzählt. Und zack, hast du auch die kompliziertesten Dinge kapiert. Außerdem haben wir uns in den Pausen auch ausgetauscht.«

»Ausgetauscht?«

Weissmann bemerkte, wie der Mann stolz den Brustkorb herausdrückte. Sie hatte offensichtlich ein Thema angeschnitten, das verantwortlich für die extreme Zuneigung von Blos zu ihrem Verdächtigen war.

»Genau. Der Udo hat sich ja mehr so mit den großen Geschichten ausgekannt. Also mit den Türkenkriegen, den Arabern in Spanien, den Kreuzzügen. Aber er wusste nicht so viel über die kleinen Berliner Geschichten. Die hab ich ihm dann immer erzählt. Und er war ziemlich interessiert.«

»Was hat ihn denn am meisten interessiert?«

»Wir haben uns oft über die Preußen unterhalten. Wie die groß wurden. Wie die ihre Soldaten ausgesucht haben. Berlin, wie es sich entwickelte. Wie die Leute lebten. Was die gegessen haben. Und oft auch, wie die im Mittelalter die Leute bestraft haben. Da weiß ich einiges. Ich hab mich da richtig eingelesen. Das fand der Udo spannend. Der war dann immer ganz ruhig und horchte mir zu.« Jetzt platzte Blos beinahe vor Stolz. Ein promovierter Historiker, auch wenn er in Wahrheit keiner war, ließ sich sicher nicht oft von einem einfachen Wachmann die mittelalterliche Kriminalgeschichte erklären. »Wir haben uns die Geräte hier oft gemeinsam angeschaut. Manchmal haben wir auch etwas davon ausprobiert. Aber das dürfen Sie auf keinen Fall dem Direktor sagen!«

»Ausprobiert?«

Der Mann schien auf einmal verlegen. »Na ja, wir haben geschaut, ob das auch funktionieren konnte. Da gibt es zum Beispiel einen Holzblock zum Köpfen. Wir haben probiert, ob ein Kopf da wirklich reinpasst.«

»Und passt er?«

»Nein. Wahrscheinlich waren die im Mittelalter einfach kleiner. Udo war auch ganz enttäuscht.«

Weissmann stellten sich die Nackenhaare auf.

»Kommen Sie mal mit! Ich zeig Ihnen was.« Blos legte Weismann eine Hand auf den Rücken und schob sie zwei Räume weiter. Sie standen nun in einer Art Folterkeller. An den Wänden hingen Daumenschrauben, Halsgeigen und Eisenfesseln. In einer Ecke stand ein Holzpflock mit einem Henkersbeil. Blos blieb in der Mitte des Raumes stehen.

»Hier waren wir oft. Das hat Udo beeindruckt. Er sagte immer, dass das aus heutiger Sicht gar nicht mehr nachvollziehbar ist, was die früher für brutale Strafen hatten. Ich hab ihn mehrmals abends hier abgeholt. Wenn die letzten Besucher raus waren, dann hat er hier unten dichtgemacht.«

»Gab es etwas, was Dr. Edwards besonders faszinierte?«

Blos schaute sich um. »Wir haben uns immer wieder lustig gemacht über die Geschichte mit dem Hund.« Er deutete auf eine Wachsfigur in einer Ecke des Raumes. Ein Mann, in billige Fetzen gekleidet, stand dort. Den Kopf gesenkt, die Augen blutunterlaufen. Über seinen Schultern lag ein Hund, den er mit beiden Händen an den Beinen hielt. »Das, fanden wir beide, war eine ziemlich dämliche Strafe. Ritter, die sich dem König gegenüber illoyal verhalten haben, mussten so durch die Stadt laufen. Der Hund lebte und bellte. Aber das war nicht wirklich schlimm. Zumindest haben wir es einmal nach einem Bier probiert. Und das war eher blöd für den –« Blos sprach nicht weiter. Er sah der Polizistin an, dass sie diese Art von Tierversuch nicht guthieß. Aber sie verkniff sich jeden Kommentar dazu.

»Und sonst? Gab es noch etwas, womit sich Dr. Edwards eingehender beschäftigte?«

Blos runzelte die Stirn. Er schien ernsthaft nachzudenken. Schließlich nickte er zu einer Wand hinüber. »Das da. Da stand er immer davor und hat sich die Teile genau angeschaut.«

Weissmann ging zur Wand und versuchte zu verstehen, wofür der Apparat einmal gebaut worden war. Neben einer Skizze unter der Installation konnte sie nachlesen, wie mit dem Gerät Menschen gefoltert und getötet worden waren.

Plötzlich wusste sie, dass sie gefunden hatte, was sie suchte. Ein Schaudern zog über ihren Körper.

»Oh, mein Gott!«

97

In der Burgsdorfstraße in Wedding reihte sich ein Laden an den nächsten. Kleingewerbe, wie man es in den übrigen Stadtteilen nur noch selten findet. Eine Reinigung, ein Schuster mit Schlüsseldienst, ein Klamottenladen, der seine billigen Nylonimitate namhafter Marken auf Ständern vor dem Schaufenster präsentierte, eine türkische Bäckerei. Unterbrochen wurde diese Perlenkette des migrantischen Kleinbürgertums nur von immer neuen Spielhallen. Wie Unkraut schossen diese Läden, die Namen wie »Diamant«, »Casino« oder »Trauminsel« trugen, seit Jahren aus der Erde. Schon vor Jahren hatten Kollegen vom LKA herausgefunden, dass sehr oft die Organisierte Kriminalität dahintersteckte, italienische Mafia, russische Syndikate, Araberclans, die so ihr Blutgeld wuschen. Geschlossen wurden sie dennoch nicht. Angeblich, weil die Beweise nicht ausreichten. Aber der eigentliche Grund war ein anderer. Einige Politiker profitierten von den Millionen Euro aus dem Glücksspielgeschäft. Manche ließen sich schmieren, andere finanzierten mit üppigen Spenden ihre Wahlkämpfe.

Kein schlechter Ort, um abzutauchen!

Ana Cayart war bereits zwei Stunden vor dem Termin an der angegebenen Adresse angekommen. Sie musste hochkonzentriert und professionell arbeiten. Denn sie hatten nicht viel Zeit. Tolstoi hatte ihr Straße und Hausnummer per verschlüsselter Internetnachricht aus Sarajewo zukommen lassen. In der Mail hatte er was von Geheimdienst angedeutet. Dass die bosnischen Kollegen in der Burgsdorfstraße einen Stützpunkt der Ex-Paras vermuteten. Irgendwelche serbischen Faschisten, zu denen Brogic alias Nedic gehört haben soll. Tolstoi hatte Druck gemacht, dass sie die Wohnung sofort stürmen sollten. Eine Viertelstunde nach ihrem Anruf bei Leber hatte sie das unterschriebene Papier auf ihrem Schreibtisch. Migrantenmilieu. Da griff der Jurist gerne mal schnell durch. Allerdings war der Einsatz ein Himmelfahrtskommando. Sie hatten keinerlei Ahnung, was sie in der Wohnung erwartete. Schwerbewaffnete Mafiosi, serbische Rechtsextremisten oder aber ihr Verdächtiger. Es konnte komplett danebengehen. Oder aber sie würden den Jackpot knacken. Vieles hing jetzt von ihr ab.

Cayart fand die Adresse nicht sofort. Was auch damit zusammenhing, dass sie sich möglichst unauffällig durch Straße treiben lassen wollte. Sie spielte eine Hausfrau, die auf der Suche nach etwas war. Gemüse, Brot,

Garn. Während sie so das Gesicht an eine Ladenscheibe nach der nächsten gedrückt hatte, musste sie die Hausnummer verpasst haben. Zweimal musste sie die Burgsdorfstraße ablaufen, bevor sie die Nummer neunundzwanzig fand. Oder zumindest das, was sie dafür hielt. Kaum eines der Gebäude trug eine Markierung. Cayart hatte schließlich Haus für Haus abgezählt. Jetzt stand sie vor einem arabischen Falafelladen. Neben dem Restaurant befand sich ein enger Hauseingang, der zu den oberen Etagen führte. Cayart drückte die Tür auf.

Aus dem Treppenhaus drang ihr ein feuchter, kühler Luftzug entgegen. Als sie eintrat, atmete sie den beißenden Geruch von Urin und Schimmel ein. Cayart hielt sich ihren Seidenschal vor die Nase. Auch an das dämmrige Licht musste sie sich erst gewöhnen. Durch das geplatzte Milchglasfenster einer zweiten Tür fiel ein dünner Lichtstrahl in den Flur. Bei den Briefkästen hielt Cayart kurz an und leuchtete mit ihrem Handy die Namen aus. Die meisten klangen türkisch, zwei, drei konnten russisch sein. Ein asiatischer Name tauchte noch auf, dem Vornamen Nguyen nach zu schließen handelte es sich um einen Vietnamesen. Deutsch war kein einziger Name. Erst ganz unten entdeckte sie das Schild. *Balkanski Import-Export* war auf den verkratzten Einsatz gekritzelt. Trotz der Gluthitze, aus der sie gerade eingetreten war, fröstelte Cayart auf einmal.

Sie musste richtig sein.

Vorsichtig schob sie die Tür zum Hinterhof auf. Die Häuser ringsherum, die alle vier bis fünf Stockwerke hatten, standen so eng, dass auch hier so gut wie kein Licht einfiel. Mit pochendem Puls ging die Psychologin über das Pflaster in den hinteren Teil des Hofes. Sie ging schnell, um nicht aufzufallen. Aus den Augenwinkeln scannte sie das Umfeld. Es gab drei Türen, die zu Treppenhäusern führten. Auf der linken Seite sah sie eine massive Metalltür. Cayart entschied sich für den Aufgang genau gegenüber. Sie lief zwei Stockwerke hoch. Dann blieb sie vor einem Fenster stehen, das sich zum Hinterhof öffnete. Sie bewegte sich nicht. Sie lauschte. Nichts. Auf Zehenspitzen ging sie zum Geländer und blickte nach oben und unten. Sie war alleine im Treppenhaus. Kurz prüfte sie, dass ihr Handy auf lautlos gestellt war. Dann trat sie wieder ans Fenster.

Schnell versicherte sie sich, dass niemand sie aus den umliegenden Fenstern beobachtete. Sie hatte Glück. Sie konzentrierte sich auf die Metalltür im Erdgeschoss. Eigenartig war ein Guckloch, das auf Augenhöhe eingelassen war. Eine kleines Fenster, das offenbar nur von Innen geöffnet werden konnte. Rechts und links neben der Tür gab es weitere Fenster. Sie waren vergittert, dunkle Vorhänge verbargen das Innere vor neugierigen Blicken. Bis zu diesem Moment hatte sich Cayart keine großen Gedanken gemacht, wie gefährlich ihre Ermittlungen sein würden. Sie hatte sich von ihrer Neugier treiben lassen. Dazu war der Ehrgeiz gekommen, dem von sich selbst so eingenommen Kommissar einmal zu beweisen, dass sie nicht nur im Elfenbeinturm saß, sondern auch handfest anpacken konnte. Außerdem setzte Tolstoi auf sie und sie würde ihn nicht enttäuschen. Sie waren ein Team, egal was zwischen ihnen vorgefallen war.

Cayart zückte ihr Smartphone und machte schnell ein paar Aufnahmen vom Hof und den verbarrikadierten Räumen. Sie trat vom Fenster zurück und wählte die Fotos an. Cayart zoomte sich in eine der Aufnahmen hinein. Neben der Metalltür war ein Schild angebracht. Sie konnte die Buchstaben nicht entziffern, aber es waren drei Worte darauf. Das sah sie. Die Länge könnte zu »Balkanski Import-Export« passen. Auf einmal hörte sie das Klappen einer Tür. Die Psychologin fuhr zusammen. Sie ging zum Geländer, beugte sich vorsichtig darüber. Sie hörte Schritte. Kamen sie von oben? Was sollte sie machen? Schnell steckte sie ihr Smartphone in die Jacke zurück. Panisch wühlte sie in ihrer Tasche herum.

Die Schritte kamen näher.

Sie kamen von oben. Ein Junge erschien auf dem Treppenabsatz. In der Hand hielt er einen Fußball. Erleichtert machte Cayart ihre Tasche zu und ging ihm entgegen. Sie überlegte, ob sie ihn etwas fragen sollte. Als der Junge uninteressiert an ihr vorbeiging, lief sie einfach weiter die Treppen hinauf. Im vierten Stock blieb sie am Fenster stehen und wartete, bis der Junge über den Hof gelaufen war.

Cayart beobachtete noch einmal die Räume im Erdgeschoss gegenüber. Es schien niemand drin zu sein. Sie wollte schon wieder verschwinden, als sie etwas bemerkte.

Was war das? Hatte sich der Vorhang bewegt? Cayart trat einen Schritt zur Seite und versteckte sich hinter dem Fensterrahmen. Ihr Herz schlug heftig. Gebannt starrte sie auf das mittlere Fenster. Sie war zu weit oben, als dass sie es genau sehen konnte. Aber da war es wieder. Der Vorhang bewegte sich tatsächlich. Er wurde einen Spaltbreit geöffnet und für einen Sekundenbruchteil sah sie ein dunkles Gesicht.

Cayart stockte der Atem. Sie ging komplett hinter der Mauer in Deckung. Dann lief sie auf Zehenspitzen die Treppe herab. Im Erdgeschoss gab es neben dem Ausgang zum Hof nur zwei Türen zu Wohnungen. Sie saß in der Falle. In den Hof zurück konnte sie nicht. Ebenso leise wie sie heruntergekommen war schlich sie wieder in den zweiten Stock. Sie musste die Stürmung anordnen, sofort. Mit zittrigen Fingern wählte sie die Nummer des Einsatzleiters. »Objekt geortet, zweiter Hinterhof, Erdgeschoss links. Zugriff schnellstmöglich!«

Sie schickte noch das Foto vom Eingang hinterher.

Eine gefühlte Ewigkeit kauerte Cayart neben dem Fenster. Wo blieben die nur? Alle paar Minuten wagte sie einen vorsichtigen Blick in den Hof.

Wenn die nicht schnell kommen, dann haut er ab!

Endlich hörte sie den Knall. Vorsichtig schob sie ihren Kopf zum Fenster und schaute in den Hof hinunter. Vor der Metalltür war eine schwerbewaffnete Sondereinheit in Position gegangen. Fünf Mann, alle mit Helmen und kugelsicheren Westen. Ein sechster kniete seitlich vor dem Eingang und hatte mit einem Explosivstoff die Tür aufgesprengt. Cayart hörte Geschrei. Hinter den umliegenden Fenstern tauchten auf einmal Gesichter auf. Sie starrten hinab in den Hof. Die Psychologin rannte hinunter.

»Gesichert«, dröhnte ihr eine Stimme im Hof entgegen. Sie ging hinüber zu der zerborstenen Tür. Nur wenige Lichtstrahlen fielen durch die Türöffnung herein. Ihre Augen mussten sich erst an die Lichtverhältnisse gewöhnen.

Da hörte sie das Wimmern.

98

Als Tolstoi nach dem Verlassen des Flugzeugs sein Handy anschaltete, prasselte eine Flut von Nachrichten auf das Telefon ein. Allein sieben Kurzmitteilungen, die ihm sagten, dass jemand angerufen hatte, liefern über das Display. Dazu zwei Mitteilungen über Mailboxnachrichten. Schnell sah er die Anruferliste durch. Drei Mal hatte Ana versucht, ihn zu erreichen. Eine Nummer stammte von Leber. Wahrscheinlich hatte ihm der Durchsuchungsbeschluss doch noch Bauchschmerzen bereitet. Aus dem Präsidium hatte jemand versucht, ihn zu erreichen. Tonia auch. Eine weitere Nummer konnte er nicht zuordnen. Der Kommissar verzog sich in eine

Ecke des klimatisierten Terminals und schaute durch ein Panoramafenster auf die Landebahn. Er wählte Cayarts Nummer. Aber es ging nur der Anrufbeantworter ran. Tolstoi hinterließ eine knappe Nachricht, dass er gelandet sei und sie sich dringend treffen müssten. Danach versuchte er die Nummer des Präsidiums. Der Pathologe Knake ging ran.

»Vuk hier. Du hast versucht mich anzurufen?«

»Ja, pass uff. Ick hab schlechte Nachrichten für dich.«

»Was?«

»Wir haben drei der Mädchen noch einmal obduziert. Es ist nicht leicht, da überhaupt noch was zu finden. Aber in dem organischen Material, was einmal zum Genitalbereich gehört haben muss, haben wir definitiv keine DNA-Spuren von deinem Taschentuch gefunden.«

»Das kann doch nicht –«

»Irrtum ausgeschlossen. Es gab nur Material von einer männlichen Person. Der gleichen wie schon bei dem ersten Mädchen.«

Tolstoi spürte, wie sein Puls Fahrt aufnahm. »Das heißt, wir haben den Falschen eingesperrt?«

»Sieht so aus! Hätten die Kollejen damals sauber gearbeitet, hätten die die Spermaspuren ordentlich analysiert, dann hätten die det rausfinden müssen.«

»Die Kollegen waren sich zu sicher! Und dann noch das Geständnis … Trotzdem danke für die schnelle Arbeit.«

»Immer wieder gerne. Weeste doch.«

Tolstoi beendete das Gespräch. Er hatte es auf einmal verdammt eilig. Und er machte sich große Sorgen um Ana Cayart. Er konnte sie auch beim zweiten Versuch, sie anzurufen, nicht erreichen. Das Letzte, was er von ihr gehört hatte, war eine kurze Meldung am Flughafen in Sarajewo gewesen, dass die Aktion am Morgen schiefgelaufen war. Genaueres wusste er nicht.

Was war mit Ana?

Seine Kollegin hatte keine Erfahrung mit solchen Einsätzen. Er hätte ihr vor der Stürmung viel genauer erklären müssen, worauf sie sich da einließ. Dass Brogic alias Nedic nämlich nicht nur ein Verrückter, sondern auch einstiges Mitglied einer paramilitärischen Eliteeinheit war. Ein trainierter, eiskalter Killer also. Dafür war es jetzt zu spät.

Tolstoi machte sich große Vorwürfe.

Auf dem Weg nach draußen versuchte der Kommissar, sich zu konzentrieren. Sie hatten einen völlig neuen Stand. Er fasste im Kopf die wichtigsten

Punkte noch einmal zusammen. Nedic war nicht nur der Mörder der Journalisten, er hatte offenbar auch vor achtzehn Jahren die Mädchen in Groß Flotow umgebracht. Genau wie einige Jahre zuvor die Bewohner von Višegrad. Wenn sie ihm das lückenlos nachweisen konnten, dann würden sicher auch die Kollegen in Sarajewo jubeln. Es wäre weiteres Material für das Kriegsverbrechertribunal in Den Haag. Die Handschrift des Todes, die aus all den Morden sprach, war identisch. Nedic war ein Psychopath. Er hatte sein mörderisches Werk niemals aufgegeben. Und jetzt war er wie vom Erdboden verschluckt. Der Typ war ein Profi. Ein Profi des Tötens. Hoffentlich war Cayart nichts zugestoßen.

Tolstoi merkte, wie seine Finger zu zittern begannen.

99

Nur langsam hatten sich Ana Cayarts Augen an die Dunkelheit gewöhnt. Im Nebenraum erkannte sie schemenhaft die Kollegen von der Spezialeinheit. Immer wieder huschten Lichtkegel von ihren Helmlampen über menschliche Silhouetten. Da war wieder das Wimmern. Cayart ging auf den Raum zu. Sie trat durch die Tür. Zwei der Polizisten standen eng beieinander. Zu ihren Füßen kauerte jemand. Die Psychologin schob die Kollegen zur Seite. Auf dem Boden hockte ein Junge, aus seiner Nase lief Blut. Mit Kabelbindern waren seine Hände auf den Rücken gefesselt. Cayart ging in die Knie und beugte sich zu dem Teenager herunter. Ruckartig drehte er sein Gesicht von ihr weg. Cayart sah einen blutigen Riss neben seinem rechten Ohr.

»Nicht schlagen, bitte! Nicht noch mal«, wimmerte er.

»Was habt ihr mit ihm gemacht?«, fauchte die Psychologin.

»Unseren Job. Der Befehl lautete, gefährliche Zielperson, wahrscheinlich bewaffnet. *Sie* müssen Ihren Kopf ja nicht hinhalten!«

»Das ist ein Kind!«

Statt einer Antwort warf einer der Männer ein Taschenmesser vor ihr auf den Boden. Cayart nahm es in die Hand. Sie schaute dem Jungen in die Augen. Dann ließ sie das Messer in ihrer Hosentasche verschwinden, während die Kollegen nach draußen abzogen.

»Was machst du hier?«

Der Junge antwortete nicht. Cayart hörte das Ratschen von Feuerzeugen. Wenige Sekunden später drang Zigarettengeruch vom Hof zu ihnen in den Raum. Cayart strich dem Jungen über die Haare.

»Verstehst du mich überhaupt?«

Nach einer Weile nickte der Junge.

»Dann sag mir bitte, was du hier machst.«

»Geld verdienen!«

»Wie bitte?«

»Der Typ hat gesagt, dass ich fünfzig Euro kriege, wenn ich in Wohnung bleibe für einen Tag. Ich soll immer wieder Radio anmachen und ausmachen. Vorhang ein bisschen aufmachen. Und so. Auch Licht anmachen.«

Cayart hämmerte es im Kopf.

Er hat es gewusst!

Er hat gewusst, dass wir die Adresse haben und ihn holen wollen …

Sie half dem Jungen auf die Beine und führte ihn hinaus. »Mit dem Geld wird es nichts. Du kommst mit aufs Präsidium. Aber du brauchst keine Angst zu haben.« Sie winkte zwei der Polizisten heran, die ihre Helme abgenommen, aber immer noch ihre Sturmkappen aufbehalten hatten. »Nehmt ihn mit. Er darf mit niemandem Kontakt haben. Mit niemandem, verstanden? Aber behandelt ihn diesmal anständig!«

Danach gab sie dem Krisenstab Bescheid, dass die Zielperson entkommen war. Noch einmal ging sie in die Erdgeschosswohnung zurück. Erst jetzt hatte sie Zeit, sich die Einrichtung genauer anzuschauen. Auf einem Beistelltisch standen alte Kerzenleuchter mit heruntergebrannten Kerzen. In einem Wandregal reihten sich dicke Bücher mit schwarzen Rücken und goldenen Aufdrucken aneinander. Prüfend sah sie sich um. Irgendetwas irritierte sie, seit sie die Wohnung das erste Mal betreten hatte. Sie öffnete sämtliche Vorhänge. Nun erkannte sie, was es war. Überall an den Wänden hingen Plakate, auf die in einer akkurat gesetzten Frakturschrift Zitate geschrieben waren. Cayart begann mit dem größten Bogen, der oberhalb des Buchregals angebracht war. Wort für Wort entzifferte die Psychologin den Satz.

Klein und schwach scheint unbefangenen Augen jeder, der nicht so groß ist wie sein Schicksal.

Über den Kerzenleuchtern an der gegenüberliegenden Wand hing ein zweites Plakat:

Ohne den zu Selbstopfer willigen Bereiter des Neuen ward nie ein Heiland.

Cayart ging weiter in die Küche. Neben dem Spülbecken stand ein Messerblock. Am Kühlschrank hingen vergilbte Zeitungsausschnitte. Auf einem war deutlich ein Datum zu sehen. 18. Februar 1913. Cayart blickte sich weiter in der Küche um, da sah sie das Plakat über dem Herd.

Ich glaube an Menschheitsläuterung durch das Erlebnis des Krieges.

Wer auch immer hier wohnte, er musste mit enormen Kraftanstrengungen versucht haben, sich in eine fremde Gedankenwelt hineinzudenken. Cayart ging zurück zum Bücherregal. Von dem Raum, eine Mischung aus Arbeitszimmer und Wohnzimmer, ging noch eine Türe ab. Ein enger, dunkler Gang befand sich dahinter. Cayart tastete die Wand ab und fand schließlich einen Lichtschalter. Kaum hatte sie ihn angeknipst, stach ihr ins Auge, was sie gesucht hatte. Auf dem Plakat hieß es:

Wie undankbar, wie grausig schwer meine Arbeit in diesem Krieg war, ahnen nur wenige.

Sie hatten ihn gefunden. Cayart befand sich in der Wohnung des Mörders. Langsam schritt sie durch den Gang. Die Tür am anderen Ende war nur angelehnt. Ein kalter Windzug kam durch den Spalt und streifte das Gesicht der Psychologin. Sie schob die Tür auf. Und stand im Schlafzimmer der Bestie. Am anderen Ende des Raumes erblickte sie ein eisernes Bett. Darüber hing ein letztes Plakat. Als sie es las, gefror Cayart das Blut in ihren Adern.

Groß ist, wer bis ans bitterste Ende die Lehre lebt!
Maximilian Harden (1861–1927)

Um 13:47 Uhr lief über den Polizeifunk die Meldung, dass der Einsatz in der Burgsdorfstraße ohne gravierende Vorkommnisse beendet worden war, die Zielperson sich aber nicht im Objekt befunden hatte und weiterhin flüchtig war.

100

Atze Blomfeld schüttelte den Gedanken an den schwarzen Kombi ab. Was sollte ihm schon passieren? Viel lieber reiste er zurück in die Vergangenheit. Genau genommen achtzehn Jahre zurück. Es war das gleiche Zimmer, der gleiche Geruch. Wenn ihn nicht alles täuschte, dann hatte er damals sogar die gleiche Bettwäsche bekommen. Blomfeld fühlte sich, als sei er wieder Mitte zwanzig. Ein junger Reporter, auf der Jagd nach dem ganz großen Scoop. Er stellte seinen Rollkoffer aufs Bett, zog einige T-Shirts, Hemden, Socken und Shorts raus und schmiss sie in den leeren Wandschrank. Dann blickte er noch einmal aus dem Fenster.

Unter ihm erstreckte sich der Obstgarten des Schlosses. Von Ravens Kinder spielten Indianer. Zwei Mädchen sah er, die vielleicht irgendwo zwischen zwölf und zehn Jahre alt waren. So genau kannte er sich mit Kindern nicht aus. Und ein Knirps, der noch rumkrabbelte. Die Mädchen hatten ein Tipi aufgestellt, das ältere trug einen mächtigen Federschmuck. Ein vielleicht sechzehn Jahre alter Teenager saß an einem Tisch unter dem Kirschbaum und las in einer Zeitung.

Als er zum letzten Mal hier war, da waren die von Ravens noch ein junges Paar ohne Nachwuchs. Jetzt tollte da draußen eine Großfamilie herum. Sie hatten wirklich ganze Arbeit geleistet. Aber was sollten die außer Pimpern hier draußen sonst machen?

Blomfeld verließ sein Zimmer und ging die Treppe hinunter. Im Erdgeschoss suchte er die Küche. Und erinnerte sich dann wieder, als er erneut zuerst in der Speisekammer landete, dass sie am Ende des langen Ganges lag. Aus dem Kühlschrank nahm er sich ein Bier, öffnete alle Schubladen, bis er einen Öffner fand, und ging dann hinaus zu den Kindern in den Garten. Erst jetzt bemerkte er ihre Mutter, die auf einer Bank an der Hauswand saß und mit Kopfhörern Musik aus einem iPod hörte. Als Charlotte von Raven den Reporter erblickte, breitete sich ein Strahlen auf ihrem Gesicht aus. Sie riss sich die Kopfhörer von den Ohren und lief auf ihn zu. Stürmisch umarmte sie den Reporter. Die Mädchen schauten belustigt auf, setzten dann aber sofort ihr Spiel fort. Der Junge am Tisch las ungerührt weiter.

»Atze, das ist ja eine halbe Ewigkeit her!«

»Wenn ich eure Kinder sehe, dann habe ich allerdings auch den Eindruck!«

Sie setzten sich auf die Bank.

»Mensch, Atze, du bist ein richtig einflussreicher Journalist geworden. Wir lesen immer wieder deinen Namen unter den Bildern in der Zeitung. Die Mächtigen zittern vor dir!«

Blomfeld verzog den Mund zu einem teuflischen Grinsen. »Na ja, sagen wir mal so. Die wenigsten freuen sich, wenn ich mich ihrer annehme ...«

»Hoffentlich haust du uns nicht irgendwann mal in die Pfanne!« Charlotte von Raven zeigte ein zuckersüßes Lächeln. Ihre blonden Locken fielen ihr ins Gesicht. Sanft strich sie sie zurück hinter die Ohren.

»Da brauchst du keine Angst zu haben. Wenn du mir weiterhin brav meine wildesten Fantasien erfüllst, sehe ich keinen Grund, dich abzuschießen ...« Blomfeld legte ihr eine Hand auf den Oberschenkel und strich langsam höher. Charlotte war trotz der vier Geburten immer noch eine äußerst attraktive Frau. Unter der Seidenbluse zeichneten sich ihre Brüste ab.

»Atze, nicht vor den Kindern!«

»Oh, ich vergaß. Damals mussten wir ja nur aufpassen, dass dein Mann uns nicht erwischt hat ...«

»Psst!« Charlotte von Raven schaute verunsichert zu ihrem Ältesten, der scheinbar in seine Zeitung vertieft war. Hoffentlich hatte er nichts mitbekommen.

»Du bist immer noch ziemlich sexy! Ne echte Provinzbombe. Ich könnte mir vorstellen, dich sofort zu vernaschen. Und du bist doch bestimmt auch schon feucht!« Blomfeld fuhr sich mit der Zunge über die Lippen.

»Atze, das wird nie wieder passieren!«

»Schade. Wir könnten viel Spaß miteinander haben ...«

»Da musst du mit deiner Erinnerung auskommen!«

Grummelnd stand der Reporter auf und lief zum Kirschbaum hinüber. Er pflückte sich einige Früchte und steckte sie in den Mund. »Was liest du da? Die *Süddeutsche*?«, nuschelte er kauend.

Der Junge blickte auf und nickte.

»Linkes Scheißblatt.« Blomfeld spuckte die Kerne aus. »Lies doch mal was Ordentliches. *Playboy* oder so!«

Verwirrt schaute der Junge zu seiner Mutter, die nur die Augen verdrehte und den Kopf schüttelte.

»Mach dir nichts aus ihm, Arthur!«, rief sie hinüber. »Atze ist Klatschreporter. Aber er ist trotzdem nett.« Grinsend stand sie auf und ging Richtung Haus. »Ich mach dann mal das Abendessen. Atze, wenn du magst, kannst du mir gerne Gesellschaft leisten.«

»Ich komme gleich nach. Ich vertrete mir nur noch ein bisschen die Füße in eurem dekadenten Schlossgarten!«

Hinter dem Herrenhaus erstreckte sich ein gigantisches Anwesen. Direkt an das Gebäude schloss sich der Obsthain an. Blomfeld durchstreifte die Kirsch- und Apfelbäume. Als er an den Brombeersträuchern vorbeikam, verhakten sich die Dornen in seiner Leinenhose. Der Paparazzo fluchte. Während er sich losmachte, dachte er über den Grund seines Aufenthaltes hier nach. Wer steckte nur hinter den Journalistenmorden? Wenn er sich richtig erinnerte, dann bestanden die Familien der Opfer damals vor allem aus bemitleidenswerten Kreaturen. Versoffene Väter, schwache Mütter. Und die Geschwister waren auch nicht das, was man hätte fürchten müssen. Zumindest damals nicht. Einige entfernte Onkel hatte es noch gegeben. Aber auch die machten niemandem Angst. Noch dazu waren sie heute achtzehn Jahre älter. Und damit scheintot. Woher sollte also diese Entschlossenheit, diese Gewalt kommen?

Blomfeld näherte sich der alten Scheune. Neidlos musste er zugeben, dass sich die Familie ein schönes kleines Reich aufgebaut hatte. Aus allem sprach der Fleiß der Schlossbewohner. Sie hatten schon jetzt, Ende August, ganze Arbeit geleistet und feinsäuberlich gut und gerne sieben Klafter Holz aufgestapelt. Blomfeld griff einen Scheit heraus und wog ihn in der Hand. Bis der brennen würde, müsste die Sonne noch ordentlich scheinen und die Feuchtigkeit darin verdunsten lassen. Aber wenn es so weiterginge wie in den vergangenen Wochen, dann würde alles gut durchtrocknen.

Der Reporter schritt um die Scheune herum. Nur einige Schritte entfernt schlängelte sich ein kleiner Bach durch die Wiese. Eine rundliche Holzbrücke führte darüber. Auf der anderen Seite erblickte er einen Pavillon, der im chinesischen Stil erbaut war. Oder eher so, wie sich die mecklenburgischen Landherren des 18. Jahrhunderts China eben vorgestellt hatten. Blomfeld lief über den Steg. Unter ihm gluckerte der Bach. Ein paar kleine Fische huschten durch das Wasser.

Der Reporter atmete tief durch. Wie von Geisterhand fiel der Stress der letzten Tage von ihm ab. Auch damals war er oft hier herausgekommen, um abzuschalten. Oder um sich völlig zu verausgaben. Blomfeld lief die letzten Meter zu dem Pavillon. Hier hatte er sich immer mit Charlotte getroffen. Er hatte ihr die Hose ausgezogen und sie nackt auf den Tisch gesetzt. Er hatte es ihr damals ordentlich besorgt. Sie hatte ihm ins Ohr gestöhnt und ihm beim ersten Mal fast das Ohrläppchen abgebissen, als sie gekommen war. Danach hatte sie ihm gesagt, dass sie noch niemals zuvor so guten Sex gehabt hatte. Blomfeld strich mit der Hand über den Tisch. Er merkte, wie sein Glied in der Hose steif wurde.

Der Schlag mit dem Holzscheit traf ihn völlig unerwartet. Im Fallen erblickte er kurz das Gesicht des Mannes. Der Mund war zu einer grauenvollen Fratze verzerrt. Wer war das? Die Augen. Sie kamen ihm bekannt vor. Aber woher? Die Antwort verlor sich in Dunkelheit. An seinen Beinen zog der Mann den bewusstlosen Blomfeld vom Haus weg, zu einem Feldweg, wo ein Kleinlaster parkte. Dort sah er sich nach allen Seiten um. Alles war gut. Niemand hatte ihn gesehen.

Er hievte den Fotografen auf die Ladefläche.

101

Über den Polizeifunk war Luise Weissmann ständig auf dem aktuellen Stand der Entwicklungen in Berlin. Die Kollegen hatten die Wohnung des Mannes gestürmt. Ihn aber nicht gefunden.

Natürlich nicht! Er ist ja hier!

Mit einem beklommenen Gefühl war sie vier Stunden zuvor aus dem Museum gekommen. Sie wusste nun, wie der Mann sein letztes Opfer töten wollte. Was sie nicht wusste war, wo er das grausame Werk vollbringen wollte. Weissmann hatte sich daher auf die Methoden besonnen, die ihnen Kommissar Tolstoi immer einhämmerte. Abstand gewinnen. Alle Punkte noch einmal gesondert betrachten. Dann erst die Schlüsse ziehen. Der Mörder wollte seine Opfer bestrafen. Und er wollte sie zur Schau stellen. Das erste vor aller Augen herabgestoßen von einem Turm. Das zweite gepfählt im Park. Das dritte an den Pranger gekettet. Alle Toten sollten bestraft werden für ein Vergehen, das sie wohl vor achtzehn Jahren in einem kleinen Dorf begangen hatten. Das Dorf war der Ausgangspunkt. Das Geschehen dort der Auslöser. Wenn sich der Kreis schließen sollte, wo wäre das am nachvollziehbarsten?

In einem anthrazitgrauen Bereitschaftswagen war die Polizistin auf dem Weg nach Groß Flotow. Es konnte nur dort geschehen. Der letzte Mord. Der

Mord, der das Kürzel MH bekommen sollte, er konnte nur in dem Dorf stattfinden.

Anderthalb Stunden dauerte die Fahrt. So lange hatte sie Zeit, um sich auf das Kommende vorzubereiten. Da war die Furcht, die sie nicht von sich Besitz ergreifen lassen wollte. Wenn ihre Schlüsse stimmten, dann plante der Mann ein Verbrechen, das in seiner Widerlichkeit kaum zu überbieten war. Weissmann zitterte bei dem Gedanken daran. Aber Angst war das Letzte, was sie jetzt gebrauchen konnte. Sie hielt die Angst mit ihrem Jagdfieber in Schach.

Konzentrier dich auf die Überführung des Täters! Der Rest wird schon gut gehen!

Mit der rechten Hand hielt sie fest das Lenkrad in der Spur, mit der linken griff sie sich unter die Achsel und prüfte ein weiteres Mal, ob ihre Pistole da war. Sie würde es allen zeigen. Den einstigen Mitschülern von der Polizeiakademie, dem LKA-Chef, diesem arroganten Staatsanwalt. Vor allem aber Tolstoi. Alle würden sie begreifen, wie sehr sie die junge Kollegin unterschätzt hatten. Vor allem würde sie Tolstoi mit seinen eigenen Methoden schlagen. Das gefiel ihr am meisten. Er war es, der sie immer aufgefordert hatte, ihren eigenen Weg zu gehen. Nicht immer Dienst nach Vorschrift zu machen. Auch die Polizeipsychologin hatte recht gehabt, nur wer in seinen Gedanken völlig frei war, konnte sich in die Hirne von Mördern, Vergewaltigern, Pädophilen und anderen psychisch Kranken hineindenken. Heute hatte sie es selbst erlebt.

Weissmann war stolz auf sich. Couragiert und zielstrebig hatte sie die Fährte des Mörders aufgenommen. Und das Glück der Tüchtigen war auf ihrer Seite. In Groß Flotow fuhr sie durch das Dorf hindurch, in Richtung des kleinen Waldes. Dorthin, wo die Mädchen verscharrt worden waren. Gleich nachdem sie das Ortsendeschild passiert hatte, fiel ihr der Kleinlaster auf. Er bewegte sich langsam hoch zu dem Wäldchen. Die Polizistin spürte, wie sich ihr Puls beschleunigte. Mit normaler Geschwindigkeit fuhr sie weiter die Landstraße entlang, vorbei an dem abbiegenden Feldweg. Im Rückspiegel ließ sie den Laster jedoch nicht aus den Augen. Als er hinter Bäumen verschwunden war, hielt sie ihren Wagen sofort an und drehte auf der engen Straße. Dann fuhr sie zurück zum Feldweg und folgte ihm. Extrem langsam steuerte sie den Wagen direkt am Wald entlang. Als sie durch die Bäume hindurchschauen konnte, erkannte sie auf einmal wieder den Laster. Er musste sich auf einer Lichtung befinden. Weissmann machte den

Motor aus, nahm den Gang raus und ließ ihr Auto noch etwas weiter rollen. Dann stoppte sie.

Durch das Geäst sah sie, wie ein Mann aus dem Fahrerhaus stieg.

Er ging um das Fahrzeug herum, öffnete die Hecktür und kletterte hinein. Es dauerte eine Weile, bis er wieder auftauchte. Er ging nun gebückt, zerrte etwas heraus. Eine Person. Nach Umfang und Gewicht musste es sich dabei um einen Mann handeln. Er war gefesselt und schien benommen zu sein. Unter Drogeneinfluss? Der Entführer kam jedenfalls nur langsam voran. Weissmann kurbelte die Scheibe ihres Wagens herunter und lauschte angestrengt in die Stille. Aber die beiden waren zu weit weg.

In der Mitte der Wiese stand eine mächtige Eiche. Weissmann erkannte, dass der Mann den Gefesselten dorthin zog. Was sollte sie nun tun? Sollte sie hier abwarten, bis der Täter begann, sich an seinem Opfer zu vergehen? Was, wenn er ihn sofort hinrichtete?

Sie musste Hilfe rufen. So schnell wie möglich. Die Polizistin zog ihr Handy heraus. Kaum Netz. Das Display zeigte einen einzigen Balken an. Sie wählte die Handynummer der Polizeipsychologin. Aber Cayart ging nicht ran. Auch die Mailbox meldete sich nicht.

Verdammte Scheiße!

Als sie die Nummer des Vorzimmers vom LKA-Chef eingeben wollte, war auch der letzte Balken vom Display verschwunden. Und jetzt?

Weissmann zückte ihre Pistole und prüfte, ob sie auch richtig geladen war. Das Magazin ihrer Sig Sauer P6 war gefüllt. Acht Schuss. Sie lud die Waffe durch. Bereit für den Ernstfall. Sie legte sie neben sich auf den Beifahrersitz.

Auf der Lichtung hatte der Mann den Gefesselten jetzt bis zum Baum gezogen. Er ging zurück zu seinem Wagen. Wieder vergingen Minuten. Der Gefesselte begann zu zappeln. Schwach hörte die Polizistin Schreie durch die Bäume zu ihr dringen. Sie war die Einzige. Niemand sonst konnte den Mann hören. Sie waren viel zu weit weg vom Dorf.

Der Mann sprang von der Ladefläche. Wieder ging er gebückt. Er trug etwas Schweres. Weissmann strengte sich an, durch die Blätter und Baumstämme zu erkennen, was es war.

Dann sah sie es.

Nein! Tu das nicht! Sie schnappte nach Luft. *Bitte, mach es nicht! Komm zur Besinnung!*

Aber sie wusste, dass diese Hoffnung vergebens war. Ihr Herz hämmerte. Angst kam in ihr auf. Und diesmal konnte sie sie nicht zurückhalten. Sie hatte komplett richtig gelegen. Der Mann bereitete die Strafe vor, die er im Museum studiert hatte. Als er die schweren Gegenstände neben dem Baum abgelegt hatte, beugte er sich zu dem Gefesselten herunter. Er schien ihm etwas zu sagen. Dann ging er in die Knie. Er führte sein Gesicht nahe an das Gesicht seines Opfers heran. Erneut flüsterte er ihm etwas ins Ohr. Das Opfer zappelte nun wild herum. Aus seiner Hosentasche kramte der Typ etwas heraus. Weissmann konnte es nicht erkennen. Aber dann blitzte der Gegenstand in der Sonne auf. Ein Messer! Er führte es an das Gesicht seines Gefangenen.

Dann hörte sie nur noch einen nervenzerfetzenden Schrei.

Zitternd nahm sie erneut ihr Handy. Endlich wieder ein Balken! Hektisch scrollte sie sich durch ihr Adressbuch. Wen sollte sie nur anrufen? Die Notrufzentrale? Das Büro des LKA-Präsidenten? Sie wählte die 110. Es dauerte eine Ewigkeit, bis sie ein Klingeln hörte. Immer wieder brach der Ton ab. Dann antwortete eine Stimme. Aber Weissmann verstand nur jedes dritte Wort. Hektisch sprach sie in den Hörer. Der Kollege am anderen Ende schien nichts zu verstehen. Er fragte nach. Weissmann hörte nur die Worte »nochmal sagen«. Sie wiederholte, weshalb sie anrief und dass dringend Verstärkung kommen müsse. Aber der Mann verstand nichts. Aus den Augenwinkeln sah sie, wie der Lastwagenfahrer auf der Lichtung zurück zu seinem Wagen ging. Weissmann schrie nun ins Telefon. Der Polizist am anderen Ende musste doch etwas verstehen! Wieder kam nur ein Blubbern zurück. Dann legte der Kollege einfach auf.

Panisch scrollte sich Weissmann durch die Namen und Nummern in ihrem Adressbuch. Sie musste es unbedingt jemandem vom Ermittlungsteam sagen. Nur wem? Eigentlich wollte sie Tolstoi nicht anrufen. Aber ihr blieb keine Wahl. Hastig tippte sie den Namen ein. Kein Tolstoi. Nach Andrea Tanner kam direkt Torsten …

Sie hatte seine Nummer nicht in ihrem Handy gespeichert!

Aber das konnte nicht sein. Noch einmal tippte sie den Namen ein, diesmal mit dem Vornamen. Da tauchte die Nummer auf. *Scheiß Telefon.* Der Name des Chefs war unter V abgespeichert. V wie Vuk. Mit zittrigen Fingern tippte Luise Weissmann die Nummer an. Nun bekam sie ein einigermaßen klares Signal.

Geh ran! Was treibst du denn! Geh endlich ran!

Sieben Mal klingelte das Telefon. Dann meldete sich die Stimme des Kommissars – von der Mailbox.

Was treiben die nur alle?

Mit zwei, drei Sätzen schilderte Weissmann, was vorgefallen war. Sie wollte gerade ihren Standort durchgeben, als sie das kühle Metall an ihrem Hals spürte.

Entsetzt lugte sie hinüber zum Beifahrersitz und sah, dass ihre Pistole weg war. Der Mann lachte laut auf. Durch das offene Fahrerfenster riss er ihr das Telefon aus der Hand und schmiss es auf den Boden. Weissmann hörte das Knirschen, das sein Stiefel verursachte, als er das Gerät zertrat. Sie begann zu zittern. In Sekundenbruchteilen verlor sie die Kontrolle über ihren Körper. Auch mit ihr würde er nun sein perverses Spiel fortsetzen.

In ihrem Kopf blitzte die Ausstellung im Museum wieder auf. Die Installation, deren Verwendung so genau beschrieben war. Er würde sie nicht verschonen.

Bitte, bitte nicht ...

Weissmann musste sich übergeben. Ihr Mageninhalt verteilte sich über die Windschutzscheibe und das Lenkrad.

102

Vom Flughafen war Tolstoi direkt ins Präsidium gefahren. Er musste schnellstmöglich Cayart von seinen Recherchen berichten. Aus seiner Tasche zog er die Akten, die er in Sarajewo über Nedic bekommen hatte. Er nahm sämtliche Fotos heraus und wählte eine Nummer. Wenige Minuten später stand die OK-Ermittlerin Rina Delbrück bei ihm im Zimmer. Er gab ihr die Aufnahmen und bat sie, alle einzuscannen und an die Kollegen zu verteilen.

»Wir geben eine deutschlandweite Fahndung raus. Sofort!«

Delbrück nahm die Aufnahmen und wollte gehen.

»Wo ist Ana?«

Die Kollegin drehte sich noch einmal um. »Sie sitzt bei dem Jungen, der in der Wohnung von Nedic war. Auch wenn er ziemlich tough wirkt, hat er vom Einsatz des SEK wohl einen Knacks bekommen.«

»Was ist mit den Eltern?«

»Wir wollen die noch nicht anrufen, damit die Sache mit der Stürmung noch nicht rausgeht.«

»Ihr seid ja verrückt! Ruf sofort die Mutter an! Der Junge soll nach Hause gehen.«

Verständnislos starrte Delbrück den Boss an, dann nickte sie stumm und ging hinaus.

Gerade überflog er den Bericht über die Hausdurchsuchung bei Nedic, als es an der Tür klopfte. Herein kam Theo Wolff. Er sah ziemlich mitgenommen aus.

»Theo, ich hab nicht viel Zeit. Was ist denn?«

Sein alter Freund schloss umständlich die Tür und schob sich dann ganz langsam auf den Schreibtisch des Kommissars zu. Mit gesenktem Blick blieb er davor stehen. »Ich bin der Maulwurf.«

»Wie bitte? Was?«

Nur langsam hob Wolff den Blick. »Vuk, es tut mir leid. Ich wollte es zuerst dir sagen. Ich gehe gleich zum Fürsten. Er soll mich rausschmeißen. Ich hab grob gegen die Dienstvorschriften verstoßen. Ihr könnt kein Vertrauen mehr in mich haben!«

Tolstoi schaute seinen langjährigen Kollegen fassungslos an. Er schob die Akte mit dem Bericht über die Hausdurchsuchung zur Seite und knetete seine Finger. »Warum, Theo, warum?«

Über die Wange des alten Kollegen rann eine Träne und tropfte auf den Teppichboden. »Die Ki… die Kinder…«, stotterte er.

»Welche Kinder?«, brüllte Tolstoi ihn an.

»Marion. Marion und Frank. Du … du hast sie doch mal gesehen? Du warst … du warst doch bei uns …«

»Ja und?«

Wieder senkte Theo Wolff die Augenlider. Er hielt den anklagenden Blicken seines Chefs einfach nicht Stand. Vor allem aber konnte er die abgrundtiefe Enttäuschung im Gesicht seines jungen Freundes kaum ertragen. »Marion hat gerade einen Sohn bekommen, Benjamin. Aber es gibt keinen Vater.« Wolff stockte. Er merkte offenbar, wie idiotisch das war, was er gerade gesagt hatte. »Also, äh, es gibt keinen offiziellen Vater. Es kommen wohl drei Männer in Frage. Und Marion hat keinen Job … Sie kommt mit dem Jungen kaum über die Runden.« Wieder setzte Wolff ab. Er zwickte seine beiden Nasenflügel zusammen und zog den Rotz hoch. »Und Frank geht es nicht besser. Er hat zwar einen Job, aber davon kann er nicht mal die Miete bezahlen. Ich hab beiden was zustecken wollen und deshalb –«

Tolstoi knallte mit der flachen Hand auf den Tisch. »Theo, das ist die beschissenste Erklärung, die ich jemals gehört habe. Bullen werden korrupt, weil sie eine Geliebte haben, weil sie Schulden haben, weil sie mal richtig Knete verdienen wollen. Aber doch nicht, weil sie ihre Kinder unterstützen wollen!«

Für einen kurzen Moment traute sich Wolff wieder, Tolstoi in die Augen zu schauen. Neben der Wut und der Enttäuschung hatte auch Mitleid aus den Worten des Freundes geklungen. »Vuk, es tut mir leid. Ich habe gerne mit dir gearbeitet. Und du bist für mich zu einem Freund geworden. Ich habe dich …« Seine Stimme brach ab. Er wandte sich ab.

»Theo, warte!«

Wolff blieb stehen.

»Du machst jetzt gar nichts! Wer weiß davon?«

»Bis jetzt nur du!«

»Okay, dabei bleibt es. Aber es gehen keine Informationen mehr raus, verstanden?«

Wolff wischte sich mit der Hand eine Träne von der Wange. »Vuk, da ist noch etwas …«

103

Der Kommissar stutzte. Er blickte seinen Kollegen fragend an. »Was denn?«

»Der Typ, Blomfeld. Also der, dem ich die Infos gegeben habe. Der war damals auch ziemlich tief in Groß Flotow involviert.«

»Wie tief?«

»Du hast ja gesehen, dass er in der jetzigen Mordserie keine Hemmungen hat. Damals war er glaube ich noch schlimmer. Der wollte unbedingt den Durchbruch schaffen und ist deshalb wie ein Wilder durch das Dorf gewütet.«

Tolstoi dachte an die erste Titelstory zurück. Wie hinterhältig sich der Mann in die Büsche geschlichen hatte, wie er ohne Scheu alles fotografiert hatte, was er zu sehen bekam. Wie er anschließend die Verfolgungsjagd durchgezogen hatte, dabei skrupellos einen weiteren Menschen in Lebensgefahr gebracht und mit seinem Motorrad einen filmreifen Abgang hingelegt hatte. Dazu seine widerliche Besessenheit, Menschen abzurichten und vorzuführen. Wie er mit der Veröffentlichung seiner Aufnahmen immer wieder versuchte, Existenzen zu zerstören. Und daran auch noch Freude hatte. »Hast du ihm gesagt, dass er in Gefahr ist?«

»Er geht nicht an sein Handy ran.«

»Seit wann probierst du es?«

»Seit gestern früh.«

Sofort griff Tolstoi zum Telefonhörer und rief noch einmal Delbrück an. »Rina, wir müssen eine zweite Person auf die Liste draufpacken. Schreib bitte auch Dietrich Blomfeld zur Fahndung aus. Sofort. Es geht um Leben oder Tod!« Betont vorsichtig legte er den Hörer zurück auf den Apparat. Dann ging er langsam um den Schreibtisch herum. Blieb unmittelbar vor Wolff stehen. Einige Sekunden starrte er ihm stumm in die Augen. Dann gab er ihm eine schallende Ohrfeige. »Das machst du nicht noch einmal!«

Wolff rieb sich das Ohr, das sofort knallrot angelaufen war. Durch die Druckwelle schmerzte ihm der gesamte Hörapparat. Zum ersten Mal, seit er ins Büro des Kommissars gekommen war, huschte ein Lächeln über sein Gesicht. »Danke, Vuk.« Dann drehte er sich um und ging hinaus.

Tolstoi setzte sich wieder an seinen Schreibtisch. Neben der Akte lag sein Handy. Ein Anruf in Abwesenheit. Der Kommissar nahm das Gerät. Er musste es versehentlich auf stumm gestellt haben. Auf der Mailbox war eine Nachricht. Während er weiter in der Akte blätterte, hörte er die Aufnahme ab. Eigentlich war es nur ein Blubbern. Erneut hörte er sich die Nachricht an. Tolstoi schob die Akte zur Seite und blickte noch einmal aufs Display. Der Anruf stammte von Luise Weissmann. Er regelte die Lautstärke des Telefons hoch und hörte sich die gespeicherte Mitteilung ein weiteres Mal an. Die verzweifelte Stimme. Wortfetzen. Was sagte sie?

Tolstoi musste sich extrem konzentrieren, um überhaupt etwas verstehen zu können.

»Ich hab … Mörder … sonst zu …Schnell! … Opfer.« Dann ein Schrei.

Aber die Aufzeichnung ging trotzdem weiter.

Tolstoi hörte ein Rauschen. Und ein eigenartiges Zischen.

104

Seine Stirn brannte wie Feuer. Der Irre hatte das Messer so tief in die Haut gedrückt, dass es knirschend durch den Knochen gefahren war. Sieben Mal hatte das Arschloch angesetzt. Seine Schreie hatten den Typen nicht im

Geringsten gestört. Mehr noch, sein Peiniger schien geradezu körperliche Lust daran zu empfinden, ihn zu quälen. Blomfeld spürte, wie Blut in seine Augenhöhlen lief. Er spürte auch, wie ihm die Schmerzen die Sinne benebelten. Eine nie zuvor gekannte Angst bemächtigte sich seiner. Er musste etwas tun. Vielleicht sollte er noch einmal versuchen zu schreien? Anscheinend gab es in dieser gottverlassenen Gegend doch Menschen. Die Frau, die da drüben apathisch am Baum hing, die musste sich hier ja auch rumgetrieben haben. Blomfeld raffte seine ganze Energie zusammen und brüllte um Hilfe. Mehrfach, so laut er konnte. Bis sich seine Stimme überschlug und er nichts mehr herausbrachte. Sein Entführer kam vom Laster zurück. Er gab ihm einen Tritt gegen den Oberarm und lachte schrill. Was war das für eine verfickte Bestie? Es gab nur noch eine Möglichkeit. Er musste ihn kaufen!

»Lassen Sie mich frei. Ich gebe Ihnen fünfzigtausend Euro!«, stammelte er.

Der Mann fletschte seine Zähne zu einem dämonischen Grinsen. Noch nie zuvor hatte Blomfeld eine derartige Gleichgültigkeit Geld gegenüber beobachtet.

»Hunderttausend! Wir fahren zusammen zur Bank. Sie bekommen das Geld sofort. Ich werde Sie nicht …«

Blomfeld sah, wie der Mann erneut mit dem Fuß ausholte. Instinktiv versuchte er, seine Hände schützend vor sich zu halten. Aber keine Chance. Sie waren auf den Rücken gefesselt und die Schnur gab keinen Millimeter nach. Diesmal traf der Stiefel den Oberschenkel. Der Schmerz durchzuckte seinen ganzen Körper.

Als Nächstes beugte sich der Mann über ihn und spuckte aus. Der Speichel vermischte sich mit dem Blut auf seiner Stirn.

»Was bist du für eine mickrige Kreatur! Wie kannst du glauben, dass du kriegst nicht Strafe, die du verdienst!«

»Aber was denn für eine Strafe?«, stammelte Blomfeld. »Und wofür?«

Jetzt schaute ihm der Mann direkt in die Augen. Noch nie zuvor hatte der Reporter einen solchen Blick gesehen. Der schiere Hass und er galt allein ihm. Und das wollte etwas heißen.

»Du erkennst mich nicht?«

»Doch, doch. Sie sind mir gleich bekannt vorgekommen«, winselte der Paparazzo. »Aber was habe ich Ihnen denn getan?«

Auf einmal verschwand das teuflische Grinsen aus dem Gesicht des Mannes. Er blickte sein Opfer ernst an. »Du bist Abschaum«, zischte er. »Du bist Luft zum Atmen nicht wert …«

»Aber was habe ich denn gemacht? Ich bin Journalist und ich –«

»Halt's Maul!« Der Mann schob sein Gesicht nur Zentimeter über das Gesicht seines Gefangenen. Blomfeld konnte den säuerlichen Atem seines Peinigers spüren. Hasserfüllt funkelte der ihn an. »Ich werde Menschheit säubern. Du bist Unkraut! Du bist Rattenbrut! Ich werde dich vernichten. Keiner wird wissen, wer gemacht ... Aber Arbeit muss gemacht werden!«

An seinem Rücken spürte Blomfeld wieder die spitzen Kanten. Was sollte diese beschissene Installation nur? Der Typ hatte ihn auf eine Art Leiter gelegt, nur dass die Sprossen spitz nach oben zulaufende Keile waren. Blomfeld fühlte sich wie ein zum Schlachten aufgespanntes Tier. Ihm tat alles weh. Allein durch das Körpergewicht drückten sich die scharfen Hölzer tief in sein Fleisch. Trotz der Nachmittagssonne, die auf ihn niederbrannte, lief ihm ein Frösteln den Rücken hinab.

Was hatte der Irre nur mit ihm vor?

105

Eigenartigerweise konnten sie das Handy von Luise Weissmann nicht orten. Normalerweise sendete ein Mobiltelefon auch dann Signale, wenn es ausgeschaltet war. Aber von der Nummer der Polizistin kam nichts. Das konnte nur zweierlei bedeuten, das Gerät war ins Wasser gefallen oder es war zerstört worden. Tolstoi machte sich große Sorgen.

Neben ihm stand Ana Cayart. Noch immer funkelte sie ihn böse an. Tolstoi hatte ihre Autorität untergraben. Aber was viel schlimmer war, er hatte sie zum herzlosen Drachen stilisiert, der einen Minderjährigen wegschließen lässt und nicht einmal die Eltern benachrichtigt. Was glaubte er nur, wer er war? Tolstoi hatte überhaupt keine Ahnung, wie schwer ihr dieser Schritt gefallen war! Aber was, wenn der Knirps geplappert hätte? Nedic wäre sofort informiert gewesen. Cayart war wirklich sauer.

»Ana, es ist völlig egal, ob der Junge etwas erzählt.«

Offenbar konnte der Mann auch noch Gedanken lesen.

Na prima! Da kann ich ja gleich heimgehen.

Murrend tippte sie ziellos auf ihrem Smartphone herum.

»Mensch, hör endlich auf, die beleidigte Leberwurst zu spielen!« Tolstoi klang ziemlich aggressiv, was Cayart erschreckte. »Du hast einen Fehler gemacht. Steh dazu! Und konzentrier dich jetzt endlich wieder auf den Fall. Weissmann ist wahrscheinlich in die Fänge von Nedic geraten. Verdammt noch mal, das ist meine Schuld. Wenn er ihr was antut, dann mache ich den Typen fertig!«

Cayart setzte sich auf den Stuhl gegenüber von Tolstoi. »Wir haben mit den Kollegen vom Verfassungsschutz Kontakt aufgenommen. Die kennen die Serben hierzulande.«

»Das war ja klar!«

»Aber sie sind nicht bereit zu kooperieren!«

Tolstoi stemmte sich mit beiden Fäusten vom Tisch hoch. Er trat mit dem Fuß gegen das Tischbein. »Diese verdammten Arschlöcher!«

Cayart ging zu ihm und legte ihm eine Hand auf die Schulter. Sie hatte verstanden, dass jetzt wirklich keine Zeit für beleidigte Spielchen war. »Beruhig dich«, flüsterte sie ihm ins Ohr. »Ich kenne da jemanden.«

Tolstoi schaute die Psychologin fragend an. »Wie gut kennst du ihn?«

»So gut, dass er mir drei weitere Adressen von Stützpunkten der Serbenmiliz in Berlin durchgegeben hat. Die Jungs vom SEK warten schon auf deinen Befehl zum Ausrücken.«

Tolstois Gesicht hellte sich auf. »Du bist doch ein Profi! Übernimmst du bitte die Einsatzleitung? Ich habe noch etwas anderes zu tun.«

Wie konnte Tolstoi selbst in einer Situation wie dieser nur weiter seine Alleingänge durchziehen? Manchmal ging der Psychoanalytikerin die unberechenbare Art der Krähe extrem auf die Nerven. *Scheiß Krähe!* Warum konnte der Mann nicht einfach ein Kuckuck sein, oder eine Eule? Bei denen wusste man wenigstens, woran man war. Und verlässlich waren sie auch.

»Wie du meinst. Ich halte dich auf dem Laufenden, wenn was rauskommt.« Cayart verschwand durch die Tür, ohne sie zu schließen, und ließ sich im Büro gegenüber in den Sessel fallen. Sie legte die Füße auf den Tisch und versuchte, im Kopf noch einmal alle Aspekte durchzudenken.

Auch Tolstoi dachte nach. Angestrengt. Fiebrig. Als Weissmann ihm auf die Mailbox gesprochen hatte, da gab es dieses Geräusch im Hintergrund. Was war das nur für ein eigenartiges Zischen?

Irgendwo hatte er das schon einmal gehört.

106

Nur langsam kam Luise Weissmann wieder zur Besinnung. Vernebelt nahm sie ihre Umgebung wahr. Woher kam nur dieses Wimmern? Es klang wie eine ausgesetzte Katze. Aber es musste von einem Menschen stammen. Wie in Zeitlupe lichtete sich die Unschärfe vor ihren Augen. Da erblickte sie den Gefesselten. Er lag wenige Meter vor ihr auf dem Boden. Und dann fiel ihr alles wieder ein.

Ihr Brustkorb verkrampfte und das Seil darum spannte sich. Weissmann erschauderte. Der Mann lag auf gut fünfzig Zentimeter breiten Krampen und Unterlegkrampen, die im Abstand von zwanzig Zentimetern auf zwei Holzleisten genagelt waren. Es war eine detailgetreue Nachbildung des Hinrichtungsapparats aus dem Museum. Und Weissmann wusste, warum der Mann darauf festgebunden war. So würden seine Knochen leichter brechen.

Ihr wurde heiß und kalt zugleich. Verzweifelt versuchte sie, die Umschnürung zu lösen. Aber vergeblich. Mit jeder Bewegung ihrer Arme zogen sich die Seile enger um ihren Körper zusammen. Sie spürte, wie sich die Fesseln in die Haut ihrer Handgelenke eingruben. Warum hatte sie sich nur auf diese bescheuerte Verfolgungsjagd begeben? Ein Himmelfahrtskommando!

Das hast du von deinem beschissenen Ehrgeiz, Luise!

Tränen rannen ihr über die Wangen.

Der Mann kam vom Laster zurück. Er stöhnte unter der Last. Auf dem Rücken schleppte er ein hölzernes Rad. Wie von einer alten Kutsche. Die Speichen waren gedrechselt, um die Rundung lag ein eiserner Beschlag. Das Rad musste locker seine zwanzig Kilo wiegen. Als der Gefesselte am Boden seinen Peiniger kommen sah, gefror sein Blick. Wilde Grunzlaute entfuhren seiner Kehle. Wie ein Fisch auf dem Trockenen zuckte er auf seinem spitzen Holzbett hin und her. Vor seinem Opfer schmiss der Mann das Holzrad auf den Boden. Er schüttelte die Arme aus, dehnte seinen Körper. Dann beobachtete er eine Weile das hilflose Zucken des Gefesselten und goss ein dämonisches Lachen über ihm aus.

»Du bist Dreck!«, schrie er. »Du musst weg! Ich reinige Menschheit von dir Schandfleck!«

Mit beiden Händen riss er das Rad in die Luft. Und ließ es mit voller Wucht auf das rechte Bein des Mannes herabschmettern. Ein fürchterliches Krachen hallte über die Lichtung. Und ein noch fürchterlicher Schrei.

Wieder hob der Mann das Rad hoch und ließ es erneut fallen. Diesmal auf Höhe des Knies. Unter den Knall des Aufpralls mischte sich ein Geräusch, als würden leere Eierschalen zerdrückt. Weissmann presste die Augen fest zusammen. Das konnte nur ein Alptraum sein. Wie konnte ein Mensch zu solch unglaublicher Brutalität fähig sein? Vom Gefesselten kamen keine Schreie mehr. Stattdessen lag ein beständiges Heulen in der Luft.

Auch wenn die Polizistin nichts mehr sah, die Bilder hatten sich in ihrem Gehirn verselbstständigt.

Weissmann begann zu singen. Was ihr gerade einfiel. »Alle meine Entchen …« Sie wollte nichts mehr hören. Aber die dumpfen Schläge überlagerten alles. Ungewollt zählte sie innerlich mit. Eins, zwei, drei, vier, fünf …

Auf einmal hörte das Poltern auf. Weissmann riss die Augen auf und bereute es im nächsten Moment. Das Bein des Mannes lag zerfetzt auf den Krampen. Aus dem aufgerissenen Hosenbein ragten Knochensplitter. Der Stoff war blutgetränkt. Sie blickte in das Gesicht des Gefolterten. Es hatte einen Ausdruck angenommen, wie sie es von Heiligenbildern aus der Kirche kannte. Seine Pupillen stierten nach oben. Aus dem Mund lief in kleinen Bächen Speichel. Zuckend öffneten sich immer wieder die Lippen.

Da hob der Mann schon wieder das Rad. Er hatte seine Position geändert. Diesmal ließ er das schwere Holzrad auf einen der Arme des Opfers fahren, die über dem Kopf an die Installation gefesselt waren. Das Knacken war leiser. Wahrscheinlich, weil die Armknochen leichter brachen. Wieder und wieder knallte das Rad auf den Arm. Bis davon nur noch ein undefinierbarer Brei übrig war.

»Hören Sie auf! Hören Sie endlich auf!«, schrie Weissmann wie von Sinnen. »Sie sind ein Monster! Hören Sie auf!«

Weissmann hatte nicht mit einer Reaktion gerechnet. Doch der Mann ließ das Rad fallen. Über die Lichtung hallte wieder sein tiefes, dunkles Lachen. Dann kam er auf den Baum zu. Immer näher und näher. Den Blick verzerrt auf sie gerichtet. Die Polizistin glaubte nicht an Gott. Jetzt betete sie zu ihm.

Bitte, lieber Gott, lass das nicht geschehen …!

Dreißig Zentimeter vor ihr blieb er stehen. Sie spürte seinen Atem. Es war heiße, abgestandene Luft. Mit seinen verdreckten Händen fuhr er durch ihr Haar. Dabei grinste er. Er schob seine Nase an ihren Hals, sog tief ihren Körpergeruch ein. Er riss ihr die Bluse und den BH auf, fuhr mit seinen

Pranken über ihre Brüste. Dann beugte er sich runter, leckte über die Brustwarzen und kam mit seiner Zunge immer höher.

»Bitte nicht! Bitte nicht!«, wimmerte Weissmann.

Als er an ihrem Gesicht angekommen war, steckte er seine pelizge Zunge tief in ihren Mund hinein. Erneut stieg Übelkeit in der Polizistin auf. Aber bevor sie sich noch einmal übergeben konnte, ließ der Mann von ihr ab. Er fuhr mit der Hand in seine Hosentasche. Was er herauszog, ließ Weissmann das Blut in den Adern gefrieren. Mit einem Klicken schoss die Klinge aus dem Springermesser.

Sie glitzerte in der Nachmittagssonne.

Die Polizistin flehte zu Gott. Aber es half nichts. Sie ahnte, was er vorhatte, und schon näherte sich die Hand des Mannes ihrem Mund. Verzweifelt versuchte sie, den Kopf wegzudrehen. Aber mit einem kräftigen Ruck zog er das Gesicht wieder zu sich nach vorne. Er hebelte ihre Zähne auseinander und packte ihre Zunge, zog sie heraus.

»Biiiie, biiie, niiiich …«, bettelte die Polizistin. Als Antwort schwenkte er das Messer vor ihren Augen.

Das Letzte, was Luise Weissmann hörte, war ein Schuss.

VI.

Erinnerung

107

Auf der Lichtung wimmelte es nur so von Uniformierten. Unter die leuchtend orangen Jacken der Sanitäter mischten sich blau gekleidete Polizisten. Die Feuerwehrleute waren an ihren schweren Stiefeln und den wasserfesten Jacken zu erkennen. Von der Staatsanwaltschaft Neubrandenburg trottete eine Handvoll Anzugträger über die Wiese. Auch die weißen Overalls der Spurensicherer konnten als Uniform durchgehen. Wie in einem Ameisenhaufen hatte jeder seine Aufgabe, ohne den anderen bei der seinen zu stören. Die Sanitäter kümmerten sich um den schwer verwundeten Fotografen. Die Polizisten sperrten weiträumig das Areal ab. Ihre Kollegen in Zivil versuchten, die Geschehnisse zu rekonstruieren. Die Feuerwehrleute sicherten den Laster und prüften, dass keine brennbaren Flüssigkeiten oder sonstige Gefahren darin waren. Die Spurensicherer sammelten Blutproben, Fingerabdrücke und DNA-Partikel ein. Ständig klebten sie irgendwo einen Leimstreifen drauf oder besprühten Gegenstände mit eigenartigen Substanzen. Nur die Staatsanwälte liefen scheinbar ziellos über den Acker, nervten alle mit ihren Fragen und hielten den Betrieb eher auf, als dass sie ihn beschleunigten. Aber das gehörte dazu, wenn ein Polizist einen Menschen exekutierte.

Hinter einem Plastikband hatte sich eine kleine Menschentraube versammelt, die beständig größer wurde. Es gab in Groß Flotow nicht oft ein derartiges Schauspiel zu bestaunen. Das letzte lag achtzehn Jahre zurück. Gerade kam ein verchromter Geländewagen den Feldweg hochgeprescht, aus der Fahrertür sprang Botho von Raven. Er schob sich durch seine Nachbarn hindurch bis zum Plastikband und gab einem der Polizisten ein Zeichen, zu ihm zu kommen. Der Beamte folgte der Aufforderung nur widerwillig. Von Raven stellte sich kurz vor. Als er ansetzen wollte, die Bedeutung seiner Familie für das Dorf über Jahrhunderte herauszustreichen, ging seine Rede in einem ohrenbetäubenden Getöse unter. Zu seiner Forderung, auf das abgesperrte Areal gelassen zu werden und den leitenden Kommissar zu sprechen, kam er nicht mehr. Senkrecht schwebte der Helikopter in die Höhe, hob dann die hintere Flosse an und drehte in nordöstliche Richtung ab, um ins Unfallkrankenhaus in Rostock zu fliegen. Der Polizist deutete lächelnd auf seine Ohren und nutzte die Gelegenheit, sich wieder seiner Arbeit zu widmen. Mit einem verdutzten Gesichtsausdrück blieb von Raven in der Menge der Dorfbewohner zurück.

Tolstoi saß auf einem Baumstumpf und schilderte einem der Staatsanwälte, warum er geschossen hatte. Seine Pistole lag zwischen ihnen in einem durchsichtigen Plastikbeutel. Für den Kommissar war in dem Moment klar gewesen, dass er den Mann erschießen musste, als sich das Messer dem Gesicht seiner Kollegin näherte. Akribisch notierte der Jurist alles in seinen Block.

Etwas abseits hielt Ana Cayart Luise Weissmann in den Armen. Die junge Frau zitterte noch immer am ganzen Körper. Behutsam, mit viel Zureden und besänftigenden Worten, führte die Polizeipsychologin sie zurück in die sichere Gegenwart. Ihr dieses Gefühl zu vermitteln, nicht länger vom Tod bedroht zu sein, war im Moment das Wichtigste. Wahrscheinlich würde sie schnell wieder funktionieren. Zumindest vordergründig. Aber der Rückfallschock würde kommen. Weissmann brauchte dringend psychologische Betreuung. Bis dahin würde es ihr vor allem helfen zu verstehen, was genau um sie herum abgelaufen war.

»Was passiert mit dem Mann?«

»Blomfeld? Er wird überleben. Die Verletzungen sind nicht lebensbedrohlich. Aber er wird wohl den Rest seines Lebens im Rollstuhl sitzen.«

Weissmann starrte auf die Blutflecken im Gras. »Das war so eine unvorstellbare Grausamkeit. Wie kann ein Mensch nur zu so etwas fähig sein?«

»Es kann ganz schnell gehen, dass Menschen die zivilisatorischen Grenzen überschreiten. Vor allem im Krieg. Und Nedic kämpfte im Bosnienkrieg. In seinem Kopf hat er wohl nie damit aufgehört. Er war von einer giftigen Ideologie durchsetzt, die er bis heute gelebt hat.«

Weissmann schmiegte sich eng an die Psychologin. Sie blickte zu Tolstoi hinüber, der immer noch im Gespräch mit dem Staatsanwalt saß. »Ich sollte mich bei ihm bedanken. Aber jetzt ist es wohl nicht so passend …«

»Nein. Eher nicht.«

»Bekommt er viel Ärger?«

»Das Übliche. Es wird eine lange Untersuchung geben. Sie werden die Schmauchspuren überprüfen, die Entfernungen kontrollieren. Psychologische Gutachten werden eingeholt. Und am Ende bekommt er einen Orden.«

Ein zartes Grinsen huschte über das Gesicht der jungen Polizistin. »Das wünsche ich ihm. Er ist ein toller Polizist!«

Im nächsten Augenblick gefror ihr Gesicht schon wieder. Zwei Polizisten trugen eine Bahre über die Wiese, auf der die zugedeckte Leiche von Nedic lag.

»Fast hätte er sich auch an mir vergriffen ...« Pause. »Wie habt ihr eigentlich erfahren, wo ich bin?«

Cayart strich sich eine Haarsträhne hinters Ohr. »Tolstoi hat sich deine Nachricht mehrmals angehört. Da war irgend so ein Zischen drauf.«

Weissmann schaute ihre Kollegin fragend an. Cayart bemerkte, dass sie nicht die geringste Ahnung hatte, wovon sie sprach. Sie deutete auf den Horizont. Weiße Kondensstreifen durchzogen die spärlichen Wolken.

»Die Eurofighter von der Bundeswehr! Tolstoi war wohl mal hier draußen. Und da sind ihm die Flugzeuge aufgefallen. Ganz hier in der Nähe muss ein Übungsplatz sein.«

108

Seit Wochen hatte es keinen Regen mehr gegeben. Berlin trocknete im wahrsten Sinn des Wortes aus. Vom Kanal strömte ein fauliger Geruch in die Straßen Neuköllns, kletterte die Fassade des Gründerzeithauses hoch und ergoss sich durch die geöffneten Fenster in Tolstois Wohnung. Der Kommissar zündete sich schon wieder eine Zigarette an. Cayart saß ihm gegenüber an dem kargen Holztisch und musterte ihn. Vor den beiden standen zwei große Tassen mit äthiopischem Kaffee. Die Psychologin hielt sich die Tasse dicht an die Nase. Feine Aromen gerösteter Bohnen, von Wasserdampf und Koffein vertrieben den Gestank und den Rauch aus ihrer Geruchswelt und entführten sie in eine exotische Welt.

»Seit wann trinkst du denn so was?«

»Da bin ich kürzlich mal draufgestoßen. Ist ganz gut, oder?«

Cayart schaute ihn skeptisch an. Dass er selbst auf die Idee gekommen war, seine schwarze Brühe gegen dieses feine Getränk einzutauschen, nahm sie ihm nicht ab. Sie konnte sich schon vorstellen, woher er das Pulver hatte. »Ziemlich lecker. Viel besser auf jeden Fall als der Fusel, den du früher immer zusammengebraut hast ...«

Tolstoi zuckte die Schultern und blätterte durch die Aufnahmen aus der Pathologie. Zu erkennen war der bleiche Körper des Mörders. Auf einer Großaufnahme war der Kopf des Toten zu sehen. Der Kommissar hatte Nedic direkt in die Schläfe getroffen. Er blickte in die weit aufgerissenen Augen auf dem Foto.

»Du hast richtig gehandelt. Er hätte Weissmann umgebracht.«

Tolstoi legte das Bild zurück auf den Tisch. »Ich weiß.«

Cayart fuhr mit dem Finger über ihren Tabletcomputer. Sie blätterte den Bericht aus der Pathologie durch. Auf Seite siebzehn stoppte sie. »Ich hab hier schon den Bericht von den Leichenfledderern. Sie haben drei der vier Mädchen jetzt exhumiert und untersucht. Es gab nur DNA-Spuren von Nedic. Er hat die Mädchen wohl alleine umgebracht und missbraucht.«

»Der Fürst hat mich vorhin schon angerufen deswegen. Er hat eine Schnellprüfung des Verfahrens angeordnet. Wrobel kommt wohl bald raus.«

»Ich versuche die ganze Zeit, psychologische Erklärungsmuster zu finden, warum ein Mensch freiwillig die Verantwortung für eine der widerlichsten Mordserien der deutschen Geschichte übernimmt. Da gibt es natürlich den Klassiker. Gesteigertes Bedürfnis nach Geltung und Bekanntheit. Aber das scheidet bei Wrobel glaube ich aus. Auch der Verdrängungseffekt scheint nicht wirklich logisch. Vielleicht könnte es –«

»Ana, ich glaube es ist viel einfacher. Der Typ war ständig stockbesoffen. Komplett benebelt. Der hatte einfach einen permanenten Filmriss. Er hat sich nicht daran erinnert, was er getan hat. Die Beweise sprachen gegen ihn. Und ein Unschuldslamm ist er nun nicht gerade. Also warum nicht auch ein Mörder? Er hat es schlicht nicht gewusst.«

Cayart musste zugeben, dass die Antwort des Kommissars plausibel klang. Sie ärgerte sich, dass es so einfach gewesen sein sollte. Etwas verstimmt scrollte sie weiter in ihrem Bericht herum. »Es gibt noch einen Punkt, der mir nicht klar ist«, sagte sie nach einer Weile. »Warum hat Nedic die Mädchen umgebracht?«

Tolstoi stand auf und blickte zum Fenster hinaus. »An den Geschichten mit dem Kinderstrich war wohl was dran. Ich habe noch mal mit dem Staatsanwalt in Neubrandenburg gesprochen. Sie haben damals tatsächlich für kurze Zeit eine Spur ins Rostocker Rotlichtmilieu verfolgt ...«

»Du meinst, Nedic wollte die Mädchen für ihr unschickliches Benehmen bestrafen?«

»Nicht bestrafen. Er wollte sie ausmerzen. So wie er es zuvor im Krieg in Bosnien mit den Moslems gemacht hat. Unwertes Leben!« Der Kommissar schluckte, es fiel ihm sichtlich schwer weiterzusprechen. »Für ihn sind Moslems und Prostituierte dreckige Menschen, die es nicht verdient haben weiterzuleben. Wahrscheinlich ist in ihm wieder der alte Hass entflammt. Der Hass, der ihn zum Kriegsverbrecher gemacht hat.«

Cayart schloss ihr Dossier und klickte ein neues auf. Auf der Titelseite prangte das Emblem von Interpol. Oben auf den Seiten stand *confidential – vertraulich.* Es war der geheime internationale Fahndungsaufruf für Nedic. »Von seinem Profil her könnte das hinhauen. Er weist in jedem Fall soziopathische Störungen auf. Extreme sogar. Sicher auch gepaart mit einem ausgeprägten Verfolgungswahn …« Sie klickte den Bericht auf dem Bildschirm weg und klappte den Computer zusammen. »Der Klassiker. Nedic war ein Serienmörder. Er handelte aus einem inneren Trieb heraus, konnte nicht aufhören. Suchte für sich aber trotzdem immer eine Rechtfertigung für sein Tun. Ich habe ein Zitat aus der *Zukunft* gefunden, das bei Nedic in der Wohnung auf einen Zettel gekritzelt war. Das hier hat Maximilian Harden im Dezember 1897 geschrieben …« Cayart zog ein zusammengefaltetes Papier aus der Hosentasche und legte es auf den Tisch.

Die technische Meisterschaft ganz großer Künstler wird von der Menge selten beachtet.

Angewidert starrte Tolstoi auf das verknitterte Papier. »Der Mann war einfach nur krank. Extrem krank …«

»Das gibt es bei Psychopathen und Serienmördern öfter. Die sehen ihre Morde als Kunstwerke an. Daher wohl auch die Zitate. Eine Art Unterschrift.«

Tolstoi nahm sich erneut das Foto aus der Pathologie. Skeptisch musterte er den Toten. »Du meinst, er hat sich als Künstler verstanden?«

»Na ja, vielleicht nicht direkt als Künstler im klassischen Sinne. Aber sicherlich hat er sich auf einer heiligen Mission gewähnt. Er, als heimlicher Held, der für die Reinheit einer fiktiven Gemeinschaft kämpft …«

»Und die Journalisten? Die waren auch Dreck in seinen Augen?«

»Bingo!«

Tolstoi zündete sich eine neue Zigarette an und zog den Rauch tief in seine Lunge.

»Auf so einer heiligen Mission hat sich auch Harden gesehen, nur dass er niemanden umgebracht hat. Aber auch Harden wollte die Gesellschaft reinigen. Eben auf seine Art und Weise«, fuhr die Psychologin fort.

»Indem er seine Opfer publizistisch hinrichtete.«

»Genau.« Ana Cayart nippte an ihrem Kaffee. Sie war mit ihrer Analyse ziemlich zufrieden.

»Aber warum fängt Milan Nedic erst achtzehn Jahre später an, die Journalisten zu ermorden?«

»Es muss einen psychologischen Auslöser dafür gegeben haben. Wahrscheinlich war es die Beschäftigung mit den Schriften des vergessenen deutschen Journalisten. Nedic muss zufällig darauf gestoßen sein. Aber für einen studierten Historiker ist das nicht abwegig.«

»Du meinst, die Lektüre von Maximilian Harden war für ihn so etwas wie ein Erweckungserlebnis?«

»Er hat in ihm vermutlich eine Art Bruder im Geiste gesehen. Wahrscheinlich ist er erst vor Kurzem auf Hardens Schriften gestoßen. Ich habe mir die Blätter an den Wänden in seiner Wohnung angeschaut. Die hingen da höchstens ein halbes Jahr.«

»Wahnsinn, wie uns Worte beeinflussen können!«

Cayart lächelte ihren Kollegen an. Der erwiderte ihre Geste flüchtig. Etwas schien ihn zu beschäftigen, was er noch nicht angesprochen hatte. Cayart bemerkte es erst jetzt. Tolstoi ging zum Wandregal, nahm eine halbleere Flasche Single-Malt-Whisky heraus und hielt sie seiner Kollegin hin. Sie nickte.

»Aber einen doppelten!«

Der Kommissar schenkte zwei Gläser zur Hälfte voll. Eines stellte er auf den Tisch. Das andere balancierte er in der Hand und stellte sich erneut ans Fenster. Er blickte zur anderen Straßenseite hinüber. Es war schon spät. Nur wenige Fenster waren noch erleuchtet. In einem sah er eine wohlbekannte Silhouette. Der Mann stand in der Küche und räumte Geschirr auf. Jedes Mal, wenn er drei, vier Teller in den Schrank gestellt hatte, nahm er einen Schluck aus einer Bierflasche. Die Kinder und die Frau waren wohl schon im Bett.

»Sag mal, könnte es nicht sein, dass dieser Maximilian Harden in unserem Massenmörder einfach weitergelebt hat?«

Hinter Tolstoi gluckste es auf einmal. Die Psychologin hatte sich verschluckt. Sie knallte ihr Glas auf den Tisch und hustete wie wild. Ihr Gesichtsausdruck ließ erahnen, wie ihr der Whisky die Luftröhre verätzte.

»Eine Reinkarnation?«, gurgelte sie und sah Tolstoi mit vom Husten tränenden Augen an. »Das, das ist jetzt nicht dein Ernst!«

»Warum findest du das so abwegig? Es gibt uralte Kulturen, die an die Wiedergeburt glauben.«

»Klar, die Inder. Aber du glaubst doch auch nicht, dass Jesus wirklich übers Wasser gelaufen ist.« Der Hustenreiz klang ab.

»Erstens glaube ich nicht an Jesus …« Tolstoi drehte sich vom Fenster weg und schaute seine Kollegin leicht beleidigt an. Er setzte das Glas an und trank es in einem Zug leer. »Und Zweitens, was geschieht mit der Seele, wenn ein Mensch stirbt? Was ist mit den einundzwanzig Gramm, die jeder Körper in der Sekunde nach Eintreten des Todes auf einmal leichter ist? Darauf hat noch kein Wissenschaftler eine Antwort gefunden.«

Cayart überlegte. Alles in ihr sträubte sich gegen den Gedanken ihres Kollegen. Und trotzdem musste sie ihm bis zu einem gewissen Grade Recht geben. Es gab bis heute keinen Beweis für die eine oder die andere Sichtweise. Nur weil bislang noch niemand eine Inkarnationen hat nachweisen können, hieß das noch lange nicht, dass es keine Wiedergeburt gab. »Freud hat sich immer um die endgültige Beantwortung der Frage gedrückt. Er hat sich in jungen Jahren mit dem Phänomen der Seelenwanderung beschäftigt. Aber er hat es dann irgendwann aufgegeben. Er wollte seinen Ruf nicht dafür aufs Spiel setzen …«

Tolstoi blickte wieder aus dem Fenster. Der Mann in der Küche hatte seine Teller jetzt fertig eingeräumt. In der Küche ging das Licht aus. Nur noch im Gang schien eine Lampe zu brennen, die spärliches Licht ausstrahlte.

»Die Idee, dass Menschen in einem anderen wiedergeboren werden«, flüsterte die Polizeipsychologin, »irgendwie macht mir das Angst.«

Im Haus gegenüber flammte jetzt eine Stehlampe ein Zimmer weiter auf. Der Mann ließ sich in einen Sessel fallen. Zum Licht der Lampe gesellte sich das bläuliche Geflimmer des Fernsehers.

»Die Vorstellung kann auch etwas Beruhigendes haben …« Tolstoi drehte sich um, nahm die Whiskyflasche und schenkte ihnen nach. Dann hob er sein Glas. Sie stießen an.

109

Mit dem Anruf hatte Tonia nicht mehr gerechnet. In den Wochen nach dem Ermittlungserfolg hatten sie sich noch einige Male getroffen. Sie hatten sogar miteinander geschlafen. Aber offenbar hatte sich beim Kommissar nicht das gleiche Gefühl eingestellt, das sie für ihn empfand. Und Tonia war niemand, der sich einem anderen aufdrängte. Bei Tolstoi hätte das sowieso keinen Zweck gehabt. Und so hatte sie sich in ihre Bücher vergraben, ihre sozialen Kontakte quasi auf Null heruntergefahren und stundenlang Rezepte aus vergilbten Kochbüchern nachgekocht.

Im Nachhinein musste sie sich eingestehen, dass die Zeit der Abgeschiedenheit auch etwas Gutes gehabt hatte. Endlich hatte sie die Muße gefunden, sich eingehender mit den Weinvorlieben von Auguste Escoffier zu beschäftigen. Vor allem seiner Begeisterung für deutsche Rieslinge war sie tiefer auf den Grund gegangen. Über den Winzerverband konnte sie sieben Weingüter ausfindig machen, die ihre Tropfen schon vor dem Ersten Weltkrieg zu Escoffier nach London geschickt hatten. Leider wurden die Weine heutzutage viel trockener ausgebaut als damals. Aber sie würde nachfragen, ob es noch trinkbare Flaschen von vor hundert Jahren gab. Und dann würde sie das Menü ihres Lebens dazu kochen. Schade, dass der Kommissar dann nicht mit dabei sein würde. Denn ihr war klar, dass die Zusammenarbeit mit ihm eine kurze Episode in ihrem Leben bleiben würde. Umso erstaunter war Tonia gewesen, als Tolstoi sie nach zwei Monaten Funkstille zu einer Reise in seine Heimat einlud.

Als sie mit ihren Rollkoffern aus der Abfertigungshalle hinaus zu den Taxis traten, streckte Tonia als Erstes ihre Nase in die Nachtluft Sarajewos. Blumige Aromen wehten über die Gehsteige. Tolstoi hatte ein Zimmer in einem kleinen Hotel nördlich des Stadtzentrums reserviert. Kurz bevor das Taxi in die Nebenstraße einbog, erblickte Tonia einen Hügel, übersät mit weißen Grabsteinen.

»Was ist das?«

»Das sind die Toten des Krieges.«

»So viele?«

»Allein in Sarajewo starben während der Bombardements mindestens fünfzehntausend Menschen. In der Stadt haben sie die Einschlagstellen mit roten Klecksen markiert. Seit zwanzig Jahren gibt es die Bombenkrater. Die Leute haben nichts daran geändert.«

Als sie das Hotel betraten, war es, als machten sie einen Schritt zurück in eine andere Zeit. Von der Stuckdecke hingen Jugendstillampen. Auf den dicken Teppichen standen Antiquitäten. Zur Begrüßung servierte ihnen die alte Wirtin erst einmal einen türkischen Tee, dazu altösterreichische Crèmetorte. Still saßen die beiden Ankömmlinge am Tisch und löffelten den Kuchen in sich hinein. Tonia hatte geahnt, dass es eine schwierige Reise werden würde. Sie begriff es als einen unglaublichen Vertrauensbeweis, dass

Tolstoi sie dabei haben wollte. Nachdem sie ihr Zimmer bezogen hatten, nahmen sie erneut ein Taxi ins Stadtzentrum. Am frühen Nachmittag hatte Tolstoi einen Termin im Kommissariat. Zuvor setzte er Tonia in einem der osmanischen Dampfbäder ab.

Tolstoi schien es, als habe er den Kollegen gerade erst verlassen. Wie schon beim ersten Mal saß Kommissar Slavko entspannt an seinem Schreibtisch. Er hatte die Füße hochgelegt und blätterte in einer Akte. Als er den Polizisten aus Deutschland sah, huschte ein Lächeln über sein Gesicht.

»Hallo, Vuk, Glückwunsch. Wie mir scheint, haben Sie ganze Arbeit geleistet!«

»Danke.«

»Gute Reise gehabt?«

»Ohne Druck fliegt es sich entspannter. Außerdem habe ich charmante Begleitung.«

»Sehr schön, sehr schön.« Slavko grinste. Aus einem Regal holte er eine Flasche Sliwowitz und zwei Gläser. Er schenkte beide randvoll ein, dann prostete er Tolstoi zu. »Wir versuchen gerade, Nedic für ein Verfahren hier bei uns ausliefern zu lassen. Er ist immerhin einer der größten Kriegsverbrecher in unserem Land.«

»Da will ich Ihnen keine großen Hoffnungen machen. Der Mann ist tot. Ich habe ihn höchstpersönlich erschossen. Und um ehrlich zu sein: Ihr Land genießt in Bezug auf Auslieferungen keinen sonderlich vertrauensvollen Ruf bei uns.«

»Das ist auch Ihr Land!«

»Es *war* mein Land ...«

Slavko nickte bedächtig. Als er nachschenken wollte, legte der Kommissar aus Berlin seine Hand über das Glas. Also goss sich der bosnische Polizist nur sein eigenes Glas noch einmal voll und leerte es erneut in einem Zug.

»Ich habe getan, worum Sie mich gebeten haben. Hier ist die Akte, die Sie suchen. Der Name Ihres Vaters taucht darin auf.«

Tolstoi zog die Mappe zu sich herüber. Stumm blickte er auf den Deckel mit der kryptischen Aktennummer.

»Aber ich möchte Sie warnen, das ist keine angenehme Lektüre. Sie werden schmerzliche –«

»Das habe ich auch nicht erwartet. Vielen Dank. Gibt es einen Raum, wo ich die Unterlagen durchsehen kann?« Tolstoi blickte den Kollegen bittend an. »Einen Raum, in dem ich alleine bin?«

Der bosnische Kommissar schlüpfte in sein Jackett. Er zog den Stecker aus dem Telefon. Dann machte er einen Schlüssel von seinem Schlüsselbund ab und reichte ihn dem Deutschen. »Sie können die Papiere hier lesen. Es wird Sie niemand stören. Aber schließen Sie lieber hinter mir ab!«

Stumm drückte Tolstoi dem bosnischen Kollegen die Hand. Nachdem er die Tür hinter ihm verriegelt hatte, setzte er sich auf Slavkos Stuhl. Nervös strich er mit der Hand über den Aktendeckel. Beklemmung schnürte ihm den Brustkorb zu.

Dann gab er sich einen Ruck und öffnete die Mappe.

Auf der ersten Seite war der Inhalt vermerkt. Kriegsverlauf, paramilitärische Gruppierungen, Übergriffe, Vergewaltigungen, Massaker. Dem Verzeichnis zufolge enthielt die Akte auch Zeugenaussagen und polizeiliche Ermittlungen zu den »Vorfällen in Višegrad im Mai 1992«. Es begann mit Schilderungen zum Kriegsverlauf rund um seine Heimatstadt. Nach wenigen Sätzen hatte sich Tolstoi in die bosnische Sprache wieder eingelesen. Angespannt überflog er die Seiten. Die Beschreibung der Führungsstruktur und der Rekrutierungsmechanismen der Paramilitärs überging er schnell. Auf etwa dreißig Seiten wurden Vergewaltigungen geschildert. Die nationalistischen Söldner hatten die Übergriffe auf Frauen als Kriegswaffe genutzt.

Als er ein weiteres Mal umblätterte, gefror ihm das Blut in den Adern.

110

Eine Liste von Toten lag vor ihm. Sofort sprang ihm der Name ins Auge. Kostja Tolstoi. Gestorben am 17. Mai 1992.

Mit beklommenem Herzen blätterte der Kommissar weiter. Es folgte eine detaillierte Beschreibung der Geschehnisse in Višegrad. Die Ermittlungen waren erstaunlich umfangreich und professionell durchgeführt worden. Dreizehn Zeugen hatten detaillierte Angaben zum Verlauf der Übergriffe gemacht. Demnach hatte die Einheit von Nedic Višegrad bereits einige Tage zuvor heimgesucht. Seine Kämpfer traten extrem brutal auf. Sie zerrten die muslimischen Bewohner aus ihren Läden, traktierten die Männer mit Bajonetten, verprügelten selbst kleine Kinder. Immer wieder kam es zu Vergewaltigungen der muslimischen Frauen.

Im Frühjahr 1992 hatten sich die Verhältnisse so sehr zugespitzt, dass die Mehrheit der einstmals überwiegend muslimischen Bevölkerung die Stadt verlassen hatte. Ganze Flüchtlingstrecks waren in die nächste größere Stadt gezogen. Sie hatten die Hoffnung, dort sicherer zu sein. Mit sich trugen sie nur das Nötigste. Wasservorräte für wenige Tage, etwas zu essen. Manche hatten vorausschauend mehrere Pullis, Hemden und Jacken übereinander gezogen. Andere hatten es geschafft, Geld und Schmuck in Körperöffnungen zu verstecken. Aber die feindlichen Milizen hatten Straßensperren errichtet. Es war nur eine Frage der Zeit, bis die Serben die Ringe und Kettchen erbeuten würden.

In Višegrad hausten die Söldner wie die Berserker. Einige hatten sich in der Villa eines reichen geflüchteten Stoffhändlers eingenistet, wo sie den Weinkeller und die Vorräte plünderten. Andere hatten es sich in den besten Zimmern des verlassenen Grand Hotels bequem gemacht. Besoffen schwärmten sie regelmäßig aus, um Beute zu machen und die verbliebene Bevölkerung weiter zu terrorisieren. Am 17. Mai 1992 kam es zu einem Massaker.

Nedic und seine Leute hatten einige Muslime verschleppt. Nach Angaben der Zeugen handelte es sich um fünfzehn bis zwanzig Männer. Zwischen dreizehn und einundsiebzig Jahren. Nedic hatte ihnen befohlen, sich nackt auszuziehen. Dann hatten seine Soldaten den Gefangenen mit ihren Bajonetten Kreuze in die Brust geritzt. In seiner Aussage beschrieb ein Mann, wie er die blutenden und schreienden Nackten in eine Garage ziehen musste. Offenbar handelte es sich bei ihm um eine Art Kronzeugen für die Ermittlungen gegen den Milizenführer. In der Halle wurden den Gefangenen die Hände gefesselt. Nedic forderte die Männer auf, sich in einer Reihe aufzustellen. Anschließend befahl er einem Greis, den Gefesselten die Hoden abzubeißen. Als er zögerte, trat ihm einer der Söldner in den Rücken. Zitternd gehorchte der Alte und ging ans Werk. Einem nach dem anderen biss er die Genitalien ab. Weil sie dabei schrien, stopften die Soldaten den Gefangenen Lappen in den Mund, die mit Motoröl getränkt waren. Anderen nähten sie den Mund mit Eisendrähten zu. Nedic stand dabei und lachte. Dann sagte er: »Ihr werdet nie mehr Türkenbastarde zeugen!« Nedic selbst nahm schließlich die Pistole und schoss allen in den Kopf.

Keiner der Männer überlebte.

Vuk Tolstoi liefen Tränen über die Wangen. Er nahm sich die Flasche Sliwowitz und goss sich ein Glas ein. Dann kippte er es in einem Zug hinunter.

Auf diesen Moment hatte er lange gewartet. Und so schmerzhaft es auch war, endlich hatte er Gewissheit. Schwarz auf weiß. Sein Vater war tot. All die Zweifel waren verschwunden. Sein Vater hatte ihn nicht auf der Flucht zurückgelassen. Das Gegenteil war der Fall. Er wurde auf grausamste Art daran gehindert, sich um seinen Sohn zu kümmern. Andernfalls hätte er ihn niemals im Krieg alleingelassen. Er hätte ihn beschützt.

Der Kommissar legte den Kopf auf die Arme und schluchzte.

Nachdem die Tränen versiegt waren, saß Tolstoi noch eine Weile in dem fremden Büro. Milan Nedic war auch der Mörder seines Vaters. Plötzlich musste der Kommissar an den Moment auf der Lichtung zurückdenken. Wie er angelegt hatte und dem Massenmörder eine Kugel in den Kopf gejagt hatte. Wohlige Wärme breitete sich bei diesem Gedanken in seinem Bauch aus.

Tolstoi leerte ein drittes Glas Sliwowitz und trocknete sich das Gesicht. Dann verließ er das Büro des bosnischen Kollegen. Um die Ecke war eine Moschee. Tolstoi zog seine Schuhe aus und betrat den fast leeren Innenraum.

Er wollte für seinen Vater beten.

111

Selbst jetzt im Oktober konnten sie noch auf der Terrasse des Restaurants im Freien sitzen. Von der nahen Großstadt war hier fast nichts zu hören. Stattdessen ein vertrautes Geräusch. Ein Geräusch, das Tonia in dieser klaren Form zuletzt in den tschechischen Bergen gehört hatte. Ein gluckernder Bach. Einige Meter unter der Holzkonstruktion, auf der Tolstoi und sie saßen, schlängelte sich das Rinnsal hinab ins Tal, wo es sich wenige Minuten später mit den anderen Strömen und Kanälen Sarajewos vereinigen würde. Der Kellner brachte eine große Platte. Darauf Berge von gegrilltem Lamm, Hackfleischbällchen aus Rindfleisch. Dazu Ajvar, die scharfe Paprikapaste des Balkans, gehobelte Zwiebelringe, Krautsalat und Bratkartoffeln. Tonia hielt ihr Rotweinglas hoch. Der Kommissar zögerte etwas, nahm dann seines und stieß mit seiner jungen Begleiterin an.

»Auf deinen Vater«, sagte die Studentin leise, »der sicher ein ganz toller Mensch war!«

»Auf meinen Vater.« Dann trank er das Glas in einem Zug aus. Tolstoi hatte keinen Appetit. Er deutete auf sein Zigarettenpäckchen, zog fragend die Augenbrauen hoch.

»Stört mich nicht. Rauch ruhig!«

Tonia nahm sich von allen Speisen etwas auf ihren Teller. Auch von den rohen Zwiebelringen. Zuerst aß sie mit spitzen Fingern die Lammrippchen. Die gerösteten Kartoffelecken tauchte sie in das Ajvarmus und verschlang sie mit großem Interesse. Die Küche des Balkans war das genaue Gegenteil dessen, was sie gewohnt war. Das Essen war fettig, derb, stark gewürzt. Es war eine über Jahrhunderte entstandene bäuerliche Küche. Und gerade deshalb gefielen Tonia die Gerichte. Die Platte auf dem Tisch stellte für sie eine kulinarische Reise in die Seele des bosnischen Volkes dar. Durch die Speisen hatte sie das Gefühl, Tolstoi und seiner Familie auf einmal sehr nahe zu sein.

Still rauchend saß der Kommissar neben ihr und schaute Tonia dabei zu, wie sie ihren Teller bis auf das letzte Krümelchen Krautsalat leerputzte. Ihre Hingabe an das Essen erfüllte ihn mit einer Ruhe und Zuversicht, die er nach den schlimmen Entdeckungen des Nachmittages nicht erwartet hätte. Tonias Appetit erinnerte ihn an die großen Essen bei seiner Großmutter. An die langen, trägen Sonntagnachmittage in dem riesigen Garten. An eine für immer ausgelöschte, unbeschwerte Zeit. An eine glückliche Kindheit. Als sich Tonia den Mund mit der Serviette abwischte und sich die Karte nahm, um ein Dessert auszusuchen, musste Tolstoi sogar lächeln.

»Was ist eigentlich mit deiner Mutter?«, fragte sie beiläufig.

Sofort verschwand das Lächeln vom Gesicht des Kommissars. Tonia bemerkte den abrupten Stimmungswandel und hätte sich mal wieder selbst in den Hintern treten wollen.

Warum nur musst du immer alles kaputt machen?

Aber der Kommissar schien ihr nicht böse zu sein. Bereitwillig ging er diesmal auf ihre Frage ein. »Ich glaube, sie lebt heute in Belgrad. Zusammen mit meinem Bruder.«

»Du hast einen Bruder?«

»Ante. Er ist neun Jahre jünger als ich. In meiner Erinnerung ist er fast noch ein Baby …«

»Warum bist du nicht bei deiner Mutter geblieben?«

»Das musst du sie fragen.« Tolstoi nahm einen tiefen Zug aus seiner Zigarette. Eine Träne lief ihm über die Wange, die er verstohlen abzuwischen versuchte. »Wahrscheinlich wollte sie mich nicht in ihrer Nähe haben. Ich hätte sie nur immer an meinen Vater erinnert.«

Der Kellner kam an den Tisch und räumte ab. Tolstoi bat ihn, das Brot noch da zu lassen. Tonia bestellte sich einen süßen Milchreis mit Kardamom und Rosinen.

»Als Jugoslawien auseinanderbrach, verwandelte sich auch meine Mutter. Sie hatte auf einmal eigenartige, radikale Ansichten. In ihren Augen waren die Muslime plötzlich Dreck, der den serbischen Volkskörper besudelte. Dabei ist das hier alles seit Jahrhunderten ein Mischvolk.« Tolstoi nahm einen weiteren Zug von seiner Zigarette. Sein Blick schweifte über die Stadt unten im Tal. »Rückblickend glaube ich sogar, dass sie sich dafür schämte, ja geradezu davor ekelte, mit einem Muslim Kinder gezeugt zu haben.«

Zwanzig Jahre hatte der Kommissar die Geschichte seiner Eltern, die Tragödie seiner Familie mit sich herumgeschleppt. Er hatte sie tief in seinem Inneren verschlossen, abgekapselt, damit sie ihm nie wieder Schmerzen bereiten konnte. Aber die Strategie war nicht aufgegangen. Das hatte ihm der emotionale Zusammenbruch am Nachmittag im Büro des bosnischen Kollegen gezeigt. Tolstoi musste reden. Es erleichterte ihn, über seine Geschichte zu sprechen.

Noch nie zuvor hatte Tonia Tolstoi so ausführlich reden hören. Noch nie zuvor hatte er ihr gegenüber solche Gefühle gezeigt.

»Vor allem hat sie geärgert, dass ihr neuer Geliebter von ihrer Familie wusste und sogar Zeuge ihrer Mischehe, ihrer Mischfamilie geworden war. Es hat wehgetan, sie mit diesem serbischen Tschetnik zu sehen. Sie haben sich in Višegrad kennen gelernt, kurz nachdem die Milizionäre eingefallen waren. Als Serbin gehörte meine Mutter zu den Guten.«

Tolstoi hatte das letzte Wort besonders betont. Sein beißender Sarkasmus schmerzte Tonia. Sie wusste, dass dahinter eine geschundene Seele stand.

»Meinen Vater haben sie als Erstes aus der Wohnung geschmissen. Ich glaube, er hat anfangs noch bei meiner Großmutter gewohnt. Bis sie ihn dann abgeholt haben.«

Der Kellner brachte den Nachtisch. Er schob ihn zu Tonia hin und goss beiden noch einmal Rotwein nach. Aber der Studentin war jetzt nicht mehr nach einem Dessert. Sie nahm sich aus der Schachtel von Tolstoi eine Zigarette und zündete sie an. Nach dem ersten Zug musste sie husten und trank schnell mit Rotwein nach.

»Hatte der Geliebte deiner Mutter etwas mit dem Verschwinden deines Vaters zu tun?«

»Ich gehe davon aus. Er war einer der Köpfe der Paramilitärs.« Aus seiner Innentasche zog der Kommissar einige Fotografien heraus. Er zupfte wie bei dem Abzählreim mit den Blütenblättern eine nach der anderen heraus und legte sie vor Tonia auf den Tisch. Auf einem Bild posierten die Tschetniks mit ihren Kalaschnikows. »Hier, das ist der Typ. Er hieß Miodrag. Und das hier ist Nedic.«

Tonia brauchte einige Zeit, um das Bild zu erfassen. Dann sah sie das Detail. Sie spürte, wie das Lamm und die Zwiebelringe in ihr aufstiegen. Einer der Kämpfer hielt einen abgeschlagenen menschlichen Kopf in der Faust. Alle grinsten. Schnell drehte sie ihren Kopf weg und atmete tief durch.

»Und warum hat deine Mutter deinen Bruder nicht weggeschickt?«

»Er war ihr sehr ähnlich. Blonde Haare, blaue Augen. Das genaue Gegenteil von mir. Mit ihm konnte sie gut weiterleben ...«

Eine ganze Weile hingen die beiden ihren Gedanken nach und blickten stumm auf die Stadt, in der die ersten Laternen angingen. Als es dunkel wurde, schimmerten die weißen Grabsteine hell auf dem Hügel. Von hier oben ließ sich die unglaubliche Größe des Friedhofs erst richtig erkennen. Wie ein Keil trieb sich die Leichenstätte in das Fleisch der bosnischen Hauptstadt.

»Das war heute ein sehr schmerzhafter, aber auch ein wichtiger Tag für mich ...«, brach Vuk Tolstoi nach einer Weile das Schweigen.

»Ich weiß«, flüsterte ihm Tonia zu, beugte sich über den Tisch und gab ihm einen Kuss.

In dieser Nacht schlief Vuk Tolstoi einen gesunden, erholsamen Schlaf. Als er nach zehn Stunden immer noch schlief, stand Tonia leise auf und ging zum Fenster. Sie blickte hinaus auf die quirlige Straße. Durch einen Spalt drang kühle Luft herein. Aber auch fremde, exotische Gerüche.

Sie verstand, dass sie tags zuvor tief in die Geschichte eines Mannes eingedrungen war. Mit Tränen in den Augen drehte sie sich um, setzte sich auf das Sofa und beobachtete den Mann, der ruhig atmend in den Laken lag. Regelmäßig hob und senkte sich sein Brustkorb. Ein leises, wiederkehrendes Pfeifen schwirrte durch den Raum. Tonia schaute dem Schlafenden zu.

Sie hatte sich verliebt.

Ende

Inhalt

Buchhinweise

Westend Blues

Ein Katharina-Klein-Krimi aus Frankfurt am Main

Helmut Barz

ISBN 978-3-86680-484-5

14,90 € [D]

Buchhinweise

African Boogie
Ein Katharina-Klein-Krimi

Helmut Barz

ISBN 978-3-86680-749-5
12,00 € [D]